LOCUS

LOCUS

LOCUS

LOCUS

RECREATION

R20

黃禍 [新世紀版]

Yellow Peril

作者：王力雄

責任編輯：丘光

校對：呂佳眞

法律顧問：全理法律事務所董安丹律師

出版者：大塊文化出版股份有限公司

台北市105南京東路四段25號11樓

www.locuspublishing.com

讀者服務專線：0800-006689

TEL：(02) 87123898　FAX：(02) 87123897

郵撥帳號：18955675　戶名：大塊文化出版股份有限公司

總經銷：大和書報圖書股份有限公司　地址：台北縣五股工業區五工五路2號

TEL：(02) 89902588　FAX：(02) 22901658

排版：天翼電腦排版印刷有限公司　製版：源耕印刷事業有限公司

初版一刷：2008年12月

初版11刷：2016年9月

定價：新台幣 320元

Printed in Taiwan

國家圖書館出版品預行編目資料

黃禍 ：新世紀版 / 王力雄著，

-- 初版. -- 臺北市: 大塊文化, 2008.12

464面；14.8x21公分．-- (R；20)

ISBN 978-986-213-090-2（平裝）

857.7　97015958

黃禍〔新世紀版〕

Yellow Peril

王力雄／著

CONTENTS 目錄

前言

這本書是一九九一年首先在台灣出版的。當時的中國還沒有從「六四」陰影走出，前景很不確定，我的心思不在講故事，書中有很多對中國局勢的議論和尋找中國出路的設想。從小說角度，我知道那不適宜，但是在當時，小說的考量已經不重要。

《黃禍》出版後，受到全球中文讀者關注（大陸讀者靠傳閱地下複印本和盗版本），多個外文出版社也來聯繫翻譯出版。其中一家日本出版社要求大量減少篇幅，理由是日文書比同樣內容的中文書厚許多，讀者不願看厚書。

這倒和我的願望吻合。我也希望做一個去掉議論和說理，單純講故事的版本。於是我把凡是和故事無關的部分刪除，從原書的四十五萬字縮減到二十七萬字，就是現在這個版本。從講故事的角度，我認為這個版本要高一籌，更像小說。

不過改寫的版本當時未能出版，原因是中國走勢與《黃禍》的描寫看上去背道而馳。鄧小平把中國推上專制政治與資本主義結合的道路，產生了讓世界瞠目的經濟奇蹟。「六四」的陰影被商業大潮沖刷，政治敵對也似乎被紙醉金迷消融。外國出版社紛紛中斷了和我的聯絡，去擁抱另一個形象的中國。雖然一九九九年香港《亞洲週刊》把《黃禍》評選為二十世紀全球最有影響力的中文書第四十一名，但是隨著舊世紀結束和新世紀開始，已經很少有人認為中國會與「黃禍」的前景有關，而是爭相把二十一世紀描繪成「中國龍」騰飛的世紀了。

我卻一直沒有認為「黃禍」遠離中國。我寫《黃禍》時，設想故事發生的時間大約就離現在不遠。雖然迄今中共政權仍然看似強大，但是它的無敵其實正是危機所在。除了這個政權，今日中國再無其他整合社會的力量。意識形態、政治反對派、國家化軍隊、宗教、公民社會等，不是消亡，就是剷除，或是在壓制下無法生長，無人挑戰政權，這使政權看似堅如磐石。但是萬一有一天這政權垮了呢？唯一的整合一喪失，所有危機就會同時浮出水面，卻沒有其他力量能穩定社會，那時會發生什麼呢？

《黃禍》寫的就是中共政權如何垮台，以及中國如何隨之崩潰。現實進程當然會和小說不同，但是專制政權的垮台卻是遲早之事，而且往往會出乎意料（如蘇聯解體那樣突然）。今日中國各種矛盾已在深層沸騰，正在趨向爆發點。正是從這個角度，我認為「黃禍」離中國和世界並不遙遠，隨時可能不期而至。

樂觀主義者總是相信人類理性，我卻對此深表懷疑。《黃禍》中的每個角色都在盡力進行理性選擇，最終卻是完全失去理性的結局。這種由局部理性合成全局非理性的狀況，正是今日人類的典型寫照。歷史數度發生過大文明的毀滅，沒有理由相信中國一定不會亡，甚至人類也不是沒有自我毀滅的可能。

悲觀預言的價值也許就在這裡。古人說的「臨事而懼，三思而行，好謀而成」，首先就是要求多想可能會出現的問題。不過這種悲觀預言往往面臨一種悖論，人們如果聽信了悲觀預言，做出努力去防止，悲觀預言就可能不會兌現，被譏笑為杞人憂天。因此才會有這種說法：萬能的上帝為了避免不兌現的尷尬，預言時總要附加一個條件——人們全都不信。

在北京奧運會的焰火還在眩暈著世界目光時，台灣的大塊文化出版公司決定出版這部《黃禍》的修改本。對於我，這是重新向讀者講一次故事的機會，我希望能講得更好。這次除了對文字進行少量整理，沒有改動內容，儘管一些內容已經過時。如我寫民進黨得到總統位置，比陳水扁當選要早九年，但是今天國民黨已經再次輪替。不過這類過時只是一時一事，並不重要。書中的主要內容——專制中國的解體及解體後的狀況，至今尚未開始，而只要那個時刻還未到來，《黃禍》就不會過時。中國會不會崩潰，是否可能給台灣及世界帶來災難，也就將一直是繃緊我們神經、讓人拭目以待的懸念。

大塊文化出版公司給這個新版本命名《黃禍——新世紀版》，具有一種詮釋的性質：對於「中國向何處去」的百年提問，「黃禍」沒有隨舊世紀遠離，而是一起跨入了新世紀。中國在新世紀會崛起還是崩潰，取決諸多因素，但是根本卻在政治制度的改變。只要專制政治在中國繼續當道，「黃禍」就會始終籠罩著中國的前途。

我寫《黃禍》的最大願望，就是能讓中國和世界避免「黃禍」。

王力雄

二〇〇八年九月一日　北京

地球

它很小，一半向著光閃閃的太陽，一半向著遙遠的恆星。它像一顆橙子，橙皮上起伏著山川河流，在沒邊沒沿黑乎乎的宇宙中沒著沒落地旋轉。

在這顆橙子亮面與暗面相交的邊緣上，太平洋中一頭灰鯨玻璃般的眼球射進清晨第一束陽光。牠仰浮的軀體被石油和有毒物質腐爛，最後一絲知覺正沿著陽光追溯往昔的海洋。琥珀色赤潮洶湧地覆蓋無際的洋面。

與鯨魚相對，橙子的另一側明暗相交處，落日餘光正把尼羅河乾涸河床上蠕動的饑民照得如同鬼影。大風捲起乾燥熱土。爬行的沙漠掩埋了古老光榮。人的臉上只剩鹽鹼、沙粒和一層層剝落的皮膚。

美洲在太陽照亮的一面，傾斜地躺在大洋上。美國被高溫和衰退折磨，百業蕭條，愛滋病醫院卻肥皂泡般咕嚕嚕地越湧越多。巴西淘金者的推土機正在鏟平亞馬遜平原不多的雨林。加拿大被韓國新一輪貿易攻勢攪得舉國不寧，政府倒台。而中美洲的將軍們又開始樂此不疲地策畫第七十八次政變。

背著太陽的一面，白沙瓦的毛拉在清眞寺頂高亢地號召穆斯林們奔赴喀什米爾戰場。一顆定時炸彈把可倫坡的印度使館炸得血肉橫飛。俄國科學家面對溫室效應融化南極冰層的試驗結果目瞪口呆。上百名槍手護衛的販毒馬幫正趁夜色從緬甸闖進雲南。伊朗祕密部隊加緊部署核武器。兩架巨型客機在雪梨機場上空撞成火團。同一時刻，一個日本破產者與妻子兒女擁抱在一起，從東京的摩天樓頂飛身躍下。

而在蘇門答臘島的赤道線上，聳入雲霄的鑽塔正在夜以繼日地轟鳴。這項美國、德國和日本合夥投資的研究專案打算把地球鑽透一個眼兒。一個男孩聽說眼兒的那頭將是哥倫比亞，思考著問：等眞把地球鑽透的那天，他朝眼兒裡撒尿，會不會尿到哥倫比亞人的腦袋上？

這就是人的星球。它很小，射出緻密的纖細電波，環繞著微粒般的人造飛行器，發出蠅蠅嘈雜。可人在努力營造著一個大千世界，索求這顆橙子從橙皮到橙核的一切。有時人覺得它很大，很大。

I

東京　新宿紅燈區

這次是他第七次來這裡了。

再來七次，他可能也弄不清這座地下迷宮的結構。到處都有暗道，密門，夾層。走在裡面，只記得無數個拐彎和上上下下的小巧電梯，與上頭地面那個震耳欲聾、燈紅酒綠的世界相比，安靜得有點讓人不自在。

這次穿和服的老闆親自爲他引路，僅僅是因爲他每次來都不吝惜金錢，還是因爲今晚「少校」終將露面？沈迪的護照是新加坡的，腋下手槍是德國的，感覺卻是中國式的。在那張肥肉成疊的笑臉上，他第一眼就感到老闆今夜已把他當成了同路人。

「請。」在最後一條暗道盡頭，老闆伸出胖嘟嘟的短手，盡最大可能彎了彎球一樣的腰。門無聲敞開。一個日本姑娘跪在門口向他行禮，如日本傳統女人般溫順謙恭，下身卻是一絲不掛，柔弱雙腿在幽暗光線下如粉脂般細膩光滑。

這間房沈迪以前沒進過。在日本算面積很大，矮矮的天花板，整個房間沒有直角，全被軟質材料包覆著，連冰箱、電視一類設備也改裝成軟質表面。進屋就如同鑽進一個大被窩，加上滿牆日本春宮畫，散發出一種淫蕩氣息。

老闆拍一下巴掌。一個高個西方姑娘托著酒盤進來。她只穿一件緊包臀部的黑皮短褲和一雙長統黑靴。一對圓滾滾的乳房在齊胸的金髮中甩動。她向沈迪擠眼睛，甩頭把波動的金髮撩到背後。

沈迪的模樣討人喜歡，不高不矮，不胖不瘦，皮膚滋潤，穿著講究。一個五十出頭功成名就的東南亞富佬，對女人可是一棵嘩嘩作響的搖錢樹。然而，沈迪對那對乳房和那雙粉腿只說一句：「這裡不需要人。」

老闆按下一個開關。對面帷幕徐徐移開，露出後面的玻璃牆。「請隨意吩咐。」他把節目單輕放在沈迪面前的茶几上。「祝你愉快，先生。」

他領著兩個姑娘退出。門無聲關上。

二十年前，沈迪剛開始出國執行任務，這種場合曾使他長久著迷。後來，什麼都見過了，什麼都嘗過了，直到八年前，一個同事被傳染上愛滋病，他從此再也不和外國女人發生性關係。無論那些老闆怎麼向他出示每個姑娘的體檢證明，他也無動於衷。他惜身如玉，理智清醒，而且在他的檔案裡，每一任上司都寫下同樣的評語：意志堅強。

他對著粉紅色話筒隨便念了節目單上一個編號，只當成是來這裡送錢少不了的程序。

玻璃牆那邊燈亮了，非常亮。一個太平洋島人細緻地表演與兩個日本女人性交。他們每根毛髮都清清楚楚。女人在褐色身體下蠕動。呻吟和喊叫在傳聲器裡好似響在耳邊。

愛滋病逼迫全球色情業改革經營模式。這種轉變不但使色情業從困境中解脫，而且以超過以往的勢頭發展。人肉體上淫的能力從來有限，精神的淫卻無止境。如果肉體被恐懼束縛，那麼精神的淫欲就更熾烈，消費也會更強。玻璃牆那邊是一面鏡子，看不見這邊，有身分的人物會覺得安心。情人可以邊看邊身體力行。如果有興致的話，一扇小門相通，盡可以過去近距離觀賞，或是戴上膠膜手套動手。如果還想進一步，也有保險套充足供應。

沈迪已經來了六次。花公家的錢幹這種事他當然沒有意見。但無論是前六次還是這第七次，無論是輪姦、獸姦、脫衣舞、同性戀、施虐狂……都引不起他的興致。他默默地來，默默地看，默默地付錢，默默地走。而在所有默默的過程中，他都在默默地等待。「少校」傳來的訊息就是讓他來這裡等待。他知道「少校」一定就在他身邊，觀察他、跟蹤他，也許還用各種花樣試探他，但始終不露面。

沈迪懂得耐心是自己最可靠的幫手。迄今爲止，知道的只是這個「少校」每殺十個人給自己升一級，從「列兵」升到「少校」，起碼四十條人命墊在他的肩章下。對這個人，沈迪爲空等了六次而滿意。凡是不讓他運用耐心的人和事都使他不安，尤其是對這件事。

他做好繼續等下去的準備，用遙控器打開電視機。

這幾天，全世界的電視台都把鏡頭對準中國。同樣的「風光」只有當年的「六四」事件時有過。這次也是跟「六四」有關，焦點卻是爲「六四」翻案。

一九八九年六月四日，中共政府對天安門運動的鎮壓導致了一個「六四結」。那以後的中國政治始終離不開這個「結」。它對某些人是甩不脫的陰影，對某些人是期待中的資本，對某些人又是鋒利的雙刃劍。隨著跟「六四」事件有關的政治元老相繼過世，退出權力中心，爲「六四」翻案的呼聲開始浮出水面。中國民間從來有這種呼聲，已經引不起關注，奇怪的是，最近北京當局突然允許流亡海外多年的「六四」人士回國，做出一系列不尋常的和解姿態，放鬆了對民間政治活動的限制，甚至對以往的大忌——非法組織、非法遊行和非法出版物，也採取睜一眼閉一眼的態度。

當局的這種變化促使爲「六四」翻案的運動如風起雲湧。北京城重現當年「六四」的熱鬧情景，到處是遊行隊伍、標語、口號和旗幟。全世界的新聞記者蜂擁而至，他們的報導吸引了對當年「六四」血與火場面仍然記憶深刻的各國觀眾。

沈迪不斷地切換世界各國的電視台，這是他慣常看電視新聞的方式。突然，CNN播放的一個新畫面讓他停了下來，那畫面簡直太駭人了，連對任何事情都無動於衷的沈迪也感到震動。

——北京深夜的街道，一輛被新聞燈照亮的卡車，卡車貨廂上站著的一車人竟然全都沒有頭！一片人頭撒在馬路上，彷彿是散落的西瓜。一顆被攝像機鏡頭推成特寫的頭顱猙獰地齜牙，披散長髮，毛筆寫在額頭上的「翻案」二字似乎是憑空長出的第二對眼睛。

驚嚇發抖的記者在畫面裡用英語解說，那些頭是被一根高強度鋼絲割掉的。鋼絲橫拉在街道上方，繃得緊緊，正好和站在卡車上的人脖子高度一樣，對著飛馳的卡車，便相當於迎頭揮來的砍刀。據說最鋒利的刀在最有腕力的劊子手手裡，可以砍掉人頭而人身不倒。的確，那一車人有一大半都站立著！死者的血在街上流成了河。

很多人圍觀。警察卻令人奇怪地遲遲不到。對記者的提問，一個圍觀者回答說，卡車上是附近一個工廠去天安門廣場增援的工人，只有想阻擋增援的一方才會幹這事，言外之意很明顯——拉這條殺人鋼絲的肯定是另一派群眾組織。

此時，兩派群眾組織正在天安門廣場搶占人民英雄紀念碑。因為六四的學生運動是以那裡為核心的，誰能把自己的指揮部和高音喇叭設在紀念碑下面，誰就會成為一九八九年天安門運動的象徵，也就可以成為眼下這場澎湃而起的翻案運動的主導者。

不少人在面對記者的採訪時譴責民主派，說他們都是為了爭權奪利，口頭喊著為「六四」翻案，為什麼不能聯合在一起，反而從一開始就搞分裂，先是爭論綱領策略，隨後就是人身攻擊，現在則是像「文革」一樣，搞起派系「武鬥」了！

沈迪不會像圍觀的老百姓那樣看問題。即便他長期在國外，不關心國內政治，但他畢竟是「內部人」，明白其中的把戲。那不會是一根簡單的鋼絲，很可能是一系列精心步驟中的一步。警察遲遲不到，是讓媒體能夠充分地近距離轉播。這些步驟的背後，目的就是挑撥民主派內部爭鬥，在最短時間搞垮他們的道德形象——那是民主派唯一強於當局的資本。當前的混亂並非當局失控的結果，正是當局精心引導的，為此進行的準備已經很久。沈迪當年就知道，有女特工專門在國外勾引民主派流亡人士，偷拍他們的床上照片。現在那些照片被捅給花邊小報到處散發。而「六四」後民主人士在監獄裡寫的認罪書或招供記錄，也被洩漏出來，成為群眾組織之間互相「揭老底」的口實。

時間到了，沈迪顧不上多看熱鬧，把電視轉到NHK頻道。那裡正在轉播中國大使館舉行的記者招待會。會場裡記者擠得滿滿。回答記者提問的主角神采飛揚，談笑風生。在全世界都關注著北京近來日益擴散的動亂時，他居然能夠悠然自得地在異國他鄉開玩笑，跟記者東一句西一句賣弄唐詩，到底是胸有成竹還是忘乎所以？

今天，日本各大報刊都把上午剛簽署的「建立中日經濟合作區協議」放在了頭版頭條，中國方面雖然擔心引發民間的反日情緒，相對低調，但是權力高層也將此當作得意之作。不過那並不代表所有的當權者都有同樣看法。

兩年前，中日政府間關於這個協議的全面接觸剛展開，沈迪就被指派參與總參謀部情報局的一項祕密調查。那是軍隊自己進行的專案——調查「黑龍會」在這齣戲裡扮演的角色。

歷史上，「黑龍會」是日本一些狂熱的擴張主義者為占領中國東北和俄國遠東地區而成立的組織。傳聞它現在仍然祕密存在，並已逐步進入日本的權力核心，形成頗有能量的集團。所謂的「中日經濟合作區」，是把中國最北的黑龍江省交給日本經營五十年。日本方面為此幫助中國償還二千四百七十億美元的外債欠款，每年向中國政府繳納相當於現在黑龍江省年度稅款兩倍半的「經營稅」，並且每年遞增九％。五十年後，中國將收回一個由日本資金、管理和技術建設起來的嶄新黑龍江。誰都說這對中國是一筆合算交易，連日本權威機構的研究結果都是日本無利可圖。但正是這一點最令人懷疑。一向精明的日本政府對虧本買賣為何如此熱中呢？

日本的空間危機感一直很強。尤其在今天，幾個小島的領土對於世界一流的經濟大國，實在是太狹小了。雖然它能在各個國家買土地和工廠，但那僅僅是經濟擴張，不能做為建立政治大國和軍事大國的基礎。「黑龍會」一直認為日本只有在大陸立足，才有民族生存和發展的前途。今天，一邊是俄羅斯的西伯利亞，而另一邊是中國大陸的黑龍江省，會不會成為這個歷史宿願再次起跳的踏板呢？

沈迪對上層政治鬥爭不感興趣，也不看重意識形態原則和民族主義教條。他只按系統下達的命令辦事。他知道自己的系統和電視機上的這張臉是兩股道上的車。如果他對「黑龍會」的調查有結果，那不會是軍隊方面爲了提醒這張臉不要上當，而是說不定哪一刻被扔出去的炸彈，爲了讓這張臉鼻青眼腫甚至血肉模糊。只是沈迪的調查進行得並不順利，「黑龍會」好似在暗夜迷霧中一樣若有若無，每次似乎能抓住點什麼的時候，張開手心卻發現只有空空的潮氣。直到他被調來執行這項新任務時，也沒拿到可以稱爲確切的情報。

給沈迪下達新任務的不是總參情報局。雖然沈迪名分上屬於情報局，但是情報局絲毫不知道這個任務，現在不知道，將來也永遠不會知道。系統有能力也有效率，但是若想做一件不留下任何痕跡的事，最好還是避開系統。系統永遠有可能出現漏洞。

新任務正是去找一個跟系統沒有關係的局外人。所謂「局外人」是含蓄的說法，局外人有的是，而要沈迪找的局外人必須擅長一種特殊的職業——殺人。雖然軍隊本身的職業就是殺人，但是這次殺人不一樣，不但不能動用系統，而且必須讓系統永遠不得而知。所以在這個「局外人」和沈迪，以及指派任務的人之間，只能通過單線聯繫。

沈迪同時觀看電視裡的記者招待會和玻璃牆另一邊日本女人痙攣的白腿，卻沒放過腦後一絲輕輕掠過的風。他讓自己盡量沈穩地回頭。

門口站著一個瘦小男人。

那是個典型的東方人，黑頭髮，黃皮膚，凸起的顴骨，兩隻不大的眼睛，單眼皮。無論在東京、北京、曼谷、漢城或是新加坡，這樣的形象都可以立刻消失在街頭人群中，和成千上萬相似的面孔混在一起。這一點正是沈迪需要的。眼前這人的年齡似乎有點年輕，不過仔細辨認，也可以看出眼角標誌閱歷的魚尾紋在淺淺延伸。亞洲人的外貌和實際年齡往往相差很多，沈迪對此不甚奇怪，使他意外的是眼前這個形象如此文弱，掛在嘴角的笑容甚至顯得靦腆。當他奔波於世界都市間祕密物色對象時，那些大名鼎鼎的黑社會頭目提起這個「少校」都有敬畏之色。但他對這個意外心裡叫好。他喜歡外表不像殺手的殺手。

「你好，『少校』。」他用漢語說。自從跨出國境，這是他第一次說漢語。

「你好。」

只聽這兩個字，最後一點顧慮就消失了。一個人的漢語怎麼樣，兩個字就足夠了。這兩個字的回答如同從北京街頭聽到的。當「少校」微笑著再補充一句漢語：「我已經是『中校』了。」除了對他的漢語信任度進一步提高，對他的專業能力更沒有懷疑。

不過，想到在那輕描淡寫的「中校」兩字下面又是十條人命，沈迪還是在脊背上感到一絲涼意，也就沒有對這種晉升表示祝賀，只是對「少校」——不，「中校」——做了個請坐手勢。關掉色情表演的聲音，玻璃牆那邊的男女變成無聲電影一般虛飄。

入座前，「中校」轉動牆上一個旋鈕。四壁調光燈從暗變亮。可以看出他對這兒相當熟悉。沈迪確信，一架或幾架隱藏的攝像機已經開始工作。攝像機的開關也許就和燈的開關連在一起。沈迪沒動聲色。殺手為了保證不被「滅口」，或是幹完活不會拿不到全數付款，總是要留下證據做為威懾。如果一切遵守協議，「證據」是絕不會被使用的。這是殺手行當的「職業道德」和「商業信譽」。

「中校」很舒服地坐到他對面。「我怎麼稱呼你？」

「如果以軍銜稱呼，我是上校。」沈迪淡淡地咧咧嘴。

「我應當起立嗎？」「中校」露出頑皮神情。

「不必了，你是你那行的上將。」

「不敢當，我只想幹到少將就退休。」

「很榮幸，我還沒晚。」

男人之間的寒暄頂多就是幾句。兩個人沈默一會兒。「中校」擺弄他的手指。那手如女人的手一樣纖細白嫩。天眞無邪的眼睛似乎在等著聽一段音樂或是童話故事。

「人們說，當你出來見面的時候，就說明你同意做生意了。」沈迪說得挺慢，有板有眼。「人們還說，只要價錢合適，你不會拒絕客戶提出的任何目標，是不是這樣？」

「你想殺誰呢？」「中校」的表情似乎嫌沈迪轉彎抹角。

沈迪明白這個赤裸裸的「殺」是爲了使花架後面或氣孔裡面的攝像機記錄下更明確的證據，不過在那張柔軟的嘴裡說出來，倒一點沒有粗魯之感。

沈迪點上一支雪茄菸，深吸一口，似乎被正在電視上發生的場面所吸引。

「認識他嗎？」沈迪指一下剛剛在螢屏上被推成特寫的那張面孔。閃光燈在上面閃成一片。

「中校」的聲音淡得似一股青煙。

「中國共產黨總書記。」

黃河

直升機飛過之處一片黃色的汪洋。石戈把額頭貼在飛機舷窗上，俯看變成澤國的華北平原，絕望一重又一重壓上心頭。

有史記載的二千多年，黃河決口一千五百多次，被稱爲「中國之憂患」。它是世界輸沙量最高的河流，每年有四億噸泥沙淤積在下游河床，年復一年，使得下游黃河高出地面，成爲懸在兩岸城市和農村之上的「懸河」。

七月二十九日，十七號颱風周邊的低空氣流在黃河中游與西風冷槽相遇，造成三門峽到花園口突降特大暴雨，百年罕見。伊河、洛河、沁河等黃河支流相繼出現洪峰，在黃河幹流會合，黃河大堤頓時告急。此前黃河經歷了幾十年枯水，人們已經把發水視爲是遙遠過去的事情，黃河抗洪能力也在很大程度上徒剩其表。毛澤東時代有公社體制，幾小時可以動員幾百萬人上堤搶險，因此數度經歷洪水而未決口，被當作共產黨治國能力的證明。現在完全失掉了以往的動員能力。幹部在暴雨中喊破嗓子，農民們卻只顧挖自己田地的排水溝，修自家房頂或蓋自家柴垛。而過去抗洪的另一支骨幹力量——解放軍，這次卻沒有像過去那樣提前上壩嚴防死守，而是一直拖到黃河決口後，才把部隊派進災區。

七月三十日下午，山東省東明縣高村黃河堤段決口。一瀉千里的洪水吞噬了數百村莊，沖斷了中國南北交通的鐵路大動脈——京滬線。無數耕地變爲一片澤國。東明、菏澤、定陶、成武、金鄉、魚台相繼被淹。工廠停工，學校停課。大水接著淹及江蘇、安徽。

七月三十一日，下游暴雨未停，三門峽水庫上游又發生特大洪水。陝西的渭河、洛河，山西的汾河、涑水河洩洪不暢，全都開始氾濫。八月一日凌晨，河南大堤決口。洪水氾濫河南境內，長垣、滑縣、濮陽被淹。安陽被圍。八月二日，黃河支流伊河上游轉成特大暴雨，八小時累計雨量四百五十二毫米。千百條溝壑同時暴發山洪，沖垮陸渾水庫。一萬七千秒立方米的巨大洪峰直撲黃河，使黃河總流量猛然漲至三萬八千五百秒立方米，超過歷史上所知的任何一次洪水。京廣線鐵路大橋頓時被沖垮五孔。洪峰一過鄭州，便在南北兩岸同時沖開二十八個口子。大水南至徐州、蚌埠，北至德州、天津，只在史書上見過的「洪水橫流，屍漂四野」又一次重現。

石戈五十多歲，頭髮稀疏，不到一米七的個頭，身材開始發胖，著裝不修邊幅。這架直升機是專門送他視察災區水情的。在不知情者眼裡，他似乎是很有權力的核心人物，而他身邊人都知道，他只是一個處理緊急狀況的專家。所謂緊急狀況，是「危機」的圓滑別稱。這些年，緊急狀況對中國已經不是特殊狀態，也難以歸於狹隘的分工，幾乎所有工作都被緊急狀況牽著走。這使得石戈的職權範圍不斷擴大。雖然他眞正的身分僅是一個三百多人的「國家安全問題研究所」所長，但是在處理危機的具體過程中，有時他的實際權力可以相當於副總理。只不過每當危機過後，他就再回到研究所當他的所長。

直升機上，每人都面色陰沈，默不作聲。以前出於方案儲備的目的，石戈和他的部下曾經做過黃河水災的預演性分析。那個分析不包括目前的政治動盪，不包括去年開始的經濟危機，也沒考慮升至三位數的通貨膨脹率，當把水災規模的理論數值提到目前水平時，社會模組已經在電腦模型上顯現斷裂。如果再加上目前並存的這些因素，結果會怎麼樣，誰都難以預料。

此時暴雨已停，洪水開始逐漸消退，但是水災導致二千九百多萬災民面臨農田顆粒無收。國家糧食儲備不夠供養這麼多人，因此只待洪水不再阻隔交通，災民必然會向未受災地區流動。無疑，哪也接納不了這樣一支乞討大軍，那將使災民的流動無法停止。當年曾國藩所說的「民無糧則必從賊，賊無糧則必變流賊，而天下無了日矣」，會不會再現？石戈更擔心的是黃河災民流動同時引發中國二億多隱性失業人口開始流動。剛宣布成立黑龍江中日經濟合作區，已經吸引全國各地五千萬人奔赴黑龍江。以往的人口流動至少還有秩序，而災民的流動卻和洪水一樣具有破壞性，所過之處，法律秩序首當其衝，連鎖反應難以預料，搞不好就會一發不可收拾。

洪水包圍的一處高坡，難民們仰面向石戈的飛機招手。坡上用石頭擺出了「感謝恩人解放軍」的大字。災民往往認爲飛機都是軍隊的。政府這次對災民救援不力。在災區最危難的時刻，是幾十萬解放軍大舉開進，出動了上千架飛機和大小船隻，爲災民送來糧食醫藥和物資，救死扶傷，搶救財物，維持治安，築壩堵口。災區百姓對軍隊感恩戴德，相比之下更怨恨政府。

從飛機上看下去，幾乎每塊露出水面的高地都有災民，臨時搭建的窩棚破爛不堪。但是有一塊高地明顯不同，排列著田壟一般整齊的白色塑膠管，還有色彩鮮豔的輕便帳篷，讓人耳目一新。一面綠色和平組織的旗幟飄揚在帳篷營地的旗桿上。

石戈讓直升機降落到那塊高地上。綠色和平組織的人大都有「見官大三級」的脾氣，各忙各的，沒人理睬石戈。只有一個女人迎來，好像早認識他似的伸出手。

「我叫陳盼。」

只有仔細看，才能猜出她也許超過三十歲了，細長體型，似乎瘦弱，女人的曲線倒頗豐滿，長髮用手絹紮在腦後，一雙大眼睛顯得朦朧，儘管身處一片水和泥的環境，身上也濺滿泥跡，卻擋不住她氣質中的高雅。石戈沒想起她是誰。

「……我在滄州找過您，爲歐陽中華被捕的事。」她主動提醒。

哦，想起來了，歐陽中華的女祕書。她那時罩在核防護服裡，大半個臉擋著防毒面具。他當時沒有多少興趣注意她。公安部門介紹她除了當祕書還兼任歐陽中華的情人。他從來討厭這種混合角色。不過那次他答應了她，說服公安部門釋放了歐陽中華。不管怎麼樣，滄州核電站的外洩事故對周圍群眾造成了巨大損害，歐陽中華領導受害居民示威和索賠不應該當成犯罪。

歐陽中華是中國綠色和平組織的主要領導人。「六四」以後，中共實行政治嚴控，只有從生態和環保角度能發出與政府不同的聲音，這使歐陽中華成爲中國民間力量的代表，並受到國際矚目。前年的全球綠色和平獎就授予歐陽中華。這次水災發生後，中國綠色和平組織是最早到達災區開展救助的民間組織。

石戈四處環顧，沒看到歐陽中華。

陳盼指給他。遠處水面上，一隻紅色舢板正在快速划行。石戈從隨行人員的望遠鏡中，看到舢板划手正是歐陽中華。石戈過去沒見過歐陽中華本人，只是在他寫的書上見過照片。照片上那個瘦削的臉型像是藝術家，很清秀，現在看到的他卻是不同形象，黑密鬍子覆蓋著下巴和兩鬢，長頭髮黏成一綹一綹，光著上身，以運動員的姿勢划著舢板，肌肉起伏。

陳盼向石戈解釋，水災瓦解了原來的社會組織，人們在一無所有情況下重新組合，形成臨時分配制度、勞動組織、秩序、甚至法律，從中可以進行很多觀察和試驗。歐陽中華每天在不同高地之間巡遊，晚上也與災民住在一起，爲的是從這種臨時社區中進行社會再組織的研究。儘管在介紹歐陽中華時陳盼力圖保持中性口吻，但是在外人聽來，其中的崇拜和驕傲實在是溢於言表。

石戈把話題轉到從空中看到的塑膠管，正如他猜到的，那是用於「無土種植」的設備。塑膠管提供循環營養液，作物生長在塑膠管上。無土種植本身並不新奇，不少企業都搞到了相當大的規模。但是能把無土種植搬到沒有電力、化肥、溫室和各種技術支持的水災中心，卻讓人不得不驚嘆。

這是陳盼負責的項目。她是生物工程領域的專家，在農業大學做實驗室負責人。這套簡易的無土種植系統是由她主持開發，專門針對災區進行了特殊改進。

「……營養液是用自然物質加工的。你看，這是絞磨器。」陳盼帶石戈參觀。「除了石頭，什麼天然物質它都能吃。垃圾、草木、糞便、灰土、腐植質、天然纖維……經過絞磨送入發酵槽。加入特製的高效高速催化劑，再用太陽能熱水加溫，發酵兩小時後就可以送進分離罐，把其中的渣滓去除，分離出的液體便是天然成分的營養液。」

絞磨器和分離器的動力可以來自電、柴油機，也可以用風力和水力，還有用一排自行車改裝成的人力驅動機組。災區沒電沒油，此刻又無風，所以綠色和平組織的成員和災民們正輪班在那套人力機組上腳踏驅動，看上去組織得不錯，秩序井然。

綠色和平組織不參與目前的政治風潮，而是把綠色技術送到救災現場，爲災民解決最迫切的吃飯問題，這讓石戈內心讚賞。不過他對實際意義有多大是懷疑的。即使週期最短的無土種植，對災民而言也會太長。看那些長在塑膠管上的作物，大小只跟瓜紐一般，什麼時候才能吃進災民嘴裡，又能塡飽幾個災民的肚子呢？

陳盼似乎看出了石戈的心思。她之所以主動陪同石戈，也是想介紹這個項目。她明白權力可能起到的作用，或許也期望會發生這種作用。

「這種無土種植的不同，在於作物是我們實驗室培育出的新品種。」

陳盼領石戈看木柵圍起的一條空間。木柵裡面只有一條塑膠管，上面排列的作物很奇特，第一個只能算瓜紐，跟大田裡長的那些一樣。第二個有拳頭大小。往下依次逐個變大。顏色也由白變綠再變紅。到第十八個，也就是最後一個，看上去至少有十五六公斤，已經開始乾縮。透過熟透的裂縫，能看到中心有一小團白膜包著的瓜籽。這種作物成熟後的形狀看上去像瓜類，不過沒有藤蔓，連葉子也沒有，光禿禿，又圓又胖，讓人聯想到腫瘤一類的物質。

「這本來是實驗室的樣本作物，我搬了一組到這裡。最小那個是昨天下的種，最後一個已經過度成熟，是十八天前種的。這傢伙在生長高峰期一天能長一公斤半。」

一天一公斤半！石戈覺得有意思了。

陳盼接著介紹，「……開始是因爲塊莖植物不能用塑膠管栽培，我們想試著讓馬鈴薯長到管外。做了不少基因組合、嫁接和雜交。最後用角瓜、南瓜、馬鈴薯合成了這個傢伙，我們叫它薯瓜。農作物非食用部分的莖葉往往浪費了大部分養料，一直是我們想解決的問題。尤其對無土培植，好不容易弄出來的營養液大部分供到無用部位，更是浪費。薯瓜很適於進行這種改造。隨著多餘莖葉逐步被減少，我們發現它的成熟期也越來越短。這啓發我們又沿著縮短成熟期的方向做品種改進，一直弄成現在這樣子。可以說當初的大部分設想都實現了……但是剩下一個主要問題，卻是最糟的——它實在是不好吃，有很重的怪味，連餵豬都不吃。」

「營養成分怎麼樣？」石戈沒有因此降低興趣。

「營養成分相當不錯。澱粉和蛋白質含量比馬鈴薯稍低，但維生素、胺基酸和菸酸比馬鈴薯高而且好消化。」

「有沒有不利人體的成分？」

「至少到目前爲止進行的各種檢驗都表明沒有。」

「可以讓我嘗嘗嗎？」

「你有這個勇氣？」陳盼嘴裡這麼說，倒如得了獎賞一樣笑起來。

果然有一股說不出來的怪味，似馬鈴薯的辣味，又似角瓜的澀味，也有點像南瓜放壞了的臭味。在嘴裡咀嚼，連鼻腔都感受到那股怪味刺激。咬起來如肉皮，又如塑膠，再往後又黏又滑。無論怎麼往美好之處想，給人的感覺也離食物十萬八千里，純粹是一種怪誕的固體。意志弱點的人吃進去會嘔吐。石戈極細緻地品嘗，從最老的吃到最嫩，把那排樣本薯瓜挨著吃個遍，連裡面的籽也彷彿嗑瓜子一樣放進嘴裡嚼一嚼。籽的怪味大十倍，他還是嚼到底，嚥下去。

「看你吃的樣子，我都饞了。」陳盼佩服地搖頭。

「我比豬強吧。」石戈暗中強忍要嘔吐的感覺。「它的單位產量是多少呢？」

「每公頃一萬五到二萬公斤。」

石戈沈思著看向遠處水面。金晃晃的水無邊無際地伸展，在扁而柔軟的夕陽下如凝結般莊重。露在水面的樹尖和房脊好似金棋盤上的棋子，默默排列著神祕陣勢，讓人感到蘊涵著無限玄機。他在心裡默默計算……每公頃一萬五到二萬公斤，產量相當於糧食的六倍，按當量算等於二倍。生長週期只有十八天，是糧食生長期的五分之一。這一來它等於糧食單產的十倍！

這會不會是一隻拯救之手呢？

北京　西山

前導車通紅的尾燈偶爾在士兵之間的空隙中顯露一下。陸浩然又瘦又小，平時坐自己的車，從不許警衛坐到前面遮擋視線。可是在這輛裝著隱蔽鋼甲的軍用車裡，他被士兵人牆圍在中間。每個士兵都緊握武器注視窗外。王鋒在電話裡強調社會動盪，軍隊必須絕對保證自己客人的安全。

陸浩然很少與軍隊有直接聯繫。下午祕書通報軍委副祕書長王鋒請求通話時他感到意外，尤其還是通過保密機打來的電話。在電話裡，王鋒只說「主席」想見他，說得很客氣，但明確指定在今晚九點十五分，沒有詢問他是否有空或同意。

當然，他同意，而且爲此取消了今晚在人民大會堂的一系列外事會見。

細節是兩方祕書安排的。爲了保密，他坐祕書的車從側門出中南海。在指定地點靠到等待已久的這輛車旁，車門同時打開，他只邁一步就換了車。

「主席」只當到軍委第一副主席，數年前就退休了，一直住在西山養老。但如同他在位的九年一樣，軍內始終不變地尊稱他爲「主席」。即使是現任軍委主席的中共總書記，也不能讓這個稱呼轉移到自己頭上，尤其是在高級將領中。

總書記經營軍隊也有不少年了。「六四」之後，誰都能看出未來只能靠槍。誰抓住軍隊，誰就抓住政權。一方面軍隊地位迅速上升，一方面又要把軍隊變成黨的馴服工具。總書記在軍內做了不少安排，也頗有成果。軍事院校出身的中層軍官對他都有好感，他的意圖也大都能暢通無阻地貫徹。然而卻不能由此認爲他掌握了軍隊，只能說軍隊暫時把「自己」退到幕後。軍隊是最講「自己」的，不會讓一個外人進入核心，表面上一套法定機制在周密運轉，但那並不是眞正的軍隊，只是一層外衣。

軍隊的心臟在西山。

陸浩然從公安部長處得知：近來每天都有各大軍區的軍用飛機載著將軍們在南苑軍用機場降落。他們直接被掛著軍車牌照的「賓士」轎車接到西山，待上半天又匆匆飛回。各總部各兵種首長也紛紛到西山謁見。他預感軍隊正在籌畫重大行動。他不加猶豫地來見主席，正是因爲他現在需要軍隊，而王鋒的電話說明，軍隊此刻也需要他。

剛登上國務院總理之位時，他即使不能壓總書記一頭，至少也旗鼓相當。他長期主管經濟，在國務院系統有雄厚基礎和廣泛關係，逐漸成爲主張強化政府控制的代表人物，被當時幾位元老看重，推舉他出來治理整頓市場失序的狀況，同時也是給被國外稱作「溫和派」的總書記設下牽制。那時元老們的權威尙能保持不同派系的平衡。自從元老們相繼去見馬克思，對立和衝突就日益激化。新的組合，新的陣線，新的交易，新的對比，每天都在紛紜變化。他從攻勢變成守勢，現在則是步步後退。

陸浩然總是奇怪自己爲什麼會被人稱爲「強硬派」，其實自己實在是軟弱。他雖然主張政治上加強控制，但是一遇到經濟發展和政治控制發生矛盾，做爲一個搞經濟出身的專家，卻總是遷就經濟需要，在政治上退讓。對手正是利用他這種怕亂和怕失民心的心理，把他一步步擠到死角。現在，那位「溫和」的總書記又企圖用爲「六四」翻案發起總攻了。

這是危險的一著，卻也是高明的一著。陸浩然當然知道號稱「溫和」的總書記從不是個民主派，他冒這個險爲的是利用積澱在「六四」概念中的民心和國際輿論。「六四」造成的問題不在於死了人，損失了財產或搞壞了國際形象，那些沒什麼了不起，關鍵在於失掉了心理結構的平衡。執政集團內部一直擔心歷史最終的評說，「六四」後的東歐變化更加深了這種疑慮。老一輩在的時候，這種失衡有人在前面頂著，臨到自己面對歷史了，就都想把自己洗刷乾淨，誰也不願意跟「強硬」沾邊。這正是強硬派的弱勢所在。而溫和派卻是想利用對「六四」的翻案，一方面轉移矛盾，擺脫國家面臨的困境；一方面打垮「強硬派」，使自己的權力從此不再受掣肘。

陸浩然和總書記在「六四」時都未進入核心決策圈，並無直接責任。然而不同的位置決定了立場，用中國官場的話說——「屁股決定腦袋」。強硬派當年是靠「六四」再度崛起的，如果「六四」翻了案，強硬派的路線和班子也得完蛋，那時溫和派一定會把強硬派踩扁。

防彈車一進入警衛森嚴的西山大院，陸浩然被換到一輛轎車上。風景秀麗的玉泉山三步一崗，五步一哨。汽車在曲折幽徑中轉了好一會，停在一座古樹掩映的別墅前。王鋒已經等在門口。

「陸總理，主席本想親自拜訪您，不巧患了感冒，請原諒。」王鋒的微笑非常動人，牙齒雪白。

「哪裡，年輕的拜見年長的，這是天經地義……」陸浩然比主席年輕近二十歲，比王鋒又年長近十幾歲，他意識到在王鋒面前說「年輕」二字不太合適。「我早想來感謝解放軍對災區的支援了。」他握住王鋒的手使勁搖了幾下，有一種蚍蜉撼樹的感覺。

王鋒五十歲出頭，風華正茂，比他高一頭，讓他覺得如同仰望挺拔的山峰。那張英俊瘦長的臉上總是一副自信表情，肩膀寬寬，昂首挺胸，儘管夏夜炎熱，一身合體的毛料軍服卻扣得嚴嚴實實。

「我們該受批評，到晚了。」王鋒謙遜地表態。

「哪裡能這麼說，這不怪你們。」

比起以往救災，這次軍隊進入災區的時間確實晚了不少，然而聲勢卻比哪次都大。到處都是調動的軍隊，公路、鐵路、滿天飛機，軍用物資滾滾如河。半個中國都能從早到晚聽見「三大紀律、八項注意」的行軍歌聲。晚歸晚，軍隊在這次獲得的讚譽卻比哪次都多，也最熱烈。大部分災區基層政府都已癱瘓甚至消失，全靠軍隊挑起了主要擔子。

其實陸浩然對救災的態度也是表面急，心裡鬆。對他來講，黃河氾濫看似天災，實則是地地道道的人禍——是錯誤路線的惡果。只有讓惡果充分地暴露，才能讓人們思考根源。

王鋒邁著軍人步伐走在陸浩然旁邊，不時做出禮貌的手勢。

五年前就任國防科工委主任的時候，王鋒曾是全國最年輕的中將。最近，剛任命他兼任中央軍委副祕書長，他又將被提升爲全國最年輕的上將。傳說他並不爲此滿意，因爲現行的軍銜制到上將就到頭了，從而使他永遠不能趕上他已故的父親——二十世紀五十年代的中國元帥。「既然不想當元帥的兵不是好兵，沒有元帥軍銜也就不會再有好兵。」人們說這是他的話。

穿過一間門廳，兩條走廊，一個大會客廳，全都空空無人。走到一扇黃色皮革包裹的門前，王鋒手放在門把上：「主席身體不適，醫生只給五分鐘。」

陸浩然屏息凝氣地點頭。王鋒輕輕推開門。

裡面是個小會客廳。一個乾癟老人端坐在正中沙發上。陸浩然不敢相信自己的眼睛。幾年未在公開場合露面，變化竟如此之大。主席過去高大魁梧的形象縮成了一具木乃伊，又瘦又乾。軍服好似穿在衣架上，皮膚層層摺皺，奇怪的是臉色倒顯得很好，甚至稱得上紅光滿面。陸浩然趨身問候，碰到那雙遮蔽在白翳下的眼睛，不禁心裡一抖。那雙眼睛仍然射出往日威嚴，直視人心靈深處。

主席動了一下手指。

「坐。」當年可比洪鐘的聲音如今蒼老沙啞。

這個房間除了沙發茶几和地毯，沒有任何多餘擺設。最引人注目的是牆正中懸掛的毛澤東像。下面擺著一扇高大繡屏，薄如蟬羽的紗絹上繡著龍飛鳳舞的毛澤東手蹟，是毛詩詞中的一句：

要掃除一切害人蟲，全無敵。

此時此刻，重見這早已遙遠的詩句，不禁使人怦然心動。

陸浩然只用半個屁股坐在主席對面的沙發上，兩手相握夾在膝蓋之間，前傾身體。

「我們第一次見。」主席說話很慢，「次」和「見」之間隔了好幾秒。「但我瞭解你。」

陸浩然使勁點點頭。他曾很多次見過主席，握過手，說過話。那時他只是機電部長、計委主任一類的頭銜，根本不會在主席腦子裡留下印象。等他當上總理時，主席已經退隱西山不露面了。不過重要的是後面一句話。主席瞭解任何他想瞭解的人，然而此刻說出的瞭解，是一種接受和認可。

「……我知道政治局常委中，只有你一個人反對那個喪權辱國的協議，你拒絕以總理身分去日本簽字。幹得對，有骨氣。什麼『經濟合作區』，那是日本鬼子又一次占領東北嘛！」主席的話仍然那麼慢，蒼老沙啞，但是在陸浩然耳朵裡，卻有雷霆萬鈞之勢。「我也知道你最近五次要求召開政治局會議，提出旗幟鮮明地制止動亂，反擊翻案風。你做了可貴的鬥爭，我們感謝你。」

陸浩然不斷點頭，本想說一句「我辜負了老一輩的期望」，卻沒有說出來。眼睛在眼鏡後面癢癢的，有點溼潤。

動亂是那個總書記一手挑起的，他卻不時對局勢惡化裝出一副驚訝模樣，又次次置之不理。陸浩然下令抓的動亂分子全叫他放了。半個月前又藉口陸浩然反對常委會的決議，宣布由他自己以國家主席身分去日本簽署「中日經濟合作區」協議，等於罷了陸浩然的官。連連失利使陸浩然心裡積滿鬱悶，突然知道西山一直在關注和支持他，不禁感動得全身發熱。

「那個二等兵忘乎所以了！」主席臉上的蒼老紋路在這時勾勒出一副天然的輕蔑。

一直聽說軍隊高層將領私下把從未當過兵卻當上軍委主席的總書記稱爲「二等兵」，此刻親耳聽見，又是從主席嘴裡說出，陸浩然感到一陣由衷的快感。

「我們不會答應，」那雙威嚴的眼睛在眼皮摺皺裡盯著他。「六四是一條界限，永遠不許邁過，不管他是什麼人！」

陸浩然凝重地望著主席。

「我也不答應。」他的聲音如發誓一般。

主席看他一會兒，難以察覺地點點頭，吐了一口氣，閉上眼睛休息。他的兩條手臂平放在沙發扶手上，兩腿端端正正，全身始終紋絲不動，不知爲什麼讓人想起假人。這個長征時期的紅軍團長，五十年代的陸軍上將，在那些年代也許無足輕重，到「六四」就已是平暴的主要決策者，今天更是毛澤東時代頂天立地的最後一名旗手。

王鋒用手絹爲主席擦掉嘴角流出的口水，體貼仔細，如同護士一樣。

主席當年是王鋒父親的老部下。眼看這「元老派」頂尖人物和「太子派」頂尖人物的默契，陸浩然有一種滋味複雜的感慨。這種血緣和情感上的聯盟是自己永遠無法得到的，也是自己一到關鍵時刻就勢單力孤的原因。

主席再度睜開眼睛，已經沒了剛才的光彩，彷彿這麼一會兒就用光了所有力氣，聲音也低了一截，更加沙啞。

「……王鋒，是軍隊的全權代表。」

那雙黯淡的眼睛消失在眼皮摺皺中。助聽器導線沿著細軟稀疏的白髮無力地垂下。陸浩然不太清楚這句話的全部意思是什麼，是指王鋒一會兒將代表軍隊與他詳細討論，還是指王鋒以後就成爲軍隊的化身呢？主席沒往下解釋。談話看來到此爲止了，陸浩然悄悄起身。

「軍隊，」主席最後一次睜開眼睛。「將支持你出任總書記。」

山東半島　二〇一海軍基地

雖然隧道洞口的值班上尉一眼就認出王鋒的通行證屬於最高級別，帶領全體衛兵立正敬禮，例行檢查卻一項不少。電腦識別，指紋核對，王鋒的汽車也和所有汽車一樣開到專用地溝上檢查有無爆炸物。王鋒顯出不耐煩的樣子，考驗上尉是否屈服於大人物的壓力放鬆檢查。最後他很滿意。

上次來這已相隔四十多天。在王鋒的記憶裡，這是相隔最長的一次。這一段時間都花費在西山別墅的接待和談話上，幾乎一分鐘也離不開。陸浩然是最後一個談話者。把那位未來的總書記送上汽車不到五分鐘，他就直接把這輛賓士 2800E 開上旋翼已經轉動的直升機。飛行途中他美美地睡了一個小時，降落前給北京家中的妻子打了個電話，告訴她兩小時後回家。當然，他沒說他正在山東上空降落，在看妻子之前先來看一艘潛艇。

汽車在隧道裡要走五分鐘。一路崗哨都接到上尉的電話，移開路障敬禮放行。王鋒除了在正式場合，很少用司機，總是自己開車。隧道裡燈火通明，但比起進入的山洞又顯得黯然。宏偉的山洞比白晝還亮，千萬只燈布滿整個空間。山洞裡是一座人工碼頭。碼頭下面現在無水，是個三百米長，二百米寬的深坑，從上到下掛滿防撞橡膠。坑底傾斜，一側是鋼鐵巨閘。大海被閘門擋在山洞之外。當閘門升起，海水灌滿現在無水的深坑，潛艇就可以從水底駛出山洞，直接在水下出航了。

此時，坑內只有一艘坐落在密集支架上的潛艇，尚未完工。

過去，這裡被海軍用作祕密行動的碼頭。王鋒費了很大勁才從海軍手裡搶過來。這艘導彈核潛艇是他上任國防科工委主任後開始建造的。他一直主張軍隊要從數量型轉向質量型，從人力型轉向武器型。在他的戰略觀念中，一艘用現代科技裝備的導彈核潛艇可以勝過一百萬軍隊。一個國家只要有一艘這樣的潛艇，就能以它的威懾保障強敵不敢貿然侵犯。當然，有效威懾的前提在於祕密性，如果潛艇行蹤被敵人掌握，無異只是一個用黃金堆起的廢物。

今天，在布滿衛星和電波的天空下，保密甚至比潛艇工程本身還難。王鋒靠主席的支持，接管了這個世界稀有的潛艇碼頭，將海水排乾，改成施工船塢。新修的隧道口僞裝成倉庫大門。所有設備、原料、部件都僞裝成入庫物資。爲了迷惑衛星，有時先把物資運進周圍眞正的山洞倉庫，再假扮各庫調運物資倒進這裡。光是爲了這種障眼法，就有一個汽車營長年不懈地奔忙。那一營士兵直到退役也不會知道自己在忙些什麼。這種防範只是爲了對付衛星與那些沒有生命的光電儀器。王鋒知道這是相對容易的。最難防的是人，尤其是自己人。一個浩大工程，涉及無數部門和人員，要想讓每個人都守口如瓶純粹是做夢。王鋒的方法是不讓任何人知道全貌，各部門都只知道有關自己的部分。至今，連中央軍委、總參謀長、海軍司令一層高官都不甚清楚這裡到底在幹什麼，幹到了哪一步，花了那麼多錢最終能造出個什麼東西。

王鋒把車停在碼頭邊上。四周堆滿了大大小小的箱子。西德的雷達，美國的電腦、荷蘭的潛望鏡、丹麥的電機、日本的渦輪……這艘潛艇內一大半設備是西方國家產品。爲了繞過西方國家對中國的武器和技術限制，弄到這些東西費盡周折，價格也高出幾倍。王鋒對這一點毫不含糊，他認定只有採用西方技術才能在現代軍事對抗中立足。

「報告！」丁大海在車前立正。他穿一身海軍便裝，沒有軍銜，沒戴軍帽，因而不能敬禮。看得出這一點很使他感到尷尬，有些手足無措。

「隨便吧。」王鋒親切地拍拍他的肩，和他握手。丁大海三十五六歲，個不算高，肩膀寬得嚇人，圓圓的腦袋，頭髮只有半寸長，膚色又黑又紅，渾身肌肉把軍服撐得圓滾滾，像個典型的膠東船老大，卻戴著一副葡萄酒瓶底那麼厚的深度近視眼鏡。他是這艘潛艇的監造人。

進入潛艇內部需要經過兩道崗。第一道崗是進入外殼。精通潛艇構造的人能發現外面看見的並不是眞正的潛艇，只是一個僞裝。還有一艘接近完工的潛艇套在裡面，只有持紅色通行證的人可以進。那才是這項工程的眞正對象。這是王鋒的計策，是用於對付內部人的。多數參與施工的人都不知道眞相，即使他們看得出有兩套殼體，也以爲是新式結構呢。王鋒知道，這項工程不可能永遠不讓那些自以爲有權知道一切的人物光臨。他馬上要接任軍委祕書長了，無法繼續兼任國防科工委主任，繼任者肯定也要過問這項工程，因此必須搶在那之前讓潛艇完工出海，只留下外面的空殼。那時只要幾個關鍵的人守口如瓶，別人就誰也弄不清怎麼回事。當初設想這個「金蟬脫殼」之計的主要目的，是爲了對付西方的情報機關，現在意義則要深遠得多了。

王鋒喜歡設計和實施計謀，也許這是他的天性。兒童時他的理想是做一名優秀間諜。文化革命中，無論當紅衛兵，還是參與暗殺江青的陰謀，或是做爲父親特使遊說高級將領，他在政治方面的天才都得到了最肥沃的土壤，催放了早熟之花。那時他的理想已經是當國家元首了。與多數軍隊高幹子弟一樣，他未成年就進了軍隊。不同的是，他沒有把軍隊當成暫時棲身的避風港，而從一開始就認定了「槍桿子裡面出政權」千眞萬確，把軍隊視作政治生涯的基礎。他不趕時髦去搞作戰、偵察、軍事研究等，全心投身於尖端武器。他認定未來戰爭是政治家使用高科技武器進行的，而不是靠士兵的刺刀見紅。現在，他的每一步幾乎都隨著時間完美地實現，就快到邁出最後一步的關頭了。

王鋒對潛艇的每一部位仔細審視。總設計師、總工程師和生產總指揮緊張地跟在他身後。他心裡非常清楚這種視察沒有任何實際意義。儘管他畢業於軍事工程學院導彈專業，儘管他對全世界的武器裝備如數家珍，可是在具體的設計、製造和施工問題上，他那點知識對身後這幾個老總來說，連小拇指都算不上。他並不想指教他們，只是要他們緊張，要所有的工作人員經常看見中將軍銜在這裡亮相。他什麼都不用說，沈默而專心的審視，再加上幾個尖刻的問題，就足以使這些老總身上出汗，使他們如拉車的馬一樣，不時被眼前無聲晃動的鞭影所提醒。其實，當他長久站在剛剛安裝完畢的螺旋槳前，他的眼睛看著巨大閃亮的黃銅，腦子裡出現的卻是黃河在中原大地上漩出的扇面。

他很滿意這次黃河救災的部署。過去每次搶險，軍隊都是從一開始就在最前線。險過了，沒有成災，人們馬上也就忘了。固有的弊病，問題和矛盾依然如故，官僚們越過越舒坦。軍隊的自我犧牲等於是搶了弊病造成的險，換來了無能者的安全和錯誤路線繼續害國害民。而這次，他先用種種藉口拖延軍隊出動，使形形色色的問題充分暴露，同時又不露破綻，把軍隊不能及時出動的原因引到地方不配合、中央不創造條件等方面。他看不起有些將領不堪目睹「國家受災」的婆婆心腸。損失算什麼，如果不讓這場大水沖掉錯誤路線及其代表人物，亡黨亡國就會在眼前。而且，他信奉一個古老的教誨——「等人快死的時候再救人」。這次軍隊出動得最晚，得到的民眾感激卻最深，新聞媒體的讚譽也最高，不就是這個古老眞理的體現嗎？更重要的是，通過這次救災，軍隊完成了一次大規模的重新部署。對部署的情況，只有幾個軍方最高領導掌握內幕。受災地區如此廣大，需要的人力如此之多，情況又如此混亂，給大規模調兵找到了最好的合法外衣。現在，已經人不知鬼不曉地完成了包圍北京、控制中原、面向南方的兵力部署。同時以救災名義調動和囤積了大批物資。可以說，最後的準備已經就緒。

潛艇主體工程已經完成，正在裝修內部。王鋒對密封條裝配品質進行了一番挑剔，命令全部重裝。他撥動鎖定轉輪，很靈活，一個手指就可以帶動。他反來覆去地撥，似乎專心致志，眼前出現的卻是在飛行軌跡上旋轉的子彈。

那個人必須死！

雖然王鋒自己和「六四」無關，但他深知「六四」是軍隊不容觸動的禁區。這是「六四」後治軍思想始終如一的原則，本質上更是一個碰不得的瘡疤。不錯，低層知識軍官裡不少人講什麼「民主意識」，但那不過是腳趾頭的「意識」，僅僅是「講」而已。讓腳趾頭立正它不敢稍息，這就是軍隊。根本問題在於：否定「六四」平暴，軍隊就將染上一個永恆的污點，一大批珍重榮譽勝過生命的高級將領就將被判爲歷史罪人。爲了免於這種恥辱，他們寧願再殺十倍、百倍的人，何況一個人。

不過，王鋒沒有對任何將領提過讓誰死的事。該誰死誰就死，死就是了，怎麼死的就讓它成爲永恆的祕密。一個人的死是最簡單的，既不是兵變，也不是政治鬥爭，只是一個弄不清謎底的偶然。權力自然而然地更迭，誰也說不出什麼，誰也找不到藉口。國內也好，國際也好，只能接受現實。至於懷疑和猜測，讓它們見鬼去吧，反正拿不上桌面。

只有沈迪知道……王鋒沒拿準事成後該怎麼處理沈迪。眼下，他通過迂迴的複雜渠道把沈迪安插到總書記保安負責人的位置，爲的是能夠保證殺手安全逃離現場。除了八百萬美元索價，殺手的附加條件是必須保證他活著。只要他死在中國境內，沈迪和他談話的錄影就會向世界公布。這當然是防止滅口，同時也是迫使雇主盡最大努力提供保護的手法。王鋒相信沈迪能做到這一點。而殺手安全出境後，隱患就只剩下沈迪了。他知道沈迪不能算一個絕對忠誠的部下。他掌握那小子跟巴基斯坦做導彈生意時私貪一百萬美元的證據，那本是軍隊籌措祕密經費的一次買賣。然而畢竟從小就在一起，當了幾十年自己的小兄弟……想到這，他就不想把「隱患」的問題繼續想下去。

他看了氣密監視台的試驗。指示板上，縱橫排列的光點全是綠色，給人一種寬心的感覺。純粹而美麗的綠色使他感到舒適，甚至陶醉。丁大海把水密門打開一點，立刻在綠色中出現一個令人心驚的紅光，一閃一閃，像血、像火。

現在一切順利，但值得擔心之處畢竟很多。醫生已經委婉地表示，主席的生命已無太久。老人近來基本癱瘓，許多內臟功能得靠外力維持。這次西山接見靠的是一個專用沙發，藏住那些通入他體內的儀器和管路，並用化妝給衰老得幾乎透明的皮膚蓋上健康顏色，免得暴露的血管和骨骼給人骷髏印象。對每組被接見的人都用「感冒」做藉口，只見幾分鐘，其餘談話由王鋒繼續。即使這樣，每個幾分鐘都使主席健康大損，使藏在周圍房間的搶救班子對著顯示幕上的監測信號焦慮萬分。發生過兩次需要中途搶救的情況，都被王鋒巧妙地遮掩過去。即使對主席的心腹愛將，也不能讓他們知道主席身體的眞相。主席的威力是和他的生命力共存並且成正比的。王鋒把這一點視爲關鍵。雖然他相信自己的能力，卻十分清楚自己在軍隊的根柢畢竟還淺，還沒有足夠時間培植起控制全盤的羽翼，只能靠主席的生命給自己爭取時間。

當然，他知道挾天子以令諸侯是權宜之計。時代不同了，現在既沒有古代的「忠」，也沒有過去的「信仰」。主席的權威是靠長年經營起來的盤根錯節的制約，是純個人的，他無法繼承。主席遲早要死，一旦失去了主席，那些制約也就沒了，各路諸侯就將只受「野心」和「利益」的支配。他雖然馬上將上任軍委祕書長，看似軍隊最有實權的人，卻除了一個區區軍委警衛團，調動一兵一卒都得通過各兵種和各軍區的那些諸侯。他們不聽你的呢？有什麼辦法對付他們？如果沒有任何辦法，他們憑什麼聽你的呢？

暫時，在共同利益面前，軍隊會團結一致。「六四」以後，軍隊地位不斷提高。隨著參政意識加深，越來越厭煩充當「馴服工具」的角色。新一代軍隊高層領導人大都在「文化革命」期間參與過軍管，嘗過權力滋味，又學得了管理政權的技巧。那是一種影響深遠的經驗，使他們總是盼望再次發揮。面對當前的社會危機，他們早就認爲軍隊該挺身而出了。所以在主席「打招呼」的過程中，他們全都表達了盼望已久的心情，並對主席指定王鋒爲全權代表的決定表示服從。但是王鋒對表面的笑容和巴結全不相信。多年來，他對「林彪事件」的研究和思考提醒他處處居安思危。當時的陸海空三軍首腦全是林的鐵桿，關鍵時刻卻不能爲林放一槍一炮。使林空握有五百萬大軍，只能孤零零地摔死在蒙古沙漠上，今天，他既沒有林彪的權威，又沒有林彪的體系，爲了不落得林彪的下場，就更不能指望別人。

他環視潛艇指揮艙。所有的精密儀器都興奮地閃亮。至少，他心愛的這個傑作是屬於他的。他已經逐漸形成一個明確想法：這艘潛艇不能交出去。在他現在這種地位上，他會找到一個合適理由，讓這艘潛艇無人知曉地消失在大洋深處。他也會建立一套周密的程式，讓這艘潛艇只受自己一個人指揮。至於做什麼，他不知道，但總會是手裡一張牌吧。只要一年就夠了。他相信一年內他就能控制局面。如果一切順利，這艘潛艇就會正常地交到海軍去服役。但願一切順利。

他看了看始終用立正姿勢站在一旁的丁大海。要保證潛艇服從自己指揮，關鍵是選擇一個合適的艇長。這個艇長不但要有極高的專業水平和實戰經驗，還必須不被任何部門所掌握。不管是總政治部，還是海軍、艦隊司令，都不能對他下命令，甚至連花名冊上都沒有他。除此之外，最重要的還是對自己絕對忠誠。王鋒從來不相信什麼「天意」一類的東西，然而他有時確實對「巧合」的奇妙感到驚訝。同時符合上述三個條件的潛艇艇長可以說永遠不會有。一個能指揮戰略導彈核潛艇的艇長是被黃金堆出來的，怎麼會不在花名冊上？可這個丁大海就是一個。他當年以第一名的成績從潛艇學院畢業。十年艇長生涯中，檔案評價永遠是三個「A」。他是海軍潛艇部隊最好的艇長之一，僅當了兩年常規潛艇艇長就上了核潛艇，後來又當上導彈核潛艇的艇長。類似他這樣的艇長全國僅有十幾名。但是誰也沒想到，品格鑒定一向優良的他，四年前在美國安那波利斯海軍學院研究生院進修時，竟爲一個美國女人，把同班的美國軍官打得顱骨開裂，被美國法庭判了兩年徒刑。當然，中國軍隊更不會容納這種人。等他服完刑回國，海軍已經把這個當年的驕子遺忘了。年輕有爲的新艇長英才輩出。他默默地回他的漁村去打魚。是王鋒把他找回來，讓他當代表用戶的監造人。那時只是想利用他對核潛艇的使用經驗，也是一種一般意義上的搜羅人才。但自從王鋒產生了自己掌握這艘潛艇的想法，每當想到「艇長」這個詞時，腦子裡就會出現丁大海那張永無笑容的臉。

他肯定是忠誠的，王鋒想。但是如果命令他向他的漁村發射核彈，他會不會執行呢？

II
台北

整個台灣島似乎只有一個人對剛結束的大選漠不關心。而對全體台灣人來說，這次大選的意義超過許多最重大的歷史事件。

表面上只是執政黨的更迭。民進黨以五十二%的得票戰勝國民黨，取得了「中華民國」的執政權。這種更迭在任何一個實行多黨制的社會司空見慣，然而對於台灣，意義不僅在於執政半個多世紀的國民黨下台和民進黨建黨以來第一次執政，更重要的是台灣人民對台灣前途轉折性的選擇。

與中國大陸分離多年，一九四九年以後出生的台灣人在人口總數中已占絕大多數。台灣做爲獨立的實體，政治觀念、文化意識、生活方式都與大陸發生了根本歧異。在多數人心目中，中國大陸對他們同大多數外國一樣陌生，自己已無所謂中國人，僅是台灣人。台灣島雖然不大，生活起來卻很美好，有什麼必要和一個醜陋貧窮的大陸搞統一呢？所以民進黨主張台灣獨立的宗旨在台灣日益深入人心。

以往的選舉，民進黨輸給國民黨的原因不在其台獨主張，而在選民對大陸的恐懼。台灣與大陸相差懸殊，實施「台獨」如果招致大陸對台灣用武，不但獨立談不上，連生存也無法保障。國民黨利用了台灣人民的擔心，又拋棄了「一個中國」的教條，採取「兩個中國」的務實立場，因此一直占著執政寶座。國民黨的策略是口頭上不放棄「統一中國」，但是附加了前提——必須是在「自由民主」基礎上的統一，等於明確拒絕與共產黨統治的大陸搞統一。這在當時是一個精明策略。一是不至於過分激怒中共；二是可以撫慰國民黨內懷有「大陸情結」的勢力；三是願意「台獨」卻懼怕大陸動武的台灣百姓也會認可，因爲那時大陸實現「自由民主」看似遙遙無期，會當作是一種拖延策略。是否有獨立的名義不重要，只要台灣和大陸實際上別弄到一起去就行。

但是這次選舉，情況有了很大不同。具有嘲諷意味的是，多數台灣人在這時選擇了「台獨」勢力，主要因素恰恰是大陸正在興起的民主化進程。那到底是眞民主還是中共內部爭權奪利的興風作浪，老百姓無從辨別，不過民主既已是世界大潮，當年讓西方聞風喪膽的蘇聯都不戰自垮，沒有理由相信中共的一黨專政能長存不變。台灣人在這時開始認眞地考慮國民黨的表態，一旦大陸自由民主了，若是國民黨繼續執政，那表態就不再是拖延策略，而成了需要兌現的諾言，「統一」豈非就擺在了眼前？然而，除了想到大陸去做官的政客和能從大陸市場撈好處的資本家，有幾個台灣人眞願意和那個充滿爆炸性的龐然大物「統一」呢？

還有一個因素也幫助台灣人下決心選擇民進黨，那就是美國的態度。冷戰結束以後，美國與中國對抗蘇聯的聯盟解體，自由世界消滅共產主義的目標轉向中國。當年被美國冷落的台灣又成了遏制中國的籌碼，在大陸與台灣的對抗中，尤其是在大陸對台灣進行武力恫嚇時，美國多次出動艦隊駛入台灣海峽。這也許只是一種政治姿態和心理戰，美國人並非眞想捲進台海戰爭，但是傳達給普通台灣人的資訊卻是台灣能夠得到美國的保護傘，使他們有了心理依仗，不再畏懼。

選民最終選擇了民進黨，也就意味台灣獨立進程的開始。

整個台灣島都被民進黨上台的選舉結果震動，從上到下一片混亂。各國駐台北辦事機構忙得不可開交。遲到的記者們像蝗蟲一樣從世界各地飛來，又把無數電波向世界各地發去。

唯有一個人置身於外。他既不看當天的報紙，也不理睬電視和廣播，對街頭演說、兩派爭論全無興趣，更不參與公共場所的議論、歡呼和衝突。他在陽明山公園一片寂靜的小樹林裡悠然欣賞著一種亞熱帶球狀的琥珀色果實。往日那些閒情逸致的遊客，打太極拳的老人，或是談情說愛的情侶都被外面的熱鬧吸引去了。但此時若有人能從數米之外看見他的話，一定會對他的姿勢感到奇怪。他的眼睛離那串果實未免太近了，而且只盯著一串果實。如果從兩米之外一個特定的角度看，會發現有一枚小鏡子掛在果實和葉子之間。原來他不是在欣賞果實，而是在欣賞自己。看他那副專心致志的模樣，不時地抹抹嘴唇，弄弄頭髮，會讓旁觀者覺得有自戀症一類的怪癖。但是再近一些，而且是從正面觀察，就會看到隨著手在臉上動作，他正逐漸從三十歲的年齡變成五十歲。當他最後把一撇小鬍子貼在嘴上，戴上一副老式金邊眼鏡時，便從輕鬆愉快的菲律賓富家子弟變成了一個呆板博學的日本防衛廳學者。隨身背包變成一個公文皮箱，花里胡哨的外衣翻過來成了老派服裝。他的步伐也從輕浮的竄跳變成軍人式的端正，招呼計程車的手勢如同敬軍禮。當他在中華民國國防部軍事情報局資料館查閱資料時，他的形象、語言和證件都沒有引起懷疑。

全世界有關中共政權的資料台灣最多，台灣又屬這裡最多。其他國家研究中共政權是出於政治或經濟利益，或是有備無患，只有台灣是出於生死存亡，而台灣軍隊又是這生死存亡的首要承當者。所以「中校」——現在叫「小野中二」——檢索的資料雖然只是「中共領導人的保衛方式」這樣一個細科，電腦調出來的文件卻有上千份。這是幾十年從不間斷地從各種報刊、出版物、回憶錄、審訊材料、外國人的訪問見聞、叛逃者的描述以及大陸情報員的調查，一點一滴彙集而成的。即便中共在這方面從來諱莫如深，幾十年所露的蛛絲馬跡拼湊在一起，整體形象也一覽無餘。

「中校」看得很快，再複雜的保安措施他都一目了然。暗殺專家必然同時是保安專家。他在這方面已是一通百通。何況他剛在香港圖書館坐了十幾天，所有背景情況瞭若指掌。用他的眼光看，中國的保衛措施沒有一處稱得上高明，然而卻最難下手。他精心研究過近代歷史中所有對國家領導人的暗殺，除了有組織的大規模行動，幾乎都是在公眾場合進行的。必須見到對象，然後才能瞄準。西方領袖爲了獲得選票，不能不在公眾場合頻繁露面。爲了那個美麗的民主程序，他們的日程甚至得公開——幾點幾分在哪做什麼活動，經過哪條大街，參加哪個集會。那麼，即使他們的保衛工作再優秀，又如何能在那麼多窗子中找出哪一個藏有槍口呢？中國領導人卻不同，他們的一切都與社會隔絕，住在隔絕的大院裡，坐著隔絕的汽車，開著隔絕的會議，進行著隔絕的旅行。連他們的公開也是隔絕。如果他們需要「和群眾在一起」，他們會隔絕地出現在群眾中，然後再不隔絕地出現在報紙和電視上。隔絕是保衛工作最好的武器。再平庸的保衛有了它，也近乎萬無一失。

在東京那家妓院裡，他開價五百萬美元。假如可以趁總書記到國外訪問期間下手，他只要三百萬。無論在哪下手都比在中國要方便。

「我給你六百萬。」那個中共上校回答，一根眉毛都不動。「但是必須在中國，必須在四十五天內，必須死。」

昨天晚上，他在香港第一次給中共上校留的號碼打電話。按照約定，他在電話中要求得知「旅行社安排」。對方念了一份冗長的日程表，很精細。他按照和上校約定的規則做了一番複雜整理，便得出中共總書記未來一個月的日程安排。現在，「中校」在腦子裡把那日程反覆過。中南海他肯定不想進，那裡的兵幾乎人挨人。在北京伏擊車隊也不可能。中共首腦的防彈車保險係數相當高，炸翻幾個跟頭也傷不著裡面的人；專列車廂即使從橋上被炸進河底，也能八小時內不滲水，有氧氣，與外面保持聯絡……不要說這些方法幾乎毫無希望，哪怕有一半成功的可能他也不會用。現在唯一的優勢就是中共最高領導人從未遭受過暗殺，警惕性長期受不到刺激就會麻痹，而這種麻痹是成功的唯一保障。一旦打草驚蛇，得手的希望就趨於零。所以不幹則已，要幹必成。

他把那些北京的活動一股腦甩掉，日程中只剩下將在月底開始的外出視察。只要烏龜走起來，總比趴在窩裡露頭的機會多。視察範圍主要是黃泛區：開封、蘭考、徐州……黃泛區以外只去一個三峽水庫，爲剛完工的大壩剪綵。

視察災區必然要看望災民。從昨天起，「中校」一直圍繞這點動腦筋，但始終沒有突破。看完眼前的材料，更覺得難以把握。第一，他不可能準確知道總書記具體會在開封、蘭考、徐州那些籠統地名中的哪個縣，哪個區，哪個鄉，哪個村。那些安排都是臨時確定的；第二，中國領導人和群眾見面所在的場合，等於是中南海後院的延伸，都是被封鎖的。在無法事先制定精細方案和安排好退路的條件下，他是不會拔槍的。他做的是生意，生意的第一原則是保本，尤其這種本一丟可就再也回不來了。

就是爲了保這個本，他要求中共上校說出他的老闆姓名。「沒有這麼一個名字，我怎麼相信你們會履行協議——保證我活著離開中國呢？公布一個沒有老闆名字的錄影不會形成任何威懾。有幾個人認識你，上校？」

那一陣兒看上去生意馬上就會吹。「中校」要的名字必須貨眞價實。上校雖然激烈反對，不過爭執時間一長，就看得出那反對更像是賣關子。到了火候差不多的時候，上校停止反對，悠悠開口。

「如果你得到名字，付在你名下的酬金就不該是我剛許諾的六百萬，」他打暗號似的擠了一下右眼。「而該是八百萬。」

前面上校把五百萬提高到六百萬時，「中校」開始喜歡他，當上校把六百萬說成八百萬時，「中校」就開始佩服他了，不愧比自己軍階高一級！

「我會給你一個帳號。」上校說。「你把我多給你的二百萬轉過去。用句中國話說，那只是『借花獻佛』。你將得到的名字値一個中國。有了這個名字，你就如同被裝進保險箱那麼安全。」

上校的眼光親切坦然。錢是老闆的，帳號卻是他的。「中校」敢肯定那個帳號之下，類似的二百萬會不止一個。

「我一個人獨吞八百萬不更好嗎？」「中校」笑嘻嘻，不過當然只是開玩笑。不用上校暗示，他就知道對方也會留下威懾自己的王牌。對這樣一個人，寧可把他當成同謀，不要讓他成爲對手。上校說出了那個名字，只有兩個字，按剛談妥的價錢分攤，一百萬元是「王」，一百萬元是「鋒」。

坐在軍事情報局的資料館內，中共總書記的視察路線在「中校」腦子裡一圈又一圈地流動。怎麼流動也不對勁兒，越流動越找不到契機。他終於斷定，應當反過來——「守株待兔」。「中校」

很喜歡這個中國成語。兔子到處跑，牠必然要撞上的「株」在哪呢？……突然，「中校」把全部災區也甩掉了。在他的腦海裡，出現一道白色的壩。三峽！白色的壩照亮了他的腦海。

「小姐，長江三峽的，大壩的，資料，有沒有？」他用生硬的漢語問女管理員。女管理員在電腦上查找一番。

「對不起，這類工程問題的資料我們這裡收得不多。」

「工程問題？台灣軍隊錯了的認識，有戰爭，大壩十個氫彈的是。」

「小野中二」刺耳地笑了一聲。

一個正在查找目錄的台灣軍官抬起頭。

「先生對三峽工程有興趣，可以去加拿大。加國爲了拿到這項工程，做了多年研究。這方面的材料堪稱世界之冠。」

「謝謝。」「小野中二」欠身致意。

「同時請先生知道，沒有日本防衛廳指教，台灣軍隊也明白大壩對戰爭的作用。至少本人就剛在加拿大研究完三峽工程。」

「對不起。」「小野中二」露出肅然起敬的神情，立正鞠躬。

一小時四十三分之後，「中校」乘坐的飛機在桃園國際機場起飛，飛往加拿大。「小野中二」又變成了年輕快活的菲律賓旅遊者。

北京　中南海

「收——」

聲音猶如發自天際，從彩霞中升起，充滿安慰，輕柔地飛近，拖著長長的裙裾，帶來飄逸的風，似細密絲網，把擴散的氣體籠罩，如母親之手逐漸合在一起……

陸浩然全身流動的氣感一點點消退。如果說發功時像甘泉沐浴，收功時就如絲綢擦身。眼前蕩漾的金色、銀色、群星、仙境般的美景逐漸離去，彷彿在九霄雲上飛了一周，他又回到中南海這片翠竹之間。

「請總理進長廊休息。」周馳的女弟子恭敬地說。她是個電影演員，雖已中年，仍然漂亮，嗓音也美，跟剛才那個純淨的「收——」相比，她此時語氣裡夾著一絲焦慮，投向周馳的眼光有種隱隱不安。

周馳坐在太湖石旁的石凳上，舉目望著陰雲疾馳的天空，全身紋絲不動，神色凝重，似乎承受著無形的重壓。陸浩然周圍站成三角形的三個男弟子也已收功，關注地看著周馳。

女演員拉著陸浩然的手，剛邁進湖邊長廊，一陣風橫吹盪過，颳起湖面一片漣漪。周馳在風中長舒一口氣，穩穩起身，面色微紅。三個男弟子簇擁他走進長廊。

女演員屏住呼吸。當她看見掉在長廊外青石地面上的一滴雨時，發出驚喜歡呼。

「總理，你看！」她指著那滴雨，激動得如她自己得了奧斯卡金像獎。

剛結束的練功使陸浩然眼前亮度提高了好幾倍，可他怎麼看也只不過是一滴雨。

「要不是大師運氣把雨托住，它早就下來了。」女演員迫不及待地解釋。

說到這，天上響起一聲雷鳴，劈劈啪啪掉起雨點。雨很快密起來，打得竹葉一片嘩嘩作響。

「人正在練功時不能被雨激，做到半截也不能硬停下來，都會讓人生病。大師爲了保護您，剛才是靠發功托住了雨。」女演員崇拜地望著周馳。「這是我第一次親眼見到大師托雨。剛才大師身上的光暈從綠色變成紅色，直射到天上。您看，大師一收氣，這雨就下來了。大師，您感覺怎麼樣？聽說托雨對內氣耗損特別大。」

周馳微微一笑，沒回答，似乎不值一提。

陸浩然沒就這個話題說什麼。他已經接受了氣功，但是以他受的教育來講，呼風托雨之類怎麼也像是神話。他畢竟是學理工出身，搞了多年科技工作。然而眼見的一些事又由不得他不信。那個臉上有疤的男弟子曾把他親手簽字的名片嚼成紙糊，又復原成原樣，名片還潮乎乎的，自己在名片上的簽名赫然重現。陸浩然有時想這是不是一種戲法？剛才那個托雨也許只是周馳控制了他正好在下雨前走進長廊，而不是控制雨在他走進長廊後才下。虔誠的女演員容易受暗示，周馳完全可以控制女演員發出收功指令的時刻……

如果眞是戲法，這個周馳想達到什麼目的呢？

據說周馳六十多歲了，看上去只像三十多。一雙小眼睛亮晶晶，非常有神。皮膚光滑細嫩，幾乎一根皺紋也沒有，只是有點駝背，使他顯得像個弓身等待撲食的豹。他是全國氣功學會理事長。這個學會在全國各地都有分支機構，正式會員二千六百多萬，還有好幾倍於這個數字的氣功愛好者。這麼多人都對周馳崇拜得五體投地，再有權勢的政治家也會羨慕。周馳現在每星期來中南海兩次，爲陸浩然組場發功。所謂的「組場」，就是讓他的三個男弟子圍繞陸浩然布成一個氣陣，女演員與陸浩然相對，構成陰陽互補，在周馳掌控下，集體對陸浩然發功。據說有這種氣陣相助，受功者的修爲可以在不知不覺中突飛猛進，得到的身心益處無法衡量。天下練功者能得到這種扶助的自古如鳳毛麟角，當代也許就再無旁人。

陸浩然練氣功已有幾年歷史。開始只當作養身之道，練練停停，沒什麼長進。自從在政局中灰了心，練功興趣才逐漸濃起來。可能是需要一個寄託吧，也是因爲難得有了一些空閒，但主要還是因爲遇到了周馳。衛生部部長親自向他推薦這位「氣功宗師」。周馳給他布的氣陣果然讓人心馳神醉，如升九天，受完功後會感到如同換了新人，充滿活力，全身輕鬆，精神振奮。每經過一次氣陣，他的感應就提高一塊。短短兩個月，他已覺得今非昔比。氣功對他的意義變得相當重大，每次做功都似過節，剛做完就開始盼望下一次。

也許這是人類未知的全新領域。既然人類認知沒有止境，就不該把原來的觀念當作永恆眞理。陸浩然的判斷又盪到另一個方向。他總是類似鐘擺那樣在懷疑氣功和相信氣功二者間擺動。這眞使他煩心。大半生都很明確地走過了，突然一切又都變得摸不準。而在摸不準之中，就不免產生出某種敬畏。敬畏什麼呢？他瞟了一眼周馳，正和那尖利明亮的目光相遇，自己不禁把目光閃開。這使陸浩然不免內心沮喪，身爲一國總理，他倒眞是不能看輕這個坐過牢、跑過江湖的氣功師。

工作人員通報公安部長來接他。他跟周馳握手告辭，沒說感謝的話。然而和最初的坦然受之不同，現在的他心裡已有了一份忐忑，越來越想討好面前這個人。

公安部長直皺眉頭，行車時把手伸出車窗，從落在掌心上的雨點判斷雨的趨勢。行動馬上就要開始，如果雨大起來，說不定會落空，至少也會影響效果。十七號樓保密室的監視螢幕上，顯示聚在天安門廣場的人群正在紛紛散開避雨。不過外國記者還留在原地未動，只是在一排排攝像機上打起了傘。

「有他們在就行。」公安部長說。「看熱鬧的人少點無所謂。」

近來陸浩然每天都要到這間保密室，通過監視螢幕看一會兒天安門廣場的情況。這套設備原本就是公安部安裝的，和公安部的監視中心相連。今天公安部長專門過來陪他，觀看將要進行的行動。保密室內只有他和公安部長兩人，工作人員未得到指令不許入內。

公安部長扳動一個類似遊戲機操縱手柄的控制器。電視畫面隨著手柄扳動方向左右橫移，或者前推後拉，還可以變換畫面。天安門廣場安置了多台自動攝像機。眼前的監視螢幕通過專用電纜，不但可以接收畫面，還能指揮那些攝像機動作。

從螢幕上看，雨還在變大。廣場上已經出現積水。地面被雨打起一層白霧。群眾組織的旗幟溼淋淋地垂成布條，寫的標語也開始流淌墨蹟。外國記者紛紛看錶，已經到了他們聽說將要出事的時間，可是沒有任何跡象。下雨容易讓人改變主意，或者是覺得水不適於燃燒，儘管汽油並不怕雨。周馳能不能把雨托住呢？陸浩然在想。雷鳴宏亮密集。一個人的肉體之軀難道能與天空的能量抗衡？氣功如果眞有這麼大能力，人間的一切都將望塵莫及。然而他沒有把握，除了剛才那個「托雨」是眞是假，還有周馳是否會用這種能力爲他服務。他決定試一試。

「周馳同志，」趁公安部長出去的一會兒，他撥通了近來常撥的那個電話號碼。「爲了國家利益，我希望你能讓天安門廣場上的雨停一會兒。」

那邊沒有聲音，也沒有聽出掛機。電話線路彷彿突然中斷，裡面成了眞空。公安部長進來。他剛讓手下人去查問。「氣象台說三分鐘內雨會停。」他興高采烈。陸浩然卻有點恨他。回過頭去看螢幕時，雨果然已經小了。接著出現一束陽光，晃得廣場亮堂堂。夏天的雨本來就忽有忽無，不用氣象台，也不用氣功師，任何人的預言都至少有二分之一準確的概率。陸浩然重新拿起電話聽筒。很正常。電流均勻地嗡嗚。這個周馳到底是什麼貨色？這雨到底是怎麼停的？陸浩然什麼驗證也未得到，反而更加疑惑。

西山謁見「主席」，除了得到支持他出任總書記的許諾，具體步驟一點沒向他透露。王鋒說他的身分最好超脫些，不宜牽扯進中間環節。他要做的只有一點：在軍方推動的根本性變化發生之前，不能讓現任總書記公開爲「六四」翻案。

陸浩然樂於「超脫」。如果軍方行動失敗，他什麼都不知道，也未參與，自然沒有干係。而阻止爲「六四」翻案，即使沒有軍方，他也是不遺餘力的。他很清楚現任總書記的策略：既把「六四」翻案做爲打垮強硬派、收買民心和獲得國際支持的武器，又不讓這武器被民主派利用，反而要藉此搞臭他們。看上去這兩個目標不可能同時實現。尤其後一個目標似乎是個悖論。但「二等兵」的狡詐正體現在這裡。他利用當年東歐的經驗，不是壓制民主派，反而讓他們一股腦出籠，充分表演。那些人嘴裡喊民主，只要讓他們覺得有可能成功，有可能獲得名利之時，就會把主義丟在一邊，鬥爭矛頭立刻轉移到彼此之間。「二等兵」一會兒和這個談判，不理那個，一會兒讓那個占上風，使另一個丟臉，挑撥離間，煽動妒心，把「民主鬥士」們的野心、黨爭和不擇手段暴露無遺。民眾在這個過程中失去對民主派的信任，「六四」事件形成的道德形象也快速喪失。

同時，當局一方面控制著不發生傷害根本的混亂，卻又改變八九年的做法，不再費力不討好地努力維持社會運轉，而是有意不施加調節，強化表層混亂，讓人民生活發生困難。北京市各部門同時大撒手，水、電、煤氣紛紛中斷，糧食、蔬菜供應不上，交通郵電半死不活，犯罪率大幅上升。偽裝成歹徒的祕密警察在整個北京城搶劫、放火、製造恐怖，新聞媒體再按統一口徑大肆渲染，把一切歸於動亂形勢。老百姓很快被嚇住了，對民主運動從普遍支持變成害怕厭惡，甚至抱怨當局軟弱，未採取強硬措施穩定形勢。群眾的轉向之快，各方都感到意外。翻案而不動亂的局面已經成熟。既可以把「六四」蓄積的怨氣洩了洪，又能夠讓「害群之馬」離了群。今後若干年的政治穩定由此有了保證。原來總書記一方預計至少還需一個月才到公開翻案的時機，形勢的迅速發展使他們決定提前，明天就宣布。

不管軍隊能製造出什麼變化，只要「二等兵」還在總書記的位置上，他宣布的翻案就代表了國家和黨，再想往回收就不會是易事，將引起無數麻煩，甚至是災難性後果。這也是「二等兵」急於把生米做成熟飯的原因。如果先召開中央全會討論，陸浩然可以動員起相當數量的反對，至少能做到議而不決，不獲通過。然而「二等兵」玩了個花招。他將在明天接見《華盛頓郵報》主編時，以「個人身分」表示贊同翻案，那無疑會立刻在國內外引起轟動，隨後他再召開中央全會，在先聲奪人的輿論逼迫下，多數人不敢逆潮而動，翻案決議就會通過。

在和身邊幾個心腹考慮對策的時候，公安部長出了現在這個主意。在陸浩然的左右，他是最有鬼點子的。在「二等兵」的「一石二鳥」盤算中，要想同時打著「二鳥」，「翻案」的石頭就只能是以「賜予」形象拋出，而絕不能讓人認爲是被逼著扔出的。一旦有被逼之嫌，隨翻案而來的民心和桂冠就會給了逼的一方，動亂分子就有了新市場，而總書記自己則會成爲落水狗。所以要想拖延總書記宣布翻案，最好的方法不是在內部阻止，而是藉民主派之手相逼。

怎麼逼？遊行示威已經沒人感興趣。絕食幾起幾落。電視台播放了絕食者偷吃食物後，已經成了玩笑。最後通牒下了無數次，沒人再認眞。能做的都做了，也都失去了效果。只剩下一件事有人說過，至今還沒人做——自焚。

自焚不像絕食可以當面絕，背後吃。汽油一燃起來，就要經受裡裡外外每個細胞每根神經每滴鮮血燃燒的過程。在這個利潤的時代，這種沒有一絲賺頭的殘酷獻身幾乎不可能想像。然而公安部長的想像力卻不那麼悲觀。他確實找到了一個，而且通知了外國記者，讓他們帶著所有記錄和傳播的工具，趕到天安門廣場。

監視螢幕裡人群突然亂起來。一個劃火柴點菸的男人被按倒。幾個便衣把從他身上搜出的白酒傳著聞了一遍，倒在地上。消息顯然已經走漏。廣場到處都是便衣，檢查所有的瓶子、水壺和飲料。西方記者被勸告離開，否則不保證安全。北京市公安局是效忠總書記的。大批警察陸續趕到。對方的意圖很明顯，只要抓住自焚者，或嚇住自焚者不敢採取行動，保證今天沒有人燒起來，總書記明天就可以按計畫「賜予」六四翻案了。

公安部長操縱畫面搖來移去。陸浩然看著頭暈，閉上眼睛。其實他聽個結果就是了，沒必要目睹現場，只是這次事關重大，一旦失敗，幾乎沒有後備方案可供選擇。

「她來了。」公安部長的聲音喜憂參半。

畫面停在一個年輕女人身上。推成近景。她臉龐瘦削蒼白，有點歪斜的眼睛茫然散光，細小牙齒咬著沒有血色的嘴唇，牽動下顎向一邊扭曲。她一身病態，這麼熱的天氣還穿著長袖衣褲，瘦得好似紙人，一對乳房卻異乎尋常地豐滿，高高撐起胸前衣服。她孤零零地站在一邊。忙碌的警察沒人注意她。公安部長很滿意這點。警察的思維模式會自然而然把自焚者想成意志堅強的人，這種病弱女子看上去根本不貼邊。不過的確如此，公安部長對她的意志也是毫無把握。

她是個癌病患者。兩個乳房被挖得乾乾淨淨。未婚夫嚇跑了。癌細胞擴散到全身。醫生斷言她只有半年好活。她等不及，自殺過兩次，都被家裡人發現硬把她救活。公安部長派出的人裝成「民主戰士」，許諾只要她用自焚方式死，會給她家一筆數目可觀的錢。這世上她唯一愛的只剩父母，能用這早就不想要的生命給他們的貧苦晚年換一筆財富，無疑吸引了她。然而自焚畢竟和吃安眠藥不一樣，太痛苦，太醜陋，太作踐自己。她對政治毫無興趣，不想當烈士，對「名傳千古」的開導也無動於衷。她是一個未結過婚的姑娘，不想燒光衣服，燒掉皮膚，再燒出骨頭。她怕疼，超過怕死。最後是另一個許諾讓她接受了交易，答應事先給她進行全身麻醉，使她保持神智和行動能力，卻不會感覺疼痛，她將安詳地「在烈火中永生」。

然而她還是臨場畏縮了。預定時間已經過了半小時，不少記者正在把攝像機裝回箱。她還在發呆。如果她不自己下手，誰也不能上前去燒她。她要是被警察捉住，十分鐘內就會供出一切，讓人順藤摸瓜，一直摸進這間保密室。「得有人促進。」公安部長惱怒地嘀咕。不過他的部下沒讓他惱怒太久。一群民主戰士模樣的男女橫晃著走過去，如一個浪頭包住一粒小石子那樣把她圍在了中間。人太混亂，從大會堂頂層瞄過去的竊聽波束分辨不清講了什麼，也看不清是否有動作。

浪頭過去了，小石子重新露出，還是呆呆的。那群人在不遠處和警察衝突起來，吸引了廣場上的注意力。公安部長把畫面景別推到最大。能分辨出有液體從姑娘的褲腳流出，和地面雨水混在一起，難以分辨。「下雨有下雨的好處。」公安部長說，平時他不這麼嘮叨。汽油是用塑膠袋盛裝的，綁在姑娘胸前代替挖掉的乳房。高聳的胸脯一點點坍了下去。事先讓她穿了好幾層衣服，爲了充分地吸收汽油，保證能把她燒死而不是只燒焦一層皮。

「汽油味！」聽見有人高喊。公安部長一下拉大畫面。廣場上的警察和便衣炸窩一般亂竄起來，掀起一片騷動。

這也許使姑娘受了驚嚇，乾枯的小手嗖地從兜裡抽出，一個紅彤彤的大個打火機握在手裡。旁邊正好走過一個金髮碧眼的西方女記者，尖叫著跳開，同時把攝像機麻利地舉在眼前。三條大漢發現了目標，從十多米外魚躍般撲過來。

「六四……」姑娘顫聲張開黑洞洞的嘴。交易規定她必須在點火前喊出口號，以證實她是爲「六四」翻案而不是爲別的事自焚。她背了無數遍擬好的口號，到頭來還是沒記住。「……翻案……」只出來兩個詞。好在也夠了。火苗從打火機上竄出。那是事先一試再試絕對保證一打就著的防風打火機。然而就在火苗竄出的同時，一個大漢已經抓住了她的手。

陸浩然幾乎要喊出聲來，功虧一簣！火苗沒接觸到汽油，姑娘沒有被點燃。另兩個大漢抓住了她的身體。她再掙扎也敵不過三頭大猩猩啊！何況她半點掙扎也沒有，一動不動！全部過程只有零點幾秒。打火機眼看著進了大漢的手。突然轟地一亮，姑娘化作一團爆發的火球。三個大漢被彈射的火焰撲面打翻。火團中發出一聲姑娘淒厲的長叫，如同野獸，只分辨出其中兩個字：「……

騙——我——」她像颶風一樣撲向廣場人群。人們嗡地四散而逃。跌倒的、被踩的、喊叫的，亂成一團。西方記者玩命往前衝。警察們抱著滅火器到處追。姑娘扭著、跳著，誰也不可想像人的肉體能有這種跑的速度、跳的高度、扭曲的頻度。滅火器在四面堵截，射出粉狀、霧狀、泡沫狀的噴劑，全被她的奔跑、跳躍和扭曲甩在後面。她和火融爲一體。衣服一塊塊脫落，散落在她跑過的地面上繼續燃燒。她的皮膚如同飛轉的色輪一般變色，轉眼間就化成漆黑。一輛敞篷警車呼嘯著追了上來。車上架著形似野戰炮的乾粉滅火器。在追她的過程中至少撞倒五個人，刮倒一個燈柱，從攝影記者的器材上壓過，撞得各種鏡頭滿天亂飛。

當嘭嘭發射的大團乾粉終於鋪天蓋地打中她的時候，慘叫聲停止了。飛揚的白粉散開。火滅了。她倒在紀念碑的石座下，兩根燒禿了的臂骨僵直地指向天空，身體縮成一塊冒煙的焦炭，只有小腹的油脂還像天燈一樣燃著不熄的火苗。滅火粉劑燒成一層黑色泡泡，糊在殘骸的整個表面。大腿內側慢慢翻捲，露出一團黃色的淋巴組織。

「這幫傢伙眞蠢！」公安部長顯得氣哼哼的。「滅火器能救活她嗎？沒等燒死就先窒息而死了。」他似乎完全從職業的角度挑對方的毛病，其實是掩蓋如同剛看完一場賭贏的球賽那種得意。

成功了。陸浩然卻沒有振奮的感覺，反而有點反感公安部長的評論。

「反正她得死，窒息而死還少受點痛苦。」他沒好氣地說，突然心裡一動。「不是給她做了麻醉處理嗎？」

公安部長微笑。

「那是安慰性的，給她注射了一點淺層麻醉劑，是爲了讓她下決心。眞做了全身麻醉怎麼會有這種效果？會顯得不正常。」

在此之前，陸浩然把姑娘當作一個符號，跟α、π、n、x那樣筆畫簡單，在解題中隨意擺弄。不知爲什麼，他現在記住的是她在燃燒中閃露了一下的臀部。雖然那臀部只有一秒鐘是白色的，卻讓他意識到她是一個人。公安部長稍許帶點誇耀地透露，事先已經在她身上暗藏了遙控發火器，只要她亮出打火機，是不是她自己點的火就無關緊要了。現在他的手下正在趁亂找回發火器殘骸，以防落到調查人員手裡。「萬無一失。」公安部長保證。

螢幕上，廣場的人群含淚默哀。剛發生的一幕雖然慘不忍睹，卻無異一劑強心針，使原來日趨低沈的士氣突然激昂起來。人們互相感染。許多人還不清楚怎麼回事就跟著落淚。

整個廣場逐漸彙集成一個有節奏的吼聲：「六四——翻案！六四——翻案！……」這是烈士的最終遺言，以死相許的目標。至於烈士燃燒起來後慘叫的「騙我」是什麼含義，人們當然不知道那是劇烈疼痛揭穿了假麻醉後的悔恨，而是當作烈士對政府欺騙人民的抗議。人群越聚越多，開始與警察衝突，掀翻汽車，砸碎路燈，推倒樹牆。警察全部撤退，顯然不想擴大事態，免得事件效果更爲轟動。但是發生的一切已經足夠。載著自焚者畫面的電波立刻布滿了全球天空。明天宣布翻案肯定不可能了。要想讓這個自焚造成的影響過去，至少得一個月。那時也許就是另外一個局面了。

多麼完備的陰謀啊。那聲淒厲的慘叫「……騙——我——」始終縈繞在陸浩然耳旁。他不寒而慄。自己會不會有一天也被燒成那樣的煤球呢？他能相信軍隊嗎？僅僅就憑一個許諾？他閉上眼睛，朦朧中有晃動的圖景。他試圖看清那是什麼，但模模糊糊，總也聚不住焦點。周馳曾保證可以爲他開發出預測和遙感的特異功能。他當時沒有說出他想要那功能的目的。別的都不重要，他渴望識破一切圍繞他的陰謀。

加拿大　馬尼托巴湖畔

女攝影師快睡著了，忽然聽到行走的聲音。她的攝影棚架在樹頂，離地五、六米，僞裝得非常隱蔽。她一邊輕手輕腳準備好相機，一邊在心裡揣測是什麼動物。要是護林直升機駕駛員看見過的那頭虎就好了，準能在《動物攝影》雜誌上賣出好價錢。她已經連著來了三天。動物倒是拍了不少，就是沒有能賣好價錢的。

當這隻「動物」走出灌木，出現在湖灣那座廢棄的水壩上，她差點罵出聲來。是動物倒不假，而且是最高級的動物，《動物攝影》上卻絕不會刊登這種動物。更糟的是，只要有這種動物在場，別的動物就再不會現身。她本想喊一聲。可是她知道動物是多麼聰明。牠們可能就躲在附近，只要她一暴露自己，那就非得她自己也離開，牠們才會重新出現。

然而她馬上又產生了興趣。

那個「動物」一放下背囊，立刻脫光了衣服。他的東方人皮膚是金黃色的，身材不高，活像神話故事裡的美少年，各個部分都那麼勻稱，令人想起金子鍛打的雕塑。

既然他搗了亂，就拍一套他的裸體照賣給《風流少女》。女攝影師浮起惡作劇的笑容，調準她的長焦距鏡頭。姑娘們看夠了西方式的大力神，也許會願意看看東方式的丘比特吧。

可是她只按了幾下快門，那個東方人已經穿上一身古怪的潛水服，並且開始安裝一支形狀奇特的槍。這小子到底要幹什麼？女攝影師納悶兒地琢磨。想獵殺大魚？爲什麼又把廢罐頭盒在壩頂掛成一排？

東方人下水了。他的潛水服有幾片大小和形狀不同的「鰭」，展開後可以使他穩穩地「坐」在水中，靠調節一組配重和氣囊決定身體在水中懸浮的狀態。這個湖灣的水很清澈，能看見他的每個動作。他在水下兩米處擺出一個奇特姿勢，雙手持槍，瞄向壩頂。那槍上有一左一右兩個小浮筒，配有平衡器，在水中起到支架的穩定作用。東方人看來是在試驗，反覆調整，才使身體在水中平衡。他長久保持雙手持槍坐在水中的姿勢，儘管時而有風時而有浪，卻似僵化的黑樹根一樣隨波逐流，模樣看上去極爲怪異詭祕。

一層水面飄浮的黃葉遮蓋了他。女攝影師剛想換口氣，突然嗡地一聲戳破水層和空氣，像匕首尖劃開皮膚。壩頂一個罐頭盒「鐺」地飛起，劃出一道長長弧線，然後叮叮噹噹從壩的另一面滾落。接著飄浮樹葉下一槍緊接一槍，一個個罐頭盒相繼飛起，叮叮噹噹滾下壩。一隻兔子被響聲驚起，驚慌地橫穿廢壩，跑向另一側灌木。水下發出的最後一槍使兔子迸起，化成一片血紅飛揚的肉餡。

女攝影師嚇得發抖，使勁抱住全身，生怕發出動靜。一旦那個水下魔鬼發現她和她的照相機，下一隻兔子就會是她！

Y—8直升機的旋翼怠速旋轉，隨時準備起飛。李克明坐在駕駛員身後，一肚子窩火。

大壩那邊車來車往，人影晃動，一片忙亂氣氛。爲迎接總書記前來剪綵，工程局從上到下忙了一個多月。一想到姓沈的上校，李克明就禁不住罵娘。那張細皮嫩肉傲慢的臉，眞該使勁搧上去兩耳光。那個王八蛋一小時前到現場，十分鐘不到，就把他們一個月辛辛苦苦的工作全部推翻。李克明一直認爲自己設計的保衛體系無懈可擊，除了常規的沿線布崗、現場戒嚴、審查人員、搜檢爆炸器等，他還在庫區部署了兩艘摩托艇巡邏，配有潛水員，控制水上所有目標，攔截飄浮物，在河道下游部署了巡邏隊。他自己乘公安處的巡邏直升機在空中監視，指揮協調。然而姓沈的不加任何解釋，先把摩托艇、直升機、潛水員和巡邏隊一概取消，再收了公安處人員的槍，勒令他們不許進入核心現場。

媽的！李克明把菸頭狠狠吐在腳下鼓囊囊的帆布袋上。他恨自己當時沒有甩手就走，反而一個勁兒說直升機巡視怎麼必要。人家信不著你，還掉這個價幹啥？說穿了只是怕被弟兄們笑話。別人被趕出現場罵幾句也就算了，他是主管副處長，誇下海口要露一手，如果也被趕出去，這張臉往哪擱？他幾乎成了求那個姓沈的雜種，竟說出「直升機可以表達對總書記的歡迎」這種理由。可恰恰是這個最不成理由的理由打動了姓沈的。那小子歪頭琢磨了半分鐘，讓他在停機坪待命。十分鐘前，汽車送來了腳下這個帆布袋，裡面是滿滿的花紙屑。姓沈的通過對講機告訴他：總書記剪綵時通知他起飛。他的任務是飛到水庫上方，把這包花紙屑從空中撒下表示祝賀。李克明氣得發昏，差點要把來送帆布袋的傢伙一腳踢翻。

總書記的車隊到了，好幾十輛前呼後擁。公路掃了又掃，還灑了水，照樣揚起一片灰。李克明已經毫無興趣，只是出於職業本能才把望遠鏡放在眼前。

他實在看不出姓沈的有什麼值得傲慢，也許是小地方警察看不懂？在他看來，經過沈迪重新部署，保衛體系反而漏洞百出。大壩入口處圍著不少人觀看，把拐彎處擠得過於狹窄。車隊被迫放慢速度。在李克明眼裡這是犯了大忌。尤其那些圍觀者不是經過組織的歡迎隊伍，而是沈迪撤掉了公安處的防衛圈後自發湧來的。果然，幾個人突然打起一副「三峽工程禍國殃民」的標語，引起一陣騷動。如果其中有一個槍手？李克明心跳加快了。

還好，僅僅是幾個綠色分子搗亂。李克明對這幫言必談綠的傢伙討厭透頂。從大壩開工他們就沒斷過折騰，非說大壩破壞生態，把外債、通貨膨脹，直到資金緊缺一類問題都跟大壩聯繫在一起。大壩花錢確實不少，可得看是多大氣派！這是世界奇蹟，建成後發電量世界第一！光說生態有什麼用？到處都是綠草，人也不能變成牛，靠草活！

對講機傳來沈迪命令起飛的北京口音，一副高高在上不可抗拒的聲調。李克明奇怪這麼一個老爺竟會親自指揮撒花紙屑的小飛機。直升機豎直地起飛了。

水庫展現在眼前。蓄水時間不長，已是一片汪洋，在陽光下黃澄澄的，無邊無際。李克明第一眼發現水下有個黑影，擺動一下就不見了。中華鱘？他沒看清。新蓄的水沖下好多泥土，即使從空中垂直向下，也看不透半米深。眞有中華鱘可是好兆頭。那幫綠色分子嚷嚷大壩會使這種珍奇物種絕跡，牠要能在這個時刻現身，給他們當頭一棒，可稱得上對總書記最隆重的歡迎了。李克明琢磨是否該向地面報告，轉念又算了，萬一是眼花呢。即使真是中華鱘，有直升機在頭頂，牠也不會再露頭，何必弄成一副拍馬屁的樣子。他讓飛行員放慢速度沿大壩飛行。不管那個姓沈的怎麼說，他還是要按自己演習過的方式巡視一遍，哪怕是象徵性的，也說明自己不是擺設。

車隊停在大壩中央。一大群地方官員簇擁著總書記。總書記剛剪斷紅綢子，雙手扠腰向水面眺望。隨行記者的照相機、錄像機全對準他。明天各大報的頭版、電視節目的頭條都會出現這副意氣風發的雄姿。「高峽出平湖」的中國夢終於變成現實。在黃河水災震動全國的時候，這項偉業的意義尤其不同尋常。它會讓人民看到成績和光明，得到信心和勇氣。

沈迪惱火的聲音在耳機裡非常刺耳：「磨蹭什麼，馬上飛到指定地點撒花！」

李克明使勁兒忍了忍，沒把「你算老幾」甩向話筒。飛行員無可奈何地看他一眼，一加速飛到總書記正前方的水面上，將飛機控制成懸停。

李克明心裡罵著拉開艙門，把一袋花紙屑一股腦倒出去。頓時天上開了花，成了個五顏六色的大花團。大堤上的人仰面而視，興致勃勃地議論和鼓掌。花紙屑被旋翼攪得紛紛揚揚，圍繞直升機高速旋轉，一團團撲進機艙，又旋轉著再飛出去，打得李克明臉上麻酥酥，連鼻孔都飛進了紙屑。他瞇著眼透過紙屑空隙看下去。中華鱘！在直升機吹動的水波中，離大壩如此接近，不到三十米，黑乎乎地浮現，正對著總書記。可所有人都仰頭看天上的花團。李克明抓起對講機喊：「請總書記看水裡。」

話音剛落，總書記的頭顱在刺目陽光下開放了一朵通紅的花。光閃閃的花瓣從花蕾裡綻出，瞬時間怒放地向四面生長，形成一個完美的弧狀，便突兀地破碎和凋零。

總書記倒下了。

大壩上的人先是如同被魔法定住，繼而嗡地擠成一團，將總書記圍在中間。是做夢嗎？是眼睛的錯覺嗎？是紙屑的干擾嗎？不，是眞的！總書記倒下了，被圍在中間。他只剩一個身子。脖子上面是血腥的空洞。他的頭被炸碎了。他被殺了！最高領袖！在他李克明的眼皮底下！

「中華鱘！」他一聲狂叫。

水面黃澄澄，鬼魅般地乾淨。

李克明立刻冷靜下來。他剛滿三十歲就當上公安處的副處長，正是因爲他親手抓過五個殺人凶手。如果被殺的不是總書記，可以說他時刻都在盼望出現殺人案呢。抓獲凶手是他最大的樂趣和享受。

壩上的警衛和保鏢好似受驚的狗一樣到處亂竄，卻連槍從哪兒打的都不知道，只能齜牙狂吠著團團轉。

「凶手在水裡。」李克明用對講機說。「請迅速派人封鎖水庫兩岸。我在空中監視，隨時通報情況。」

奇怪的是現在倒沒有沈迪的聲音了。

飛機升高了，脫離了紙屑干擾。李克明從艙門探身往下看，心裡迅速判斷。大壩所有閘門都關著。導流洞有柵欄，凶手不可能順水穿過大壩，從下游逃走。他只能在水庫裡。輕潛呼吸器的空氣瓶頂多供氣九十分鐘。用腳蹼游泳，時速不超過五公里；即使有小型推進器，也不會超過十五公里。那麼九十分鐘內，兇手一定會在二十二・五公里的範圍內現身登陸。登陸點可以排除大壩。而水庫南岸人煙稠密，多是農田。北岸卻山巒起伏，林木叢生。所以基本可以斷定，兇手將在北岸登陸。可能性最大的是距大壩五公里處那片緊貼水邊的灌木林。

李克明讓飛機沿北岸來回巡行。飛行高度能同時監視幾公里範圍。好在水邊林木沒有大片的，視線基本清楚。他一邊搜索，一邊向對講機呼叫。對講機裡一直沒有回答。可能是嚇懵了，他想。

「換公安處頻道。」他吩咐飛行員使用飛機上的電台。

「告訴你們，」對講機突然出現沈迪的聲音，一點沒有懵的意思，威嚴得陰森森。「沒有得到我的批准，讓任何人知道剛發生的事都以洩漏國家最高機密論處。有什麼話跟我說。」

在這種緊急時刻，李克明無心計較態度和口氣。他迅速講了他的分析，要求再派一架直升機和兩艘摩托艇到北岸，同時派地面人員在北岸拉網，再封鎖北岸能通達的所有公路和車站。

「兇手肯定跑不了！」他的眼睛一秒鐘也沒停止搜尋。「只要按我說的辦，抓不著兇手拿我治罪！」

耳機裡半天沒有回答的聲音。

「喂喂，」李克明呼叫。「請回答！喂喂，請回答！」

「聽見了。」沈迪的聲音變得異常柔和。「你的燃油夠飛多長時間？」

李克明一下想起，起飛之前，昨天加滿的油被抽出去四分之三。理由是撒花只需幾分鐘，不需要那麼多油，反而一旦出事危害太大。他迅速瞥一眼油表，頂多還能堅持半小時。

「十五分鐘。」

「你們馬上返航。地面搜索隊已經派出。各條通路已經封鎖。接替你的飛機馬上就到，還有巡邏艇。」

「接替飛機來了我再返航。」

對方沒有再回答。

繼續巡行十分鐘。飛行員已經有些不安。燃油表的指針接近紅色警戒線。如果警報燈一亮，就只剩十分鐘。雖然從這裡飛回機場只需一分鐘，可接替飛機連影也沒有。

李克明卻不關心這個，一聲不吭地用望遠鏡往下看。

「返回去！」他突然喊。不是返回機場，而是他手指的那片剛飛過的小水灣。

飛機靈巧地轉身，懸停在小水灣上方。

果然，那是一根管。李克明又一次調準望遠鏡焦點。雖然懸停的飛機抖個不停，但能分辨清楚。

水灣夾在兩側平緩的山坡之間。坡上布滿茂密灌木。水位剛漲到這兒不久。水邊有很多荒草露出頭。緊貼著一根艾蒿的莖桿，水中伸出一段黑色橡膠管。

正是溼橡膠管的反光引起李克明注意。植物沒有這麼光滑的表面。當飛機懸停上方，那根管兒蛇一樣往裡縮，只剩一點點，旁邊的艾蒿在旋翼吹起的水波中搖盪。

會不會只是一段被水沖靠岸的普通膠管？還是從氧氣用完了的凶手嘴裡伸出來？他看遠處，兩隻摩托艇倒是出動，卻在南岸巡邏。媽的，姓沈的信不著人！南岸不放過，北岸也該派一艘艇過來。只要艇上的人把管一拔，底下是什麼就一清二楚了。現在這樣吊死鬼似的啥也搆不著，地形又不適合降落，別說再有十分鐘就得返航，哪怕飛機在這掛上一天，天一黑水裡的人也照樣可以溜走！

「接替飛機爲什麼不來！」他氣憤地喊。「接替飛機爲什麼不來！」

對講機沒有回答。

要不要說膠管的事？萬一下面只吊著個水龍頭，豈不成了讓那個王八蛋恥笑的話柄。他下意識地摸腰，空空槍套使他罵出一串髒字。如果槍不被收掉，馬上就可以見分曉。他抓起一把扳手扔下去，打在離膠管不遠的水裡，然而沒有任何反應。

他突然靈機一動，從後面拍飛行員的肩。

「往下降！」

飛行員是個聰明小夥子，馬上領會了他的意思。飛機對準膠管向水面慢慢下降。艾蒿倒伏了。水面被飛機旋翼吹出一個圓形凹陷。飛機離水面越近，凹陷越深，中間的水嘩嘩旋轉。

李克明目不轉睛地盯著。他雙手勾住打開的艙門邊沿，全身繃成弓狀。

飛機越降越低，離水面只有七、八米了。凹陷越來越深。突然露出一個平躺在泥底的人形。那人形兩隻蟹鉗似的手臂傲慢地合攏，挺起一支光亮古怪的傢伙，直直對準飛機。

「快飛！」李克明大吼一聲，縱身撲出艙門。一股尖銳的風緊貼脖頸擦過。落地前他左腳踢飛那支槍，右腳本應踩上人形的小腹，可頭頂爆炸的氣浪把他狠狠拍進泥裡。劇痛從右腳刺進脊髓。

轟鳴的水從四面湧來，霎時間淹沒他，塡平凹陷，並在圓心撞起一個隆起的水峰。正是由於這個激湧的水峰，才使已經頂在他背上的那個膝蓋沒能壓斷他的脊骨，也使那雙鐵爪般的手不由自主鬆動。他猛一縮肩轉身，順著浪湧躍起，一瞬間完成一連串解脫和反擊的動作。當他的頭露出水面，他將灌了滿嘴的泥沙噴向對方。

浪湧只是一躍，立即僅剩餘波震盪。水深只及腰間。李克明第一眼看見的是火，直衝天際。直升機在二十米外的草坡上燃燒。凶手的潛水面罩玻璃上古怪地掛著草葉，上面伸出的橡膠吸管如同毒蛇信子有彈性地甩動，手掌利刃般砍向他的脖子。本來李克明最擅長徒手格鬥，去年還得了湖北省散打比賽亞軍，但是受傷的右腳使他失掉支撐和速度，反被幾度打倒。要不是凶手潛水衣上那些古怪的鰭片妨礙動作，說不定他已經被置於死地。凶手並不戀戰，只想盡快脫身。然而李克明死抓住不放。他知道自己的腳傷已經不能追跑，要擒住凶手只能在原地。

一條火龍從直升機破裂的油箱裡爬出，沿著草坡竄進水裡，轉眼便把整個水面蔓延成一片火海。

他們在火海上下扭成一團，時而摔在水裡，時而站在火中。水面上的汽油越來越多。火燒穿了李克明的衣服。他聽見皮肉吱啦作響。疼痛使他瘋狂叫喊。可是被燒黑的胳膊還是在不停地打。每一次打擊都重新變成鮮紅。血如落在火爐上一樣尖叫著變乾，又重新變黑。他感覺到凶手的肋骨在他拳下坍陷斷折。如果沒有那套犀牛皮般的潛水服，他一定能把裡面的心活生生地掏出來。占不到上風的凶手突然改變了打法，不再使勁兒掙脫，反倒一下抱住李克明，死死站立在火中一動不動。一旦身體不在水中攪和，燃燒的汽油馬上就貼在身上，像沿著燈芯一樣往上爬。這回成了李克明拚命掙扎，以求解脫。他的氣力已快耗盡，可對方的雙臂如同鐵箍。他的臉離那潛水面罩的玻璃只有幾寸。裡面鱷魚一樣的眼睛惡毒地盯著他。他突然明白，兇手是要用火置他於死地。潛水服怎麼也比他的短袖裝挺的時間長。這樣抱在一起讓火燒，肯定是他先倒下，而兇手就可以逃脫。那塊玻璃，眼前的玻璃，在太陽和火焰中倒映著自己被燒爛了的面容。他猛地用額頭往那玻璃上奮力一撞，玻璃破碎，感受到碎成條的玻璃刺進自己的鼻腔。但是在對方失去重心倒下的一刻，他還是來得及把一捧燃燒的汽油潑進了洞開的面罩。隨後他撲進水中。水已經接近沸騰，卻清涼得那樣舒服。他聽到一聲長嘯。當他再次站起，撥開周圍的火，看見兇手正在竄跳著狂奔。那面罩被掙扎著拔下，裡面的頭髮如火炬一般熊熊燃燒。

李克明搖搖晃晃爬上陸地，剛追了幾步就一頭撲倒在地。他看見兇手的背影消失在灌木中，頭髮冒出的煙在綠葉上方升起。跑不了，他在昏迷前想。他記起剛才在飛機上看見搜索隊正向這邊挺進。該到了，他們早該看到燃燒的飛機。跑不了！一定能抓到……

III

北京　天安門廣場

陰雨綿綿。

天安門前的國旗溼淋淋地垂在旗桿半截。守旗的武警士兵臂戴黑紗，雕像般站立四角。所有的廣播、電視一遍一遍地播放訃告和哀樂。但是三天過去了，訃告內容沒有任何變化，其中那句「國家敵人凶殘的暗殺」也沒有進一步的解釋。

人民英雄紀念碑下，幾個紙花圈在雨打中凋零，一個鮮花花籃卻更加鮮豔。

民主派不知道該怎樣對待這個突然死去的人物。他狡猾、強大、居高臨下，他是專制陣營的總司令，是他們矛頭所向的主要目標。但正是他，給了他們現在得到的一切——組織、集會、辦報……他似乎又是他們的合作者。現在，敵手突然沒有了，面前成了一個空洞。原本亂揮亂舞的棍子一下無處可打了，而一種隱隱的擔憂在蔓延，下一個敵手還會合作嗎？

廣場四周，巡邏的警察增加了幾倍。滿目皆是武裝車輛、對講機、鋼盔和電警棍。國家安全局的便衣遍布人群中，盯著那些唯恐天下不亂的外國記者和躁動不安的外交官，其中不乏眞正的間諜。

人民是平靜的。所有娛樂場所都被關閉，無處可去的人聚集到天安門廣場，僅僅是看看而已。連民主派的高音喇叭也不知道該說什麼。沒出什麼事，沒有什麼熱鬧好看，多數人也就回家了。

很少有人注意到，在歷史博物館和毛澤東紀念堂周圍，運送外國旅遊團的高級大客車比往日多了好幾倍，整齊地停著。跟往日不同的是，所有的車都拉上窗簾，靜悄悄，沒有一個外國旅遊者上下，使人感覺全是空車。然而，可數的幾個人知道準確數字，九十二輛大客車內，四千六百五十名裝備精良風塵僕僕的野戰軍士兵正在靜坐待命。

北京　人民大會堂

陸浩然忘記把身分卡戴在胸前，被衛兵攔在門口。以前，他的車可以從專用車道直接開到大會堂底層的電梯口。那是政治局常委的特權。現在，他的常委頭銜還在，這次會議開始之前，辦公廳卻給他發了只能從正門進的身分卡，沒有任何解釋，保衛規格也降了級。他沒有計較，無非是走哪個門的小問題。但他心裡清楚，這個小變化是個大展示，是給所有參加這次中央特別會議的與會者展示一個信息：他陸浩然別說當不了總書記，連政治局常委和總理的位置也別想了。

這兩天，他深深體會到什麼是被拋棄的感覺，用「眾叛親離」形容一點也不過分。與他同時進入會議廳的財政部長和計委主任原來都是他的親信，現在卻連招呼都不打，唯恐和他劃不清界限，而用過去對著他的笑臉和對方的人拉近乎。

三天時間，他經歷了大起大落。總書記死訊一傳來，「強硬派」如同打了一劑強心針一樣振奮起來。挽回頹勢的機會來了，陸浩然行情猛漲。「溫和派」的走卒也紛紛做出投靠表示。然而陸浩然按照王鋒的指示什麼都不做，兩天之內就直落千丈。機會稍縱即逝，而失去機會並不意味著僅僅沒有進。在一個投機的世界上，不進則退，抓不住機會的人必然要被拋棄。陸浩然當然明白這一點，陣營不能只依靠從前的慣性，如果不及時輸入動力，進行推動，一旦遇見一個「坎」就會土崩瓦解。官場就是這麼回事，面臨劇變，涉及到每個人自身命運，如果你不出面組織、安撫、許諾、發揮核心的作用，誰會傻呆呆地跟著你呢？人家必然要自尋出路，尤其在你已經必須佩帶身分卡接受檢查，和他們一樣從正門進入會議廳的情況下。可王鋒卻一再向陸浩然強調這一點：不要活動，聽其自然，靜靜觀察，把這個關頭當作考驗每一個人的時機。

陸浩然知道不能指望誰可以經受住考驗，卻沒想到那些原來信誓旦旦的心腹會背叛得如此惡毒、下流、令人髮指。如果沒有王鋒安置在每個角落、每台電話、每輛汽車、每間客廳和臥室裡的竊聽設備，他也許永遠也不會想到。但是現在錄音帶就在他的公事包裡。他的心從裡到外沒有一絲熱氣。

召開這個中央特別會議是爲了推舉新的總書記，除了全體政治局委員，各省省長和省委書記也被召來赴會，還吸收了在北京的中央委員——大多數是部長或要害部門的負責人——參加。

會議在河南廳舉行。陸浩然坐到放著自己名字標牌的位置上。沒人注意他。開會以來，他只是默默地聽，一言不發。在所有人眼裡，他已經成了死老虎。一旦發現他不足爲敵，而且毫無作爲，其他派系的矛盾就成爲主要的。一派以中央書記處書記爲首，另一派由人大委員長與政協主席聯手，兩派目標都是總書記的寶座。從昨天開會到今天，僅僅一天多時間，兩派互相攻擊和爭奪已經達到白熱化程度。目前兩派勢均力敵。

國不可一日無君，儘管鬥爭相持不下，今天也得把代總書記的歸屬定下來。根據黨章，總書記只能由中央全會產生。但是這個特別會議推舉誰做代總書記，也就幾乎毫無疑問將被以後召開的中央全會「選」爲總書記。這是決戰時刻，每人都感到瀰漫在會場的緊張氣氛。鹿死誰手？與會者的視線只集中在書記處書記和人大委員長身上。陸浩然已經被一筆勾銷。

會議剛開始，尚未進入正題，傳來一種在這個大會堂從來聽不到的反常喧囂。那喧囂開始聲音不大，彷彿是被捅了窩的馬蜂，隱隱約約，由遠至近。喧囂中含著一種不安的躁動，還有一種不祥的預感，使得會場上每人都豎起耳朵，慷慨激昂的發言者也停住嘴。中央級的會議何曾聽過這種聲音？整個會場僵滯在一片令人發毛的寂靜中。

逐漸可以聽出，聲音是在大會堂內部，一點點增強。隨著接近，分辨出其中的喝斥聲，人體移動的碰撞聲，還有許多隻腳踏在地面的聲音，合成一股令人心悸的洪水奔騰而來。

終於來了，陸浩然想。

會議廳門「嘩」地打開。一群亂了手腳的工作人員先被「洪水」沖進來。喊叫聲是他們發出的，他們一路試圖阻擋住「洪水」。「洪水」倒是沈默的，卻勢不可擋。他們衣著整齊，舉止文雅，既不是軍隊，又不是暴民，有老人也有婦女，多數是中年男人。每人手提一個公事包。進入會議廳，默默站住。

「你們是什麼人？」書記處書記問，面孔已然變色。

「一百四十一名中國共產黨中央委員。」站在最前邊穿西服打領帶的中年胖子回答。陸浩然認出他是包頭鋼鐵公司的總經理。

「你們來幹什麼？」書記處書記的口氣嚴厲起來。

「參加會議。」

「誰讓你們來的？」

「黨章。」

「搞什麼名堂！」書記處書記拍了一下桌子。茶杯蓋震得叮叮噹噹。

「常委同志，」胖子說。「黨的領袖被暗殺，國家處於危急關頭，每個中央委員都該參加到關於黨的前途的討論中來。為什麼只由你們九十五個人——不到中央委員總數的三分之一，來決定黨的命運呢？我提議，把現在所開的特別會議改為中央全會。我們一百四十一人加在座的九十五人，一共二百三十六人，超過中央委員會總人數三分之二，根據黨章，可以召開全會。同意的舉手！」

新來的一百四十一個中央委員無一例外舉起手，像一片樹林。

在座的，只有陸浩然一人舉手。

「一百四十二人同意。」胖子宣布。「超過半數。通過！」

書記處書記怒氣沖沖地站起身。

「我宣布：今天的會到此為止，散會！」說罷轉身就走。

「等一下，」胖子說。「這位常委目無黨章，踐踏黨內民主。我提議：解除他的中央政治局常委職務，同意的舉手！」

門口一百四十一隻手臂又長成樹林。陸浩然覺得自己處身在一齣荒誕劇中，舉起的手有點顫抖。他奇怪王鋒如何能讓這批人如此一致。如歷屆中央委員會一樣，身任部長或省長一類高級職務的委員才是決策核心。其他委員都是象徵性的，代表各行各業、少數民族、婦女、青年等等，無非是跟著決策核心跑。即使黨內有分歧，也是先在決策核心鬥出個分曉來，他們無條件認可。當王鋒昨天告訴他空軍的六十架飛機已飛往全國各地接他們時，他還很難相信他們會有什麼作用。可是現在他明白了，舉手就是威力。不管爲什麼舉手，他們是中央委員，每隻手就是一票！

「一百四十二人同意。通過！」

書記處書記盯著陸浩然冷笑一聲，轉身推開通往中央領導人專用電梯的側門。

電梯門正好打開，裡面燈光明亮，輝映著一堆亮閃閃的鋼盔。胸前挎著衝鋒槍的士兵從裡面走出。書記處書記全身抖了一下，連忙退回。儘管門只打開了一半又重新關上，會議廳裡的人都看到了那幅景象。

每雙眼睛都緊盯著側門。士兵沒有進來。但是透過玻璃磚的隔牆，能看到外面光線襯托著朦朧可怖的影子，一個挨一個圍住大廳。

「我提議，」胖子的聲音打破沈寂。「推舉陸浩然同志爲中國共產黨中央委員會總書記。同意的舉手。」

樹林齊刷刷地長起。陸浩然舉起自己手中的紅鉛筆。胖子剛想唱出「一百四十二」來，陸浩然向他搖了一下鉛筆。

沈默。陸浩然挨個審視那些呆若木雞坐在座位上的人。公安部長最先舉起手。他一直是自己的鐵桿，這次有點變節也有情可原。財政部長連忙跟著舉手，似乎爲落在別人後面而懊悔，使勁做出發自內心的笑容。這是個投機分子，而且靠咬老主子來討新主子歡心。計委主任、外交部長、副總理……一個接一個，舉手的越來越多。後來，連對立面的人也開始舉手。最後，他看向政治局常委的席位。猶豫了很長時間，政協主席舉起手。人大委員長嘆了一口氣，也跟著抬了抬手，像是摸耳朵。只剩書記處書記恨恨地扭著頭。陸浩然點了一下手中的紅鉛筆。

「二百三十五人同意。」胖子宣布。「通過！」

胖子帶頭鼓起掌來。一百四十一人那邊，掌聲熱烈。九十五人這邊，掌聲勉勉強強，疑慮重重，但也不得不鼓。這是中央全會，通過的已不是代總書記，而是總書記了。

陸浩然站起身。

「國家興亡，匹夫有責。在此危難之日，大家信任我，我也就當仁不讓。但是在我們齊心協力開始工作以前，我先請大家聽一盤錄音帶。」

他抬了一下手。今天早晨王鋒的助手特地叮嚀，會場中有一個打紅領結的男服務員隨時聽他指揮。果然，紅領結邁著軍人步伐走上前，接過他手中的錄音帶。錄音機早就準備好了，聲音馬上在會議廳裡迴盪。

這是一盤剪輯整理過的錄音帶，由很多片段組成。在座者一個個大驚失色，幾乎每個人的聲音都在上面，全是他們這兩天私下交易、策畫陰謀和討價還價的實況。每個片段都精心留下了談話者的彼此稱呼，能清楚地知道每句話是誰說的。那些坑害別人的詭計，赤裸裸的敲詐，毫不掩飾的索價，在密室裡說出不覺得刺耳，一旦在大庭廣眾下用擴音器放出來，就將其中的下流無恥放大了十倍。此刻彼此面對面，卻清楚地聽到自己的「同盟者」怎麼在背後出賣自己。自己前面說的話隨後就被「朋友」向敵手告密，或者是當面向自己點頭哈腰的人背後怎樣用惡毒語言恥笑自己。

「這就是我們的中央委員會嗎？」陸浩然痛心地問。「就是我們的省委書記、省長、部長和政治局委員、常委嗎？已經墮落到如此地步了！當國家處在危急關頭，每個人卻都在爲個人和小集團進行圖謀私利的宗派活動。這樣的人難道能領導國家，能對人民負責嗎？……」

「安裝竊聽器違法！」書記處書記大聲抗議。

「國家在危機關頭，爲了國家安全，有關部門可以使用一切必要手段！」陸浩然說。「即便是違法，跟你的違法比起來也不値一提！現在，我以總書記的名義宣布：剛到的一百四十二名中央委員留在北京履行中央委員會職能，其他人員一律進中央黨校集中學習，反省整頓！」

不得不佩服王鋒，一盤小小的錄音帶，就能讓一大群中國最有實權的人物束手就範。雖然直接動用軍隊也能達到同樣效果，但那會落下政變名聲，惹出一大堆麻煩。而這樣一盤錄音，可以讓他們去「學習」——也就是軟禁的代名詞——變得如此名正言順，無可非議！

陸浩然離開會場。辦公廳那群原本已不理睬他的工作人員立刻又像狗一樣跟在左右，爲他開門，替他引路。

門外，無言的士兵擋住那群狗。

只有陸浩然一個人走出來。軍委辦公廳接替了中央辦公廳。一個陌生軍官恭敬地引導他這位新當選的中共總書記。似乎是勝利了，他卻覺得無比孤獨。

陸浩然明白自己成了孤家寡人。那盤錄音帶不僅打垮了對立派，也將自己手下的可用之人一同葬送。他們全成了搞陰謀活動的分子。即使他想寬恕他們，「黨」和「國家」也會斷然拒絕。他懷疑這也許是王鋒的一箭雙雕，只留下他一個光桿當軍隊的傀儡，免得他將來有能力與軍隊分庭抗禮。

即將派往各省的新書記、新省長人選全部都是軍隊提名。陸浩然無法做其他選擇，因爲軍隊的飛機已經等在跑道上，必須盡快把新的書記省長送到各地去穩定局勢，而他卻提不出合適人選。王鋒允諾他在隨後將進行的國務院改組中，除了總理和國防、外交、安全、公安、財政五個部的部長，其他人選可以先由他提名，條件是「只要不起用那些陰謀家」。從王鋒的眼光裡，陸浩然看得出一種調侃，在那些「陰謀家」之外，他還能找出什麼有分量的角色呢？況且，國務院在北京，即使是由他任命的人，還不是在王鋒的手心上。

人民大會堂裡擠滿了野戰軍士兵。穿禮服的中央警衛團已被繳械，武警衛隊也已調離。通訊聯絡全部切斷，只有外地口音的軍官對著步兵電台哇啦哇啦地呼叫。而外面的天安門廣場，人們什麼也不知道，只當是這個國家平平常常的一天，只不過有點雨，初秋的涼意微微滲在其中。

湖北 宜昌

李克明用腳尖試探地頂了一下，病房的門從外面反鎖了。一塊布簾從外面擋住門玻璃。看不見走廊，只反射出他自己被紗布包成方形的頭和病房窗外明亮的天。

他在門上踢了幾腳，雙臂全被紗布裹滿，無法敲門。

簾從外面撩開，露出護士長吃驚的臉。

「我要撒尿。」說話的震動使他從胸腔往上所有部位都劇烈疼痛。

護士長開門進來，連扶帶攙地讓他回床。

「你怎麼能下床！快躺下。我給你拿尿壺。」

「我自己上廁所。我能走。」李克明甩脫她。撕裂般的劇痛使他差點叫出聲。這是他第一次下床。前幾天一直半昏迷。他的上半身幾乎沒有一塊完好皮膚，下半身卻沒受一點傷。他恢復的速度令醫生吃驚，下床走這幾步路使他感覺扭傷的腳也好得差不多了。

「不行。」護士長很緊張，神色和聲調都有點不對。「用尿壺……一樣。」

「我沒法端。」他把手伸給護士長。那是兩塊紗布包成的白板。

「我給你端。」

「我不要女的！」他跨出病房。

「我可以給你端。」一個身穿醫生白大褂的男人擋住他。

李克明透過紗布上留給眼睛的窟窿打量他一會。

「我不認識你。」

「端尿壺用不著認識，不是女的，對你就夠了。」

「我更不願意讓一個半男半女的人擺弄我的雞巴！」李克明故意放大聲音。

那男人一點不受刺激，寬容地一笑。

「給他屋裡放一個移動馬桶。」他對護士長說。

走廊裡還有另外兩個男人，都穿白大褂。一個站在樓梯口，另一個站在陽台門前，雖然裝成無關的樣子，可一眼就能看出是兩條狗。

等病房的門重新反鎖，李克明知道，他已經被軟禁了。

出了什麼問題？他躺在床上一遍又一遍地想。昨天房門還未反鎖，門玻璃外面沒有掛簾，護士長不這麼緊張，也沒有監視者，同事和朋友還可以絡繹不絕地探望。這一切變化都是在昨晚和老三的談話之後，難道洩漏了？

被送進醫院以後，李克明裝得什麼都沒覺察，對調查人員只談和凶手搏鬥的過程。在沈迪面前裝得更傻，無論沈迪怎麼繞圈兒套，他都回憶不起沈迪那些古怪行爲，只對沈迪許諾的嘉獎有興趣。然而他自己的內心已經雪亮，當他聽說凶手最終還是跑了的時候，原來那些孤立的疑點立刻就連成一條明晰的線索——這個沈迪一定是這次暗殺的同謀！沈迪否定他的保衛方案不是因爲他的方案不好，而是他的方案太嚴密，凶手難以下手和逃脫。把公安處人員繳了械，弄到外圍，是因爲他們對環境太熟悉。不讓他跟公安處聯繫是爲了一切行動全由沈迪控制，控制的目的就是給凶手網開一面。如果自己那時能調來一艘公安處的巡邏艇，就算凶手會飛也他媽的跑不了！可叫一個「最高機密」把他嚇住了！至於不派飛機和巡邏隊到北岸，中途調回搜索隊以及拖延對公路、車站的封鎖，目的都是再明顯不過。

沈迪掩飾得很巧妙。在當時的混亂中，很難說哪個決策正確或錯誤，頂多會指責他無能。這正是他最需要的。越狡猾的人越盼著人家說他無能。但是沈迪肯定明白，他騙得了別人，卻騙不了李克明。他當時讓李克明的直升機到大壩上方撒紙屑，是爲了轉移總書記一行人的注意力，給凶手創造時機，如果他事先知道李克明是多麼精明和頑強的話，他一定不會多此一舉。全靠及時拖延了搜索隊趕赴現場，也拖延了對周圍地區的封鎖，才得以避免凶手被抓獲的結果。

李克明在醫院裡醒來之後，一直裝出在飛機爆炸、火燒和搏鬥後腦震盪、記憶紊亂、懵懵懂懂的樣子。最終連沈迪也有點信了。直到昨晚和老三密談……他心裡一下收緊，竊聽!?

老三現在怎樣了？如果一切順利的話，他應當已經到北京。他會給當年警官學校的老校長打電話。老校長後來當過安全部政治保衛局的局長。哪怕在夢中驚醒，也一定會見老三，因爲老三帶去的消息將告訴他，這次暗殺的主謀就在國家上層內部，只要揪住沈迪這根線，就能挖個水落石出。

可是，如果不順利呢？……如果不順利……他不敢往下想……

老三是公安處的刑警隊長，和李克明從小光屁股長大，都是東北黑河人，又是警官學校一個班的同學，親兄弟的情意也難比得上他倆。

然而，不管他敢不敢想下去，那預感始終牢牢纏住他。直到聽見醫院停屍房方向傳來老三妻子撕心裂肺的哭聲，那預感才離去，剩下刀剜一樣血淋淋的事實。

老三妻子的哭訴隱隱約約，卻又如同字字雷鳴。

「……三哥呀，你爲啥不說話，你爲啥要去北京……你是要回黑河看媽去嗎？爲啥不告訴我……他們說你喝多了，我不信，喝酒咱家有，你從來不在外面喝多……三哥呀，讓那個天殺的車把我一塊也撞死吧……」

李克明一動不動地躺在病床上，看上去，彷彿是個失去知覺的人。

天色已暗得看不清錶上指針了。李克明輕輕下床，躲在窗子後面。

窗外，那輛沒拔鑰匙的摩托車還停在樓下，似乎它的主人已經把它忘記。

通到樓下的鐵皮雨水管距窗子只有一米，可以順著它爬下樓。雖然上身被紗布纏得不方便，但早上護士長重新包紮過的手已經能活動，下身也足夠靈活。窗下是花池，掉下去也不礙事。只要騎上摩托車，等他們反應過來，早出去老遠了。以他對地形的熟悉和開摩托車的本事，不可能有人追上他。

李克明知道自己必須走，不能再耽擱。下午，那兩個調查人員已經擺出審問架式，問他爲什麼在總書記被害前說出「請總書記看水裡」？然後又高喊「中華鱘」？據瞭解他爺爺一家在滿洲國時期被日本人殘殺，他對日本是不是有仇？對總書記去日本簽署把他家鄉租借給日本有什麼看法？他反問他們是否認爲是他殺害了總書記？一個調查人員從公事包裡拿出一把有新鏽的手槍。

「據你提供的情況，凶手有一支形狀奇特的槍被你踢進水裡。我們把那個水灣全部抽乾，但只發現了這只九七式手槍。槍號是0503146。」

正是李克明的槍。

李克明驚呆了。那兩個人再沒往下問，頗有深意地互相看一眼，留下李克明自己發呆。

李克明突然明白，並不是自己隨時能置沈迪於死地，相同的武器也握在沈迪手裡，而且威力大得多。他不知道周圍有多少人是沈迪的同夥，所以一直沒敢對調查者揭露沈迪。然而即便他們全是清白的，他又如何讓人相信呢？他沒有證據。唯一在現場的飛行員死了。沈迪把他打成凶手卻要容易得多。他堅持飛機巡行，不少人能證明他的迫切有點反常；他可以事先在飛機上藏好手槍，躲過檢查並不困難；他讓總書記看水裡是轉移人們對空中的注意；喊「中華鱘」也許是和飛行員之間的暗號；爲了滅口，他殺掉飛行員，布置了飛機失事的現場，在火中有意燒傷自己，編了一個驚險的故事……如果沈迪這樣說他，讓人相信的分量豈不是重得多。更何況他們還「撈」出了一支他的槍！

他們爲什麼這麼蠢呢？如果要誣陷我是凶手，爲什麼不等關鍵時刻突然襲擊，卻把假證據早早露給我，以使我早有準備呢？在正常審問中，連眞證據也不會輕易地拿出來，何況他們都是一流專家。不，他們不是蠢，他們聰明之極！沈迪此刻在想什麼？怎樣對他最有利？如果我是他，我會怎麼做？……如果我是他，最有利的做法就是讓我死！如果我不死，用他的勢力固然可以把我打成凶手，可這個暗殺畢竟不等同普通的刑事凶殺，過去就過去了。我絕不會承認，我必定會在每一次審問、每一個場合揭穿他。肯定會有人對這類事感興趣，繼續追下去。哪怕他的靠山再硬，我活著也是個後患無窮的麻煩事。而死人是什麼都不會說的，任憑活人說，半點也他媽的不會反駁。是的，他一定會讓我死，就像讓老三死一樣！

怎麼讓我死最好呢？下毒？飯裡、水裡、靜脈注射液裡？或是乾脆給一槍。可那又是一樁謀殺，而且是在他們看管下發生的，勢必有難擺脫的干係，也有許多線索可以追，說不定又追出麻煩來。

那輛摩托車有點怪。怎麼這麼巧？從下午到天黑，鑰匙插在點火鎖上，似乎就專等著我去騎。

既然認定我是嫌疑犯，不要說是謀殺國家首腦的刺客，就是普通殺人犯也不應戒備如此鬆懈。窗上沒有鐵欄。窗下有摩托車。看守剛被人叫去看電視，大叫大嚷嘻嘻哈哈。不對。正常的程序應當是立刻派專機把我送到北京，至少一個連的士兵押送，關進國家級大犯的監獄。

一陣小風吹過，李克明用蒼蠅拍輕輕伸出去捅窗台上的空花盆，「哐」一聲掉在樓下。四、五個黑影在不同位置閃了閃，又隱沒起來。

是了，這就是他們的詭計——想讓我逃跑！先用「撈」出來的槍嚇我，讓我認爲只有逃跑才能洗刷自己。沈迪摸準我一定要洗刷自己，鬆懈的戒備和摩托車都是誘餌。只要我一跑，隱藏在暗中的槍手就會把我射成全身窟窿眼兒。「凶手在逃跑中被擊斃」，多麼圓的句號啊！這就是將來我那從沒見過面的兒子從政治課本上看到的歷史！我兒子的爹是千古罪人，我兒子就永遠是罪人的兒子！

他想起了正在黑河老家坐月子的妻子。他慶幸把她送回老家去分娩。當時想的只是老家不似這裡酷熱，也有老人照顧。而現在，如果妻子沒走，一定會被害死。即使他沒給妻子講他掌握的祕密，沈迪也會以防萬一。

沈迪算得對，他必須逃跑。即使他知道沈迪正盼著他逃他也得逃。不逃是沒有出路的。沈迪不會因爲他不逃就不幹掉他。現在前後左右圍得好似鐵桶，他往哪逃都註定遇到子彈。沈迪把一切都算得準準的，然而卻做夢也不會想到，還存在著一條任何教科書上也不可能講授的路。

李克明盡可能輕地攀著暖氣管爬上天花板。動作很慢。他不擔心有人闖進來。當他們盼著他逃跑時，是不會有人打擾他的。這是一棟老式建築。在天花板和樓頂之間有一個三角形空間，排列著縱橫交錯的木梁和電線，居住著眾多老鼠。多虧了老鼠隨時活動發出的動靜，把他偶然發出的聲音掩蓋掉。他頂開一塊天花板，爬上樓頂空間。攀爬的動作使全身傷口重新開裂，感覺得到血在紗布裡流。癢和痛的感覺尖銳地混合。

樓頂三角形的空間是通的，沒有間隔。雖然黑暗，但有一些亮光透過天花板裂縫和漏洞從下面各個房間照上來，能夠看清。李克明把掀起的天花板重新蓋好，小心翼翼踩著木架走向樓頂西端。幸好兩腿仍然結實有力。

透過腳下的天花板縫隙和孔洞，他依次看見下面的不同房間。病人多數已經入睡。值班室裡那個半男半女的男人在擦槍。走廊每個拐角都有隱蔽的槍手。而護士宿舍，跟他上次看見那樣亮著大瓦數的燈泡。一個年輕女護士睡覺前在擦身，乳房隨著動作軟軟顫動。

兩個月前他抓了一個盜賣電纜的電工，搜查時發現過一疊裸體或半裸姑娘的照片，有的睡覺、有的洗澡，也有看書或發呆的。拍的不是一個人，拍攝角度卻始終不變，都是自上而下俯拍。電工一會兒說是撿的，一會兒說是買的，當李克明開始動手揍人後，電工供出了這條路。

這種老房子的很多電線都要在房頂空間走，所以電工要經常上去檢修。當那電工看到下面有護士宿舍後，便爲自己搭設了一條晚間也可以潛入樓頂的路，以窺視和拍攝年輕護士的裸體。在樓頂西端摸到那個電工鋁梯時，李克明心頭浮起一絲喜悅。當時爲了證實電工的供詞，他在電工帶領下親自走了一遍。梯子原本藏在樓外對面的山崖石縫中，那次進來後便把梯子收進樓頂，沒從原路返回。他當時對醫院的人只說是檢查樓頂防火。既然誰也不知道，他就不想把照片弄到法庭上讓姑娘們丟臉，這條祕密通路也沒必要說出去。當時他覺得便宜了電工，用電警棍讓電工跳了一陣舞。然而現在，他卻變成對那電工滿懷感激。

樓頂西端的牆上有一個方形出口。推開半朽木門，一股陰涼的風吹進來。出口外面相隔不遠便是山崖。向上看，黑黝黝的山影映襯在暗淡夜空上。

他探出頭靜靜傾聽，除了風在樓和峭陡的山崖間穿流，沒有別的動靜。埋伏者包圍在樓的其他三面，不注意有山崖擋著的這一面。沒人會想到一個「色」字能琢磨出如此不可思議的路徑。

李克明把梯子搭上對面石崖。遠處有隱隱雷聲。高度緊張在人體內調動的潛能是驚人的。他的動作敏捷平衡，傷口疼痛已經麻木，只要失血不過量，就跟好人一樣。他走過懸空的電工梯，爬上對面石崖，再抓住電工安裝的鐵鍊，一直爬到矗立在石崖之頂的高壓電塔下。

大壩燈光在上游白晝般照耀。流向下游的江水波濤滾滾，嘶啞地呼嘯。水的力量很大，剛過膝蓋就有點站不住。李克明知道往下沒有太險惡的水情，所以並不擔心。再向江裡走幾步，雙腳離地。他在水中高仰著臉。天上的星星黯淡無光。水速很快。照這個速度順水而下，不久就可以漂到那艘小木船的停泊處。上了木船往下四十里是水文站的小碼頭。他可以開走水文站的摩托艇。天亮之前能開出去二百公里，再轉汽車、火車。

關鍵是這張燒傷的臉，不管是不是包著紗布，都太引人注目，也太容易被通緝。不過那個眞正的凶手也一樣被燒傷了臉，他向調查者反覆地講過這點。既然沈迪不想讓眞正的凶手落網，在凶手徹底安全前，他是不會通告這一點的。也許這反而是最好的掩護，除了臉上的傷和紗布，他還能說出我什麼呢？

山西 仙人村

每揚起一鍬穀子，石戈就感覺自己如那些穀粒一樣在清風中飛起，均勻地散開，讓風吹走碎草、糠皮和灰塵，乾乾淨淨地落在陽光下金燦燦的新穀堆上。汗水癢癢地在身上流。太陽暖融融。空氣中充滿莊稼成熟的香氣。他入迷般陶醉在往復的機械動作中，很久沒有過這麼愉快的感覺了。

幹得不錯。他審視著揚起的每一鍬穀子。文革期間在這個村下鄉的時候，北京來的知識青年中只有他能幹揚穀子的活。穀子輕，揚重了會被風颳進糠堆，揚輕了又不乾淨。當年爲了練這門把式，他跟桂枝爹學了整整一秋。

袖珍收音機裡傳出悠婉的二胡曲。他呼吸著鄉間空氣，內心深深地嘆息。是不是該永遠這樣生活？在這種明朗安寧中，連蒼蠅的嗡鳴都令人感動。這問題不是第一次提出了。離開仙人村三十多年，回來了七次，每次來都問，然而每次又都急匆匆地離開，趕回喧囂忙亂的都市。忙碌狀態被今天的文明當作常態，人追求的進步似乎就是不停的變，忙來忙去，理想離得更遠，人生卻成了一堆事務的堆砌，到頭來一片悲哀的空虛，一無所有，只見稀疏的頭髮落葉般飄零。

他已經是幾下幾上了。這麼多年，雖然盡力油滑和玲瓏，可是在一些根本問題上，他總是扮演唱反調的角色。對於只願意聽奉承話的當權者，他就像烏鴉那樣惹人煩。想把他搞掉的人爲數不少。這次那些人終於抓住了把柄——他竟然從治理黃河水災的經費中撥款給綠色和平組織去搞什麼薯瓜生產。不管他如何解釋薯瓜有多大意義，那些人並不想聽。綠色和平是體制外組織，給那種組織撥款犯了共產黨的大忌。

免職對他沒有多少觸動，他早已不貪戀權位。唯一遺憾的只是沒有把薯瓜研製推動下去，撥出去的款被悉數追回，讓他愧對陳盼。妻子四年前已經去世，他不想回那個不再有溫暖的家，與同事告別後便直接來了山西。

和過去一樣，仍然住在桂枝家。桂枝爹是當年的生產隊長，那時石戈是北京下鄉青年集體戶的戶長，打架打出來的交情，倒成了親人一樣。桂枝爹老了，桂枝媽死了。桂枝以前住在婆家，現在被丈夫趕出了門，回了自己家。這次石戈來住得最長，一晃已經十幾天。他每天除了幫桂枝家幹點農活，就是在附近的農田或山坡上轉，看天，看夕陽，聽鳥叫，數南飛的雁。

昨天，桂枝爹喝著酒說：「你這麼有本事的人，上面保準兒還得讓你回去。」

他搖搖頭。「……就算叫我回去，我也不想回了。」

桂枝的眼睛亮閃閃。「你現在這麼說吧。」

「眞的。我回去有什麼用？大廈將崩，一木難扶。何況我也不是木，只是根苞米桿。」他覺得自己喝多了，舌頭有點硬。

石戈把木鍁插在穀堆上。風越來越小，幾乎已經靜止。收音機開始播報新聞。他靠著穀草堆坐下，捲起一支老旱菸。多年不抽了，一回鄉下就開戒。這些天從早到晚，每次播新聞他都要聽。

播音員一改這些年流行的親切語調，又像毛時代那樣激昂亢奮起來。頭條新聞還是關於暗殺總書記的凶手。情況已經查清：凶手是三峽工程管理局的公安處副處長李克明。在總書記視察大壩時，凶手從巡邏直升機上用事先藏在機上的手槍殺害了總書記。據調查，凶手是黑龍江省黑河市人，祖父一家六口人當年被日軍殺害。暗殺動機可能是出於對「中日經濟合作區」的不滿，從凶手逃脫的情況分析，很像是有嚴密的組織接應。目前已展開全國範圍搜捕。舉報者可得巨額獎金。

不在北京，內幕他不清楚，但是陸浩然能這麼順利地繼任總書記，說明這個暗殺不可能如報導的那樣簡單。總書記被暗殺成爲北京新政權開展大規模鎮壓的口實：連最高領袖都死於非命，再不用鐵腕國家就得亡！強硬派路線已經開始全面扭轉溫和派過去的作爲。收音機裡時時宣布爆炸性的新決策：廢除「中日經濟合作區協議」；要求把欠日本的債務與日本的戰爭賠款同時考慮；取消給特區和沿海省份的特殊政策；對特區和沿海省份徵收重賦救援黃河災區；地方財政一律上繳國家；所有產品實行國家限價；農產品恢復統購統銷；材料和能源實行配給制……

桂枝帶著空口袋回來了。石戈把揚好的穀子裝進口袋。兩個人不用說話，誰該幹什麼都很清楚。桂枝跟他挨得很近，臉不時被她的頭髮磨得癢癢的。她每一彎腰，半月形向下彎曲的褲腰便微微張開，似乎偏一個角度就能看見裡面什麼。石戈抬起眼。隔著低窪的平地，遠處就是那片山坡。當年那裡有茂密的青草，如芬芳軟床，有濃密的樹蔭，遮擋驕陽。現在，無樹無草，一片焦黃。水土流失使它變成一片破碎的土林，如無數向天崛起的乾枯陽具。

當年就是在那，桂枝給了他第一次。她尚未完成發育的身子倚在垂滿綠草的坡坎上，叉著白嫩雙腿。她只有十五歲，卻充滿熱狂和期待，緊緊抱住暈眩的他，用粗糙的小手在行地將他們引導在一起。

爲當年那些日復一日的恣意歡樂，爲那些陽光、山坡和樹草之間的迷醉，他感謝桂枝。每當他想起仙人村，就有青春的欲望在蕩漾，就有在他上大學時桂枝那淚如洗面的影子，如同在泉水裡波動。他回來七次，每次桂枝都從幾十里外的婆家趕回來見上一面，或是相對無語，或是如同生人那樣一問一答。他不想提過去。他想在腦子裡永遠留著個十五歲的桂枝。可這次……

「哪個死狗藏在那，還不滾出來！」桂枝向穀垛後面喊。

鎖柱咧著嘴走出來。

「我看你和石哥幹啥哩，別把你們攪了。」

「攪啥?我撕你的狗嘴！」

「哎哎，二姐，石哥是大幹部，看不來粗的……」

當年鎖柱是個抹鼻涕的髒小子，現在又高又壯，滿臉黑鬍茬。上個月他領頭把徵糧的鄉幹部打斷了腿，又把前來抓人的縣公安局警車翻了個兒，村裡老少就選他當了村長。

打鬧一陣兒，鎖柱做出村長的嚴肅相。

「二姐啊，你們得抓緊打場，趕快把糧食入庫。昨天災民把八里堡搶了，場院上的糧食一顆不剩。咱們也得防備著。你說呢，石哥?」

「哪來的災民?」石戈問。

「嘿，也說不上是哪的，叫他們災民就是了，其實跟土匪沒啥兩樣。哪來的都有，聚起一幫人就搶。仗著人多，誰拿他們也沒招。行，你們抓緊，我還得去商量聯防的事。」

鎖柱走了。爲了防止災民搶劫，周圍幾個村聯合成立了保鄉團，由各村青壯男子組成，哪個村有情況就互相支援。這些天各村鐵匠爐打了不少大刀長矛，藏了不知多少年的老炮銃子、火藥槍也找出來，還用糧食在黑市換了幾支八八式手槍。鎖柱褲腰上就掖著一支。

收音機開始播人大常委會剛公布的反囤積法。如此多的法律措施同時出籠，少說也得有半年以上的準備時間，只有軍委那套班子有這個能力。雖然迄今爲止出頭露面的全是文職政府，但石戈卻時時能感覺軍隊的身影站在後面。沒有鐵腕，想做這樣徹底的改變是不可能的。

「石哥，」桂枝搖了他一把。「回去吧，該吃晌飯了。」

村莊上空已經籠罩炊煙。

「我再幹會兒。飯好了喊我一聲。」

「我可背不動這袋穀子了。」

石戈看桂枝一眼。平時從未聽過她說這種話，年輕時比得上小夥子，現在扛個一二百斤也可以走得跟風一樣。和桂枝的眼睛一接觸，他心裡火辣辣地灼了一下。那眼裡燃燒的火似乎能把他燒化。

他要扛起穀子，桂枝又不讓。

「你幫我扶著點就行。」她總怕累著他，可是他硬搶過來。

一個男播音員針對全國性拒絕交售糧食發表評論。他的口氣不容置疑：糧食和空氣、陽光一樣，是全社會所有人生存的必需品。耕種者占有土地生產糧食是社會分工不同。這種分工不僅不代表權利，而且只能代表義務。所以任何一個耕種者都沒有拒絕與其他社會成員分享糧食的權利，只有提供糧食的義務。

被陽光曬熱的穀子舒適地壓在肩上。桂枝笑吟吟地走在一旁。今年收成還算不錯，每家農戶都盡可能多存一些糧食。這些年連年歉收，搞得人心惶惶。黃河水災離這上千里，大饑荒的傳聞卻早就過來了。農民既爲將來保自己的肚子，也看準了糧價飛漲的勢頭，糧食攥在手裡時間越長，賺的就會越多。

在傳統社會，十分之九以上的人民勒緊肚皮，供養肆意揮霍的上層，認命的底層意識使社會與資源的關係保持平衡。而社會主義培養起了全民平等的觀念，改革開放又把社會主義的平等貧困變成了商品社會對平等暴發的追求，對資源的需求頓時要乘上巨大的倍數。當十幾億中國人全力以赴投身這場索取的比賽時，中國的資源體系就不可避免地敲響了喪鐘。每當想到這裡，石戈心裡都沮喪地陷入無奈。

「爹，該吃晌飯了。」路過打寨牆的人們，桂枝向她爹喊。

桂枝爹正在指揮施工。「做好飯再叫我。」他連頭也沒回。

過去爲了防土匪，仙人村建起一圈又高又厚的土寨牆。共產黨掌權以後，幾十年沒土匪了，寨牆也塌得差不多。現在，爲了防備災民搶劫，村裡各家又派工攤錢重把寨牆修起來。

村子比過去擴大了很多。許多家的房子都建到了寨牆之外。桂枝家最遠，緊靠公路。寨牆修好後，只要風聲一緊，各家就可以都搬進寨牆內。公路上空空蕩蕩。近來治安越來越亂，幾乎沒有敢單個跑長途的司機。遠處山梁上，一隊玩具模型般的卡車沿著公路駛來，拖著細小的煙塵。司機們相互結伴壯膽。公路上要麼沒車，要麼一過就是幾十輛、上百輛。

桂枝幫石戈把穀袋放下，轉身反掛上倉庫門。倉房裡黑乎乎的，只有通氣孔射進一束陽光，照在黃澄澄的玉米上。

「石哥，我可想你了。」桂枝抱住他，把臉靠在他肩上。

桂枝的頭髮還是那樣烏黑，散發著陽光和乾草的香氣。粗糙的手跟當年一樣刺激他，好似一片電流在神經網絡裡酥癢地放射。他本來不想再邁過這一步。桂枝已經不是幾十年前那個野花一樣的小姑娘，而是一個結過三次婚而且現在還有丈夫的農村婦女。可是昨天晚上，可能是酒喝多了，桂枝的眼淚終於融化了他。打來的第一天，他就看出桂枝在等著，從歡樂變成孤苦，變成偷偷哭泣，直到昨夜他抓住她的手，她才捶打著他哭訴：「我恨你，我恨你……」

桂枝結實的雙乳好似插著紅棗的白饃在剛打開的籠屜中散發熱量。她的腹部平滑光亮。勞動使她沒有城裡女人的脂肪和贅肉。從未生育使她被三個丈夫拋棄，又使她不似農村婦女那樣早衰。黑暗的倉房，金黃的玉米，溫熱的穀袋，正照在桂枝乳房上的那束陽光，這一切都遠比軟床、香水和帶流蘇的窗簾更使石戈沈醉。

是不是該永遠這樣生活？他又在想。一個遙遠呼喚悠悠迴旋，在一片怒海般的激情中，那麼纖細，又那麼清晰，從最底層飄渺升起，侵入飛揚的靈魂。

當他們最終癱倒在玉米中間喘息的時候，突然聽到汽車在很近的地方停下。一連串人從卡車上跳下的「噗通」聲，如同砸在心上，擴散出一種不祥感覺。

「快穿衣服！」他低聲對桂枝說。

「老鄉！老鄉！」外面喊起來。人很多。腳步聲走近。「家裡沒人。」一個聲音說。「打開穀倉。」另一個聲音命令。

桂枝推開倉房的門。

「你們要幹啥？」

門外是十多個穿工作服、戴安全盔的工人。有人持槍，老式的帆布子彈袋上印著「工人民兵師」字樣。卡車一輛接一輛駛來，分別停在不同的農家門口，跳下成群的武裝工人。

「大嫂，」戴紅頭盔的頭頭說。剛才命令打開穀倉的就是他。「我們是來買糧的。」

「我們的糧不賣。」桂枝用身子擋住倉房門口。

看來頭兒知道多費唇舌也沒用，他微微嘆口氣。

「我們知道你們不賣，但是我們一定得買。我們不會讓你們吃虧的。」

他擺了一下頭。兩個工人走上來。

「對不起了，大嫂。」他們一下架起桂枝把她從倉房門口拉開。

「我操你們媽呀！」桂枝的兩腳亂蹬，在那兩個工人手中，好似被抓住翅膀的小雞。其他工人無言地準備進入倉房。

石戈出現在門口。他的目光使工人停下。

「你們是哪個單位的？」

「大同煤礦。」頭兒回答，猜測著石戈的身分。

「把她放下。」石戈對抓著桂枝的那兩個工人說。工人服從了。桂枝驕傲地挺起胸。

「誰讓你們這樣做的？」石戈問頭兒。

「誰？」頭兒在肚子上拍了一巴掌。「誰說話還有它管用？我們全礦三萬多家已經一大半沒米下鍋了。」

石戈在北京時就知道今年秋糧收不上來，黃河水災以及隨之四起的謠言在全國引發了囤積風潮，城裡的糧店被搶購一空，國庫那點儲備無濟於事，但他沒料到現在已經開始斷頓。

「政府會爲你們解決。」他說這話時一點也不自信。進口糧食只是杯水車薪。唯一能指望的是今年的新糧。可新糧如何從農民手裡拿出來正是最大的難題。公社時期，各級幹部可以把農村的每粒糧都摳出來送進城。而現在，一九六〇年代那種餓死上千萬農民保城裡人肚子的事再不會有。糧食在農民自己手裡，別說政府，天王老子也沒法命令他們。

「算了吧，老師傅。」頭兒露出輕蔑神色。「說好聽的塡不了肚子。」

「可也不能搶。」

「我們不想搶。老師傅，我看你也像個城裡人，鬧不好還是個幹部什麼的。你倒是幫我問問，他們到底要什麼？我們工人不想當什麼老大哥，可以叫農民爺爺奶奶，磕頭也行，只求讓我們妻兒老小能活下去。我們把工廠拆了。我們的卡車上有電機、水泵、柴油機、輪胎……你看這個白金坩鍋，他們全村也値不了它。我們把城裡財富全給農民，只求換點糧。」

「可是得按法律來。」

「人大常委會公布的反囤積法已經給了我們合法性。」

「法律得通過國家實施而不是你們個人。」

「等國家實施法律的時候，我們早餓死了，國家也亡了！」頭兒的臉一沈。「沒時間廢話了，搬糧！」

「再聽我說一句。」石戈擋住要進倉的工人。「你們想過沒有，你們今年搶了農民，農民明年就無法再種糧。過了今年過不了明年，從長遠看害了全社會，也害了你們自己。」

「明年餓死也比今年多活一年！」頭兒的聲調已經相當嚴峻。「讓開！」

石戈看一眼桂枝。她毫不在乎眼前這群拿著槍的大漢。有她一個石哥在，天塌下來也頂得住。石哥是中央的大幹部，就算下了台，制住這群小工人也是動動手指頭的事。可石戈內心一點抗爭氣勢也沒有，如同塞滿了亂糟糟的痲線。工人說的話句句是眞的。法西斯上台有它的必然性。在這個生死之際，唯有強力能重建分配的平均機制，讓每人都得到吃不飽但是餓不死的一份，而不是一些人飽，一些人死。他無法要求快餓死的人遵守法律，也不可能阻擋住他們的行動。他們的女人也跟桂枝一樣需要糧，甚至更需要。他們的世界只有煤。而僅僅這幾天，他就幫桂枝家埋了六大缸糧食，即使穀倉空了，也夠她家吃一年。

「桂枝，賣給他們一些吧。」石戈說話的同時身體挪動了一下，幾個工人立刻擁進倉房。

桂枝被他這個動作驚呆了，甚至工人來搶糧的事實本身也沒讓她這樣震驚，半天才哇一聲哭出來。

「石哥你……你好沒良心啊……當年你怎麼說的？你說你一輩子爲我們農民說話……現在你當了大幹部，你讓人家搶我們……」

兩個工人把石戈剛扛回來的那袋穀子抬出來。

「我跟你們拚了！」桂枝衝上去，整個身子撲在那袋穀子上。穀袋掉在地上，她死死抱住，又咬又踢。好幾個工人費了半天勁才把她拽開。撕扯中她的衣扣掉了，褲帶開了。她就勢把衣服一脫，全身赤條條，工人反而不敢拽了。另一批工人剛從倉房裡搬出小麥，被她追得扔下袋子紛紛亂跑。

石戈看著像母獸一樣瘋狂的桂枝。那對在奔跑和扭打中甩動的雙乳殘留著他剛才揉出的紅印。結實的大腿間在陽光下閃著精液的光亮，如永不放棄的標記印在他們剛剛當成歡娛之床的糧袋上。他的心好似刀割一樣。他該怎麼辦？他能怎麼辦？可除了呆呆站著，他什麼也想不出。思維習慣讓他隨時考慮各個方面，可是考慮的越全面就越沒有辦法，越無法找到一個行動準則。也許這就是他越來越無能爲力和灰心喪氣的原因吧。

突然聽到呼喚：「石戈同志在不在這裡？石戈同志在不在這裡？」

聲音來自天空。不知何時，一架直升機懸在頭頂，一邊緩緩降落，一邊用擴音器呼叫。

石戈向直升機揮揮手。他對這突如其來的呼喚已經習以爲常。許多假期如此中斷，無論他藏在哪都能被找到。然而他今天已沒有任何職務，又有什麼事找他呢？

飛機降落在五十米外的空地上。灰塵瀰漫天空。

「石戈同志，請到飛機上來。總書記要與你通話。」飛機擴音器的聲音非常清晰。

眾工人用異樣眼光打量石戈。

他走到桂枝身邊，給她披上衣服。她嚶嚶哭著，身上全是土。臉上淚和土混成泥水。他沒說話，徑直走向直升機。

機上迎接他的人戴著武警少將的軍銜，向他伸手。

「我叫周馳。」

周馳讓通訊軍官把機上的電視電話接通北京。電視螢幕上出現陸浩然的祕書，問清情況，螢幕上畫面消失，只剩閃爍光點。突然一亮，陸浩然坐在辦公桌後面。

「石戈，」陸浩然從表情到聲調都不似前總書記那樣驕橫，很平等，甚至有些親切。「有一個職位我想讓你擔任，不知你是否有興趣？」

石戈嘆了一口氣。湧到嘴邊的話是「我夠了」。他覺得臉上的皺紋無比深密。如同站在桂枝和工人之間一樣，那一刻他所感到的無能爲力似乎打斷了全身筋骨，象徵著他的一生。多少年奔波於「職位」兩字之間，現在只感覺厭惡。

說出口的卻是一個提問：「什麼職位？」也許只是最後一點好奇，在徹底退出官場前看看自己最後能得到的是什麼。

陸浩然的回答輕描淡寫。

「副總理。」

石戈的心跳驟然加快。副總理！以往只在少年時的夢中出現。如今他已心如死灰了，不再做奢想，卻突然飄忽而至，在這麼一個最不可能的時刻，最不可能的地點。

周馳微笑地看他。機艙外太陽已經西斜。黃色的田野山坡在秋風中起伏。

他夠了嗎？他疲倦了嗎？在此刻，突然感到是血在翻騰地捲起，心靈間充滿渴望。夠了倦了的只是過去，展現在前面是一個全新的未來。再不是招之即來揮之即去的謀士墨客，而是阿基米德撬動地球的支點，如果握到了他的手中，他能不能由此改變中國呢？

「怎麼樣？」

陸浩然在螢幕中凝視著他。

只要他口中吐出一個字，他的人生就會飛向兩個極端。或是在這片破碎的黃土地上埋葬掉寂寞雄心和英豪，或是一步邁進轟響的歷史，被那車輪帶向一日千里的前方或碾作粉塵。

「好。」他的回答聽不出任何猶豫。

「馬上來吧。」螢幕一閃，縮成亮點。陸浩然消失了。

石戈抬起頭。他的精神還無法回到眼前。

「副總理，我們馬上起飛。」周馳向他說。

「我告一下別。」

「不行，這裡要有戰事。」

話音剛落，傳來一聲火槍的轟響。幾粒鐵砂擦在直升機上，劃出尖銳刺耳的聲音。桂枝家門口那些工人立刻臥倒。四面傳來喊殺的聲音。

「我得下去。」石戈伸手拉艙門。

周馳伸出一隻手頂在艙門上。石戈用全身力氣也搖不動半分。

「總書記命令我負責你的安全。」

直升機已經起飛，搖擺著升高。旋翼吹起的灰塵紛紛揚揚。石戈看見伏在糧袋上的桂枝突然站起仰望飛機。四面，無數舉著鋤頭鐵叉的農民包圍了工人車隊。鎖柱揮著手槍指揮一排持槍的保鄉團射擊。

桂枝變小了，但她絕望的表情在石戈眼裡比什麼都清楚。她向上伸出雙手。飛機轟鳴使她的呼喊似是無聲。披在身上的衣服脫落了。一個工人想拉她臥倒，可是她竟跟著飛機跑起來。

石戈大吼一聲。

她突然一個踉蹌，猛地摔倒在公路上。她掙扎著翻過身，已如模糊白點的臉向著飛機飛走的方向。她的胸脯上擴散出一片殷紅。雖然人的視力已不可及，石戈卻清楚地看到一個又圓又深的彈孔，在那兩個乳房之間，汩汩冒出滾燙的血，染紅了無邊的大地和天空。

IV

福建　武夷山

在豪華別墅旁的一個隨山勢砌起的平台，李克明坐在被夜露打溼的石凳上。每當移動的探照燈光照射過來，本能反應總是使他想立刻躲藏。周圍的古松、假山、亭閣都是可以藏身之處，不過他沒有動，只是雙手緊握石凳邊緣。

現在不用藏了。這片高官們專用的旅遊度假區現在對李克明來說是最安全的地方。福建省軍區的一個加強營在周圍戒嚴。今晚來到這裡的人儘管都是南方幾省的黨政要人，帶著成群的跟班警衛，然而要論對國家犯罪，即使眞是他李克明暗殺了總書記，他們的罪也不會更輕。

——他們正在謀畫擺脫北京的統治，實行所謂的地方自治。而此刻的李克明，已經成了他們手中的一張王牌。

月亮很高，正在中天。一側的輪廓不太完整，扁進去一塊，但亮度仍和滿月一樣。幾條細長薄雲在天上飄移。深秋的風吹得滿山松樹如漲潮般松濤起伏。闊葉樹的嘩啦聲夾在其間，眼前不時掠過紛紛落葉。

李克明逃出三峽的第二天，被江水浸泡過的傷口就開始感染。深夜他潛進一家私人診所強迫醫生給他治療，然後帶著四十度的體溫和診所的全部抗生素鑽進山裡。當地警察帶著村民搜山時，他在一棵千年老樹頂部的樹窟裡給自己注射。虧得那些藥，他活了下來。病情嚴重時，找個隱蔽處昏迷兩天，能動了就向更深的山裡鑽，一直鑽到神農架。在那片據說有野人出沒的山林中，他靠野果、小獸和農家田裡遺落的穀物奇蹟般地癒合了傷口。

當臉上最後一片傷痂脫落時，在初升太陽的光線中，他對著山頂一窪平靜如鏡的泉水第一次正視自己的臉。在他的警察生涯中，他見過許多被殘害得不成樣子的面孔。他用那些面孔事先拼湊出最可怕的形象為自己做準備，可還是準備不足。他從未看見過那樣猙獰恐怖醜惡的臉。那是臉嗎？是一堆踩在污泥裡的爛番茄！有的地方鮮紅，有的地方污黑，亂糟糟地凝固在一起。五官成了扭歪的縫隙和孔洞。一隻眼睛露出大大的眼白，另一隻眼睛幾乎難以發現。耳朵沒了。鼻孔沒了。頭髮沒了。這副面孔連魔鬼看見都得嚇退三尺。

可是最終他卻笑了，笑得那麼慘烈，驚起一片飛禽走獸，猙獰又怎樣？一個暗殺國家首腦的兇手難道不該猙獰！現在他表裡一致了，名副其實了！從此他就猙獰下去吧！

他偷了一輛林場的卡車向北開到十堰市。市公安局預審科長是他的警官學校同學。他沒去找同學本人，只是在半夜鑽進預審科辦公室。同學的辦公桌玻璃板下壓著緝捕他的通令。照片上那個再也不存在的英俊青年凝視著他。他用預審科的電話撥通了曾在老校長身邊工作過的另一個同學，卻裝成預審科這位同學的口音──當年他在學校常搞這種把戲，以假亂眞。

「……聯繫老校長還有沒有其他方法？」過了這麼多年，當年的把戲仍然奏效。

「你……沒接到訃告嗎？」對方還沒從睡夢中醒過來。

「怎麼……？」他的心立刻冰涼。

「……煤氣沒關好，和夫人一同死在床上……」

他沒繼續聽，木然放下電話。原來只擔心老校長的電話被監聽，卻沒想到只爲了防止他和老校長接上頭，就能下這般毒手。連老校長的地位都免不了被殺，那背後的權勢一定大得不可估量。那麼，還有什麼人能戰勝他們，能爲他伸冤呢？

他晝伏夜行，扒上貨車，又扒上貨輪，再扒上行駛的卡車，來回換著不同的交通工具，如野獸一樣兜圈子。雖然已過一個多月，每條路、每個車站和公共場所仍然是盤查嚴密，抓捕他的大網鋪天蓋地。然而他過去天天搞這套，對其中的手段、方法、漏洞一淸二楚，應付起來遊刃有餘。即便偶然被鐵路職工、水手或汽車司機發現，他就裝成一個又聾又啞的傻子伸手要飯，別的什麼都不懂。他的衣服已如破碎泥片，全身污黑，加上那張臉，只要瞪起眼睛，即便是闖進餐廳連吃帶拿也沒人敢管。

直到在福州，他半夜攀上一個當地富豪家的三樓窗子，翻進房間，把那個正在擺弄古玩的富豪嚇得差點暈厥。

「槍就在你手邊，拿起來對著我。」李克明提醒富豪。「但是別叫，聽我說。」

槍拿到手裡使那富豪稍微鎭靜了一些，但是槍口仍然篩糠一般顫動。

「記不記得你對我起的誓，」李克明說。「只要我有需要，你捨命相幫？」

「你是誰？」

「李克明。」

槍口垂下了。

「李克明不是這張臉。」

槍口又重新對準他。

「通緝令說李克明破了相，你不會沒看見。」

「……可是我認不出你，怎麼證明是你？」

「李克明能給你講十四年前的歷史。那時你沒這麼體面，你是個貪污公款和雞姦少年的雙料罪犯。在你告發一次越獄獲得提前釋放的前一天，被告發的那群人發誓殺死你。是李克明一人獨擋了十五名暴徒，擊斃了爲首的老黑。李克明左胸被插進一根鐵條，離心臟只有一公分。你和李克明同住一個病房。十天後你出院，李克明卻躺了三個月。現在如果你有半點不情願，李克明馬上就走，絕不求你！」

槍口徹底垂下了。

「我……我怕他們弄個假的騙我……」

李克明撕開左胸衣服，在烈火燒出的大片猙獰傷疤中，十四年前留下的那個黑硬深坑仍然清晰。

起初他只想暫時在南方躲一陣。他的關係大都在北方，肯定都被嚴密監控，只有他從不屑打交道的這個富豪不會被掌握。然而現在他意識到，他很可能要在這長久待下去了。接納了李克明的富豪是爭取南方自治的資助人和參與者。在他們眼裡，李克明的出現正如天賜，擺脫北京政權會因此名正言順。他們當然是爲自己的目的，但是卻會千方百計地保護李克明的安全，相信他，洗刷他，並會盡全力指證眞正的凶手是在北京。反過來，如果他落到了北方手裡，一定被立刻置於死地。因此，他的命運已經和南方綁在了一起，南方自治能成功，他才能生存，若是北方贏，就只有死路一條，並且背上再也洗不掉的千古罵名。

然而他不是南方人。他的家在中國最北的北方。那裡現在已覆蓋著皚皚白雪。同一個月亮照著家鄉肅穆的村影和封凍的黑龍江。他的妻此刻是否也看著月亮？未曾見面的兒子正在暖炕上安眠。他熱愛嚴峻蒼涼四季分明的北方。他懷念踩在雪上的聲音，飄在眼前的呵氣。他喜歡冰球場上的喧鬧，獵狗在雪原上追逐野兔的身姿，火爐邊的豪飲，北方人的胸懷。雖然他在南方從逃犯變成了貴賓，可他內心覺得格格不入。他討厭分裂國家的陰謀，也不願意被當成工具。當年他救那富豪只是爲了職責，那種人渣死一千次他都不關心。現在他反倒成了他們的食客，寄他們籬下，聽著他們天天咒罵「北佬」！

突然，一個細微聲音引起李克明警覺。憑他多年「蹲坑」練就的聽力，馬上斷定那是人在活動。有風時動，無風時停，很有經驗地利用風聲進行隱蔽。聲音來自身後的石崖頂部。透過頭頂古松的枝葉，他看見月光映襯出在崖石頂隨風搖動的灌木剪影。

他滑移腳步貼近石崖。這些天他把周圍地形探了個遍，知道石崖底部有個洞。當年的別墅主人似乎是有意要製造一景，在洞裡鑿出台階，曲曲折折直通石崖頂部。他躡手躡腳沿著台階往上。那人動他也動，那人停他也停，以此讓那人聽不到他的聲音。

浮雲飄過月亮，光線暗淡了。到達石崖頂部的李克明把頭慢慢伸出。一個穿著如同士兵的身影躲在灌木後操縱儀器。空氣中飄來的香水氣味使他生疑，仔細打量那背影豐滿的臀部，分明是個女人。月亮鑽出雲朵，灑下一片亮晃晃。李克明用舌頭彈出一響，那身影驚悸地回頭。李克明卻故意挺著脖子紋絲不動。他能想像石崖上冷不丁長出一顆毀了容的頭是什麼景象。那張俊秀的臉在月光下清楚地變成煞白，自己咬住紅潤櫻唇，晃了兩晃一頭倒下。士兵帽子從頭上脫落，瀑布般地流出一頭秀髮。原來是她！

李克明見過這個叫百靈的姑娘。在當下主事的前福建省常務副省長黃士可那裡，雖然她只是個送文件的普通祕書。可是每當她出現，黃士可的胸脯都會挺得直點，姿勢也坐得正點。警察職業使李克明長年揣摩人的隱私，立刻斷定她是黃士可的「小蜜」，但是勾搭在一起的時間並不長。

今天的會議絕密，不許工作人員入場。這個小祕書穿著衛兵服裝，用風聲掩蓋動作，來搞什麼名堂？李克明上前查看。她安裝的儀器支在一個小型三腳架上，一根細長導線從儀器通到她的耳朵。儀器的管狀前端瞄準別墅正面窗子，閃亮著一些細小指示燈，一盤微型磁帶正在儀器中旋轉。他輕輕拿下她的耳塞機，放進自己耳朵。裡面傳來別墅內絕密會議的說話聲。他以前聽說過這種竊聽設備，通過把鐳射光束發射到窗玻璃上，裡面談話的聲波在玻璃上引起的振動就會被儀器還原成聲波。不過他從未見過這種設備。可以斷定這個女人有相當背景。她是什麼人呢？她訓練有素，選擇的位置巧妙，是能躲開嚴密警衛又能使鐳射瞄準玻璃的最佳地點。她勾引黃士可的目的是什麼？受誰派遣？執行什麼任務？該怎麼處理她？把她交給正在開會那些人？還是僅僅停掉竊聽器？或是給她一個只有她自己明白的懲戒呢？

他看著她那無知覺蜷曲的軀體，臀部輪廓高高隆起，在他眼前唾手可得。一股欲望突然從心底燃燒起來，瞬時感到全身發燙。他本來已經不再想女人。在山頂泉水中第一次看到毀了的面容時，他就絕了這個念頭。然而此刻，身邊是一個可以任意擺布的女人，他發現情欲並沒死，而是比以往來得更暴烈。他如發熱病般顫抖，強忍著才沒有把手伸到眼前這個軀體上。

他沒再考慮如何處理她，只是把耳機輕輕插回她的耳孔。這個有點性象徵的動作差點使他靈魂出竅。他離開，什麼都沒做。管她是什麼背景，哪怕她就是北京的特務！他沒義務效忠南方。她愛幹什麼就幹什麼。過一會她就會自己蘇醒，也許以爲見到的只是幻覺。竊聽內容全在錄音帶上，她不過是睡了一覺。

黑夜天空中隱隱傳來發動機聲音。別墅前的草坪亮起幾盞引導燈。聲音由小變大。一架不開夜航燈的直升機如夜間尋食的大鳥從山脊後面出現，越過茂密的樹林，懸在別墅上方，在燈光指引下降落到停機坪上。

中國東南沿海的經濟水平在近代歷史上始終超過內地。鄧小平時代的沿海開放戰略給了沿海特殊優惠，差距進一步擴大，和內地形成斷裂格局，被人稱爲「兩個中國」。這兩個中國無論從經濟發展程度、社會觀念、生活方式上都產生了很大差異。前些年北京把發展經濟放在首要位置，只能依靠財大氣粗的南方。自從總書記被刺身亡，新的中央政權拋棄了過去瞻前顧後，企圖兩全其美的立場，以強硬手段貫徹集權意志。新政權的一系列措施對南方省的打擊具有災難性，尤其是縮減地方權力和打擊私人經濟，等於從根上挖斷了南方得以發達的兩根支柱。外資也紛紛被嚇退撤離。不過促使沿海省的地方官最終下決心揭竿而起的，主要還是他們的個人命運。北京新政權已經扣押了被招去參加會議的各省書記和省長，代之以從軍隊派出的強人執掌地方權力。那些強人自上任之始，首先大刀闊斧地撤換當地官員。他們是有備而來，早就準備好各種把柄，證據確鑿，不但要讓當地官員下台，還要把他們搞得身敗名裂，甚至送進監獄。面對這種人人自危的前景，地方官員如果不反擊的話，就會落到死無葬身之地的下場！

福建之所以成爲七省市的中心，主要是因爲黃士可。黃在福建官場幹了幾十年，僅常務副省長就做了八年多。以往北京對地方的控制只盯住一把手。書記省長走馬燈似地換來換去，他這個副省長卻日益根深葉茂。論實權比一把手還大。這次他被推舉爲七省市的盟主，除了因爲他可以相當有力地控制福建，還因爲福州不久前發生的變局。

對於那個變局，美聯社的消息這樣報導：

被中國政府宣布凍結大額個人儲蓄而激怒的福州市民，衝擊了北京派往福建接管權力的新任中共書記下榻處，和警衛士兵發生了衝突。這場混亂造成九人死亡，其中包括省政府祕書長。剛上任一個月的新任中共書記遭到市民痛毆，僥倖未死，但據醫院發言人宣布，即使最終能保住生命，也將終生喪失大腦活動機能並全身癱瘓。

隨後緊急召開的中共福建省委全會決定，由原省委副書記黃士可代理書記；福建省人大常委會的會議也決定，由原常務副省長黃士可代理省長。此前已被新任中共書記解除了權力的黃，突然出人意料地翻身，變成了福建大權的獨攬者。

沒有人在心裡相信這次福州事件僅僅是市民的自發行動。事情鬧到如此程度，幕後肯定有人導演和操縱。人們認定只有黃士可才有這樣的手筆，既能把北京派來的「欽差」除掉，自己又不沾任何干係，不落半點把柄。這叫那些面臨同樣處境的其他各省地方官佩服不已。但黃士可最讓人佩服的，是他竟然敢於自己坐上獨攬大權的寶座，而不理會北京的安排。這在中共歷史上是聞所未聞的，突出顯示了黃士可的超人魄力——這等於是公開亮出了自治大旗。他這一舉動極大地鼓舞了那些尙在猶豫搖擺的地方官們。以福建爲中心，上聯浙江、上海、江蘇，下聯廣東、廣西、海南的七省市聯盟，由此把黃士可當成了他們的天然領袖。

今晚別墅內正在舉行的，就是七省市宣布實行自治，建立南方聯盟之前的高層會議。直升機的到來使正在進行的會議暫停。與會者們集體出門，迎接貴賓。黃士可被眾人簇擁在中間。他在南方人中可算體型魁梧，衣著筆挺，碩大的頭顱頭髮花白。

當直升機落穩，艙門拉開，上前迎接的人們堆起笑容。機上先跳下幾名武裝士兵，然後是一位年輕少將。眾人目光繞過少將，然而他身後並未出現被期待的人。眾人的笑容呆滯了，準備鼓掌的手不自覺地垂下。

少將似乎沒意識到自己不是被期待的對象，微笑著走到眾人面前。在比他軍銜高得多的廣州軍區司令和南海艦隊司令面前，他沒有按規矩舉手敬禮。沒人認識這位來者。只有福建省軍區因爲屬南京軍區管轄，省軍區司令和來者打過交道，打破了令人尷尬的沈默，向眾人介紹：「南京軍區蘇副參謀長。」

「歡迎。」黃士可伸出手，臉上的笑容在月光下顯得虛幻。「白司令呢？」

「白司令有緊急公務，不能分身，我做爲他的全權代表來與諸位晤面，並向諸位表達白司令的歉意。」蘇副參謀長的神情和聲調都不卑不亢。

眾人與他握手，傳聲器般挨個說出「歡迎」二字。失望、沮喪、揣測、不吉的氣氛在黑暗中擴散。人們重新進入別墅。草坪和門廊燈光熄滅。直升機旋翼靜止。只剩士兵在哨位上巡邏。

李克明被人帶進別墅內的會議室時，戴上了一個鵝黃色的頭罩。那是用細紗做的，不影響視線，不妨礙呼吸，只是爲了不讓人看到他被毀面容的猙獰。只要在有人的場合，他總是戴在頭上，只有自己獨處時才會摘下來放鬆一下。

白司令沒到場，會議室原本嚴峻的氣氛又繃緊很多。七省市自治聯盟爲自己確定的前提是，盡一切努力防止出現軍事衝突，但同時也必須防備北京採取行動。七省市分別處於南京軍區和廣州軍區的駐區內。兩軍區所屬部隊控制著所有要地和樞紐，隨時可以占領各級政府和要害部門，接管機場港口，進行戒嚴逮捕。可以說，這兩個軍區不爭取過來，所謂「自治」一天也維持不了。七省市自己根本沒有能與駐軍相對抗的武裝力量，現在只是靠大把給錢，暫時把各地駐軍的將領穩定下來。

廣州軍區多年置身中國自由經濟最發達的地區，官兵的思想意識開放。團以上軍官廣泛參與經商。軍區本身也有眾多經濟實體，可稱披著軍裝的財團。這種位置決定了他們在政治上的取向，尤其是在最高層將領收到以他們名字存在瑞士銀行裡的鉅款後，廣州軍區和南海艦隊立刻明確表態站到「自治」一邊。

現在的關鍵是南京軍區。七省市有四個是在它的地盤。南京軍區的白司令又是個著名的鐵面人，治軍極嚴，實行了一整套嚴密的控制措施，爭取難度比廣州軍區大很多。現在只從中挖過來一個福建省軍區，充其量可以指揮少量地方部隊，野戰軍卻連插手縫隙都沒找到。而如果能爭取到南京軍區支持，東海艦隊自然會跟過來。七省市聯盟的軍力就能占全國陸軍的三分之一，空軍的五分之二和海軍的五分之三，加上七省市的巨大財力和向心力，與北京實現分而治之就很有可能做到。

然而怎麼才能撬開那個白司令的鐵腦瓜？正當黃士可感覺一籌莫展時，送上門的李克明就如上帝恩賜，還有什麼比這更能打動古板教條的白司令呢？——暗殺總書記的不是別人，正是北京現在的篡位者！篡位者的中央沒有合法性。七省市與北京現政權脫離不是分裂國家，正是捍衛國家的法律與尊嚴！這樣的說法使白司令終於同意親臨這棟別墅聽李克明陳述，並參加七省市領導人的會議。本以爲大局將成，來者卻突然換成了這個下巴光光的副參謀長，倨傲地坐在白司令的位置。他那挺直的身姿和幹練的動作，確實看得出南京軍隊的一派威風。

戴著頭罩的李克明講得很仔細。長期的職業訓練使他能把紛亂如麻的線索理得清晰分明，層層深入，讓人信服。當他說完，蘇副參謀長令人摸不著頭腦地沈默好一陣。

「你說的很有邏輯，」蘇副參謀長不動聲色。「推理也周密。但是最重要的東西卻沒有拿出來——證據，哪怕一點也好。你沒有任何證據。你怎麼證明沈迪有意放跑了凶手？怎麼證明三峽那個刑警隊長是被殺而不是死於車禍？老校長被害更是你的想像。即使沈迪是凶手的同夥，又怎麼證明他受現中央高層人士指揮？而且和這次政局變動有關？甚至連這一點你也沒有證據證明：總書記不是你暗殺的，是另外一個凶手。你說得頭頭是道，可北京發布的公告更頭頭是道。你說他們在編造，怎麼讓我相信你就不是編造，不是爲了某些人的特殊目的而編出的故事呢？連你到底是不是李克明都可以懷疑。把一個和你同樣身高的男人毀了容，雙手指紋燒掉，再背熟李克明的一切，他就可以和現在的你一模一樣。不，先生們，」他轉向會場其他人。「你們必須拿出證據。」

沒人說話。南京軍區的態度太重要了，誰也不敢輕易開口。這個副參謀長偵探式的挑剔到底意味著什麼呢？

李克明倒是理解。他的職業就是與懷疑和證據打交道的。他一點不覺得副參謀長洋洋得意的詢問是侮辱。同樣的問題在自己腦子裡迴旋無數次了。他要洗刷自己，首先就得回答這些質疑。

「至少我可以證明我是我。」當蘇副參謀長的目光又回到他，他開口說。「由於發生過警察被害後容貌指紋被毀的事，每個一線警察都取過牙印。我的牙還在，可以核對。至於你的其他質疑，不需要一件件分頭確認，最直接的莫過於沈迪本人，如果讓他親口供認事實，你還會懷疑嗎？」

「當然不會。不僅我不懷疑，全國人民和世界輿論也不懷疑。我是否懷疑是小事，全國人民和世界輿論懷疑是大事。」看來蘇副參謀長讚賞李克明的思路。

「那麼，白司令的態度……」黃士可問。

「白司令的態度很明朗，他站在法律和正義一方。如果眞如你們所說，殺害總書記的黑手在北京，不管是誰，不管位置多高，我們都要揪出他是問。但是如果你們拿不出證據，我們就必須服從中央。誰反對中央就討伐誰。」

「可……就算一個刑事案，也不是幾天就能弄齊證據嘛。」黃士可現在的位置如騎上虎背，面對北京緊鑼密鼓的動作，已經不允許拖延舉事時間。可如果南京軍區是站在對立面，舉事也等於是自殺。

「理論上你的說法不錯，這麼大的案子用幾年時間查清都不算長，但是國家利益不允許。從明天起，三十天內，我們恪守中立。證據必須在三十天內拿出來，否則我們就不再等待。」

「如果拿到證據……」

「這不用說了，我們的態度已經很明朗。」蘇副參謀長站起來，合上公事包。

「等一等。」廣州軍區司令發話。他的軍階比蘇副參謀長高，所以說話不似黃士可那麼小心翼翼。「你有懷疑，我們也有懷疑。你說的三十天中立爲什麼不能是假的呢？你來探走了我們的計畫，會不會一離開就向北京報告請功呢？或許連白司令也被你蒙在鼓裡。你該不該也向我們證明呢？」

「依趙司令的說法，我該怎樣證明呢？」蘇副參謀長微笑。

「武夷山山清水秀，你在這住上三十天。白司令那邊我給你請假。」趙司令雖然肥胖，說起話來倒是挺靈活。

「對不起，改日再來享這個福。」蘇副參謀長說罷轉身往外走。

趙司令嘿嘿笑了兩聲。

「你以爲憑你一架飛機五個兵下得去武夷山嗎？」

蘇副參謀長停下腳步，舉起右手，掌心有個微型發射器。「看淸我食指下面這個紅色按鈕了嗎？只要一按下去，江西花橋軍用機場一個一級戰備的空降營五分鐘內就會在頭頂降落……」

黃士可哈哈大笑。

「軍人開玩笑來也和戰爭一樣精彩……」

屋裡的人都順著黃士可給的台階笑起來。

蘇副參謀長出門時，外面的幾個南京士兵剛被放開，個個衣冠不整，面呈慍色，制服他們的人已經不見。

「三十天。」副參謀長伸出三個手指頭。

南京的直升機旋翼加速轉起來。

北京　中國人民解放軍三〇一總醫院

這裡靜得如同眞空。一米厚的混凝土牆壁和數噸重的鋼門把城市喧囂徹底隔在外面。王鋒經過吹塵室和紫外線消毒室，進入裝滿器械儀表、縱橫交織著管路電線的中心監控室。

每次進入這座半地下建築，都讓他想起在山東半島山洞裡隱蔽待發的那艘潛艇。非常相像。電波聲音、綠色螢幕、耳機、圖板、乳白色基調、全套進口設備、不同文字的名牌，按命令操作的人，隨時報告儀器資料的聲音。區別只是這裡用顯微鏡而潛艇用潛望鏡。這兒的頭兒是白髮蒼蒼文質彬彬的少將軍醫，而潛艇的頭兒是土頭土腦如同漁夫的丁大海。同是代表人類驕傲的尖端技術組合體，一個爲殺人，一個爲救人。對於王鋒，這二者他都需要。但是此刻，壓倒一切的是救活眼前這個瀕死的人。至少，絕不能讓他死。

隔著一層玻璃，主席全身皮膚如死人般灰暗，躺在無菌恆溫室中。液壓操縱的床架把他舉在一台高大儀器之間。那些機械的、電的、光的、射線和聲波的種種觸臂探頭針管在他身上不停地工作——測量、注射、輸氧、按摩、強迫呼吸……發出的每個指令都被精確執行，反饋的每個信號也在監控儀器上顯現。心跳越來越慢，血壓越來越低。一個靈魂眼看著就要飛出這個只剩一副骨架的衰老而醜陋的軀殼了。

「沒希望了嗎？」王鋒問。

「超不過今天。」老軍醫看上去已經非常疲勞。

「上兩次病危都救過來了。」

「病危和瀕死不同。」

「肯定嗎？」

老軍醫聳聳肩，沒回答。

王鋒看著恆溫室裡的主席。他需要這個將死的人活下去，太需要了。尤其在眼下這個當口，這個人每活一天對他都無比寶貴。他剛剛開始接管中國的步伐，雖然他堅信成功，可是又知道自己的脆弱，預感到可能發生的凶險。當今中國缺乏認可領袖的程序。古代是皇位繼承，三歲小兒坐到龍椅上，滿朝文武也心悅誠服地叩頭。西方社會是投票，只要得票領先，不論什麼人都得承認。共產黨卻靠一種不固定也難以預測的方式——黨內鬥爭。在元老掌權時期，黨內鬥爭勝負取決於權威，誰更有資歷，更孚眾望，毛澤東式的家長地位能在沒有皇帝的中國如皇帝一般立於不敗之地。然而現在，隨著元老們陸續死亡，權威解體，失去凝聚核心成了中國最大的禍害。沒有核心的國家將是什麼狀態？每個人都覬覦高位，推翻別人，蔑視秩序。中國歷史證明，一到這種地步，中國必然出現混亂、分裂和戰爭，出現軍閥、諸侯割據、占山爲王的盜賊，以及形形色色改朝換代的奸雄。

現在，建立權威只能靠鐵血了。沒有自然形成的凝聚核心，就用強迫凝聚，沒有了鎮服眾人的威望，就用實力逼他們不得不服。「槍桿子裡面出政權」——毛的這句總結是千眞萬確的至理明言。只要手中有軍隊，就有最大的實力，就能掌握中國。掌握軍隊是全部問題的關鍵。然而他能不能把握住這個關鍵呢？王鋒清醒地知道，僅靠他自己，至少在眼前絕對不能。無論他對自己的能力多麼自信，能力卻遠不是一切。軍隊最重權威，只有權威才有服從。軍隊的權威是靠資歷、軍齡、戰功、老戰友、老部下這些東西組成的，而這些東西他擁有的都相對太少。正因爲如此，他過快的升遷顯得光芒刺眼，嫉妒的火焰在底層暗暗燃燒。將領們現在接受他，是把他看作主席的代言人。他現在所做的一切都得在主席身影的庇護下才能順利完成，所謂的「挾天子以令諸侯」吧。失去了主席，就失去了凝聚軍隊的唯一權威，他就沒了天子，就令不了諸侯，就會失去軍隊，失去中國，直至失去自己。國家將動亂，政局將反覆，人民將遭難，歷史將不知走向。在這種時候，他怎麼能讓主席死呢？中國又怎麼敢讓主席死！

「可不可以通知家屬？」主席治療組的行政副組長低聲請示他。

他做了個否定手勢。除了治療組成員，現在沒有任何人知道主席的眞實狀況。連主席的家屬也只以爲住一段醫院就會恢復。王鋒親任治療組組長。家屬探望也須經他批准，而且是事先安排好現場，只能隔著玻璃看，看到的病歷也是假造的。主席的眞實病情是治療組的絕密。

「教授，」王鋒轉向老軍醫。「能不能把呼吸和血液循環一直維持下去？比如說，用體外呼吸器和人工心臟？」

教授漫不經心地擦著眼鏡。

「人死了。搞那個有什麼意思？」

「這要看死的標準是什麼。一個人還在呼吸，血液還在循環，就不能說他死……」

以什麼方式活是不重要的，只要不是死，主席的威力就存在。權威就是這麼一種東西。毛澤東晚期儘管已成行屍走肉，跟後來放進水晶棺材的那個軀殼沒有區別，中國卻不會變。而只要醫學一宣布他死亡，他老婆就立刻被抓進監獄。醫學就有這麼大威力！但是，醫學難道不是人創造的嗎？

教授可不這麼想，雖然軍醫的最高軍階只到少將，但他是醫學界的泰斗，他擦著眼鏡諷刺：

「機器可不是上帝。」

王鋒板起面孔，對這種老傢伙不能一味遷就。

「國家處於非常時期，必須用非常標準衡量問題。」

教授戴上眼鏡。

「等肌體開始腐爛的時候，總無法再說人還活著吧？」

王鋒看著心電示波器。綠色光點在螢幕上移動。每次跳起都現出一個顫抖的峰形，那樣艱難，似乎隨時會衰竭。隨著峰形發出的「嘟—嘟」聲讓人心神不寧，好像期待的不是延續下去，而是不由自主地等著說不定哪一下就寂靜無聲。

想了多次的主意又一次在腦海浮出。雖然王鋒最不希望發生的事就是主席死亡，但是他當然知道自然規律不可抗拒。對他來講，死和不死的意義不是對主席，而是對別人。不管主席本人是否眞死了，只要別人不知道，主席就等於活著，那高大的身影就可以如現在一樣庇護著他執掌軍隊，從而執掌中國。不用多，只要有一年時間，他就可以擺脫那個身影，完全靠自己的力量了。如果主席那時再「壽終正寢」，再舉行光榮隆重的葬禮，唯一的不同只是歷史將給這位最後的遺老多記載一年壽命，那又有什麼不好呢？政治家的壽命能與政治使命同步完成是最完美的結局……

那麼現在，他就要把所有可能知道眞情的人監禁一年，包括這個少將軍醫，也包括主席的家屬……可是……王鋒一動不動地看著示波器上的光點。他實在不喜歡這個主意。倒不是道義上有什麼阻礙，在有關國家利益的問題上，一切道義都可以讓步。而是這種做法潛伏的隱患太多。把負責警衛的士兵監禁一年沒什麼關係，但是把這裡的醫生護士都關押起來，無論用什麼名義掩蓋，醫院方面也會知道與主席有關。各種猜測會不脛而走。這麼多人的家屬見不到親人肯定會鬧。監禁這些人和處理相關事務得牽扯更多的人，他們也會知道情況。雖說有保密紀律，可這年頭有什麼密保得住呢？他們每人又有家屬。家屬又有自己的社交圈。一層一層推出去，不知得波及多大的面。眼前這個自負的老軍醫是全國政協常委，影響更大。最撓頭的是主席的家屬。各地將領來北京都要看望那個老太太，家裡四個兒子，三個女兒，十五個孫子孫女外孫子外孫女，每人都是一大家子。曾孫輩都已經生出了一大堆。現在全靠老太太的盲目樂觀使打探虛實的傢伙們相信，主席不但活著而且健康，隨時可以立馬橫刀。老太太和她的眾多兒孫們一不露面，那些滿肚子鬼心眼的傢伙還會猜不出來？囚禁主席家屬！憑這一條他們就可以號召全軍討伐他。

「教授，再想想辦法，哪怕延長一個月！」王鋒生來從未絕望過，此時第一次嘗到這種滋味。

教授幾十年的從醫生涯中這種哀求聽多了，根本無動於衷。

「科學之內，所有辦法都用完了。科學以外，」教授做了個輕蔑手勢。「我不會氣功和特異功能那類玩意。」

平時，王鋒會把這種話當成不敬的調侃。他和教授一樣從骨子裡都浸透科學理性，不論氣功和特異功能被吹得多神，只當作耳旁風。國防科工委曾把氣功和特異功能列入研究課題，他一執掌國防科工委就給停掉了。然而此刻，教授的調侃成了啓示，所謂的「病急亂投醫」吧。既然已經毫無希望，哪怕是一根稻草也只好抓住試試。不行頂多再多關一個人。這麼多人都關了，還怕多一個江湖術士嗎？

二十六分鐘後，周馳被帶進中心監控室。平時王鋒應當對這種效率滿意，今天卻覺得拖拉得難以容忍。主席的各種指標都進入最後衰竭階段，連情報部報告沿海七省市頭目在武夷山召開祕密會議的電話，他都沒心聽下去。

周馳的形象讓王鋒想起一隻輕手輕腳、時刻審視的山貓，全身上下充滿精氣。他隔著窗子仔細觀察主席，眼睛離玻璃只有一寸，兩個肩膀聳起，使他的駝背更加明顯。當王鋒決定找個氣功師，第一個想到的就是他。倒不是因爲對他有什麼瞭解或信任，這類人一概不值得相信，只是因爲陸浩然曾固執地讓這傢伙擔任武警部隊總教練，而且非要授予他少將軍銜，王鋒腦子裡才留下周馳這個名字。既然這傢伙是全國氣功學會的理事長，肯定是這行的出類拔萃者。如果他只是騙人騙得出類拔萃，那就讓他好好嘗嘗牢房鐵窗的滋味吧。

「請把病人從機器裡撤出來。」周馳說。來得匆促，他連練功服都沒來得及換下，更使他像個跑江湖的。

負責機械操作的技師看著王鋒。教授已經不在場。周馳一進來，那個倔老頭就怒氣沖沖地甩門而去。他對巫術恨之入骨，更把王鋒用氣功師取代他看成莫大侮辱。王鋒沒時間去撫慰老頭。他向技師點點頭。

床架被機械臂從機器中間撤出，移到窗前。主席光光的身子如一把啃光的骨頭攤在潔白床單上。各種顏色的導線在上面交織。

「能不能把玻璃取掉？」周馳問，一直盯著主席。

王鋒看周圍醫生，他們全停止操作，用蔑視目光看著周馳背影。

「不行！」一位少校決然回答。「玻璃取掉怎麼保證恆溫和無菌？」

「不礙事的。」周馳柔和地回答，卻能感覺出他對醫學教條全然認爲無意義，有了氣功就有一切。

「不礙你的事可礙我們的事。」教授的助理——一位年輕女中尉更尖刻。

周馳看向王鋒。

王鋒鼓勵地向他一笑。

「先隔著玻璃試試吧，氣不是能穿越物質和空間嗎？」

周馳沒有表情。

「會影響效果。」

他只說了這麼一句，便把兩隻手掌貼在玻璃上。

全室寂靜，只聽見呼吸聲音。

突然「咦」地一聲，一個護士瞪大了眼睛。她眼前的血壓計浮標突然動起來，雖然緩慢，卻穩定地一點一點向上升起。同時，心電示波儀上的綠色光點也開始增強幅度和力度。腦電圖、呼吸頻率和深度、血液中的各種指標都有改善。神經功能也顯示出活躍。

透過窗口，王鋒看見主席青灰的皮膚逐漸泛紅。他心裡湧起一股難言的喜悅。他無意反省眼前事實和科學觀的矛盾。他從來有這樣的原則，只要有用就是好。

十五分鐘後，周馳收功了。他轉過身，一瞬間便顯得委靡不振，臉色白得如一張紙，汗水一條條從髮際流下，跟發功時如同換了一個人。王鋒掃視儀器，改善的指標仍然保持，沒有因爲停止發功而退回原樣。主席的臉色甚至比剛才更紅潤了一些。

王鋒握住周馳的手。

「辛苦了，周馳同志。」

周馳顯得無力回答，只是點點頭。他的手也是汗淋淋的。王鋒把他領進隔壁休息室，親手倒了一杯鮮鳳梨汁送到他面前。

「周馳同志，這次發功的效果能保持多長時間？」

周馳軟綿綿地坐在沙發中調息，半晌才回答。「這不好說。如果不隔著玻璃，我的手直接和病人穴位接觸，可能保持三到五天。隔著玻璃，頂多也就一兩天吧。」

「如果不斷地給病人發功，病人生命能保持多久？」

「假如能保持每兩天給病人發一次功，不隔玻璃，病人不但能保持生命，而且能逐步康復。」

王鋒大喜過望，但控制著不流露表情。

「玻璃好解決。你的表演已經讓那些書呆子信服了嘛。你比他們強，你就是他們的老師！他們都得聽你的，連我也聽你的！周馳同志，從今天起，你就先把其他工作放一放吧。」

「可是，」周馳苦笑一下。「像今天這樣發功，我幾乎把全部內氣都送出去了，沒有一個月的練功調息，不可能再發第二次功。」

王鋒暗暗怔了一下。

「你的徒弟裡想必也有高手。兩天一個人。一個月一輪班，十五個人也就接上了。你們的辛苦，國家不會忘記。」

「辛苦倒是小事，我雖然不知這位生病的首長是誰，但想必是國家重臣。能換來他老人家的健康，我犧牲性命也在所不惜。只是這套『達摩還陽功』過於傷人，功力不到極致境界，學了只能走火入魔，所以我至今未向任何人傳授這套功法。別說我的徒弟尚無一人達到能學這套功法的境界，即使到了，沒有數年苦練修行也是枉然。」

王鋒剛剛輕鬆起來的心又沈下去。他背著手在房間裡踱了幾圈。不對，他從病歷櫃的玻璃上看了一眼周馳。周馳正盯著他的背影，眼神中頗有心機。按這駝子的話，根本沒有指望，他爲什麼要捨掉全身內力拚一次呢？不，他一定有辦法。他是先露一手，再說難處，然後討價還價。價錢滿意了，他的辦法就有了。有辦法就行，多大價都給他！

王鋒站到周馳面前。

「再想想辦法。」

周馳眼睛看向別處。

「一個是再找別的氣功師試試……」

「這個我不考慮，說下一個。」

周馳咳嗽兩聲。

「倒是有一個……實在稱不上辦法……」

「周馳同志，爲了國家利益，任何顧慮都不必要。請說。」

周馳沈吟片刻。

「這辦法和氣功的宗旨相違背，是正派氣功的大忌。如果在古代，武林人士可以共誅之。」

「說吧。」

「不知祕書長是否聽過『採氣』？每個人身上都有內氣，只不過未經練功的人內氣很少，但是如果把很多人的內氣集中起來，也可以積少成多。採氣就是從這些人身上吸取內氣。被採過氣的人多少要受損害……」

「我明白了。如果有戰友受傷，我們的戰士都會給他輸血。負責抽血的人不但不會受誅，還要立功授獎。你儘管採就是了。」

「這不像輸血，幾個人的就夠用。像我剛才那樣發功，每次要採一千個人的氣。被採過氣的人半年以後才能復原，所以每次都要換新人。兩天發一次功，半年就是九十次，共需九萬人才夠輪換維持下去。這九萬人必須都是二十歲左右未婚的小夥子。」

「我們的軍隊有三百萬這種小夥子。」

「如果採氣的人知道被採氣，他的意念就會不自覺地產生抵制，採氣就會失敗。」

「可以不告訴他們。」

「只有讓被採氣的人以爲自己正在練氣功，意念上給予配合，他的氣才能傳遞出來。」

王鋒沒說話，他似乎從周馳那雙銳利閃爍的小眼睛裡看出點什麼了。

「氣功練到一定修爲的人才能採氣。」周馳接著說。「沒練過功的人別說根本沒有採氣的可能，即使有，他的身體也容不下那麼多氣，會落得殘廢，甚至被無法控制的內氣攻心而死。但是修爲再高，也不可能每兩天採出一千個人的內氣，一般一個人兩天只能採十個人的氣，所以還得有一批人協助我。」

王鋒在心裡迅速算了一下。一個採氣者採十個人，一千人需一百個採氣者，還需十個容量更大的採氣者在一百個採氣者身上重採一遍，最後由周馳採這十個人，一千人的氣才能聚到周馳身上。光這一批協助者就得有一百一十人。

「協助你的人都得是你的徒弟吧？」

「我從來沒有向徒弟傳授過採氣。具備一定修爲的人學採氣並不難，只是採氣爲武林大忌，即便爲了國家利益不得不外傳，也只有我的徒弟才讓我放心。別人我是不傳的。」

「那麼你就帶著你的一百一十個徒弟下去採氣吧。我給你創造全部條件。」

「祕書長。」周馳面有難色。「巡迴的方式恐怕難以完成任務。每兩天換一支新部隊，一切從頭來，戰士不易進入狀態，容易發生意想不到的問題。整日忙於奔波，一旦氣採不上來或採得不夠，就會誤了大事。」

「你說怎麼辦好？」

王鋒聲音柔和，看著周馳似乎在思考的樣子，他感覺這個駝子早有打算。他連病人是誰都沒告訴周馳，但也許憑著所說的「特異功能」，這個駝子早就能進入他防之又防的機密核心？

「能不能開展一個學氣功的運動？正規軍練氣功聽起來不對頭，對武警部隊卻名正言順。這些年武警全面進行武術訓練，加上一個氣功訓練順理成章。一百個一級採氣者分別下到一百個武警支隊，邊開展教功邊進行採氣。方便起見，這一百個支隊應當分屬十個武警總隊。每個總隊有一個二級採氣者。十個總隊離北京都不能太遠，至少我乘直升機兩天能轉完，並且可以及時趕回北京。只有這樣，採氣才有順利進行的保證。」

武警以省劃分建制。每省一個總隊。王鋒眼前馬上出現一幅地圖：北京、天津、河北、遼寧、吉林、內蒙、山東、山西、安徽、江蘇，這十個最近的總隊控制著半個中國，把北京城緊緊包圍在中間。

「好，我馬上安排。」王鋒面不改色，口氣平淡得如同安排一次春遊，然而腦海裡出現的畫面，卻是十省市武警在氣功催眠下舉槍向北京城進發，周馳帶著他那一百一十個徒弟念著咒語。

周馳的話還沒完。

「恐怕光讓他們以氣功教練的身分下去，不能保證完成任務。沒有一定實權，他們組織不起活動，在戰士中間沒有威信，也不能取得幹部的配合。我想應該讓他們掛個職。否則，只要有一次採氣失敗，這位首長的生命就可能有危險。」

王鋒看著周馳。周馳光亮的眼睛現在一點也不閃避，既柔和又堅定。

「好，我安排。」王鋒點頭。現在他一切都得答應。有了「氣」就能保住主席，有了主席就能控制軍隊，有了軍隊，一百多個跑江湖的算得了什麼，十省市武警也不在話下。

周馳的話仍然還有。

「恐怕……我現在這個總教練的身分也不太合適……」

王鋒已經深深地痛恨這個駝子了，他很想用火焰噴射器噴過去一團燃燒的凝固汽油，但是他爽朗地大笑。

「好，從今天起，你就是中華人民共和國武裝警察部隊的副總司令！」

福建人民代表大會致全國人民電

全國人民、全國各省區人民代表大會：

中國向何處去？這個問題長久地困擾著中國人民和中國社會。當前，這個問題比以往任何時刻都更加尖銳地重新提出。多少年來，中國爲什麼始終找不到方向，爲什麼一直反反覆覆？從蔣介石到毛澤東，從文化革命到改革開放，從市場經濟到計畫模式，中國好似烙餅一樣來回折騰。一左一右，一退一進——這是中國運行的典型軌跡，最終仍然留在困境重重的原地。

問題在哪裡？——在於中國的大一統！永遠要求全國一個模式，聽從一個號令，服從一個中心。中國幅員如此之大，自然條件千差萬別，經濟發展極不平衡，傳統、觀念、生活方式都不一樣，要求他們一模一樣地按一種方式行事，怎麼能行得通？適應這頭適應不了那頭，一種傾向掩蓋另一種傾向，總是要出問題。而一旦問題大了，就否定前一種方式，全國一致地改成相反方式。那頭的問題可緩解，這頭的問題卻會以更尖銳的方式突出。來回搖擺使得中國暈頭轉向。每一次路線改變都造成危機，造成不可估量的經濟損失、時間損失以及人心的喪失。

出路在哪裡？鄧小平同志提出的「一國兩制」構想給我們指出了方向。香港和台灣不能同大陸共用一種社會模式，但卻可以統一在一個國家內，這種構想爲什麼不能推而廣之，成爲一國三制，一國四制，甚至每個省區都可以有最適合自己的制呢？這種多元化將打破顧此失彼、左右爲難、進退維谷的尷尬境地。每個省區自己選擇最適合的路線、模式、體制，只有這樣，才能共同實現好的發展，促進中國的繁榮富強，從而避免無所適從的反覆和倒退。

我們不反對有些省區自願回到中央集權控制的模式，但是我們反對把這種控制強加到福建頭上。對於福建，倒退沒有出路。福建的道路應當由福建人民自己選擇。人民自決是文明社會的標準，也應當成爲中國建國的根本原則。

因此，我們倡議：立即召開全國人民代表大會，修改憲法，將現行國體改爲聯邦制國體。在地方自決的基礎上，建立一個統一、和平和互助的中國聯邦。福建做爲聯邦大家庭的一員，將絕對尊重並捍衛聯邦主權，遵守聯邦憲法，爲中華民族的昌盛興旺、自立於世界之林做出最大貢獻！

V

北京　中南海

天黑得越來越早了，客廳已經亮燈。看見燈光下仍然只有女演員一個人，陸浩然心裡沈了一下。他把公事包扔在沙發上。

「周馳還沒來？」他不願意問，但還是第一句就問出來。

「哪都找不到。」女演員恭敬起身。「我在每個地方都留了話，讓他馬上來。」

陸浩然疲憊地坐下，感覺更累。一天到晚坐著，可又不願意站起來。他把眼鏡摘下，用拇指和食指掐鼻梁的兩側，深深嘆氣。

女演員沏了杯龍井茶放在他手邊。

「做做功嗎？」她柔聲問，體貼地看著他。

「先看你帶來的錄像帶吧。」

女演員中午就把錄像帶送來了。本想開會前看，可是會議突然提前了。女演員在客廳裡等了他近四個小時。

錄像帶送進錄像機。螢幕上出現一個套著鵝黃色紗罩的頭。這段錄像在七省市電視台早已反覆播放，與七省市接壤的地區也能收到，然而在北方卻處於未公開宣布的被禁狀態。不知道是誰禁，也不知道爲什麼禁，甚至連到底禁不禁都沒人確切知道，反正是在所有公開場合中，連影子也不見，就連剛剛和陸浩然一塊開會的政治局常委和軍委常委都沒看過，至少誰也不提，彷彿世上從未出現過這麼一條沸沸揚揚的新聞。如果不是女演員和電視系統關係多，私下拿到了這盤從南方傳來的錄像帶，身爲總書記的陸浩然也無從看到。

錄像是全國通緝的特號要犯李克明和福建電視台節目主持人的談話。在錄像中，李克明堅決否認自己是暗殺前總書記的凶手，並且指控負責前總書記保衛工作的沈迪是凶手同謀，而指揮這次暗殺活動的根子，就在北京的最高當局之內。李克明把前總書記的被害過程、疑點、沈迪的表現、他被誣陷、他的朋友和校長的死亡等講得清清楚楚，敍述每個細節，讓觀眾如同親眼看到現場。節目主持人隨時提問，穿插其他資料鏡頭和照片。當場驗證李克明的牙印。雖然看不見李克明的臉，但一個被陷害者的悲憤和痛苦卻穿透面罩強烈地打動人心，讓觀眾相信他的話是眞的。

看來南方目前只能做到這一步，除了掌握一個李克明，對指控拿不出在法律上站得住腳的證據。這使他們在宣告脫離北京自治時無法利用這點，只好不提。然而宣告自治的當晚便在電視上播放這段號稱「個人性質」的採訪，卻恰到好處地爲脫離北京鋪墊了道義基礎，既能擺脫沒有證據進行指控產生的法律糾葛，又能獲得同樣的心理效果。有時引起老百姓共鳴是不需要證據的，僅僅幾聲嘶啞、幾聲哽咽就足夠了。證據無所謂，關鍵是他們願意信什麼。他們幾乎永遠站在被陷害的小人物一邊，不管是誰製造出這麼一個角色。

李克明過去的照片英俊平易，容易博得一般人的好感。現在蒙在紗罩裡，讓人可以想像面目被毀後的形象，又不會因爲看到眞相而嫌棄。尤其知道他妻子剛生下一個見不到父親的兒子，讓人更加同情。節目主持人最後告訴李克明，電視台派人祕密前往黑河給他的妻兒拍了一些畫面，當場播給他看。那畫面拍得短且倉卒。主持人解釋是因爲他家被嚴密監視。李克明的妻子只是對著鏡頭哭。孩子的哭聲更令人揪心，從頭到尾沒有一句話。窗外飄著大雪。屋裡敗落寒冷。看得出李克明事先完全不知道會看見妻兒的畫面。他全身僵硬，既不動也無聲，看不見他的表情，但那沈默中傳出的悲痛震撼人心。直到畫面放完很久，沈默還在延續。老練的節目主持人並不試圖打破沈默。他讓觀眾跟著李克明一塊沈默。攝像機鏡頭推成特寫。在鵝黃色紗罩的眼睛位置上，兩塊洇溼的痕跡令人心碎地越變越大。

陸浩然對這套賺老百姓眼淚的把戲不感興趣，但是他相信李克明講的話不會假。這個三峽工程局的小警察敢向沈迪叫號，在任何場合公開對證，指著攝像機鏡頭讓有種的站出來。然而陸浩然知道沈迪不會在中國境內的任何一台電視機前。他此刻不是在瑞士滑雪，就是正在澳大利亞駕駛遊艇，或者在紐約的紅燈區喝著威士忌看脫衣舞。前總書記死後不久他就消失了。沒人知道他去了哪。南方宣布自治的前一天，沈迪父母的家，他自己及他幾個情婦的住所同時受到襲擊。沒有搶劫任何東西，沒有傷害任何人，那些不明來歷的突擊隊沒找到沈迪就悄然消失。南方不可能滿足僅用李克明煽動感情。他們一定會千方百計拿到確鑿的證據。還有什麼會比這個證據對他們的分裂幫助更大？

「要不要再放一遍？」女演員問。

陸浩然搖搖手。他的神色陰沈沮喪。

對他來說，現在不得不睜開眼睛。倒不是看清前總書記是被誰殺的，那早就一目了然，而是自己會不會也落到同樣下場。這其實也不是問號，只要王鋒覺得他成了妨礙，不會比殺前一個多任何顧忌。

所以他現在什麼都不過問，只當木偶。剛上台時還想爭一爭，想做個名副其實的總書記，最終發現那只有顯得可笑與可憐。靠別人上台的人怎麼可能當主人？王鋒有時會給他一點面子，不過是扔給拴在鍊子上的狗一塊骨頭。當他明白這一點後，就失去了爭那點面子的衝動，更別說由自己控制局勢的初衷了。只要拋棄自己的意志，任何事情處理起來也就很簡單。全部按照王鋒的指令去做就是了。剛剛召開的政治局常委和軍委常委聯席會議，名義上是他召集和主持，但是開會的時間、討論的內容都是王鋒布置的。

此刻，福建發布自治宣言已經三十八小時，廣東、海南最先響應，浙江、上海、廣西隨後。六小時之前，江蘇人民代表大會也發了公告，同意建立中國聯邦的設想。其他省目前還沒有跟隨，然而民間呼聲不斷高漲。新疆西藏等少數民族地區本來就不安定，鬧得最厲害的卻是黑龍江。當地人對建立中日經濟合作區充滿幻想，全國又有幾千萬人投奔而去，北京單方面廢除協議，在那裡激起了一種近乎悲憤的絕望情緒。幻夢破滅的當地人和生活無著的外省遷移者，突然從福建自治宣言中看到了方向，要求黑龍江省自決，不受北京約束，自行與日本履行經濟合作區協議。從昨天開始黑龍江省政府已經被包圍。

陸浩然喝了一口茶，把啜進嘴裡的茶葉細細嚼碎，無知覺地嚥下。他既不感到壓在肩上的歷史責任，也不感到隱藏在心底的忐忑恐懼。他只是一個無動於衷的旁觀者，一切和他漠不相干。

剛才的聯席會議上爭論激烈。分歧焦點是政治解決還是軍事解決。持政治解決觀點的人認爲，目前國內政治和經濟皆處於危機，只有靠民族團結和社會穩定才能渡過難關，一旦訴諸武力，會爆發全面內戰，結局只有你死我活，國家將遭受巨大破壞和損失，而且可能引發出一系列難料後果的新危機。不如用政治壓力、談判、暫時妥協再加秋後算帳的方式大事化小、小事化了。持這種觀點的主要是軍隊的負責人。

王鋒在會上扮演一個謙虛謹愼的後輩角色。他的觀點是讓陸浩然說。陸浩然沒有表情地發表事先背好的觀點——之所以落到今天地步，就是因爲以往總在求穩怕亂的思維下退讓。但是妥協沒有換來安定團結的局面，而是權威的喪失，控制的削弱，養成了以鬧事向中央施加壓力的習慣，才釀成今天膽大妄爲的「自治」。如果不一改舊態，立即給予無情打擊，國家就會被地方主義者分裂，軍閥割據，民不聊生的歷史悲劇就會重演。分裂將如瘟疫一般傳染擴散，最後導致亡黨亡國。陸浩然提出的建議是舉行南伐，用軍事手段消滅叛亂。這也是給其他省區的威懾，讓他們不敢輕舉妄動，響應南方聯盟。爲了挽救黨和國家，現在必須不惜一切手段。

陸浩然既無感情也無表情地發表意見，卻獲得一種冷冰冰的震懾效果。政治局常委都表態支持他。軍隊方面只有總後勤部主任站在他這邊。王鋒故意不表態。王鋒的根在軍隊，卻左右不了軍隊，而能左右政治局。政治局的大換血由他一手操縱，等於都是他任命的傀儡。軍委仍是原來的班子，他在其中不過是個資歷最低的晚輩。這導致出現了目前這種顚倒的局面：文官一致支持軍事方式解決，軍方倒是愼重得多。

陸浩然有點遺憾當時沒有把石戈弄進政治局當常委，否則政治局不會淸一色地成爲王鋒的傳聲筒。倒不是陸浩然不贊同強硬方式，但是同樣的決定，由自己做出和在別人擺布下做出，感覺是不同的。他既然已經是旁觀者，國家政局就退到後面，而寧願看見政治局有人敢出面反對王鋒。

不過王鋒對此早有防備，當初無論如何不同意石戈進政治局，只給他一個最末位的副總理，讓他擔任治理黃河的總指揮，等於把他發配到黃河工地上去了。

王鋒在雙方意見僵持不下時一言不發。軍委常委每人都掌握軍隊要害，哪怕一個人作梗，整個軍隊也別想順利運轉，何況一大半軍委常委反對動武。這時，主席的祕書送來一份文件，交給王鋒，只一頁紙。王鋒看完，不動聲色地交給軍委第一副主席。第一副主席反來覆去看了半天，還給王鋒，只說了四個字：「就這樣吧。」雖然有無奈的成分，卻無抵觸。王鋒將那文件放在投影儀上，半面牆的螢幕上映出放大的文件。每個字都有一本書那麼大。

我的一點意見：

一、軍委應當服從政治局，做黨的忠實工具。

二、國家的統一是第一位的，任何其他意見都得讓路。該打就打，不能手軟。

三、爲防止連鎖反應，事態擴大，應在全國實施軍管。

四、建議按緊急狀態法成立戰時領導機構，由陸浩然同志擔當最高領導。軍隊方面可派王鋒同志做陸浩然同志的助手。

下面是主席的簽字。簽署時間是十三分鐘之前。所有人的目光都聚在那個簽字上。被放大數十倍的簽字雖然能看出衰老的顫抖，卻毫無疑問是眞實的。對每個軍隊高層人士，比自己的指紋認得還淸楚。在他們一級級升遷的各種任命書上，簽的幾乎都是這個名字。正是這個名字拉著他們到達今天的位置。此刻，簽名雖然已經久違，那股威嚴仍然不少絲毫地存在其中。如同一隻巨大的手輕輕一撫，原本紛亂的走向便順到了一起。其他的軍委負責人隨著軍委第一副主席的轉變，也放棄了原來的立場，和「黨」取得了一致，而且是自然而然，心甘情願。

女演員給陸浩然添上新的茶水。陸浩然打了一連串呵欠，鼻子裡好似塞著酸棗，全身如石頭一般沈重。不知是眼鏡有霧還是眼睛的毛病，看東西如同隔著一層塑膠膜。周馳快一個星期沒露面了。原來天天往他這跑，現在天天往王鋒那跑。陸浩然知道周馳在爲主席「採氣」。周馳似乎什麼都告訴他，可是他總感覺後面還有深不可測的名堂。在周馳那張不動聲色的臉下面，到底跳著一顆什麼心呢？

不適的感覺不斷加重。陸浩然開始還以爲是疲勞，現在則斷定是中斷了組場氣功的反應。在認識周馳前，他練的氣功收發自如，可有可無，只是一種身外之道，跟做操跑步一類的養生運動沒有區別。自從周馳給他組場發功後，那種美好境界已經成爲他生命中不可缺少的部分。以前沒有體會到這一層，自從周馳不再露面，他才發現氣功也和吸毒一樣可以上癮，一旦斷了會讓人難以忍受。現在，離開組場的氣陣，讓他光靠自己練功已無濟於事，就像酒鬼不能用白開水解癮一樣。此刻他既恨周馳，卻又祈求他立刻現身。

「總書記，讓我幫幫你吧。」女演員知道陸浩然渴望組場發功，小心翼翼地建議。

陸浩然在內心嘆了一口氣，僵硬地點了一下頭。女演員的功力比周馳所有弟子都差得遠，何況她一個怎麼代替得了幾個人的組場，只當聊勝於無吧。他在沙發裡坐正姿勢，開始調整呼吸。

透過半閉的眼睛，看見因爲他的答允而興奮臉紅的女演員盤腿而坐，像尊美麗的觀音雕像。

沒有出現他期待的清涼微風，撫摸般周身上下流轉。呼吸好似風箱吱吱嘎嘎把心頭的燥熱鼓得一明一暗。他盡力守住意念，卻找不到清淨的閘門。無窮無盡的雜念、焦慮、回憶好似垃圾車一樣源源不斷浩浩蕩蕩地傾瀉。他努力按照氣功的原則，讓思想收成一根在丹田上下蠕動的香腸。然而如同一個平滑斜面，剛把氣功置放上去，就會自動地沿著斜面滑落……主席的簽名……簽名……周馳……簽名……那個大螢幕上放映的簽名越變越大，一尺一尺地增高，一丈一丈地伸長。陸浩然掙扎著試圖睜開眼睛。女演員如在那簽名中跳舞一樣晃動。他想站起，可全身一絲不能動，心頭時明時暗的炭火突然在風箱的猛力一吹中燃燒起來。灼燙的火沿著經脈竄向全身。那三個字的簽名在無邊天幕上燃燒起來，一瞬間就要塌下來把他壓在火底。他的軀殼迸射出赤紅碎片……

突然，一股清涼的風從頭灌到腳，甘爽泉水流進心田。燃燒的字融化般消失。赤紅身體變成玻璃般透明舒暢。心田生出茂密植物，開放掛著雨露的花朵。他的眼睛睜開，綁縛手腳的鐵鍊消失。僅僅幾秒鐘，身體有了生機活力。他猜出一定是那位來了。果然，周馳靜悄悄站在門口，慢慢收攏發功的掌勢。陸浩然嘴動了動，沒有出聲。只差一步！只差一步就跌進險惡深淵。要不是周馳正好在這個當口趕到，幫他這一把，他會被內火燒成瘋狂或癡呆。他沒說出感謝的話。話語這時已無意義。冷汗在襯衫裡流淌，而他臉上卻一絲表情也動不起來。

「我不在，以後你不要和總書記練功。」周馳不動聲色地對女演員說。

女演員對剛發生的事懵然不知，感覺好玩地笑起來。

「總書記，你發給我的寒氣可把我凍得夠嗆。」

陰陽本應調和，他們卻練成互相排斥，各走極端。時間再長一點，女演員固然年輕，也逃不脫傷殘下場。陸浩然和周馳誰也沒接她的話。

「一直沒見你。」陸浩然冷冷看著周馳。

「兩天飛十個省，抽不出一點空。」看不出周馳是厭倦還是榮幸。

「眞需要那麼賣力嗎？」陸浩然的口氣有些酸溜溜。

「採氣用不著那麼賣力，可把武警抓到我們手裡，還需要更多的力氣。」周馳把重音落在「我們」上。

「等主席病好了，我們就什麼也抓不到了。」

「他好不了，除了維持心跳和呼吸，和死人沒有區別。」

「死人還能簽字嗎？」

陸浩然曾指示周馳維持主席不死，但也不能讓主席康復。一旦主席又成了活人，王鋒勢力就太強。有利狀態是把主席維持在死與不死的邊緣，可以根據形勢變化引導。然而周馳一星期不露面已經讓他心裡猜測，剛看見了主席的簽字，對周馳就越發懷疑。

周馳對陸浩然的不滿神情報以微笑。他拿出筆，吩咐女演員簽一個名。女演員摸不著頭腦，但是照做，簽出一個花俏的字體。

周馳迅速地點了女演員身上幾個穴位，女演員還沒等明白怎麼回事，便如沈睡般失去知覺。

「總書記，她現在和主席的狀況一樣，只有心跳和呼吸。」爲了證實，周馳搖她，叫她的名，女演員一點反應沒有。這時周馳把筆放進她的手。「看。」

周馳展開右手，懸置在女演員右臂上方，從肩到手往復運行，然後停在女演員拿筆的手上方，女演員的手便如活了一樣，握筆懸在紙上。接著，他用左手對準女演員額頭，手心漸紅。女演員手裡的筆竟然自己動起來，簽下一個名字。

「你能區分嗎？」周馳把兩個簽名放到陸浩然面前。

兩個簽名一上一下，好似複印一般，看上去沒有區別。陸浩然心裡豁然明朗。王鋒這齣戲中只有簽名不好僞造。再高明的模仿也騙不過機要局的電腦。字形是次要的，關鍵是筆畫裡自然而然卻又根深柢固的走向、擰轉、力度。每個重要簽名都須與電腦內的上百個數據一一核對。只有一輩子簽那個名——也就是本人——才能符合一切數據。主席頭腦雖然失去知覺，與簽字有關的那套神經功能和訊號系統卻還保留，只要被氣功激發出條件反射，簽的字就會完全一樣。

如此一個小把戲，王鋒就決定了中國的命運。而且如此巧妙，打著主席的旗號，又左右逢源，絕不霸道。一打一拉，一得一失，哪邊都得到平衡。而他自己則在不顯山不露水之中得到最大的實惠。支持了政治局就是支持了他自己，反過來又用軍管提高了軍隊地位。一方面撫慰軍內各派勢力，使他們沈醉於將隨軍管膨脹的權力，無須在軍內相爭，另一方面則使主持軍委日常工作的他得到更大權力。「主席意見」做出的最重要安排莫過於成立戰時領導機構。按照緊急狀態法，那機構有無上權力，領導黨政軍所有部門，可以修改法律，不受全國人民代表大會制約，可以解散政府，進行審判，發布戒嚴令，宣戰或投降……總之，那是在危亡之際將國家命運負於幾人肩頭，用果斷獨裁代替低效官僚程序的極端措施。緊急狀態法以往從未實行過，很少會有人認識到其中的眞正意義。王鋒表面上是陸浩然的「助手」，但陸浩然既然是傀儡，他就成了實質上的一把手。

以前王鋒沒有理由獲得黨和政府的公開職務，得拐著彎才能進行操縱，一旦成爲這個「助手」，就可以名正言順地領導一切了！

「是王鋒讓你幹的嗎？」陸浩然斜視周馳。

這話似乎問得多餘。他實際上問的是「爲什麼要爲王鋒幹？」如果周馳不主動表示他的氣功能讓如同死人的主席簽字，王鋒權勢再大，也無法強迫他做這種匪夷所思的事。陸浩然弄不清自己是一種什麼心理，倒像是有點嫉妒。

「王鋒願意打，不如讓他打。穩定狀態下我們只能做他的奴隸，只有亂起來才有機會。我是從總書記您的角度考慮。」

周馳的眼睛發出催眠般的力量。陸浩然滿腔怒氣化作一股青煙飄向夜空。眼前這個人的魅力難以抵禦，只要在他面前，只要被這雙眼睛盯著，就如沒有了思想，成爲一片空白，期望他發出練功的指令。被他的指令塡充自己的空白是多麼愉快喲！

女演員醒來了。

「我怎麼睡著了？」她不好意思地坐起，看著周馳。

「現在我們幫總書記做功。」周馳炯炯目光掃向陸浩然。他把右手掌心貼在女演員背上，「伸出你的舌頭。」

女演員馴順地從塗抹口紅的雙唇吐出粉嫩舌尖，在燈光下亮晶晶。

「總書記，把您的舌尖和她的舌尖貼上。」

一個微弱的理智之聲在陸浩然心裡響起：這是他控制你的手段，讓你成爲俘虜。他一點點剝掉你的尊嚴。那是你本來能對付他的最有力武器。如果你在他的擺布下把舌頭伸進女人嘴裡，你的尊嚴會不戰自敗，從主人地位淪爲他的徒弟，他對你的控制就將在氣功之外顯現……

可那隻充滿魅力的手貼上了他的後心，一股無比美妙的熱流排山倒海湧了進來。理智之聲戛然而止，眼前展開五彩的海洋，廣袤無垠地波動。女演員的舌頭變成一個伸縮的海貝，裡面盛滿清涼蜜汁。巨大的渴望沿著脊椎向上升起。兩個舌尖如同磁石一般接近，顫抖地吸在一起。綿綿無窮的氣流接通了，霎時間飛翔一般地循環起來。

背後的手把他們緊緊壓在一起……

山東半島　二〇一基地

艦長艙算是潛艇裡最寬敞的空間了，最遠的視線也不超過兩米。但是對於丁大海，眼前層層的金屬、塑膠和橡膠永遠是透明的。他不僅能看見海底，而且目光還能折射回來，完整地看見自己的潛艇，或是在海溝中穿行，或是在敵艦之下跟蹤，或是在洋流深處漂移。而現在，潛艇靜靜地臥在黑夜海底的細沙上，四周飄動著紗巾般又長又輕的水底植物。他想起金蘭灣，南中國海底溫熱漫長的日夜。十二年前，他曾在那個越南軍港之下一動不動地臥了十天九夜。而現在，他臥在自己的基地之下，卻得比在金蘭灣還隱祕，既不能讓國外情報機關發現，也不能讓自己人有半點察覺。

他打開嵌在艙壁上的螢幕。電腦顯示出這片海區上方的衛星運行狀況。英國的 S-18 衛星馬上就要飛過頭頂。二分三十七秒之後是俄國的 0027 衛星。只差三秒鐘，一顆美國偵查衛星從另一個角度穿過。然後是日本的、印度的、以色列的、澳大利亞的、法國的……兩小時內將有三十三顆軍事衛星飛過頭頂，是一天中頻度最高的時刻。

衛星發現潛艇一般是靠探測熱源。潛艇動力部分放出的熱使潛艇溫度高於海水。核動力潛艇的反應堆長年累日不停運轉，熱能更是源源不斷地隨冷卻水釋放在潛艇周圍，很難逃脫密布天穹的衛星網。然而這個世界各國海軍的難題卻被中國研製的一種高能冷卻劑獨闢蹊徑地解決。那種高壓貯存的粉狀晶體一進入冷卻水，便在溶解過程中吸收極大熱量，通過一套複雜的電腦控制系統和冷卻分配系統，使反應堆釋放的冷卻水與環境海水溫度一致，連潛艇內部由做飯、照明、體溫等累積的生活溫度也同時掩蓋。研究這種冷卻劑的工程師向丁大海打保票：即使在衛星眼皮底下全速前進，潛艇也不會被發現。

但丁大海還是保持最大的謹慎。至少第一次出海試航曾發現冷卻分配有計算誤差，雖然只航行了一小段距離，卻已包藏了被發現的危險。同時也是爲了節約冷卻劑，每到頭頂衛星活動頻繁的時候，他就把潛艇停到基地的污水排放口旁。這是衛星圖上一個固定的熱源，潛艇可以被掩蓋掉一切痕跡。大洋深處有許多這種固定熱源，如海底熱泉、海底火山口等。那些海圖上的紅色標記，都是他將來可以放心睡覺的窩。

三十三天之前，海底閘門打開，潛艇像蠶蛾鑽出繭包一樣，從灌滿船塢的海水中一點點退出外面的殼體，駛出建造它的山洞。一沾到海水它就活了。設計和建造期間嚴格的模擬試驗和質量保證使它幾乎完美。五天前，潛艇已經無須再返回山洞，鑽進那個外殼進行調整了。丁大海深深地愛上了它。如果說以前的感情只源於自己傾注給它的血汗和關懷，那麼現在則把它當成一個生命對象而充滿欣喜和讚嘆。它不叫潛艇，簡直是一個精靈。它能和他在無言中溝通思想，領會他的意圖。它就跟他的身體一樣，他腦子想到什麼，它就一絲不差地做出什麼。他從未操縱過這麼順手的潛艇。它簡直可以在海裡表演雜技。哪怕把它開進污水排放口，一直開進處理場的污水池，他都覺得能做到。

除了兩套常規的低噪音螺旋槳推進器外，潛艇前部還有一個鯨魚嘴一樣的進水口，可以連續不斷地呑進海水，通過一系列逐級加壓的泵體，從艇的尾部噴出數股穩定的水流推動潛艇前進。由電腦控制水流壓力、流速、角度、時間關係以及與海底水流的配合，除了一點類似自然紊流的低頻聲波，幾乎什麼動靜也沒有。這種推進系統速度很慢，靜水中每小時航速僅四海里。然而世界最先進的聲納系統也難以發現它，這就是制勝的保證。

潛艇地板鋪著橡膠。每人都穿軟底鞋。工具多是塑膠製品。說話必須用耳語。安靜是潛艇最高的紀律。潛艇消滅別人和被別人消滅都是因爲聲音。丁大海已形成一種本能，在潛艇上，靜是他最美妙的享受，越靜越美，任何聲音都會引起他生理上的難受反應。這次尤其不同，以往潛艇即使被發現還可以逃脫，反敗爲勝。這次隱蔽本身就是最高任務。只要被發現——無論被國外發現還是被國內發現——就是徹底失敗。這是王鋒下的死命令。

丁大海的右腕突然感到振動。是的，振動！不是脈搏，比脈搏強，比脈搏快，即使在深夜也會立即讓人驚醒。那是裝在手錶後背上的振盪器在振盪。自從王鋒把這塊特製的手錶交給他，他連洗澡都戴在腕上。

這是第一次振動。

艇長艙航海桌右側第一個抽屜，密碼鎖亮起米粒大的鮮紅小燈，標誌收到了訊號。如果燈不亮，即使知道密碼也打不開，而現在，密碼一對準，有著合金外殼防火防震的接收機就沿著導軌自動滑出。這台接收機只接收一台發射機的信號。那台發射機在王鋒手中。

丁大海按下接收機上閃爍燈光的按鍵。一條狹窄的薄薄紙帶「噠噠」微響地輸出。手錶後背的振盪器隨即停止振動。密碼信號被接收機自動譯成紙帶上列印出的手寫體漢字。這種回歸到老式輸出方式的系統，爲的是防止訊號被截獲或竄改。

紙帶上的字是：**立即到青山公路五十一公里處等待**。

他按下另一個按鈕，切斷輸出的紙帶。接收機燈光無聲熄滅。關上抽屜，鮮紅小燈也熄滅，密碼鎖重新鎖死。

當潛水摩托脫離潛艇升到海面時，他打開頭頂密封罩。寒冷的海風撲面而來。夜空中的星星迷茫地閃爍。他吐出潛艇內的人造空氣，大口吸進帶鹹味的潮溼海風。他從小在漁船上度過，眼前永遠是最廣闊的海和最無遮攔的天。直到現在，他早已習慣了潛艇那棺材般的寧靜，還常常夢見海面上的驚濤駭浪和閃閃流星。

青山公路五十一公里路段靠在海邊。丁大海爬上山崖。刻著「51」的里程碑在星光下顯得白森森。隔著一座小山包，天幕上塗抹著基地燈火的溫暖顏色。那顏色不僅使初冬的夜空顯得有生氣，也在他心上暖暖地流動。登上小山包就能看見家屬區。東邊第一棟房屋便是他的家。那燈光總在他夢裡出現，如同在潛望鏡裡看見燈塔。

一輛轎車的黑影無聲無光沿著暗淡公路駛來，幾乎快到身旁時他才發現。他知道王鋒對精確達到嗜癖的程度，指定在五十一公里處見面，車停的位置正好一半在里程碑前，一半在里程碑後。這也是王鋒使丁大海著迷和崇拜的特點之一。他身上那些不可抗拒的魅力使丁大海驚嘆地仰望，不自覺地模仿。當丁大海立正敬禮時，五十一公里的里程碑正好把他的身子分成兩半。

靠近丁大海的車門自動打開。

「請上車。」黑洞洞的車裡只看見儀表燈似五彩星空，傳出王鋒威嚴可親的聲音。

丁大海一進車裡，車門自動關上。隨著輕微的馬達聲，四面車窗被金屬捲簾遮蔽。車內亮起柔和燈光。

「你好！」王鋒微笑著向丁大海伸出手。電動座椅旋轉成兩人對面談話的方向。

這輛車丁大海上過不只一次。準確地說，它應當算一個價格昂貴的電子辦公室。車內多餘的座位被拆掉，裝上了辦公桌、電腦台、通訊器、各種叫不出名目的電子設備、形形色色的按鈕和螢幕，還有一張可伸縮的床。置身其中，如進入未來世界。在王鋒手下工作四年，丁大海深知這位上司對科技的迷戀。即使是動動小手指頭能完成的事，他也要用自動化設備取而代之。沒人把這當作好逸惡勞，正因爲有這種迷戀，他領導的國防科工委才取得那樣輝煌的成果。

車門內框上方有一圈小鐘，標著世界各國時間。王鋒看了一眼北京時間。

「給你三分鐘談談試航感覺。」

電話蜂音器悅耳地響起來。車上的五部電話可以接通全世界。王鋒纖長的手指在一排鍵鈕上跳動一趟，所有的電話、電傳、電腦網路全被關閉了。

丁大海只說了四個字：「一切順利。」

王鋒很滿意這種簡潔。他對試航瞭若指掌，讓丁大海談，不在於瞭解潛艇本身，而在於瞭解艇長內心的把握。

「明天開始行動。」王鋒說得柔和輕鬆，似是順便一提。

丁大海的海軍生涯中執行過多次行動，這次和以往任何一次都不一樣。沒有代號，沒有方案，沒有文件，沒有各部門的配合，也沒有按照條例下達的命令。在王鋒嘴裡說出的「行動」只有丁大海一個人理解：讓這艘沒有名字的潛艇消失在大洋中，任何情況下也不得暴露。潛艇不許和外界聯繫，也不受其他指揮。唯一的指令來自艇長艙航海桌內的接收機。只要沒有接受到王鋒的指令，那就只有一個任務——牢牢隱藏在海底。

潛艇還沒完工前就確定了這個行動。艇上裝載了一年補給，配有製造氧氣和淡化海水的設備。丁大海不知道這個行動的最終目的是什麼。王鋒只強調必須在海底隱藏一年。他一句也不多問，對王鋒的任何指令，他的回答總是一個字——「是！」

王鋒旋亮電子地圖的螢幕，展現出一幅色彩繽紛的世界地圖。他用光筆沿著中國內陸邊界設了一系列點，再設置標爲「6800km」的半徑，那半徑依次從設定點出發，便在太平洋上形成了一條曲折的線。

「潛艇活動範圍不能超出這條線。」隨著王鋒操作，螢幕彷彿從天空向下降落。地圖放大，變成局部，只剩那條線以內的海域。線條的每個轉折點都標出精確的經緯度。一條寬幅列印紙從螢幕下方無聲輸出。列印出標定的界線和彩色海圖。王鋒把圖交給丁大海。

六千八百公里是這艘潛艇裝載的「岳飛」核導彈的最大射程。也就是只要潛艇是在這條界線範圍內活動，中國境內的任何一處目標就都在潛艇的有效打擊範圍內。稍有點軍事常識的人都能想到，設定這樣的範圍，要威懾的只能是中國，而不會是外國。然而丁大海仍然只回答一個「是」。

王鋒審視一會兒丁大海。

「你瞭解目前國內的局勢嗎？」丁大海很少聽見王鋒用這種口氣說話。他總是命令，準確、乾脆、沒有一點多餘。而現在，卻似要談談心。

丁大海無法說自己瞭解，他除了在洞裡就是在海底。他也不能說自己不瞭解，潛艇有高靈敏度的收音設備，可以清晰地收到世界大多數電台。所有關於國內戰爭的報導他都聽過，聽得很仔細。但他只從軍事角度聽，頭腦裡畫出一幅戰爭形勢的精確圖景，而對政治方面的爭論，他不想爲那些彼此矛盾，誰也弄不清眞相的報導傷腦筋。軍人如果都有自己的政治判斷，軍隊就會因無所適從而瓦解。

「軍人不需要瞭解，只需要服從。」

王鋒滿意地點了一下頭。

「南方幾個省的分裂成不了氣候，很快就將被消滅。但積重難返的問題已經把我們國家推進了一個複雜局面。這種時刻，什麼事都可能發生，時局也許瞬息萬變。爲了維護祖國統一和人民利益，在迫不得已的情況下，中央將採取一切手段，包括核打擊。無論命令打擊哪裡，你都必須無條件執行。」

「是！」

王鋒拿出一個一寸見方的金屬盒。盒上帶有一圈細金屬鍊。他調準密碼，盒蓋自動彈開。裡面有一塊拇指大小的ＩＣ片。

「這是啓動核打擊控制程序的密碼電路，只有把它插進啓動線路矩陣9空位，核彈的鎖止保險裝置才能被打開。它是發射核彈的鑰匙。」

王鋒把盒蓋關上，遞給丁大海。

「鎖的密碼是你的出生年月日乘以三。把它時刻掛在胸前。唯一的指令只能從我的發射機給你。但願我們永遠不使用它。但一旦給了你核打擊指令，就是中央軍委的決定，不得有任何貽誤。明白嗎？」

「明白。」

「好。」王鋒換上非常親切的表情。「分手以前，送你一件小禮物。」

他拿出一個信封，放到丁大海手中。

丁大海有點不知所措。信封是普通的牛皮紙信封。下方印著中央軍委的紅字。裡面的東西很輕。

「拿出來看看。」王鋒鼓勵地向他擠擠眼。

那是一對大校肩章。丁大海黑黑臉膛變得通紅，挺身站立敬禮，卻「咚」地一頭撞在車頂棚上。整個車身在減震彈簧上顫動。

王鋒笑了。

「坐好，我給你戴上。」

在丁大海心中，王鋒是一個神。他的一切都是這個神給予的。當他從美國監獄出來，帶著一顆冰透了的心，被使館武官處的官員押回國，面對他的全是訓斥、審問、責難、嘲笑、開除……他從一個海軍驕子變成了人人厭惡的狗屎。是王鋒收留了他，給他工作、職位、薪水、使命，更重要的是，給了他一個軍官的尊嚴、不容侮辱的榮譽和信任。當王鋒宣布委派他擔任這艘潛艇的艇長，並恢復他原有的中校軍銜時，他哭了。他的靈魂天生就是一個海軍，哪怕只讓他指揮一艘魚雷快艇，他都會感激涕零。而王鋒交給他的卻是中國海軍王冠上的鑽石，是他一輩子的夢想，是二十枚導彈和四十顆可以打癱世界任何一個國家的核彈頭！現在，啓動導彈的ＩＣ片被掛在他的脖子上，貼在他的胸前。大校的兩槓四星在閃爍。爲這個神，他可以上刀山下火海，在所不惜。可他厚厚的嘴唇只是抿得緊緊，一句話也不會說。眼鏡反光掩蓋了淚花。王鋒給他摘下剛戴了一個半月的中校肩章，換上那對大校肩章。他感到每一下動作都是神的觸摸，使他想跪倒在這個神的腳下。

王鋒的車在寂靜公路上遠去了。直到消失在黑暗中很久，丁大海還立正目視。再過幾分鐘，那輛車會開進等待的直升機飛回北京。戰事正緊，王鋒飛這一個來回只爲見他一面，這使他感到無上光榮。分別時，王鋒剛打開那些被關閉的聯絡設備，各種蜂音、呼叫、打字就一股腦湧出。他將在開車路上和飛行途中不間斷地處理事務、指揮戰爭。在他的上將軍服內側衣袋，有一個菸盒大小的發射機。那就是全世界唯一能與潛艇接收機聯繫的發射機。它能暢通無阻地使用中國境內所有無線電中繼網路，把王鋒的指令通過衛星覆蓋全球海洋。不論了大海的潛艇在哪，這根無形的線都把他們牢牢地拴在一起。

一面是茫蒼蒼在黑暗中翻騰的大海。一面是暖融融在天幕上輝映的燈光。大海裡有他的靈魂——那鋼鐵的無堅不摧的潛艇。燈光下有他的港口——那寧靜安適溫柔的家。明天就要遠航了，駛入漫無邊際的冰冷孤獨和寂寞。解纜的時候，水手的眼睛總是看著港口的。

本來他只想登上小山包，最後看一眼家的燈火，然而卻趟過在海風中瑟縮搖擺的荒草，徑直走到了家的窗下。

這片家屬宿舍是專爲這艘潛艇的官兵建造的。全艇家屬集中住在一起，旣爲保密，也是爲了更好地照顧他們生活。本來要蓋一棟現代化的公寓大樓。可了大海挑選的潛艇成員多是漁民和農民出身。他一直認爲城市的花花公子忍受不了海底寂寞和艱苦，不是上潛艇的料。王鋒贊同他，除了能吃苦，農村兵還比城市兵更服從。王鋒給了這批從各潛艇挑選的尖子最高待遇：每人提升一級軍階，家屬全部從農村戶口轉成城市戶口，在基地安排工作。在知道家屬們願意種菜、養雞，住不慣樓房時，王鋒又專門追加撥款，把宿舍改建成現在這種院落式的平房住宅。

窗簾是粉紅色的。還是當年他和妻結婚時做的。雖然已經褪色，可在他眼裡永遠是世界最美的顏色。窗簾從兩側合攏在中間，緊挨窗台的接縫下部有個沒合嚴的三角空隙。他把眼睛貼上去，看見兩雙腳泡在一個藍色的塑膠洗腳盆裡。一雙妻子的腳，小巧玲瓏。一雙兒子的腳，如兩條小白魚在水裡不停地嬉戲。兒子的腳把水撩到盆外，妻子的腳把兩條小白魚踩住。兒子的笑聲穿過窗子。小白魚一掙就逃脫出來，撩出更多的水。

「小強，別弄滿地水。」妻子對兒子從不訓斥。

「要是爸爸踩，我就動不了。」兒子自豪地說。「那次爸爸踩咱倆，你也動不了！」

新房子有盥洗室，可他們喜歡每晚上床前把腳泡在同一盆熱水裡。過去是他和妻子，後來又加入兩條小白魚。

「媽媽，爸爸現在幹什麼呢？」

「爸爸在海裡呢。」

臨走前只有「執行任務」四個字，去哪，幹什麼，多長時間都沒交代。軍人家屬對保密應該習慣，但保密一達到極端程度，就難免使人猜疑。妻子正是那種敏感的女人，總有點憂心忡忡。

「爸爸昨天又來看我了。」

「你做夢呢。」

「不是，爸爸還說領我去釣魚呢。」

放暑假時，兒子磨著丁大海領他釣魚，可潛艇施工接近尾聲，正是最忙的關頭，沒去成。現在已是寒風凜冽，兒子還記著爸爸未兌現的諾言。丁大海不由得一陣心酸。在美國的監獄裡，他是靠看著這個獨生兒子的照片活下來的。當爸爸肩頭終於有了中校的肩章，兒子發狂般地衝到外面，向他的小朋友們高喊宣布。爲了那張閃光的小臉，當年的一切忍辱負重都值得了。現在，爸爸肩上已經是大校肩章，只隔著一道玻璃，他多想再讓兒子興奮地撲進懷裡撫摸新增加的兩顆星，多想在父母腳下磕個頭，多想再和妻燙一次腳，讓她溫柔有力的雙手把他的腳捏遍，放進溼潤的懷裡。但那是不可能的。即便只在窗外偷看，已經足以受處分。妻子和兒子的腳離開了腳盆。窗簾空隙裡只剩空空的水在燈下晃動。他想找一個角度看他們最後一眼，哪怕只是拖鞋的邊緣，卻沒想到帽檐在冰冷玻璃上碰出一下響聲。

「誰？」裡面傳出妻子驚慌的聲音。

他本想悄然離去，讓妻子以爲是風吧，或是一粒無端的沙子。然而剛邁出一步，身後「嘩啦」一響，不知什麼沿著牆根倒下，分量很輕，在黑夜中發出的聲音卻足夠大。一個細小的鉤子掛在衣角上，隨著他邁步，後面的東西劈里啪啦地緊跟。鉤子摘不掉，他順著身後的線一拉，抓到一根竿子。就在這時，窗簾撩開，一片燈光投在他身上。他回頭，兒子小小的身體傾斜地趴在窗上，手舉著窗簾。妻子兩臂抱著肩膀，吊在頭頂的燈在她眼窩投下深深陰影。不知爲什麼，這畫面給他一種不祥的感覺，像烙鐵一樣燙進心裡。

他抓著竿子消失在黑暗中。

「爸爸！」兒子隔著玻璃喊。不知是不是耳朵的錯覺，聲音似乎很遙遠，又極清晰。

他一口氣跑上小山包。最後一次回頭，家的燈已經熄滅。妻子和兒子肯定正在窗前看著外面。他們的視線會碰在一起，可誰也看不見誰，只有黑暗，風和海浪的聲音，基地船艦落錨的轟響。

映著基地和港口的燈火，他看出握在手裡的是兒子做的釣竿。一段一米多長的竹子，一根細細的尼龍漁線，漁鉤鉤住他的軍服衣角。

福建　福州

代表北軍的褐色箭頭在投影地圖上密密麻麻地指向南方。其中最粗大的一股已經穿過安徽，插進江西，尖端直指福州。面對這個箭頭，只在武夷山山口有一道又細又短的紅色線條，像條可憐的小尾巴。那是福建唯一能組織起來的軍力。在褐色洪流面前，看去眞是螳臂當車。

雖然已是初冬，黃士可的酒杯裡卻堆滿冰塊。心頭燥熱如火，燒得他冒汗。冰涼的白蘭地更如火上澆油。

地圖的西部，黃色箭頭和線段代表廣州軍區的布防。從廣東向北延伸到湖南、湖北，與褐色箭頭對峙。兵力雖不少，態勢只是保衛廣東，對福建沒有任何援手姿態。福建和北邊的安徽、江西處於「中立」的南京軍區防區，代表南京兵力的藍色標誌全都是圓點，縮在兵營裡一動不動。北軍的戰略意圖非常明顯：一面牽制廣州兵力，避免正面大規模開戰。一面繞開南京的駐防部隊，直取福州。福州是自治運動的帶頭者，又最無抵抗力量，只要拿下福州，就會在心理上讓其他省不戰自降，使反叛的廣州軍區分化，使「中立」的南京軍區重新服從控制。

直到現在，戰爭的強度和範圍都有限。北軍保持克制，以政治壓力爲主，分化瓦解，步步爲營，只有遇到武力抵抗時才採取軍事行動。安徽、江西的部分地區加入了自治運動，目的各不相同。有的地方官員企圖從此成爲不受管制的一方土皇帝，也有的認爲投靠富裕的南方能沾光。七省市工商界組織的「南方基金會」也起了作用。成箱鈔票往那些土地爺面前一放，他們立刻就倒過來。這種人起不了太大作用，北軍一到不是溜就是降，幾乎不做任何抵抗。但是他們構成了一個緩衝帶，使意在收復一處穩定一處的北軍沒有徑直開到福建門口。

指揮中心無人說話，菸味嗆得要命。幾個省軍區的作戰參謀不時地修正動態形勢圖。褐色的洪流不可遏制地向前。它不著急，福州遲早是甕中之鱉。不知是酒的作用還是光線問題，在黃士可眼裡，周圍每個人都是青臉，帶著鬼氣。他向百靈伸出酒杯。這幾天酒喝得越來越多。百靈只給他倒了一點，其餘兌的全是水。所有人中，百靈倒顯得最冷靜，烏黑的大眼睛裡時時向他傳遞著安慰。

現在最迫切的問題已不是抵抗北軍前進，再過二小時五十四分，到今夜零點，南京軍區給的三十天期限就到頭了。按照那位蘇副參謀長最後通牒式的約定，三十天內拿不出北京政權暗殺前總書記的證據，南京軍區就將放棄中立，視自治為叛亂，並會服從北京的指揮進行平叛。可是到現在為止，與三十天前一樣，仍然拿不出任何證據。黃士可感覺如同躺在鍘刀之下，眼看著鋥亮的刃口，剩餘時間只不過是刃口接近喉嚨的距離。

唯一能提供證據的是沈迪，這個目標很明確，從一開始就瞄準了這個目標。然而沈迪彷彿化成了空氣，派出去的搜尋小組全都空手而歸。對沈迪的調查，也只弄清他沒有任何朋友，跟親屬也幾乎不來往。即便是情婦，除了他的床上工夫，別的皆一無所知。能斷定的只是他肯定不在國內。他從小受高級間諜訓練，十幾歲就開始遊蕩世界，能流利地使用五種外語，二十多年來編織起了一個覆蓋全球的關係網，從王室成員到黑手黨的毒販子全能打上交道。可以說他是一個世界公民，他在自由社會遠比在中國如魚得水，更易隱藏。然而對福建，國境之外幾乎是一個搆不著的世界。黃士可通過這一點深深感受到地方政權和中央政權的差距。沒有幾十年培養出來的機構和人才，沒有情報組織、外交使團、國際社會的關係和一整套運行機制，一到這種關口就暴露出缺乏根基、無能和土氣。僅靠原來的省安全廳、省公安廳和省軍區的老班子，平時看著似乎也有能幹之人，畢竟是井底之蛙，一面對世界就束手無策。別說找沈迪，就連讓他們在地圖上找出蒲隆地、牙買加一類國家都得費半天勁。黃士可有時不免悲哀地猜想，在政治舞台上，自己是否也是這種井底之蛙呢？

藍色本是令人鎮靜的顏色，然而此刻投影地圖上那些南京軍區的藍光點，卻令黃士可想起狼群的眼睛，密布在整個東南地區。這些眼睛使南方自治運動顯得可笑。江蘇、上海、浙江至今不敢有大的舉動，就是因爲不知這些瞪在自己領土上的眼睛到底在轉什麼主意。福建是被逼上梁山，鋌而走險了。但武夷山口那條細小的福建防線有什麼意義？在它背後，整個福建境內都瞪滿了藍眼睛。雖然在投影螢幕上藍點顯得並不大，黃士可卻清楚地知道每個藍點裡有多少兵力、火炮、坦克、飛機、火箭彈、火焰噴射器。一旦南京那個藍色的心臟發出命令，所有藍眼睛都會轉瞬變成一隻隻張開的利爪，撲向四面八方，頃刻就能把福建撕碎！

隔壁電訊室不停地與南京軍區聯繫。三十天來，南京軍區如同砌著道鐵牆一般沈默，既不露面，也不作答，一點聲息沒有。派人去南京進不了軍區的門。打電話對方不接。電報電傳信件全如石沈大海。現在唯一的指望就是求南京寬限一些日期。

杯裡的酒又空了。黃士可還想添，被百靈巧妙地拿走了杯子。自從指揮中心搬到這裡，老伴不在身邊，他和百靈朝夕相處，幾乎每一分鐘都不分離。百靈遞給他一片解酒藥，這兩天就靠這個保持清醒。有百靈管著，不管他心裡怎樣絕望，至少外表在這班衣著不整、或醉或呆的人群中還是最清醒和整潔的。當他聽見電訊室突然傳來「南京通了」的喊聲時，進了嗓子半截的藥片一下噴出來，他撞掉百靈手裡的水杯衝進電訊室。

他揮手讓其他人出去。百靈迅速給他擦乾嘴邊水跡，弄齊衣領，黃士可挺直胸脯，打開電視電話。

螢幕上出現蘇副參謀長清秀傲慢的臉。

「怎麼樣，黃副省長？」

黃士可已被福建人民代表大會推舉爲福建自治政府的總理，這位副參謀長仍然稱他過去的官職，是在表達南京從未認可福建自治的立場。

這時不能計較。黃士可用最友好的口氣說：「我們已經確切掌握，沈迪現在藏在國外……」

蘇副參謀長翹起一邊嘴角冷笑了一下。

「這不用掌握也必是確切。現在呢？」

「我們正在全力以赴搜尋。我們雇傭的國際偵探遍布世界。我們組織了海陸空各種突擊隊，隨時準備出發。我們還和一些國家的政府達成了協議……」

「但是你們連他在哪個國家還不知道，是不是？」

「但是……」

「是不是？」

「……不錯。」黃士可克制住被逼到死角的慌亂，越是這種時刻，越要敢於用自己的聲音說話。「但是蘇副參謀長，憑良心講話，即使是你，能不能在三十天內查出藏在周長四萬公里的地球上一個身高一米七八的人？」

「對不起，黃副省長，現在不是憑良心講話的時候，你的問題也不歸我考慮。」

「再給我十天時間。」黃士可心裡明鏡一般，再有一百天也不會摸著沈迪一根毫毛。但是能拖一點是一點，總比伸著脖子挨鍘好。

「不可能！」蘇副參謀長乾脆得連眼睛都不眨一下。「給你們三十天，已經是冒著違抗中央的罪名了。還有二小時三分鐘，如果你們不能拿出證據，零點一到，你們必須無條件投降。南京軍區所屬部隊都將出動，任何反抗都將被堅決粉碎。我們將用實際行動向中央表明忠誠。」

「那你莫不如現在就讓我們投降。」

「如果你在這世界上能找出說話算話的人，那必定就是軍人。零點以前，我們不認爲你們是叛亂，爲什麼要你們投降？零點見！」

蘇副參謀長沒有再聽黃士可的回答，那張臉斷然地從螢幕上消失。黃士可呆呆地坐了半天，直到百靈拉住他的手。

他幾乎是機械地被百靈領到空氣清新的室外。夜空的烏雲被交叉移動的探照燈光一團團照亮，隨著潮溼的海風疾跑。指揮中心設在閩江中的一座島上。這裡原來是個遊覽區，沿島建著一圈仿古城牆，城中是不倫不類的堡壘式建築和招待遊客的要塞設施，既處福州市中心，便於指揮，又四面隔絕，有利於防範北軍突擊和暗殺。百靈默默地挽著他的手臂登上城牆，什麼都不說，看樣子只是想讓他在室外空氣中放鬆一下。

兩岸，福州南北兩區仍和往常一樣燈火通明。不處身於核心，很少有人能體會或者願意體會迫在眉睫的危機。酒吧音樂在波光粼粼的江面上飄蕩，防空探照燈的光束讓人想起舞台追光或節日焰火。然而零點一到，烏雲中就會鑽出滿天傘兵和空降戰車。到那時，是命令兩岸的導彈、高射炮、高射機槍一起開火呢，還是靜靜等待飄落下來的傘兵騎在脖子上？

島周圍每隔一會兒就掠過一條架著機槍的巡邏衝鋒艇。艇首的搜索燈照亮江面。其中一艘艇靠島加油，先要在防蛙人的攔截網上打開入口才能進來。島上的城牆改成了工事，制高點都部署著密集火力。說這個島固若金湯不算過分，但整個福建不堪一擊，再牢固的島也只能是個水泡。

黃士可看到百靈安詳地遙望江面。在烏雲折射下來的探照燈餘光下，她顯得那麼年輕和嬌美。這些天他們終於可以整夜睡在一起。與辦公室裡的匆促偷情相比，不知甜蜜了多少倍。可是每當想到近在咫尺的末日，那甜蜜反而使他更加絕望。

路過李克明的指揮所，黃士可在門外站下。此刻他已覺得無事可幹，指揮所裡忙忙碌碌的氣氛反而讓人感到奇怪。

島上的防衛力量由李克明率領。他正在和雷達站、防空部隊、巡邏艇等幾個電台同時進行對話，一邊從不同的螢幕上觀察各哨位的情況。香菸從他面罩上一個割開的小孔插進嘴裡，使他的腦袋看上去像是點著了導火索的炸藥包，似乎隨時能爆炸。黃士可此刻意識到這人應該最值得重用。只有他的工作做得最出色。倒不一定是他比別人才能高多少，而是他沒有了任何個人欲念。做爲人，他已經死了，沒有感情，也不考慮後路，只是必須幹事，不管是什麼事，交給他就會被緊緊抓住，成爲他的全部……不過，（黃士可沮喪地打斷思路）現在再想該重用誰還有什麼意義？

「三號觀察站發現情況！」一個電台中的喊聲壓倒了其他電台。「有漂浮物從上游下來……距離觀察哨一百五十米……水流每秒零點九米……漂浮物細長形，大約四至五米長，現在還看不清楚……」

「一號至十八號燈，全部向上游探照。不許留死角！」李克明發命令時不拿掉香菸，燃燒的菸隨著說話節奏在面罩上奇怪地扭動。「三號艇和五號艇，馬上去上游攔截漂浮物。其他人堅守崗位，別讓人家調虎離山！」

螢幕上看到一排強烈的探照燈光束井然有序地彙集在上游。兩艘武裝巡邏艇風馳電掣地向上游馳去，艇首高高翹起，削起白花花的水浪。

「現在看清了！」三號艇報告。「是一條船，一條漁民舢板。」

「船上有什麼？」李克明問。

「……好像什麼都沒有……不……船艙裡有東西……是一個包……」

「注意檢查炸彈，按排爆程序操作。」

儘管探照燈很亮，螢幕裡看上游方向仍是一片模糊，很難看得清。黃士可盯著螢幕，似乎看見島上建築被順水漂下的炸彈送上天的情景。

李克明把另一支菸插進面罩小孔。指揮部裡屬他無動於衷。電台裡傳出兩條巡邏艇攔截舢板的配合商量和彼此挑剔。雖然看不見，每個動作都歷歷在目。舢板在離島六百五十米處被攔住，沒發生爆炸。

「船上只有一個袋子。」巡邏艇報告。

隨後所有人都吃了一驚。

「袋子裡是個人！」電台裡喊。

「活的死的？」李克明問。

「……喘氣呢，但是沒知覺。」

「搜他身上！」李克明換了電台頻道，命令派一艘可以攝像的巡邏艇到現場。

螢幕上，那艘快艇高速駛離。

三號艇繼續彙報：「……他身上除了衣服，只有一張字條包著一支藥管。」

「字條上寫什麼？」

「……口——臭。」

「口臭？」

「對，就這兩個字。」

攝像艇已到現場。所有人的眼睛盯住螢幕上從模糊到淸晰的畫面。探照燈光照在舢板上。畫面有些曝光過度，白花花的。巡邏者已經登上隨著江水晃悠的舢板。攝像機鏡頭推近。一個身著高檔服裝的男子從口袋裡被拉出，軟綿綿地躺在艙內。

「把人臉對準鏡頭。」李克明吩咐。

一個巡邏者把男子上半身扶起，抓住頭髮向後扳，那張仰起的臉一覽無餘地呈現在攝像機前。

黃士可不明白李克明爲什麼會長久一聲不吭。套著面罩的腦袋如同凝固了一樣。他從沒見過李克明有這種震驚的反應，就連說到零點南京出兵，他也僅是指指牆邊數十箱子彈，輕描淡寫地說了句「打光了算」。黃士可拍了拍他的肩膀。

李克明回過頭。面罩外面只剩一個極小的菸頭。一股青煙嫋嫋繚繞著向上盤旋。那張沒有五官的臉透出無比詭異。清煙斷裂，破碎成不定型的煙花。菸頭後面吐出輕微但又五雷轟頂的兩個字——「沈迪！」

這回輪到黃士可驚呆了，張開了嘴卻半天說不出話。

李克明用力吐出的菸頭在牆上撞出四射火星。「馬上把他帶回來！」他對電台喊。「特級保護！出問題要你們全體的命！」

五艘艇迎上去護航。又調過十盞探照燈，把江面照得似同白晝。圍成一圈的巡邏艇呼嘯返回。在攝像艇送回的畫面上，沈迪已被轉移到巡邏艇上，被其他巡邏艇環繞。巡邏者把他圍在中間，舉起的槍對準前後左右每個方向。

沈迪被抬進來時，看不出有受傷跡象，只如酣睡，呼吸平穩，脈搏正常，醫生卻弄不醒他。李克明仔細審視從沈迪身上搜出的藥管，形似鋼筆，拿下「筆帽」，露出帶噴嘴的壓鈕。

黃士可在字條上看出了名堂。「這上面寫的哪裡是『口臭』，分明是『嗅』嘛！」

巡邏者文化程度不高，加上字的兩部分距離稍大，便被想當然地念成「口臭」。如此推測，沈迪應該是被一種特殊方法麻醉了。字條是不是在告知，只要讓他嗅藥管裡的噴劑就可以解除麻醉？

李克明叫人牽來一條警犬，對準狗鼻子按了一下藥管的壓鈕。噴出的是白霧狀氣體，警犬打了個噴嚏，搖搖頭。可以聞到一種刺鼻味道，看不出警犬有不良反應。李克明對著沈迪的鼻孔試噴了一點。幾秒鐘後沈迪的呼吸和脈搏加強，瞳孔對燈光也開始有反應。李克明便把一管藥全噴進他的鼻腔。

沈迪睜開眼睛，似乎立刻完全清醒，沒有麻醉後的遲鈍。他在扶手椅中坐直，迅速向四周打量一圈。

「到福州了？」他問李克明，彷彿早打過交道，並未顯出奇怪。對黃士可卻做出初次見面的神情。「黃總理，佩服！」

沒人說話。沒人問，也沒人答。朝思暮想的獵物就在眼前，可實在無法理解。連李克明也閉緊嘴唇，似乎一開口能把這個荒誕的幻影吹跑。沈迪倒是挺自然，光潔的臉上既無恐懼，也無驚慌，一副胸有成竹的模樣。

「麻醉後的人對水有特殊渴望。」他故意咬文嚼字。

李克明動一下手指。身邊人立刻倒水。沈迪一口氣連喝了三杯。黃士可看錶。離零點只差四十七分。眼前一出現這個人，時間又如掐住喉嚨般緊迫起來，比以前更緊迫。不管沈迪是怎麼來的，無論如何得讓他在這四十七分鐘內開口作證。如果無法趕在南京出兵之前，那時再有十個沈迪也沒用了。

沈迪也看錶。

「時間不多了。咱們得抓緊。」

「你願意和我們一塊抓緊嗎？」黃士可小心翼翼地開口。他無法想像沈迪竟會主動配合。

「當然。」沈迪莞爾一笑。「前面耽誤的時間在你們。綁架和麻醉費時又費事。你們既然知道了我在哪，完全可以直截了當找我談。說實話，雖然我躲起來，那只是一種程序，心裡還眞有點盼望被你們找到呢。」

「你要的是什麼？」黃士可仍然沒有改變小心翼翼的口吻。

「還是先說我能提供的吧。第一，我能告訴你們內幕；第二，我能向南京軍區作證；第三，我可以開一個記者招待會，把眞實情況向全世界公布。」

黃士可簡直不敢相信自己的耳朵。

「那……你要我們提供的……？」

「首先，攝像機撤下去。只要我還在中國境內，一切音像設備都不能用，文字記錄也不能做。等到我在國外開記者招待會，再讓你們的攝影師顯身手吧。」

此刻，沒時間糾纏小問題。黃士可立刻讓攝像機離開。過早留下有記錄的證據會使沈迪掉價，也使他失去保護自己的手段，這種要求不難理解。

「……我要你們提供的無非只是個合理價格。根據版權法，以不同方式使用版權，版權擁有者應分別得到相應報酬，情報也是一種精神勞動的結晶……」

「你要多少？」

沈迪悠然地擺弄了一下手指。

「在我認爲沒有暗藏錄音錄像設備的地方，比如室外，從頭至尾講一遍內幕——二百萬美元。向南京作證，同樣價格——也是二百萬。至於記者招待會，肯定要多一些，不過眼下那還不急，可以到時再商量。」

到時候不要一千萬才怪了，這個惡棍！黃士可開始相信他的話了。寧死不屈早已是歷史陳跡，這種人不會爲任何事物獻身，不管是主義、理想，還是國家、領袖。他們唯一感興趣的只是做生意，誰出好價就賣給誰。

只差三十四分就到零點。

「我希望你先跟南京通一次電話。」

「可以，再加十萬美元。痛快之極。」

「我們可以付你錢，但是我們得知道你的證詞是什麼，是眞是假。」

「我已經說過，先付二百萬，我挑個地方跟你講。我人在你們手裡，不會蠢到兜售假貨給自己找麻煩的地步。」

「時間來不及了，是不是先跟南京通一次電話，十萬美元馬上給你。」

「黃總理，這種交易不能打亂層次。跟南京通話必然包括透露內幕和作證，所以不是十萬而是四百一十萬。」

「現在只差三十分就到零點了……」

「我明白零點對你們意味著什麼。雖然我在國外，可一直關心你們。」沈迪抄起桌上的筆寫下一串字符數碼。「這是我在瑞士聯合銀行的帳戶，電傳轉入四百一十萬美元可以在十分鐘內辦完。只要我得到對方收據，馬上往南京打電話！」

「你也知道，一個政府拿錢得有一系列程序。美國總統能不能在幾分鐘內從國家財政中撥出四百一十萬美元呢？」

沈迪聳聳肩，明顯地事不關己。雙手在座椅扶手上輕輕打著鼓點。

黃士可沒有再跟他還價，那是白耽誤時間。十三分鐘，四百一十萬美元的轉戶手續完成了。

沈迪這時顯得很有信用，立刻愉快地坐到了電視電話之前。

等待電話接通的時間，沈迪看看並肩坐在一起的黃士可，又轉向身後的李克明。

「我有一個問題，從你在曼谷的東方酒店用槍逼住我的那一刻我就在想，直到現在也沒想明白。雖然你是有能力的，甚至可以說有天才，但是你戴著這麼一個面罩怎麼可能在國外活動？你們又怎麼可能找到我？就算七省市搞祕密工作的那點機構全加一塊，也不可能有這個能力。」

李克明沒有回答。黃士可覺得他一定也如自己一樣毛骨悚然地回想，什麼時候他會在曼谷用槍逼住沈迪？這裡的每個人都清楚地知道，李克明從未離開過這個島，清楚得就像全都看見此刻的眼前有個沈迪。而這最清楚的兩點，卻把每個人都攪得稀里糊塗。

雙方的問題暫且都得放下，南京電話已經接通。

浙江　仙霞嶺

一輛「壞了」的越野麵包車在這條廢棄的山區公路上停泊多天了。它緊貼著一個隱蔽豎井。不是行家，沒人能看出那些從車裡引出的導線蛇一樣蜿蜒地從豎井爬進地下，鑽進深埋的通訊電纜中。

此刻，夜深人靜，差十九分到零點。麵包車裡一個穿便裝的中尉正在緊張地記錄一個電話。除了錄音機自動錄下電話內容，中尉還同時施展他的一項特長——幾乎同步地把電話中聽到的每一個字用密碼發報。電話中有三個人說話。中尉從兩個半小時前的截收電話已經知道，其中一個是「黃副省長」，另一個是「蘇副參謀長」。第三個人在電話裡始終沒被稱呼過。電腦顯示他的聲音與備案的「０１１」聲波相同。中尉不知道「０１１」具體是誰，但是在北京給的指令中，這個「０１１」有三個「＋」號，屬於最重要的對象。

線路中沈默了好長時間。

「你能讓我確認你是你嗎？」蘇副參謀長終於開口。

「０１１」輕輕笑了一聲。「我提一個遙遠的名字——小梅……那天晚上，在你家地下室，我相信你會記住。爲了爭第一個，我給你一拳。然後你在旁邊看著，鼻血滴到我和小梅身上……還用我往下說嗎？」

停了一會。

「那個三峽警官說的是眞的嗎？」蘇副參謀長問。

「我如果早發現他，他會成爲我們這一行的好手。他說的都是猜的，但跟事實差不了多少。我器重這種能把猜和事實統一起來的人。」

「我想不是你自己要這麼幹的。」

「當然，我離總書記的位置還遠，沒有取而代之的野心。」

「是誰？」

「你應當能想到……從小誰最愛當頭？誰成天捧著地球儀？又是誰最能想出讓咱們這幫小子目瞪口呆的計謀？」

「是他？」

「除了他，誰還能指使我去幹這事？」

「他上頭還有沒有人？」

「這我就說不準了。我們這行的規矩是單線聯繫。」

又沈默一會兒。

「零點馬上就到了。」黃副省長說。

蘇副參謀長從沈思中醒過來。

「我將命令所有部隊推遲行動兩小時。不過，得請你老兄馬上來一趟南京。」後一句話顯然是對「011」講的。「011」對即將見面表示衷心愉快。

「飛機十五分鐘內起飛。」黃副省長說了最後一句。

中尉隨黃副省長的話音落定發出最後一個密碼。他伸了個懶腰。所有電波都已飛往北京，可是他還要坐到早晨六點，直到正在酣睡的上尉換班。爲了打發漫漫長夜，他的消遣是用安裝在車裡的偵聽設備捕捉各種各樣的電波。四周似乎只有風和荒草的瑟瑟聲，然而在宇航式耳機裡，卻有成千上萬種聲音布滿深夜安寧的空間。他半閉著眼睛把那些聲音分離開，從大洋彼岸的短波流行音樂到列車竊賊通過對講機的聯絡，直到「011」的聲音突然闖入。

「……三架戰鬥機！是不是南京來接我們？……趕快攔截！……返航，快，全速！……媽的，後面又有三架……喂喂，你們是哪個部隊的？……別開火。我投降！別他媽的動導彈！……」

「011」的聲音全然不如剛才在電話裡那麼輕鬆。大禍看來眞是臨頭了。恐懼使他語無倫次。中尉聽見背景中轟然一響，然後分不清是噪音還是著火。那聲音足以讓人想像一架中了導彈的飛機怎樣燃燒著向地面倒栽。

「給我降落傘！」「０１１」最後一聲彷佛是垂死的野獸。耳機中一下寂靜了。

中尉屏住呼吸等了足有十秒鐘。一個陰森森的聲音如在頭頂響起：「各機注意，輪番掃射跳傘者。傘落地前必須把人打碎。注意——打碎。主要是頭部。」

聲音再沒有了，只剩深淵般的眞空。

南京軍區

電視電話的錄像連放了五遍，白司令才伸出一個示意停止的手指。他短粗黑胖，一舉一動都帶著大將威嚴。傲視一切的蘇副參謀長在他面前畢恭畢敬。

「肯定是沈迪？」白司令細小的眼睛仍然看著螢幕。

「肯定是他。他的眼神我從小熟悉，不可能僞裝。」

「小梅是怎麼回事？」

蘇副參謀長剛一有點吞吐，白司令眼裡的兩道精光就射在他臉上。他馬上一個立正。

「小時候我們一塊跟我父親的女護士發生過關係。」

白司令對這種事不感興趣。

「王鋒是你們的頭兒嗎？」

「那時候他年齡最大。」

白司令半天沒說話。

「這盤錄像帶沒用，連王鋒的名字也沒提嘛。福州有沒有沈迪口供的錄像？」

「沒有。沈迪不肯這麼早就讓別人掌握證據。他知道通話時我這邊肯定會錄像，所以什麼都不說。」

「就這麼一個證人也叫王鋒幹掉了，這事還怎麼弄得清？」

白司令結實的牙齒如假牙一樣整齊，只不過在歲月中失去了光澤。

「也許這樣更有利。」蘇副參謀長小心翼翼地說。「如果沈迪不出現，我們沒有理由拖下去，就得重新服從北京。如果沈迪作了證，眞相公之於眾，又將從另一面迫使我們討伐北京。但無論服從還是討伐，現在都不是時候。我們還須等待，靜觀形勢發展，讓北京耗損元氣。現在的結局恰到好處，給我們不服從的理由，同時逼我們討伐的理由又不夠充分。隨著形勢發展，這個結局可以讓它消也可以讓它長，視我們的需要而定。」

白司令站起身，在地毯上走了幾個來回。他的腰桿像鋼樁那般筆直，步伐也似在操練場上。他在辦公桌前轉過身。

「解除各部隊的出擊準備。通知福州，在事情徹底弄清以前，我們將無限期中立。」他略停片刻。「同時，參謀部組織祕密班子，制訂進攻北京的作戰方案。」

VI

福建　戴雲山

望遠鏡每落上一滴雨滴，一片景物就似融化般地扭曲和流動起來。李克明並不遮雨，在毛竹之間用望遠鏡觀察山下的公路。在南軍節節敗退之際，他被福建自治政府任命爲保衛福州的總指揮，成了福建抵抗北軍的靈魂人物。

沒想到北軍有這種裝備，照現在的進度，至遲明天一早，北軍就能越過這個堵塞段了。

自從南京軍區將有限期中立改爲無限期中立，北京失去了耐心，開始大舉展開對南方的軍事行動，企圖在最短時間消滅南方的叛亂。南方在北軍的強大攻勢下難以抵擋。湖北湖南已被北軍攻克，指日可以進軍廣州。攻克了廣東梅州的北軍掉頭東進，連克福建漳州、廈門和泉州。此刻已經打到仙遊，距福州只有一百多公里。福建方面的武夷山防線被攻破之後，通往福州的大路只剩下戴雲山最後一道屏障。若不是全國性軍管牽制了北軍一半以上軍力，戰爭現在可能已經結束了。

爲了阻擋北軍，李克明在戴雲山進行了一場驚天動地的大爆破，把整整兩公里長的道路用炸塌的幾十萬方山石埋起來。北軍的機械化部隊如迎頭撞上大牆一樣停了下來。前幾天北軍工兵試圖把路面清理出來，那進度一個月能完成就算快。可是今天，開來了一輛從未見過的特殊車輛。車身很短，幾乎是方的，能在狹小空間靈活轉彎。它的發動機吼起來聲如雷鳴，巨型車輪一人多高，是個力大無比的敦實怪物。它伸出兩隻長且靈巧的機械臂，把自己馱在背上的高強度鋼板一塊塊取下，鋪在埋住路面的亂石上。一隊訓練有素的工兵跟在兩邊，把那種帶凸凹紋路的鋼板連接在一起，在亂石之上形成一條鋼鐵的新路面。每連接好一塊鋼板，那怪物就開上去鋪下一塊鋼板。頂多在鋼板用完時，沿著鋪好的鋼板路退回去裝上新鋼板。一系列運輸車和吊車跟在後面爲它服務。一會兒工夫，李克明就眼看著它往前鋪了七八十米。如果讓這條鋼板路鋪成，幾十萬方山石就白炸了。北軍的坦克、大部隊和給養就會如洪水一樣輕而易舉地跨過堵塞段。

山上比福州冷多了，特別是在冬雨中，人身的熱量被溼氣吸得乾乾淨淨。整日小雨綿綿。毛竹凝聚的一串串碩大水滴不時掉進衣領。李克明身邊的那個小個子嘶嘶哈哈地顫抖，盡量縮著脖子。

小個子是個工程爆破專家。他能用別人耗費的五分之一炸藥，十分之一時間，炸掉多三倍以上的石方，而且方向的準確幾乎像打靶，槍槍命中十環。

李克明放下望遠鏡，伸出兩個手指，隨從立刻點燃一支香菸遞給他。他把香菸塞進溼面罩上的小孔。

「張工，能不能把那個大傢伙砸到他們頭頂上？」李克明指指對面山頂的一塊巨石。那巨石看上去少說也有幾百噸，形狀是一個不規則錐體，錐尖朝下倒立在山頂，很奇特。

小個子——姓張的工程師抽抽淌出的青鼻涕。

「從爆破角度和落點來看，可以說是最佳選擇。不過那不是一塊普通石頭。它叫『風搖石』，風力達到三級就能測出搖擺。風力再大肉眼都能看出晃動。幾百年以前的史書就有記載……」

「麻煩你去一趟吧。」

「你讓我炸它？」

「對。」

「那可是著名的風景奇觀，大自然上百萬年才造出來的……」

「去吧，」李克明沒回頭，向隨從發令：「派一個班護送張工，炮火準備掩護，通知九號位接應。」

面對那個溼漉漉的鵝黃面罩，小個子把其他話嚥下去，任憑護送者用吊帶把他掛到滑索上。人人都怕這個總指揮，他對工程師的態度已經算是最客氣了。

吊鉤在滑索上磨出嘶嘶響聲滑下山。九號位在「風搖石」之下不到五十米的灌木叢中。接應者只需幾分鐘就能用另一條吊索把工程師和炸藥拉上去。福建對付北軍只能用游擊戰術。每個山頭、埡口、通路都有隱蔽在山洞、竹棚、掩體裡的小分隊，彼此通過電台、吊索和祕密小徑相連，不到必要時絕不暴露。

爲了防止暴露，據點不許生火取暖，人人凍得臉色鐵青。這種環境使病號減員遠遠超過戰鬥減員，更可怕的在於磨損人的神經。但李克明寧願這樣消耗。相比之下，北軍更不適應，消耗更大。他就著一杯涼水吃了半聽牛肉罐頭。溼漉漉的面罩從早到晚把寒氣往腦子深處送。北方的冷比這冷十倍，但那有劈啪作響的通紅火爐和滾燙的熱炕。這裡卻永遠只有冷，隱隱約約，沒完沒了，一直冷透心，冷進骨髓，冷得腦子如同扎進一個冰針，冷得妻子的形象只如針尖大小，被凍結在北方遙遠的雪原上……

「風搖石」好似在無聲電影裡那樣搖晃一下，輕飄飄地與山頂分離。一股煙塵在它腳下冒了起來。炸雷般的巨響隨後傳到耳邊，在山谷間轟鳴迴盪。「風搖石」怒吼著向山下滾去，跳躍翻滾，把所過之處的灌木竹林趟出一條寬闊大道。看上去那山頭離公路挺遠，中間還隔著台地、高坡和溝谷，但是精確計算的爆破使「風搖石」有如長了眼睛，左彈右跳地直奔那條鋼板路砸下去。李克明的視線在「風搖石」和鋼板鋪路車之間來回掃著。那怪物在懸崖之下，看不見頭頂出了什麼事，只是被巨響震驚，兩隻機械臂還呆舉著一塊鋼板。只要能把這怪物砸碎，就等於敲斷了北軍的腿！李克明握緊拳頭為「風搖石」使勁兒。可惜啊，偏了，就偏那麼一點！怪物已經知道大禍臨頭，被「風搖石」震動的碎石紛紛從懸崖上滾落。它開足馬力吼叫著瘋狂退後。就在這時，「風搖石」帶著積蓄了億萬年的能量轟然落進懸崖之底，砸在那條鋼板路上。只差幾十米，沒砸住怪物。然而，周圍的人驚呼了一聲。李克明不敢相信眼睛。怪物竟自己騰空飛了起來，馱在身上的鋼板如紙屑般撒了滿天，兩隻長臂在空中滑稽地劃了幾個圓弧，便如要擁抱「風搖石」似地一頭撲了過去，在「風搖石」上撞出了一團絢麗火焰，然後在猛烈爆炸中化作無數飛揚的碎塊。那條被工兵連接起來的鋼板路，則像受傷的龍一樣高高拱起了脊背，在煙塵中凝固出一副猙獰之相。

李克明又伸出兩隻手指，卻沒人給他遞菸，大家都看呆了。「風搖石」雖然沒砸著怪物，卻如跳壓板一樣砸起了鋼板路，把怪物彈上了天。這種運氣有誰能想得出來？

北軍做出了憤怒反應，各種武器一齊開火。他們找不到具體的目標，只是猜測周圍的每一片樹林裡、每一座山頭上、每一塊岩石後面，都可能藏著幸災樂禍的敵人。李克明讓電台通知所有據點不許還擊。只要他們越不過堵塞段，隨便幹什麼都可以，浪費彈藥是他們的自由。

這時，雲層上方傳來一種聲音。他熟悉，那是直升機的聲音，但是他從來沒聽過這麼多直升機一起響的聲音！他仰起頭。雨雲之間，轉瞬鑽出四十架武裝直升機，如同一群撲食的禿鷲飛來。機身塗著險惡的迷彩色，熟練地分成兩機一組，分頭控制了二十個山頭。先用火箭彈把山頂一切炸光，無論樹木、竹林、掩蔽所，全部削平，只剩一片鬆軟焦土。然後一架直升機盤旋掩護，另一架懸停於山頭，全副武裝的特種兵一個接一個沿著升降索滑降到山頭上，立刻構築陣地，用火焰噴射器向四周林木噴射。兩架直升機交換位置，再讓另一組特種兵落地。每架直升機都載有四十名特種兵。僅僅一會兒，二十個山頭就被一千六百名精銳的北軍特種兵占領。

「集中火力消滅山頭敵人！」李克明下令。「用高射機槍打直升機！」

這是北軍的新打法。原來那種以步兵爲主的攻勢還容易對付。這招卻厲害得多。只要控制了制高點，南軍在低處就處於劣勢。數個制高點結合在一起可以控制整片地區，至少使疏通道路不受騷擾。如果直升機今天早來半小時，「風搖石」就可能做爲風景奇觀繼續保存了。李克明看著南軍微弱的火力無可奈何地仰射直升機。小口徑武器對它們根本沒用。而哪兒的火力稍強，直升機短翼下發出的火箭彈立刻就把那炸成火海。當二十個山頭陣地全都穩固，四十架直升機一同升起，轉眼鑽進陰雲消失。李克明清楚，過不了一會兒，它們還會再來，帶來新的特種兵，占領新的山頭。他不怕。福建有幾千個山頭，白天你占，晚上我再拿回來！山林裡全是我的人，區區千把個特種兵算個狗屁！

但他想錯了。再來的是殲擊轟炸機，從雲層裡震耳欲聾地俯衝下來。其中一架幾乎貼著竹林稍掠過李克明頭頂。他看見一個光亮半球掛在飛機中拋出的小降落傘上。他看不出那是什麼玩藝兒，感覺好似玩具。身後的參謀大叫一聲把他撲倒在地。

他聽到一聲爆炸，聲音不很大，抬起眼睛，卻看到漫山遍野燃燒火焰。右側山坳，另一架殲擊轟炸機拋出的半球炸開。眼見著稠油般的液態燃燒劑拋灑成一公里直徑的圓面。冬雨中溼透也冷透了的山林被那種燃燒劑引得如同乾柴般燃燒起來。

這才是北軍新戰術中最厲害的部分！他們不光要占住山頭，還要把整個抵抗地區全燒成焦土！沒有一棵樹、一株草、一個活的生物，難道還會再有什麼敵人？再有什麼反攻？

身邊的竹林已經旺盛地燒起沖天大火。撲面的熱量使他冷冷地打了一個寒顫。

「電台撤退！」他霍地跳起。剛剛把他撲倒的參謀已經永遠起不來了。

他跑著穿過火焰，不知爲什麼覺得挺舒服。他想起了東北老家，在北風中嘶叫的火爐，妻的熱被窩，一口從嗓子眼兒直燒到腸子根的老白乾。

「電台撤退！」

台北　總統府

中華民國總統面對窗外，花叢中的球形燈黃澄澄。黑暗樹影不祥地抖動，讓人想起潛行的凶手。收音機裡，福建電台聽上去已被轟炸損壞，聲音時有時無，雜音起伏，然而並不會因此使人放棄收聽。台灣所有的媒體都在轉播，黃士可的呼籲應該已經傳遍全島。

總統就怕這一刻，這一刻卻終於來了。

根據軍事記者的前線報導，七省市聯盟已經瓦解，上海、江蘇、浙江不戰而降。廣東被攻占了大半，廣州軍區的部隊大部分被消滅。廣西和海南雖尚未遭北軍進攻，早已人心惶惶，毫無鬥志。福建做爲七省市聯盟的領頭羊，抵抗最堅決，北軍的攻擊也最猛烈。現在只剩以首府福州爲核心的一小片地區在做最後堅守。昨天深夜，北軍把傘兵部隊空投到福建防空火力網打不到的近海海面，突襲登陸，此刻正在把十幾處灘頭陣地連成片，封鎖海岸線。閩江口已被水雷封鎖。天空也在北軍控制之下。可以說，福州已成北軍的囊中之物，指日即會攻克。

就在這時，福建電台播出了福建自治政府總理黃士可請求台灣救援的呼籲，並且循環重播。總統過去沒有把黃士可放在眼裡，這篇呼籲書卻使他不得不改變看法，對台灣社會和民心摸得相當透徹，分寸火候掌握得恰到好處，語言非常台灣化，與大陸過去那套瞎子摸象的統戰濫調有天壤之別。正因爲這樣，才更不好對付。

眼前玻璃倒映著身後肩章和帽徽的反光。參謀總長和陸海空三軍司令挺直腰板坐在沙發上。他們的高矮胖瘦相差不多，在玻璃裡看去如同一個模子製出的兵偶。軍事情報局局長坐在末位，他官階最低，重要性卻不亞於任何人。唯一一個穿便裝的人在這間辦公室裡甚至比總統顯得還隨便。總統只在這待了半年，而他曾在這裡做了八年的主人。現在雖已下台，但做爲前總統和國民黨大佬，他在台灣政壇仍是舉足輕重。

現在，身後十二隻台灣最有勢力的眼睛使總統感覺芒刺在背。原以爲當上總統會掌握一切，可是直到現在他也不知道台灣軍隊在大陸局勢中到底插手有多深。

總統轉過身。

「我的態度一直是明確的，現在依然沒有變。台灣只有和大陸徹底脫離，完全獨立，才能免於被那個火藥桶所毀。這是台灣唯一明智的道路，也是我們未來生存和發展的保證。對福建的呼籲，我們只有表示愛莫能助。」

「這不是援助福建的問題。」前總統不掩飾不耐煩的神色。他多次表示最大願望就是臨死前能回他的大陸家鄉。「這是台灣唯一的機會！」

的確，總統也看得很清楚，隨著時間流逝和大陸籍人後代的台灣化，台灣本土意識已成爲主流。現在，最後一批大陸籍官員面臨退出歷史舞台，只等他們喪失影響力，台灣獨立就會成爲現實。目前正是兩種勢力的最後過渡期。只要這次不捲進去，再過三五年，從此不會有人再對與大陸統一感興趣。

收音機裡，黃士可講到台商在福建的投資，這確是讓總統煩心的一個方面。思鄉情結會隨時間淡化，投資情結卻在不斷加強。儘管台灣政府加強管制，限制向大陸投資，然而台灣資金過剩，大陸以優惠爲餌，商人圖利，至今投進大陸的資金總數已達幾百億。其中相當一部分在福建。全世界都把中國大陸當作最後的大市場，如果台灣眞能統一大陸，豈不可以吃掉最大的肥肉!?這種誘惑即使是對「台獨」意志最強的人也有腐蝕。工商界在台灣勢力很大，從大陸南北戰爭一開始，不少人就批評政府的封閉政策，要求援助福州。爲了錢，人是肯拚命的。那些催逼政府援助福建的人，有不少是地地道道的台灣籍，眞是歷史的玩笑。

「總統閣下，」參謀總長開口。「我是軍人，從軍事學的角度看，防禦永遠不會勝利，得到的只是程度不同的損失，最好的防禦是主動進攻。如果北京政權始終全盤控制大陸，絕不可能容許台灣獨立，台灣也沒有實現獨立的力量。兩方實力的相差懸殊使台灣始終處在生死存亡威脅下。我們現在不介入大陸，不能換來大陸將來善待我們。歷史證明和共產黨搞禮尙往來從來是一廂情願。而若福建能實現自治，等於是在台灣和大陸之間形成了一塊緩衝區，對台灣安全的意義將是決定性的。即使按照民進黨的理念，要實現台灣獨立，這也是起碼的前提。而若整個大陸變成聯邦政體，就更加有利。因此，如果現在不利用福建主動邀請我們的時機，利用大陸現在可能發生連鎖變化的形勢，坐視大陸被軍事強權統治，可以預計，下一步的矛頭所指就會是台灣！」

參謀總長的話很能打動人。總統何嘗沒看到他說的前景。原來寄希望於致力經濟發展的大陸會被國際社會牽著走，最終實現向民主社會轉型，而台灣可以靈活地繞開激流險灘，通過漸進過程實現獨立。但是現在的北京政權已經是軍事政權，大陸的建軍思想一直立足於「解放台灣」。民進黨上台後，以武力遏制台獨成爲大陸軍隊的主流意識，而大陸的重重危機也會把對台動武當作轉移國內矛盾的出路。如果不是出現了南方自治運動，對準台灣的戰爭機器說不定已經開火了。這不是單純的推測，多個情報來源都證實了這種可能。

前總統看到總統陷入沈思，緩和了口氣。

「經國先生七十五年開放黨禁，民進黨才得以發展，你今天才能坐到這裡。可是不要忘記經國先生的深意，他不是爲了附庸風雅，而是爲了在他身後留下最後一個保護台灣的錦囊之計。那就是用我們政治上的自由配以經濟上的富裕，成爲大陸同胞的燈塔，促使他們拋棄共產黨的專制暴政。現在，和台灣比鄰的大陸南方已經起來，我們能置他們於不顧嗎？」

總統示意祕書把收音機關上，坐了一會。

「我不能為了某種政治目的把人民投進戰火。我要提前舉行關於台灣獨立的全民表決，在台灣人民做出選擇之後，再談下一步。」

這是他的最後一招。雖然台灣的上層社會和權勢集團中國民黨勢力強大，若進行全民表決，至少六十%以上的百姓會贊成台灣獨立。多數裁定原則是民主政治的基礎，也是文明社會的標準，一旦形成表決結果，國民黨的手腳就被束縛住。而北京現在正自顧不暇，不一定能馬上再發動新的戰爭。等它緩過勁來，台灣獨立木已成舟。

「全民表決？」前總統冷笑一聲。「我先問一句，你能用表決脫離地球嗎？哪怕所有投票者全投贊成票，也得在地球上待著！台灣和大陸是同樣道理，是割不斷的！你以為這一代二千五百萬台灣人投票就叫多數裁定嗎？列祖列宗該不該參加表決？大陸十三億同胞要不要表態？憑一個民主遊戲，就想主宰歷史和民族？要是這麼簡單，林肯的南北戰爭也該背上專制暴政的惡名了。」

總統不看對方，也不再回答。這種時候，沈默是表示不再改變主意。他不想談那些堂而皇之的大道理，他這個總統是為這一代台灣人當的。

「總統閣下，」比起前總統，參謀總長的態度一直恭敬有禮。「軍隊的決心已定，即使你不予批准，也不會阻擋我們的行動。」

總統驚愕地抬起頭。十二隻眼睛堅定地盯著他。

「你們這是……違背憲法！」

「在國家生死存亡之際，你不能適時地領導國家，」參謀總長的聲調還是那樣平靜。「我們這樣做符合憲法的精神實質。」

總統試圖冷笑，卻不太成功。

「彈劾也得有程序，你們以爲台灣人民會答應嗎？」

「戰時有戰時的程序。」

「……什麼意思？」

參謀總長謙遜地低下頭。

「你同意也好，不同意也好，我們都將在你的領導下進行這場戰爭。如果你同意，你將是中華民國光復大陸的偉大總統，萬古留名。如果你不同意，從現在起，你只能見到我們幾個。我們會向你彙報一切。勝利之後，我們將向人民負荆請罪。」

總統熱血翻湧，他考慮是否叫總統衛隊進來，但是立刻放棄了這種打算。這些策畫大戰役的人，怎麼可能沒處置好總統衛隊就來逼宮呢？窗外的樹影更加黑暗，在大陸吹來的寒冷北風中抖成一片。

總統走到他的辦公桌，坐到寬大轉椅上。

「爲什麼選在南方聯盟要滅亡的時候才開始？」

前總統這時轉向一邊，專心地端詳剛引進的一盆馬來西亞花卉，剩下的似乎都是軍人的事了。

「軍事上的目的，是爲了給大陸北軍造成最大消耗。」參謀總長回答。「現代戰爭的特點是高消耗，是高額軍費、昂貴裝備和高科技的比賽，情報表明大陸北軍的後勤儲備已經不多，缺乏備件和維修使得近二分之一飛機不能起飛，四十%的坦克和裝甲車不能行動。能源供應不上造成運輸力銳減，補給品已降到日常需要的一半，部隊機動力明顯降低。這時進攻才能最有效的保存我軍，打擊敵人。另一方面，從政治上著眼，我們也需要削弱南方聯盟的實力。雖然它與北京脫離，畢竟是共產黨的血脈。讓它保留太大實力，將來不好控制。」

「但是，」總統用鉛筆輕輕敲著桌子。「大陸對我們的最大威脅不是常規部隊，而是核武器。」

「不錯。」參謀總長微微一笑。「不過聯合國的『反核憲章』已經解除了這個威脅。」

九十年代初的東歐民主化和蘇聯解體導致冷戰結束，兩大陣營不復存在。但是國際社會爲此歡欣鼓舞了不長時間就發現，原來的兩極格局某種程度上反倒更有利於避免衝突。以美蘇做爲兩大陣營的首領和談判者，雖然有失公平，卻能保證規則明確，操作簡便，相互熟悉因而默契，保持理性，不會盲目越界。兩大陣營解體後，世界從兩極變爲多極，複雜性增加許多倍，組合變化多端，無法實現穩定的均勢和平衡。失去了霸主的威懾和仲裁，地區性衝突劇增，眾多小國失去安全感。每個國家都不得不從失去的保護傘下站出來自己保護自己。全球軍備開支總體上不但沒有縮減，反而增加更快。其中研製核武器成了許多國家的熱切目標。有了核武器就不怕欺負，也沒人敢欺負，這似乎是個一目了然的道理。

當今世界多數國家都有了相應的科技能力和人才，搞出核裝置不再像過去那麼高不可攀。近幾年新增加的核俱樂部成員達到兩位數。核擴散以前所未有的速度發展。國際社會進行控制的努力流於徒勞。形形色色的恐怖分子也把手伸向核武器，利用核武器進行駭人聽聞的勒索，把世界搞得人心惶惶。核氾濫的局面使國際社會憂慮，如此發展下去，發生核戰爭的可能性只會越來越大。一些國際戰略家重新想起了冷戰時期的「核威懾」理論。那時核武庫的擴大反而成爲和平保障，道理就在於使用核武器者亦將被對方的核反擊所毀滅。現在也需要建立一個有強大威懾作用的核保護傘，只不過這個保護傘應該是全球性的，不屬於哪個陣營。經過多年努力，聯合國大會最終通過了一部史無前例的「反核憲章」。憲章核心內容是，對任何首先使用核武器的國家，將在聯合國主持下，對該國進行相同程度的核打擊。打擊由聯合國五個常任理事國中未違背憲章的國家聯合實施。這個憲章等於同時爲所有國家提供了核保護，也同時對所有國家都建立起核威懾，是全人類超越主權的自我約束，因此被譽爲保衛人類和平的歷史性貢獻。

總統當然知道這個憲章對台灣的意義。當時在台下的民進黨和國民黨一同彈冠相慶。對於台灣獨立，這無疑去掉了一塊最大的陰雲。中共利用其聯合國常任理事國的地位，對「反核憲章」的通過進行了百般阻撓，但是畢竟沒有能說出口的理由，加上西方的壓力，在表決時投了棄權票，並拒絕充當從事「核懲罰」的世界警察。然而不管怎樣，憲章通過使中共被縛住了手腳。有美俄英法四國擔當世界警察已經足夠。不會有哪個國家敢冒險對抗或有能力報復它們的懲罰，中共同樣包括在內。

「……我們出兵不用政府名義，」參謀總長補充道。「也不打正規軍的旗號，而是用民間支援的形式。這樣在國際上有較大迴旋餘地，也免得讓北京抓到把柄。」

「即便是這樣，」總統雖然知道反駁是沒用的，也要把所有理由擺出來。「不管中共已經虛弱到了什麼地步，瘦死的駱駝比馬大。且不說最終能否勝利，就算勝了，我方士兵也得造成重大傷亡，怎麼向人民交代？」

「當然不能靠我們子弟兵的血光復大陸，而是靠大陸自身積澱的變化能量。我們只要把那能量引發出來，就可以做到不戰而勝。關於這方面的構想，我們的專家已經做了很多準備。」

「專家」就是軍事情報局局長。總統知道這個小老頭是國民黨半個世紀來苦心經營顛覆大陸的總管。

「鄧小平的『改革開放』，核心在於『下放自主權』，大陸的地方勢力由此而強大。」局長講話慢條斯理。「不少省市具備了割據基礎——這是七省市聯盟自治運動的前提。目前，大陸其他省市懾於北京政權的強力，不敢追隨七省市起事。但是只要能公布中共前總書記是被北京現政權暗殺的確鑿證據，反叛的離心力馬上就會調動起來。南軍雖敗，殘餘力量仍然可觀，加上我方潛伏在大陸的特工同時舉事，只要再有三分之一的省加入反叛行列，北京政權就等於名存實亡。那時民心混亂，軍心動搖，加上原已消耗過重，垮台指日可待……」

「要知道中共的南京軍區並未損失一兵一卒，它的五十萬軍隊加上一個東海艦隊給我們的威脅已經足夠。」

「南京軍區的司令外號『白狐狸』，表面上裝出一副剛直不阿，秉公辦事的樣子，實際上是個老謀深算的野心家，一直在等待時機把大陸東南幾省抓在自己手裡。我方出兵，正合他意。只要我們不碰他，可以確信他不會和我們作戰，甚至他也可能加入討伐北京的行列。」

「你所說的確鑿證據在哪？」總統問。

「已經在我們的天羅地網中。」

總統把手中鉛筆扔在桌上。

「等你們把證據拿到再說吧。」

烏拉圭　蒙德維的亞

「中校」疲倦而愉快。昨夜他和三個姑娘玩得太顛狂。其中那個剛幹上這行的黃姑娘嬌嬌羞羞，分外刺激，白姑娘尤其漂亮，黑姑娘則如雌獸一樣充滿激情。他一個星期玩這麼一次，價格是人家的五倍。每個姑娘都得先去醫院體檢。而且每次的姑娘絕不許重複。他不怕花錢。現在，洗完土耳其皇帝般的蒸汽浴，被按摩師捏得無比鬆弛的身體乾乾淨淨。他喜歡這種感覺。每次狂歡之後，他都要這樣徹底地洗一次。他就是他，不能沾染任何別的。

他呷著一百五十美元一杯的酒。美妙極了。那位新近從巴黎聘來的調酒師吸引了他，使他連續幾天光顧這間全烏拉圭最昂貴的酒吧。他看著廣場中央的何塞•阿蒂加斯塑像。溫暖陽光下，鴿子繞著青銅馬背上下翻飛。自從幹完中國那件活，他一直這樣清閒地享受。六百萬美元，夠他盡情享受十年。他的錢包裡始終放著一張一美元的鈔票。那是從中國逃出後，看到他的銀行戶頭下，中國方面付來的款不是整數，而是多加了一美元。這一美元顯然是一個訊息，表示在滿意之外還多了一點。他把這一美元單獨取出當作紀念。他不是個多情善感的人，但是這次中國之行確實讓他驚心動魄和自豪。整容手術已經消除了臉上的傷疤，然而那片火海卻始終留在心裡。

停車場上，一個中國人靠在汽車上看報紙。那姿勢突然使「中校」脊椎裡的神經抽動一下。姿勢並不特殊，他不是從形象上看出了什麼，而是一種直覺，感到一股殺氣。他也曾這樣靠在汽車上看報，那是在捕獵之時。不遠又有一個中國人，拿著照相機向薩爾沃宮拍照。同類之間的氣味一下就能嗅出。「中校」回頭時，臉沒有變色，但是卻相信他就要爲這個巴黎調酒師的手藝付出代價了。他過去從不連續光顧一個地方。而現在，身後無聲無息地坐上了兩個中國人，另外三個也正在走過來。「中校」突然橫著飛出他的座位，手已經摸到藏在腋下的槍柄。只要在地上一串翻滾，那柄連發手槍射出的子彈就可以殺開一條血路。五個中國人驚愕地看他，誰也沒動，似乎感到莫名其妙。「中校」心裡卻明白，就在他躍起的一刻，腰上感到一下尖細的刺痛。他狼狽地重重摔在地上時，沒做出任何漂亮的翻滾，而是挺直僵硬的身子抽搐起來。

五個中國人好似驚呆了，只有一個人把「中校」沒來得及拔出的槍塞進自己口袋。

「羊角瘋！」「中校」聽見那個抱住他的中國人用英語對酒吧侍者說。他感覺自己成了螃蟹，口中開始咕嚕咕嚕地吐沫。一種新藥，他想到這一點，卻翻著眼睛說不出話。

「我去叫救護車……」侍者煩心地說。

「我們送他去醫院吧。」中國人見義勇爲。「不管怎麼樣，我們是同胞。」

「中校」覺得自己被抱離地面。

「謝謝！謝謝！……」侍者嗚哩嗚嚕的喉音緊接著飛離了世界……

巴士海峽　一艘甲板無燈的豪華遊艇

記者招待會結束了。攝像機照相機不再瞄準他，堆在眼前的話筒也都收進了記者們的皮包。李克明舉起右手，早就想撓一下汗水刺癢的額頭，卻撓出了金屬聲音。

百靈讓他戴上這個金屬面具時說：「國外只有搶劫銀行的匪徒和恐怖分子才戴面罩，會給記者不好印象。寧可奇特點，他們喜歡奇特。」金屬面具是在台灣訂製的，分量極輕，經過氧化處理，上面暈染著變化的色彩和光澤。眼睛上有變色鏡片。嘴部是柔性的，可以隨嘴唇張合，不影響吃飯喝水，說話也有口型動作。戴在臉上適應後，甚至可以忘記它的存在。然而看的人絕不會忘記。那位路透社的大牌記者在走出遮光門簾前又一次轉身，帶著古怪的表情看著他。

「現代整容技術是值得信賴的。」百靈把路透記者的話翻譯給李克明。

「你是建議我離開戰場去住半年美容醫院嗎？」李克明反感那眼光中的憐憫，卻又對其中透出的恐懼感到滿足。「然後再帶著磨光的臉死在戰場上？不必了，還是直接讓穿甲彈和火焰噴射器給我整容吧。」

百靈帶著笑意為他翻譯。她的皮膚在燈光下細膩如玉。自從他戴上這個金屬面具，人們顯得更怕他，只有她似乎喜歡看，總是用笑眼打量他。

十四名世界最有影響的通訊社記者離開位於遊艇底艙的臨時會議室。甲板上的直升機將把他們送往馬尼拉。在那裡，記者招待會發布的內容會被送到世界各地的電視螢幕和報紙版面上。記者招待會以福建自治政府的名義召開。但是李克明知道，從這條船到把他們接來的水上飛機，到菲律賓政府的配合，還有海下護衛潛艇和天上的巡航飛機，都來自台灣。最後走出底艙的是「中校」。他在台灣特工的押解下，臉上仍然是玩世不恭的神情。他是記者招待會的主角，讓記者們激動萬分。世界不少國家都在追捕這個摸不著蹤影的殺手，此刻卻跟記者們坦然地講述殺死中共總書記的過程。在他交出的錄像帶上，有沈迪在東京和他談交易的過程。背景隱約看得到在空中搖晃的女人大腿。爲了老闆的名字，沈迪和「中校」僵持不下。當沈迪把二百萬美元收進自己名下後，老闆的名字被他說得清晰而有節奏：王——鋒。這個名字正是當前北京的實際掌權者！何等刺激和轟動的新聞啊！

「中校」走出艙門前站下，面對李克明。

「我一直記得你從飛機上跳下來的樣子。」他說。

李克明看著他。那兩隻清澈的眼睛裡沒有譏笑或挑釁，即使不說是尊敬，至少也像是對朋友。

「我也記得你躺在水底舉槍的樣子。」李克明回答。

「中校」向他伸出手。「讓我們道個別吧。」

李克明覺得該說點什麼，又不知道從哪說，只是和他的手握在一起，搖了搖。從此以後，「中校」將永遠地失業了。每天都可能有復仇的槍彈瞄準他，或是法律的羅網籠罩他。可是他臉上看不出一點恐懼。面對這雙兒童般的眼睛，誰會相信曾有那麼多大人物死在他手中？李克明知道即使以後能見到他也不會認得了。這雙眼睛會變成另外的顏色。整容技術發展到了能把亞洲人變成歐洲人的地步。台灣會給他弄到新國籍和身分。他將一輩子如蚯蚓一樣生存。除了這些條件，台灣換取他出場作證的，還有六百萬美元。這種合作條件等於讓他把一個中共總書記殺死兩次。第一次以六百萬美元的代價把中國給了王鋒，第二次以相同的價格讓台灣完成光復大陸的夢想。李克明此時覺得他們兩個很像，有一種共同的東西，雖然表面上看不出，可區別僅僅是「中校」在台灣人的槍下拿到了六百萬美元，而他除了一個鐵面，別無其他。

甲板上一片漆黑，沒有一星光亮。船頂輪廓在沒有月亮的天光中顯現黝黑的剪影。台灣不想讓沈迪的死亡重演，雖然有台灣島在北方做屏障，大陸飛機和艦艇難以越過，仍是嚴密地戒備。遊艇一直在行進中。又一架直升機接走了「中校」和看守他的台灣特工，很快就像黑蜻蜓般消融在夜空中。

「只剩我們兩個了。」百靈說，似乎感到很輕鬆。「過一會兒到我房間來。」

她人走了，淡淡香氣在海風中飄散。如果把無言的台灣特工和船員全看成機器，遊艇上的確可以說只剩他們兩個。這個意識使李克明微微激動。船頭犁開的浪花偶爾有鹹澀的細小水珠濺進他嘴裡。他在船頭站了很久。

百靈的艙室也掛著遮光簾。簾子邊緣透出少許光線。

「請把門鎖上。」百靈聲音從裡面傳出。

他的心激烈跳動，聞到溫暖而芬芳的氣息。手似中了魔法一樣不自覺地伸出，把鎖擰上，發出輕微的「咔噠」聲。

「進來吧。」百靈在裡面笑。

這是遊艇最好的艙室。外面是起居間。白色地毯厚且軟。百靈站在地當中，已經換上一件粉紅絲裙，如貼身皮膚般襯托出身體曲線，袒露的肩頭和兩臂閃著光澤。

「坐到這來。」她指身邊沙發，塗抹過的指甲在燈下似跳動的寶石。她在吧台擺上兩只晶瑩的酒杯。酒瓶口高離杯子，美酒細流傾倒出音樂般的聲響。

李克明如被催眠般坐下。百靈在這個記者招待會上代表福建自治政府，有自治政府副祕書長的頭銜。她的形象莊重嚴肅，一切由她指揮安排，船上的台灣人都對她言聽計從。這以前，李克明從未進過她的房間，更沒見過她穿這種衣服。

「到現在爲止，我的任務全部完成了。」百靈端著酒杯光腳在地毯上輕盈走動，兩條大腿在絲綢下面交替起伏。「我感到很輕鬆，輕鬆極了。我的任務完成得很好。你認爲呢？」

「……台灣特務是我從小認爲最壞的……」李克明想說一句讓自己顯得放鬆的玩笑，可是鐵面造成的效果卻像審判。

百靈笑起來，和他碰杯。「不錯，我是台灣軍事情報局的特工，代號 F-33。五年前冒名頂替一個偷渡到台灣的福州姑娘來大陸。當時的福建省政府副祕書長是軍情局福建站二組組長，把我調進省政府……」百靈用細嫩的指尖撫摩李克明的鐵面。「不過，你也幫了我這個世上最壞的人。沒有你的幫助，我的任務不會完成得這樣順利。」

李克明乾嗽了一下，強制眼睛離開絲綢之下乳蒂凸起的胸部。

「我沒幫你。」

「你幫了。」百靈眼裡燃燒。「我在武夷山竊聽被你發現，你不但沒有往外說，連竊聽器都沒動，才能使我們掌握了充分的情報，及時把沈迪抓到並且送給福建。」

「爲什麼要演那齣神祕戲？爲什麼抓沈迪的人要裝成我？」

百靈得意地呷一口香檳。

「裝你容易，戴個紗套就行了。目的是爲了不讓民進黨政府察覺啊！不能讓任何人知道國民黨和台灣軍隊介入，一切都得像福建人自己做的。包括這次呼籲台灣援助，黃士可不過是照念我給他的稿子。福建做樣子，我們做實質……爲了你對我的幫助，我打算謝謝你。」百靈的雙眼變得朦朧。「你可以提任何要求。」

李克明喃喃說：「不必謝我，我不是幫助你，只是沒必要揭露你。我沒把福建的事當成自己的事……」

「當然當然，這是理由。」百靈打斷他，火辣辣地盯著李克明。「但是，在你內心深處，還有沒有別的呢？」

李克明說不出話。從在武夷山的月光下，她昏迷的身姿燃起他的情欲，他就一直沒解脫。無數不眠之夜，他在幻想中剝光她，占有她。每次看見她和黃士可親密的樣子，心裡便如被燒灼。他盼著見她，偷偷窺探她，甚至撿她碰過的東西親吻，感到莫大快慰。他過去可不是這樣啊！除了妻子，他沒有過別的女人。他在性方面從沒有過多要求。是不是那場火改變了他的生理，使他變成了一個不能自制的色情狂？然而對此的恐懼沒有壓抑住內心的魔。現在，那魔又開始往外爬，一路打碎試圖阻擋它的冷靜和理智。

「你的臉是多麼冷漠啊！」百靈在他的鐵面具上撫摸。「可是我能感到你心裡的火熱。」

她拿走他手上的酒杯，走到吧台重新斟酒。李克明暈眩地凝視著她的背影。突然，絲帶沿著裸露的脊背從肩上滑掉。裙子好似瀑布一樣垂直落下，白嫩豐滿的臀部和大腿如突然爆發的強光，使他差點窒息。

那團光轉成正面，亮度更增加十倍，晃得他眼睛彷彿要失明。光團變成一顆運動的恆星，火熱地接近，停在他眼前。李克明癡傻了，呆滯了，和眼睛平齊的是凝脂般的腹部，上面是高聳顫動的乳峰，下面是兩條玉腿之間的三角區，一團燒焦的菊花在怒放。

兩只玻璃杯在百靈手裡碰出慶賀般的響聲。香檳迷醉地倒進他嘴裡。他不知不覺已經置身於臥室。身上的衣服拋散一路。他本能地拉住高領襯衫的底邊。至少他還有這點清醒：從腰往上，那已經不是人的形象，鬼怪也沒有那樣醜陋的表皮。可百靈蛇一般纏在他身上，非給他剝個精光，連黑皮手套也扒掉，只留下一個藍幽幽的鐵面。她退後，睜大眼睛看他，臉上表情恐懼和狂喜混成一團。

「你的下身多麼平滑，多麼結實修長，男人的象徵多麼雄偉！噢……眞美……美極了！」她夢囈般地說。眼睛從下向上來回移動。「可你爲什麼是這樣一個上身？爲什麼兩個極端都在你身上？你是誰？是從地獄裡來的嗎？是神還是鬼？是專門爲了蹂躪我的嗎？……蹂躪我……來吧，蹂躪我……來……」

從嵌在牆壁裡的落地鏡中，李克明第一次一覽無餘地看到自己全身形象。眞是一種怵目驚心的組合。下半身年輕漂亮，強勁的肌肉一條條凸起，蓬勃衝動在兩腿間凝聚起昂揚挺拔的形體。上身卻是一片瀝青，一堆凍硬的拉圾，或是地獄油鍋絞肉機五臟六腑一切最髒最醜最嚇人的東西混合在一起。毫無表情的鐵面具閃著青光，更增加那形象的詭異和可怕。這樣的魔鬼本來不應該再沾女人一點邊，可他無論如何也無法控制自己。一股怒火從他心頭升起。百靈赤條條地縮進牆角。

「婊子！」他從牙縫迸出兩個字，野獸一樣縱身撲過去。

在那天塌地陷的一瞬間，百靈的眼淚噴射而出，發出靈魂出竅的叫喊。她始終扭頭看鏡中兩個扭成一團的軀體，看他在那鏡中的進攻和她的掙扎。她的快感來自恐懼，恐懼就是快感！

在排山倒海的風暴中，有一個記憶的紊流掠過其間。李克明想起他曾辦過一個案子，一個女人專在男人幫助下與發情的驢性交。那種人間找不到的受虐給她特殊快感。他現在是不是就是驢！

「婊子！」他使勁打百靈的耳光，卻看到那雙眼睛更加興奮地燃燒。她的確是受虐狂。烏黑扭曲的手揉攥在雪白細嫩的乳房上，對比的是生命和死亡搏鬥的無限衝動。他覺得只須一咬牙，就能把那對乳房活生生地摳下，再撲上去吸吮噴湧而出的鮮血，甜蜜的，溫熱的，甘美的，沈醉的，無與倫比的……他要把她喝個精光！

福建沿海

農曆新年的黎明降臨了。北軍陣地一個哨兵在寒冷和困倦中縮著身子，想念家鄉爐灶裡的火和即將下鍋的餃子。戰友們都在掩體裡酣睡。也許除夕之夜發給每人的二兩白酒還在血液裡發熱。今天要繼續擴大陣地，防備台灣軍隊登陸。三天前即將滅亡的福州叛匪通過廣播向台灣求救，台灣不做任何反應。大夥都分析台灣人盤算著搞獨立，不會往大陸這口爛鍋裡瞎攪和。老天保佑這是眞的。台灣不出兵，再有幾天就可以結束戰鬥回家了。連著三天沒動靜，當官的似乎也鬆了一口氣，讓當兵的喝了除夕夜的酒。哨兵抱著槍跺了一陣腳，眞想再喝點。

這時，他在海浪拍岸的轟鳴中分辨出一片不同尋常的嗡嗡聲。當他抬頭看向泛白的天空，不禁大吃一驚。難道台灣也有蝗蟲，黑壓壓地越海飛來，密得如是遮天黑雲！他腦海裡出現家鄉大地的莊稼頃刻化爲烏有，只剩牛馬白色的骷髏。他向天空舉起衝鋒槍，把冰冷子彈全部射出。然而叫醒了戰友也無濟於事，當他們的睡眼還未完全睜開，陣地已經變成了火海。炸彈威力在山地增加數倍，到處是横飛的石塊和大片崩塌的山崖。哨兵被炸塌的掩體埋住了大半個身子。透過火焰，他看到曙光映襯的海平線擠滿了炮火掩護下的登陸艇……

上午十點三十分，北軍布放在閩江口的水雷全部被台灣「快鱘」掃雷艦用鐳射炮銷毀，通向福州馬尾港的航道打通。大型運兵船首尾相接地沿閩江上行。同時，横在福州機場跑道上當障礙物的大小汽車閃到兩側，漆著青天白日徽的台灣軍用運輸機一架架呼嘯降落。台灣用美國技術製造的 F21A 戰鬥機在天空護航。在剛結束的空戰中，二十七架北軍的殲—12殲擊機被擊落。福建制空權已經轉到素質高超的台灣空軍翼下。

然而台軍在廈門的進攻遭受了重大挫折。畢業於德國軍事學院的北軍三十八集團軍軍長部署的立體防線，使從金門出動的台軍登陸艇被擊沈一半以上。而台軍在汕頭的登陸卻極爲順利，幾乎沒遇到多少有效抵抗。

當福州市民看見乘坐機載戰車進入福州市區的台灣軍隊時，有一種像看拍電影一樣的感覺。打頭的旗幟寫著「台灣人民義勇軍」。戰車上的軍官和士兵戴著沒有帽徽的貝雷帽，其他一切則和正規國軍一模一樣。官兵們年輕、英俊、鬥志昂揚。聚在道路兩側的人越來越多。有人鼓起掌來，掌聲逐漸擴散，和戰車上軍人敬禮相呼應，越來越響亮。

VII 北京 中央軍委總部

樓頂堅硬的殘雪被直升機旋翼吹起，在玻璃上打出密集響聲。院外街道已經戒嚴，改做了臨時停機坪。一架架塗著迷彩的直升機井然有序地降落，從艙門裡跳下沾滿硝煙的特種兵。

王鋒在辦公室窗前一直看到最後一架直升機降落。一共三十八架，撤退途中被台軍擊落兩架，總算基本完整。這三十八架直升機和這群殺紅了眼的特種兵讓王鋒感到心裡踏實了一些。台灣軍隊登陸後，他第一個決定不是向前線增兵，而是命令這支直升機特種部隊返回北京。直升機無法對付台灣的殲擊機，用來控制北京卻是無敵的。

從南北戰爭一開始，情報機關就緊密監視和研究台灣是否會出兵。所有情報都表明民進黨政府決意不介入大陸事務，連潛伏台灣多年的情報員也這樣報告。台軍不斷施放煙幕，似乎正在進行的調兵和物資供應都是防範性的，只是怕戰火燒及台灣。當王鋒聽到台軍全線進攻的消息時，內心產生了想槍斃人的衝動。他痛恨情報機關的無能，每年投進去無數金錢，那些情報員不是在外面花天酒地享樂，就是被敵人策反，專送假情報。信仰的時代過去了，獻身的英雄沒有了。一旦在物欲的泥淖裡掏糞，東方勝不過西方，大陸敵不過台灣。

台軍進攻迅猛。由於北軍原來掌握制空權，沒考慮建立防空網，現在既無法對付台軍的傘兵部隊，又無法有效防衛機場。台軍的傘降部隊和機降部隊在三十二小時內，已經占領了古田、南平、三明、建甌。剛報告的戰況，邵武又被占領。台軍閃電戰打得前線部隊暈頭轉向，建不起鞏固防線。一切快得讓人反應不過來，還差幾天就成功的南伐一舉變成了敵人的北進。

然而讓王鋒眉頭緊鎖的不光是台灣出兵。一個小小台灣沒什麼了不起，威脅最大的是那個見鬼的記者招待會。國際媒體的炒作倒是小事，在國內卻可能帶來崩盤效果。目前雖然採取了一切措施進行封鎖，但是在今天的全球性資訊社會，根本封鎖不住。眾多衛星早已經把畫面傳了進來，國外廣播也是無孔不入。而台灣軍隊在戰場上前進到哪，就把廣播發射台架到哪。

這是最致命的一招，卻叫他們得手了！王鋒想得到台灣在其中的角色，這招的威力頂得上千軍萬馬，因此台灣才敢出兵。王鋒在辦公室踱步。他已被推入了開闊地，暴露在聚光燈下，所有公開或隱蔽的武器都在瞄準他。其中威脅最大的是那些尙未開火的武器，沈默卻埋藏殺機。以前，辦公室與各地相通的熱線電話從早響到晚，幾個祕書都接不過來。那些軍區、艦隊、基地的司令們都以能和他直接通話爲榮。而現在，猶如各地電話系統同時出了毛病，或者乾脆就被一把大鉗咔嚓鉸斷了一樣，所有電話都啞巴了，沈默地趴在那，從原來喧鬧地求寵變成冷冷地盤算何時是撲上來的時機。王鋒知道，不能讓他們再盤算下去。只要有一條狗敢撲上來咬第一口，所有的狗就會一塊撲上來把他撕碎。必須在第一條狗撲上來之前拿出鞭子。而只要有一條狗夾著尾巴上來舔他的手，其他的狗就會爭先恐後地搖尾獻媚。

他站在刻著「南京軍區」字樣的金屬牌前。牌子後面的電話機和其他電話機樣子相同，但是給他的感覺卻不同。他對軍隊老資格的將領都待以謙恭，然而其中眞正令他發怵的只有這個白狐狸。他曾想過把這頭狐狸弄到北京當軍委副主席或國防部長。一旦拿掉實實在在的兵權，狐狸也好，老虎也好，都無足輕重。但命運沒給他足夠的時間。從一開始他就預感事情可能壞在白狐狸手裡，眼下正在一步步被證明。以前的日子，別的電話響著爭寵時，只有這台電話陰森森地不吭聲。現在，在一片寂靜中，這台電話後面的機械化部隊挺進聲則在王鋒的耳邊越來越清晰。

王鋒的手在電話機上方懸了幾秒，拿起話筒。

對方也立刻拿起話筒，似是一直在等他。不過電視螢幕上並未出現圖像。這套系統只有單向電視，上級能看見下級，下級卻看不見上級。白狐狸不開攝像機，說明他已經不把這邊看成上級。

「白司令，」王鋒讓自己的聲音如同玻璃一樣平滑，除了說出的字以外，聽不出任何別的內容。「你還在繼續保持中立嗎？」

「有點難。」

「難在哪？」

「我曾經宣布過，如果七省市能證明暗殺總書記的凶手，我就要討伐。現在，他們證明了。我很想找出他們的漏洞，哪怕有一點兒，可是找不到。」

「所以你就把駐防在福建的軍隊撤到江西，把福建讓給了台灣？」

「我這是應福建自治政府的請求。我不跟台灣打交道。」

「可台灣軍隊正在你讓出的地盤上長驅直入。」

「這不是我的責任。是你的。你還年輕，完全有時間等待。爲什麼要搞暗殺？」

「白司令，你記得去年你來西山見主席時的表態嗎？如果你記不清了，軍委檔案館保存著錄音。北京政局的變動是軍隊一致的決議，包括你一份。你想要我也開一個什麼記者招待會，把那些材料公之於眾嗎？」

「可是……我們沒讓你暗殺。」

「暗殺？」王鋒的聲音仍然平滑，但白狐狸的結巴使他嘴角露出淺淺微笑。「政治家之所以在公開場合用紅地毯，就是準備遭暗殺時掩掉鮮血。白司令，道義衝動是第二位的。軍人以服從命令爲天職。難道你願意我破壞軍人天職嗎？」

「……誰命令你？」

「我以爲不用說。」王鋒嘆息一聲，故意拖了幾秒鐘。「——主席。」

電話那邊有一會兒沒動靜。接著傳來一陣爽朗的笑聲。

「小王，我們在下面都議論，你一向打著主席的旗號搞自己的名堂。反正主席重病在身，話都說不了，你把什麼栽給他都行。」

王鋒在心裡嘆了口氣。看來主席一死，下面那些人非剝了他的皮。既然他和主席的往來沒有別人在場作證，他可以用這點優勢把假的說成眞的，別人也可以就此把眞的硬說是假。

「白司令，主席雖然身體不好，還不至於到不能說話的地步。我現在就在他身邊，而且他想跟你說話。」

王鋒覺出自己的話猶如扔到那邊去的一顆無聲炸彈，把白司令炸傻了。自從主席開始靠採氣維持生命，王鋒便組織祕密班子搞出一套模擬主席聲音的裝置。那套裝置已經啓動，只要用電腦打出一個漢字或是一個詞，發聲裝置就能把那個字詞念出來，跟主席的聲音一樣。王鋒進行過反覆練習，模仿達到的逼眞程度連他自己都聽不出和主席講話的區別。不過，以前只是練，這是第一次拿出來使用。

「小白啊，」王鋒對主席的習慣用詞，與不同的人不同的說話方式，不同場合的語調和態度瞭若指掌，只是打字比說話慢一些，但對一個病人，誰也不會覺得奇怪。何況王鋒一覺得需要考慮，便在語詞之間加幾聲喘息或咳嗽，甚至連喝水的聲音都能模擬出來。「不要在一些枝節問題上糾纏了。現在是大敵當前的時候，你怎麼這麼糊塗！當初我讓你去南京時跟你說的什麼，嗯？是讓你去對付台灣，不是和台灣一塊對付北京！我們和國民黨軍隊打了一輩子，這是最大的原則，其他的都要服從這個原則……」

在每個句子之間的停頓中，都聽見電話那邊白狐狸連續不斷地回答「是」字，如同在隊列中挨訓，挺胸立正。

「假如我早聽到主席指示……」

王鋒操作鍵盤打斷他。白狐狸敢於在主席話沒說完時中間插話，是爲了試探這邊是不是在放錄音。他肯定會懷疑——在他「中立」的時候，老頭子爲什麼沒出來說話？

「我那時候是希望你自覺地回來。你是軍內資歷最老的人了，不必讓別人說嘛。我既然退了，就不想多管事。你們要是看不上王鋒，等打完這一仗，讓他跟我回老家去嘛。他有什麼野心？我早交代給你們，他是我的代表，他說的做的都是我的意思。你們這麼大歲數了，爲什麼容不了年輕人？咳咳……咳……」

「主席……」

「別說了，咳……我希望明天聽到你的戰報，怎麼樣？」

「是！」

「把你的攝像機打開。」王鋒讓主席說。

「是。」

螢幕上出現了圖像。白狐狸又黑又紅的臉此刻變得灰白。臉上的橫肉之間滲著小粒汗滴，在粗大的毛孔間滾動。王鋒長時間沈默地看著，不由感到一種特殊的快感。雖然他知道這快感是虛假的。那張臉上眼角的顫動，肌肉的僵硬都不是因爲他，然而卻是他製造的！摧毀對方神經的沈默和看不見的目光是他的。他就是「主席」！

他打出了最後兩個字，主席往往用這兩個字結束：「幹吧！」

他關掉了裝置。言多必失，不能讓主席講得太多。儘管降服一個叛臣這點話還未說夠，但有了這套裝置，以後就會經常像鞭子一樣甩出去晃一晃。只要白狐狸和台軍一交上火，他就得被戰爭拖著走了。王鋒微笑著坐了半天，他在盤算一個名單，主席將要分別和他們談話。

蜂音器打斷他的思路。

「主席夫人和女兒來了。」祕書在對講機裡報告。

王鋒的心劇烈抖動一下，打開監視螢幕。主席的黑色賓士轎車停在軍委樓前。兩輛掛武警牌照的車被門崗攔在大院門外。瑩瑩從車裡攙扶出老太太。兩人眼睛都是紅的，左一下右一下抹眼淚。

王鋒馬上意識到危險，儘管還不知道危險是什麼。他沒多用一秒鐘往下想，只要是危險，首先該做的就是讓一切都停止，讓已經發生的不再繼續，然後再去弄明白發生了什麼。他把一連串指示甩向對講機，就跟思想那麼快。

「讓她們進來。不許有任何阻攔。不許任何人和她們接觸。扣住那兩輛武警的車。把車上的人隔離，用剛調來的特種兵看守……」

瑩瑩扶著老太太進了樓。武警的第一輛車被扣住，第二輛車輪胎發出刺耳叫聲掉頭逃跑。一隊特種兵跳上大馬力軍用吉普車去追。這支特種部隊長年在野外受訓，不明白也不關心官場的事，比軍委機關的人可靠而且利於保密。

已經容不得王鋒多想。他快步走進會客室，迎向主席夫人和女兒。

「阿姨。」他扶老太太坐到沙發上。

「……小鋒啊……你爲什麼騙我們……」老太太看見他泣不成聲，只說一句就說不下去了。

王鋒抬頭看站在一旁的瑩瑩。

「怎麼回事？」

瑩瑩是個通訊兵大校，雖然也有五十歲了，體型和神態還透著當年那個偵聽台小女兵的影子。

「如果我爸爸眞的早去世了，爲什麼不告訴我們？……」

「還用那些氣功耍弄他幹什麼？……」老太太接了一句，又哭得說不下去。

「這是謠言！誰說主席去世了？」

「周馳。」瑩瑩回答。「他還給我們表演了過去爸爸是怎麼活的。」

「周馳！」王鋒一貫紋絲不動的神色這次驚駭得走了樣，但又強把湧上喉頭的血腥氣嚥下去。

「氣功是一種治療方法。祖國和人民還有你們都需要主席活著，爲了這一點，不管什麼治療方法我都接受，儘管我知道周馳是個江湖騙子。」

「周馳可不是這麼說。」瑩瑩說，眼光裡卻渴望著相信王鋒。「他說你用爸爸的遺體做工具，維護你的個人統治。說你逼他用氣功保持爸爸遺體不腐爛，還強迫他讓遺體做動作欺騙看望的人，包括我們……」

老太太嚎啕大哭。她從農村出來，如果用親人屍體搞把戲，等於受了掘祖墳同樣的侮辱。死者的靈魂不安寧，老人對這一點比什麼都看重。

「阿姨，瑩瑩，你們相信周馳還是相信我!?」王鋒從小就認識她們母女。文革時他父母被關押，全靠老太太照顧他的生活。

「不相信你我們就不來了。」瑩瑩說。「周馳要送我們去南京白司令那兒。說你一發現我們知道爸爸去世就會扣留我們。他不知道我們關係有多深，我們怎麼能不問你光聽他的？去機場的路上我讓司機直接把車開到這來。武警的車一路追截。我覺得這裡一定有問題。」

「瑩瑩，」王鋒握住瑩瑩的手。「叔叔心在跳，在呼吸，他當然是活著……」

他突然頓住……主席的心跳呼吸全靠周馳維持，他不是也可以讓呼吸心跳隨時停止嗎？

「……心跳呼吸全停了？」他輕聲問。

瑩瑩有點恐怖地看他。

「周馳說已經停了幾個月……」

王鋒轉身衝進辦公室，打開通往主席病房的監視器。雖然螢幕裡看不出是否有心跳和呼吸，但一眼就能看出，那是個死人！僵硬的面容，灰色的皮膚，從透明轉成混濁的身體，只有死人才具有這一切特徵！而且蓋在他身上的被單扔在一邊，搶救用具四處都是，卻沒有醫生護士。只有人死了他們才敢這樣！

他按鈴。祕書從側門進來。

「301搶救中心來人報告，主席……」

「我知道了。」王鋒打斷祕書。「爲什麼不打電話？」

「保密線路不知怎麼出了故障，普通電話他們不敢用。」

肯定是周馳讓人搞的破壞。這一來王鋒至少晚知道半小時，就有足夠時間把主席家屬送上飛機了。台灣一出兵，殺手一招認，這個駝子就以爲可以混水摸魚了！先斷主席的命，再讓主席家屬去南京。剛聽完主席訓話的白狐狸對別的渠道傳的消息都不會輕信，但若聽了老太太的話，就完全可以放心！主席的死一來使那些早想謀反的人解掉了頭上懸劍，二來又給了他們討伐王鋒的口實。如果軍隊因此四分五裂，周馳就可以指揮被他控制的十省市武警，占領兵力空虛的北京，審判王鋒以平天下，擁戴陸浩然，然後挾天子令諸侯，把中國握進他那個下九流的髒手裡。好毒的計！可姓周的千算萬算，卻沒算到主席夫人和女兒會甩開他們上這兒來！

「立刻封鎖301搶救中心。隔離一切知情人。一個人也不能漏掉。」王鋒看向另外一個螢幕。瑩瑩正在一壁之隔的會客室安慰老太太。「把主席夫人和女兒保護起來。不能讓她們離開，也不能見任何人。」

「是。」祕書剛要出去。

「用特種兵保護她們。帶她們離開的時候走地道，別讓機關的人看見。」

「是。」祕書又要走。

「對她們一定要恭敬，生活要安排好。」

「是。」祕書這回不走了。王鋒往常下命令總是一句話。他對這個跟了他好幾年的祕書極信任，從來不似今天這樣瑣細。

「就說前線有急事，我不能親自送她們，請她們原諒。」

「是。」

「去吧。」王鋒深嘆一口氣。

他在地上走來走去，心亂如麻。當女人的喊叫聲透過辦公室包著皮革的厚門傳進時，他幾乎想堵住耳朵，卻又難以自制地把眼光投向監視器螢幕。

在一群沈默的特種兵小心翼翼地挾持下，老太太喊叫：「……王鋒啊王鋒，你這個沒心肝的！你這個好人！強盜！騙子！老天爺放不了你！我家老頭子的魂放不了你……」

而瑩瑩不敢相信地瞪著充滿淚水的眼睛，盯著王鋒辦公室的門。

王鋒關掉螢幕。老太太和瑩瑩消失了。他的眼睛有點溼，想起當年他離她而走時，瑩瑩也是這種表情。誰都會永遠憐惜自己的第一個女人，可是他不能再讓感情帶來災難了。爲了感情他沒殺沈迪，已經受到了太大懲罰。現在，對頭們就要聯起手來。主席的死訊一傳出去，他就失去了屏障，而只能孤身面對成群結隊的進攻者了。

他踱步良久，輕輕撫摸著手中那只菸盒般的袖珍發射機。他想到了海洋，黑暗的洋底，丁大海那個石頭一樣的頭顱，潛艇周圍閃亮的生物……

他還有一張王牌，是任何人都不知道的，因而有最大的效果。他暫且還不想用這張王牌，只想玩味。玩味能使人平靜。別說現在還沒到關鍵時刻，即使到了，戰爭學最古老的原理也早已闡明：誰把預備隊用得最晚，最後勝利就會屬於誰！

北京 天壇公園

黑茫茫，沒有一盞燈。松柏樹影被天幕上的城市之光照得朦朧。天壇是國家級文物公園，晚上不允許進入，但是今夜，陸浩然的車所過之處，車燈照亮成群結隊的人，幾乎坐滿了整座公園。沒有聲音，人都不動，如果不是各種顏色的當代服裝，簡直會讓人以為是秦朝的兵馬俑。

陸浩然對氣功賦予人的秩序和自律讚嘆不已。烏合之眾在世界每個角落擁擠、爭鬥、犯法、喧鬧，一盤散沙，然而同樣是老百姓，一旦成為氣功信徒，馬上就脫胎換骨，變了模樣。這種在北方二月的寒夜中萬眾無息的靜坐，連軍隊也會自愧弗如。陸浩然越來越認為應當把氣功做為治國之本。如果中國人都達到這種程度，該是何等理想的世界。一切動亂災難都不會發生，連煩惱也消失得一乾二淨。他曾給石戈講過用氣功解決農業和資源危機的設想，氣功可以達到「辟穀」境界，不用吃飯，直接從大氣和陽光攝取能量。如果全國推廣氣功，哪怕只有一半人「辟穀」，中國就不再愁糧食問題。可是石戈只是用古怪眼光看他。陸浩然暗自搖頭，石戈雖算聰明人，畢竟只是凡胎俗骨，不可能領會氣功的境界。他通過氣功學會推行這個想法，僅僅幾個月，報上來的數字已有五萬多人「辟穀」。他相信解決人類危機的鑰匙掌握在自己手中，氣功將使人類進入一個新紀元，而他則是書寫這輝煌篇章的執筆者。

因此他並不把眼前得失和偶發危機放在心上。位於公園東南角的「中華氣功學會」總部內氣氛慌亂。周馳的計畫原本似乎天衣無縫，只等十省市武警總隊控制北京，逮捕王鋒，陸浩然理所當然主持工作。那時北京將同意七省市自治，台灣因此失去出兵的理由。而審判了王鋒，南京也該安定。可是主席夫人和女兒突然跑到王鋒那兒自投羅網，打亂了一切。周馳從來都是凌駕一切的祖師爺式的眼光裡，此刻也閃射出惶惶的緊張和焦慮。

「總書記，行動必須提前。十省市武警部隊正在集結，明天就可以向北京進軍。我已經組織了三萬名氣功學會的年輕男會員在公園待命，加上北京的武警，隨時準備行動。現在當務之急是把主席夫人搶出來，否則沒法瓦解軍隊。我已經派出了最精幹的人。兩個小時如果還沒結果，我們就行動！」

周馳實施他的計畫，名義上是要把國家權力交還給陸浩然，卻要由他來當總理。他表示全國二億氣功信徒和愛好者都會服從他，成爲他的執政基礎。陸浩然當然明白周馳和王鋒一樣，只是想借用自己名義，當作冠冕堂皇的幌子。不過，陸浩然並不在意，權力在他眼中已如浮塵，周馳也已經淪落。在忙亂的人群中，只有陸浩然顯得最爲超脫。

陸浩然向周馳提了一個問題：「是否記得去年我在中南海問過你，爲了國家利益，氣功能不能置國家敵人於死地？」看到周馳微微愣了一下，陸浩然接著說。「……你當時反問我是否知道林彪怎麼死的。雖然你沒再往下說，也沒再解釋，卻給了我深刻印象。現在，到時候了。」

夜幕下，周馳露出兩排白牙笑起來，焦慮和緊張被那笑容掩埋。「如果王鋒飛到了外蒙古的天上，也會落到和林彪同樣的下場。但是現在還不需要。我想和他在同一個水平線上較量，免得他死到臨頭不服氣。」

陸浩然看著深沈黑夜。如果三萬名會員集體發功，能量會有多大？他看見了半球形的碧色氣場在公園上空高高拱起，猶如一道銅牆鐵壁。近來他的氣功境界飛躍提高，前幾天還只能看見個人身上的光暈，現在已經能看見集體的氣場了。難遏的欣喜掠過心頭。

「讓我們開始吧。」

「開始？」周馳微微揚眉。「現在只能等待。」

「我不是說開始占領北京。今天是正月初五。」

周馳明白了。他不應該不明白。這是他定的日期，陰曆逢五在天壇組場做功。臘月十五和二十五已做過兩次，每次都使陸浩然躍上了新的一重天。周馳上星期還對他強調，正月初五這次最重要，為什麼現在皺起了眉？

「總書記……現在這個關鍵時刻……」周馳不知怎麼說，似乎沒想到陸浩然還能提出這種要求。

然而對於陸浩然，自從經歷了天壇上的組場做功，就再沒有什麼比「五」這個日子更重要了。他過去從來不看陰曆，現在卻幾乎忘記了西曆。一個月的其他日子全是在為三個「五」等待和準備的。

「這兩個小時不就是等待嗎？我們有時間，又有必勝的把握，已經都準備好了。現在反正沒有別的事幹！」陸浩然急切地說。

「改日吧……」周馳牙疼那樣扭著臉。

「不行！」陸浩然差點叫起來，感到身上發冷，一片不可接受的黑暗蒙上心頭。原來不是做功使他精力充沛情緒高昂，而是等待。一旦知道等待的將不兌現，精力和情緒就比戳破的氣球癟得還快。「不行……」他幾乎發出呻吟。「日子不能改！我等不了……我全身難受……」

「總書記，」周馳又恢復了諄諄善誘的口吻。「再過一個時辰也許就行動了。這是決定性的時刻，需要全力以赴，不能有一點分心。分秒必爭才能掌握時局，才能保證勝利……」

陸浩然聽不進去。此刻有關什麼勝利、行動、時局的話距離那麼遙遠，國家和政權根本無足輕重，只有一種渴望在凶猛燃燒，會把他燒化，燒得他變得凶狠和果斷，瞪起在黑暗中發光的眼睛，狠狠地穿透近視鏡片。

「不行！你不是要當總理嗎？我只要氣功。我給你總理，你給我氣功！」

周馳不說話了。他們兩個在黑暗中對視。陸浩然的腿在顫抖。他知道只要再這麼對峙一會兒，他就會跪下去哀求。他想起戒毒所裡那些戒毒者，難道他也會流著口水鼻涕在地上哭叫打滾嗎？

「好吧，」周馳終於謙遜地低下頭。「總書記。」

他看見一顆碩大的金星，在正南的天空上。他不知那是否該有一顆星。但他確確實實地看見那顆黃燦燦的星，好似一顆寶石嵌在墨藍的天幕。陸浩然站在當年皇帝祭天的壇上，白色石頭和欄杆似是夢中影像。沿著天壇圓周排著八卦陣形。那八卦是由赤裸的人體組成。男體爲陽爻，女體爲陰爻，按照乾、坤、震、巽、坎、離、艮、兌的卦形組成「伏羲八卦陣」。他走上天壇時已經脫光衣服。冬天的寒風舒適地撫摸皮膚，如同帶著花香和陽光的春風。他從未覺得自己這樣強壯，過去不戴帽子走出汽車都會感冒，而現在，他成了舉世無雙的神。

他看見站在坎位的周馳緩慢地從地面向天空拉起雙手，聚斂起天地之氣。一股溫泉般的熱能撲面而來，從周身毛孔融進體內。血管裡霎時充滿氣的旋流，從丹田升起直透靈犀的光芒。他的腳下是三個年輕處男組成的乾卦。平躺的身體上勃起雄壯陽具。周馳兩手在胸前收攏。陸浩然覺得自己的腳被一種飄然之力舉起，輕盈地跨過那三個男體，踏上直通天壇圓心的地毯。對面，赤裸的女演員跨過組成坤卦的三個處女，邁著同樣步伐飄然而來，很慢，很輕，卻如彼此吸引著，在中間那塊圓形地毯的圓心上，陰陽兩極準確地合爲一體。

陸浩然已很久不認爲自己還有性交能力了。但是現在，他覺得如同年輕了五十歲，又回到年輕時光。他對自己的強勁感到驚訝欣喜。宇宙之氣給了他無比神力。他把女演員舉抱在懷裡，只覺得是一片鴻毛，在他的動作中柔弱而歡快地搖擺。那柔軟溫潤的部位隨著每一下擠壓噴湧著開天造地的能量。生命的活力好似天河一樣灌進他的軀體。他在膨脹，他在噴湧，他的靈魂在宇宙天堂展翅翱翔。那顆金色的星越變越亮，越變越大。

難道是宇宙之雷？一片可怕的轟鳴從天邊滾滾響起，一瞬間凝聚在頭頂。垂直的颶風從天上倒灌而下，如同天穹漏了。金星射出了令人暈眩的光芒。一股惡氣突然阻隔在腹腔。他覺得全身被猛烈生長的冰峰凍住。女演員似一塊僵硬石頭從懷裡落下，重重砸在腳上。

「不許動，誰也不許動！」頭頂聲音不嚴厲，甚至還算得上柔和，但是巨大得震動耳膜。

不是金星的光，是探照燈！從頭頂五架直升機射下，刺眼地照亮天壇上赤裸的男女、他們凝固的恐怖身姿、驚愕張大的嘴和全身上下泛起的雞皮疙瘩。

一個處男跳起身竄向黑暗，他也許只想去穿上衣服。直升機上響起一串清脆槍聲，在他赤裸的背部似用濃重顏料點出一排紅點，他撲倒在面容驚懼的周馳腳下。

「不許動，誰也不許動！」直升機擴音器裡的音調不變，不嚴厲，但震動耳膜。

陸浩然做夢般看天上。又有十幾架直升機從四面現身，飛得同樣低，亮著同樣炫目的燈光，用同樣不嚴厲但震動耳膜的聲音命令不許動，成一個環形圍住整座天壇公園。其中一架直升機射出一枚火箭彈，把氣功學會總部炸成一團火球。陸浩然沒看見什麼人想反抗。火箭彈的作用可能只是爲了鎮懾在場的三萬名會氣功的俘虜。果然再沒有人敢動，連周馳也如被釘子釘住了一樣。在壇頂一片裸體的呆像中，唯有他穿著畫滿八卦圖的長袍，袍角染著處男噴出的血。

徐徐落下一架飛機。機身暴露在其他飛機的燈光中。機艙門開著，掛著安全帶的攝像師正在探出半個身子用攝像機拍攝。陸浩然猛地扭轉臉，眼前出現一個閃爍的螢光幕，畫面是他乾癟萎縮的身體。他要被凍死了。他要嘔吐。看到的畫面使他比任何時刻都清楚地意識到自己是多麼老，多麼醜陋，做爲一個展覽對象，足以讓所有人嘔吐！

他的恐懼多餘了。飛機上下來的人首先用軍大衣裹住他，連抱帶扶地把他弄進飛機，然後攝像師才開始近距離拍攝。不會有人從剛拍的大全景裡認出他。他在大衣裡抖著，嘔吐的感覺仍然強烈。突然他看見了王鋒的臉。

「總書記，我來接你。」那臉上充滿輕蔑。

他無聲地吐了，遏制不住的嘔吐，似乎連腸胃都要吐出。

王鋒沒再多看他一眼，走下飛機，身後跟著一群沒有表情的特種兵。

「把他的衣服扒了！」即使在飛機轟鳴中也聽得見王鋒朗朗的聲音。天壇如同一個被照亮的圓形舞台。

周馳豹一般齜出牙齒，一聲嚎叫，甩掉抓住他的三個特種兵。

王鋒擺了一下手指，一排烏黑槍管對準周馳。

「我早想試試你的氣功了，」王鋒嘴角掛著一絲嘲諷。「三秒鐘之內你不自己脫光，我就驗證你是不是刀槍不入！」

王鋒不讀秒，而是把兩手背在身後，高高的身子挺得筆直。

肯定不到三秒，周馳嘩一下把身上長袍撕碎。一個赤裸裸的野獸般精壯肉體暴露出來。穿軍服的攝像助理隨之把嚇昏了的女演員推進他懷裡，攝像機上下左右拍起來。

陸浩然繼續嘔吐。眾多載著士兵的車開進公園。

機艙內的一個電台突然驚惶地呼叫：「主席夫人被劫持！」

南京

蘇副參謀長站在一旁。

主席夫人伏在白司令肩頭痛哭了很久。白司令用鐵棒般的短臂牢牢攙扶著她，臉色又紫又黑，額頭疤痕鋥亮地跳動。蘇副參謀長經常聽見他破口罵人，但哪次也趕不上這次罵得殺氣騰騰。奇怪的是，無論什麼髒話從他嘴裡罵出都不顯得低級，反而正氣凜然，讓人感動。主席夫人的眼淚浸溼了他的上將肩章。一個受盡委屈的寡婦需要聽的不就是這種嗓門、這種痛罵和這種頂天立地的保證嗎？

「老大姐，主席去世了，我就是你的親人！我會給你作主！王鋒那個狗日的小畜生跑不了，媽了個巴子，老子要親手扒了他的皮！全黨全軍都不會放過這個野心家，忘恩負義的雞巴小人！老大姐，我一定讓你親眼見到他的可恥下場！……」

蘇副參謀長心裡清楚，如果有誰盼著主席死的話，最迫切的莫過於眼前這位慷慨激昂的白司令了。主席是他唯一的顧忌，使他一直尷尷尬尬縮在無所作爲的中立裡。他知道當下中國進入了跑馬圈地的時代，誰讓自己的馬撒開蹄子跑起來，誰就能得到最多！這一下頭上緊箍圈放開了，再不用顧忌有個老太爺在頭頂施威。全中國只有這個老太爺能做到直接指揮他的部下，讓他們不服從他，這是他最怕的。老爺子死的時機簡直太巧了，似乎是上天送的禮物。白司令今晚一定會極痛快地喝一瓶二十年窖存的茅台酒，就如他現在罵王鋒一樣痛快。

蘇副參謀長把哭得筋疲力盡的老太太扶進車裡。副官將送她去醫院檢查身體。瑩瑩上車前擦乾哭腫的眼睛，低聲對蘇副參謀長說：「你們別對王鋒太過分。」

女人啊！蘇副參謀長在心裡嘆息。

「放心吧。」他輕輕握著那隻已經粗糙了的手。當年他只敢在夢裡握。

到底誰對誰過分還沒見分曉哩！蘇副參謀長一直目送汽車。雖然暗殺總書記被揭露和主席的死使王鋒眼下形勢不利，但斷定王鋒就此完蛋卻是太低估了他。當年他之所以能成爲他們這些小兄弟五體投地崇拜的首領，就是因爲他總是能從逆境中找到出路。多少次眼看著他已落入死角，也會突如其來地製造出令人瞠目結舌的奇蹟。王鋒對周馳的打擊就是讓人叫絕的一手。他不做爲政治事件，而是做爲流氓群姦集團來宣傳。從早間新聞就開始反覆播放擒獲周馳的現場報導。中國的電視螢幕從未出現過成群的裸體男女，老百姓看了又看，家喻戶曉。周馳本是無數人迷信的偶像，這種流氓行徑一下就把他變成一堆大糞。正在集結的十省市武警也被這條新聞搞暈，誰好意思爲這種流氓賣命？同時又傳出更聳人聽聞的內幕：周馳一直通過他的徒弟從武警身上採氣，再傳給他滋補身體，增強他的淫亂能力。這和吸人的血沒有區別。武警士兵們震驚了，接著轉爲憤怒。不少總隊出現士兵自行逮捕周馳徒弟施以私刑的騷亂。精心策畫的武警政變就這樣輕易被王鋒化於股掌。蘇副參謀長對多數內情還未掌握，但有一點他從小至今一直確信無疑——王鋒的天才是他望塵莫及的。

當蘇副參謀長回到白司令辦公室時，白司令正在聽著主席昨天的電話錄音。他已經不知聽了多少遍。主席夫人說昨天上午十時二十分見到主席已經去世，可這個電話是在十時四十一分打來的，絕對是主席的聲音。誰能想明白？如果主席夫人沒有從天而降，最晚不能遲過今夜二十三時五十九分，南京部隊就得向台軍開火，哪怕是象徵性的。然而戰爭怎麼會有象徵？

白司令停在地當中。

「把夫人送到成都劉司令那去。」

「成都？」蘇副參謀長驚訝。

白司令沒解釋，繼續踱步。

「是。」蘇副參謀長馬上明白。劉司令是主席最親近的部下。夫人的哭訴必然煽起他的怒火。他就不會再像以前那樣因爲主席囑託而擁戴王鋒，即使自己不興兵討伐北京，至少也不會干涉南京的行動。

要是再失去成都，王鋒看來眞難自保了。

英國《泰晤士報》二十二日中國時局綜述

中國有句老話——「兵敗如山倒」。台灣軍隊對於中國大陸只是一塊隔著海峽投過去的石頭。不管那石頭多麼強硬，對一座山本來也是微不足道。但如果那座山的內部已經碎裂，一塊石頭就足以引起整座山的崩塌。隨著南京軍區和成都軍區先後宣布反對北京政權，中國大陸掀起一片脫離北京的浪潮。拉薩上空首先升起了雪山獅子旗。由二十名活佛組成的代表團前往印度迎接年邁的達賴喇嘛回西藏擔任獨立國家的元首。青海、四川、甘肅、雲南等地的藏民紛紛響應。新疆緊隨其後宣布成立東土耳其斯坦共和國。雖然省府烏魯木齊還在忠於北京的蘭州部隊控制下，但是南疆的廣大地區已經效忠以喀什爲臨時首都的獨立政府。北疆的哈薩克人也已積極醞釀與比鄰的哈薩克斯坦合併。正如曾被預見的那樣，遭受過數度血腥鎮壓的西藏和新疆一旦鬧起來，對中共政權的深仇大恨，首先會以盲目的民族仇殺形式表現。沒人能說出確切數字，但據從新疆逃出來的人講，未來得及撤離的漢人幾乎被斬盡殺絕，連嬰兒都包括在內。

到昨天爲止，宣布獨立的還有聚居在寧夏和青海東部的幾十萬回民。他們發動了一次連鎖擴展的血腥暴亂，占領了十七座縣城。雲南、貴州、四川、廣西也出現多股少數民族的暴亂隊伍。各種各樣獨立旗號四處皆是。有的聲勢浩大，預謀已久。有的則只是趁亂占一處山頭當山大王。不管誰都打著「共和」、「民主」的招牌，但除了個別的例外，很難在其中找到現代文明的實質。

中國思想界當年的預言現在看來是正確的：「六四」事件之前，中國還有一次挽救自己的機會。假如共產黨那時能夠明智地或是被迫地放棄一黨專制，允許反對派成長起來的話，雖然對它自身的統治構成不可避免的威脅，卻會成爲中國社會維持穩定的保障。中國有一句富有哲理的格言——「天下没有不散的筵席」。任何執政集團都有從盛到衰，無法控制住局面的一天。當社會對原有凝聚核心的離心傾向越來越強時，一個成熟的反對派會成爲新的核心，使社會得以在穩定狀態下過渡到新體制。而缺少這樣一個有能力取而代之接管社會的新核心，社會就會不可避免地分崩離析，在大解體的權力眞空下，滋生出無數素質低劣的原始權力集團，進而演變成無止境的衝突和強暴。如此過程在中國歷史上曾多次重演，原因就在於中國不容異己的政治傳統。這個顯然已不合時宜的傳統未曾被時間和進步淡化，卻爲中國共產黨發揮到極致。目前，「合久必分，分久必合」的政治曲線的前半截正在中國發生，後半截是否會出現，由誰完成，何時完成，還未出現確定跡象。有人擔心也許會同古代一樣，還得混戰幾十年才能見分曉。

值得慶幸的是還有一個台灣。大山一旦崩潰，最大的石頭就成了主角。這似乎是上天的有意安排，當年没讓殘餘的國民黨被共產黨全部消滅，留下一個富饒小島，演練出一套完整精良的國家機器，而在半個世紀後的今天，成爲有能力取代共產黨「合天下」的新核心。台灣軍隊明智地把自己僞裝成民間義勇軍。先頭部隊總是打著七省市自治政府的旗號，以免引起大陸人民抵觸。他們有意給人這樣的印象：戰場形勢的逆轉，主要是因爲北京政權喪失合法性而導致的眾叛親離。反攻主力是南軍自己，台灣人民義勇軍只起輔助作用，幫助大陸同胞實現建立中國聯邦的民主理想。一旦理想實現，他們就將撤回台灣，做爲中國聯邦的一員與大陸各省共建民主自由的新中國。

然而實際上，台灣志在必得地要成爲大陸中國的新主人。她的軍隊長驅直入。尤其在與北京決裂的成都軍區把部隊撤回西南後，正面戰場沿江西和兩湖的北上之路幾乎暢通無阻。現在，台軍已攻入河南，距北京不到八百公里。北京的最後一道防線只剩黃河。加上南京部隊進軍山東，揮師北上，幾乎所有觀察家都認爲北京政權的壽命已經指日可數。

世界各國政府已紛紛開始尋找北京後的中國政策。誰有能力成爲今後中國的主導力量？多數國家看好台灣。美國國務院已向台北和福州派出祕密工作組，爲外交過渡做準備。助理國務卿赫斯昨天發表公開談話，希望中國進行全民投票解決危機。歐共體與美國立場相近。耐人尋味的卻是俄國的態度。

當年的蘇聯帝國解體後，西方曾以爲俄羅斯從此淪爲二流國家，再不足以成爲抗衡對手。這種一廂情願的自大忽視了兩個事實：一是俄羅斯仍然是一個軍事大國，即使在她日子最難過時，拿出來賣的也是尖端戰機、航空母艦或宇航設備一類他國望塵莫及的家底。而一個沒落大國擁有強大的軍事機器，這本身就使她比什麼時候都更可怕；二是俄國自古以來的帝國心態，這種心態不光屬於沙皇或共產黨政治局，同時也化作每個普通俄國人根深柢固的意識。俄國歷史一直把光榮與擴張混爲一談。這決定了她的民族主義情緒並非只出現於外族侵略之時，失去國際爭霸地位的事實已足以將其調動。我們看到當年俄國與西方的「蜜月」如何短暫，隨之而來的是與「冷戰」相對的「冷和平」。一旦俄國人從對西方的過高期望中清醒過來，失望會使他們對帝國的喪失更加痛心，而且更爲過敏地滋生受辱感。西方，尤其是美國，出於勝利者的輕率和傲慢，不但沒有防微杜漸，且不斷火上加油，使俄國的民族主義越燒越烈。今天，蘇聯解體後的俄國非但沒有如我們期望的那樣融入「國際大家庭」，反而又重新開始繼承老沙皇和新沙皇一脈相傳的衣缽，不斷顯示出擴張決心和深謀遠慮的步驟。

在莫斯科的國際戰略格局中，與中國接壤幾千公里本身就已決定了中國的重要性超過西方。一方面中國的分裂有利於她的安全；另一方面她更不願意看到這個最大的鄰國變成徹底親西方的統一力量。從她積極敦促中國各方停火談判，按現在的實際控制區域實行分治的建議看，她的意圖是利用眼下中國戰亂，實現當年史達林對中國「分江而治」的構想。那樣，地緣政治就會迫使時刻受到南方威脅的北京政權不得不永久成爲親俄「友邦」。可以想見，俄國不會聽任中國形勢自行發展，一定會在這個進程中體現自己的意志，並且可以斷言，這個意志一定和西方意志不一致。

有了這種國際背景的攙入，中國未來走向就更加複雜。中國每一股勢力都在尋找各自的盟友和靠山。交易是多種多樣的，在幕後緊張忙碌地進行。總之，中國在變，此時還沒有人敢斷言未來。眼前的一切似乎都很熟悉，令人想起二十世紀初中國那個軍閥混戰列強插手的年代。但歷史肯定不會一模一樣，對於一個宏觀的預見，今天中國這種旋風式的演進所提供的思考時間，還是少了一點，需要繼續往下看。

北京

照理說已到該化凍的時分，可北京又下起了一場大雪。天是那麼陰，雪是那麼白，而路面又被車輪輾得那麼亂，那麼髒，半尺多厚的黏雪支離破碎，難看之極。石戈自己開車進入中南海。門口的値班軍官面露詫異，這位久不露面的副總理難道連司機和警衛也沒有？

全國實行軍事管制後，把各地遊蕩的流民強行集中到黃河工地，讓他們以人挖肩挑的方式整治黃河。那既可以節省投資，又能把大批流民固定下來。在築起黃河大堤的同時，築起一道控制流民的大堤。最多時，黃河工地有三千多萬流民。

石戈被派去當工程總指揮。表面看，這種幾千萬人參與的跨省工程，涉及大量徵地、移民等，由副總理掛帥是必要的，也有先例。但是以往掛帥只是掛名，爲的是增加權威性，具體工作還是下面人做。這次卻不同，王鋒特別要求石戈必須人在施工現場，誰都明白是藉此把石戈驅出北京。

石戈情願去黃河工地。從仙人村回到北京，他很快就明白自己僅是在政治交易中偶然被夾上天平的砝碼。連陸浩然都是傀儡，被陸浩然選中的他還能發揮什麼作用呢？起初陸浩然還有爭一爭的願望，但是一旦意識到不是王鋒的對手，便徹底放棄了。如果石戈留在北京，也只能是賦閒，因此還不如到黃河工地去做點實事。

在台軍打進濟南軍區的防區後，原來在黃河工地看管流民的軍隊便被調上前線，無人看管的流民逃避戰火，一哄而散。石戈因而變成了光桿指揮。不過即使停工，他仍然留在工地上，北京似乎已經把他遺忘。但是這次卻意想不到地給他發了通知，讓他回北京參加這個會議。

很長時間沒有開正式會議了。自從實施緊急狀態法後，決策只出自幾個核心人物，幾乎不再討論協商，更別提按程序進行表決了。但是今天黨政軍頭面人物全都到場。這不出乎石戈預料，連他都能得到開會通知，其他人更不用說。

會議廳很暖和，在燃料緊缺的北京只有很少地方可以享受這種溫暖。這裡的燈光也比別處亮。但是會場氣氛卻非常壓抑。每個人的臉色比外面落雪的天空還陰沈。沒人說話，也沒人活動，如一群恍惚的鬼魂，毫無關聯地呆坐一起。偶然發出茶杯蓋和茶杯碰撞的聲音，好似能使所有人感到驚嚇。

石戈的位置在後排角落。與會者每人得到一份最新的戰況通報。即使早有思想準備，石戈看到黃河防線今晨在袁房被突破還是感到突然。冬季黃河水少封凍，不足以構成屏障。濟南部隊的二十個師兵力不夠，蘭州部隊被新疆和寧夏青海的叛亂牽制，難以提供援兵。一馬平川的華北平原使台軍機械化部隊得以自如馳騁，忽而分頭佯攻，忽而集結成拳頭，防不勝防。通報反常地承認，現在已不可能組織起有效反攻打退台軍。預計不超過八十小時，台軍就將兵臨北京。同時還有進入山東的南京部隊也正在伺機而動。

石戈發現除了自己沒人看通報，也許認為看不看都無濟於事了。石戈覺得自己也同樣頭腦空空，一片茫然。曾幾何時，他還被譽為解決緊急問題的專家。遇到任何危機，頭腦都會條件反射式地開啓閥門，流水一樣往外淌主意。可現在，別說流水，連閥門在哪都摸不著了。不能不承認眼前這些高層政客比他更成熟，一旦到了無力回天的時候，就不做任何多餘的事。以前這座大廈只是某根水管漏水，某個房角鬆塌，一個能幹的修理工確實可以上竄下跳顯身手。而現在，大廈的每一塊磚都成了粉末，再遇上八級地震和十二級颱風，修理工的腦袋裡又能出來什麼主意呢？

開會之前，陸浩然和王鋒進入會議廳。陸浩然坐在服務員推著的輪椅上。石戈聽說他患了病，卻沒想到變成如此模樣，全身癱軟，兩眼散光，枯槁面容充滿委靡，似乎已經失去靈魂，只剩軀殼。相比之下，走在後面的王鋒更是讓人意外。他已成各方矛頭所指的中心，必敗無疑，註定要粉身碎骨，可不但看不出他有任何沮喪焦慮，反而比過去更加昂然，身著一塵不染的上將軍服，一副傲視天下的自信神情，讓人不自覺地眼前一亮。

「現在……開會。」陸浩然的聲音弱得難以聽清，好似想不起該說什麼。「請王鋒同志……講。」

此刻的王鋒再不做過去那種謙恭姿態，理所當然地坐到第一把主座上。這是一個敢負責任的姿態，越是在這種危急關頭，他越要顯出頂天立地。

「形勢就不講了。」他敲敲桌上的情況通告。「但是導致這種形勢的根源我要講兩句。這兩天動亂分子又開始四處煽動，唆使學生遊行，市民請願，提出讓我下台的口號，似乎整個中國的現狀，包括這次戰爭的責任全在我，只要我下台受審，謝罪天下，立刻就可以實現和平。一小撮國家敵人利用群眾的無知並不奇怪，但是黨政軍的高級幹部也有人相信這種邏輯，這就使我不得不說清楚。如果台灣、福州、南京，以及其他叛亂地區敢保證這一點，我王鋒下台，他們立刻停火撤軍，放棄獨立，我本人哪怕蒙萬古之冤也在所不惜。可是他們會嗎？不會！他們的目的根本不是我王鋒，而是反攻大陸，消滅共產黨！是分裂祖國，做割據皇帝！是把我們在座的所有人斬盡殺絕！是讓五星紅旗落地，而讓青天白日旗插上天安門！

「中國爲什麼落到今天這種四分五裂的地步？既不能攘外，又不能安內。我們曾經是那麼強大，那麼自豪。我們的軍隊打敗過國民黨八百萬大軍。我們的黨是世界第一大黨，我們的人民萬眾一心。這光榮的往昔難道是因爲我王鋒成爲泡影的嗎？不是！如果說我有什麼錯誤，那就是我下手太晚，我沒有及早地獲得改變錯誤路線的權力，而讓那些亡國罪人把我們國家弄到了病入膏肓的不治之地。中國不能靠經濟治理，中國幾千年都不是靠經濟治理的。中國的核心是精神。一旦精神死亡，中國就將分崩離析。我們的黨和軍隊從無到有，從弱到強，不就是靠的精神嗎？物質上再強大的敵人在我們面前也是紙老虎。可是那些所謂的『改革者』卻用金錢取代了精神，讓全民族投入到追逐利益的比賽中。我們反覆說要建立中央的權威，沒有權威就不能保證中國的統一和團結。可權威是什麼？權威首先是一種精神。如果人人都追逐利益，那就不可能有權威，而只能有處心積慮建立自己地盤的野心家！正是那些野心家爲台灣打開了大門，也正是他們的背叛使我軍失去了作戰優勢。現在，你們是想一退再退，讓敵人把絞索套上脖子呢？還是一舉扭轉局面，把敵人徹底粉碎？」

高層政客們多數連眼皮都沒抬。他們對慷慨激昂不感興趣，對「徹底粉碎」也早不抱幻想。

「也許你們覺得這是一句空話，」王鋒平靜地說。「在你們老練的頭腦裡，已找不到任何避免滅亡的辦法。可是——我還有。」

眼皮們抬起來了。

王鋒起身，抄起一支鋁合金指示桿，用桿尖指住身後的巨幅地圖，從上下移，猛地定在標誌著台北的圓圈上。

「核打擊。」臉上是一片燦爛的笑容。

石戈覺得一股寒氣從頭灌到腳。

別人卻沒這種反應。那些抬起的眼皮重又垂下。聯合國的「反核憲章」使各國的核武器全成了擺設，這已是低級軍官都明白的常識。炸掉台北的結局將是北京對等地被炸掉，除非中國有能力同時先發制人地把美俄英法全炸平，但那只能在科幻小說裡想像。如果王鋒想在垂死前瘋狂一跳，不計後果，他人可不會奉陪。

王鋒不是那種人，石戈知道。他不是個會喪失常識的人，也不會喪失理智。那片笑容足以說明他清醒著而且胸有成竹！

「不要失望，親愛的同志們。」王鋒的面色更開朗。「我沒有忘記聯合國反核憲章，而且我也絕不違犯反核憲章。」

眼皮們又一次抬起。

「如果你們更加仔細地讀一下反核憲章的各種文本，中文、英文、法文、西班牙文乃至阿拉伯文，你們就會放心地發現任何一個文本所明確禁止的都是向另一國家使用核武器，卻沒有禁止一個國家在自己領土上使用核武器。那麼，『台灣是中國的一部分，中華人民共和國政府是中國的唯一合法政府』——這是全世界都承認的。與我們建交的一百四十七個國家全在外交公報上聲明過對此原則的接受，聯合國對這點也態度明確。白紙黑字，誰能打自己的耳光？因此我們對台北使用核武器，就沒有與反核憲章相違背，聯合國也就沒有理由採取行動。

「一個國家在自己領土上爆炸了一個核裝置，聯合國再扔給這個國家一顆核彈進行懲罰，這在法理上說不過去，就像自殺的人還要再遭到一次槍斃一樣。這足以使聯合國那個大雜燴掉進一鍋無所作爲的糊塗粥裡。我可以向你們保證，如果把這看成是一場賭博，我們一定會贏！賭運總是站在最敢下手的一方。我們做了，國際社會頂多空喊一陣。他們天天打著人道主義招牌，到了眞要殺死幾百萬無辜百姓的時候，下不了手！他們自己國家並沒有受傷害，何況我們占著法理優勢，這就足以讓他們陷入討論而不會付諸行動。

「退一萬步，即使他們眞能實施懲罰，根據台灣是中國一個省的公認原則，聯合國的懲罰也只能針對大陸的某個省會城市而不是北京。可以讓他們打南京嘛，或者是福州、廣州、成都……讓聯合國自己去挑選吧。

「再退一萬步，他們眞敢打北京，那麼我要警告世界，中國雖然不是核大國，但我們擁有的七百八十枚核彈頭也足以打掉半個世界的城市。親愛的同志們，沒有人敢，請相信。國際社會的軟弱無能你們見得還少嗎？咱們全經歷過國際對『六四』的制裁。哈！何嘗傷了我們一根毫毛？我們是數一數二的世界大國！永遠要有這個自信，沒有任何一個國家眞敢與我們爲敵，哪怕全世界合在一塊，也不敢拿我們怎麼樣。毛澤東時代，我們獨自屹立於世界，不也活得很好嗎？不也是東風壓倒西風嗎？只要放開膽子幹，勝利就一定屬於我們！」

那些晦暗面孔開始出現了血色，面皮也開始鬆弛，恢復彈性，猶如從王鋒口中噴薄而出的是一股還陽春風，給枯竭靈魂注入重新膨脹起來的新鮮氣體。

「現在，讓我們看看核打擊的效果。」彩色地圖襯在王鋒身後，如同一片五色光暈。「台北是毒蛇的頭。打蛇先打頭。蛇頭一敲碎，整條蛇就癱瘓死亡。台軍將立即軍心大亂，無需我們反攻也會潰退撤回台灣，以求穩定老窩。核武器一旦使用過了，威懾力就會提高百倍。台灣將再也不敢有所動作，否則我們再炸高雄、基隆！而我們卻可以藉此一鼓作氣，迫使台灣投降，解決多年懸而未決的統一難題！

「對於國內反叛地區，這個威懾同樣有效。我們將發出明確警告，反叛地區不投降，就將與台北同下場。兩岸多年隔離，對台北的核打擊不會引起大陸人民敵意，卻能增加他們的恐懼，使他們要求本地的反叛者投降。其實沒有台灣支持，國內任何一支單獨的反叛勢力都成不了氣候。只要把南京部隊和成都部隊重新控制住，收拾其他地方易如反掌！

「諸位，這就是我們的選擇。兩條路：一條是亡黨亡國，民族分裂，人民塗炭遭殃，我們在座的人被釘上歷史的恥辱柱。另一條就是一顆核彈，捨掉一個台北，換來全民族的和平，安寧，祖國統一，人民安居樂業，並且收復台灣。比較一下這二者的得失，美國扔在廣島的原子彈只是使日本早投降幾天，美軍少死幾萬士兵，歷史一直沒有非難那次行動。我們現在擁有的理由難道不超過打擊廣島的百倍嗎？同志們，現在就是決定的時刻，你們選擇哪條路？」

石戈從後排站起身。這種場合本不需要起立發言，也許是下意識中怕別人搶在前面表示贊成吧。他明白了王鋒為何要把所有人都弄來開會。這可以把一場核屠殺的責任分成許多份，平攤給每個人，成為黨政軍的全體決定。「反核憲章」凍結了多數人的思維，然而一經王鋒指明，卻如雲開霧散，在山窮水盡中露出一條嚇人的路，卻畢竟是路，再嚇人也是路。石戈起身時碰倒了茶杯。一片濁黃茶水浸溼了文件，四處漫流。王鋒冷冷看著他，眼光細長而尖銳。石戈知道激動在這時毫無價值，盡量讓自己的聲音冷靜。

「的確，中國沒有了信仰，沒有了權威，也沒有了凝聚公眾的道德和倫理，因此核打擊只能得到一時喘息，卻不可能成為贏得未來的基礎，因為核彈不能把信仰、權威、道德和倫理重建起來，未來就照樣充滿危機、分裂和叛亂。你不可能把核彈打到中國的每一個城市，每一座山頭。如果叛亂就在北京又該怎麼辦？核武器會毀滅別人，也會毀滅自己！……」

「你的高見是什麼？」王鋒背起雙手。「如果不用核打擊能解決問題，我們全體向你鞠躬。」

有些話石戈本來永遠不會在這種場合講，現在已經無法再顧慮了。

「每個體系都是有壽命的，喊萬歲只是一種心願。我們這個體系已經到了最終的極限，何必再去做徒勞挽救，為此要在民族內部使用毀滅性武器呢？理智一些，看清時勢，自覺地順應潮流也許是唯一有意義的選擇。雖然我們不能再創造什麼，至少不該再去毀滅。分裂有什麼了不起，不是還在地球上嗎？如果人民能夠生活得更美好，我們何必強求統一。民族主義不是目的，更不該為一種虛無概念去犧牲千百萬生命。叛亂也好，反攻大陸也好，說到底，不就是我們這群人下台，我們這個黨解散嗎？我們去當老百姓就是了。即使我們都死了，也不過就是這幾十條命，怎麼能讓台北的三百萬人民去死⁉……」

「行啦！你的意思已經很清楚。」王鋒打斷石戈，轉向會場其他人。「關於這位共產黨的中央委員、中華人民共和國的國務院副總理先生主張解散共產黨，贊成台灣反攻大陸的問題，我們等一會兒再處理。現在，同意對台北實施核打擊的舉手。」

石戈環視那些坐在前面背對著他的形影，他想高聲大喝：「別舉手，別當歷史罪人！」想驚醒這群恍惚的鬼魂，可是他剛才的肺腑之言好似沙漠上自生自滅的風，對那個呆板無垠一無所有的世界沒有任何影響。如同一支送喪曲，一隻隻手陰沈地交錯舉起，一群枯黃的喪失了生命的手，無聲無息。

「一致同意。」王鋒把舉起的手向下一砍，似乎就此把台北砍出了世界。

「我不同意！」石戈覺得自己的聲音屬於另一個世界，遙遠、嘶啞、乾澀，似是從無水的星球上傳來。

「你？」王鋒在鼻腔裡發出短促冷笑。「以為你還有資格不同意嗎？現在想表示同意你都沒資格了！」

「我……」石戈好似亂了頭腦，不知道該做什麼，如頭痛般雙手捣住額頭。

王鋒鄙夷地看他，如看一隻蝸牛。

「去用冷水沖沖頭吧，然後我們會讓你變得更清醒。」

長安街的積雪又稀又滑。一輛挨一輛的汽車膽戰心驚地爬行。石戈在後視鏡裡看著新華門消失在茫茫飛雪中。他是從衛生間的側門直接到停車場，只用手掌在蓋滿雪的車窗胡亂擦開一小塊就開動了。現在，暖風使窗上的雪融化，刮水器開始活動，而他還沒有理出思路。

怎麼辦？該怎麼辦？能怎麼辦？有一點非常清楚，必須把核打擊的消息送出去，防止這場災難，或者至少讓台北有所準備，把損失減到最小。用什麼方式把消息送出去？在大街上宣布？那只能被當成瘋子。通過新聞渠道？記者寫稿、電傳、主編的懷疑、核實，就算決定發稿了，還得排版、印刷、發行，等消息發出來，台北早是廢墟了。必須是最直接的渠道，中間環節減到最少。北京和台北正在交戰，一切聯繫都已中斷。直接給聯合國打電話？誰能相信，而不當成惡作劇？即使接到電話的人上報，一層層官僚體系，比通過這蠕動的車流還要緩慢。

……大使館！大使館有直通本國領導人的熱線，而一國政府向聯合國和台灣傳達的消息不會被當作兒戲，時間也會最快。不過，給使館打電話同樣不會被相信，類似的恐嚇電話隨時都有，必須親自上門，讓對方相信自己的身分，才能使消息不被懷疑。石戈平時露面很少，不為外交人士熟悉，貿然上門要費很多唇舌，甚至連使館的門都難進……最好是通過有熟人的使館……

可熟人，熟人……他現在後悔過去不愛參加外交活動，懶於把時間消磨在舉杯說友誼上……熟人，熟人……突然想起那個澳大利亞使館的女祕書。兩年前在一個逃不掉的晚宴上，他倆座位相鄰，碰巧她想有個中國名字，碰巧牆上壁紙的圖案是「易經」卦形，他給她起的名是「周易」，因而他記起她的眞名與「周易」發音相近——JOSIE。碰巧她說了她的電話號碼後他又開了個玩笑，告訴她那號碼可以說成中國話的「我氣了我，氣死了我」，因此他記起眞的號碼是 57657465。

他拿起車上電話。本以爲得回憶很多才能幫助那位女士想起他，那時他是個不起眼的人，沒想到對方立刻叫起來：「副總理先生，你還記得周易！」

「我要見貴國大使。請你到使館門外接我，我馬上到！」

已到天安門廣場。前面是紅燈，堵住長長車流。石戈拐上自行車道，繞過排在前面的車輛，從紅燈下直接衝過去。打滑的車輪把黏乎乎的雪水甩了交通警一身。中南海的車牌號使交通警只能乾瞪眼。

離開會場已經十四分鐘了。王鋒不會認爲他會在衛生間裡「淸醒」這麼久，肯定已經發現他失蹤。警衛將報告他開車走了，行動匆忙以致碰了另一輛車也沒停下看一眼。新華門的值班軍官會指出他的車向東行駛。有什麼事能弄亂王鋒的腦子？他的反措施比閃電還快。

果然，東單路口的交通警跑來伸直手臂示意他停車。但是另一輛在冰雪中不能及時煞住的轎車把交通警鏟上了發動機罩。石戈不管紅燈，瞅了個空隙鑽過橫向車流。車尾被一輛吉普車猛撞。車頭刮在一輛公共汽車的車尾。左側車身麵片似地堆起。他的駕駛技術不高，不過豁出來了反倒能化險爲夷。紅燈使向東行駛的車流斷了一段。他加大油門，在空闊街上提高車速。兩邊行人都在看天空。左側後視鏡剛被撞得扭成向上角度，裡面倒映武裝直升機在雪中如鬼影般低低飛來。如果混在車流裡，直升機不容易發現他。可在斷了車流的街上，他的車很顯眼，直升機不會再把他這輛剝了一半皮的車同別的車混在一起。

火車站路口也衝出警察。幾輛汽車被調動形成路障。在路障要閉合的一刻，他又衝了過去。這回車右邊的皮也剝掉一半，玻璃全部粉碎。直升機轟鳴著壓下來。他猛地拐進國際飯店旁的小路。高大建築阻住了直升機，使它不得不升高，從樓群空隙中追蹤他逃跑的方向。

石戈過去一直反對高層建築，現在卻由衷感謝熱中建高樓的建築師們。樓越高，空隙越小，飛機離得就越遠，死角也就越多。剛才的撞擊造成電路問題，汽車喇叭救火車似的不停鳴響，行人老遠就紛紛閃避。小路上的雪不似大街上化得那樣稀，沒被壓爛的雪層使汽車容易控制，車速因此提高。但是扭轉向上的後視鏡裡總是倒映出上空的直升機，如盯著一個必死的老鼠一樣冷冷跟著他。

澳大利亞使館在東直門外大街，必須穿過開闊的二環路。石戈一駛出樓群，就看見直升機懸停在二環路上方。大口徑機槍指著他。特種兵端著衝鋒槍和火焰噴射器從機艙兩側探出身體。在他們開火的剎那，正好旁邊建築工地駛出一輛運水泥的重型卡車。石戈一橫心猛打方向盤，如膏藥般貼上卡車，用堆滿水泥袋的車廂掩蔽自己。卡車的後輪和他的車身之間發出鋼鐵絞磨的聲音。不知發生了什麼的卡車先是驚慌制動，來自天空的掃射又使它失去控制，在街道上七扭八歪地橫衝直撞。直升機射出的槍彈全打在水泥上，爆起大團瀰漫的粉灰，如同煙幕。右側兩個車門被絞掉了，石戈的車從卡車後輪上掉下來。在撲頭蓋臉的水泥粉中，他驚喜地發現汽車仍然可以走。猛踏油門，發動機高亢一吼，他藉煙幕的遮擋掩護衝進立交橋下。

立交橋下沒有雪，溼漉漉的車輪印重疊在一起。他立刻煞車。那輛卡車撞倒人行道旁一堵厚牆，衝進院子。有些行人以為是拍電影，紛紛跑過去看熱鬧。石戈跳下車。他知道直升機會在橋上等待，車一露頭就會被打碎。怎麼辦？跑步？使館區已經不遠……橋下露出直升機垂下軟梯的下半截，正在按照人的步伐搖擺，那是特種兵下來尋找他。

這時，一輛前端旗桿飄著俄國國旗的轎車駛來。石戈如見救星一樣立刻上車，只等俄國大使的車一開過身旁，立刻緊貼它的車尾駛出橋下。正下到軟梯半截的特種兵端槍掃射，打得發動機罩乒乓響。一顆子彈擦過他的脖子，血溫熱地流進領口，在襯衣裡漫開。如果直升機上只有特種兵，他們既認不出俄國大使的車，也不會明白誤傷俄國大使的後果。俄國是願意保持北京政權穩定的主要國家，又是執行「反核憲章」的世界警察。王鋒正在與俄國緊密接觸，爭取俄國支持。如果他準備對台北實現核打擊，對俄國就更不敢得罪。

還好，掃射停止了，直升機向高處升起。肯定會有人給特種兵帶路，因爲特種兵認不出他的車，也不熟悉北京的路。只要有明白人在機上，俄國大使的車就能成爲他的護身符。

車尾中了一排子彈的大使車嚇壞了，開足馬力逃脫。石戈緊緊跟著它。大使司機一般都會受反謀殺訓練，正如石戈盼望的，猛地拐上人行道，從一條小路衝進樓群。直升機被阻擋了。石戈立刻拐向澳大利亞使館，留下俄國大使自己去揣摩這次「謀殺」的含義。這一帶都是高樓窄路，除了在幾處小片開闊地受到遠距離掃射，直升機對他基本已無可奈何。

使館區雖然沒有了高樓，畢竟是國際場合，直升機的窮凶極惡也不得不收斂。士兵都縮回艙內，掃射也停止。石戈想顯得從容一些，別嚇著他要拜訪的主人。但這輛只剩個破爛框架的汽車卻撐不起門面。周易看見他從這輛車出來時驚訝得張口結舌。他努力做出歡娛笑容，似乎滿身滿臉的水泥、脖子上的血跡以及這輛車的奇形怪狀都是他的幽默。他大聲用英文向周易問候，沒等她問話，便摟著她的肩自信地跨進使館大門。他最擔心的是使館院門口站崗的中國武警。好在那兩名武警沒來得及想通是怎麼回事，已經讓這個難以選擇處理模式的客人進了使館門。

周易終於把石戈的可怕形象、破碎的汽車和頭頂盤旋的武裝直升機組合出一個解釋，盡量以外交禮貌掩飾她的緊張。

「副總理先生，如果你有什麼特殊請求，我們只能先請示我國政府，因爲事關重大……」

「我沒有你說的那種請求。」石戈向周易微笑。他猜出周易把他想成了闖大使館尋求庇護的政治犯。「我只請貴國大使轉達一個消息，立刻離開。」

澳大利亞大使是位滿頭銀髮的高個紳士。雖然石戈說的是標準英語，他卻似聽不懂。

「……核彈隨時可能發射，一秒鐘也不能耽擱。」石戈盡量讓自己的發音更準確。「請貴國政府立即通知聯合國和台北，以及美國政府和俄國政府，立即採取措施，向中國決策者施加壓力，進行阻止。同時讓台北疏散人民，做好應急準備。請馬上打電話！馬上！」

大使聽明白了，但是卻沒有動。眼前的場面彷彿是戲劇。誰敢相信是眞的？打出去這樣一個電話有多大分量，任何一個外交官都再清楚不過。沒有絕對的把握，誰能拿得動那只小小話筒？

「大使先生，我是中國的副總理，不會專程來跟你開玩笑吧？」石戈拉開窗上的紗簾。「有這種代價的玩笑嗎？」

窗外，大使館已被包圍。軍車開來。戴鋼盔的士兵跳下車，肩並肩組成人牆，把大使館圍成水泄不通。使館院門外，幾名軍官背手站立。一輛高聳著天線的車停在他們身後。周易發出壓低的驚叫，手捧在胸口。

兩名使館官員驚慌地進來報告外面情況。大使伸手止住他們，從有澳大利亞國徽的電話機上拿起話筒。

「駐中國大使霍華德請總理閣下講話。」

又一個職員進來。

「中國外交部來人……」

「不見！」大使斷然地揮手。

房間裡一片寂靜。窗外直升機的轟鳴更加震耳。

「總理閣下，」大使的兩隻手全握在話筒上。「中華人民共和國石戈副總理提供……喂，總理閣下！……喂！喂喂！……」大使搖晃話筒，拍打電話機。「總理閣下！喂喂！……總理閣下！……」

石戈的心沈下去。電話線路被切斷了！只差一步！

大使把話筒往桌上一扔。

「用電台！」

電台迅速啓動了，可是報務員調試良久，最終摘下耳機。

「使館外面建立了電子屏障，信號發不出去。」

死一般沈默。石戈看見了大使沈痛的目光，看見了周易絕望的表情，使館工作人員震驚而無能爲力地圍在周圍。

「謝謝。」他幾乎是用耳語說出，走向門外。人們默默讓開一條路。每雙眼睛都跟隨他。這時他的腦海裡已經什麼都沒有，沒有台北，沒有核爆炸，卻出現了桂枝赤裸的胸脯，兩個乳峰間流出一縷細細的鮮血，染紅了整個天空。

外面，雪還在下，白茫茫一片。飄落的雪片被直升機旋翼攪得翻捲，在空中畫著變換的弧型。幾個穿大衣的外交部人員正在和澳大利亞領事激烈地交涉，看見石戈從樓裡走出，立刻住口。他們背後是無言的武裝軍人，還有一片在車頂旋轉的燈。

他走下石階。周易從後面跑到他身邊。

「副總理先生，你可以要求避難！你不必出去，國際法保護你……」

石戈繼續向外走。桂枝那個帶著乾草芬芳的火熱肉體已經和冰冷的黃土融在一起了嗎？

「……副總理先生，請你留下，我們會保護你……」周易已經帶著哭腔。

桂枝啊！

他跨出使館院門。走到警車之間，伸出雙手。一個強壯的警官把手銬戴在他的腕上，動作很輕，似是怕弄疼他。

在邁進警車之前，他回頭看了一眼。直升機已經消失，雪花變得安詳。天空陰得近乎於黑暗。在潔白雪中，澳大利亞使館的工作人員站在院裡。大使的頭髮跟雪一樣白。周易縮緊的肩膀在抽動……

中國大陸 〇一四二核導彈基地

如果有一個外人從旁邊走過，會懷疑自己的眼睛。稻草垛不會長腿，可眼前這座爲什麼會移動起來？一半向左，一半向右，整齊得就似用刀從中間切開，露出下面一個水泥與金屬製成的大圓盤。當然這只是假設，自打這些稻草垛堆起來，方圓多少里就從沒有外人進來過，所以也沒人看得到那扇九十六噸重的導彈發射井井蓋怎樣被火藥式開啓機構轟然彈開，爆炸開啓產生的硝煙在花崗岩上飄散。

除了幾間農舍式小屋，地面看不到導彈基地的跡象。沒有繁忙的控制中心，沒有現代化的設施裝備，看不見一台機械，一根電線，甚至連人影也沒有。然而那個黑洞洞的深井之下發出的種種聲音卻是按部就班，迅速準確。一窩老鼠在稻草垛中驚訝地聳動鼻尖，判斷著家室的新變化。

突然「通」的一聲悶響，大小老鼠被震翻了一連串筋斗。一顆十九米長，直徑二點一米的銀亮導彈被高速氣流從深井中彈出。導彈的尾部剛露出井口，一聲可怕的嘶叫頓時變成隆隆轟鳴。導彈尾部噴出白色火焰，一躍竄上殘冬的天空。

大老鼠和小老鼠全被燒焦了。草垛燃起了鮮紅的火。導彈已然高高遠去，帶著一條美麗的白帶，直衝大氣層外。

VIII 台北

十二時四十一分，當量爲二百萬噸級的核彈頭在希爾頓大飯店上空三千米爆炸。一個接近太陽溫度的火球刹那間放出亮得足以刺瞎人眼的光芒，連在福建沿海打魚的漁民都吃驚地看見。

輻射的熱量使台北火車站廣場上千百人的衣服同時燃燒起來，如千百顆冒著火苗的煤球在爐盤上瘋狂地蹦跳，發出淒厲嚎叫。街上的汽車頓時鼓起大大小小的漆泡。台大醫院病房裡的窗簾頓時全部冒煙。街兩旁的樹木如同豎立著擦著了的火柴。玻璃軟軟地變形。滿街報紙、帆布、垃圾一股腦著起火來。塑膠則化成水一樣的液體，發出刺鼻的化學氣味。靠近郵電局和中山堂的兩處加油站最先爆炸。爆炸響聲還沒傳出一條街，衝擊波就從膨脹成幾千米直徑的火球中心咆哮著襲了下來，並以每秒幾百米的速度向四面橫掃。剛剛爆炸起火的加油站被氣流衝滅，但僅僅是滅掉了加油站附近的火，數十噸汽油卻被衝擊波挾帶著一路潑灑，創造了縱火速度的世界記錄。

衝擊波使整個市中心頃刻倒塌。無數輛汽車紙球般滴溜溜地亂滾。室外的人被捲到空中，和滿天橫飛的鋼筋水泥撞在一起，變成血水和肉末。希爾頓大飯店好似紙板模型一樣被吹散。位於市中心的人沒受到多大痛苦，還未明白怎麼回事生命就已了結。多數人被埋在山一樣的瓦礫下。衝擊波所過之處，萬物摧毀無遺。以希爾頓大飯店爲圓心的三公里半徑範圍內，除了少數及時跳進或掉進淡水河裡的人，大約六十萬人立刻死亡。

總統府建有地下防核掩體。但核爆炸來得如此突然，沒有一個人來得及下去。總統正在邊進午餐邊看文件。衝擊波使他把手中筷子插進了自己的嘴，緊接著被摔在厚厚石牆上。他不理解自己為什麼會變成一片薄薄的紙。掛著華麗吊燈的房頂突然飛逝。外面是一個離得那麼近的太陽。他似蠟一般在太陽中熔化。

離市中心較遠之處，衝擊波的威力有所減弱。圓山大飯店剩了一堆倒向同一方向的鋼筋，如同是被風吹倒的柳條。松山機場停在跑道上的飛機竟然自己飛上了天，然後又被吹斷機翼，撞在基隆河北的山上。市民直接被殺死的比例比市中心有所下降，但仍然相當高。倖存者也大部分被熱輻射和大火燒傷，或是被飛彈一樣的瓦片磚塊打得鮮血橫流，還有一些人雖然活著，但壓在倒塌的建築下面，只能奄奄一息地等待死亡。動物園逃出的猛獸瘋狂亂竄。一隻受傷獅子的吼聲震天。台北周圍的板橋、中和、永和、新莊、蘆洲、北投等全遭受巨大破壞，就連基隆、桃園也有無以計數的窗玻璃粉碎，造成許多受傷者。

僅僅一分鐘，核爆炸的直接殺傷便停止了。在一片廢墟的台北上空，巨大蘑菇雲升到了十五公里高空，直徑擴散到約二十公里。萬物靜止，只剩下無邊的燃燒。該摧毀的都摧毀了。台北已經沒有建築和街道，變成了一個面目全非的龐大瓦礫場。四千五百多座工廠，資本額和營業額占全台灣一半的五萬多個大小商店和占全台灣三分之一的二十三所大學都不見了。國民黨總部、民進黨總部、行政院、立法院、國民大會，所有的部院、台北市政府、警察局、消防隊……都在這片寂靜燃燒的瓦礫中化作青煙。台灣半個世紀嘔心瀝血培育的眾多精英也大都成為冤死鬼魂。而台灣的金融、通訊、新聞、數據交換、國際往來、交通樞紐也在這一瞬間被抹成了空白。

火越燒越大，特別是堆放大批易燃物的商業中心，從斷裂管道逸漏的煤氣和各處儲存的燃油助長了火勢。不久，近百平方公里的地區就燒成一片火海。火焰和濃煙高達幾百米。外圍地區也有多處大火在熊熊燃燒。活下來的人們除了盡量向遠離大火的方向奔逃，或是在火海中呼喚親人，沒有其他有意識的活動。

整個台灣島很久才反應過來。台北的毀滅使台灣喪失了指揮和信息中心，只能靠一些縣市地方當局自發採取行動。地方電台通過多道中轉才把消息傳遍全島，但引起的首先是歇斯底里的恐慌。人們普遍相信中共要把核彈接二連三地扔到台灣每個城市。各地秩序頓時陷入極度混亂。人們紛紛逃出城市，堵塞了交通。有些地方發生人群踐踏。每個地方當局首先顧及的是自己轄區，只有基隆第一個向台北派出一支由二百名醫生護士和二百名警察組成的救援隊。然而對淒慘無比的台北，無疑是杯水車薪。他們甚至對付不了逃在半路上那些因為親人死亡而暴怒的人群。

台灣能夠承擔起全面領導和救援的有組織力量只剩軍隊。而此時，台灣軍隊在大陸的華北平原上猛然停止進攻，猶如挨了當頭一棒。

中華人民共和國政府公告

由於盤據在我國台灣省的地方割據勢力對大陸發動了全面軍事進攻，妄圖以罪惡的戰爭手段取代舉世公認的中國人民的唯一合法政府，並且在戰爭中大量屠殺人民，破壞城市，毀滅經濟，中華人民共和國政府經過一忍再忍，爲了盡早制止戰爭，維護民族統一，解除人民痛苦，在忍無可忍的情況下，對台北進行了必要的有限核打擊，已於北京時間今日十二時四十一分完成。

中華人民共和國政府鄭重宣告：

一、進行這次核打擊完全是爲了制止戰爭，爲了以最小的損失獲得最大程度的和平，這是中國人民的理智選擇，也是迫不得已的選擇。

二、台灣是中國領土不可分割的一部分，這是舉世公認的，我國對台北進行的核打擊完全屬於我國內政，不違背聯合國的「反核憲章」，也不對世界其他國家構成威脅，我國將始終一貫地按照內政原則處理這個問題。

三、我國願與世界各國一道，爲清除放射性沈降造成的污染而努力，由此產生的一切費用和造成的一切損失，我國政府將予以承擔。

四、在這次核打擊中喪生的外國人和損失的外國財產，一俟我國政府接管台北，經過核實之後，便予以賠償。

中華人民共和國政府在此再次重申我國的一貫立場：

我國絕不首先對其他國家使用核武器。我國將一如既往地贊成全面禁止和銷毀核武器。我國人民衷心希望與世界各國人民世世代代友好相處，並將爲此做出不懈的努力。同時，也正告一切好戰分子，我國將遵照聯合國的「反核憲章」，給予任何針對我國的核威脅以堅決回擊！

廣西　九萬大山一三五八核導彈基地

夕陽下，野花在逆光中亮晶晶，猶如用七色寶石雕琢而成，毫不吝惜地撒滿山坡。初春是廣西最舒服的季節，微風和煦，空氣芬芳得似能醉人。一隻在花叢中嗡嗡採蜜的野蜜蜂不時落在李克明的鐵面上，陽光輻射在上面的熱量使牠覺得暖和。李克明趴在地上。蜜蜂的聲音讓他想起黑龍江畔的童年。家鄉的野花要在兩個月後才開呢。

太陽就要落山了。核基地的地面建築已經隱進逐漸擴大的大山陰影中。兩個士兵捧著碗蹲在籃球場上吃飯。可能是成天到晚在地下憋的，其中一個不時放下碗做幾個空手投籃動作。看上去基地戒備不嚴。不過李克明知道，各種隱蔽的監視設備四處遍布，電的、光的、聲的……一旦發現異常，地面轉眼就會不剩一人。基地設施都在地下。不管外面怎麼打，基地內部不會受到絲毫損害，所有核導彈照舊能自如地射向目標。誰都不想玩火自焚，所以儘管戰爭開始以來，多處核基地曾陷於各種勢力控制的地盤，卻從未出現過企圖占領的行動。這使得保持一級戰備的核基地逐漸放鬆警惕。籃球場上那兩個兵出來半天才受到軍官訓斥就是證明。

李克明又一次審視。身邊的幾個台灣學生在草叢中趴了一天，仍然保持不動，讓他滿意。占領成功的把握在於絕不能引起對方一點警覺，只要基地內有一個手指按動了關閉地下鐵門的電鈕，其他努力就全成白費心機。

北京用核彈毀滅台北後不到兩小時，台灣軍隊就開始全線撤退。起初基層官兵還蒙在鼓裡，撤退秩序井然。但是不久消息就在台軍內部擴散開來，恐慌使撤退變成了回家的賽跑，好似從山頂往下滾的石頭，越來越快。如果北京能組織反擊，一定可以使台軍受到重創。但是北京擔心反叛的南京部隊和成都部隊乘虛而入，沒有追擊，因此台軍基本上保持完好。對北京來講，消滅台軍是下一步的事，首要任務是平定大陸。

各國對北京採取了強烈措施，紛紛凍結外交關係、關閉使館、實行制裁、禁止貿易、停止貸款、禁運武器……然而都是老一套。只有匈牙利因爲其商業部長當時訪問台灣，跟台北一塊上了天而宣布與北京斷交。至於「反核憲章」規定的核懲罰，國際社會的高層決策者都迴避這個話題，而且互相推諉。聯合國祕書長已經表示情況特殊，需要召開安理會或聯合國大會。這就說明北京贏了！只要一開會，就不會有結果。既然中國有否決權，所有不利於中國的決定首先就過不了這一關。即便三分之二的聯大成員國投票修改了憲章，也是曠日持久，開始的衝動遲早會過去。何況新憲章只對以後有約束性，無權施加在以前。這成了一個聯合國註定怎麼也鑽不出來，而北京怎麼也裝不進去的套。

中國國內形勢已基本被北京控制。打擊台北之後，北京對成都和南京也發出最後通牒，勒令四十八小時內無條件投降，否則這兩個城市將和台北同樣下場。對台北剛實施完的核打擊使人相信北京不會手軟，只要還有理智，誰也不會用「豁出去」的思路對付核打擊。成都軍區劉司令心地善良，決定親自到北京受審換取和平。而南京軍區的白司令卻不惜以幾百萬百姓的生命當人質，拒不接受多數將領同意投降的意願，結果被蘇副參謀長帶兵擊斃，促成了南京軍區全體官兵正式投降。北京允諾不追究全體官兵責任，蘇副參謀長則成了功臣，代理南京軍區司令。

黃士可呼籲聯合國派駐維和部隊進入南部中國，但是連安理會譴責對台北使用核武器的決議，都被北京使用否決權否決掉，聯合國在面對這種「常任理事國」時，不可能有任何作爲。

眼下福建還能勉強度日，一是靠台軍撤退時留下的大量物資和武器，二是白司令當時爲台軍讓路，把南京軍區駐閩部隊全部撤離。現在南京雖然歸順了北京，卻沒有了駐紮在福建的部隊。李克明把曾在戴雲山採用過的「堵塞戰術」在福建全境推廣，堵死了進入福建的所有通路。然而堵得再嚴也防不了核打擊，福建到處是謠言，自相矛盾，漏洞百出。福州居民認定福州將是第二個遭受核打擊的目標，逃散一空。福建地方軍隊的士兵則大批逃亡，再嚴厲的軍法也無法制止。許多人乘船出海，學當年的越南船民，擠在小船上漂向大海去碰運氣。這種狀況根本不必北京再發動進攻，用不了多久，福建自己就會被恐懼打垮。

就是在這樣的形勢下，黃士可與一個台灣將軍向李克明布置了占領核導彈基地的任務。

「……只要北京的核導彈對準我們，其他形式的防衛全都無意義。唯一的出路在我們也能有核導彈對準北京，才能迫使北京放棄使用核武器，挽救不戰自潰的敗局，給人民信心和勇氣，也給我們自己喘息的時間和談判的牌。」黃士可說。「福建的生死存亡取決這個行動能否成功，我們全體的命運都放在你肩上了。」

太陽落了。九萬大山裡的風變得陰涼起來。光線轉成青藍色，眼見著一點點從淺變深。眼前事物隨之逐漸暗淡。李克明覺出一隻手爬上他的腿。不用看就知道是百靈。她一直伏在他身邊。這微小的觸摸在他身上引起通電的感覺。每當她輕輕一捏或一壓，電流強度就成百上千伏地提高。他本該制止她，可是他又無法拒絕。他太願意讓她觸摸了。自從她屬於了他，他對她就成了一個傻子，似乎除了顛狂的性行爲以外，什麼主見都沒有。她要做的事他一定無法拒絕。當他帶著突襲隊剛離開福州，她出現在公路前方。

「我想你！」她擠上汽車抱緊他。「我再也不願意陪那個老傢伙了。我要跟你走，再不分開！」

李克明知道這是不允許的，應當斷然拒絕，可就是說不出口。他在前線日夜苦戀她，能見到她的機會那麼少。這次來接受任務，他只有一次機會抱了她一下，還險些被黃士可撞上。多少個孤寂夜晚，想著她躺在那個肥胖衰老的懷裡，痛苦就讓他徹夜不眠。現在，她終於甩掉了一個總理，投向他這個只能以鐵面遮顏的人，他怎麼能拒絕？他留下了她。不但留下她，還留下了她帶在身邊的九名台灣學生。

他說服自己的理由是突襲隊人手不夠，但是若沒有百靈的死纏硬磨，他絕不會同意讓陌生人、尤其是台灣人，加入到這麼重大的行動中。九個台灣學生中有兩個是百靈的表兄弟。他們橫渡海峽，爲的是用戰鬥向北京政權報仇。台北被摧毀後，這樣的熱血青年李克明見過好幾批，他們有勇氣，但是沒經驗。爲了防止出差錯，他把九個人連同百靈始終帶在自己身邊。

時間到了。他把腿收縮起來，形成隨時可以躍起的姿勢。一躲開百靈的手，雖然餘波還在，頭腦立刻清醒起來。跟蹤儀顯示其他三個小組也都在各自位置做好了準備。他發出行動信號。

核導彈基地的情報是台灣將軍提供的。經過反覆比較，選定了這個對準印度的基地。這個基地只有一個控制中心，一次占領就能成功。而那種有好幾個控制中心的大基地，除非同時成功地占領所有控制中心，否則給對方剩下一個，它也能把所有導彈都鎖死。

李克明要求得到一種高度凝縮、易攜帶的麻醉氣，能穿過防毒和防原子污染的空氣過濾裝置，沒有異味，可在大面積空間起作用，並且對被麻醉者沒有傷害，隨時能解除麻醉。李克明對麻醉學不瞭解，只是他對沈迪被麻醉狀態一直記憶猶新，相信台灣能滿足這些要求。果然，台灣將軍用筆逐條記下，第二天就用專機送來了十六個鋼瓶，看上去就像潛水員背的氧氣瓶。

李克明的方案被台灣將軍叫絕，其實很簡單。基地縮在地下，只剩通風口與外界相通，占領基地理所當然要在這上頭打主意。這個基地有四個不同方向的通風口，受到核襲擊時根據風向選用，但平時用哪個就說不準了。爲此突襲隊必須分成四個小組，麻醉氣也預備四份，對四個通風口同時行動，從而萬無一失保證麻醉氣送進地下。

李克明藉著暮色掩護爬進西北向的通風口。從外面看，好似一個天然山洞。進去幾步就被鋼筋柵欄堵死。每根鋼筋都有手腕粗。用手電筒照進去，柵欄有好幾層。最裡面是一個黑黝黝的豎井。大團氣流從洞口呼呼地往裡抽。這個通風口正在使用。

李克明讓其他人撤出。鋼瓶有黑、黃兩種顏色。只有把黑瓶和黃瓶用三通閥門聯結在一起，配成適當比例，才能放出有效的麻醉氣。這是一種安全措施，否則配好的麻醉氣一旦溢漏，一瓶就可以使一個大樓裡的人都喪失神智。李克明小心地調準瓶口的劑量控制器，戴上特製面具，打開三通閥門。嘶嘶的氣體竄出噴口，如細長的子彈射進呼呼抽風的豎井。出洞前李克明看了一下錶，二十分鐘之後就可以開始占領行動。

幹掉哨兵沒遇到任何麻煩，無聲無息。四個組配合得似秒錶那麼精確。當他們衝進入口處的警衛室時，一個勇敢的警衛豁出性命按響了警笛。但是他在被一串子彈奪去性命時面露驚訝神情。他不能相信，爲何警笛叫得撕心裂肺，地下基地卻沒有任何反應？

地下基地的鐵門足有幾十噸重，如果它被關閉了，再有威力的炸彈也對它無可奈何。現在它開著一條一人寬的縫隙。兩名哨兵癱倒在地上。關門按鈕離其中一人的手只有一尺。看來他在被麻醉氣迷倒前曾試圖做最後的努力，只差一點點。

李克明第一個衝進鐵門。地下燈火通明，如一座四通八達的迷宮。瀰漫的麻醉氣已從排風道排走，突襲隊員們把防護面具取下。被麻醉的人在不同位置用各種奇形怪狀的姿勢癱倒著，看上去如同神話中被施了魔法的世界。唯一活著的是一個搖滾歌星的歌聲，在遍布地下的每個揚聲器中熱烈地嚎叫。中心控制室裡那些在電腦、螢幕和儀器儀表之間東倒西歪的軍人，在那歌聲中顯得格外怪誕而殘忍，驚心動魄。

李克明命令突襲隊分頭搜查，把被麻醉的人分別拘禁起來。一旦確信安全，就讓自治政府官員和核武器專家來接管，他的任務就算完成了。當只剩他帶著百靈和九個台灣學生看守中心控制室時，他突然意識到自己犯了一個致命錯誤。他始終把這幾個台灣人當成百靈的附屬品，所謂的愛屋及烏吧。但是此刻，百靈的「大表弟」用軍人姿態擺了一下頭，兩個「學生」立刻反扣上中心控制室大門，內行地占住最佳位置。「二表弟」則帶著其他「學生」奔向控制台。他這時才明白「英雄難過美人關」說得是多麼對了，他自己也不例外。

「學生」們平時看上去的笨拙和外行都不見了，似乎老早就熟悉這個控制室裡的一切，而且全是精於操作的行家。每人分工明確，互相配合。控制中心立刻被開動起來。螢幕出現圖像，電腦開始運轉，儀器儀錶發出訊號聲。

「哎，你們別他媽的亂捅！」李克明還弄不清他們要幹什麼，故意裝傻地大聲喝斥。

百靈向他飛了個媚眼。

「別擔心，他們不比這些人差。」她一邊說一邊和「大表弟」分頭翻看被痲醉者的證件。

李克明用餘光瞥見背後兩個傢伙已經把槍口對準他。明智的選擇是暫且什麼都別做，弄清他們要搞什麼名堂。

經過「大表弟」的確認，挑出一個大校和三個上校。百靈把解藥噴進大校的鼻腔。那藥管和曾放在沈迪口袋裡的一樣。

大校蘇醒了。

一個被大夥兒稱爲「胖子」的大塊頭，平時看著十分憨厚，遭人戲耍，現在卻能一轉眼做出一副猙獰嘴臉，和善笑紋全都變成了突起的橫肉。

「發射密碼！」他把大校像拎小雞一樣拎離了地面！

大校冷冷看著他，不說話。

「胖子」抓起大校一隻多肉的手指，把一柄極薄極快的小刀在那雙冷眼前一晃，刷刷刷如削鉛筆般眨眼就把那手指削成了一根白骨，速度快得等大校叫出來時已經在削第二根。

「我不知道！」大校淒厲地嚎叫。第二根手指又成了白骨。大校瘋狂地掙扎，可「胖子」如同大山一樣巍然不動。已經削到了第三根。飛出的肉如胡蘿蔔皮一樣沿著一條弧線下落到桌面上。

「我不知道，我真不知道……」

「胖子」揪住那隻只剩五根白骨的左手放在大校眼前，抓起桌面上飛落的肉片往大校嘴裡塞。大校一吐，他就用那隻白骨的手打大校恐怖變形的臉。

「再問最後一遍：發射密碼？」他抓起大校的右手，小刀又一閃亮。

大校嘴裡出來了幾個數碼。緊接著，三個上校嘴裡分別出來另外三組數碼。一個上校的臉皮被剝掉了一半。另外兩個上校沒用逼問就自動招了供。疼痛倒不是讓他們垮下來的主要原因，而是那股恐怖氣勢。只有造詣極高的拷問專家才有如此水平。

發射密碼一輸入，中心控制室的運轉頓時膨脹起讓人窒息的能量，甚至桌上的肉片和半張臉皮都似乎顫抖起來。搖滾樂的節奏越來越激烈，人也變得神經質。李克明只是輕輕一動，背後兩根槍管立刻一齊頂上了他的後腰。每支槍的槍托形彈匣和弓形彈匣內，共有一千二百顆感冒膠囊大小的子彈。兩支槍可以在他身上穿出比紗窗還密集的網眼，每個眼都能伸進一個拳頭。

「這是什麼意思？」李克明大聲抗議。「我和你們是他媽的一夥的！」

這抗議是很有理的，卻沒有使腰眼上的槍筒放鬆壓力。

「不錯，是一夥，只是希望你把槍放到一邊。」「大表弟」的聲音挺和氣，表情卻失去了平日的逢迎。

李克明做出一副氣憤模樣，把槍往旁邊一靠，嘴裡不乾不淨地大聲罵著，把周圍注意力全吸引到他的鐵面上，槍的扳機卻準確地套進儀錶桌側面的調節桿上。他故意賭氣地舉起兩隻手，也是讓台灣人放鬆警惕。

「這樣行了吧！……你們他媽的到底要幹什麼？」

百靈溫柔地走上前。

「克明，你就別問了，就當跟你沒關係……」

「我沒跟你說話！」李克明怒吼一聲打斷她。「臭婊子！」

「應該讓他知道。」「大表弟」說。「他對我們不錯，而且也得謝謝他送我們來到這裡。」他轉向李克明。「我們要讓北京跟台北一樣，也從地球上抹掉。」

「怎麼抹？」聽起來李克明像個傻瓜。

「大表弟」冷笑一聲。

「他們怎麼抹台北，我們就怎麼抹北京！」

「可我們的任務只是占領，不是發射，占領的目的是威懾和談判，不是打核戰爭……」

「那是你的任務，你完成得很好。下一步該是我們的任務了……」

「誰給你們的任務？」

百靈伸出手，似乎想制止「大表弟」。

「沒關係，合作一場，他有權利問。」「大表弟」的職位顯然比百靈高。「這是台灣軍隊最高層的決策。軍隊是現在唯一能夠領導台灣的力量，但必須首先讓人民恢復對軍隊的信心，消除台北遭受核打擊引起的沮喪和對軍隊的怨恨。這是必須做出對等報復的理性原因。而感情原因，不用說你也知道，做為軍人，家園被毀，親人慘死，要做的會是什麼？軍隊高層如果不能代全軍將士報仇雪恥，威信就將喪失殆盡，難以繼續領導軍隊……」

「你難道不怕北京再打台灣？這個基地能有幾顆核彈？全用上也炸不了大陸一角。北京擁有的核彈卻能把台灣從頭到尾炸成焦土，讓台灣人一個不剩！」

「所以我們建議福建自治政府來進行這次突襲行動，而不由我們自己幹。北京會知道是你率領的突襲隊，我們也會放這個風出去。北京會把核打擊算在你頭上，如果它還能報復的話，它只會打福州……」

「大表弟」說話期間，其他人一直緊張地操作。他們顯然都是有訓練的專家，對大陸的發射系統瞭若指掌。發射準備接近結束，導彈已經從瞄準新德里轉成瞄準北京。即將到手的成功使「大表弟」很愛表達。百靈用可憐的眼光看著他和李克明。

「……不過我們相信北京將不能報復。因爲它已經不存在了，已經分崩離析的大陸會重新變成一盤散沙，等待我們來收拾。你不必擔心，我們的行動不是盲目的仇恨，而是唯一的選擇。我們不對北京進行核打擊，它最終就一定要用核武器逼我們交出台灣。而我們炸掉了北京，雖然失掉台北，我們卻能得到整個大陸！」

發射準備完畢。「大表弟」環視一圈現場，好似迎接決定歷史命運之時那樣扳動了一個開關。主控制台正中央，一扇金屬滑門無聲開啓，露出裡面碩大的鮮紅按鈕。倒數計時開始自動響起，彷彿在給熱烈的搖滾樂數著不和諧的冰冷節拍。

「……27……26……25……」

李克明把垂在肩頭的雙手重新高舉起來。

「我不想看你們幹這種事，我要背過身。」

他舉手轉身。兩個拿槍逼著他的人只盯他的手，卻沒發現他的腳已經在轉身中勾住了儀錶桌旁衝鋒槍的背帶。他一拉腳，衝鋒槍的扳機壓在儀錶桌調節桿上，便突然漫無目標地掃射起來。子彈發射的力量使槍口繞著調節桿來回晃動，誰也弄不清是從哪來的襲擊，本能地做出閃避動作。就這麼一點時機，李克明已經把槍拿到手，背靠牆角，逼住了所有人。

「大表弟」臉變得刷白。「胖子」剛揚起手中小刀，十幾發子彈已經釘進了他的喉嚨。刀軟軟地劃了一個弧線，晃動著插在地板上。其他台灣人則按照命令把槍扔在地上。「為什麼？」「大表弟」盡量讓自己做出親切的笑容。「我們是朋友，一夥的。」

「我不想殺你們，只是要你們停止向北京發射。」

「可北京除了害得你落成現在這個樣，沒給你任何好處！」

「……是的，沒有好處。」李克明神色黯然。「只因為從我懂事，每天都聽到和說到這兩個字，我已經習慣了，不能以後沒有它。」

「你是個蠢貨！」「大表弟」喊。李克明只似沒聽見。

「……13……12……11……」

百靈突然隨著搖滾樂扭動起來。身上衣服彷彿在動畫片裡那樣迅速乾脆地脫落。兩個乳房隨著節奏大幅度甩動。紅潤乳頭好似春風中搖擺的漿果。隨著米黃色的三角褲甩在「胖子」流淌的鮮血裡，豐滿的臀部扭成一團白色火焰，大腿間開放的花朵隨著高踢放出磅礴閃電，擊得李克明頭暈目眩，只想化作傾盆暴雨，撲向肥沃的大地。

「……4……3……2……」

百靈在扭動的舞蹈中接近那顆碩大鮮紅的按鈕，突然流星般地飛過去。

「不——」李克明的嚎叫劃破凝滯的空氣，手中衝鋒槍噴出一團顫抖火焰，只一瞬就停止。百靈白玉般的背上，分布開一片淡淡紅點，如雪中開放的梅花，越開越大，越開越紅。

百靈慢慢跪下，回過頭，似是道別地看了他最後一眼，又猛舉手按向發射鈕。

他的手指如同不屬於自己，而是被冥冥中的力量控制，又是痙攣地一抖，一排子彈如刀一般在按鈕之下齊齊砍掉了百靈的手。那隻讓他無比銷魂的小手，手指幾乎已經觸上了按鈕，現在卻呆笨地掉在控制板上，發出毫無生命的聲音。那個美麗的精靈最後揮動了一下露出骨頭的手腕，倒在地上。

「啊——」李克明似垂死的豹那樣仰天嚎叫，把槍口對準正在撿槍的台灣人，疾風暴雨般的扇面掃射，幾秒鐘就把所有台灣人打成了血肉模糊的屍體。但是他嚎叫著繼續掃射，一支槍的子彈空了就換另一支，把滿屋設備打出爆裂的電火和濃煙，打成稀爛不可辨認的垃圾。地中央那個赤裸美麗的軀體在這片狂暴的毀滅中顯得無比恬靜，如同聖女安眠。

IX

南中國　又一座被占領的核導彈基地

除了當時正在裡面的人，誰也不知道這個位於貴州的基地是怎麼被突襲得手的。自打廣西的一三五八基地遭受襲擊，卻神祕地免掉一場災難之後，各基地都萬分警惕，草木皆兵。然而這個貴州基地沒有任何不正常的跡象，所有聯絡一直正常進行。如果沒有那枚驀地怒吼著竄出發射井的導彈，就連它已被占領也不會有人知道。若能親眼看見那枚導彈在太空調整姿態角，方向感較強的人馬上能判斷那是指向北京的方向。然而若是彈道專家，會感覺有點不對。不知是計算錯誤，程式中缺了一點什麼，還是喘息未定的占領者不熟悉操作，或者乾脆就是哪個被槍逼著的共產黨員暗地做了什麼手腳，導彈的發射角一開始就顯示出偏差。方向雖然不錯，但當這枚以每小時二萬五千公里速度衝出大氣層的導彈達到一千二百公里高度後重返地面時，一定離北京很遠，不是一般的遠。

然而永遠不會有人知道到底發生了什麼。無論是占領還是偏航，都成了永恆的祕密，因爲第二枚緊接著發射的導彈沒等躍出發射井，就莫名其妙地爆炸了，從黑暗的大地內部噴薄升起，以每秒二百米的速度射向天空。周圍的山全被震碎了。

十五分三十六秒之後，發射升空的那枚核導彈在俄國的涅爾琴斯克和卡拉坎之間爆炸。

那一帶人煙稀少，大多數是無邊無際的林海。西伯利亞大鐵路有十五公里鋼軌被擰成了麻花，絞在鋼軌之間的枕木變成了一簇簇漆黑的炭粉。

涅爾琴斯克又稱尼布楚。遠在十七世紀，中國和俄國曾在那裡簽訂過有名的「尼布楚條約」。

北京　中央軍委總部

王鋒雖然忙得不可開交，還是抽出一個半小時看了明天最高法庭將舉行的公開審判預演錄像，並且做出一系列細緻指示。

石戈的名字現在傳遍世界每個角落。各種語言的傳媒都在不停地說到他。從美國議會到天主教廷，從德國綠黨到俄羅斯婦女團體，把他讚譽爲當代最偉大的殉難者。成百上千的知名人士提名他爲本年度諾貝爾和平獎獲得者。世界各地都有爲他請願的示威遊行，徵集簽名，要求北京保證他的安全。各國政府也紛紛發表聲明，希望北京公開石戈現狀，減輕國際社會的猜疑。

這次審判就是中國對世界的回答。一個國家的國務院副總理企圖把國家最高機密通過第三國洩漏給正在交戰的敵方，無論用什麼邏輯也無法在法律面前辯解。中國是一個法治國家，想用口頭的道義破壞我們的法律，讓他們統統見鬼去吧！

雖然明天才正式開庭，判決結果卻早已經由王鋒做出——死刑！石戈必須死，這樣的叛徒只能死，任何叛徒都是死路一條！他必須向世人清晰地展示這種鐵腕，而在這方面的任何姑息都將帶來無窮後患。

二十二時三十七分，中國赴俄滅火總指揮部電告核爆炸在尼布楚北部引起的森林大火已經撲滅。一小時之後，俄羅斯電視台宣布了俄國政府確認這個結果。不過中俄雙方的正式公告誰都沒提到另外一點：中國赴俄滅火的二十萬民工已有十八萬消失在雅布洛諾夫山脈和外興安嶺的林海中。如果俄國軍隊和警察不能把他們一個個搜尋出來，遞解出境，他們就不會再回到中國。

火被撲滅的消息使王鋒稍感輕鬆。幸虧這個季節北緯五十三度的積雪還未融化，春風還未凶猛地颳起，否則整個西伯利亞都有燃燒起來的危險，再有二百萬人也不可能幾天就把大火撲滅。按現在的損失，只燒毀了幾十萬公頃森林，西伯利亞鐵路中斷若干天，不到三千人喪生，污染面積對俄國也算不上什麼。

損失越小，越容易大事化小。這是王鋒這些天寢食不安祈求的。把核彈打到了國外，這可是一個能被「反核憲章」抓住的把柄。況且是惹到了北極熊的頭上。過去在與西方「圍堵」戰略的較量中，中國一直力圖拉俄國做自己盟友，現在更不能得罪俄國。所以沒等俄國開口，王鋒就主動提出願意爲這個「意外」賠償二百億美元。儘管給俄國造成的實際損失也許不到二百億美元的五分之一，王鋒不是一個算小帳的人。

王鋒還指示外交部無條件接受俄國一切要求和抗議。主權國家的政府當然要爲它治下領土上發生的一切負責。但是王鋒堅決反擊國際社會關於他的政府不能控制局面的指責。這是一種恐怖主義活動，跟世界任何國家都發生過飛機被劫持、人質被槍殺的事件本質一樣。前年愛爾蘭共和軍盜竊了一枚戰術核導彈，英國政府不是也在「二十四小時內射向倫敦」的訛詐下，交出過一億英鎊嗎？哪個國家也沒有徹底杜絕恐怖活動，怎麼能由此斷言中國政府無法控制局面？

不管怎麼樣，二百億美元的允諾使俄國緩和了一些。不過王鋒的眞實打算是收復台灣之後，從台灣的一千五百億外匯儲備中支付這筆賠款。台灣是中國的一部分，台灣的錢就是中國的錢。俄國佬要是想早拿到錢，就幫助中國政府盡快收復台灣吧，肯定不會賴你們的帳！

王鋒一生很少體會什麼叫恐懼，即便是兒童時代，他也一向無所畏懼。然而現在，當他成了中國最強有力的人時，當他有了從未有過的這麼多軍隊、武器、保鏢和權力的時候，恐懼卻成了塞在他胸口的一團亂草，不可遏止地生長，夜以繼日。對台北實行核打擊後那種勝利的喜悅，已經被「等待」所取代。等待的是核彈隨時可能落在自己頭頂。別說賠償二百億美元給俄國，再多也値得。那本是該打在北京的！一想到這點他就冷汗淋漓。如果沒出那萬幸的偏差，他和北京現在已經不存在了。

核威懾遠不能遏制一切叛亂。尤其對少數民族地區沒有作用。那些在雪山下放羊的西藏人或在綠洲中耕作的維吾爾人從來不會捨不得城市。核武器只對少量省會以上的都市有威懾。全國四百多座城市，兩千多座縣城，怎麼威懾得過來？如同跳蚤不怕大棍一樣，那些到處流竄的叛匪才不會在乎什麼原子彈或氫彈。核武器的使命已經完成，該放在一邊了。然而，核遊戲既然玩開了頭，卻不是他想停就能停下來的。情報表明台灣已經從剛遭受核打擊時的懵頭轉向中穩住了陣腳，並沒像預期那樣俯首帖耳，而是開始了雖不聲張卻狂熱的反擊。他們的反擊就是搶占核基地。廣西一三五八基地遭襲擊後，所有基地都進入特級戒備。可僅僅幾天，這座把導彈發射到俄國的基地還是被占。這使他命令另外一座最容易成爲襲擊目標的基地馬上自我毀壞，毀掉發射程式，鎖死解密裝置，甚至不惜毀掉控制設備。這個命令太及時了，那座基地剛發回自我毀壞完成的訊息，就落入了台灣人手中。

核恐怖在全中國蔓延，不但在台灣，在福建，也在北京。無論屬於哪個陣營，恐慌形式卻是一模一樣。自從中國境內的核彈打到了俄國，居民就開始大規模逃離北京。街頭巷尾傳說北京要遭受俄國的核報復，逃離形成了浪潮。連多年擔任黨政要職的老傢伙也紛紛提出辭呈，甚至不辭而別。交通工具遠不夠用。通向北京城外的各條公路擠滿了徒步人群，無數自行車和人力車載著兒童、老人和財物。交通極度混亂，動輒堵塞幾十公里。

王鋒沒有採取制止逃離的措施。一是不可能，二也沒必要。離開的人越多，北京的負擔就越輕，也越穩定。對那些辭呈他也一一照批。不論是軍委副主席、國務院總理、政治局委員，誰辭都可以。打擊台北後，他就成了中國的最高領袖，沒有什麼認可的程序，他的職位名稱也沒有變化，但是一切都由他說了算，沒有人提出異議，也沒有人和他相爭。除了他，所有人都成了空的。他知道這不意味著那些人全都服了他，而是他們需要有一個人在他們之上負責任。那責任是讓他們望而卻步的，或許是國際法庭的審判，或許是歷史記載的罪名。他們一生都在油滑中審時度勢，很知道進退的時機。而現在，他們已經斷定他會死，離他越遠他們越安全。讓他們去保他們如同糞土的老命吧！

照理說他終生就盼著這個時刻，再沒有別人凌駕頭上，再沒有任何束縛和限制，怎麼想就怎麼幹，怎麼幹就怎麼算。但是這兩天，他卻產生了一種相反的願望，很想有人和他一起做出這個非做不可的決定。

那個按鈕就在桌上，伸手可及。他的目光總是不自覺的落在上面，久久打量。按鈕連接著內蒙古一座核導彈基地。只要按下去，一枚核導彈就會直接飛向被台灣人占領的那座基地，確保摧毀。

那座基地雖然完成了自我毀壞，但是以台灣的技術和人才，難道不能修復嗎？基地的每枚導彈都是完好的，發射平台和支架也都是現成的。專家們說台灣人修復的可能性只有百分之一，卻畢竟有一，而且應當說遠不止一。核武器大同小異，台灣已經研究多年。那座基地被俘虜的技術人員肯定會受不住酷刑而合作。即便有些部件必須送進工廠才能修復，發射程式要重搞，儀器得更換，但是能難倒以聰慧著稱於世的台灣人嗎？專家們原來也說基地被占領的可能性只有百分之一，現在前後已有三座基地進入了這百分之一。然而只要有一顆核彈打進北京，那就是實實在在的百分之百！

固然，奪回基地的反措施已在進行，爭奪戰已經打響。但是化裝成南軍的台灣軍隊正在大批增援，死命堅守，戰鬥非常艱苦。我軍大部隊一時調不上去，幾天之內難以保證拿下基地。

那個百分之百會不會就在這幾天兌現呢？

安裝這個按鈕時，是說對方一旦修復了發射系統，唯一選擇就是搶先用核武器對那座基地實行摧毀。判斷和決定的責任完全交給他。只有他可以按下按鈕。然而該如何判斷呢？基地已不在自己控制下，沒有情報來源。即使有，是不是百分之百可靠？從來不能要求情報百分之百可靠，而這個問題恰恰只能要百分之百。

他已經很睏了。三天三夜沒有合眼，腦子裡乾乾的，乾得發疼。眼睛發澀，一切都已模糊，連按鈕的反光都變得虛幻。

如果遲早得用它，就莫不如早用。既已玩開了核遊戲，就得玩到底。現在力量的基礎就是核武器，再縮手縮腳，還能指望什麼呢？

但是，那基地不在台灣，不在國外，而是在大陸本土。在自己的地盤上使用核武器，誰能不顧慮重重？中國不像俄國地廣人稀，只燒掉森林……萬一台灣根本不能修復基地呢？萬一要拖幾個月，而這段時間足以用常規戰鬥解決問題呢？發射核彈的代價太高，太高……

他腦海卻出現一片火海，北京在爆炸中緩慢地碎裂。一顆顆核彈在黑暗空中排成虛線隊形飛來。他本該驚醒，可他已睏得聽之任之。

他回到少年時期那片春遊的草原。黑夜和花朵同樣芬芳。那個和他一起躺在草地上的女孩低聲驚叫：「你的手……你幹什麼……你的手……」他摸到了女孩兩腿間的茸毛。那時他無地自容，錯亂地解釋是他睡著了，手失去了大腦控制。然而女孩卻停止驚叫，把他抽出的手又送回兩腿間。

他突然看見一隻蒙面蝙蝠猶如導彈從大氣層外直扎下來，死死對準他。那雙聳動的黑翼瞬間遮住燃燒的天空，蒙布網紋一樣裂開。他看見一張猙獰的臉，一雙仇恨的小眼亮晶晶。在就要接觸到他的一剎那，他伸出了手。

他醒了。手按在那個按鈕上。他沒有驚嚇，也沒有退縮。按鈕無聲地一亮一亮閃著紅光。他足足按了十秒鐘。

他站起來，用做操動作活動了一下肩膀，按鈴召進祕書。

「發布四〇三號公告吧。」他安詳地說，走了幾步。「再加上一句：以後台灣再敢占領我們的核基地，它每占一個基地，我們就摧毀它一座城市。」

祕書走了。靜極了。在這種安靜中，誰能想到春已來臨的南方即將響起地動山搖的核爆聲呢？他點燃一支菸。過去他從不吸菸，可最近卻越來越有這種願望。他不能不仔細想想，那網紋一樣碎裂的蒙布後面，爲什麼會是周馳的臉？

周馳被判處死刑。行刑前申請立功贖罪，自稱可以用氣功控制占領核基地的台灣人，讓他們自動退卻。他同意了。然而那個騙子「發功」時被一群門徒接應逃跑了。逃得很奇妙，看守他的人如夢遊一樣眼睜睜看著他，卻沒採取行動。

自己爲什麼會相信這樣一個騙子？王鋒認識到，自己已經不像過去那樣自信了，只有不相信自己的人，才會把希望寄託給眞眞假假的神祕力量。

聯合國祕書長日記

只睡了兩個小時，便被夢中大火驚醒。夢中拚命用一個抓不牢的小盆潑水，那水只是自己一身大汗。沖了個淋浴，再也睡不著。這些天滿腦子都是中國。那個瘋狂的國家似乎人人都認準了核武器。昨天南中國的反叛者發射了一枚戰術核導彈，把位於黃河岸邊的鄭州市炸掉一半。北京立刻用一顆二十五萬噸級的核彈摧毀了那座被占領的基地。據認爲目前至少有十一個核基地正在被反叛勢力包圍。從新疆的穆斯林到廣西的獨立軍，誰也搞不清中國出現了多少個自立爲王的勢力。叛亂地區的大城市——無論福州、廣州、拉薩——全成了空城。

北京的核威懾已失去目標。台灣表面放棄了奪取大陸核基地的企圖，以避免北京摧毀台灣城市進行報復。但他們的祕密人員在這場核爭奪中往往起著決定性作用。中國眼看著就要——或者說已經——出現一場喪失理智的核濫炸。世界隨著這個進程的發展而痙攣。

美俄方案讓人震驚。也許因爲沒有任何思想準備，我的拒絕只出於第一反應。然而冷靜下來想，除了這個方案，眞的已到山窮水盡之境，再無其他制止這場核濫炸的可能。

「徹底解除中國的核武裝」——字面上這句話並不難以接受。在核時代，傳統的主權觀念已經不適用了。地球如同一艘太空船，一個乘客在他自己的座位上引爆炸彈不能說是他的主權，與別人無關。全體乘客要避免落入太空船之外的黑暗、無氧、絕對零度和死亡，完全有權力繳掉那個發瘋乘客手中冒煙的炸彈。然而，北京不會乖乖地交出核武器，所謂「解除」實際只能是「摧毀」的同義詞——即摧毀中國境內的一切核目標，包括其在全球任何空域和海域遊弋的核載體，使中國從此成爲無核國——這就是美俄方案的核心內容。

僅僅到此，還是可以接受的。但是這個「摧毀」要求一個絕對前提——必須在同一時刻完成。中國一百三十七個陸上核基地和所有天上海裡的核載體，只要有一個被摧毀的時間延誤幾分鐘，就足以完成一次核反擊，可能使世界數十座城市的上千萬人遭受滅頂之災。所以萬分之一的差錯也不容許發生。

什麼方式能保證這個前提呢？不必軍事專家也能看出，地面部隊、空中襲擊、一切常規手段和武器全沒有這種可能。那麼就只剩一個選擇——核打擊。只有核導彈能同時打擊這麼多分散而嚴密防範的目標，而且具備確保摧毀的威力。那麼，制止一場核戰爭就成了首先要發動一場核戰爭！

眼前的問題是兩場核戰爭必選其一。沒有後一場核戰爭，前一場核戰爭看上去已無法避免。既然非得打一場核戰爭，選擇的根據就在哪一場危害小一些。

俄國對中國發生「核内戰」的恐懼可以理解。她和中國有漫長的共同邊境。中國的核彈已經落進她的境内。中國發生「核内戰」，受威脅最大的就是俄國。俄國政府之所以能在這個問題上與美國聯手，除了自身安全的實際考慮，也是對其人民的憤怒和驚恐的必要撫慰。當然這也是一個契機，有助於樹立其國際形象，做爲俄國重返超級大國地位的一步。

美國也有自己的利益考量。「六四」以後，中國在政治上奉行強硬路線，聯合了一些國家的專制政權，形成對抗世界民主的新陣營。自從中國内亂，白宮就把期待中國轉變的希望放在南中國的七省市自治政府。同時，美國親台勢力強大，消滅中國的核力量，等於繳掉北京唯一的王牌，既起到保護南方和台灣的作用，也能平息選民對政府的不滿。另外，美國充當世界領袖的心態，也使她對「修理」別的國家總是樂而不疲。

歐共體從地緣政治上缺乏對中國的切膚感覺，自身又未形成領導世界的政治能力，所以她在常任理事國的代表——英國和法國雖然對美俄方案有顧慮，卻提不出更好辦法，只有認可。但是兩國推卸了具體參與對中國進行核打擊，只同意以一些輔助性行動履行「反核憲章」規定的義務。

倒是聯合國更應該有所作爲。北京巧妙地把摧毀台北和内政聯繫在一起，總部許多人是爲這個狡猾的詭辯暗暗高興的，因爲這也給他們提供了不按照「反核憲章」進行懲罰的理由。

除了不忍製造新的屠殺，還有誰都害怕中國會對懲罰做出的反應。當年毛澤東讓人目瞪口呆地表示過中國不怕核戰爭，死掉幾億人仍然是世界第一大國。他們從整體的數量上衡量生命，我們則是把生命當成個體，因而我們對他們進行一換一的報復，根本談不上是懲罰而事先就已成爲註定的失敗。這種恐懼的暗流使懲罰從一開始就陷入擱淺。

綏靖政策也許有其理智的一面，聯合國的威望卻因此一落千丈。「反核憲章」的威懾力頓成煙雲。國際輿論對我們大肆抨擊，紐約街頭甚至舉行了要求聯合國解散的示威。從長遠看，若不迅速扭轉，將成爲對聯合國的致命損害，對世界和平也將遺患無窮。印度十八日宣布把西藏置於它的核保護傘下，就是隨中國之後突破「反核憲章」的開始。近年印度的導彈水平突飛猛進，已經能打到中國全境。全球擁有核武器的國家已知的達到十七個。南非和以色列的水平不讓中國。巴基斯坦、巴西、埃及都有了可觀的核部署。核擴散使國際和平如履薄冰，全靠「反核憲章」維持著脆弱安全，而放任中國就意味著丟掉了這塊唯一的和平基石。一旦失去它，中國「核內戰」的連鎖反應就隨時可能導致世界性的核大戰。

解除中國核武裝不能不看作是一個出路，既能避免中國再進行核報復，又能扭轉世界輿論，提高聯合國的威望（以前的猶豫和軟弱會因此被看成是迷惑中國的假象）。「反核憲章」不但得到挽救，還將使其權威性和威懾力大大加強。冷靜地思考，這種誘惑是十分強的。

從另一方面，美俄表示解除中國的核武裝需要使用二百枚左右的核裝置，這個數字聽起來可怕，但他們保證對每個目標都進行嚴格計算，在確保摧毀的前提下把打擊核當量限制到最小。由於對大部分目標使用鑽地彈，彈頭深入地下五十米至八十米才爆炸，對地下建築和物體摧毀力大，而對地面破壞小，污染也輕。中國的核基地大都處於偏僻地區，只有少量幾個海軍核基地離城市較近，所以打擊不會對中國經濟產生嚴重破壞。中國人口稠密，肯定免不了一定傷亡。不過以中國的標準衡量也是極小的，遠遠小於他們正在玩火自焚的核賭博可能造成的傷亡，更不用說發生全球核戰爭了。

我擔心對生態的影響，尤其是會不會出現核冬天效應？雖然不少科學家否定核冬天，但是三年前，ＴＴＡＰＳ研究室進行的模擬試驗已經部分驗證了這種理論。美俄對此做出絕對保證，即使按照核冬天理論，核戰規模也得在十億噸ＴＮＴ當量以上，才能產生核冬天效應，這次打擊的總當量將限制在二千萬噸以下，僅爲二％。何況鑽地彈擴散性小，中國的植被已基本砍伐一淨，到處是荒山禿嶺，除了城市，地面可燃物質很少，無從產生足以影響氣候的大火和濃煙。小的影響肯定會有。但如果捨不得一點可以彌補的犧牲，造成的全球災難則不可挽回。

美俄表示有把握確保消滅中國所有核力量，絕不漏掉一處。這兩個國家原來對中國的核部署就瞭若指掌。雙方情報部門的核對結果也完全一致。現在又開始新一輪偵察。上週專門爲此發射了兩顆衛星。俄國外長的神情似是已把中國捏在了手心。我提醒他那是個很容易煽起仇外情緒的民族，即使失掉了核報復能力，幾百萬常規部隊對俄國發起拚死攻擊，也不是好對付的。他微笑著回答北京不但不會進攻俄國，還將感謝俄國。因爲俄國負責摧毀的只是位於南中國的核基地。那些基地大部分都在叛亂分子和獨立勢力控制的地盤上，隨時可能遭到攻擊，已經成了對北京政權的威脅。而負責摧毀北中國核目標的是美國，相隔一個太平洋，中國軍隊是無法衡過去的。

在保衛世界和平的旗幟下，兩國顯然都在爲未來的對華政策埋伏棋路。與俄國接壤的是北中國，而美國的立場更接近南中國和台灣。採用這種捨近求遠的「交換場地」實施打擊，使美俄都像是在幫助一方，打擊另一方，至少使同自己利害關係較多的這方不結下怨仇。這種算計無可非議，政治從來没有無私奉獻。但在這個劃分中卻能嗅出一種危險的味道：當年兩極對峙的幽靈又在若隱若現，未來中國很可能繼續分裂，而兩個核大國將站在分裂的兩邊，成爲對手。

那是以後的事了。眼前的關鍵還是制止核戰爭。解除中國的核武裝不能是一時的。如果保留這個國家生產核武器的能力，用不了幾天，新的威脅就會重新籠罩，再加進復仇因素就更加危險。所以必須同時撤銷中國的一切核武器研究機構，拆除所有製造核武器的工廠，銷毀一切有關的設備、圖紙、資料，並從此建立國際約束，永遠不許中國再擁有核能力。

實現這一點要做大量的法律準備，還有更多的實際工作。除了聯合國，誰也不可能發揮名正言順的主導作用。這是一個天賜良機，可以藉處理這件史無前例的大事推進立法、創建實體和掌握資源，大大推動聯合國從一個空發議論的講壇向眞正發揮領導作用的世界政府邁進。這個理想正是多少代國際政治活動家夢寐以求的。

我越來越説服自己接受這個方案。越深思熟慮，越覺得別無選擇，且無懈可擊。然而我祈求上帝給我指示。我害怕，不知這個選擇是不是對，到底會是什麼結果。我不敢堅信理性。追求和平雖然是人類的理性認識，但是人類還有更多的無意識，以及盲目的本能，在不知什麼時間、什麼地點，隨時都可能暴烈地發作。人類的自大狂總使他們覺得眼前現實便是文明巔峰，歷史上那些愚昧、殘暴和身不由己再也不會重現。然而上帝，只有你才知道，人類只是在雕蟲小技上變得奇巧，面對宏大宇宙，我們則永無止境地沈淪。

華盛頓　五角大廈

麥戈文上校對著一張半個桌面大的彩色衛星圖片端詳了足有一小時。那是中國膠東半島一個海軍基地的局部照片。不管中國人搞得多神祕，美國情報機構老早就知道那個蟹殼形收縮的石崖之下，有一座可供潛艇出入的岩洞，而且一年前也已確切掌握，一艘新型潛艇正在那裡裝配。

這張照片是一百三十三天前例行偵察中拍攝的。本來沒有引起任何注意，直到成立對中國實施核打擊的指揮部，才隨成堆的參考資料轉到負責制定打擊海上目標方案的麥戈文小組來。

照理說有用的情報早被整理出來，任何值得注意之處應該逃不脫電腦的「眼睛」。沒人願意白費力氣去翻原始檔案。但這次行動實在太關重大，不容許半點紕漏。尤其對隱蔽性最強的海下目標，最微小的差錯也可能帶來災難，因此要求所有原始檔案都重新經過三道審查。前兩道已經通過了。麥戈文是最後一道，也沒發現與以往分析不一致的疑點。他本來想把資料退回檔案室，卻總是覺得哪有點不對。直到大前天深夜，這張照片在半睡半醒中出現在腦海，把他驚醒。

讓他心神不安的就是這條微弱的痕跡，從那個蟹殼般的缺口裡伸出，好似一根捲曲的纖維。

另一端截止在基地污水排放口的熱源中。痕跡是那麼細小，很難引起注意，頂多當成相紙上的劃痕或光學處理中雜質的投影。但是從岩洞出口伸出，會是偶然嗎？

他讓技術中心把照片上的痕跡逐步放大，用電腦反覆處理。此刻在他眼前的算得上當今世界效果最好的衛星圖片。痕跡相當明顯，已經完全能斷定是一個熱源軌跡。麥戈文是美國海軍首屈一指的反潛專家。他那深度近視的眼睛辨認得出衛星圖片上任何種類潛艇的蛛絲馬跡。可是與所有值得警惕的熱源相比，這個熱源卻弱得太多。電腦沒注意到它是正常的。尤其不可能是一艘潛艇。即使美國也不能在十年內把潛艇熱源降到如此之低，別說中國。然而熱源是從岩洞出來的。岩洞裡正在完成一艘潛艇。說它不是潛艇，又到底是什麼呢？不弄清楚是不能輕易下結論的。

這兩天，他提請指揮部聯合美俄兩國的衛星偵察系統又在全球海洋進行了一次拉網式搜尋。這種搜尋已經進行好多遍了。中國全部十六艘導彈潛艇如在眼前澡盆裡一樣清楚。現在，澡盆裡依然如故。十六艘潛艇中的三艘在中國海，一艘在日本海，兩艘在太平洋中部，一艘在印度洋，兩艘在大西洋繞圈子，其他七艘全在北海艦隊的基地。沒有一艘從監視中逃脫哪怕一分鐘。難道中國能造出一艘魔幻般的隱形潛艇，除了這麼一點痕跡，下海一百三十三天，就再也沒露出過任何蹤影？不可能！

但是，洞裡出來的是什麼？

如果不能證實潛艇還在洞裡繼續施工，如果洞裡已經空空蕩蕩，全部打擊計畫就得立即中止，直到找到那個隱形潛艇。中國人能搞出什麼東西來你永遠也想不透。他想起那個丁大海。當年他在安那波利斯海軍學院研究生院講授反潛課時，就曾被那塊愚鈍的木頭當眾難倒。從那以後他總是防著中國人一手。

電話響了。對方是中央情報局的遠東處處長。

「上校，你的問題核實了。潛艇還在洞裡，尚未完工。」

「是親眼看見嗎？」

「我們會用傳聞做情報嗎？」處長口氣流露明顯不滿。麥戈文通過指揮部直捅總統，逼迫中央情報局答應今晚八時前查清問題。「我們冒著暴露一個最有價值情報員的風險做這件事。他雖然是中國軍隊的高級幹部，但在三天內非進這個洞不可，遲早會被人懷疑。他不但親眼看見潛艇，還用微型相機拍了照片。」

「太好了！」

「對我可不好。」

「非常抱歉。」如果這位處長知道他的「鼴鼠」證明了一個多麼關鍵的問題，就不會這樣不滿了。

麥戈文的目光仍然盯著衛星圖片上那條令人困惑的痕跡。當處長說到情報員弄清一百三十三天之前岩洞曾開過一次閘門，讓海水灌進對潛艇進行檢驗，他感到如釋重負。一切都清楚了。開閘時已進入冬季，岩洞裡會溢出一些暖氣，在溫差影響下隨海水飄向溫度較高的污水排放口，在紅外線衛星照片上就反映出這條微弱的軌跡。

行了，儘管費了不少勁，心裡總算踏實了。麥戈文計算了摧毀這個岩洞所需的核當量。雖然指揮部對當量限制很嚴，他還是盡量多加了一點。鑽地彈鑽不透岩石，只能靠爆炸力震塌岩洞破壞裡面的潛艇。一公里之外的港口裡還停泊著三艘導彈核潛艇。需要一枚雙彈頭導彈分頭打擊。好在附近都是軍事目標，波擊面雖大，並不會過多地殺傷平民。

南中國海四百六十米深海底

丁大海猛地睜開眼睛，非常清醒，彷彿一直沒睡過。眼球溫潤光滑。心臟跳動很快。他通常每次睡五小時，幾乎如鐘錶一樣準確，從來不多不少。今天卻剛睡三小時就醒了。

他不想再睡下去，也知道睡不著。這幾天一直處在神經緊張的狀態。直覺告訴他，有一個很大的危險正在逼近。可他猜不透那危險到底是什麼，未知的危險最使人緊張。他在夢中也絞盡腦汁地猜測：爲什麼中國海突然出現了密布的聲納浮標？不明國籍的直升機一架架盤旋著收集懸浮基陣的電波？爲什麼拖運聲納漁網似地在頭頂拉來拉去？那些拖輪如在焦躁地尋找大魚？爲什麼遠東的天空突然增加了好幾顆偵察衛星，似通紅的小眼睛死死盯著中國的大陸和海洋？爲什麼這些天密碼電波好似疾風暴雨一樣驟然密集地充滿空間？而美國和俄國的電台竟使用同一種密碼，如同他們是一家？

八小時之前，那些密碼電波戛然而止。美國和俄國的電台同時閉住了嘴巴。這不是好兆頭，讓他心驚肉跳！戰爭史上這種前例意味著準備已經做好，就要開始行動。此刻，是什麼把他從夢中突然驚醒呢？他用涼水洗了一把臉，回到指揮艙。除了睡覺，他就像長在那裡。他立刻發現，就在他醒來的時刻，寂然無聲的密碼電波突然恢復了。負責偵聽的少尉正打算叫醒他。他戴上耳機。空中的電波比過去更密集、更響亮，卻不似過去那樣嘰嘰咕咕地密謀，而是放肆地歡呼。他什麼也聽不懂，只是感覺，但他相信感覺，那件蓄謀已久的事已經幹完了！

他的核潛艇靜靜躺在海溝裡。四面是散發著熱量的火山噴口。海底生物繁忙地活動。出海以來，潛艇多數時間是臥在海底，如同一塊礁石，爲那些喜愛依附的貝類和魚類提供棲息場所。他愛在天然熱源裡隱蔽自己。除了節約冷卻劑，火山熱量還可以在冰冷的海底使艇內保持溫暖。現在，他只知道外面發生了事，卻不知道發生了什麼事，這時唯一能做和該做的，就是繼續臥在海底。

指揮艙中部有一塊彩色螢幕。裡面的圖像奇特，沒有光線，沒有層次，只有一個個輪廓清晰的色塊在活動，閃爍著密密痲痲的數字。那是經過電腦處理後，把聲納接受的聲波信號變成直觀的形象顯示出來。如果外面有一條鯨魚在游動，螢幕上就出現一個剪紙般的藍色鯨形在位移。旁邊的數字表示鯨的座標。隨著距離遠近，鯨形大小按比例變化。同時，近處不發出聲波但是阻擋聲波的物體也能顯現。海溝周圍的火山在螢幕上是一些半透明的形狀。火山背後的發聲物體照樣看得見。十二小時之前，丁大海看見「青島號」從頭頂駛過。聲納電視如見到老朋友一樣立刻就把它認出來。「青島號」也是一艘導彈核潛艇。艇長是丁大海在潛艇學院的同班同學。丁大海用挑剔的眼光看著他向西北方向行駛。糟糕透了，他竟然沒發現下方有一條台灣潛艇海蛇般地貼著海底在跟蹤，那副在班裡洋洋自得吹牛皮的架式一點沒改。丁大海沒有發出警告。台灣潛艇幾乎擦自己身邊開過去。只須輕按一下魚雷發射鈕，就能讓頭頂的四百六十米海水成爲埋葬它的墳墓。但是他明知台灣潛艇的目的可能是劫持「青島號」，用來威懾甚至打擊大陸，就如他們曾企圖在陸地上占領核導彈基地一樣，他卻一動不動，什麼都不做。哪怕台灣潛艇就在他眼前開始下手，他也仍然是一塊礁石。深水魚會驚慌地逃竄，用黏液包裹珍珠的貝類會痙攣地合上硬殼，可是礁石不會動。

但是此刻，這塊「礁石」卻自己跳動起來。四壁發出令人恐怖的戰慄。聲納螢幕霎時出現耀眼的閃動。只有在風暴橫行時潛艇貼近海面，螢幕才會有這種亮條，艇身才會這樣顫抖搖動。可這是四百六十米深的海底，除了潛流亙古不變地穩穩流動，怎麼會有風暴？電腦顯然也在疑惑。從艇壁傳進的隆隆聲連人耳都能聽見，它卻遲遲不做出判斷，不給出相應的色塊圖形。聲納電視沒有故障。那些嚇壞了的海底生物正在螢幕上清晰地盲目奔逃。是海底地震？火山爆發？海嘯？是不是要趕快逃離這一群可怕的火山口？然而螢幕上只有火山是最冷靜的，穩穩屹立，阻擋而不是發出聲波。那聲波來自遙遠的地方，無比巨大。有了！螢幕右上角，終於出現一個白色的亮點，極亮極亮。亮點外面生出一個黃色的環，然後又生出一個紅色的環。核爆炸！這是核爆炸的標誌！只在訓練時看過。深海核爆炸就是這個圖形。原以爲一輩子不會在現實中看到。整個大海被搖動了。爆炸的座標是西北一百四十海里。「青島號」!?是事故？還是台灣潛艇造成的？還是那些密碼電波的結果？他知道消滅核潛艇最有效的方法就是核打擊。一顆核彈可以使八海里半徑的球形範圍內所有艦艇受到致命摧毀，十五海里半徑之內的遭到嚴重損壞，失去戰鬥力。但是除了全面核戰爭，確保一次性摧毀對方全部核力量之外，沒人會用這種大規模污染海洋的方式打擊一艘潛艇。有這種可能嗎？中國和外國發生全面核戰爭了嗎？

距離太遠，水下衝擊波又大部分被水的阻力吸收。潛艇除了開頭跳動幾下，便只剩動盪的海水在艇壁外面長時間地摩擦。聲納螢幕上的核爆炸圖形擴散，如一具彩環箭靶，占滿整個螢幕，射出血一樣的光芒。

丁大海依然沒有採取任何行動，也沒有發出叫醒全艇人員的警報。當聲納電視顯示出一百四十海里外傳來的水下聲波時，核爆炸已經發生一個多小時了。那些密碼電波肯定是在核打擊完成後恢復的。這一個多小時的喧囂，是他們相互興奮地核實打擊結果。如果自己的潛艇已被發現，那會和「青島號」同時被摧毀。既然沒被發現，最好的方式就是靜靜待在海底，繼續保持一塊礁石的狀態。

但是到底發生了什麼？

他戴上收音機的耳機。這是艇上瞭解海上世界的唯一渠道。調諧旋鈕原來處在青島台位置。艇員們總是愛聽家鄉的情況。可打開電源開關卻只有一片沙沙的雜音。空白！青島台不見了！他左調右調，都沒有。錶針指的正是黃金廣播時間。他急切地轉了一下旋鈕，嘩啦啦掠過許多電台，不同國家，不同語言，其他電台都存在，只有青島台不在！一個英文播音員像是轉播足球賽一樣亢奮而快節奏地報導：聯合國爲了防止核戰爭全面爆發，決定徹底摧毀中國的一切核力量。以北緯三十度爲界，北部由美國實行打擊，南部由俄國實行打擊。打擊現已完成。成功率百分之百。海空目標也同時解決。這是一次人類軍事史上成功的典範，打擊範圍如此之廣，精度如此之高，時間如此之一致。更重要的意義在於，這是人類第一次以武器摧毀武器的和平戰爭，也是第一次沒有敵人的軍事行動。無論世界人民還是中國人民，從中得到的都只有好處。沒人失敗，沒人征服，全體人類成員都是最終的勝利者！

基地在北緯三十六度十五分，在那個卑鄙分工中是分給美國打擊的！丁大海的心好似被一隻捲鈍的鋼爪緩緩挖出空洞，空蕩蕩，血淋淋，卻感覺不到疼痛，一片麻木。腦袋被砍下來的瞬間大概也是這種麻木吧。麻得全身冰涼，麻得骨骼肌肉似乎成了金屬和塑膠。

只有他聽到了這個消息。指揮艙的值班人員在各自崗位上操作。收音機只有休息時間才能聽。丁大海的腦子很清醒，甚至比任何時候都更清醒。無窮的紛亂只似一些遠距離的網在背景動盪，眼前只有明晰的步驟。他在導彈艙和陀螺室之間的艙壁夾層中找到一排電路配置板，有條不紊地拆下一個個螺絲和電線，把電線互相顛倒，再將線頭上的標籤互換。除了回到基地檢修，不會被查出來，但是從此潛艇上的每台收音機都會在剛通電的一刻被燒毀。開一台燒一台，燒得無法再修復，全艇官兵從此再也聽不到外面消息。只剩艇長艙裡的收音機是好的。

他巡視了生活艙，上上下下，軍官艙、水手艙，多數人在睡覺。污濁的空氣被排風扇抽出，送進的是永遠一個氣息的人造空氣。水手統艙裡，幾個人在一角打撲克，無聲無息，如同幻影。幾盞低瓦螢光燈隱約照亮周圍。每個鋪位上下左右都貼滿家人的照片。那是每個人打發這海底漫漫黑暗的燈塔。丁大海感到喉頭一陣滾動。他當時挑選的全是老兵，沒有一個艇員沒成家。家屬全搬進了基地那片新建的宿舍。他一直沒去想像基地的現狀。是火海？是白煙？還是一片骯髒的海水？可現在，看著那些女人和孩子的照片，他身上開始顫抖。旁邊一個熟睡的水兵一直不斷地含混低語，聽得出他是正在夢中和妻子做愛。那低語溫柔、渴望、瘋狂、驚心動魄。妻子在艙壁上微笑地凝視他。

丁大海把顫抖壓進僵硬的骨髓深處。圓圓頭顱在寬厚肩膀上沈重而昂然。深度近視鏡射出冰冷刺心的銳光。他回到自己艙室，鎖上艙門，在收音機前坐了兩個小時。聯合國發表的公告對打擊程度極力輕描淡寫，宣稱實行打擊的核當量限制在最低限度，對絕大多數目標使用鑽地彈和戰術核彈頭，有些甚至用常規彈頭。任何公告和報導都沒有一一列舉被打擊的地點。這使他的心空落落地下墜，卻又在黑暗中產生一星僥倖希望。也許修造這艘潛艇的計畫從來未被發現，而基地的其他核潛艇又全都出港，那樣就沒有打擊基地的必要。或者，他們已經知道這艘潛艇下海了，而留在洞裡的那個是假的。不，不會。如果知道這艘潛艇下海，他們絕不會留下他。在沒找到他之前，也絕不會打擊別的目標。他太知道美國了，知道得一清二楚。

他恨美國，恨到刻骨銘心。要去美國進修之前，他也確實興奮過一陣。對他這個漁村長大的中國軍人，美國就像另一個星球那樣神祕。但自打他到了美國的那天，感到的就只有格格不入。他是學院唯一一個中國人。那些摩天樓、燈海、車流、搖滾樂，五光十色旋轉的一切在他眼裡全似浮躁的夢影，擾得他晝夜不寧。他不會用刀叉，在自動售貨機前束手無策，走進城裡就轉向，對拳王歌星一無所知。他不懂得什麼時候該說什麼話，穿什麼衣服，讓誰走在前面。他在禮節上總是錯誤百出，越害怕就越出笑話，越不合時宜。自從他發現，或者只是他自己那麼覺得，周圍的美國人總是用嘲笑眼光打量他，對他的失誤彼此交換會意的目光，他就再不和美國人來往。他把全部時間用於學業，幾乎每一分鐘都捧著書。碰見人再不想該打什麼招呼，做什麼表情，只好似沒看見，邁著重錘似的操練步伐走自己的路。他很快成了學院有名的怪人，大夥都叫他「中國錫兵」。

直到有一天，學院圖書館那個叫貝西的姑娘闖進他的宿舍，說天天在圖書館見面卻從不被他理睬是多麼遺憾。貝西的衣服很快脫光了，而他只能聽任貝西擺布。那天晚上他第一次感到輕鬆，決意從此不再當個錫兵，要成爲美國人的朋友，學會一切不會的東西。

可是貝西再也不來了。在圖書館，不再是他不理貝西，而是貝西裝作看不見他。他爲此如丟了魂魄，卻沒妨礙他在課堂上的模擬潛艇戰中連續擊敗五個同班美國佬。那個身高兩米的大個子一向看不起有色人種，三分鐘之內連中了丁大海兩顆魚雷。讓他的白臉連雀斑都似蓋了一層霜似地變白。課間休息時大個子走近正在窗前發呆的丁大海。「你的那玩藝兒怎麼不如你的魚雷那麼好使？」看著丁大海莫名其妙的表情，大個子惡毒地咧開大嘴。「貝西跟人家打賭要試試『中國錫兵』有沒有那玩藝兒。昨晚她在我床上說你是瓶汽水，一開蓋——砰！只一下就沒氣了，哈哈哈！……」

再往下是什麼過程他完全記不住了，只有發瘋的感覺在他血液裡激盪。大個子是學院拳擊冠軍，卻被他打成一根稻草。當他被十幾個人死死按住，大個子的腦袋已成了個軟綿綿的血葫蘆。人們一在法庭上，證人形容了他當時野獸般的吼聲、魔鬼一樣的表情和多少人也攔不住的力氣。人們一致譴責他當對方已經不能還手時，還毫無憐憫地繼續毆打。有人認爲他有蓄意殺人的傾向。全法庭的人都恨他。他並不申辯，連大個子侮辱他的原話也不複述。他不對抗法庭，無動於衷地接受判決。相比他的仇恨，法庭太小了，他恨的是整個美國！

兒子做的釣竿斜掛在艙壁上。那夜釣鉤鉤在他的軍服上，現在鉤在他心上。他沒有像往常一樣，摘下釣竿長時間地撫摸。他此刻摘下的是腕上的錶，仔細地擦著錶背上的振盪器。雖然那振盪器是用合金材料製作，一萬年也不會生鏽，可他還是擔心長時間沒接到訊號會變得不靈敏。

他仔細地擦。他等著，等著振盪器向他發出呼喚。

X
中國

美俄兩國在這次打擊中共發射了二百零五枚導彈。俄國七十六枚，美國一百二十九枚，其中十四枚是常規彈頭。只對六處在花崗岩中的深地下基地用了大當量彈頭，以確保震塌發射井。相對於這次人類有史以來最大規模的發射，損失小到不能再小。傷亡人數不超過二百萬。除了個別靠近核潛艇基地的城市受到一定程度破壞，主要經濟區和工業設施完好無缺。可以把這次打擊看作一次精確的外科手術，乾淨地摘除了病體，只流了最少的血。

如果中國人民都能像制定這次打擊方案的軍事戰略家們一樣清醒，並且在行地從電腦上看結果，或者哪怕是通曉利害地扳扳手指頭，也算得出中國失去的僅僅是毀滅自身的武器，而不是創造財富的能力。主持打擊的聯合國和世界大家庭不會讓中國吃虧，將送來數百億金錢，流水一樣的物資，遠超出核打擊造成的損失。中國人民應當歡欣鼓舞，感恩不盡。如果真是這樣，這次打擊就將成爲一個劃時代的大成功。

然而，此時中國人最缺的就是平心靜氣的計算，如同荒原上的獸被扎了一針不會揉揉痛處感謝給牠防疫一樣。中國人的神經綳得太緊了，戰爭、災難、饑餓、死亡、國際制裁……如同地震時山頂滾下的石頭劈頭蓋臉沒完沒了。死屍已到處可見，就連天安門廣場的過街地道裡也天天清理出餓死或病死的無家可歸者。瘟疫隨春天開始悄悄流行，常常是一家一家死亡。醫院缺藥，只進行最簡單的處理。醫護人員面黃肌瘦。火葬場的情況更糟。油料缺乏，九十%的汽車停駛。通向火葬場的路被拉屍體的人力車擠得難以通行。沒有燒屍體的油，火化爐更是不夠。腐屍臭氣散布在方圓幾十里。水電定時限量。八十%的企業停工，沒有原料，也沒有市場，連工人上班的交通都不能保證。少數關係社會存亡的企業在軍隊看管下強制生產。工人們就跟被關在軍營裡一樣晝夜工作。煤氣一天供應兩次。到處發生因爲忘記關煤氣閥發生的中毒或爆炸。高樓大廈裡支起無數以書和家具做燃料的自製小火爐，在嘶叫的春風中不斷製造火災，一著就是一片。街上似乎只有怪叫的消防車跑來跑去。大多數百姓態度木然，好似眼前一切與他們無關。他們沒有了工作，沒有了收入，沒有了財產，也沒有了希望。眼神茫然渙散。每天的生活只剩等待一百克配給糧食。他們之所以還老老實實坐在那，只因爲他們自古就是這樣，祖祖輩輩只會蹲在家門口看著人世滄桑來來去去。但在他們木然的臉面下，那些繃緊得吹一口氣就能嗡嗡作響的神經已到了隨時會斷掉的邊緣。再加一點力，無數根折斷的神經就會像鞭子一樣抽打出去。

二百零五枚導彈發出的力足夠了。

普通老百姓是通過傳聞知道這件事的。官方電台電視台最初若無其事地播放原定節目，不久變成音樂，電視螢幕上也只有彩條。敏感的人很快就從國外電台聽到了中國遭受核打擊的消息。消息以不亞於電流的速度在人們的耳嘴之間傳播，逐級放大，很快變成了大半個中國已被炸平。街頭巷尾全是議論的人們，連不識字的老太太也大談導彈怎麼如同雨點落下，核爆炸如何把一座座城市變成看不見底的大坑。一般來講，中國人多是不見棺材不落淚的，只要自己還活著，自己一家都還好好，視野之外的災難再大也沒有切身威脅感。人們雖然普遍從麻木中興奮起來，卻沒有表現出激動。描述傳聞的人加進自己的想像，繪聲繪色，如同在講天方夜譚的故事。街上笑聲比往常多了很多。然而，越是在人們不去關心身外之事時，他們對與自身生存攸關的事就越敏感。宏觀的打擊通過微觀的折射反彈出來，同樣會匯聚成宏觀的動盪，而且將更加暴烈，更無理性和不可控制。

北京的動亂開始於王府倉胡同發生的一件小事。這條胡同因當年建有王府的倉庫而得名。現在一所停課的中學被當作臨時倉庫。這一帶居民的配給口糧全在這領取。核打擊的消息使本來分開在不同日期領糧的居民同時湧到學校門口排隊，很快聚起了上萬人。人們的理由很簡單，說不定明天政府就得完蛋，那時找誰去要糧？發糧站雖有一個排士兵守護，也不敢同上萬名認定末日已到的群眾來硬的，不得不同意加夜班，讓所有排隊者都領到下週口糧。開始秩序還好，只是隊伍前進速度太慢。人們又餓又累，春天的夜晚寒氣逼人。停電使周圍一片漆黑，只有發糧櫃台上亮著幾支微弱燭光。一個終於排到的年輕男人和發糧站工作人員發生爭吵。同樣又累又煩的工作人員說男人的兒子前天已死，只能給他和他妻子兩人口糧。年輕男人堅持說他兒子死在這一週，因此這一週的定量應當給。爭執激烈而且充滿火氣。年輕男人突然向櫃台伸出手，抓起他認爲兒子應得的一份糧。那僅是一個小小的塑膠袋，裝著七百克又黑又粗的麵粉，然而這一個動作就成了整個動亂的開始。

無數隻手立刻同時伸出去抓糧。蠟燭熄滅了，一片黑暗。排在後面的人本來就已恐慌領不到糧，現在不約而同往前衝。士兵在黑暗中盲目開槍，打中了群眾，也打中了發糧站工作人員，卻遏止不住人的洪流。被槍打死的人遠不如被踩死的人多。轉眼之間，儲存在這個中學的五十噸糧食被搶光。學校樓房被點燃，照亮院中東倒西歪的屍體和撒滿地面的麵粉。

暴民人群迅速擴大。開始目標還只在食品，人人都知道自己和家人活下去的唯一保證就是吃的。既然秩序已亂，不參與搶劫，最終會一無所有。食品店、糧站、飯館、食堂如秋風中的落葉被一掃而空。人們的不滿和仇恨越演越烈地發洩。居民家庭緊接著被波及，只要有人喊一聲某家有囤積，人們就會不問青紅皂白衝進去洗劫、放火和殺人。遭到縱火的建築越來越多，在全面停電的黑夜城市中顯得分外耀眼。

半小時後，數以千計的暴民圍住距離王府倉胡同不遠的中國銀行大廈。鼓動者高喊中國銀行裡全是外國錢，有了外國錢就可以到外國去過好日子。暴民用汽車千斤頂撐開大門鐵欄，打碎玻璃衝進去。軍隊和警察因爲缺乏燃油喪失了機動力。當他們跑步趕到時，中國銀行大廈已經從每個窗口都向外噴吐火舌了。同時，王府倉胡同另一端的中國人民政治協商會議辦公樓也開始燃燒。

暴亂很快擴大到全北京。由於當局全力維持而沒有癱瘓的電話系統，這時起了到處點火的作用。軍警開始還全力鎮壓，槍聲密集，僅阜城門一帶的暴民就被打死幾千人。隨著暴亂範圍擴大，軍警力量很快就被分散，鎮壓能力大幅下降。不少分散的軍警也加入了搶劫隊伍。他們已經聽到中國遭受核打擊的傳聞。經驗也告訴他們，今夜的暴亂已無法遏制，政府必定垮台，不趕快乘機撈一把就是傻瓜，這是最後一個機會了。

成千上萬的中國人逃進外國駐華大使館。其中不少人是早準備好的。以前出現過的專制國家人民逃進外國使館而成功移居西方的先例啓發了他們，只等一出現合適機會，就帶著早準備好的細軟攜家投奔「自由世界」。當局窮於應付暴亂，抽不出力量阻止。發達國家的使館很快就被擠滿，連插腳地方都沒有，人人只能站著，大小便也得就地解決。第三世界國家的使館隨之成了後來者的目標，連緬甸和越南使館也進了不少人。起初每個使館都非常恐慌，接著又開始慶幸，正是這些硬闖進來的不速之客保護了使館免遭搶劫，他們密集的血肉之軀是暴亂者難以逾越的圍牆。而他們自己則懂得要拿到簽證，必須遵守規矩。

另一部分人乘機揭竿而起。大學生成群結隊走出校園，打著紅旗，頭纏布條，一路用半導體擴音器演講，指責專制政府導致中國陷入災難，號召人民加入他們的隊伍，占領中南海，接管政府。

群眾對政治行動反應冷漠。人們最關心的是肚子。不管用什麼手段，現在多得到點食物，將來就能多活幾天。豐台火車站尚未卸車的四十車皮大米半小時內顆粒不剩。晚來的人又在街上搶那些早來的人。搶劫如同漣漪一圈圈擴大。市內所有的商店，包括王府井、西單的大商場無一幸免。當漣漪繼續向外擴大，就成了城裡人衝進郊區村莊，一股腦將農民的糧食、豬、羊、連出殼不久的小雞全部搶光。而驚呆了的農民清醒之後，便以十倍的仇恨和瘋狂去搶別的村子，殺城裡人，截斷鐵路公路，把一切正在運輸途中的物資劫爲己有。

核打擊當晚，類似北京的哄搶在全國二十四個大城市先後發生。難以證實是不約而同還是彼此有關聯。美國之音、ＢＢＣ、ＮＨＫ都以最快速度報導了北京暴亂。追求真實和及時的西方式新聞報導，無疑對引發其他城市的哄搶有很大作用。到第二天清晨，哄搶已經擴展到全國。無論城市、農村、北方、南方，人們全都瞪著通紅的眼睛，搶！只有搶才是唯一有效的行動，合夥搶，單個搶，互相搶，搶不成就打，打不過就跑，弱者被強者殺，強者被更強者殺。在各地流竄的流民、難民、饑民把搶劫的殘暴不斷提升。全中國都在驚悸地抽動，只剩億萬個分裂的分子相互撞擊和吞食，而所有的血脈、經絡都停止了活動。物資流通的渠道大部分切斷。鐵路上堆積著障礙物。公路挖滿大大小小的坑。中國癱瘓了，各級政府紛紛垮台。即使有個別地方首腦想出來控制局面，也只如螳臂當車。法律和秩序蕩然無存，剩下的只有最原始的本能——搶！搶！搶！

無數失去了財產、親人和家園的百姓加入流民大軍，如勢不可擋的洪水，東一頭西一頭地橫衝直撞。所過之處，富裕地區變成貧窮，貧窮地區變成死亡，繁華城鎮變成廢墟，偏遠鄉村寸草不剩。無數股這樣的洪流在奔騰、激盪，越來越大，越來越凶猛。內部的一切約束全沒了，就像一座水庫裡面發生了地震，只剩下最外面一道堤壩——國境線。

北京　中央軍委總部

第一抹陽光悄然地爬上窗對面的牆壁。雖是早晨的陽光，卻是血紅的，顏色如同冬天將落的夕日，又暗又黏，緩緩地流淌。

王鋒在黑暗中坐了一夜。辦公室內被滿城的火光照亮，被武裝直升機的掃射震顫，又被暗青的黎明塗抹。他一直坐著，一動不動，連手指的位置都沒有變化。一夜對他只好似是一分鐘。他的一生從未有過這樣短的夜，這樣呆滯的凝固。

陽光來了，雖然似血，卻也是陽光。陽光下人不能像具殭屍一樣發呆。陽光來自地球的旋轉。

時間已經所剩無幾。他終於站起。窗外，扁圓的朝陽在煙中抖動著虛幻邊緣。從未見過這麼紅的太陽，紅得嚇人。一架直升機低空飛過，特種兵的臉都看得淸楚。昨夜全靠他們粉碎了叛亂。目力所及的街上到處是屍體，宛如田野上被割倒的麥捆，壓在紅旗和鮮血之上。暴亂和哄搶似乎隨著陽光出現停止了。該搶的都已搶完。黑色煙柱在無風的空氣中豎直地升起在北京各個方向。很靜。靜得好似是夢，好似是古戰場，好似是他少年時腦海裡的一幅畫。在那幅畫裡，光線、顏色、氣氛都和眼前一樣，只不過四面聳立的不是高樓而是群山，他立在阿爾卑斯山峰頂，身披朝霞，手拄捲刃的軍刀。然而現在，他手裡沒有軍刀，他已經一無所有。

他按下呼叫全體祕書的按鈕。整座樓都是安靜的。祕書們無聲地出現，眼裡分布著血絲，臉上長滿鬍茬，匆忙地拉扯揉皺的軍服。似乎每個人都在這一夜間變得潦倒，卻又都用看望垂死病人的眼光看著他。他吩咐召見美國大使和俄國大使，布置得很詳細，包括如何通知，如何護送，鋪什麼地毯，怎樣奏樂……彷彿這一夜他就想了這麼一個召見。這件小事要動用全體祕書，而且用接待元首的規格接待兩國大使，這意味什麼？祕書們的眼神裡全都畫出問號。他們從來只是執行任務的機器人，但今天不同了，在末日面前，每個人都會覺得自己有權力懷疑和追究。

「幹吧。」王鋒的聲音如同一杯放在靜室裡的白水。

祕書們去了。辦公室主任只提出一個問題：美國爲抗議對台北的核打擊撤走了大使，只留下一個臨時代辦。

「臨時代辦也一樣。」他沒把這當成一個問題。

軍委總部現在被叫作全國最高統帥部，是戰時全國最高權力機關，也是唯一的權力機關。王鋒沒有給自己掛上最高統帥的頭銜，他不注重名義。統帥部其他頭面人物徒具形式。美俄核打擊之後，最後幾個掛名者也提出辭呈。這對王鋒沒有影響。他們在也好，走也好，全都毫無用處。慶幸的是統帥部基層人員都在，還在有效地運轉，使他能完成這最後一個步驟。他心裡明白，基層人員的忠於職守與其說出自忠誠，不如說是因爲地下倉庫裡儲備的食物。這個大院可能是目前中國唯一能讓人吃飽的地方了，而且還能蔭及家屬。一個國家就靠最後這點大米和豬肉來維繫，他在心頭掠過去淡淡的嘆息。

他已毫無激動，連在收音機裡聽見南京軍區蘇副參謀長——現在的蘇司令——代表南京部隊和江蘇、浙江、上海三省市宣布擁護聯合國解除中國核武裝的講話，也只是輕蔑地淡笑一下。這些人表示效忠已經很有經驗了，哪邊強大效忠哪邊，這些年不知做了多少次效忠表態，現在竟然效忠到聯合國去了。腔調和語言卻仍是典型的中國老套，未免顯得滑稽。此刻，各地電視台和電台紛紛發表效忠聯合國的聲明。那些人唯一善做的就是乘國家之危竊個人之利。其實還有什麼利能被他們去竊？只有同歸於盡。蠢人們，一切都將很快結束，包括你們蠅營狗苟的性命。

外事局長來彙報。打擊中國後，聯合國立即宣布成立「援助中國特別委員會」，消除核打擊造成的後果，彌補中國的損失。大批滿載救援物資的飛機等待飛往中國。當時王鋒激憤地在電台向全世界宣布：那些假仁假義的飛機膽敢侵犯中國領空，來一架打一架！中國人寧可餓死，也不吃那些骯髒的狗食！但是此刻，各省市自行宣布開放機場，搶著歡迎救援物資。

與昨天的激憤完全不同，王鋒似乎聽得有點心不在焉，只說了一句：「我知道了，你去吧。」

窗外的太陽亮了一些，煙淡了一些，仍然混混沌沌。他把那絲惆悵輕輕抹掉，撥通自己家的電話。妻子還是老樣子，什麼也不多說，什麼也不多問。跟他生活了半輩子，她已知道這是他最需要的方式。他說的也不多，只是讓她帶著孩子回老家。

「……老家的鄉親們很愛戴父親，會對你們很好的。」他覺出這句話讓妻子不安，好像是交代後事，便把話結束了。

似乎沒什麼事了。他讓勤務員取來爲重大場合特製的上將禮服。這禮服一次也沒穿過。提升上將也不過是幾個月前的事，卻恍如過了一個世紀。雖然他瘦了一點，禮服仍然合身，可以說漂亮之極。勤務員打開他的勳章盒。他在其中挑出一枚最不起眼的戴在胸前。那是他此生得到的第一枚勳章，當時他只是位於新疆戈壁的導彈基地中一個充滿夢想的下級軍官。

禮儀副官來接他。美國代辦和俄國大使馬上就到。在走廊他見到海軍副官，頭上纏著滲血的綳帶，衣衫不整。看來膠東沿海也成了暴民的天下。美俄打擊後，他派自己的直升機送海軍副官去那座被炸毀的潛艇基地進行調查，儘管結果與預料一樣，但是有了現場實況，就不僅僅是空洞名字和數字，而是流著血，燃著火，是一堆實實在在的屍骨和一片光天化日下的廢墟了。他把海軍副官交上來的調查結果放進禮服口袋。與往常不同的是，他跟海軍副官握了握手，握得有力，而且眞誠。

美國代辦和俄國大使的車同時開到。這是按他的指示，由引導車控制速度，使不同路線的兩個車隊幾乎一秒不差地停在紅地毯前。開路的摩托車隊按禮儀隊形排列。禮炮齊鳴。兩條紅地毯鋪成V字形。兩支陸海空三軍儀仗隊各在一條地毯旁列隊。當美國代辦和俄國大使邁下汽車，兩支軍樂隊同時奏起美俄國歌。兩名副官引導美國代辦和俄國大使各走一條地毯。V字的尖端就在統帥部大門前。

代辦和大使經歷過無數禮儀場合，這種儀式卻從未見過。兩國國歌組合成不和諧的喧囂。爲什麼排列著接待元首的儀仗隊，卻不敬禮，只是讓槍和眼睛在陽光中閃亮？眾多軍官又爲何如士兵一樣在統帥部門前列隊，從將軍直到少尉？這似乎談不上舉行投降儀式，沒有任何方面向中國宣戰，無須投降。但也許中國人終於認識到了這一點，不能與世界對抗，尤其要向美俄表示敬意？這種場面也許是把代辦和大使當作美俄兩國的象徵，來接受中國人乞求的寬宥吧？

代辦和大使在V字尖端會合，美俄國歌也正好奏完。引導官高喊敬禮，統帥部大門大開，王鋒從中走出。全體軍官、儀仗隊和排列在台階兩側的衛兵同時向他敬禮。軍樂隊奏起中國國歌。

王鋒英俊挺拔，陽光灑滿全身。他從高高台階走下，好似是來自燃著聖火的峰頂。

代辦和大使並排站立，臉上帶著外交場合的標準微笑。待王鋒走到他們面前，兩位外交官伸出手，臉上的笑容越發虛僞自信。

那是兩張光潔的臉，連歡笑的時候都沒有皺紋。

王鋒仔細看著那兩張臉，慢慢伸出自己的手。

「沒見到你們總統，只好以二位代替。」

他的手呼嘯地劃破空氣，一左一右，狠狠地打在那兩張臉上。

打得那麼有力，美國代辦和俄國大使重重摔倒在紅地毯上，口鼻噴湧出鮮血。

中國國歌高奏，五星紅旗飄揚。全體官兵立正敬禮。

大使和代辦掙扎著企圖撐起身體，保持一點尊嚴，卻暈頭轉向，站不起來。

王峰俯視他們，直到中國國歌的最後一個音符。一名副官雙手遞上白手絹。他拈起手絹，如在宴會一般文雅地擦手，再把手絹拋在兩個大國代表眼前。

在返回統帥部之前，他面對眾人震驚而崇敬的目光，向全體官兵莊嚴地行了最後的軍禮。

樓裡只留著一名値班祕書，在機要室守電話，見王鋒進來，起身立正。

「告訴同志們，」王鋒對他說，比平常和藹得多。「統帥部解散了，讓後勤部門把儲存的食品分給大家，個人自己去謀生吧。」

値班祕書瞪大眼睛，不敢相信。

「去吧。」王鋒拍拍他的肩，走進自己辦公室。

辦公室有一種墓穴的感覺，連空氣分子都似死亡。他仔細鎖好門，坐到辦公桌前，從內側衣袋掏出那台袖珍發射機，端端正正地擺在面前。

一聽到美俄核打擊，在首先衝出來的無數念頭中，就有這艘潛艇。驚恐混亂的洪流把一切都沖得連根拔起，眼前飛掠的影像中，只有它是一塊穩定屹立的礁石。所有的核基地、核潛艇、核轟炸機都立刻失掉聯繫，說明已被摧毀，只有它不能這樣判斷，因爲它從不聯繫。當聯合國公布打擊結果的公報一出來，他就知道他的潛艇還在！那些得意洋洋的數字中沒有它。所謂的百分之百摧毀之外，還有一個百分之百沒被摧毀，那就是它！

現在，只有他一個人知道這世界上存在著這艘潛艇。其他知情人全埋在被美國核彈炸塌的岩洞下了，和那艘「替身潛艇」一塊兒，化爲永恆的沈默。如果眼前有什麼是這世界最不可能再爲別人所知的祕密，那就是這艘潛艇，還有潛艇攜帶的四十枚核彈頭。

打開發射機的金屬殼，裡面是一排細巧按鍵。他先仔細檢查了發射機工作是否正常，電池是否充足，然後開始輸入。不是指令，也不提艇上的核彈，他只是把海軍副官的調查報告凝縮成一份死亡名單。照理只要一句話就全能說明：「基地被美國核彈炸毀，你艇全體家屬無一幸免。」但是他讓海軍副官對一百二十七名艇員的每個家庭都具體調查。無論老人、小孩，每個死者都得有姓有名，並且有現場實況。逐一按姓名描述的死亡遠比一句籠統概括更讓人感到死亡的痛切。他做得很細，不出一點差錯。他不著急，反正再沒有別的事可幹。他僅僅就是輸入這麼一個死亡名單，彷彿這台發射機不是用於國家存亡之際發布最後命令，而是殯儀館火化儀式上一個專管最後唱名的司儀。然而他知道這足夠了，足夠得他都難以預料。他瞭解丁大海，沒有指令，只有死亡，那就等於從籠子裡放出一個魔鬼。沒有必要給魔鬼指令。他的身分也不該爲魔鬼的行動負責。向潛艇通報死亡名單是出於他的慈悲，歷史只能如是說。但是放出了魔鬼，以後的一切，魔鬼會做得比他徹底一百倍。對這點，他堅信不疑。

全部輸入完成後，他又逐條進行核對。一直在辦公室牆壁上空白閃爍的電視螢幕突然出現了畫面。播音員宣布電視台已效忠聯合國，開始播放新聞。畫面上幾架俄制重型直升機在被封閉了跑道的國際機場垂直降落。吊橋式艙門隆隆放下。裡面看上去是救援物資，但是輕型裝甲車和武裝吉普車卻撞開僞裝在艙口的物資箱，獵犬一般衝向機場各個要害部位。士兵頭戴聯合國維和部隊的藍色貝雷帽。防守機場的中國軍隊沒做任何抵抗。力大無窮的小型裝甲車東一頭西一頭把封閉跑道的汽車撞到一邊，不一會兒就把跑道清理乾淨。天上出現大群在戰鬥機護衛下的巨型運輸機，轟鳴使攝像機都在發抖。

他輕輕按下發射機上一個橙紅色圓形按鈕。那按鈕上標著一個白圈，標誌發射機從此將循環往復發射這段電文，直到機內的高能電池全部耗光。指示燈亮起，沒有任何聲音，電波已在大氣中穿行，從衛星上折射，與大洋深處那台接收機相呼應了。

整個統帥部如鳥獸散空無一人。停車場只剩他那輛賓士 2000E 孤零零地停在中間。他用一塊在祕書室裡找到的強力膠把發射機黏在車殼之下。沒有什麼實際意義，只是一種遊戲心理。不管這輛車將來屬於誰，後繼主人都會坐在一個他永遠弄不明白的電波上。讓他們枉費心機地去猜吧。

太陽仍然是紅的。這在中午時分是很少見的。

當插著聯合國旗幟的武裝吉普車衝進中國最高統帥部時，只看見一個跟西方人比也算高個子的上將站在V形紅地毯的頂端。他的軍禮服一塵不染，他的腰身如同檢閱軍隊那樣挺得筆直，而他的臉上，帶著讓那些前來逮捕他的軍人們困惑不解的神情——只有把世界命運握在手心的人才可能那樣自信地微笑。

南中國海四百六十米深海底

紙帶按照每秒五字的閱讀速度，不緊不慢，從接收機裡簌簌爬出，在丁大海膝前盤成一堆。每個序號後面的名字在他眼裡，都是一張在這個狹長空間裡朝夕相見的面孔，好似在聯歡晚會上，全家老小跟在他們後面。他受過所有那些女人的招待，老人的囑託，孩子的親吻。可在眼前這細細的米色紙帶上，他們全化作了死亡之塵。難道就沒有一個活的嗎？難道！

這紙帶太長了，輸出也太慢了，他恨不得能抓住紙帶往外拽。兩個字的死亡如此無窮無盡地展現。他願意付出一切代價，只要不出現自己名字。然而腦海裡卻始終如排炮轟鳴：家？家？家？

……

序號126……仍然不是他的名字。往下的字他已無法辨認。全艇一共一百二十七人。還剩最後一個！

紙帶軋軋……

……127　丁大海　父丁雲鎖死無屍　母張玉蘭死無屍　妻于麗萍麥田耕作衣服燒光　身體燒焦　難以辨屍　子丁小龍海邊釣魚跳海中未死　雙目失明　嚴重輻射燒傷　皮肉脫落　摸路回家失足跌落岩縫　調查組找到時口喚父母而死

心爆裂起漫天血霧，迎面吹來漆黑的風暴。丁大海僵硬成一塊石頭。眼睛是乾的，如同沾著磨屑的砂紙，倒流的眼淚卻嗆進肺腑，阻塞呼吸。他在腦海裡拚命掄著雙臂，驅趕那些魔幻般生長的畫面。妻子赤裸的身體如同一顆黑色棗核。眼睛卻大大地睜著，看著他，看著兒子。兒子的肉猶如沒貼牢的泥巴一塊塊脫落，撒在廢墟上，只剩白磣磣的一副骨架，兩隻無光的眼球吊在胸前。天地間傳來兒子的哭喊：「爸爸——爸爸——」

兒子的釣竿掛在艙壁上。釣鉤是中號的，隱約泛著藍光。他抓過釣鉤，把鉤尖扎進小臂。銳利疼痛好似一種解脫，使他開始清醒，夢魘逐漸隱退。血從釣鉤邊緣滲出，如冒著蒸汽。他把鉤提起。倒鉤鉤著皮肉。在逐漸加力中，皮裂了，肉斷了，釣鉤血淋淋地拔出來，帶著一塊鮮亮的皮肉，好似魚餌。再刺進另一個位置。刺了又刺。滾燙的血流出，越流越多。一根動脈破了，如同噴起一股鮮紅美麗的細泉。他仔細看著那血。眼前再沒有畫面，只有血，帶走了體內的溫度，流走了燥熱的狂暴。皮下血管的網絡展平了。牙關也鬆了下來。最後，他按住噴泉，紮上止血帶。

接收機一直未停往外吐紙帶。軋軋軋……扭著，繞著，後面的推著前面的，已經把他的膝蓋掩沒，鋪滿了艙室地面，沾染著黏稠血液，開始向床上桌上爬去。他把眼光重新投向紙帶，還是那個死亡名單……125……126……難道是個無休無止的夢！他「砰」地把接收機推進航海桌。紙帶停止了，但密碼鎖上的紅燈立刻亮起。手腕上的振盪器也開始振動。在有信號的時候，只要接收機不打開，振盪器就將一直振動催促收報。振盪器振動的強度並不大，卻非常清晰。振動的時間稍微一長，就分不出是振在腕上還是振在心裡，全身都隨著發抖，如同發生共振。一直振下去，會把神經和骨骼都振碎。

應當有指令！眼前的黑暗中突然出現一個明亮刺眼的窗，一瞬間清醒過來。僅僅知道死亡沒有意義，他要的是指令，與死亡同樣黑色，不留餘地，同樣無情的指令！臂上的血已經不流了，手蒼白得如同死去的肢體。對準密碼，接收機沿著導軌重新滑出。紅燈滅了，振盪器也即刻停止。積存的紙帶如一條蛇刷地竄出。

……5……31……74……98……106……

還是死亡名單！127結束後緊接著就是1，中間只有一個空格，根本沒有指令！他倒拽紙帶，查找每個127和1之間的空隙，全是只有一個空格。這是一段循環電文，只有死亡名單，沒有指令！紙帶仍然軋軋地向外爬著，只有死亡，死亡，死亡……可他現在要的已不是知道死亡，而是回答死亡！

打開收音機。全世界都在談中國。頭條新聞剛換上新內容——聯合國軍逮捕了王鋒。這個消息讓丁大海感到了一種從未體驗過的孤獨。雖然潛艇出航後王鋒從未跟他聯繫，但無論海底是多麼漆黑一片，他卻感到整艘潛艇被托在一隻巨大無邊的手上，一雙眼睛無所不在地看著他，一個神明隨時會給他指引。現在，他似秤鉈一樣滴溜溜地下沈。隨著那隻手、那雙眼睛和那個神明的消失，這艘潛艇與人間失掉了唯一聯繫，似乎已成爲一百二十七個人合葬的棺材，駛上通往陰間之路。

他想不明白王鋒爲什麼只發出一個死亡名單，是沒來得及還是有未說出的深意？但是有一點很清楚，往下怎麼辦，只能由他自己決定了。

紙帶軋軋輸出，已快堆到腰部。他把接收機推進航海桌。紙帶停了。振盪器又開始振動。他摘下手錶，放到桌上。振盪器帶動手錶在桌上跳個不停，活像一隻瘋癲的耗子，讓人驚悸心慌。他扣上去一個水杯。耗子在下面噠噠作響。他咬牙切齒地從臂上撕下一塊帶血紗布，把錶層層包住，死死勒住，扣上杯子，再壓上兩本航海手冊，這才總算擺脫了夢魘的感覺。

他把滿地紙帶攏到一起，先用身體壓，再用膝蓋壓，最後團在腳下踩了又踩，踩成硬邦邦的一坨。換掉沾滿血跡的衣服，他出去把紙帶塞進廚房旁的垃圾處理機，一直守在旁邊，直到紙帶完全被絞成混合在海水裡的紙漿。

他發出啓航命令。潛艇立刻緊張起來。所有人都露出歡欣表情。再這麼待下去，眞是要寂寞得發瘋了。

法國《解放報》文章

如果要評選最富戲劇性的人物，當今大概非石戈莫屬。這位中國人以副總理的身分獨闖澳大利亞使館，力圖挽救台北而獲得諾貝爾和平獎史無前例的一致提名，自己卻被當時的北京政權判處了死刑。然而就在他被押赴刑場執行死刑的途中，專門派去營救他的聯合國部隊及時趕到，使他免於一死。當晚他便出任了中國政府的新首腦。

僅僅兩天，世界已有一百六十二個國家和地區向石戈發去了熱情賀電。這表明國際社會對他的衷心歡迎和寄予的厚望。但是，任何人都能透過這表面的熱鬧和善意看到其中本質，這是一種典型的殖民主義式安排。不管石戈多麼應當和多麼適合擔當中國首腦，推舉他的並不是中國人民，而是剛剛用核武器把中國打翻在地的美國和俄國。兩國以聯合國爲外衣。之所以選中石戈，是因爲他的國際聲譽和人道主義色彩，因爲他既是前政府高官，又從未參與過前政府的罪行，還因爲他曾表示過不反對台灣獨立而獲得台灣人好感。在美國和俄國各自對中國未來的設計中，他看上去是一塊能夠使雙方共同認可的中間色，因而成了出現在畫布上的第一筆。

聯合國已經定下了一個未來中國的模式，即中國的南方、北方，包括台灣，都納入一個統一的主權。這也許是明智的。分裂還會產生敵對和衝突，這次代價頗大的行動就會化作徒勞。但是問題在於，以往的分裂不會由於形式的統一而消除。俄國在這次行動中的突出地位是個危險信號，雖然與其直接相關的利害是別國無法相比的，但是她重新扮演超級大國——哪怕只是在中國這個局部地區——卻十分令人不安。中國太大了，有太明顯的利害，對世界不可能沒有廣泛影響。俄國僅以核武器和軍隊參加這次行動，到目前爲止她開進中國的軍隊已達十三萬人以上，占聯合國維和部隊在中國駐軍的七十%。但是她對打擊後要爲中國提供的物資援助卻盡可能推託，只承擔了四．五%，其餘的都壓在西方頭上。

俄國經濟狀況不佳。她的政府和人民始終把不佳的原因歸咎西方——尤其是美國——別有用心的遏制。確實，美國一直對俄國的重新強大極爲提防，不惜暗中做很多手腳，使俄國人對美國的戒備和怨恨日益增長。這次對中國的行動太需要國際色彩，美國不得不拉著俄國一道，根本上卻與美國對俄國的戰略相矛盾。美國會不會在爲今後中國所做的安排中，盡力抵消俄國影響的擴大？幾乎不用懷疑。兩個核大國肯定都在打自己的算盤，它們能否眞正協力維持中國的統一，讓人不敢樂觀。

對未來的擔憂現在尚遠。中國的當務之急是恢復秩序。核打擊造成的崩潰已使中國大部分行政機能陷於癱瘓，如果不能在短時間內恢復，中國的未來無法設想。這個結果肯定是主持打擊的聯合國以及美俄始料未及的。全世界都爲中國當前的狀況震驚和憂慮，不光是出於人道主義，也出於擔心中國的災難會波及全球社會的實際考慮。發達國家紛紛公布援助計畫，連第三世界小國也令人感動地盡力而為。然而這次可不像救濟衣索比亞饑荒或是阿富汗地震，幾個歌星亮亮嗓子就能募到足夠的錢。即便全世界平攤，也是每四個人就得分擔一個中國人。多數不發達國家連養活自己都成問題，主要的救援只能由發達國家承擔，出於道義，出於難以推卸的責任，也許還有各自的政治打算。世界已經動員起人類歷史上規模最大的運輸力量，向中國運送救援物資。中國像一場火，物資就像水，未來的局勢就看火和水的對比了。

石戈過去以處理危機的能力而著稱。現在，中國處於生死存亡的關頭，他將怎樣發揮那正逢其時的能力呢？他僅僅是國際勢力手中一顆被動的棋子，抑或會成為一個古老民族危難之際當之無愧的領袖？這是他做為將繼續處於舞台中心的戲劇性人物給觀眾留下的懸念。

北京　石戈辦公室

沙塵暴連續颳了兩天。白天天空一片暗黃，光線如同黃昏，空氣中的每個分子似乎都被塵埃頂替，在厲鬼般嗥叫的長風中翻飛騰轉。而夜晚，風聲更加淒厲。門外的燈映出一團橙色混沌，倒顯得亮堂堂，深沈而又莊嚴。石戈用涼水沖了一陣頭，在窗前站了一會。從押赴死刑的路上被接進中南海後，他一直沒睡過完整的覺。祕書此刻又在身後催促，部長們正在會議室等待。他從墜落深淵的睏意中把自己強拉出來。

從死囚到「中國臨時政府總理」，似乎沒使他感到變化。在那個將被處死的前夜，他也看到了這種天地互相呑食的景象。不過那是在夢裡，是血的顏色。現在就在眼前，只是顏色變黃了。他沒有絲毫情緒上的激動，似乎那個死刑判決仍留在身上。不過這次死的不是他一個，而是整個民族，由他率領。

自己死，閉上眼睛，瞬間就可以離開所有煩惱。然而十三億個生命壓在肩頭卻成了另一回事。當「聯合國援助中國特別委員會」邀請他出任中國領導人時，他立刻就同意了。他沒做政治家這時通常要做的姿態，連考慮的時間也沒要。中國已經沒有時間考慮了。他一生理想是建設一個美好中國，然而看來命運安排給他的，就是這個無法逃脫也不可改變的崩潰。

他只提了一個條件：所有國際援助物資都得聽從他的分配和調遣，不許直接交給任何地方政權、社會集團和民族勢力。進口國際援助物資的口岸也都由他直接管轄，並由聯合國部隊保護。物資從哪個口岸進，進多少，什麼品種，何時進，何時停，分給誰，分多少，全要服從他的安排。做爲一個主權國家的最高首腦，這個要求看上去不過分。除此之外，他只要了外交、運輸和外匯管理三個與國際援助有關的部門，還有一個新成立的「生態保護總局」。他對其他部門一概撒手，任由美俄勢力的代理人瓜分。這使他名爲最高首腦，實權掌握得並不多。

各方對石戈的這種安排都覺得費解，最有意見的是石戈自己的班子。正在召開的會議在一種近乎焦躁的氛圍中進行。

「……爲什麼來自歐洲和俄國的援助物資不走顯而易見更安全可靠、而且成本更低的二連浩特或滿洲里，非要從高風險的新疆阿拉山口運進來？」鐵路運輸部部長口氣中的質問很明顯。圍坐在環形會議桌周圍的閣員看上去都有同感。

目前國際援助物資總量的五十三%通過歐亞大陸鐵路線運抵中國。從西部新疆入境的鐵路雖然運輸總里程短，但入境口岸遠離中國東部經濟中心和人口稠密區，比起從東部的滿洲里和二連浩特進口，大大增加了在中國境內的運輸距離和壓力。尤其是當前新疆暴亂正越演越烈，「東土耳其斯坦共和國」的勢力控制了大部分地區，新疆和內地的鐵路交通已經中斷。這時石戈堅持把一多半歐洲和俄國的援助物資從新疆運進，沒有人會認爲是符合理智的決定。可恰恰是被人認爲從來最具理智的石戈做出了這種決定。

這個會議主要是討論救濟物資的運輸。石戈主管範圍雖很狹窄，卻成立了近二十個部。光是運輸就有鐵路運輸部、公路運輸部、航空運輸部、水上運輸部、鐵道部、公路部、交通機械部和交通安全部八個部。他的整個施政格局看上去都圍繞著運輸。四個運輸部的部長是他手下最強的人物，而且都是國際問題專家，這種配置很令人費解。

「我們並不需要把食物全部運進內地。」石戈溫和地解釋。「運進的物資多數留在新疆，集中在伊寧、阿克蘇、喀什爲中心的地區，在那一帶建立分發食物的救濟網點，把內地難以承受的流民吸引過去。我要求立刻打通通往新疆的鐵路，抽調內地完好的機車和車皮集中到這條幹線。要在最短時間內形成最大運量，把內地流民盡快送往新疆。」

這既是一個解釋，也是一個命令。可卻使部長們更加鎖緊眉頭。從一開始主持工作，石戈就在推動這種把流民導向「四邊」的戰略。「四邊」是指中國陸地邊境加上東南沿海。他以發放救濟食品爲誘餌，讓救濟站一步一步從中心地區向「四邊」撤退，吸引流民跟隨。流民之所以四處奔走，根本上只爲找到食物，所以這種吸引非常有效，橫衝直撞的流民立刻輻射狀地指向「四邊」。石戈的理由是：恢復秩序的最大難點在流民，把流民引向「四邊」，才能比較容易地整頓和重建中心地區。國際援助物資大部分從「四邊」入境，讓消耗物資的主要人口——幾億流民置身「四邊」，也就免除了向內地運輸的工作量和被哄搶的風險。

但是所謂「四邊」中的「三邊」已經擠得要爆炸。相對富裕的沿海地區早就人滿爲患，中日經濟合作區吸引的人流又把東北塞得不剩空地。南北戰爭使中原戰場近二億百姓遷移。不管是北方荒涼的蒙古草原，還是西南多山的雲貴高原，都已變得擁擠不堪。部長們一致認爲，當前的關鍵在於恢復生產。靠國際援助是填不飽十三億個肚子的。從這個角度出發，至少應當把流民從經濟基礎最雄厚的沿海地區引開。爲什麼卻相反，越是像廣州、福州、溫州、上海、大連這樣重要的港口城市，越讓流民日益爆炸地凝聚？現在只剩西邊是空的了。西邊距離太遙遠，隔著難以生存的青藏高原和不可逾越的新疆沙漠。看來石戈現在是要用火車運人填滿這一邊了！

不光是火車，他又指示交通機械部徵集大型汽車，改成雙層，加護欄，掛拖車，達到每輛次可載二百五十人到三百人。要求十日內徵集改裝一萬輛。然後由公路運輸部從敦煌至和田，沿古絲綢南路，開通另一條運輸流民的大幹線。同時，與鐵路並行的北疆公路也開展汽車運輸。

「……第三種方式也不要忽視，人的兩條腿雖然慢，但是人人都有。沿途設置進行誘導的救濟站，完全可以把人腿調動起來。另外，全國有三億輛自行車，各大城市都有成千上萬的自行車被丟棄，交通機械部要進行收集和修理，無償提供給遷移者使用。要組織好自行車配件的生產供應和沿途維修。總之，調動一切手段，把無法安置到其他三邊的兩億流民盡快送到西部邊疆，這是眼下的首要任務。」

「將來呢？」航空運輸部部長提問。「新疆頂多再接納一千五百萬人就會飽和。你現在要送去兩億人。他們在那無地可種，無荒可開，無事可幹。光靠國際援助，連兩億人的牙縫都塞不滿。這用小學算術就可以計算出來。」

水上運輸部部長就另一個問題發難——石戈命令到世界各地收買舊船。不管多破多舊，只要能航行就買。可是連他這個部長都不知道目的爲何，說是爲了運輸國際救援物資，援助國卻早承諾由他們負責運輸。何況救援物資不能永遠運下去，一旦停了，那些花費國家僅剩的黃金儲備買來的廢物還能做什麼？

石戈看了一眼腕上的錶，其他人也不自覺地模仿。每個政府工作人員都按石戈的要求戴同樣的錶，錶盤上有百分之一秒的時間，發瘋般地閃爍，提醒人時間在流逝。

「請原諒我不回答你們的問題了。我們沒有時間再爭論和解釋。請大家記住一點，每一秒鐘都有上百甚至更多的人喪失生命。我們說話這一會兒，已經死掉幾萬人了。我的決定由我負責，請大家照辦吧。」石戈疲憊但是堅定地說。

會場冷了一刻。石戈說這種話固然不是適於團隊合作的方式，但是他選的部長們都有行政官的專業精神，知道在什麼情況下停止爭論。更重要的是，多年跟隨石戈左右使他們相信，如果他們看到的錯誤如此明顯，那一定不會是石戈可能犯的錯誤，只能是他們還沒有看到其中的奧祕。

「怎麼保證運輸暢通？」鐵路運輸部部長放棄爭論，開始討論具體問題。遷移流民首先要在叛亂的新疆打通交通幹線，形成一條安全走廊，也是一條保證沿途物資供應的走廊。目前新疆大部分地區都有叛亂，物資也會吸引叛亂者，建立和保衛如此漫長的走廊，沒有強大的軍事力量爲後盾是不可能的。

交通安全部部長介紹了軍事方面的準備。關鍵在於得到軍隊的配合。目前軍隊面臨的首要問題是讓士兵不挨餓。此時的中國萬里赤地，一片蕭條，連軍隊自古求生的老路——搶也變得無濟於事，不少部隊因此瓦解。這種時候，誰能給軍隊食物、燃油和必要的物資，他們就會聽從誰的指揮。石戈沒有要軍權，但是物資控制權在這時比什麼都有用。目前，交通安全部向每個團以上的軍事單位派出特派員，隨時彙報軍隊的情況。哪個部隊不執行命令，交通安全部便通知負責軍需的部門，停止向那個部隊提供物資。而哪個部隊表現好，便會得到超額的獎勵物資。這種控制方式簡單，卻很可靠。九個集團軍已經按交通安全部的指揮集結布防。駐紮新疆的蘭州部隊也開始向新疆叛亂者發起進攻。安全走廊指日即可暢通。

問題在於國際輿論的指責。即使平叛是必要的，一個講人道的政府也會給對手充分時間，爭取在談判桌上解決問題而盡可能避免流血。石戈原來做爲偉大的人道主義者受到世界敬仰，現在卻分秒不肯耽擱被新疆穆斯林極度仇視的大移民，並且以嚴厲懲罰報復叛亂者每次對交通幹線的破壞。這等於把西行交通的暢通完全寄託於國家恐怖主義基礎。國際社會對此掀起嚴厲批評，原本十拿九穩頒發石戈的諾貝爾和平獎也眼看成爲泡影。人們百思不得其解，一個在死刑威脅面前都敢表達同意台灣獨立的人，現在爲何對大半是沙漠的新疆如此強硬？而同時，爲什麼又對西藏獨立不加干涉，對散布在中國其他各處的占山爲王者也不予理睬呢？

石戈對誰也不解釋。

一旦不爭論，具體問題的落實速度就跟飛跑一樣。凌晨一時三十四分，向新疆輸送流民的計畫討論布置完畢。部長們就地向助手交代馬上要做的事。工作立刻展開。每個部長得到四小時睡眠時間。好幾個部長捨不得耽誤走回自己辦公室的幾分鐘，往會議室沙發或地毯上一躺，立刻墜入夢鄉。

石戈還不能睡。三十幾名白髮蒼蒼的核專家在等他。其中一位見到石戈，便展開寫著血字的白絹——「生爲中國人，不做外國鬼」。他的手指包著紗布。

聯合國迫使中國非核化的「非核決議」，措施之一是要求中國核人才全部出國。對個人而言條件優厚：名單之內的人可以在美俄英法四個國家任意選擇移居國，直系親屬立即得到綠卡，接納國政府提供安家費和安排就業。這對接納國是一筆白撿的財富。而從前受「保密法」制約不能出國的中國核人才，也是皆大歡喜。只有這三十六名老專家拒絕。

「……十分抱歉。」石戈沒坐下，說話很快。「我沒有時間和你們細談，雖然我十分尊敬你們，十分希望和你們好好談。政府將把這幅血字永久保存在紀念館。但是你們必須走。你們是中國核領域的頂尖人物，世人矚目，你們不走，國際社會的疑慮不能解除，非核決議會被認爲沒得到徹底實施，由此對中國產生一系列不利影響。希望你們個人的民族感情能服從整體的民族利益……」

「我不同意！」原國防科工委的核武部門總設計師打斷他。「整體的民族利益喪失在你上台做的第一件事——在非核決議上簽字！只求眼前多得一點救援物資，將來中國靠什麼保衛自己？我們多少科技人員當年視美國綠卡如糞土，回到祖國，不是爲了看到今天的非核化，讓殖民主義列強瓜分中國的歷史重演！」

「老總，殖民歷史如果重演，」石戈字斟句酌。「……大概也是顚倒過來的。」

沒人明白這句話的意思，石戈也沒有再解釋。「走吧，立刻出國，不要做任何耽擱時間的事。如果你們拒絕，我只能派人把你們抬上飛機。」

他跟老專家們握手。總設計師拒絕伸手。「我一生憎恨賣國者。」老人憤怒地逼視他。

「走吧，老總。」他依然溫和地說，壓住嘆息。

石戈獨自走到室外。塵暴彷彿要把北京埋掉。細微的黃土粉末千萬噸地從天而降。風稍一間歇，所有的室外平面立刻就堆起厚厚一層。而風一重捲，千萬噸黃土又從地面向天上飛揚，在燈光下如快速流動的固體。

他心中的計畫太大了，大得實在過分，大得讓人產生犯罪感。一個人瞞著天下，獨自安排十三億人的命運和生死，他有這個權力嗎⁉但他不僅計畫了，還在爭分奪秒地實施，邁出的每一步都不可逆轉，沒有後路。恐懼的颶風時時颳過他心頭。一個人的藐小胸膛難道能、難道該塞下這麼大的計畫和責任嗎？

他的頭如灌滿了黑乎乎的鉛塊。眼前似乎隔著一道幾公里厚的玻璃，什麼都恍恍惚惚。

正是爲了這個計畫，他才一分鐘沒思量就同意出任中國政府總理。這計畫是他在監獄裡等待處死的時間形成的。那時只是出於「職業習慣」，做爲搞了一輩子計畫的人此生最後一個計畫。他當然明白，只有身在最高領導人之位才有可能把這種計畫付諸實施。他卻絲毫沒有想到，自己會成爲最高領導人，並且要親自執行這個計畫。

至今他不敢透露半點。這計畫如果能成功，能讓億萬人的生命得到拯救，關鍵取決於保密，保密到最後關頭。眼下，即使是對他最信任的同事，也必須守口如瓶。他會不自覺地用驚險小說裡的思路，擔心他們在說夢話時洩漏，在被綁架後招供，或者哪怕僅僅像他此刻一樣，被那巨大的祕密壓得不堪重負，難以遏制地渴望講出來，哪怕是講給一棵只會搖擺的樹。

中俄東方邊境　黑龍江

今年的春天遲遲不邁過北緯五十度。往年這個時候，黑龍江的冰面已經隆隆作響地開裂了，現在卻仍然結實。只是在中午太陽最熱時分，冰的表面出汗似地化出一層水，太陽稍一偏斜又重新結凍。俄軍的裝甲車在冰面上奔馳，拖起一道道白茫茫的冰渣尾巴。

然而，冰層還是越來越薄了。儘管大氣溫度還在冰點以下，可失去了冬天透地數米的嚴寒，在冰下流動的江水就開始侵蝕冰層。下游成千上萬往上走的人不斷帶來消息，冰面開裂的地段一個勁上移，昨天還在雪水溫，今天就到車陸了。

聚集在璦琿、黑河一帶江邊的人已經多得不能再多。到處是蠕動的人群，亂七八糟的窩棚，無數堆篝火黑煙遮天蔽日。黑龍江省原來保留著中國北方最後一點森林，現在卻連一棵直立的樹也看不見。沒燒掉的也被人砍倒，而且牢牢看守。誰有火誰就不會被凍死。爲爭幾根樹枝而喪命的人隨時都有。

正是這裡的森林和黑龍江把人們吸引來此。饑餓的人群搶空了哈爾濱、齊齊哈爾、牡丹江、佳木斯那些大城市，又席捲了每一座縣城小鎮，最後連村莊農舍也被打劫一光。能吃的都吃了。凡是被人創造的也都被人毀掉了。人們最後只能把手伸向上帝，伸向幻想中富饒的大自然。老歌裡不是唱過：北大荒，好地方，棒打麅子瓢舀魚，野雞飛到飯鍋裡。儘管那是半個世紀以前的形容了，但是在饑餓的昏迷中，美景永遠就在眼前，伸手可及。只要到了森林裡，江邊上，麅子、野雞、大馬哈魚、飛龍、熊掌、猴頭蘑就全到了嘴裡。

蝗災出現時，烏雲般鋪天蓋日的蝗蟲落下，無邊的莊稼一會兒就被吃成千里赤地。現在是放大了的蝗災——人災。雖然人沒有翅膀，可人的嘴要大一千倍，人的毀滅性要大一萬倍，人災掠過之處，整個世界都被毀滅。

不知有幾個人吃到了麅子，屍體卻越來越多地散布。人們看見死亡只如看見樹葉落地，哪怕是親人在身邊倒下，也沒有叫一聲的力氣。唯一的念頭就是繼續走，去尋找新的森林，富饒的土地，野獸和飛禽出沒的地方，肥碩的大馬哈魚一條條躍出冰窟窿！

他們停在了黑龍江邊。

如果從天空俯瞰，會看到一幅極獨特的景象。黑龍江彷彿是一條蜿蜒的摺縫，江兩岸如同被展開的平面。中國這邊是反面，俄國那邊是正面。反面是黑色的，黑得嚇人。積雪被無邊的人群踩成骯髒泥巴。上空懸著黑煙。城鎮廢墟好似一座座墳場。正面則是一片銀裝素裹，白得耀眼，幾乎看不到人，只有無邊的樹，間雜著一棟棟安靜的房舍。這景象連上帝在天上看也一定會納悶：一條江怎麼能隔離出兩個如此不同的世界？

黑龍江江面就更奇特了。蜿蜒的主河道正中央有一條中心線。在地圖上那該是標明國界的點畫線。而眼前，點畫線的點是俄國邊防軍一輛輛奔馳的裝甲車，點畫線的線則是履帶在冰面上壓出的轍印。這條線的兩側更加分明。俄國一側是乾淨的冰面，平滑得像玻璃。中國一側則鑿滿密如魚鱗的冰窟窿，露出黑黝黝的江水。冰窟窿之間擠滿著人，緊挨在一起的黑頭髮就如蒙在江上的一張黑皮毛。

冰窟窿是用來捕魚的。這是北方特有的捕魚方式。魚喜歡光亮和氧氣。如果江面上有那麼星星點點幾個冰窟窿，魚兒會爭搶著聚到周圍，被上面的魚叉扎中，或者被送下去的魚網罩住，自己跳上來的也不少見。然而半條江都被穿透了，魚兒們還有什麼可爭搶的呢？那半條江好似突然長出了無數根倒刺，從上面伸下來一刻不停地攪和。上面嗡嗡嘈雜，透進人的臭氣。魚兒的腦雖然不大，這點聰明還是有的，牠們全都游到俄國一側的冰面下，反正牠們也不在乎什麼主權，只當這條祖祖輩輩生息的江突然窄了一半。

捕魚的人們停止了徒勞。冰窟窿中的江水重新結起了冰殼，凍住了樹枝做的魚叉。人們相互擠在一起獲得溫度，眼睛全看著對岸那片廣闊無邊的富饒土地。在眾人的沈默中，下游冰面開裂的隆隆聲似在傳來。一頭美麗的雄鹿出現在對岸一座山頭上，昂著高大的角，雕塑一般挺立。人們先是屏住呼吸看著。多少年來，中國這岸的野獸就沒停過往那岸逃。這邊沒有樹，沒有草，更沒有安寧的天地，只有專門割牠們角、扒牠們皮、吃牠們肉的人。牠們會記住這個地方，那就是逃出去就永遠不再回來。牠們的生存本能中似乎已經有了國家的概念。一江之隔，牠們的命運卻完全不一樣。在對岸，那雄鹿是多麼的驕傲、大膽、甚至是蔑視地看著這岸啊！連牠身後的母鹿和小鹿也不在乎這岸的人群。

一個聲音開始傳播。它最先出自黑河中學一位歷史教師的口：「那邊本是中國的領土，是被沙皇政府用不合理的瑷琿條約強占的！」沒經過幾張嘴，這話就簡化成了：「那邊是我們祖宗的寶地，是叫老毛子搶去的！」中國從二十世紀五十年代末到八十年代中一直和蘇聯敵對，近三十年的時間，全民族飽受了新老沙皇侵略歷史的教育。現在昔日屬於自己的大好河山就在眼前，那兒有廣闊的空間，無邊的森林，肥沃的土地，野獸出沒，飛鳥成群，夏季的漿果成百萬噸地落在地上腐爛。聲音越傳越快，變成潮水般的嗡鳴，好似共振一樣越振越強。隱藏在對岸工事後面的俄軍士兵緊張地探出身體，架起武器。嗡鳴突然在一瞬間消失，無影無蹤。俄國裝甲車的聲音頓時顯得非常刺耳。裝甲車組成的點畫線開始變化，如緩慢的波浪一般出現了曲折。默默地，後面的人開始推動前面的人，岸上的人開始往冰面上擠。有人被擠掉進冰窟窿，卻沒有打破整體沈默。俄國裝甲車慌了起來。它們緊貼著人群行駛，把速度開到最大，想把人群嚇退。然而即使有人被捲進履帶之下，模糊的血肉甩了前面的人滿身滿臉，他們也無法後退。背後那堵沈默而風雨不透的牆越來越厚，越來越有力。再多的裝甲車也無法撞倒和碾碎這堵牆。俄方的高音喇叭用中文發出嚴厲警告，命令士兵們做好開火準備。不過軍事行動總是面對類似衝鋒那樣有幅度的爆發才能開始，對一寸一寸往前蹭這種典型的中國動作從哪開始呢？人群橫著看不到邊，豎著看不到頭，完全是凝縮在大地上的一塊史無前例的大肉餅。人的數量可比子彈多得多。

爆發點終於出現了。冰層本已變薄，鱗狀的冰窟窿又使冰層強度降低。越來越多的人擠到冰上增加重量。每隻腳都使著勁兒，往前擠或者往後退。中心線凸起最大的那一段河面突然傳出冰層之下一聲轟然巨響，大約一公里長的冰垮下去。冰上的人一股腦掉進水裡。幾輛俄軍裝甲車也一眨眼沈入江底。千萬人同時發出的恐怖叫喊如原子彈爆炸那樣震耳欲聾。人群一下炸了窩，衝向俄國一側的堅實冰面。俄軍也呆住了。他們不能向逃生的人開槍。但逃命只是最初一秒鐘的本能反應，立刻就轉變成突破封鎖的全面大衝鋒。俄軍僅僅猶豫了那麼一刹那，就已經淹沒在人海中，再也沒有了反擊的機會。每個士兵身邊都是滾滾人流，怒吼著掠過，把他們踩在腳底，踩進潔白的雪中，變成污黑的泥。

一處的突破帶動了全線。所有人全都向對岸瘋狂地跑起來。逃吧！逃吧！也許再過幾秒鐘冰層就全部垮掉，就再也逃不過去了。留在這邊就是死亡。反正是死，痛苦地餓死還不如挨一顆槍子兒更痛快！

突破口迅速擴大，轉眼就變成幾公里，十幾公里。冰面不斷垮掉，成千上萬跑在冰上的人掉進江裡。更多的人被後面的人浪從陸地上擠下水。在冰水裡幾分鐘就會喪失活動機能，幾乎沒有人活著爬上岸。人群開始向上游跑，只要哪兒的冰沒垮，就從哪兒接著往對岸衝。

上游俄軍開火了，開始還有點猶豫，逐漸越來越凶猛。密集的子彈似鐮刀割麥一樣砍倒大片大片的人群。屍體在冰面上魔幻般地堆積起來。然而屍體沒有嚇住中國人，他們的國土上到處都是屍體，走到哪都如踩著破布般習慣自然。現在他們不顧死活地往前衝，踩著死人，也踩著活人。

當俄國士兵看著那永不消失的人群瞪著瘋狂的眼睛，鬼怪似地攀著屍體衝到眼前時，絕大多數都產生了手中武器毫無作用的絕望想法。他們甚至想把自己的手放到噴著火舌的機槍上試一試，發射出來的子彈是高速的金屬，還是棉花甚或幻影？

在那無數張骯髒、瘋狂、獸性的臉中間，有一張鐵面顯得最爲平靜，看不到任何激動與扭曲，因此也顯得更加可怕。一個抱著雙筒機槍的俄軍少尉嚇得呆住，甚至不知道能不能對這個地獄裡冒出的魔鬼射擊。魔鬼雙手戴著薄黑皮手套，擰小雞似地擰斷了他的脖子。

李克明現在自由了。對他的通緝令已成爲被人遺忘的歷史，連他的鐵面也引不起驚奇。人們見了太多的恐怖，在集體陷於麻木和瘋狂的人群中，他成了正常的一員。這種變化使他從往昔的絕望中擺脫出來，老婆和兒子占據了全部思念，他回到老家來尋找他們。

但是昔日的家園已不存在，變成了一片燒焦的廢墟，滿目都是斷垣殘壁。他找到了自己的家，只剩下房屋的一角，一個老頭正躲在牆後強姦一個餓得奄奄一息的幼女。無論妻子兒子還是父母都不知去向。到處是人，卻沒有一個熟悉的。鄉親們、一起長大的童年朋友、同學、老師、鄰居全都不見，只有一張張、一排排、一片片陌生而遙遠的面孔，凝聚著饑餓與瘋狂。

在李克明奪下俄軍少尉的雙筒機槍後，他身後跟上了七、八個男人，每人手裡都有從俄軍士兵手中奪來的槍。沒人說什麼，只是緊緊跟著李克明。也許由於李克明的鐵面，也許由於他殺死俄軍少尉的功夫，也許由於他身上那種讓人懾服的氣質，反正他們認定了他就是頭兒。

李克明開動了一輛裝滿彈藥的俄國雪地運輸車。那些男人跟著上車。他們沿著江邊往上開，哪裡有俄軍向過江人群開火，他們就從背後襲擊那裡的俄軍。李克明已經有了一支隊伍。或者說，一支隊伍已經有了他。

那一夜，從瑷琿到呼瑪二百九十公里江段，約有三千萬人衝進了俄國。黑河對岸的俄國阿莫爾州首府布拉戈維申斯克燃起了熊熊大火，吃的穿的用的全被搶光。沈溺於暴行的中國難民只占極少數，多數人直奔北方的大山脈和大森林。凌晨時分，當俄軍重新控制住邊境時，洪峰已經過去。小股後趕到的人群重新聚集伺機過江。被黎明青光微微照亮的江面上，幾十公里浮冰被江水搖動著碾磨那些落江的屍體。冰上水裡全泛著黑紅色。上游沒斷裂的冰面被屍體鋪滿，有些地方堆了若干層。幾乎每個捕魚的冰窟窿當中，都豎直地插著掉進去的人，凍成根根冰棍。有的冰窟窿插滿了這種冰棍。

進入俄國的三千萬人分散成一個巨大扇面，如同流進沙漠的洪水。俄軍直升機在天上跟蹤，只見他們分成越來越小的小股，直到隱沒在茫茫的西伯利亞林海。

中國國家安全部文件（絕密）

黃士可副總理：

我國大批難民湧入俄國遠東，在俄國和國際社會引起強烈震動。我們在有關報導中發現一個線索：俄國別洛格爾斯克的居民自衛組織曾在我國難民隊伍中抓獲一名日本特工。在私刑處死的威脅下，該特工供認他是日本祕密組織「黑龍會」的下級成員，在我國難民突破邊境前，便已僞裝成中國人混入難民隊伍。他的任務是鼓動我國難民強行湧入俄國，在俄國境內建立根據地。這種任務的目的是什麼他不清楚，往下怎麼做也需要得到進一步指示。他只知道有同樣任務的「黑龍會」成員在中國難民隊伍中不少。該特務迅即被俄國安全機關帶走，唯一對此做了報導的《阿莫爾州報》也再無下文。

國內情報機關過去曾對「黑龍會」進行過調查。這個百年前產生的組織雖幾度興衰，思想基礎卻始終深植在日本的國民意識中。日本人一直把國土狹小視作可能導致民族災難的根源。有關地震、火山爆發、人口飽和、日本列島沈没、石油斷絕、資源枯竭的文學或影視作品，在日本頻繁出現並轟動，反應了這種心態的延續性。日本在經濟和技術上的崛起没有緩和這種危機意識，反而使之更爲強烈。生產能力不斷提高使日本更加依附於國土之外的資源，按他們自己的形容是：「巨人越高大，泥足越脆弱。」

「黑龍會」是延續未斷還是死灰復燃目前尚不清楚。其骨幹力量是一批自稱「救國精英」的中青年極右分子。提出的宗旨是「爲日本爭取生存空間」和「使日本具有安度危機的自身條件」。由於這個組織極其嚴密，從不公開活動，至今它的規模、成員、具體行動計畫無一被外人掌握。只是風聞經過長期經營，其成員已遍布當今日本政界。

別洛格爾斯克居民抓獲的特務證實了以上調查並非捕風捉影，而且「黑龍會」看來比原本估計的能量更大。我們判斷，日本政府的遠東戰略在很大程度上受「黑龍會」左右。早年「黑龍會」的目標——把中國東北和俄國遠東併入日本版圖，成爲日本新邊疆，不排除仍然是今天「黑龍會」致力的目標。他們將怎麼做？爲何要混入我國難民群中？未來方案是什麼？對我國是否構成威脅？回答這些問題是極其重大而迫切的。因此建議，因前段國內政治變化而中斷的有關「黑龍會」的調查工作，應立即恢復，並在經費、人力、優先權上給予更高級別和保證。

北京

北京首都機場顯得空空蕩蕩。大部分航班停飛，幾乎看不到移動的飛機。各國政府都向本國國民發出不要前往中國的告誡。陳盼在歐洲跑了四個國家，才找到這班可以回國的飛機。除了指揮、救護、保衛等必不可少的環節是以軍事化方式保證運轉，機場多數服務都癱瘓。乘客只有徒步從停在跑道上的飛機走到出入境檢查站。

難得在北京看見這麼藍的天。還不到熱的季節，可機場已像煎鍋般烤人。看來對核冬天的憂慮大可解除。核冬天是產生於一九八〇年代初期的理論。這種理論認爲核爆炸達到一定規模，被爆炸高溫汽化的岩石、土壤、城市和森林燃燒的煙霧，以及衝擊波揚起的塵埃大量升入天空，將會隨大氣環流飄移，布滿大氣的對流層並進入平流層，在全球上空形成一層屏障，阻擋陽光，使世界天空變暗。大部分太陽輻射將在高空爲煙塵吸收，達不到地面，因此會造成高層大氣升溫，而地面溫度下降攝氏十至二十度甚至更多，形成一個持續數週或數月的人造冬天，從而毀掉全球農業。因此，在這種理論中，核戰爭沒有勝利者，只有人類的共同災難。

美俄對中國的打擊遠不到出現核冬天的程度，卻已是迄今最大規模的使用核武器，爲研究核冬天理論提供了一個驗證場所。與陳盼同機的荷蘭氣象學家兩個月中已是第五次來中國。他可不認爲好天氣可以解除憂慮，而是富有哲學意味地跟陳盼說，任何反常變化，哪怕是往好裡變，都可能是危機的徵兆。

進入機場主樓，裡面陰氣襲人，沒有燈光，隔離玻璃另一側的候機大廳，暴亂破壞的痕跡仍未完全消除。候機大廳空蕩蕩，裡面的長椅七扭八歪。成群麻雀撲楞楞地飛來飛去，到處是碎紙垃圾。接近出入境檢查站時，歐陽中華在玻璃另一側等待。他的身影逆光但面龐清晰可見，笑口中露出整潔的牙齒。她在電話裡告訴他飛機時間不確定，不要來接。看來他已經等了很久。隔離玻璃很髒，他按在玻璃上的兩手輪廓有點模糊。陳盼從玻璃這邊把手貼上去。他對她做出親吻口型，互相都聽不到說話的聲音。

石戈政府成立第二天，就把歐陽中華、陳盼和綠色和平組織的主要骨幹請到中南海。會面時間雖然只有十五分鐘，卻讓他們驚喜得不敢相信。多少年的努力獲得的都比不上那十五分鐘的百分之一。石戈任命歐陽中華爲國家生態保護總局局長，把全國兩千多個自然保護區交由綠色和平組織管理。他提出的要求是把自然保護區辦成生存基地。「現在首先要保護的已不是野生動植物，而是人類自己。」石戈這樣說。他還建立了一所「綠色中國大學」。那不是普通的大學，更像一個浩大工程，或是日夜加班的大工廠。每一期的培訓時間只有二十二天，除了最短的睡眠，全是上課。課程有綠色哲學、擺脫商業社會和分工的生活方式、野外生存、利用自然能源等。其中最核心的課程是薯瓜培育和種植。

看得出在石戈的布局中，薯瓜被當作重中之重。儘管資源極其匱乏，他對跟薯瓜有關的項目卻是開放供應，不加限制，給予第一優先。最先在北京建立的綠色中國大學，主要任務是培訓師資，畢業學員被派到上海、廣州、武漢、蘭州和瀋陽的分校當教員。各分校畢業的學員再派到基層或是遷移人群中開辦學習班，專門傳播薯瓜種植技術。除了靠這種裂變方式在全國推廣薯瓜，石戈還全力以赴地建立生產薯瓜栽培設備的生產體系，分秒必爭地提高生產能力。他的領導風格本是從不干涉細節，然而對薯瓜栽培設備卻是例外，他非常細緻地提出具體方案，甚至親自動手畫設備結構圖。他要求薯瓜設備一定要能分拆，能用人力長途搬運。他親自檢查試驗樣品，甚至要背在背上行走體驗。沒人知道他爲什麼這樣要求，他不解釋，也不給商量餘地。他有意保持一種地位差距，人人都感到他太高了，只有無條件服從的可能，與過去他那種溫和、平凡、善於交流的氣質比，判若兩人

他給了陳盼一個任務，帶上所有跟薯瓜有關的技術資料，毫無保留地去世界各地進行傳授。他以中國政府的名義，請求世界各國按照她帶去的圖紙生產薯瓜栽培設備，然後做爲援助物資再提供給中國。靠國內目前接近癱瘓的生產體系，再努力也是遠遠不夠的。現在需要的是數量，用鋼鐵、塑膠、金錢和能源堆起來的數量！既然世界無法向中國提供足夠食物，薯瓜就成了中國人救命的希望。只有世界各國動員起大戰時期製造武器那種生產規模，給中國送來大批薯瓜栽培設備，數以億計中國人的生命才有希望得到解救。

如果僅僅把薯瓜技術轉讓給有意援助中國的外國政府，那無可非議。然而石戈要求的是無條件地傳授給任何有興趣的國家、企業、團體和科研部門，即使他們不給任何回報。薯瓜技術是以陳盼爲主開發的，她從沒想過申報專利。她的理想是科學技術應該爲全人類服務，不爲個人謀利。這和石戈的要求完全吻合，因此儘管她不瞭解石戈的目的是什麼，也未表異議去執行。

兩個月來，陳盼在世界各地穿梭旅行。從在日本召開首次新聞發布會，這項技術就產生了轟動。各方搶著邀請她，大財團以天文數字的酬金聘請她，新聞記者從早到晚追蹤她。與農牧、生態、慈善等有關的機構尤其激動。而她無論對誰，一視同仁地提供完整資料和圖紙、種籽以及講授具體操作的英文錄像帶，不取酬金，只收成本費和差旅費。這樣打發起來也很快。只要徹底透明，放棄算計，世上許多複雜事務都可以變得很簡單。只是人們習慣了交易和討價還價，對陳盼的坦蕩反而疑慮叢生。有些勢力反過來誘勸她停止擴散，他們自己得到了，就不想再讓別人得。一旦人們都掌握了這項技術，就不會有壟斷利益，只能比誰有進一步突破。這會讓全世界都參加到爲此目標的競爭中。在這樣做的過程，陳盼逐步認識到石戈做此決定所蘊含的深意。

在出入境檢查站的出口，兩個穿夾克裝的男人見到陳盼，有禮貌地要求陳盼跟他們走。亮出的證件上，國家安全部的燙金徽章在證件皮面上猙獰隆起。他們對陳盼的問詢和抗議不置回答。當趕過來的歐陽中華嚴厲地要求解釋時，沒等歐陽中華打開證件，其中一個便主動爲歐陽中華報出了他的姓名和職務，然後帶著嘲笑意味說：「現在這裡不存在生態問題。」

「廣義說，法律也是生態的一部分。」

「對不起，局長先生，如果理解錯了，會以爲您這個生態局有插手一切的野心。」那人話中有話。

歐陽中華不再跟他們廢話，轉向陳盼。

「別擔心，什麼都不用跟他們說，馬上就會解決。」

有歐陽中華，陳盼覺得心裡踏實許多，坐在祕密警察的車上，歐陽中華的車一直在後面緊跟。天安門廣場還算乾淨。帶貝雷帽的聯合國士兵在巡邏。汽車沒有駛入安全部大院，從大會堂西側直接開進議會大廈地下車道。歐陽中華的車被門崗攔在外面。汽車盤旋著下到建築地下部分。由於供電不足，一路只開了很少的燈，顯得黑黝黝。議會大廈是黃士可的地盤。名義上他是中國臨時政府的副總理，是石戈的副手，但是他不受石戈管轄。他分管的部門自成一體，完全獨立，國家安全部是他的勢力範圍。他之所以權力日益膨脹，在於背後有美國支持。

目前，美國對中國未來的設計是先穩定秩序，恢復社會正常運轉，隨之組織全民選舉，產生新議會，由議會制定新憲法，建立正式政府及選舉國家元首。黃士可是美國看好的未來主角。而俄國則有不同思路。俄國堅持國際社會從未向中國宣戰，只是在聯合國主持下解除了內戰雙方的核武器，因而中國不能被視爲戰敗國，國際社會和其他任何國家都沒有權力越俎代庖，強迫中國改變原來的政治制度和社會結構。這是聯合國憲章所要求的對主權國家的尊重。

不過俄國和美國都有同感——與石戈的蜜月已經結束。石戈並不如表面那樣隨和順從，他總是對援助物資給得多的一方顯示親熱，做出路線和立場的傾斜姿態，促使其他各方感到道義壓力，繼而產生政治利益上的猜疑，也通過增加援助以求平衡。靠這種來回搖擺，他刺激起一場各國之間增加援助的攀比，使援助總量比原計畫增加了近一倍。然而在實際行動上，他卻很少眞受哪一方左右。俄國強烈要求他採取措施制止中國難民湧入俄國。他把責任全部推給中國遭受的打擊，似乎這是俄國咎由自取。表面上他通過廣播呼籲難民回國，對更多的難民繼續湧向中俄邊境，卻不採取實際措施進行制止。

目前，俄國人希望用誰替換石戈還未露出端倪，上下衡量，似乎不太容易找到能和黃士可匹敵的人選。黃士可只要搬掉名列他之前的石戈，中國就順理成章地非他莫屬了。

陳盼很快就明白，安全部的目標不是她，是石戈。當她說出自己向世界無償提供薯瓜技術是奉石戈指示後，與她談話的小個子福建人滿意地站起身，在無窗的地下辦公室踱步。

「我們當然知道這一點。只是要聽到你的證實。希望你今後繼續保持這種實事求是的態度。」

「我不明白這裡有什麼需要安全部插手的問題？」她說。

「在回答你之前，請先讓我問你一個問題。」小個子挺直胸脯坐回高背轉椅，兩手交叉在胸前。「首先，你認爲外國人會把他們的進展全向你公開嗎？」

陳盼很難回答。一旦把技術交出去，科技發達國家的進展之快讓人難以置信。那些政府和大財團在這個項目上的撥款是傾瀉式的。面對全球性資源匱乏，農業、畜牧業、食品加工業、化學工業，甚至能源工業、軍事部門，都想通過這項技術發現新天地。初期陳盼在各國做巡迴指導時，被當作導師隆重地接待。後來她逐漸發現，隨著那些部門開始有了自己的研究成果，她就變成了受防範的外人。國外已經取得進展，這一點很淸楚。但是只要她能進入他們的試驗室，即使沒人向她說明，她也能看出進展是什麼，在哪裡。

「我認爲在關鍵方面他們瞞不住什麼。」

「好。」小個子點頭。「影響薯瓜做爲飼料和食品推廣的最大問題在於它的怪味，是不是？」

「不錯。」

「目前各家都在爲去掉這股怪味做努力。我知道日本已經成功了。你是否知道？」

陳盼心裡一震。這一段她走馬燈似的去過五次日本，如此關鍵的突破難道毫無風聞？

「這不可能！日本的所有試驗室我都去過。」

小個子不以爲然地看著她。

「你太單純了。」他打開對講器。「把079號樣品送來。」

兩名工作人員推進一輛小車。車上的小型冰櫃裡面有一個盒子。

盒子是透明的，裡面只有一片薯瓜，看樣子是一片化驗切片。

「爲這小小一片，我們付出了三條人命的代價。」小個子說。「你是這個世界之寶的最初創造者，應當有權力品嘗一下。」

他用刀片仔細切下米粒大一小塊，夾在鑷子上遞給陳盼。

陳盼放在眼前端詳。那種質感非常熟悉。她曾看了千萬次。相比之下，眼前這塊有點發綠，也不似原來那樣透明。放進嘴裡，在舌尖上咀嚼。緊張感條件反射式地先出現。以往的長期試驗使品嘗薯瓜成了一種恐懼。她對那種怪味尤其過敏，連想一下都會產生噁心感。然而的確是奇蹟，原來那股連鼻腔都會受刺激的辛辣味一點沒有了，古怪的臭味也不存在，只剩下一點澀，反倒出現了一絲類似甘肅白蘭瓜的那種甜味。雖然還不算好吃，至少已經不太難吃。當飼料絕無問題，人吃也不會反胃了。口感雖然黏滑如故，但吃進嘴裡已不似塑膠，而是植物的感覺。陳盼很想多吃一些，米粒大小對於辨別準確味道是不夠的。可是那個切片已被小心翼翼的放回冰櫃，推了出去。陳盼對日本人的成就感到由衷佩服。爲什麼不讓她知道呢？難道她會嫉妒嗎？她會和他們一起高興，如自己獲得成功一樣！

「這個進展我倒眞不知道。」她捨不得嚥下嘴裡那點碎末，直到徹底嚼成液體。

「這說明什麼？」小個子給陳盼倒了一杯水。「那些外國政府和財團不會像你想像的那樣，用我們無償獻出的科技成果援助中國人民，而是相反，處心積慮地要化作他們的獨家壟斷，以追逐自己的最大利益。地球是圓的，資本家是要賺錢的，難道石戈總理不明白這個最簡單的道理嗎？」

「我沒明白你最終想說的是什麼？」

「你應當明白。當我們國家遍體瘡痍的時候，我們奇蹟般地擁有這樣一項寶貴成果。本來我們可以好好利用它。你也知道，日本一開始就表示，如果我們讓它獨家擁有這項技術，它出的價錢相當於我們兩年的財政收入。有那樣一筆錢，國家馬上可以復蘇。百廢待興，差的就是這筆錢。可是哪去了？無償轉讓！說輕了是嚴重的決策失誤，說得更準確則應該是賣國行爲！」

看來他們是要把這件事當成向石戈進攻的突破口。這種事容易煽起群眾的不滿。一般百姓難以理解無償轉讓的意義。明明剛受了外國欺侮，爲什麼又把僅存的財富無代價地送給他們？在陳盼心目裡，石戈的所作所爲絕非這些安全部先生們的智商可以理解。她雖然也不清楚石戈的最終目的，但至少知道這兩個月按他的指示所做的，絕對是富有遠見卓識的一步。

「你們應當看到，世界的根本問題不在壟斷，而在短缺。」爲了石戈，陳盼還是試圖說服小個子。「短缺使壟斷成爲有利可圖。我國目前沒有能力開展大規模薯瓜種植，如果讓某一國單獨擁有這項技術，不能解決人類食物的短缺，反而更有利於壟斷。壟斷者會有意製造短缺，爲自己謀利。只有把技術向全世界公開，才能打破壟斷，同時解決短缺。這一步是英明的。那些短視的政府、財團挖空心思力圖壟斷，只是貪婪本能的條件反射，不可能實現。如果世界處處都種植薯瓜，壟斷就會反過來損害壟斷者。只要世界的食品充足了，中國自然會從中得到好處。」

小個子顯出對這種大道理不耐煩的神色。

「這種理想主義腔調和現實距離太遠了。等到你說的全世界都富起來那天，中國人早就死絕了。」

「可即使是搞有償轉讓，等到走完現代商業和法律那套爭執不休、繁文縟節的過程，一樣是很多中國人等不及的。何況就算得到了金山銀海，能吃嗎？看看現在，全世界一起往前趕，薯瓜技術的發展速度有多快！……」

「再快跟我們有什麼關係！」小個子開始生氣了，打斷她的話。「俄國按你提供的圖紙的確生產了成千上萬台營養液配製機，那是爲救我們的人嗎？屁！連原來答應的那點援助物資都砍掉了一大半，理由是中國難民湧入了西伯利亞。可是他們並沒有把砍掉的物資轉給進入俄國的難民，給他們的是子彈！俄國人生產薯瓜的目的，是爲解決自己的飼料難題。有了薯瓜就可以節省上百億美元進口飼料糧。而美國的農場主因爲會面臨失掉穀物出口市場的威脅，就堅決反對美國政府參與生產薯瓜栽培設備。所有人都是爲自己打算，中國最後什麼也得不到！別以爲薯瓜是你研發的，就可以當作個人所有隨意處置。要知道，你是用國家提供的資金和條件搞出來的研究，那是集體智慧的成果！即使是總理，也沒有隨意送給外人的權力！」

陳盼放棄了說服小個子的想法。她知道那沒有任何可能，因爲他領受的任務就是把這件事搞成罪名。

「如果想讓我幫助你給石戈總理定罪的話，還是不要費那個心思了，想給我定什麼罪就請早說。」

美國中央情報局局長收到的報告

俄國情報機關近日向其在中國的分支機構和情報人員祕密指示，要求在最短時間找到中國共產黨的總書記陸浩然。陸在聯合國部隊進駐中國前神祕失蹤，至今不知下落。中國難民大批湧入給俄國造成了嚴重局勢，莫斯科急欲尋找一個既能頂替石戈，又能壓過黃士可的角色，以使北京政權更具親俄性質，服從俄國的指揮，控制中國難民湧入俄國。

俄國雖已不是共產黨執政的國家，但從自身利益出發，不惜在中國重新扶持前共產黨政權，因爲傀儡政權只能是專制型而非民主型的。同時也能因此找到邏輯上的根據，既然聯合國不承認是對中國發動了戰爭，中國不是戰敗國和被占領國，從前的政治人物就未失去延續的合法性。陸浩然除了有中共總書記頭銜，還是國家主席和軍委主席，至少在名義上算中國的最高領導人。如果讓俄國人找到陸，我們難以提出反對他復出的理由，俄國人也就得以推出一個可與黃士可抗衡的人物。這將給我們帶來麻煩。陸浩然本身雖然無足輕重，但是在各種勢力的錯綜組合中，他的出現將是許多難以預料的問題和危險得以產生的起源，從而妨礙我們的中國政策順利執行和實現。

另外，從長遠看，既然我們認為遏制俄國人野心復燃對我國未來安全十分重要，中國難民對俄國的衝擊可以說是一個天賜良機，無需我們和俄國直接對抗，也不消耗我們的資源，卻勝過百萬大軍，俄國的帝國夢將就此化為泡影。所以，目前最有利於我們的做法就是鞏固這種局面，不讓俄國免於來自中國的困擾，不能由俄國的意志主導中國。鑒於這個理由，我們需要在俄國人之前找到陸浩然。

還有一點值得考慮：杜絕後患最徹底的方式，莫過於讓陸浩然離開這個世界，那將使俄國人永遠無法再找到他。

北京　遠郊燕山一座尼姑庵

時間在陸浩然的意識裡已成為一團沒有長度的空虛。他不知道也不想知道在這裡已經過了多久。自從北京暴亂的夜晚，他被突然出現的周馳從病床上輕飄飄地托起，只記得掠過重重黑暗和片片火光來到這裡，從此就再沒見過天空。在這間無光的密室裡，他很輕易地把時間和空間從意識中排除了，這在過去是無論如何做不到的。從天而降的成功使他驚訝欣喜。在別的意識逐漸消隱的同時，這個意識越來越清晰：他終於接近那個頂點了。

他穿一件青藍色的尼姑袍，頭髮剃得光光，戴著一頂尼姑小帽。眼鏡早就沒有了，黑暗變得更加模糊。然而他心裡卻清澈之極。他已經不需要凡人的一切，甚至那個困擾了人類幾十萬年的「吃」對他也成爲多餘。要不是周馳白天非讓他喝掉一碗牛奶，他會感覺更好。辟穀以來的兩個星期，每天都在向無垠的光輝之巔飛躍。和周馳一道來的那個外國人說他的樣子很像個老尼姑，其實世上的男女之分不過是一張皮，周馳已經俗不可耐。

他知道不是周馳變了，而是自己在向上飛揚。他曾那麼需要周馳，如同需要一個須臾不可不仰視的神明。在周馳被王鋒關進監獄的日子，他已經清清楚楚感到了死亡邊緣就硌在脊梁骨上，只要把身體微微一偏，就會墜下那個無底深淵。他不知到底是什麼使他發生了變化。自從進入這間不見天日的密室，他就奇蹟般地擺脫了過去。窒塞的氣場在無知覺中融會貫通，突然開始舒暢無邊地擴展，與冥冥宇宙交織融合。他已不需要組場，自己就可以收發自如。他能縮成針尖般的小點，又能膨脹成與天地等量齊觀。他感覺甘霖般的氣流穿透緊密黑暗，從皮膚滲進身體深處，源源不斷。他不再需要周馳。當他確信這點後，已如古井之水的內心盪起狂喜。最後一根綁縛的繩索一刀兩斷了，他練成了！成了——多麼簡單又含義模糊的兩個字，看不見，摸不著，可他確實成了。這兩個字包含多少追求，其中的痛苦和凶險只有他自己知道。然而這一切現在回首已毫無意義。世上無痛苦也無幸福，追求和恐懼也都是徒勞。成和不成只是一道門檻，該跨入的就跨入了，不該跨入的永遠在門外。他原來對大師頂禮膜拜，可他現在知道，世上無大無小，無師無徒，他自己已遠遠超越了大師，在天際那道彩虹上獨自徜徉。而周馳之流，還在藐小的人世間忙碌。

一陣喧鬧的腸鳴打斷了他吐納眞氣。他不該喝那碗牛奶。兩個星期沒出現過的便意越來越強烈地在小腹中積聚。他本想用調息將那股濁氣消散，可做起來並不容易。周馳領那個外國人來時神神祕祕，兩人全都遮頭蓋臉穿著尼姑裝。外國人手執照片前後左右看他半天，最後發出驚喜的一聲認可。從那唯一一個俄語單詞中，陸浩然聽出他是俄國人。俄國人漢語講得很好，接著便對陸浩然的健康狀況表示不滿。那便是周馳非逼他喝下一碗牛奶的原因。周馳顯然在和俄國人做交易，把他當成一個可以賣大價錢的牲口。但是他閉目養神，宛如沒聽見。周馳反覆向俄國人保證這裡絕對安全。爲了證實這一點，還讓一直住在密室外間的小尼姑當場露了一手「八步打燈」。小尼姑伸出手掌向前一推，隔著好幾米遠的油燈就被外氣打滅。陸浩然曾親眼見過她只伸一下手，就擊斃一個企圖強姦她的暴徒，然後將屍體扔進密室，如扔一團棉花。直到洗劫了這座窮庵的流民呼嘯散去之後，她還讓陸浩然和那屍體一塊待了好幾個小時。

爲了讓俄國人放心，今夜又增加了兩個高大尼姑守在密室外屋。陪俄國人離開前，周馳告訴陸浩然明天接他回北京。前半夜，外屋傳進亂糟糟的響動。小尼姑自己住在外屋時，每夜也有這樣的響動，不過今夜響亮了三倍。陸浩然不瞭解尼姑的生活，只是過去從書上看到她們也常有同性之間的淫亂。折騰了大半夜，她們突然安靜下來，一點聲也不再有。他越來越難忍耐，腹部疼痛，憋得難受。平時小便用密室一根通向外面的管道，大便非得出去。外屋有個專門爲他修建的臨時廁所。他好幾次在那裡撞上小尼姑，小尼姑雙眼在黑暗中骨碌碌地轉動，毫無羞怯之意，穩穩坐在馬桶上。

他端起神龕前的油燈。沈甸甸的銅燈座在手裡冰涼。石牆有個黑黢黢的鑄鐵手柄，先向左扳，再向下拉，與牆結合成一體的石門便緩緩打開。不知是哪個世紀的產物，也不知當年的用途是什麼，至少在力學原理上很巧，移動成噸的石門就似翻一張書頁。陸浩然奇怪，石門外面還應當有一個經櫃，經櫃蟲蛀斑斑的背板上有扇小門，但現在眼前卻是個寬敞赤裸的黑洞。他跨出去。一股不熟悉的味道熱乎乎地撲進鼻腔，腳下似踩進了某種黏稠液體。他用另一隻手擋在油燈上面，使視線能穿越眼前的光亮。一瞬間似跳出一台布景，赤條條的人體交錯在床上和地下，各種肢體和器官混在一起，難分具體人形，只有一顆顆光禿的頭顱最清楚。

燈從陸浩然手中掉下，沒滅，反而更亮地燃燒。他看見小尼姑的眼睛，如死蛙般毫無生氣地睜著。燈火正好燎上「她」的陰毛。那中間的玩藝兒卻是個「他」！被他拉來陪夜的貞女尼仍然壓在他身下，衰老的兩乳間一個如乳頭大小的洞鮮紅地張開。

這是陸浩然在這世上最後看到的。

他沒去分辨那致命的一下是來自棍棒，還是匕首，或是加了消音器的手槍。不過在視覺消失後，他用僅慢了半拍消散的聽覺捕捉到最後一個聲音。那聲音似是一聲心滿意足的讚嘆。——美國英語，他做出生命中的最後一個判斷。

XI

西安——太白山

原計畫在西安加一次油再飛往太白山，沒等直升機降落，歐陽中華看到油庫已變成了一個烏黑大坑。打開艙門，一股讓人噁心的餘熱撲面而來。幾百輛柴炭般的汽車框架堆擠在大坑周圍。沒燃盡的輪胎飄起縷縷白紗般柔軟的煙。

油庫主任是條精壯漢子。他並無驚慌，反倒在迎上來時面帶超脫的笑容。「你們來晚了。」主任叼在嘴裡的空菸嘴上下晃動。

每個省會城市都有一座油庫，爲持有公務證明的汽車或飛機加油。歐陽中華知道昨天剛有一架加油飛機給西安送了三十噸汽油和八噸柴油。油庫主任始終把菸嘴叼在嘴裡，敍述好像是從晃動的槍口裡發射出來。又是從哄搶開始。那些駕駛著偷來的、搶來的、撿來的汽車的人們越聚越多，突然某一時刻開始不約而同地行動，從四面八方鑽進油庫，用油桶、洗臉盆、飯鍋……所有的容器往自己的汽車裡灌油。幾百輛汽車堆在一起。加滿油的出不去，後面的車往前擠。人們互相衝撞，汽油到處潑灑，燃氣充溢空間，這種情況不著火才怪。金屬碰出的火星、發動機燃燒的溫度、排氣管噴出的熱能，說不定哪個灌滿油了的傢伙還會洋洋得意地點起一根香菸，於是三十八噸燃油就成了一顆大炸彈。

飛行員不同意繼續飛往太白山。燃油已經不多。如果落在太白山飛不回來，誰也不會往那送油料。中國只剩省會一級的城市還留下點運轉能力。

大雁塔在正北方矗立，被油庫大火燻成黑色，平添了一種猙獰之氣。天上沒有一隻鳥，地上聽不見一點聲。油庫主任幫他們找了一輛手推加油車，從飛機油箱裡抽出一些油。飛機機械師東拼西湊，用街上丟棄的汽車拼裝出一輛能走的。馬達加油的轟鳴在寂靜城市中分外震耳。

駛進市中心，歐陽中華看見無數老鼠在街上毛茸茸地奔跑，彷彿污濁的波浪翻滾。街心隆起一個毛茸茸的鼠堆。那所謂的「毛」是千百隻細長的老鼠尾巴，全朝向外面，激動地伸張搖擺，如同盤結在一起的曲蛇。衛兵不禁乾嘔，開了一槍。那些尾巴掉了個兒，變成一堆蠕動的鼠頭，閃著一片血紅晶亮的小眼睛，重重疊疊。衛兵呻吟地詛咒，舉搶一片橫掃。老鼠頃刻散開。下面是兩具人的白骨，互相抱在一起，每人胸口都有對方刺進的尖刀。那白骨只剩骨縫間一點紅豔豔的殘肉。射擊剛停，又一批老鼠撲了上去，把頭鑽進裡面咬齧那點肉，千百條尖細尾巴又開始張揚。汽車所過之處，老鼠的細小骨骼如崩苞米花般在車輪下劈劈啪啪響成一片。車後隨之出現兩條凸起的車轍，全是老鼠，躁動而興奮地吞食同伴的屍體，在車轍上迅速暴露出兩條由細小鼠骨鋪成的印跡。

歐陽中華驚異地體會到一種美感，如由遠至近的洪流在深處膨脹，無聲而有力地奔騰。他來過西安無數次，如對每一座中國城市那樣，每次都只有厭惡。此刻他明白一個道理，爲什麼西部寂靜遼闊的沙漠戈壁和高原使他感動，因爲那已是死亡之地。已經死了的使人感到永恆，被悲壯、思考、孤獨的氛圍所籠罩。而正在死的卻讓人厭惡，如病床上骯髒的軀體、腐爛發臭的氣味、呻吟和嘔吐。每當他看到車輪揚起的褐色塵土蓋滿枯萎植物，瘡疤般袒露的河床裡只剩細如蚯蚓的水流，西瓜皮、避孕套、紙的和鐵的飲料罐小山般堆在街頭，從幼兒到老人全拎著容器四處找水，他就想起馬奎斯筆下正在死亡的小鎮。那個美洲小鎮已爬行著侵吞了整個中國。北方是枯竭乾癟地死，南方是潮溼發霉地死，沿海吃著痲醉藥打著強心針死，現在眞死了，於是連最令人厭惡的城市都昇華進美的境界。

「去兵馬俑。」他吩咐。正在開車的助手驚訝地看他一眼，默默調轉車頭。

兵馬俑展館與太白山方向相反，來回至少多繞八十公里，可是突然闖進腦子裡的那些泥人土馬，卻讓他不惜一切非去看一眼。

也許是永別吧，他對自己說。他過去從未感到兵馬俑如此震撼人心。千萬個矗立的泥俑士兵倒下了，彷彿剛打完全軍覆沒的戰役。以往只能站在參觀區向下俯視。現在展廳被大火燒塌，頭頂天空烏雲疾行。他走下俑坑，所有士兵都變得高大雄偉。他們雖然碎了，倒了，互相倚在一起，壓在一起，那氣勢卻比他們站著更強大，比整齊的軍陣更有力。風沙在一層層落下。黃土高原埋葬了萬年歷史，也會把這軍隊重新埋回地下。還會再有把他們挖掘出來的一天嗎？他看到一個蓬散金髮的白種人屍體，被一尊四分五裂的兵俑壓在身下。屍體的眼睛被槍彈打穿，兩手卻緊抱著一個將軍俑頭。中國現在既無邊防又無空防，許多國際文物竊賊就如進自家後院一樣來任意搜括。這個屍體無疑是不同團夥槍戰留下的。他們能拿走的就拿，拿不走的就打碎，以使拿走的價值更高。不同團夥互相消滅。屍體周圍的兵俑全是彈痕累累。沈降的風沙已埋到兵俑腳面。中國啊，你的歷史是不是就如同這堆破碎的俑呢？

通向太白山的公路跟此刻中國任何一條公路同樣百孔千瘡，早已失去保養，開多遠也見不到其他的車。渭河微少的水帶著黏稠泥沙艱難流動，好似隨時會停滯，發出疲憊不堪的喘息。古代王陵一座又一座在平原上展現，使行將就木的氣氛更爲濃烈。往年這個季節，田野裡是無邊的綠色，現在只有星星點點野草。去年種下的冬小麥被踩在泥裡。一些鬼魂般的人影趴在地上搜尋，把尚未灌漿的麥穗連泥帶土塞進嘴。就連屍體也是嘴啃在地上死去。糧食啊，泥土裡鑽出的最普通、最便宜、最無華的小小顆粒，卻是一個社會最根本的支點。人們拋棄了礦山、工廠、學校、城市，把那些曾有數不盡的輝煌繁華和榮耀的地方變成沒有生命的死亡世界，跑著，爬著，哭著撲到田野來，連死也用黑洞洞的眼睛對著深不可測的土地。然而糧食呢？農業部報告今年全國只有三分之一土地播種。歐陽中華對這個數字也懷疑。政府完全失去了精確統計的能力，只能派人對少數點進行概率調查。所謂的「播種面積」還包括了去年種的冬小麥，可是那大部分一抽穗就已被吃光，根本打不下糧食。開春後的播種也有許多沒等發芽，就被饑民把種籽從泥土下摳出吃掉。種糧不是一個能獨立存在的事物。必須有糧食墊底，才能讓人們維持對生長週期的耐心和期待。假如明天就會餓死，秋天打下的糧再多又有什麼用？或者是既然早晚要被別人搶光，誰還種？即使種了，也不管它長出來的是生苗還是青穗，一股腦先塞進嘴裡再說。所以說是播種了三分之一，最後結果和一點沒播種差不多。也就是說，全國今年將會沒有收穫。這意味著什麼呢？如果一個人十天不吃糧食會被餓死，那麼一年沒有收穫就意味著所有中國人會餓死三十六次。死了三十六次的人，第二年怎麼還能繼續播種呢？所以一年沒收穫，也就等於永遠沒收穫。

一群跟蹌奔跑的人狂呼著從四面八方堵截一條吃人屍的野狗。靠吃死人肉長得又肥又大的野狗輕鬆甩開饑餓人群的包圍，眼看著揚長而去。好心的衛兵從車窗探身開了一槍。野狗應聲倒地，頃刻被人們生吞活剝。爲爭一塊碎肉或狗皮，彼此打得頭破血流。

原來的食物鏈斷掉了糧食一環，又出現一條新的食物鏈。有遍野的人屍爲食，野狗、老鼠、烏鴉一類動物急速繁殖，反過來牠們又成了快餓死的人想方設法獲取的食物。不少人學會了從死人身上收集蛆蟲，洗幾遍，再曬到半乾程度，吃起來死人味就會少得多。還有人躺在地上裝死，任由烏鴉啄幾口，瞅準機會猛抓住一隻，連肉帶毛吞進去，就可以頂上好幾天。

歐陽中華沈默地看著車窗外。毀滅降臨了，大劫難已經開始。中國的崩潰並不使他憂慮和恐懼。相反，他充滿欣喜。他早就認識到，指望用外力推翻傳統社會毫無希望，只有等待它自身從內部瓦解。他已經等待很多年了，等待這個時刻。那等待是多麼的苦啊，多麼的寂寞、卑瑣、無窮無盡，等得只剩下一顆擠著苦汁的頭顱在稿紙上滾來滾去。他已經開始絕望，不知這個病入膏肓的社會還能如同百足大蟲那樣死而不僵地維持多少年，也許一生都等不到了，卻突然出現在眼前。

他承認他有野心，無邊的野心，能裝下整個世界。他在演講綠色哲學時呼喚的空靈、淡泊和寧靜，從未在他自己心裡駐留過。他的心是一座火山，噴騰著無窮的渴望、不可遏止的激情。他的野心不是能用權力和榮譽塡充的世俗野心，而是在鮮血裡燃燒的天然需要，召喚他把人類歷史攥在手心。他必須融會在無邊的巨大中才能流動。大的，最大的，和宇宙一樣大的，那就是他的！爲此，他放棄了一切權力、名望、金錢的道路，他本是可以在任何一條路上都運星高照的。可那達不到頂峰。他只要最高的極點，差一步也不行。他選擇了綠色，因爲他知道，那是人類未來的旗柄。他一生希求不多，家庭、財富、地位、享樂，正常人的一切統統可以不要，他只要改變人類歷史，重新安排世界，這便是他的全部願望。

未來的新世界註定只能從毀滅中產生。然而這毀滅剛露端倪就已如此慘絕人寰，連他這被稱爲鐵石心腸的人也毛骨悚然。毀滅一開始便不可逆轉，新生卻一如既往地遙遠和模糊，甚至更爲遙遠模糊，只有無邊無際的死亡。

在他的計算中，中國十三億人口至少要死掉十億。這是一個簡單的數學，養活十三億中國人，只有依賴高度組織化社會的效率和能力，才能從自然資源中壓榨出相應的食物。而社會崩潰首先失去的就是組織，也就同時失去對自然的壓榨能力。自然能夠提供給人吃的就只剩下野果、鳥獸、草根樹皮等天然產出物。中國這塊已接近被榨乾了的土地上，還能提供多少這樣的天然產出呢？還能養活多少人？——三億。這是最仁慈的計算結果。頂多三億！由此反推，那就是最少要死十億人。這十億人必須死！十億不死，三億也別想活！

由於崩潰的根本原因是人口與資源的矛盾，而資源有限，所以可以預見，不管崩潰的具體過程和形式是什麼，取向只能是消滅人口，通過戰爭、饑荒、瘟疫等一切造成大規模死亡的手段，直到人口降至與有限的資源匹配，崩潰才可能終止。即使存活三億人，也得在社會系統很快實現重建的前提下才能實現。如果重建實現得晚，存活的人還將大幅減少。

他領導的「生態保護總局」不如叫「生命保護總局」更貼切，而且只能叫作「少數生命保護局」。無論他把這個局擴到多大，也無論他和他的手下如何玩命工作，生存基地也只能是一些微乎其微的點，就如無根的球藻，增殖再多，也擋不住死亡大潮的席捲。現在，他盡量把基地建在海島、沙漠綠洲或海拔高路難行的高原。這種指導思想不是救人，反而是躲人。或者說，爲了救一小部分人，必須用地理隔絕把他們保護在大部分人難以席捲之地，否則就難以避免遭到饑民攻擊。建在太白山的生存基地就剛剛經歷過一次攻擊。

一路西行，車開到周至縣城，大牛和他的部下已在路邊等候多時。他們個個全身上下披掛著武器彈藥，從最新式的高速衝鋒槍到紮著紅纓的大砍刀。子彈鍊明晃晃的掛在肌肉累累的赤膊上。每人拎著個酒瓶，成箱罐頭攤在面前，大部分人已醉得東倒西歪。

歐陽中華規定生存基地原則上只吸納有文化和有技術專長的人，但是他專門挑選了一批基本沒讀過書的農村小夥子組建「綠衛隊」。綠衛隊是他起的名，由他自任隊長。雖然生存基地裡也有不少職業軍官，可是他任命的副隊長卻是斗大字不識一筐的大牛，有文化的軍人只被任命爲教官或參謀。要想保證這支隊伍掌握在自己手裡，有愚忠色彩的大牛要比一個現代軍官更讓他放心。

僅僅幾個月時間，這群曾是那樣靦腆樸實的農村小夥如同換了靈魂。隨著生存基地受到的威脅越來越大，仗越打越多，越來越激烈，不僅要對付洪水般的饑民，還有形形色色的土匪強盜，甚至成團成營的軍隊，綠衛隊已經打成了一支驍勇善戰的隊伍，光是繳獲的武器就堆滿了好幾座倉庫。不管多麼老實膽怯的人，當他眼前總是出現在他槍下倒斃的人、狂噴的血流、恐怖的面孔和下跪求乞時，也會獲得不同尋常的自信，換上一副日益殘忍的心腸。

歐陽中華只讓大牛一個上了車。他的體型像座小山，隨著汽車顛簸來回晃動，兩支雙彈匣的衝鋒槍夾在腿之間。對歐陽中華的訓斥，他只是咧嘴傻笑，兩手往彈匣裡壓著子彈，看上去根本沒有認眞聽。前不久，大牛帶領綠衛隊在收復被饑民占領的太白山基地時殺人如麻，用的手段極其殘忍，在綠色和平組織中引起強烈的不滿和抨擊。歐陽中華這次來，專門通過電台命令大牛帶領綠衛隊撤下太白山，在周至縣城等他處理。

「有一齣古代戲叫『負荆請罪』，」歐陽中華有意讓自己態度嚴厲，不回頭看大牛。「演的是一個武將得罪了文官，爲了表示悔過，武將叫人把自己綁起來，身上掛著荆條去向文官請罪。一會兒到山下，我也要你這樣做。」

「是演戲？」大牛嘿嘿笑，頓時被吸引。

「那時你要再嘿嘿笑，我就要眞拿荆條抽你！」

這個身高近兩米的大漢從小在武當山南崖宮打雜，學了一身出神入化的武當功夫。他師父佩服歐陽中華對道學的理解和對天下事的分析，認定中國未來非此人莫屬，欣然同意把大牛交給他，並對大牛下了終生戒令，讓他忠心耿耿服侍此人，像對師父一樣。幾個月不見，大牛對歐陽中華的服從沒變，卻少了原來那種奉若神明的恭敬。歐陽中華不禁多少有些失去把握，今後是否能控制住大牛？他記得大牛第一次殺人時——殺的是個無惡不作的強盜頭，只有一滴血濺上了他的衣服，卻讓他差點把膽汁嘔吐光。那時大牛的眼睛讓人想起受驚羔羊，讓歐陽中華擔心他鐵塔般的身軀裡有一顆不能成事的婦人心，而歐陽中華需要的是一個神經堅強、感情冷漠、隨時能以無情手段對付敵人的殺手。現在，大牛開始變得符合他過去的希望，可是另一面不安又浮現出來。

幾乎是立刻，歐陽中華就把不安壓了下去。不能瞻前顧後，在這種歷史關頭，一切都取決於勇往直前。前兩天在北京，當他爲安全局扣押陳盼去找黃士可時，黃士可不但立刻下令釋放陳盼，還對歐陽中華做了許多拉攏，表示願意在將要舉行的全國選舉中與綠色和平組織聯盟，暗示會在未來的內閣給歐陽中華職位。他當時在心裡覺得好笑，倒不是因爲黃士可把他當成了石戈的勢力範圍所做的挖牆腳，他從不把自己歸爲誰的陣營，也不會效忠於誰，他只是非常清楚，什麼選舉、聯盟、黨派、憲法、誰上誰下，那都是「炒鍋」裡面的事。現在整個鍋都要被砸爛了，都要被燒化了，還忙著在鍋裡去搶幾顆豆子，有什麼意思呢？歷史要的是在升騰的烈火上安置一口新鍋，把人間的一切重新鑄煉。而這個使命，正是捨我其誰地落在了他的肩頭！

爲了完成那個使命，他必須建立武裝，培育一群既英勇又服從的戰士，還要一個堅強的黨。綠色和平以往那種各執己見、各行其是的鬆散組織不再適應，要把意志統一起來，建立鐵的紀律，約束步調一致的行動，才能擔負起天下興亡。除此，他必須建立起超出生存基地範圍的廣闊根據地，使之具有國家規模的空間和資源，有可以進攻的道路，有可以退守的群山，有種糧的農民、製造裝備的工廠、抵禦暴民的城堡，要能接納和供養千萬名精英分子，爲未來的重建儲備人才。而這一切，都取決於擁有服從自己的武裝。

車到太白山腳下，從幹線公路拐上崎嶇土路。沒開多遠，前方道路被一堆石頭堵住。回頭看時，剛進來的山口處湧出幾百名饑民。早年的探險家在接近吃人生番時是不是也有同樣感覺呢？那是一群蓬頭垢面的鬼，齜牙咧嘴的獸。一個個張牙舞爪，瘋狂而興奮地揮舞著棍棒梭標，撕破的衣服彷彿羽毛般在身後上上下下地翻飛。

還沒等歐陽中華發話，大牛已經兩手各舉一支衝鋒槍竄出了車。

「大牛！……」歐陽中華沒有喊出已到嘴邊的「回來」二字。面對那群怪叫著衝來的饑民，此刻身邊有一個大牛是該感到慶幸的。他把喊話變成了：「少殺人。濫殺人是要下地獄的！」

「反正俺也得下地獄了！哈哈！」大牛已經遠去，槍在他手裡猶如玩具一樣飛舞。

歐陽中華又一次向他的背影喊。「少殺人！」

什麼叫少？少的界限是什麼？已經說可以殺人了，少殺人又能挽回什麼？看著大牛急不可待騰躍而去的身影，歐陽中華覺得他在這短短幾個月的時間已經退化了幾千年，變成了一個嗜血大獸。一種恐懼如濃霧在他的心胸瀰漫。在這個世界上，唯一有力量的就是這種獸了。難道文明和理性又要重新讓位給野蠻與肌肉？

大牛手裡的槍響了，噴著火舌，如割草般打倒一排排饑民。遠遠看去，死亡並不眞切，倒下的似乎都是紙人，是在臨時搭起的布景中做的表演。只有人死前的慘叫有些驚心，但是叫聲連成了一片，也就不那麼刺激，似乎只是一種頗有強度的高頻噪音。除了換彈匣，大牛的槍一秒鐘不停。他瘋狂地咧著黑洞洞的大嘴，似乎在享受最大的幸福。他把饑民逼入一個三面峭壁的死角，不讓一個人跑出，無比認眞地挨個消滅。他跺著雙腳，只在偶然之中發出一聲痛快之極的大笑。

歐陽中華奪過衛兵的槍向天鳴射。他是想制止大牛的屠殺，可反倒促使大牛更加瘋狂地掃射。那個大獸是以爲別人要來和他搶著殺人，他要一個人把他們全部消滅光，過足癮！

歐陽中華軟軟地垂下雙臂。死亡在眼前連成一片，無限擴展，擴展到整個中國茫茫蒼蒼的大地。他曾踏遍這片土地的山山水水，現在腳下鋪滿累累白骨。誰能阻止這個民族的死亡？這個民族註定要死。滅絕已經開始。這將是自有宇宙以來最壯觀最宏大的滅絕。大牛只是執行這場大死亡的一個小小工具而已。誰也救不了眼前這些淒慘的人群，誰也救不了他們身後那個災難深重的民族。中國亡了，不要試圖阻止，安靜地、超然地、聽天由命地迎接這場驚天動地、無與倫比的大死亡吧！

冰川，無邊地流動，閃光刺眼。遠古的恐龍成群結隊，仰天長嘯……

金山嶺長城

這段長城是明朝將領戚繼光督造的。在東起老龍頭西至嘉峪關綿延萬里的長城中，稱得上最壯觀的一段。建在山頂的「望京樓」能看到二百公里外的北京。多處城牆與高聳的石崖合爲一體，險狀令人咋舌。城上工事複雜，不僅可防城下敵人，也能抵抗攻上城牆的敵人。烽火台和敵樓相當密集，最近的彼此之間只間隔幾十米，而且造型各異。一九八〇年代這段長城曾被闢爲旅遊景點，進行過修葺。現在別說遊人不見，連附近村莊的老百姓都逃得一乾二淨。此時，這裡成了綠色中國大學特種訓練營結束前的最後營地。

陳盼從未體驗過如此疲勞。她靠在城垛上，似乎全身骨肉分離開來。從這個特種訓練營成立，所有時間都在野外度過。從早到晚行軍，翻山越嶺，專走最難的路。訓練內容有野外生存、自救方式、捕獵技巧、識別植物、忍耐饑渴、露營，直到對付蚊蟲、雨天生火、防治疾病、調整變態心理，各種在艱苦自然環境存活的科目都有。

訓練營有五百三十一名學員，是在「綠色中國大學」各期畢業學員中精選的。陳盼是隨營教授薯瓜培植的教員。她從國外回來後一直在「綠色中國大學」教課。訓練營攜帶的薯瓜培植設備正是石戈要求的，可以分解成小的單元，包括生長薯瓜的塑膠管也可拆分，連同正在上面生長的薯瓜和管裡的營養液，分開後一人背一段，即使在行軍過程也不影響薯瓜繼續生長。到晚上宿營時，可以方便地重新組裝爲一體，進行營養液的循環補充。目前各地工廠全力以赴生產的，都是這種可拆式設備。

太陽已垂至西天，射出黃澄澄的光。眼前一切都似鍍了一層金膜，連山，連雲，連浩浩蕩蕩的風。別的顏色都被覆蓋了，只有在仔細辨認下，才能看到古老城磚上的苔蘚滲出暗暗綠色，磚縫中的小花紫裡透紅。全體學員坐在一段沿山勢升起的長城，好似是在階梯教室。對面古老的點將台也許曾是四百年前戚繼光調兵遣將之處，現在如一座講台。

要登講台的人還未到。點將台上鋪著指示直升機降落的標記。訓練營營長又一次清點人數。附近地區被仔細清查了幾次，雖然難以想像能有什麼人來這裡，還是實行了戒嚴。

與陳盼坐在同排台階的幾個學員正在收集城磚上曬乾的死螞蟻，拌上少許鹽末，一邊品嘗，一邊與別種昆蟲的味道和營養價值做比較。這是訓練科目的要求，但學員們更多的熱情是產生於饑餓。從出發到現在，他們沒有得到一粒糧食，吃的主要食物是在他們背上生長的薯瓜，其他食物則靠自己從野外得到。這種訓練和在絕境中生存幾乎成了一回事。教員們有特殊待遇，每天可以得到二百克餅乾和一百克罐頭，但陳盼都會軟到這種程度，她無法想像靠吃蟲子獲得熱量的學員是什麼滋味。

天空越來越蒼涼。火燒雲一層又一層地堆聚。風在城堞之間嗚咽低鳴，宛如在訴說古代的戰爭，屍骨，離弦而飛的弩箭。一架直升機從天邊飛來。旋翼旋出的圓半透明地輝映金光。機身和玻璃反照夕陽，彷彿通體在燃燒熊熊火焰。直升機純熟地直飛頭頂，懸在點將台的降落標記上，起落架離地面只有幾寸間隙。當一個人拉開艙門，邁上地面，直升機就似被推了一下平移著離開，然後急速上升，飛向遠方。點將台上只剩下那個剛到的人。

石戈！

他老了。幾個月不見，頭髮已經灰白，在塞外吹來的風中稀疏柔軟地飄動。臉上的皺紋蛛網般密集，刀刻一樣深陷。他的神態仍舊溫和。但如果說原來他的力量是藏在溫和之下，現在則已成爲主體。即便他沒有動作，即便他溫和微笑，即便他令人傷感地變老，力量卻在他身上每個部分透射。

「同學們，請聚攏一下。」他說。「我不能用擴音器，也不能大聲喊。爲了躲開城市中那些竊聽設備，我才到這跟你們見面。營長保證周圍沒有別的耳朵，但是我要跟你們講的祕密太大了，我甚至想用耳語跟你們講。」

他的聲音平靜。平靜之下卻有異乎尋常的激動。學員們聚到前面。陳盼沒有動，也許是風向正順，也許是特殊感應，石戈發出的每個字都似在耳邊，連同嗓音中的沙啞，換氣，所有微小的變化，都清楚得跟耳語一樣。

「看著你們的眼睛，我知道你們在要求我回答一個問題：最終讓你們去做的到底是什麼？本來你們有權從訓練營一成立就得到回答。我感謝你們的沈默，並且在難以找到意義的艱苦過程中堅持下來。我爲此欣慰和信賴你們，因爲未來要求你們的將是更多的沈默和堅持。沈默和堅持都是很難的，二者放到一起就更難。可是無論我現在怎麼說，都無法說出你們將來的難處，連萬分之一也說不出。也許在人類歷史上，將沒有比你們更難的。」

夕陽開始在金黃中滲入流動的紅色。長城上悄然無聲，只有蕭瑟的風在荒草上悲涼地低吟。

「中國局勢你們都清楚。每天給你們傳閱的文件和情報也就是我能看到的全部。前途是什麼？我和你們一樣，不能回答。那是未來活下去的人自己考慮的事，用不著我們操心。眼前，我們要對付的是另一件事——死亡。調查表明，我國所有品種的食品儲備都已在一個月前達到零。我國的天然資源所能提供的食物——包括任何能吃的東西，甚至樹皮——也已經在能利用的範圍內趨近零。國際援助已經無法支持，十天前開始銳減，連連下降，昨天只運進高峰時的十七％，從能夠保證一億七千萬人的生存下降到僅能勉強維持三千萬人。半個月來，人口死亡率已經達到三・五％，預測顯示，近期將進入死亡率成倍提高的階段。二十天後將會陡漲。比率無法計算，也許是二十％、三十％、甚至更高。換算成人口數就是三億、四億……時間再長呢？如果繼續封閉在這片已一無所有的國土上，讓自然和時間來尋找平衡點，最終的死亡人數可能達到九億、十億、甚至更多。

「十億，從嘴裡說出只是兩個音節，可眞實地展現成十億個父母兄妹妻子兒女，則是怎樣的景象呢？那是無法用哲學家的冷漠和生物學家的麻木去迴避的。朋友們，歷史已經把這個民族的命運放在了我們肩頭，那麼我們就必須率領我們的民族去反抗那個必然的死亡，哪怕站在對面營壘的是所有不可抗拒的規律和法則，或者就是上帝本人！

「你們，就是將和上帝作戰的人！而戰鬥，就是我們民族即將開始的遷移！中國必須走出這片絕望的土地！只有走出去，十億必死的中國人才能活下去！

「在現代世界裡，主權的概念就和中世紀的上帝一樣神聖不可侵犯。一個完整的地球被無數條由軍隊、武器和鐵絲網組成的國界割裂。有的國家廣袤富庶，遍布沃土森林。有的國家貧窮擁擠，只有沙漠荒山。有的土地擠榨了幾千年，有的土地從未被開墾。閉上眼睛，我們能清晰地看到中國邊界的形狀，在這個邊界裡面，今天所剩的只有死亡。可是把我們的眼界放到邊界外面去，不是立刻就能看見大量閒置的空間和資源嗎？歷史給我們強加了一個心理框架，尊重主權，半點懷疑也不允許。但是當數億生命面臨死亡之際，主權的神聖就必須讓位。生命的權利高於一切權利，這是每個社會都該接受的先天準則。中國已別無選擇，爲了拯救這十億人民，突破主權的民族大遷移是唯一出路！

「你們要帶領人民走出去，這便是讓你們經受這一切艱苦訓練的目的。這個計畫將對世界產生太大衝擊，提前走漏半點風聲都會引起軒然大波，導致計畫夭折。你們會理解爲此需要如何謹慎與保密，瞞著你們是不得已的，就如領著中國人民走出去也是不得已一樣。

「生存空間的壓迫使我們民族從很早就開始了遷移。迄今海外華人已有近六千萬。早期遷移被認爲是離鄉背井的下策，但是一九七〇年代末期開始的新移民潮改變了這種觀念。出國被視作能夠獲得美好生活和成功機會的光明之路。可以說，大遷移的全民動員和心理準備已經充分。前不久數千萬人衝破國界進入俄國遠東和外蒙，已經等於自發宣告大遷移開始。我們要做的不過是在最短時間內讓這種遷移達到最大規模，在大滅絕降臨之際盡可能多地挽救我們人民的生命。」

石戈講話很少用手勢。他那在落日光線中逐漸暗淡的身影，被西天明亮的天幕襯得越來越突出。

「讓我們展開一幅世界地圖看遷移的出路。地圖在你們每人心裡，要習慣這樣的方式，今後許多東西都只能在你們心裡展開。最大的出路無疑在北方。俄國的西伯利亞比整個中國大三分之一，卻只有不到五千萬人口。蒙古面積近一百六十萬平方公里，人口不到三百萬。這片地區的天然資源總共可以供養四至五億人。也就是說，去掉當地居民總數，再減去前不久從我國進入的幾千萬人，那裡還應當能吸收三億到四億人。這片地區與我國接壤幾千公里，除了東北被黑龍江和烏蘇里江阻隔，其他邊界都可以步行通過，遷移難度最小，因此是我們能指望的最主要的遷居地。

「第二條遷移路線將沿著古代的絲綢之路，通過阿富汗、巴基斯坦、伊朗和土耳其進入歐洲。歐洲空間雖不寬闊，但是她的富裕應當有能力養活我們兩億人，至少我們這樣希望。亞洲國家無法指望，它們多數和中國一樣擁擠。日本韓國雖然富有，但面積有限。我們還有三億人要往外遷，這就逼我們必須考慮跨越大洋。美國、加拿大和澳大利亞都是既富有又廣袤的國家，關鍵是怎樣把如此之多的人運過大洋……」

陳盼想起以前聽到的對石戈要求購買舊船的抱怨。如果那些抱怨的人此刻在場，就會認識到，即便把世界所有的舊船都買下，也不夠運送三億人啊！然而畢竟已經有那麼多條船了，在一個深謀遠慮的安排下，已經聚集在中國海岸的每座港口，成為億萬生命的「方舟」。數億人被精心步驟吸引到邊界和海岸，好似集聚的洪水，只等最後那個瞬間，同時沖垮所有大堤。人們那時會恍然大悟石戈為何要不惜代價保衛新疆通道，為何組織那樣浩大的難民運輸。新疆太重要了，北是進入西西伯利亞的門戶，西是走上絲綢之路的出口，從那裡要洩出去上億人。而讓那上億人全到達起點，是一項可以和修建長城相比的工程！

石戈啊，陳盼的雙眼被淚水模糊。看著他的身影，她覺得如同是打進宇宙核心的楔子，沒有燦爛的光芒，沒有華貴的外形，也沒有驚天動地的響聲，卻用沈默的力量支撐著宇宙。能看到十億人滅絕已經是上帝，拯救十億人就連上帝也不敢想啊！她此刻更加明白他要把薯瓜無條件送給世界的意義：那不就是數億中國遷移者未來的「飯費」嗎？也許是交得太少了，然而畢竟是傾囊所有，總不是白賴人家的吧。

夕陽化作血紅了。一隻鷹鷲在很高的空中盤旋。月亮銀晃晃地從東天升起，和落日遙遙相對。石戈的聲音如同與長城上的風融在一起，蒼涼地直上九天。

「朋友們，這個大遷移是很難的。東北邊境那種自發性突破已經難以重複。俄國把大部分軍隊調到中俄邊境防守。夏天的黑龍江和烏蘇里江成了天然屏障。蒙古邊境也被俄國軍隊接管。從新疆去歐洲要借道四個國家，行程六千公里以上，去北美和澳洲更要橫跨整個太平洋。無論哪個方向的遷移，如果沒有一批堅強卓絕的領導者投身其中，都是不可能成爲大規模行動的。我們需要一批這樣的人：他們能夠成爲天然的核心，一個人能凝聚起幾百萬人；他們是天才的組織者，能在龐大的絕望人群中建立起組織和秩序；他們是史無前例的戰略家，能在最複雜的形勢中巧妙地掌握主動；他們又是高超機敏的外交家，能在充滿敵意的環境裡爭得外國政府和人民的同情與寬容。這批人不用多，五百三十一個足夠了。這五百三十一個民族英雄就在這裡，就是你們！

「朋友們，細節不需要我在這裡講。馬上就有飛機來接你們。具體的方案、任務、技術問題、背景情報都會由各方面專家向你們交代。明天你們就要到達行動位置。各個方向的大遷移將在你們到位後同時開始。現在，我只請你們做一次選擇。這選擇本應在一開始就讓你們做，此時卻已是最後一刻，這是十分粗暴和缺乏尊重的，但是最終的選擇權仍屬於你們。憑你們每個人自身的素質、智力、體力和技能，你們完全可以在最艱苦的條件下生存，你們個人不需要遷移。

「我一點不想隱瞞，若是承擔起民族大遷移的使命，未來的苦難是難以想像的。等待你們的將是無盡的流浪，歧視，四處被驅趕，飽受艱辛、壓迫和侮辱，面對形形色色的軍隊、武器、皮鞭、集中營，甚至是屠殺和焚屍爐。你們的生活將永遠是一道又一道難關。千萬人民的命運將壓得你們疲憊不堪。你們要把整個民族遭受的風雨、烈日、驚濤駭浪和漫漫征途都默默裝在心裡。你們必須去做核心。這核心沒有任命，沒有權力機制的保證，完全靠你們自己孤立地從無到有去形成。你們是英雄，歷史卻不會記載，沒有桂冠，沒有頌揚。政府所有的檔案和文件裡都沒有你們的名字。有關你們的資料全將被銷毀，一個字也不會留下。無論在什麼樣的關頭，政府都不會給你們幫助，也不會承認你們是被派遣的，更不會承認遷移是政府組織和操縱的。哪怕你們遭受毒刑拷打，走向刑場，祖國也只能默不作聲地看著你們犧牲。甚至政府還會對你們的行爲進行譴責，向全世界道歉。這對你們太不公平。現在請你們選擇，任何不願意承擔這個使命的人都有當然權利，馬上可以退出。對此誰都能理解，不必有任何顧慮。訓練營營長會妥善地安排一切。」

石戈沈默了足有三分鐘，扭過頭去看已和海浪般群山相接在一起的夕陽。無盡的風遙遠地颳來，又遙遠地颳去。五百三十一個人沒有一個動一下，一絲不動，如同一群雕像。陳盼的眼淚已流得像河。

石戈轉過臉，凝視這群視死如歸的男子漢。

「親愛的弟兄們，再看一眼我們的中國吧。趁太陽還在，看看這目睹過五千年歷史的群山，看看祖先修造的長城，看看眼前這被鮮血澆灌過的每一草每一木吧……江山如此多嬌，引無數英雄競折腰……可今天……今天……」他的聲音一下迸裂了，兩行熱淚奪眶而出。「拜託你們了……中華之火的延續全靠你們了！」

他猛地向眾人深深鞠下躬去。

陳盼死死堵住嘴，似是要把魂哭散了一樣無聲地痛哭，哭得無法喘息。

在最後一抹即將消失的殷紅陽光中，數十架直升機在絢爛的火燒雲中出現了。那隻鷹越飛越高，高到只剩下難以辨認的一個黑點。

東太平洋海盆

除了深海生物偶然發出的閃爍光斑，這裡永遠是一片漆黑。億萬年的太陽從未照射進來。幾千米飽含鹽分和礦物質的海水似乎把一切都吸收得乾乾淨淨，無影無蹤。哪怕一個龐然大物貼著眼皮滑過去，也難以察覺。

一艘潛艇就這樣滑了過去。

它前進得那樣慢，以致一條通體發出暗暗藍光的電鰻把導彈甲板上的排水孔當作了牠的巢，每隔一會便探出扁扁的小頭，或是竄出一下叼住點什麼回來享用。只有潛艇尾部和腹部的六十四個噴嘴無聲而堅定地噴著持續不斷的水流，給潛艇提供每小時前進三・五海里的動力。

潛艇一直貼著海盆邊緣前進，這樣可以始終置身在南極底層水形成的深海環流中。借助沿著海盆邊緣運動的洋流，航速可以再提高一節半到兩節。還有一千海里，就可以登上美國的大陸架了。

海面上，颱風正以排山倒海之勢咆哮，掀起十數米高的巨浪。以夏威夷島爲基地的美國海軍反潛聲納系統受到極大干擾。但即使是風平浪靜，聲納也不會發現這艘潛艇，因爲它根本就不發出任何聲音。

這艘潛艇就如一隻野獸，它懂得什麼時候該爬行，一寸一寸地接近目標。忍耐力是關鍵，時機永遠有，重要的是在最後那一撲之前絕不被發現。

西方

一個消息突然在聚集於新疆西南部的中國流民中傳開：法國、英國、德國、義大利、瑞士……（幾乎所有那些歐洲富國的名字都被點到了）將敞開大門，接納中國人到他們國家定居。每個前往的中國人都能獲得工作和住房，還發救濟金呢！

這消息對每天只能得到半塊美國餅乾的饑民來講，如同在死亡之海突然見到光明大陸。那些國家在他們頭腦裡早如樹上長麵包、河裡流牛奶那樣神奇。以往是因爲沒有簽證和外幣，不敢想。

現在，人家什麼都不要了，老外富得有錢沒處花，專講什麼人道主義。救了人他們心裡舒服，死了能升天，就跟中國拜菩薩一樣……消息越傳越生動，細節不斷被充實。

此次與以往的流言有一個明顯不同，不是逐漸傳播，而是同時在很多點開始擴散。假若有誰能搜集到一些蛛絲馬跡，不難看出流言是人爲製造和推動的。流民中分布著一些既普通又特殊的人。他們外表與眾人一樣，氣質卻不同，舉止像知識分子，可是生存能力又比什麼人都強。他們都是剛剛出現在流民中，卻能馬上成爲核心。這次流言的源頭就是他們。當他們腕上的錶指到同一時刻，他們在人群中立刻開始發布一模一樣的流言。這種均勻分布的多源頭流言，在最短時間內就覆蓋了二億左右的難民。

俄國對華援助終止，以及歐洲援助大幅減少後，中國西線的救濟站相繼關閉。這時，即使沒有流言帶動，人們也必須流動了，只是那種流動的方向可能非常分散。這個恰逢其時的流言一下給人們指明了流動的方向。塔什庫爾干周圍的二千萬流民離紅其拉甫山口只有一百多公里，最先開始行動。聚集在北邊的喀什、疏勒、烏恰一帶和東邊的葉城、莎車一帶難民也隨即遷移。離得比較遠的阿合奇、阿克蘇、烏什、庫車的難民意識到自己會落後，趕路的速度更快、更堅決，有的甚至是晝夜兼程。

然而聚集在北疆伊寧、塔城、阿勒泰一帶的難民，卻連半點有關歐洲收容難民的流言也沒聽到。他們是在被另一種流言帶動，那流言的指向是北方——每個到達那裡的難民都能領到一畝半油亮的黑土地。那土地肥沃得插根馬車桿都能長出馬車來！於是一億多難民邁開雙腳向哈薩克、向俄羅斯的東西伯利亞趕去。如果當年的中國或蘇聯國家計畫委員會的官員看到這個現象，一定會感嘆沒想到運用流言也能精確地實現計畫，恰如其分地分配難民的去向和數量，從而要反思是不是因爲忽視了這個手段，才把國家計畫搞得一團糟。

新疆西部和南部公路上，形成了人挨人的長龍。地方公路、土路和小路上也全是人。擠不上路的人就在戈壁灘上行走。到處有抬著薯瓜種植設備的人群。雖然政府大力推廣薯瓜種植，但是產量遠遠不夠，製作營養液的物質也很缺乏，很多地方連找水都困難。這使得擁有薯瓜種植設備的流民群體對在路邊哀討薯瓜的人只能視而不見，而這些群體也常常成爲無組織流民攻擊的對象。

不過，只要是有飛機場的地方，就能看到各種運輸機首尾相接地降落。飛機上卸下薯瓜種植設備，而且是最新型的，可以方便地分拆，比要多人抬著才能移動的老式設備方便很多，行進速度大大提高。而在有水之處，則堆著許多座小山似的乾物質。那種乾物質肥力相當高，不用絞磨，兌上水就可以直接進入催化槽，變成培育薯瓜的營養液。難民隊伍的領頭人號召男人們用褲子做口袋，塞滿這種物質，挎在肩上或脖子上。肥料就等於薯瓜，現在背到身上的越重，將來挨餓就越少。

翻過明鐵蓋達坂，再爬上紅其拉甫達坂，當紅其拉甫山口的中巴邊境進入視野時，原來那些對流言保持懷疑的人不由得不驚訝——巴基斯坦邊境確確實實開放了。中國難民的隊伍正在寂然無聲地穿過界碑。前面看不著頭，後面見不到尾。

一切跡象都表明巴基斯坦早做好充分準備。從紅其拉甫山口到阿富汗邊境，由軍隊、警察、後備役軍人和坦克、裝甲車、機槍以及各種通訊器材組成了一道走廊。天上直升機巡邏。地面每個制高點都有重武器瞄準。隔不遠就有高音喇叭用漢語警告人們不得越過界線，否則不保證生命安全。即便夜晚宿營，也只能在狹窄的難民走廊中席地而坐。女人解手頂多用她們自己的身體互相遮擋一下。

最令人驚奇的是，巴基斯坦會派出那麼多車輛運送難民。各種型號的卡車大部分掛著拖車。不少車上的中國牌號還沒來得及塗掉。中國一方有一排細長靈活的加油管，觸鬚一般伸進巴基斯坦境內，給每輛汽車加滿油。那些車除了定期停車，讓路給巴基斯坦本國交通外，其他時間車輪晝夜飛轉，就連進入阿富汗邊境也不停一下，繞過喀布爾市區，直抵帕羅帕米蘇斯山脈西北的伊朗邊境。阿富汗也建立了難民走廊，不過不如巴基斯坦那樣嚴密，只有三三兩兩的民兵在工事旁觀看怪物一般打量眼前無盡的人流。沿途村民也出來觀看。從紅其拉甫山口穿過巴基斯坦，再橫跨阿富汗到達伊朗邊境，全程二千公里。乘汽車五十個小時，步行需要四十天，騎自行車二十天。

當土耳其駐巴基斯坦大使接到中國大使的邀請時，立刻料到與震驚世界的中國難民有關。雖然眼下距離土耳其還隔著個伊朗，可是土耳其必定是難民洪流直指的下一站。安卡拉每天十萬火急地催他弄清情況和發展。

中國大使館的地下室裡支著一頂半球形帳篷。這種帳篷用特殊金屬箔製成，通電後可以產生一種複雜的場，吸收和分解各種形式的波。這是世界迄今最有效的防竊聽裝備，尚無任何一種竊聽裝置能攻破它。土耳其大使被中國大使禮貌周全地引進帳篷。他沒想到裡面已經有了一個人，而且是中國外交部的副部長。事先沒有任何消息來源得知這位副外長來到巴基斯坦。

副外長是新人，國際外交界對他不熟悉。他不擅長漂亮敏銳的外交辭令，卻很沈穩自信。他先詳細闡述了中國政府爲防止本國難民湧入別國所做的努力，然後遺憾地承認努力最終失敗。難民洪流相繼突破了巴基斯坦和阿富汗邊境，已無法阻擋，更不可能挽回。事到如今，沒有其他辦法，只有因勢利導，因此要請土耳其政府幫忙。

「怎麼幫忙？」土耳其大使忐忑地問。爲了保密，會談沒有翻譯在場，他和副外長直接用英語交談。

「讓我國難民通過貴國領土去歐洲。」

「絕不可能！」土耳其大使叫起來。他的震驚首先還不是難民洪流會沖擊土耳其，而是外交場合竟會有這種要求提出。他在外交界幹了一輩子，這種要求如同某家房子不通風，卻要求鄰居拆掉自己房子來幫忙一樣荒謬。

「我們的人民只是借道，他們和你我一樣，非常清楚只有歐洲才具備救他們的能力。不會有人留在土耳其。通過時間總共不超過四十天。假如貴國能像巴基斯坦一樣提供車輛運輸，速度還會快得多。」

「絲毫不要考慮！」土耳其大使堅決地回答。「人類歷史上從沒有過這種先例。」

「先例是人創造的……」

「這種先例是對主權的破壞，是危險的、對世界秩序充滿威脅的先例！絕不能開這種先例……」

副外長同情地看著土耳其大使，但是仍然要說清自己的話。

「大使先生，您說得都對。問題是已經沒有開不開先例的選擇，而是必須面對貴國政府和我國政府都無法改變和阻擋的現實。在這種時候，墨守成規不但不能解決問題，反而會造成災難。假如拋開空洞的外交原則，想想實際狀況，當兩億中國難民集結在貴國邊境時，貴國有什麼能力來阻擋呢？用屠殺？我想第一，貴國不會為主權概念殺死兩億人，現代文明不允許，《古蘭經》也不允許。第二，貴國軍力對屠殺兩億人也差得太多。也許確實能阻止兩億難民有秩序地經由一條走廊通過貴國，卻阻止不了兩億難民如決堤洪水氾濫於貴國境內。那時貴國的六千萬人將被這兩億難民淹沒。貴國的政治、經濟、文化、社會、所有一切都將被席捲。做為一個富有政治見識和外交經驗的專家，大使閣下一定不難清楚地看到這種前景，從而勸說貴國政府採取理智的選擇。」

土耳其大使半天沒說出話。他在想像兩億這個數字到底是多少。假如排成五人一排、每排相距一米的隊伍，要排四萬公里長，等於繞著地球赤道首尾相接。而正是這樣一個隊伍，就要通過他的國家！這讓他平時清晰的頭腦混亂之極。

「副外長閣下，現在還不到貴國跟我國談的時候，等難民過了伊朗國境再說吧。」

誰都知道伊朗這個國家有著奇特的思維方式，平時做為這個國家的鄰居，總是要多少擔心，現在卻成了可以躲在後面的盾牌。

「伊朗已經同意了。」副部長立刻就拆解了土耳其大使的盾牌。「伊朗理解中國人民的災難來自超級大國的迫害，這個責任理應由超級大國及充當其盟友的發達國家負擔。亞洲和第三世界國家歷史上一直遭受殖民主義列強的掠奪。在地球資源豐富、到處是未開發的新大陸和新邊疆的時代，老殖民主義者依仗他們的強大而殖民。但是當地球人滿為患，資源告竭時，則開始反向的殖民。貴國不是也有上百萬人遷居歐洲嗎？這種反向殖民是出於貧窮，是當年的被殖民者反過來向列強索債！伊朗政府已經同意爲我國難民提供鐵路運輸。如果再有貴國政府的配合，列車可以從馬什哈德直達希臘和保加利亞邊境，遷移速度可以大大提高。這不僅對難民有助，也大大減少了難民滯留貴國境內的時間，從哪方面看都是有利的。請大使閣下再深入考慮，如果貴國堅持不同意，且不說難民一定會自行突破貴國邊境，就是伊朗也不能容許兩億難民被你們阻隔在自己境內。貴國也許會面臨難以控制後果的衝突……」

「我必須說，這是一種訛詐！」大使抗議，但底氣並不足。

「中國政府絕對沒有訛詐之心，而是想盡量公平地補償貴國。我國願意給貴國提供一塊永久飛地，作爲貴國讓路的答謝。貴國不是很需要在太平洋有一個港口嗎？青島、大連、寧波、溫州……你們盡可以選擇。」

飛地的允諾似乎使土耳其大使的態度軟化了一些，但是絲毫沒放鬆警惕。「在過路和火車之外，你們還會要什麼？」他問。

「還需要一些基本的生存物資——如水……」

「沒有誰能供得起這麼多人吃。」大使生怕副外長接著往下提要求。

「不需要貴國的食物。我國專家不是向貴國傳授了薯瓜技術嗎？難民現在自己能生產一部分薯瓜，但是不夠，只希望貴國提供薯瓜，當然能提供薯瓜種植設備是最好的。還有製造營養液的物質也要貴國給予補充。除此只有防疫要請貴國協助。我國政府會把國際社會援助的醫療設備和藥品轉運給貴國。」

「保加利亞和希臘能放行嗎？」

「這一點請放心，保希兩國已同意在兩國國境線之間開闢一條難民走廊。難民不進入兩國內部，走廊直通馬其頓進入塞爾維亞，那以後就不對貴國有任何影響了。」

大使沈吟半晌。

「我必須得到這些國家的證實。」

副外長微笑。

「我勸您不要這樣做。不會有任何一個政府向您證實這種事。正如將來貴國也永遠不會承認曾答應我國難民過境，而只說成是我國難民強行突破邊境一樣。」

「巴基斯坦和阿富汗是否也如此？」

「我已經說過了，那兩國的邊境都是我國難民強行突破的。」

在一旁一言不發的中國大使心裡最明白，爲了實現這個「強行突破」，他率領全體使館人員廢寢忘食地工作了多少天。

在中國副外長與土耳其駐巴基斯坦大使在伊斯蘭堡會見的同時，中國外交部的另外一名副部長正在大馬士革祕密會見伊朗副外長。

「土耳其已經同意了。」

這位中國副外長對伊朗副外長問題的回答，與土耳其大使在伊斯蘭堡聽到「伊朗已經同意了」，前後只差幾秒鐘。

索非亞、雅典、貝爾格勒的中國外交官都在活躍地忙碌著。

這些日子，中國外交部忙得不可開交。僅西亞一線就牽扯了兩個副外長，上千名工作人員。而東方、南方、北方同時都在撕扯他們。

北方　滿洲里中俄邊境

機艙裡亮著一盞瓦數很小的照明燈，被蛋殼式遮光罩攏得嚴嚴實實。日本技師在李克明身後調整支架。李克明很不喜歡讓自己的雙腿固定在支架上，有一種找不到緣由的不安。但是按照方案，他在天上出現的形象是在飛翔，而不是吊在飛機下，那才能產生足夠效果，懾服住人群，讓他們從死路上回頭。用普通吊索是達不到那種效果的，這種支架可以使身體似在站立著飛行，還能操縱做出各種動作。這個主意是「北京人」想出來的，當時覺得最大的困難是沒有能完成這種功能的支架。但是在場的日本人一口應承下來，不到兩天時間，就在日本完成了設計和製造，連同方案中所需要的低噪音直升機一塊飛到中俄邊境。

「他說要升空試一下。」李良爲日本技師翻譯。李良是李克明的遠房堂弟，原來在黑河外貿局當科長，日語俄語都不錯，現在是難民游擊隊的翻譯。

直升機升起。這種日本機型比普通直升機聲音小幾倍。在烏雲密布的黑夜，有風聲遮掩，地面人群又發出喧囂，只要飛行高度超過百米，從地面上就很難發現他是被吊在直升機下，而會看上去眞像在「飛」一樣。不過，駕駛員和技師都是外國人，總是使李克明感覺不那麼對勁兒。如果不是只有日本人能提供這套設備，他根本不會讓他們攙和進來。他讓李良跟在飛機上，除了當翻譯，有一個自己弟兄在上面也踏實些。

專用的黑色吊索把李克明和支架送下飛機。這種吊索中有十多根極細的鋼絲連接到支架的各點，可以從上面操縱他的姿勢。還有多根光導纖維從吊索空心通下來，在他身體四周伸展開。當機上光源打開，就能把他從頭到腳均勻地照亮。今夜的風足有四、五級，在李克明的鐵面上發出嗞嗞摩擦聲。要不是吊索綱絲的控制，人非得被風吹得滴溜溜轉個不停。日本技師在飛機上調整支架的時候，李克明一直用望遠鏡觀察十公里外的邊境方向。他現在身處中國境內。

俄國一側，探照燈如網交織，好似萬花筒密集地錯動。不時傳來一陣陣機槍掃射聲，此起彼伏。中國這一側，一片漆黑，寂然無聲。然而李克明知道，腳下的大地，從滿洲里到額爾古納河七十公里的中俄邊境，正積蓄著上億人的能量。能量每分鐘都在增長，尤其在黑夜之中。但到底什麼時候難民才能開始自發突破呢？

北京人堅持一定要等難民的「自發突破」。李克明為此與他爭論了多次。幾個月時間，李克明的隊伍從一群自動跟上他的男人發展到幾十個分隊，上萬人，成為俄國境內最大的中國難民游擊隊。李克明的手下人對他全都是唯命是從，只有這個最近新露面的北京人和他平起平坐，敢於否定他的意見。當李克明準備用中國境內的四十輛重型坦克率先在俄軍防線打開一個缺口時，北京人非常堅決地表示反對。

「……如果首先從中國境內出動坦克對俄軍發動攻擊，會被認為是中國對俄國的開戰。不能讓俄國抓中國政府的把柄。為了今後數億難民在俄國境內的生存，必須讓中國政府保持中立地位，有迴旋空間和發言的可能。這對未來非常重要，因此一切軍事行動都只能以難民游擊隊的面目出現。」

「不管怎麼樣，最後也得用坦克，也是從中國境內往俄國境內開。」

「那時不同，已經不是攻擊俄國邊境，而是在俄國境內粉碎俄國政府的陰謀，俄國就無法抓中國政府的把柄。所動用的坦克是自行解散的中國軍隊遺棄的，然後被潛回中國境內的難民游擊隊開了出去……」

前天，當北京人領著他們在中國境內「找到」這些重型坦克時，發動機的餘熱還沒散盡，油箱加得滿滿，彈藥充足，狀況完好。遺棄的？鬼才信！

自從這個北京人在俄國密林第一次露面，受傷的肩膀紮著從降落傘上割下的尼龍綢，李克明就相信他是北京政府派出的人。毫無疑問，北京人是帶有任務的。他向李克明描述了上億中國難民在滿洲里一帶集中的情況。整個東北地區只有這一段中俄邊境沒有河流阻擋難民，但是防守這一段邊境的俄軍也最強大。北京人來找李克明，為的是請李克明的游擊隊到滿洲里接應難民，幫助他們突破那裡的俄軍防線。

「因為國際關係，中國軍隊不能介入，而難民游擊隊在俄國境內行動，不由中國政府負責……」北京人直截了當地說明目的。

自打李克明在三峽被誣陷為暗殺總書記的凶手，他對任何與北京政府有關的人都抱有憎惡之感。不過這個北京人倒是很快贏得了他的信任。他現在活著的意義就是為更多的中國人能夠生存。他的游擊隊粉碎了俄軍一次又一次圍剿，不斷為中國難民開闢根據地。他切斷過俄軍增兵的西伯利亞鐵路，占領過遠東重鎮恰格達，甚至將「列寧已經把遠東還給中國」的標語寫到了俄軍司令部牆上。中國難民幾乎人人都知道他，把他傳奇般地稱作「鐵面將軍」。既然北京人的請求和他的目標一致，即使有北京政府的背景，李克明也沒有理由不答應。爲此他率領三十八個游擊分隊晝夜兼程趕往滿洲里。

正是這次行軍，讓他們發現了一個更大的陰謀。誰也沒料到俄國人有這一手，包括對情況似乎無所不知的北京人。接近滿洲里時，他們發現當地俄國居民已經全部離開，所有住房都是空的，城鎮沒有一個人影。俄國境內兩條鐵路與額爾古納河之間的三角地區，如同一個被倒空了的大口袋。袋口正對著上億中國難民集中的滿洲里邊境。兩條鐵路上，排滿列車車廂，當作臨時築起的城牆。俄軍以那些車廂爲工事，排滿了機槍。每挺機槍都配備無限供應的子彈。

爲瞭解情況，李克明派人抓了俄軍的「舌頭」。舌頭供認，部隊接到的命令是一定不讓中國人衝過鐵路線，但也不要出擊，只要把難民打得往口袋中間跑就行，而這樣做的目的是什麼，舌頭也不知道。

在舌頭的裝備中發現有一套防毒面具。舌頭說每個俄軍士兵都剛配備了一套，並且進行使用訓練，在上級下命令時就要戴上。對此，李克明和北京人都非常警覺，由此不得不相信日本特工所提供的情報。

那個日本特工曾多次通過李良聯絡，表示願意與游擊隊合作。李克明一直拒絕，還爲此罵過李良。但是這次他必須知道俄國人到底要幹什麼。直覺告訴他是一件大事。

「……這是中俄邊境。」日本特工操著流利漢語，用修長食指在地圖上劃了一道輪廓。「由於東北的其他中俄邊境都有河流阻隔，又逢大汛，難民難以形成大突破，北京政府便把東北地區的難民引導到這一段沒有河流的邊境來……」保養很好的手指在地圖上的滿洲里位置畫了一個圈。

「這跟北京政府沒關係。」北京人糾正。

「至少跟『綠色中國大學』的一個祕密訓練營有關係。」日本特工笑容可掬。不管李克明對日本人如何有成見，也不得不佩服他們的情報能力。日本特工接著前面的話題繼續往下說。

「對俄國人來講，中國難民進入西伯利亞是毀滅性的災難。資源豐富的廣闊西伯利亞是俄國維持強大和穩定的基礎。如果不能阻擋幾億中國人湧入，西伯利亞就將變成華人國。這最大的一塊一丟，俄國就會徹底衰落。為了避免這種結果，俄國會不惜使用任何手段。

「俄國人很清楚目前中國難民集中的情況。守住滿洲里這條狹窄地段，俄軍不難做到。但是中國難民一旦被打散，再想阻擋就難上加難了。額爾古納河的水幾天後就會減退，上游一百多公里全能涉水而過，也可以從西面穿越蒙古草原。俄軍要把防線拉得那麼長，勢必會失去密集火力，也就不可能擋住難民洪流的衝擊。俄國人已經認識到，被動防守是守不住的，要想阻擋這一億多難民進入俄國，只有一種可能——把他們全部消滅。

「俄國人現在要做的就是這個。他們俄國境內布下一個口袋，然後故意放開中俄邊境一個七十公里寬的口子，讓難民以為是自己突破邊境，實際是被有意放進布在俄國境內的口袋。口子兩側的俄軍火力將極其猛烈。無組織難民必然會哪邊沒火力就往哪邊跑，所以自然會通過沒有火力的口子被裝進口袋，然後被口袋周邊的火力往中間擠壓。當一億多難民全被裝進口袋時，俄軍就會紮死袋口。那時，幾千門榴彈炮和火箭炮將把上百噸VX沙林化學毒劑送進難民群。上百架飛機飛臨難民上空施放毒劑。那種毒劑的致死能力比老式沙林神經性毒劑高九十五倍，可以使人在幾秒鐘內死亡。你們看到的這片無人區喧鬧一時，又會重新變成無人區，只不過多了一億具屍體。對俄國人來說，處理那些屍體的消毒焚燒等雖然耗資巨大，但是與失去西伯利亞和俄國解體的損失相比，實在是微不足道。」

「……俄國人……怎麼向世界交代！」看上去李良震驚得說不出完整話。

「我國不用交代。」日本特工不動聲色，所有人裡只有他最鎮靜。「他們爲什麼不直接到中國施毒？不就是爲了隱瞞眞相。他們對外只會說難民散入了西伯利亞森林，別的一概不承認，還會做出一副受害模樣呢！」

隨後是長時間的沈寂。

「你爲什麼要告訴我們這些？」李克明啞著嗓子問。「這對日本有什麼好處？」

看上去日本特工正在等著他問這個問題。

「如果我僅僅說是人道主義，你們不會相信，雖然人道主義肯定是我們這樣做的重要原因。我可以坦言，這其中的確相關日本利益。如果局限在目前的狹小國土，日本是沒有未來保障的。我們將永遠在刀刃上膽戰心驚地生活。西伯利亞像是專門爲我們準備的地方。不過請注意，我說的我們包括中國和日本，單靠日本的力量是拿不下西伯利亞的，而由上億中國難民先進入西伯利亞生息繁衍，歷史就遲早會把這片廣闊土地送給我們黃種民族。日中兩國同種同根，源遠流長。日本的資金技術和中國的人力結合在一起，西伯利亞未來將成爲黃種民族新的發祥地。這是我們兩國的共同利益，因此從這一點，我們也不會坐視俄國人的陰謀得逞。」

支架調整完成，直升機準備降落，吊索開始把李克明收回機艙。今夜看來難民還是不一定會開始自發突破，俄軍的凶殘和傳說中俄軍的強大火力使他們非常畏懼。

「等一下！」李克明通過話筒讓上面停止收他回艙的操作。他看到燈光通明的俄國邊境突然黑了一段。那一段正是俄國人希望中國難民進入的口袋口。

這不會是電力故障，因爲其他部分的燈光仍然雪亮，應該是俄國人故意這樣做的。他們布好了口袋，等著把中國難民裝進去消滅，但是中國難民卻像有預感一樣，就是不往口袋裡進。做好一切準備的俄國人反而著急了。故意熄滅袋口燈光是一個聰明辦法，黑暗似乎能避開恐懼，使難民產生有機可乘的心理。俄方的這個引誘措施立竿見影地促發了難民開始突破。潮水般的聲音從邊境線響起，彷彿逐層推動的波浪，由小到大，由遠至近。讓李克明感到如同懸在大洋上。腳下無邊的黑暗好似被突發的海嘯波及，開始形成席捲的大浪。

置身天空的李克明視線最清楚，滿洲里鐵路西側的俄國邊境燈火通明，探照燈平射著在大地上掃來掃去。看得見燈光映出難民的細小人形在機槍掃射中成片倒下。這使得突破國境的人群如同被長鞭抽打的羊群一樣，向鐵路東側猛跑。東側有黑暗保護，而且沒有掃射，就如暢行無阻的大門——歡迎光臨！

李克明通過無線電和北京人做了簡短的商討，決定直升機不降落，直接開始執行針對俄軍陰謀的反制計畫。那個計畫是在聽到日本特工的情報後，北京人獨自在樹木裡一言不發躺了兩個小時琢磨出的。誰聽了都覺得不可思議，最後又不能不承認是絕妙一招。不但可以避免難民的厄運，還能反過來利用俄軍陰謀，乘機給難民打開進入西伯利亞的通途。李克明因此對北京人更加看重，把整個行動交給他指揮，而自己只扮演這個在天上飛翔的「鐵面將軍」。

爲了執行這個行動，他們幾天前進入了中國境內，進行了多種準備，包括「找到」了藏在尾礦場裡的四十輛重型坦克。現在坦克已經開動，暢通無阻地駛進了俄國境內。平時震耳欲聾的坦克聲被難民的海嘯掩蓋，黑暗也遮蔽了坦克的身影。操縱坦克的是難民游擊隊中當過坦克兵的復員軍人，但若不是俄國人故意放開一個「袋口」，哪怕有四百輛坦克也別想進入俄國境內。現在前面既無地雷，也無反坦克火箭，連俄國士兵都沒有。俄國人做夢也不會想到，他們放進口袋的除了聽憑他們宰殺的難民，還有這隊進去打破口袋的傢伙。

吊著李克明的直升機跟隨難民，也從「袋口」飛進俄國。天上沒有月亮。濃黑烏雲無聲滾動，落下零星雨點。西面，俄國境內的鐵路線亮滿探照燈，列車築成的城牆噴射機槍火光，海潮般的人群如受驚野馬向東方狂奔，中俄邊境的俄軍則用火力把東奔的人流壓向東北方。那正是俄國人準備施放毒氣的方向。槍對人就如高山絕壁對水，人潮向沒槍的方向排山倒海地傾瀉。黑暗大地上有一些紅光的點連成虛線。那是事先派進難民中的游擊隊員，他們的任務是始終置身於人群前端，向天空舉起紅色電筒，給李克明指示人潮的位置和方向。在漆黑的大地上，那紅光虛線移動得多快啊！七十公里寬的人流，被屠殺、恐懼和求生的本能驅趕，正在沒命地撲向死亡。

差不多了。李克明讓直升機向前飛，超過難民一段距離再調頭。他自己則調整好方向和姿勢，打開開關，伸展在身體周圍的光導纖維同時射出光束，把他周身上下照得通亮。纖細的光導纖維讓人分辨不出光源在哪，只好似黑暗天空突然出現一尊發光的天神，由遠至近飛臨狂奔的難民頭頂。

「同胞們，」李克明開口。麥克風隱藏在衣領下，聲音從直升機底部的大功率擴音器中發出，轟鳴著如滾滾巨雷。「趕快停下！」

這情景太奇特了，聲音也太巨大了。下面奔移的紅光虛線一下降低了速度。但是最主要的原因還在於李克明本人，他自己在那麼高的位置都聽到了下面不約而同的喊聲：「鐵面將軍！」

「鐵面將軍」已是難民中的傳奇人物。這幾天北京人又利用他在難民隊伍中的網絡——那網絡似乎相當廣泛而且有效——製造了幾乎人人皆知的傳言：只要難民一進入俄國境內，「鐵面將軍」就會現身指引，一定要聽「鐵面將軍」的指揮。現在，「鐵面將軍」眞出現了，帶著槍，挎著刀，斗篷撲喇喇地飄揚，在頭頂來回飛翔。他的黑藍鐵面發出金屬光澤，地面千百萬雙仰望的眼睛此刻最需要的不正是這樣一個神嗎？大潮終於克服了慣性，在黑暗的俄國大地上停了下來。

「同胞們，你們拚命跑是想活，可你們現在跑的方向只能讓你們死。前面是俄國人的圈套，他們正等著你們往裡進。那裡給你們準備的是化學毒劑，要把你們一個不剩地全毒死。沾上那種毒劑，你們先是全身奇癢，然後是嘔吐，吐出膽汁，頭暈，不能站立，眼睛看什麼都是彎的，接著全身起水泡，皮膚和黏膜全部爛光，最後肚子裡大出血。如果神經被毒氣損壞，還會發狂，殺死自己的親人，咬死自己的孩子。沒有一個人能活！同胞們，你們必須回頭！只有鐵路西邊才有活的希望。那邊的俄國居民沒有遷移，俄國人不敢在那裡用毒劑。別怕鐵路上的俄軍火力，難民游擊隊已經出動四十輛坦克，正在給你們打開通路。三十八個游擊分隊將接應你們突圍。衝過鐵路就向西北方向去。貝加爾湖和勒拿河流域有無邊的森林和富饒的土地等著你們。同胞們，馬上回頭！回頭者活，不回頭者死！」

紅光虛線沒有動。李克明關掉麥克風，讓飛機帶著他橫飛了一段。他心裡七上八下。該說的就是這些，只能說一遍。說得太多或者苦口婆心地哀求不會更有效，反而會失掉震懾力。他只能讓飛機少飛一點距離，使他開始對第二批人講同樣話時，第一批人仍然能聽見。他將飛過七十公里寬的人潮前端，重複同樣的話，讓所有人都聽見。可是人潮會不會回頭？前面已經停住的潮頭能不能頂住層層後浪的衝擊？日本技師保證擴音器能讓他的聲音清晰地傳出四公里，那麼四公里以外的人群只能靠調轉頭的洪流向後推。萬一潮頭不調轉，最終還是向東，這上億人就逃不脫死亡結局！

當他又橫飛一段距離開始說第三遍時，終於看到了標誌第一批人的紅光虛線開始向西移動。起初很慢，逐漸加快，當他在說第四遍的位置時，第一批已經又開始奔跑，第二批也開始向西移動。李克明懸吊的心放下了。潮流就是這樣，只要第一個浪頭扭轉了方向，就會帶動其他浪頭一起轉向。

果然，他飛過之處，紅光虛線全部開始向回橫掃。七十公里寬的人潮勢不可擋地改變了方向。舉著紅光電筒的游擊隊員從人潮最前端變爲最後端。他們在人群猶豫不決時放聲一喊，可能就成了推動人們掉頭的關鍵。從中國境內繼續源源不斷湧進來的中國難民被調轉方向的洪流裹挾著，向西方席捲。俄國人布下的口袋反而成了爲中國人打開的大門。

口袋西側的鐵路線，從中國境內開進來的四十輛重型坦克把俄軍的列車城牆連轟帶撞，打開了一個近五十公里寬的缺口。俄軍無論如何沒想到中國難民竟會有坦克。他們準備的武器和工事僅是爲消滅肉體的，對付四十輛橫衝直撞的重型坦克卻束手無策。前來增援的俄軍被事先埋伏在俄境內的游擊隊阻截。而俄軍飛機在黑暗中找不到目標，直到黎明降臨後，四十輛坦克才逐一被空對地導彈摧毀。那時它們已經完成了使命。俄國的大地上一片響徹天際的跑步聲，跑得地動山搖，上億人的沈重呼吸如同風暴低吼。中國難民一跨過鐵路西側就開始分散，那裡已經散布著俄國居民，飛機不再敢輕易使用火力。等到太陽升起之前，一億多中國難民將有一大半進入俄國。

吊著李克明的直升機藉黑暗掩護從低空滑過。光導纖維的光照已經熄滅。飛行速度把斗篷拽成水平，使他和直升機之間形成滯後。空氣拚命抽打。下面是俄國的群山，無比黑暗沈寂。李克明心裡溢滿喜悅，嘩嘩向外流淌，如瀑布噴泉。他簡直想扯開他那五音不全的嗓子唱一支什麼歌，讓歌聲在滿山回響。

「李良，把我拉上去。」他對通話器呼叫。這小子也樂懵了。他心裡暖融融地罵了一句混蛋。被風死死拽在後面的斗篷如同絞索勒得他喘不過氣。撲在鐵面上的風摩擦出尖銳的嘯叫。隱隱看見飛機的影子，像隻老大的貓頭鷹，在斜上方全速飛行。李良爲什麼不回答？沒聽見？不，吊索在動，但不是拉他上去，是越放越長。他和飛機的距離越來越大！

「李良，你瘋了！」他霎時出了一身冷汗。

耳機裡無聲息。冷汗在身上形成一層冰殼。斗篷帶子彷彿把頸椎勒錯了位，一股血腥氣從胸腔竄上來。黑夜在眼前變得更黑，卻又浮滿五彩繽紛的光點。他一手緊拉著斗篷，另一隻手終於摸到匕首。別割斷頸上的動脈，只有這個意識是清醒的。他掙扎著把匕首伸到脖頸後面，在就要喪失神智的一刻割斷了斗篷帶子。斗篷撲喇一下頓時飛逝。他的身體在夜空中彈起來。右腿轟地一下，骨骼血管肌肉變成一團漿糊。劇痛使他從半昏迷中清醒。一座黑黝黝的山頭離他遠去。剛才那一割救了他的命，否則撞上山頭的就不是右腿而正好是他全身。

「操你媽呀，李良！我瞎了眼！」李克明狂叫。

聲音竟如此巨大，震得地面樹林都在簌簌發抖。剛才那下撞擊正好碰開了李克明身上的擴音器開關，他的吼叫被飛機底部的高音喇叭變成黑暗中的炸雷。

耳機裡傳來一片混亂的日本話，如此響的喇叭聲音會讓俄國軍機發現目標。

「李良，你給我說中國話！你這個狗娘養的漢奸，你怎麼把自己賣給了日本人！」

又一座黑黝黝的山頭迎面撲來。他揮起匕首砍頭頂的吊索。然而吊索中間是堅韌的鋼絲，只發出一聲絕望尖叫，山頭已經黑森森地撞上來。如果腰腿沒固定在支架上，他可以抓住吊索往上爬，也可以用腳蹬在前面保護自己，可現在全身如同一塊呆笨的鐵疙瘩，只剩雙手可以向前撐。右手的匕首在石頭上撞出一片火星。左手感覺出粉碎，每根手指碎成無數段。迸起的骨渣和細石子敲在鐵面上，發出叮噹響聲，在頭頂擴音器裡化作滿天鐘鳴。他的身體被飛機生拉硬拽地拖過山頭。

「李良，老子不宰了你不是人！」

李良終於挺不住了，耳機裡傳出他的哭聲。

「大哥，是日本特務幹的。他們怕中國人有自己的頭兒，怕你成爲他們對手。沒有你，他們就能控制中國難民了。大哥，我是受不了這種野人日子，他們答應把我全家遷到日本……大哥，我對不起你……」

耳機裡傳出槍響。

「……大哥……」李良叫了最後一聲。

「我操你們全日本的媽！」李克明野獸一般淒厲地嘶喊，擴音器傳出的聲音在群山重疊地迴盪。又一座山頭撲來。這回直升機盡量降低高度，要把他撞到山頭之下，使他無法再次躲過。雖然看起來已經沒有活路，他還是下意識地再用匕首割頭頂吊索。這次刀刃卻沒有發出絕望的尖叫。剛剛在岩石上的撞擊把刀刃磕出許多缺口，成了鋒利的鋸齒，每割一下都感到吊索中心的鋼絲斷裂。耳機裡傳出日本駕駛員的驚叫。李克明看見數架俄國殲擊機的黑影鑽出烏雲。迎面大山吼叫著撞來了，在馬上就要接觸的一刻吊索被割斷。他失重一般滑翔，直至跌進一片軟綿綿的黑暗。

他本以爲那是永遠的黑暗了，沒想到又能看見光。黎明的露水從鐵面上滾進眼窩，泡軟了糊死眼睛的血痂。他看見青色天空上一抹淡淡紅霞，好似是百靈的嘴唇。當他在月光下用山泉清洗百靈的屍體時，那嘴唇也殘留著一抹紅色，就如這青色天空上的紅霞。他親吻那唇，和那屍體交歡，然而那雙眼睛永遠嚴峻地閉著，那唇再也不張開，不管他怎麼叫，怎麼求。

紅霞逐漸擴大。鳥叫在清晨的空氣中顫抖。妻子突然淚淋淋地抱著孩子從樹影中升起，卻飄悠悠地不敢靠近。他有些慚愧，但還是把手伸向她。妻子就是妻子，是永遠在一起的女人。兒子被緊緊地包在白布裡，使人難以相信那裡面是個生命。是該回家的時候了嗎？他想。該回去了，該做的都已做完，現在回去正好。

他又清醒了一下，記起了飛機、吊索、李良和日本特工。他在大腦深處笑了一下，殺了我，中國人就沒頭兒了嗎?他想和北京人最後握握手，如果可能的話，擁抱一下，但多半不會，兩個男子漢是不好意思做那種舉動的。

不知怎麼，天全變紅了。幾個俄國軍人低頭看他，激動地說著音階奇怪的俄語。他用最後一點力氣揮了一下右手。僵在手上的匕首在其中一張臉上劃出翻捲的紅花。他感覺射進肚子的子彈沈甸甸。他聞著俄羅斯土地的味道和家鄉的一模一樣。

東南方

無數條船停泊在中國沿海。分布在一萬八千公里海岸線上的中國難民，已經觀察了它們好多天。施工船在其間來來去去。載人小艇穿梭往返。每條船上都是焊光閃閃，吹哨鳴笛。從海外拖進來的舊船被修好。原來好端端的船卻被拆得光禿禿。連軍艦上的大炮雷達也似廢物一樣被扔進海裡。航行在外的遠洋輪全被召回國。內陸江河船舶被調下海。中國海軍的所有艦船都由水上運輸部接管。千萬條小型漁船在物資誘導下停泊到不同錨地。這些船全都在進行拆卸和改裝，加注燃油和淡水。相當一部分從海上運來的國際援助物資也直接裝到這些船上。沒人能解釋清這些船到底要幹什麼用。直到宣布食品供應徹底斷絕的那天，難民中間出現了一些一看就是天生當頭兒的人，他們在漫長海岸線的不同位置同時發出了同樣的號召——占領船隻!人們才發現這些船原來就是等著他們「占領」的。

在那些頭兒們的指揮下，「占領」非常和平，沒遭到任何抵抗。負責保衛港口的中國軍隊未加干涉。聯合國部隊則根本事先不知情。「占領者」先是「奪取」了港口的小船，向停泊在海上的每條船分別送去幾名難民行動隊的隊員。只要隊員往駕駛艙門口一站，「占領」就告成功，船長及全體船員就老老實實成爲「人質」，按照國際上「被劫持」的慣例行事——劫持者要去哪就去哪。

隨後，在行動隊指揮下，難民們按照原本以薯瓜生產和分配形成的組織開始登船。混亂是免不了的，但總體還算有秩序。薯瓜設備被搬上了船，拆成光板的甲板正好使塑膠管不受阻礙地鋪設，有效面積最大。進入艙內的難民看到了施工的另一項結果：無論是油船的油艙裡，航空母艦的機庫裡，還是散貨船的貨艙裡，所有空間全搭滿一層層架子。架子寬度正好是一人長。每層的間距剛夠人彎腰坐起。不管施工的目的是什麼，「占領者」們立刻把那些架子當成了臥鋪，分給一人一肩寬的位置。雖然擠得像罐頭，多數人還是喜出望外。有一個躺的地方，對付漫長旅途就容易多了。而指揮者們發現，由於有了這些架子，每條船可以裝載的人也增加了許多倍。

船動起來的那一刻，艙裡靜極了，連嬰兒都停止了啼哭。許多人這時才想起，下艙時過於匆忙，忘記了最後看一眼祖國。

三百噸以上的船直接駛向太平洋彼岸。無以計數的小船——從漁家帆船、舢舨，到幾噸幾十噸的貨輪、交通艇、機動漁船，以至內河用的小船、駁船和被拆掉了武器的近海巡邏艇、登陸艇……——則分成兩路。從東部沿海出發的駛向日本。從南部沿海出發的以菲律賓群島和印尼群島爲跳板駛向澳大利亞。這些小船如大洋上的蝗蟲，把目力所及的海面布滿。菲律賓和印尼驚恐萬分。這兩個國家幾年來一直受漂流出海的中國船民困擾。中國崩潰開始後，兩國早就擔心中國船民數量激增，卻無論如何沒想到如此之多。不過，從祕密渠道傳來的外交信息使兩國定了一點心。北京表示，兩國並不是這些船的目標，只是因爲這些船沒有遠洋能力，途中必須有地方避風和補給。北京暗示，當跳板不過是挨幾腳踩，如果一定拒絕挨踩，這滿海的蝗蟲說不定會把跳板啃碎。兩國明白「挨踩」的意思就是提供食物、淡水和避風港，即使不情願，也只好咬牙認可。

另一個方向，日本海上自衛隊封鎖了朝鮮海峽與九州的西海岸。中國船被指示一律駛往鹿兒島海域。那裡已經集中了大量日本政府徵用或租買的巨型遠洋輪。中國難民歡欣鼓舞地從四面八方爬上大船，發現船上準備好了跨越大洋的淡水、食物和日本造的薯瓜設備。正在生長的薯瓜吃起來比中國薯瓜的味道好得多。日本政府向世界發布公告：日本沒有能力接受如此眾多的中國難民，又不忍驅趕他們漂到大洋上送死，只好向他們提供有遠航能力的船和給養，讓他們自己選擇去處。公告中沒提那些船的去處是哪裡，似乎那是中國難民自己的事。然而每一個接受了任務的日本船長都知道，他們的航行目標早已確定，那地方就叫美國。

運輸省在鹿兒島設立的轉運指揮本部原以爲，換了船的中國難民會拋棄小船，因而調集眾多拖船準備清理海面。但是他們驚奇地發現每條小船上都留了人。由稍大一點的船打頭，把更小的船用纜繩連在一起拖在後面，紛紛向中國返航。這使岸上觀望的日本人心驚肉跳，這些船如此來來回回，得運來多少人才是頭呢？

瀾滄江和薩爾溫江成了南部邊境最初的突破口。聚集在雲南高原上的中國難民用竹子、木料、輪胎、汽油桶等一切能漂浮的材料紮起筏子，沿江漂進老撾、緬甸、越南、泰國和柬埔寨。無數人死於上游急流，以致出現整段江流被撞碎的筏子和屍體堵塞的景象。儘管如此，比起徒步穿越熱帶叢林，漂流仍算一條快捷通道。然而失敗也源於此。隨波逐流的漂流者難以保持組織，無法攜帶薯瓜設備，隨著身不由己被江水裹挾、死亡威脅和饑餓折磨，人的惡性成分逐步發作，自相殘殺到處可見，對當地居民的搶劫也越來越普遍，並從江邊迅速向兩岸縱深蔓延，直到把沿途村寨搶光殺絕。

遷移組織者還在一個重要問題上失算，中國境內能用於紮筏子的漂浮材料遠遠不夠，一旦告罄，難民必然強行進入接壤國家，砍倒森林，拆毀建築，把大片地區夷為平地。這些行為導致遷移路經的國家改變了曾在外交努力下達成的默許，調動軍事力量對中國難民進行堵截驅趕。當地居民也組織起來，對中國難民進行報復。雙方損失都很慘重。中國難民的死亡數量要多數倍。但是由於絕對數量太大，不可能殺光，也不可能完全堵住，最終還是有上千萬滿身泥污血跡的人源源不斷漂到兩江入海口，徒步沿著馬來半島繼續南行。不管這種遷移過程與計畫相差了多少，人群卻始終沒忘記組織者們的叮嚀：馬來半島最南端有成千上萬從澳大利亞返回的空船來接他們。只有上了船，他們才能到達那個充滿陽光和希望的新大陸。在組織者們的描述中，那個大陸美如天堂。

河北　張家口

被壓得喘不過氣的俄國終於認識到，僅僅靠死守一條邊境線是無論如何擋不住中國難民的。北京政權表面連連道歉，允諾控制難民，實際一直暗中推波助瀾。只有建立一道寬闊的隔離帶，才可能遏制北京的無賴政策，阻止難民繼續北上，把難民遣返回中國。

不過，他們建立的隔離帶又似乎過於寬闊了。中國的長城以北地區，加上整個東北和整個新疆，總共三百萬平方公里，被俄國軍隊短短幾天內占領。

「長城以北」只是宏觀分界，實際上俄軍是以交通、城鎮、軍事地理和建立新政權的考慮決定具體占領位置的。張家口市在長城以南，但是沒有妨礙它成爲俄國占領軍中線司令部所在地。

此刻，十九時二十七分，一名接管了張家口衛星地面站的俄軍通訊上尉發現一個異常情況：地面站的發射系統突然自行開啓，向太平洋上空的通訊衛星開始發送信號。他查找出啓動指令來自一個細如蛛絲的微弱信號。經過捕捉，最終確定那信號正在東南方熊耳山下向張家口方向移動，速度約爲每小時八十至一百公里。地圖顯示那正好是北京至張家口的幹線公路，因此信號十有八九是從一輛正在行駛的汽車中發出的。

汽車裡是什麼人？爲什麼駛向張家口？

能自動啓動地面站的信號一定非同小可。那艱深的密碼後面又藏著什麼祕密呢？

那是石戈開的車。只有他一個人。又一堆鏽跡斑斑的「槍片」鋪展在前方路面。車開過去時，好似有千百把馬刀在車下互相拚砍，發出密集刺耳的鏗鏘聲。槍變成了刀，似乎不可思議，可眼前這些槍確實成了一張張金屬薄片，僅保留著擠扁的槍型，如同現代派藝術家的作品。

軍隊將領們以殉難式的悲情服從了石戈的命令——消滅軍隊。軍隊擔負的打通遷移路線和保衛國際物資的使命已經完成。在物資指日將斷的時刻，軍隊必將隨之潰散，沒有任何力量能夠阻擋。那時千萬支失去控制和組織的槍枝就會從秩序保衛者變成禍患。中國軍隊這時能做的最大貢獻，莫過於立刻消滅自身。槍枝被鋪在公路上用坦克壓成了「槍片」，彈藥被引爆或是用於炸毀重型武器。每個士兵領到十天給養，各奔生路。自曾國藩、李鴻章時代就開始營建的現代中國軍隊化爲烏有，而多少代民族精英視爲富國強兵標誌的海軍戰艦，更是早被拆成空殼去運送難民。

俄軍出兵的第二天，黃士可便離開北京，在南京成立了「抵抗政府」。這個政府是針對石戈的「不抵抗命令」建立的。由於中國軍隊已經自我毀滅，俄軍如入無人之境，占領速度等於運兵車輛的最大時速，在毫無阻攔的中國土地上放開了奔馳。石戈唯一的反應就是通過電視要求人民克制，服從俄國占領當局並與之配合。其實不用他說，中國人何嘗還有任何抵抗意志？正如俄國所譴責的，中國難民已經首先侵占了俄國一千萬平方公里領土，還有什麼反侵略可談？

世界對俄國出兵幾乎沒有反應。面對中國難民鋪天蓋地走向世界，各國的同情全在俄國一方。只有美國不但立即承認黃士可的「抵抗政府」，把使館遷到南京，而且應黃士可的請求，還向中國增派了軍隊。不過美俄雙方都避免發生衝突。黃士可的「抵抗」限於口頭。美軍防線僅部署到長江，距俄軍上千公里，看上去只像是玩平衡，你占一塊，我也要占一塊。

天上羽毛狀的薄雲如同一隻火鳳凰，在已落入地平線下的夕陽餘暉中紅豔豔地飄移。靑藍的遠山輪廓逐漸與暮色相融。公路兩側開始出現密集村鎮，標誌張家口已經不遠。然而每個村鎮只剩空房和招牌，看不見人。

在石戈來看，中國已註定不能靠重新組織來挽救了。在這一點上，聯合國也好，美國俄國也好，還有黃士可，思路全錯了。中國做爲一個組織氣數已盡，眼下只有解散她，把其中的個體盡快擴散出去，才是一種不致被全部埋進廢墟的挽救。因此，俄國占領，黃士可另立政府或美國出兵，對他而言，全是不得要領也無須理睬的行爲，不值得激動，連做樣子都沒必要。包括他領導的政府是否還能存在下去，也已經是無所謂的事。他之所以接了總理的職，就是爲了解散中國。現在，解散已經接近完成。該做的事只剩最後一件，一會兒也就能見出分曉了。

俄國占領軍中線司令官是個有巨人般體魄的中將。在他本人出面前，石戈對俄軍的提問一句實質性的話也不回答，直到中將本人露面。

「你要幹什麼？」中將被任命爲司令官，跟他會講漢語肯定有關。他的欠準確的發音減弱了話語中顯而易見的生硬。

「我要拜見貴國總統。」

中將目光尖銳地一閃。

「你是誰？」

「中國總理。」

這後一個回答更使中將震驚。他盯著石戈審視了好一會，有禮貌地站起身。

「應當承認，您一進門我就覺得面熟，但您在電視上露面似乎更合適，用這種方式讓人難以和總理聯繫在一起。」

石戈微笑。「這在中國叫『微服私訪』。」

立刻，座位有了，咖啡也有了。中將用了好一會兒裝塡一個粗大的菸斗，點燃之後，默不作聲吸了五、六口。

「您要見的人不在這裡，您想說的話能不能由我轉達？」

石戈眼望牆布上的花紋，只當沒聽見。

如果不是確定無疑，他不會貿然前來。雖然中俄由於俄國入侵而宣布斷交，留駐莫斯科處理斷交後事務的中國小組仍然掌握原來的情報網。俄國總統此行視察從新疆到黑龍江，橫跨整個占領區，瞭解到他今晚住在張家口，並不是特別有難度的情報。

石戈拿準了俄國總統會見他。爲什麼不見呢？他以這種方式前來，但凡有一點好奇心，也會想知道爲什麼吧。何況是在俄軍的重重包圍下，不會有任何危險。難道會懷疑中國總理是殺手嗎？

然而，有過王鋒打俄國大使耳光的前例，至少中將是有這種戒備的。在他顯而易見地到隔壁打電話請示了總統後，採用了類似上飛機那種安檢方式對石戈進行了檢查。即使在到達總統下榻處後，中將也一直緊張地盯著石戈的每個動作。直到總統嘲笑地拍他的肩膀，示意他放心離開。

習慣了燈火管制和停電，總統的餐廳對石戈顯得過於耀眼。樹叢一樣的吊燈和滿牆壁燈全亮著。身穿連衣裙的俄國侍女擺放下銀亮餐具和器皿。在餐廳中間的條形餐桌兩端，俄國總統和石戈相對而坐。

總統的白髮在燈光下顯得高貴安詳，深陷的雙眼透著無所不知的聰慧。侍者爲石戈拉開高背座椅。色味誘人的俄式菜餚擺到眼前。隨後只有一個翻譯留下，坐在長桌中間位置。

總統眼前只有斟滿伏特加的酒杯，他隔桌向石戈做了個碰杯姿勢。石戈舉杯一飲而盡。烈酒好似一把銑刀痛快地滾進喉嚨。不知怎麼使他想到了仙人村的冬夜和炕頭。黃土高原的風旋轉著颸過耳旁。

總統露出一絲贊許目光，以同樣方式把杯中酒一飲而盡。

美食使石戈的胃產生抽搐。已經很多天沒吃飽了，如此佳餚更是恍如隔世。他一言不發席捲了四道菜，只當沒注意總統審視的目光。他滿意地告訴自己，一個能想到別人需要吃飯的總統，溝通的可能性會大些。

石戈的狼吞虎嚥告一段落，看到桌上有中國的茅台酒，自己倒滿一杯，向總統舉起。總統倒了一杯伏特加。兩人隔桌再次做出碰杯姿勢，一飲而盡。

「中國難民給貴國造成很大麻煩，我一直想有機會代表中國政府向您當面表達歉意。」

「需要修正您的用詞。」總統面無表情。「貴國難民給我國造成的不是麻煩，而是災難。我想您來這的目的不是爲了道歉。至少從貴國政府的行爲中，我從未看出過歉意。」

「歉意有時無法體現成行爲。當我們整個民族面臨絕境時，有的事無論怎麼抱歉也是不可控制的，已經發生的也不可改變……」

「不可改變？結論下得是不是太早？你以爲用中國式的那些手段就能讓俄羅斯束手無策嗎？」

俄國總統的憤怒顯然積蓄已久，不過良好的修養使他並不過分發作。他起身背手踱步，用喝水方式連喝了兩杯酒。「你我這次見面世人不會知道，你我也不會承認，所以不妨說點實話。可以告訴您，俄羅斯的嚴冬打敗過拿破崙和希特勒的大軍，也會把你們那些衣食無著的難民凍死一大半。」

「如果這是您的希望，您可能會失望。中國人抗受苦難的能力是您難以想像的。何況即使眞凍死一半，那只是把毀滅兩次俄國的力量減少到毀滅一次，俄國照樣還是毀滅。中國難民散布的面積已達幾百萬平方公里。除非你們捨得讓半個俄國被瘟疫和毒劑滅絕，然後再波及整個俄國，否則不可能使用這樣的手段。沒人否認俄國有許多勝利的歷史，但是俄國今天遇到的麻煩是任何歷史不能相比的。無論成吉思汗、拿破崙還是希特勒，都不過是一塊石頭，不管發出如何驚天動地的巨響，最終只能在俄羅斯的深潭中沈底。而數億中國難民卻是無聲無息的海洋，被淹沒的註定只會是俄國。貴國多年費盡心機遷移到西伯利亞的居民，目前不是正在大批逃回貴國的歐洲部分嗎？他們不願意置身中國人的包圍。而中國難民卻相反，絕不越過烏拉山脈一步。如此下去，俄國會被歐亞大陸的界山割成兩半，蘇聯解體已使貴國失去上百萬平方公里，未來貴國只能縮到東歐平原僅剩的那塊土地上。」

「這就是中國人征服世界的方式嗎？」總統恨恨地諷刺。

石戈長嘆。

「中國人哪還有心思征服，只是求最低生存罷了。」

總統擺弄一會兒鑲著銀邊的酒杯。

「我一直忘不掉我的一個年輕研究員當初提的建議。他把中國比作一條潰爛的腿，人類爲了挽救整體生命，只有下決心砍掉這條腿，也就是把中國從地球上開除。他建議各國武裝力量集合在一起，包圍中國，進行持久封鎖，不讓一個中國人出境，讓中國的崩潰和死亡在中國內部自生自滅，如同漏水的船關死水密門，寧可犧牲進水艙的人而保證全船不沈一樣，直到中國崩潰的能量自我消失。現在想起來，這可能是人類唯一有救的辦法。你們的國歌裡不是有一句『用血肉築起新的長城』嗎？每當想起這個建議，我眼前就出現圍繞著中國國境線，聳起一圈屍體堆就的長城。」

「可您知道，世界做不到。」

「是的，做不到。正因爲做不到，人類就毀了自己……」

「人類？不一定吧。我相信您比我更清楚，中國難民湧入西伯利亞是讓美國感到高興的。的確，這會使俄國在世界舞台重新崛起成爲泡影。如果蘇聯解體是一次慘重失敗，但還不能斷定俄羅斯就此將一蹶不振。歷史上俄羅斯不止一次節節敗退，最終都能以後發制人的韌性反敗爲勝。不可想像俄國會淪爲二等國家，因此俄國始終是對美國獨自主宰世界的挑戰和威脅。但是若能讓中國難民淹沒了俄羅斯，俄羅斯的基礎會被毀掉，至少在相當長的時間——甚至可能是數個世紀，俄羅斯不會再有崛起的可能。這無疑是最符合美國利益的，而且不需要美國費半點力氣，只須隔岸觀火，就可以坐收漁利。不是嗎？」

總統沒有回答，但顯然石戈說的正是他心裡想的。

「總統閣下當然比我更清楚，這些年美國和西方對貴國的遏制，在多大程度上影響了俄國的發展，損害了多少俄國的利益。所以，俄國也得以其人之道還治其人之身。強弱是一種對比關係。俄羅斯要想強大，不能只是自己圖強，還要同時讓對手弱下去，才是眞正地實現強大。」

「您的具體建議是什麼？」看上去總統並不愛聽理論。

「把美國拉進來！」

總統把手支在下巴上，顯出願聞其詳的神情。

「均衡是以往俄美關係的基本原則，現在也應當遵循同樣思路。均衡的含義不光是美國有多少武器，俄國也得有多少，而且應當擴展到俄國有多少麻煩，美國也該有多少。具體到眼前來講，就是俄國有多少中國難民，美國也就該有多少，至少不能相差太懸殊。只有實現這個均衡，俄國才能把美國從幸災樂禍的地位拉到共同解決問題的國際圓桌上來。」

「照您的意思，俄國擺脫困境不能靠克服困境，而是靠與美國一塊陷入困境？」

「只能如此。至少在眼前，困境是不可克服的。徒勞的克服只能使貴國更加疲勞和虛弱，更易受打擊。假如貴國的精力全用於解決自身問題，問題只會越來越多。因爲離中國最近，中國難民最易進入的就是貴國。不把難民向美國引導，最終就只能由俄國獨自承受。貴國現在占領的我國領土內尚有兩億多中國人，你們養不起也管不了，他們還會想方設法進入西伯利亞。我國內地和沿海地區的四億多難民，也可能被饑餓逼迫北上。如果我處在您的地位，一定會覺得絕望。」

總統沒說話。他的瞳孔在縮小。

「現在，我有把握把三億人穩定在中國境內，那麼還多出三億人必須出境尋求生路。如果把這三億人送到美國去，也就等於是使最終將會進入俄羅斯的中國難民減少了三億。

「中國有句古話：『禍兮福所倚，福兮禍所伏。』從長遠來看，我們給貴國造成的眼前麻煩，最終卻可能會成爲貴國的『福』。三億人去了北美，就會給中國騰出相應的空間。當減輕了人口壓力的中國生態重新復蘇以後，對西伯利亞的寒冷和荒蠻都不適應的中國難民將大部分重返家園。而大洋現在保護美國，那時卻成爲切斷中國難民歸路的天塹。只要中國難民能在那邊生存下去，他們就不會回來。均衡就開始向俄國傾斜。如果那時能巧妙地利用歷史提供的機會，俄國是可以大有作爲的。中國難民使俄國在絕對值上受損害，在相對值上卻可能因此更強。」

總統已經喝掉半瓶伏特加。他的眼睛越來越亮。

「您的話歸結到最後，就是如何把三億人送過太平洋的工程問題？」

「不錯，這個工程稍微大了點。」

「說說您的施工方案吧。」

「我國的兩千萬噸民用船、五百萬噸軍用艦船和六百萬噸剛買的舊船已全部投入運輸。加上日本提供的一千一百萬噸和從台灣香港徵用的一千萬噸，總計五千二百萬噸船舶，裝載六千萬難民，將於十天後陸續到達北美。如果難民登陸順利，三十天後那些船將陸續返回中國海岸。我國目前燃料食品已完全斷絕，無法運載下一批難民。因而第一，希望貴國提供燃料和食品。第二，運送難民一個船次的週期約爲五十天，如果僅靠現在的五千二百萬噸船，再考慮每次十%的損壞、事故或沈沒，要把三億難民運到北美，最快也得大半年。我們無法在這麼長時間養活這麼大數量的滯留難民，饑餓將逼使其中絕大部分繼續流向僅靠雙腳就可抵達的貴國，隨著難民不斷向貴國縱深擴散，很快便將失去可引導性，成爲最終潑在俄國大地上收不起來的覆水。若想避免這種前景，只有成倍提高運送難民的速度，而在眼前，唯一可能就是貴國船隊投入進來。」

「要價太高了吧。」總統牙疼似地皺眉。

「相當昂貴。」石戈十分肯定。「但是不捨得這個代價，後果就是貴國難以阻擋的衰敗乃至滅亡。」

「……要多少船？」

「貴國的船未經改裝，只能按一載重噸裝載一人考慮。貴國擁有六千萬噸大中型民用船，能投入多少，得由您定。對我來講，當然是多多益善。」

長時間沈默。

「我國船隻帶著中國難民硬闖美國，等於是向美國宣戰。」

「日本也沒向美國宣戰。他們一石二鳥，既讓難民洪流繞過自己，又可以藉難民搞亂他們最大的經濟對手，最後再成功地裝扮成受害者。他們的船全是被中國人『占領』的。中國難民能隔著海去占領日本船，爲什麼不能占領接壤的俄國船呢？一切罪過都由我們中國人承擔。」

總統似乎忘記了石戈在場，沈默地自斟自飲。三杯酒過後。

「派一個班子來莫斯科吧。」

有這句話就夠了。石戈抑制著不讓喜悅浮在臉上，舉杯感謝。

然而總統的話還沒完。

「既然我們將來是一個國家的國民，也就等於是救自己的同胞。」

這回輪到了石戈陷入困惑。

「您不認爲俄中合併已勢在必行了嗎？」總統看來也是要一吐爲快。「貴國人民首先自發地把我國領土當成了家園，既然我們必須接受這個事實，而讓我們割讓西伯利亞顯然不合理也不能被接受，那麼對雙方都公平的就只有合二爲一了。」

「您的意思是俄國將呑併中國嗎？」

「倒不如說中國呑併俄國更準確。不過究竟怎麼說並不重要，將要成爲事實的是，地球上領土最大和人口最多的兩個國家，將合併成一個領土更大、人口更多的新國家。遷往全球各國的中國難民將成爲新國家控制世界的力量。這個新國家強大無比，相比之下，美國就像個嬰兒。有三億中國人在那裡，它註定也會變成這個新國家的領土。」

「對於我，現在不是耽於沙文主義幻想的時候。」石戈只有苦笑。

「可是對於我，必須設想這樣一個前景才能使俄國不致絕望。」總統平靜但是堅定地說。何止是設想，這次占領不就是付諸實行嗎？俄國總統所謂的視察占領區，實際就是視察新領土，往後再把占領擴展到整個中國。石戈不禁產生出一種天外有天的感覺。不過，他現在已經無暇顧及那些帝國戰略，先把幾億人的生命救下來是最重要的。

外面突然傳來一片騷動。餐廳門猛地打開，扇起的風使桌上鮮花直搖。中將手拿一個沾滿泥土的小盒快步走進，用俄語向總統說了一長串話，同時用警惕的眼光審視石戈。他帶來的士兵雖然沒跟進，槍口卻透過門縫對準石戈。

「我這位將軍告訴我，」總統對石戈說。「他的部下追蹤到了一個奇異電波，發射機就在您的汽車底下。將軍由此懷疑您的眞實身分和目的，要求我轉移地點，還產生了逮捕您的欲望。」

「我理解這位將軍的欲望，」石戈打量那小盒。「如果我知道是誰在我的車下安了這麼個東西，我也會產生相同的欲望。」

他只在驚險小說裡看過這類把戲。近來這種置身於電影或戲劇的感覺時時產生，似乎周圍都是布景，演員們隨時會哈哈一笑，卸下妝來。

「您能解釋嗎？」中將直接用漢語向他發問。

「我猜這是不是某種間諜裝置，用於竊聽或是跟蹤？」他只能用驚險小說的知識對付眼前窘境。「我想上面的泥土不是您的部下抹上去的。」

中將聳一下肩，當然是廢話。

「如果是針對你們，我只會在來之前才安裝它，怎麼會有這麼多泥？如果裝在我的車下已經很長時間，受害者應當是我，你們又何必驚慌？」

總統爽朗地笑了。中將卻仍然很固執。

「這東西不是竊聽或跟蹤裝置。它用於發射一套循環不停的密碼，而且能在有效距離內啓動中國任何一個衛星地面站，把它發射的密碼覆蓋全球。電文內容是什麼？誰在接收？到底要幹什麼？在您不能回答以前，我很難相信受害者是您。」

「是這樣？」石戈陷入沈思。「……如果是這樣，這事肯定跟王鋒有關……」

他突然感覺身上冷颼颼。他記起自己開的車過去屬於王鋒。雖然還不知道會是什麼事，可是只要和王鋒有關，就一定不是小事。那個人生到這世上就是爲了驚天動地的。

XII

歐洲　阿爾卑斯山

星光朦朧地輝映群山。晚風傳播著異國植物和土壤的芬芳。「寧夏」把最後一捆乾柴背上這座視線開闊的山頂，汗淋淋地靠在岩石上。火堆一直在燃燒。

「銀川」正在用衣服有節奏地遮擋火堆，與南方剛燃起的火光聯絡。

凡是有地名代號的都是「綠色中國大學」特種訓練營的成員。大隊長以大區爲代號，分隊長、小隊長和隊員分別以省名、地級市和縣名爲代號。隸屬關係與地名一致。「寧夏」擔任「西北」大隊下屬的一個分隊長。「銀川」則是他下屬的一個小隊長。

跟上來的難民約有四千五百萬人，正在與「寧夏」率領的一千零六十萬人會合，明天就可以開始突破歐洲共同體邊界了。「寧夏」在這段斯洛文尼亞與奧地利的邊界已經等了三天。從中國出來，他的隊伍一路打頭，始終走在難民隊伍最前沿。每道國境線都是他帶領突破的。但是以往的突破大都只是做樣子，有那些國家的政府暗中配合。這次不同了，將是第一次眞正意義的突破。遷移目的地已到，難民此後將分爲三路，一路去西歐，一路去中歐，一路去東歐。每一路沿途還將不斷分出支流，以把難民均勻分散到歐洲各個國家。更多的難民源源隨後。

「寧夏」平視墨藍的天邊，看見蜿蜒的遠方山脊後面爬出一彎細如刨花的月牙。微微銀光灑進縱橫左右的低處山谷，隱隱照出相互擁擠在一起熟睡的人群，布滿每條山谷、公路、河床。

黑暗中共有五處火光，全是在斯洛文尼亞境內。每處火光都有一位與「寧夏」相同層次的領導人，指揮的難民都在千萬人以上。他們之間的交流是利用火光的明暗節奏傳遞訊息。火光通訊是特種訓練營的專門課程。在沒有無線電通訊設備時，火光比旗語或鼓音傳遞距離都遠。但是跟幾個山頭的火光同時交流，要由好幾個人一塊操作。他們用自己的衣褲連出兩塊擋火簾，拉成「V」形，把火堆夾在兩道簾之間。然後按照號令一起放下簾擋住火光或掀起簾露出火光，這樣打出的信號才可以讓不同方向同時看到。

火裡添了更多的柴，使火光更明亮，傳得遠而清晰。會上的發言被翻譯成火光通訊的語言。操縱擋火簾的男人裸體在火光中如赤色雕塑，變幻著誇張而難以思議的造型，猶如奇特的現代舞。會議主要內容是分配每支難民隊伍下一步的去向。這對每個人都是決定命運的，幾乎有點像決定投胎做法國人還是波蘭人那樣，將導致不同的未來。東路將是最艱苦的，不光因爲他們的終點在路途最遠的北歐，還因爲一路經過的東歐和俄國貧窮且遺留著史達林主義的殘暴，饑餓與死亡的威脅更大。

會議一直開到晨曦在東方泛白。「寧夏」的隊伍仍然要打頭陣，一會他要獨自先和奧地利軍隊的將軍見面。散會後，「寧夏」獨自留在山頂坐了一會。以往他從不多愁善感，近來卻常陷入遐想。也許是距離太近，時間太短，國破民亡在他心中遠沒有產生同等規模的悲傷和震撼，更多的是悵惘，攙雜著一種難以置信的驚訝。每當夜深人靜，就悠遠地在心靈的曠野中畫出問號似的白色樹影，傳來一個淒長的類似哭墳的歌聲，總是同樣旋律，伴著飄忽於天際的紙錢。

北方的奧地利國境布滿燈光，排列著烏光閃閃的坦克和裝甲車，如同擋住國境的鋼鐵大壩。

歐洲軍隊幾乎把所有軍力都調到與斯洛文尼亞接壤的歐共體邊境。從東方奔瀉而來的黃色洪流使歐洲陷入末日般的恐慌。與之對比的是在殺人武器瞄準下，中國難民視若不見地席地而眠。難民最前端離那道坦克大壩只有幾十米。

天邊開始泛出紅霞，從難以與青灰區分的暗紅一點點轉成越來越美麗的鮮紅。一窩小鳥在近處的灌木叢裡啁啾。從剛懂事，「寧夏」就夢想著成爲凱撒、拿破崙那樣的名將。此時他眞的有了一支隊伍。一千零六十萬人，人類歷史上何曾有過如此大軍！可是既無英雄樂章和浪漫激情，也無凱旋儀式、勳章和鮮花美酒，只有饑餓、瘟疫和死亡，黃灰色的人群鋪天蓋地地流動……

奧地利方面允許打著使者旗的「寧夏」一人過境。他走過的吊橋立刻在身後重新升起，橋下是寬闊的地雷帶。他被帶上一座瞭望塔的頂樓，灰白頭髮的將軍在裡面，他背後是歐洲統一軍隊德意志軍團的軍旗。

瞭望塔相當高，視野開闊。正當盛夏，外面山峰全是綠色。然而對面斯洛文尼亞境內的山谷卻被一層蠕動的灰黃覆蓋。那是落滿灰的黑頭髮和沾滿泥的黃皮膚。「寧夏」向將軍表達了中國難民希望通過邊境進入歐洲的請求，他當然知道會遭拒絕，面對拒絕，他溫和地表示這不僅僅是請求，也是決心。

「難道你們這個民族沒有廉恥嗎？」將軍的表情是類似吃下蒼蠅那種厭惡。

遷移隊伍的紀律之一就是對任何侮辱保持克制。遷移確實是侵犯和打亂了別人的生活，因而不能要求人家對自己尊重。中國難民想在別人家園生存，只能用歉意和自我約束爭取同情。「寧夏」

再次表達歉意。

「……將軍，以前地球幾十億年沒有人類，也沒有民族，在上帝手裡，它是一個整體。可現在，人類只有幾萬年歷史，卻把地球劃分得七零八落，這是天經地義的嗎？」

「人類生存需要秩序，而國家主權是最重要的秩序。」

「依我看，主權更是災難的來源，是無數戰爭的罪魁禍首！主權本質上是一種強權概念，國家更屬於無理占有。大自然無國界。國界是用戰爭劃分的。僅憑這麼一個概念，就可以不惜讓數億生命死亡嗎？反過來說，三百年前歐洲發現新大陸時，歐洲人又何嘗尊重過印第安人的主權呢？我們現在只是要生存，歐洲人那時卻是去屠殺和搶劫！難道歐洲人遷移完了，歐洲人確立的秩序就成爲永恆，別人的遷移就成了沒有廉恥嗎？」

「不要忘記，過去的已經是歷史，而我們生活在今天。」

「將軍，您也可以想到，對於未來，今天也是歷史。」

將軍憤怒地盯著「寧夏」，卻長久無言，難以反駁。

這時，電台傳來報告情況的緊張聲音，邊境線的奧地利軍隊進入一觸即發的戰鬥狀態。瞭望塔內的人不約而同把目光轉向外面。

從天亮起，中國難民一直在斯洛文尼亞境內集結。隊伍前端由一排並肩的年輕男人組成人牆，始終無人超越。現在，人牆如同門一般讓開，從後面走出幾百名老人。

老人們走得很慢，排成散兵線隊形走向國境。中間那個老人足有九十歲了。「寧夏」認得他。剛上路時他還鋒頭挺健，敢跟六十歲的人比腳力。以後的旅程全是他固執的孫子用自行車推著走過來的。老人自己則見人就慚愧地嘮叨：活不了幾天的人了，還拖累隊伍，分吃食物。現在，老人雖然步履蹣跚，卻自豪地挺直胸脯。

國境線上的高音喇叭用漢語警告：前面有地雷和炸彈，不要前進！

歐洲軍隊在邊境線布設了上百萬顆地雷和炸彈。主要目的是讓中國難民望而生畏，不敢逾越。炸彈全都暴露著，塗上醒目顏色。地雷前面插著嚇人的標誌。眞眞假假的拉火索如蛛網般密集，明明白白地告訴每一個人：往前走就是粉身碎骨！

老人們卻對那些警告充耳不聞，繼續向前，好似前面等著他們的不是炸彈，而是天國。

第一聲爆炸使每個人不自覺地痙攣，隨後爆炸便連成了一片。那些騰起的火球快速地呑沒老人身影。當爆炸停止，硝煙隨風散去，幾百名老人已不見蹤影，好似全體飛走了，飛上了天。地面乾乾淨淨，只剩一角衣服在一棵燃燒的椿子頂端飄了一下，也化成升騰的火焰。

「寧夏」此時沒有絲毫悲傷。如果他在老邁之年能選擇這種死法，將是最安樂也最心滿意足的。德意志軍官們震驚的身影使他由衷感到身爲中國人的驕傲。這個民族曾經墮落過，被強權、暴政、貪婪和欲望所扭曲，但是當災難來臨，在被災難毀滅的同時，也在被災難所拯救！

奧地利境內的歐洲士兵在爆炸時訓練有素地臥倒，爆炸後起身，卻又再次臥倒。難民隊伍中走出了第二批老人，他們從第一批老人打開的缺口繼續深入，引爆後面的炸彈和地雷；然後是第三批、第四批……直到全部炸彈都被引爆，仍然還活著的老人一直走到了臥倒的士兵面前。

隨之，整個難民隊伍開始移動，從凝固的波浪逐漸變成滾滾洪流，無聲而和平地開始流淌，流進老人們用血肉之軀敲開的歐洲大門。

士兵的手指勾住扳機，威力強大的武器在等待命令。

軍官們的眼睛都盯在將軍身上。

將軍的臉在這個過程中變得鐵青，他猛地抓住「寧夏」的衣領。

「中國軍隊在哪裡？……這是一場卑鄙的戰爭！我們會把中國的軍隊打進地獄……可是……」將軍轉身問他身邊的少校：「你能向這群綿羊開槍嗎？」

少校搖頭，表情像吃了一劑苦藥。將軍推開「寧夏」，頹然坐下。

「我被全球軍界譽爲防禦專家，但我從來不知道還有這樣一種戰爭。要抵禦的不是武裝的敵人，而是無邊無際的綿羊。我等了一輩子戰爭，到頭來卻是白當了一輩子軍人。」

國境線上，中國難民長驅直入。坦克大壩被人海淹沒。人們從坦克上面翻越，只當是跨過一道土垛。從瞭望塔上俯瞰，看不見坦克，只是人海隆起的一道鼓包，就似撞上了橫礁的河流，雖然掀起一道翻捲的波浪，卻依然不停地繼續奔流。

「寧夏」突然感到眼前這番景象和他少年時代的夢境產生了一種神祕的相通。這鋪天蓋地衣衫襤褸的枯槁人群，雖然與凱撒、拿破崙的大軍別如天壤，卻難道不同樣是勝利者嗎？

北京　前國防科工委電子研究所

突如其來的暴雨從頂篷裂孔往下灌，彷彿在頭頂開了好幾個水龍頭。「龍口」本來就餓得打顫，叫冷水一激，抖得如跳迪斯可。他只有不停地擰衣服上的積水。假若這輛殘疾人三輪機動車的底板不也同樣到處是孔的話，車裡早就被雨水灌成澡盆了。擰到那只空褲腿時，他的心又是痲酥酥地收縮一下。快兩個月了，仍然難以相信自己眞的少了一條腿。可如果不是眞的，全訓練營怎麼會只剩自己一個留在國內？「龍口」是他的代號，身爲華北大隊山東分隊煙台小隊的隊員，他現在本應正在和戰友一起，率領千百萬中國海上難民「占領」日本遠洋輪駛往北美。可偏偏送他到出發地點的飛機在空中熄了火。迫降是成功的，他卻永遠失去了一條腿，結果也就只剩下他留在暴雨裡等一個很有可能一去不復返的餓鬼。他第十次或是第十一次看錶，伴著雷鳴破口大罵。

他是特種訓練營最年輕的成員，剛滿二十六歲。當他架著拐杖哭著向石戈要一份對得起那些訓練的工作時，石戈讓他加入了調查發射機的班子，並給了他一份讓他以殘疾人機動車代步的汽油配額。

發射機現在就揣在他口袋裡。開始他是調查班子的配角。班子裡那些搞破案的老手沒人瞧得起他。現在只剩他一個人繼續堅持，班子已經名存實亡。說實在的，他能理解那些老手的怨氣。本來是一件簡單的事，撬開王鋒的嘴就能掏出一切。對王鋒用精神是無法取勝的，他那種居高臨下傲視一切的氣勢，使每個審訊者都感到是自己在挨審，什麼也問不出來。只有用刑，通過肉體摧殘打垮他的精神防線。共產黨時期用這種方法打垮過那麼多精神貴族——百戰百勝！如果一個人痛苦地嚎叫在地上爬，仰著被揍變形的臉求饒，他還怎麼可能「居高臨下」或「傲視一切」呢？但是石戈不允許用刑。這等於把最直接的路封死，只剩下一個發射機。雖然調集了一批密碼專家進行破譯，俄國情報機關也參與，然而發射的密碼結構罕見，始終不能突破。在日益惡化、朝不保夕的國內形勢下，班子成員或棄職而去，或不辭而別，已經散光了。

龍口進入「綠大」特別訓練營前是個電子工程師。職業使他把調查重點放在發射機本身。發射機仍然在繼續工作，石戈說既然是循環發射，而且已經發射了那麼長時間，該有的已有，繼續開機不會使害處更大，反而停止發射倒可能容易引起變故。龍口用的是一個大海撈針的笨辦法，既然發射機是王鋒在國防科工委時研製的，他就去找原來隸屬國防科工委的電子工程師，如果真能找到參加過研製的人，祕密也許就可以解開。隸屬國防科工委的電子研究部門全國近百家，不過王鋒習慣於把他關心的研究項目放在眼皮底下，以便隨時視察和掌握進度，所以那個研究單位在北京的可能性最大。龍口查出，國防科工委研製電子通訊器材的單位在北京有五家。這些天，他就在這五家之間來回跑。

每個單位都是人去樓空，一片破敗。他把希望寄託在石戈政府用配給食物把專家留在國內的政策。這個政策使高級技術人才留在北京的居多。一般來講，如果沒有被搶或被燒，人們都會住在原住處。國防單位多數人住在單位大院，所以去那些大院找到人的可能性是有的。然而真找起來卻比預料的更困難。十室九空，樓上樓下跑大半天也不見一個人影。他腋下和手已被拐杖磨得鮮血淋淋。好不容易遇上有人，又常是怎麼叫也不開門。這年頭，誰能相信還有人要打聽什麼「科研產品」的情況，太可疑了！

他終於琢磨出一招。他是直屬石戈領導的工作人員，因此是在中南海領配給食品。他跟配給處打了一架，把以前拖欠他的兩天定量口糧強要出來，加上自己連續兩天吃野菜節省的，一共攢下四塊壓縮乾糧，然後組裝了一個用汽車電瓶做電源的擴音器，挨個到那幾個研究所的宿舍區廣播：誰能認得他手裡的發射機並提供情況，四天的口糧就歸誰，當場兌現！

這一招還眞靈，再不用他自己跑腿了。一廣播完，那些鬼巢一樣的空樓便會東一個西一個出來些鬼魂般的形影，瘦得好似一陣輕風就能吹上天。他們沒有表情地圍上來，只有眼鏡還能顯示出往昔的身分。可是他們不認得發射機，只認得龍口高舉在手的四塊乾糧。眼鏡後面的眼睛盯在乾糧上的時間，比盯在發射機上的時間長得多。「眞的」「眞的」，他們議論，不是說發射機，是說乾糧是眞的。他們有人還戴著上校大校的軍銜呢。有幾次甚至讓龍口感覺危險。如果他們一擁而上，即使只是一群弱不禁風的知識分子，也不是他用一條腿能抵擋的。每當有這種感覺，他就一下把乾糧塞進懷裡，手裡換上一支手槍。雖然覺得不大禮貌，可只有飛快地開車逃離後才感到歉疚。

大雨使對面樓影模糊，葉脈般在天上生長的閃電卻淸晰之極。但願這次是眞的！龍口罵完又祈禱，看錶看天再看對面的樓。四十分鐘前，當他徹底絕望，準備一口氣把四塊乾糧全部吃掉，再回去向石戈報告一事無成後，睡上幾天幾夜時，這個人挎著半筐野菜出現在車旁。

「我看看你那玩藝兒。」他顯然是剛聽到消息，氣喘噓噓趕來。

龍口把剛想塞進嘴裡的乾糧放下，懶懶拿起發射機。他根本沒信心。眼前這人滿臉髒鬍子，沒有半點科學家的模樣。

「把蓋打開。」那人說。

這人知道有個蓋!?

蓋打開了。那人只掃了一眼。

「把乾糧給我。」

「你認得！」龍口喊。

「我負責研製接收機，不認得發射機怎麼幹活？」

龍口激動萬分，一連串問題衝口而出：這套收發報機是為什麼目的設計的？接收機現在在哪？密碼是什麼？能不能破譯？……

那人對每個問題都是搖頭。

「我怎麼知道，我只是個工具。」他死盯著儀錶板上的四塊乾糧。

龍口把乾糧包起來。

「假如你什麼都提供不出來，你認得發射機也等於沒用。」

那人噝了一下，有點慌張，立刻開動腦筋。

「……試製時我們先搞過一台接收機樣機，上面配有特製的解碼器，可以把發射機密碼自動打成明文。如果這台發射機還在發射，也許從樣機上能得到解了密的明文電文。」

「太對了！」龍口狠狠砸了一下方向盤。「樣機在哪？」

「可能還在庫房……」

「上車！」

「先把乾糧給我。」那人說。

龍口斜視他。

「你信不過我？」那人慘兮兮地苦笑。「我跟你一去就得大半天，說不定我女兒在這段時間就得餓死。」

龍口從四塊乾糧中拿出兩塊遞給他。

「剩下的完事再給你。」

雨如下來時那樣突然停下。陽光立刻從雲隙裡燦爛地射出。龍口看見那人就站在對面的樓門洞裡。他不是騙子，只是個怕淋雨的軟蛋包，連趟過街上流淌的雨水都直哆嗦。研究所庫房的大門已被砸開，裡面的東西因爲不能吃，大部分還在。兩人都長久饑餓，身體虛脫，每搬動一件東西就得歇半天。謝天謝地！接收機樣機終於在最底層被翻出來。可是在安裝和操作時那人看上去並不熟練，猶猶豫豫，來回琢磨。研製者會是這樣嗎？龍口沒吱聲，到底他還能擺弄下去，自己雖然也是個不錯的電子工程師，卻什麼都看不明白。終於有那麼一下，在那人捅來捅去之中，接收機上的儀錶燈全亮起來。印表機軋軋地開始動作。一條紙帶從輸紙孔裡爬出來。

龍口驚喜萬分地撲上去。是字！手寫體的漢字！破譯成功了！

然而喜悅並沒有持續多久，龍口很快又陷入茫然。所有的字他都認得，意思也理解，可這算是什麼電文呢？一百二十七個人的家屬死亡情況，循環往復。難道這是值得通過如此尖端的設備，隨機啓動全中國的衛星地面站，覆蓋全球的電文內容嗎？是王鋒那個傲視一切的大人物在最終一刻所幹的事情嗎？是值得石戈親自布置、俄國情報部門參與，而他自己沒日沒夜奔波所要破的案子嗎？

那人對輸出的是什麼一點不感興趣，看都不看，只是坐在一旁喘氣，半天才擦掉額上汗珠。

「說實話，我只是設計天線的，對接收機本身不熟悉。不過天線也不容易，要求在水下五百米也能收到電波呢……」說話時，他的眼睛一直盯在乾糧上。

水下！五百米！一百二十七個人！從小就愛和男孩們比賽兵器知識的龍口馬上就意識到：那一定是一艘潛艇！

美國 洛杉磯

加利福尼亞州的州長覺得眼前情景簡直就是世界末日。從沙加緬度沿海岸線驅車五百英里，如同是一場在地獄旅行的噩夢。昔日擠滿了遊客的金色沙灘現在堆著一層層中國人的屍體，泡得如麵包一般發酵膨脹。腐爛氣體吸引著烏雲似的蒼蠅，落下時則如在死屍上蓋了一層黑紗。橫掃太平洋的「凱撒」颶風剛剛過去。極其晴朗的天氣使人能看到一片片死屍繼續從海平線湧來。無數條食肉魚從大洋深處跟隨而至，在死屍中跳躍翻騰。據衛星觀測，至少有上百艘中國難民船因颶風沈沒。雖然加州在颶風中損失巨大，卻籠罩著一片歡慶氣氛。人們舉杯暢飲，感謝上帝明智，並祈求上帝繼續興風作浪，把中國佬全淹死在太平洋中。

僅僅十幾天以前，輿論還是向另一個方向的一面倒呢。州長這些天常想起歷史學家的一句評價：如果不是與專制比的話，民主制便是最糟糕的制度。事實上，對於應付災難，專制倒比民主強得多。中國難民的行動策畫者精於利用民主制的弱點，雖然電視每天播放的衛星圖片清楚地顯示，千萬條船正在後面齊頭並進地接近美國，但是中國人先單獨放出一條船在大隊之前到達美國。

這條船對美國產生的影響使州長沮喪難言。人們面對眼前的一條船時，恐懼讓位給好奇心。商業化的傳播媒介則競相滿足人們的這種好奇。蜂擁而至的幾千名記者，上百家電視台變成了中國難民的義務宣傳工具。美國人愛看戲，性格單純，又愛表現高尙與慈善。坐在電視機前，旣能看清細節，又不過於貼近，是最有利於產生同情心的位置。

州長本人也是通過電視看到那條船的。那船有一個讓人現在聽起來心酸的船名——「錦繡中華」號。當它出現在舊金山海域時，甲板似一塊平坦農田，種植著薯瓜。除了幾個驅趕海鳥的草人，沒有人跡。相對這樣一塊寧靜「田園」，美國海軍的阻攔行動反倒讓觀眾反感。其實阻攔是無用的，旣不能開炮，也不能硬撞，不過那條船有禮貌地自動在港外落錨。

那條船的使命無疑就是製造輿論，博取美國人的同情。接受採訪的難民發言人英語說得跟道地美國人一樣。他煽動性地回顧美國做爲吸引世界苦難者燈塔的歷史，重述華盛頓、傑弗遜和林肯的偉大原則。大洋的海風吹過每一位美國人祖先遠渡重洋的船隻，他相信今天的美國也不會給身處絕境的中國人以軍艦和炮火。在他演講時，船艙裡走出大隊難民，在薯瓜塑膠管之間散成間隔相等的隊形做操。州長想像得出那幅情景對守在電視機前的全體美國人會產生怎樣衝擊。所有難民都是赤裸的。藍幽幽半透明的軀體好似玻璃紙疊的殭屍。做操動作彷彿夢遊，輕飄飄地宛如隨時能飄起來。更讓人吃驚的是不管男人女人老人孩子全都沒有頭髮，頭顱都是光的，上千個排列在一起，有一種難以形容的震撼力。

那位難民發言人向登船採訪的記者團解釋：爲了保持最低程度的存活，難民必須輪流到甲板上「放風」。即使二十四小時不間斷，每人每天也只能輪上不到半小時時間。因爲大洋上找不到別的物質，他們的衣服和頭髮（包括陰毛）全被用於製造薯瓜營養液。全船現在只有發言人身上的碎布袍子，是專爲接受採訪縫製的。州長看得出其中的表演手法，不過淒慘也的確是眞的。

當攝像機深入到船艙內部時，狀況驚心動魄。一層層狹窄隔架上擠滿肩挨肩躺著的人。在新聞燈照耀下，無髮的頭顱在隔架邊緣古怪地反光，彷彿是一串串漁網上的浮球。多數軀體在做著同樣動作——先把瘦骨嶙峋的胸膛充滿氣，再把腹部收成薄薄兩張皮。船艙裡回響著千萬人沈重的呼吸，如颳著時起時落的風暴。那個蠱惑專家又藉機發揮。他介紹難民們正在做一種中國氣功，用以把胃液排進腸道，抑制胃的蠕動和痙攣，減輕饑餓感。他邊說邊走到那位最胖的眾議員身邊，對一直跟著他的電視鏡頭說，這種氣功用於節食減肥會受到美國人民歡迎，美國人民由此可以更加健美，省下的食物也能使中國難民不再做這種氣功。中國難民可實在不算肥呀。

州長悲哀的是這個表演竟在初始起到了左右輿論的效果。到處掀起一片狂熱，人們集會、請願、募捐、成立救援組織。以世界救世主自居的美國民族心理和熱中人生戲劇的美國人心態，使人們閉眼不看後果。那些道德家、婦女組織和形形色色愛出鋒頭的戲子們這時都要跳出來。最可悲的是，對後果有清醒認識的政治家們也在民主鉗制下縮手縮腳，無所作爲。既然他們的政治命運是由那些無知選民決定的，就必須把自己的智力水平降到與選民同等的位置，因此在最初的決定性時刻反應軟弱，喪失了先機。

比「錦繡中華」號晚三天，正是蠱惑性宣傳效果達到最大時，中國難民船大批到達北美海岸。在當時那種氣氛下，不可能進行有力反擊，措施僅僅是嚴密封鎖港口。但是中國的難民船並不進港，只是把無數條救生艇從大船放下海，一艘艘首尾相接地固定連接，就形成了通向海灘的棧橋。

看來那些救生艇是早經過改裝的，登陸方式也是早設計好的。中國難民通過這種棧橋登陸，輕而易舉就打破海軍對港口的封鎖。這時能做的就是封鎖登陸點，建立難民集中營，防止中國難民深入美國內地。中國難民對美國方面的管制很服從。倒是美國人組成的志願救援隊到處惹麻煩。他們經常試圖衝破封鎖，把食物衣服和藥品送給難民。僅一天時間，從聖地牙哥到加拿大的魯拔太子港，那種救生艇棧橋就搭起了四十三座，向北美大地大口地傾吐黃色人流，讓人想起中國神話中的龍。而每艘下空了的船立刻調頭駛回中國去接下一批人。後續船隊一批比一批多地到達。四十三座棧橋上的人流從此不再中斷。

事實上，民主的可笑常常就在於無主，毫無主見。用不了幾天，原來的激動、誓言、情感就可以忘個精光，一變成爲相反立場。首先變化的是加利福尼亞，俄勒岡和華盛頓三個州。中國難民對它們衝擊最大。旅遊業頓成空白，旅館關閉，居民外逃，預定的國際會議紛紛轉移。娛樂業、夜總會也一蹶不振，連在地震期間都未停業的迪士尼樂園也關了門。失業率直線上升，各行業迅速萎縮。可是中國難民仍然越來越多地繼續登陸，看不見何時是頭。政府在人道原則和國家利益的矛盾中，拿不出合理的現實對策，只有被動地防範和承受。沒有那麼多物資滿足供應，只能全力生產薯瓜種植設備供給難民，讓他們靠自己生產；做薯瓜營養液的垃圾倒是可以充足供給，但是和防疫有矛盾，一旦中國難民發生傳染病，向美國社會擴散，會成爲災難。總體上，美國採取的還是傳統的難民政策。然而，現在的不同在於量的不成比例。一個人肚子裡長個雞蛋大的瘤子還可以對付，如果長出個牛一樣大的瘤子，用對付雞蛋的方法怎麼能奏效呢？

所謂的「滅蝨團」已開始在西海岸蔓延。那是老闆們出錢，由失業者們組成的屠殺組織。他們宣稱：中國人毀了自己的國家，就已經沒有資格再在地球上生存。現在他們像蝨子那樣寄生，就有理由像消滅蝨子一樣消滅他們。美國軍隊不下手，民間就得自己組織起來「滅蝨」！

在「滅蝨者」的叫囂中，種族主義色彩非常濃重。州長本人是黑人，深知種族歧視是怎麼回事。不過加入「滅蝨團」的卻多數是有色人種——黑人、波多黎各人、墨西哥人、菲律賓人、古巴人……從他們對中國人的蔑視與憎惡來看，似乎全世界最低下的人種便是華人。甚至美國華人也普遍存在敵視自己同胞的情緒，雖不參加「滅蝨團」，對「滅蝨團」的屠殺卻視若不見，甚至暗中贊同。

原本爲抵禦中國難民而調集的美國軍隊和警察反倒成天忙於制止屠殺，成了中國難民的保護者。民主社會法律至上，殺人是犯法的，不管殺什麼人，這是美國軍隊處境尷尬的主要原因。中國難民謙恭服從，軍隊對付「滅蝨團」卻很頭疼，甚至要展開槍戰。有幾個集中營被「滅蝨團」攻破，那種屠殺之後的場面讓州長噁心了好幾天。屠殺使得中國難民四散而逃，軍隊也發生了士兵向難民開槍的事。凡是跑出去的難民基本沒有好下場，語言不通、地理不熟，最終大都被「滅蝨團」斬盡殺絕，吊在公路兩側的樹上或路標上。

「滅蝨團」引起一部分人喝采，也有一些人爲之辯護，爲美國的良心尋找安慰。那些開始時爲中國難民流過淚，捐過錢，參加過示威請願的人現在都沈默了。但是「滅蝨者」的行爲也同時激起了另一種力量，他們主要由受教育程度較高的青年組成，也有教會、慈善組織和人權組織人士。他們原本是形形色色的救援隊和募捐組織的骨幹，後來則逐步演化成與「滅蝨團」針鋒相對的集團，專門保護和解救中國難民。新聞媒介相對於「滅蝨團」把他們叫作「救人團」。

與「滅蝨團」的功利原則相反，「救人團」完全從道德立場出發。他們或是人間的理想主義者，或是獻身上帝的聖徒。在他們心目中，爲了人道和博愛，犧牲自己都在所不惜，因爲不肯分享一碗飯而從事的屠殺，是絕對不能容忍的。也有人是因爲這個衝突提供的舞台，正好可以使他們扮演在寂寞時代不可能產生的崇高角色。這一派激進分子相當多，尤其是那些血氣方剛的大學生，拿起武器的速度幾乎和「滅蝨團」一樣快。他們冒著颶風出海接應中國難民的船隊，爲保衛登陸點和「滅蝨團」展開槍戰。他們解救受攻擊的難民集中營，並在許多地方建立了中國難民庇護所，不僅提供吃住和武裝守衛，還力圖在難民中組織自力更生的生產，爲此又與土地和資源所有者發生衝突。

已近洛杉磯。公路兩旁出現鱗次櫛比的巨型廣告牌。州長記得上一次路過時，高架橋旁最顯著的也是最大的那塊廣告牌上，是個女人屁股和一雙高跟鞋，現在則換成了一幅古典畫。這幅克納科弗斯根據德皇威廉二世的草圖畫於一八九五年的《黃禍圖》，被世人遺忘多年了，近來卻成了全世界的熱門話題，被到處複製。畫面中央是上天派下人間的天使長米加勒，手持燃燒的寶劍站在懸崖邊上，正在向一群武裝的女神——歐洲列國的化身們告誡臨近的威脅。隔著美麗的歐洲平原和多瑙河，擬人化的黃禍正在一條龍背上跏趺而坐，雙手合掌，一副靜觀沈思的模樣，在焚燒城市的火焰光輝中撥開暴風雲從天邊逼近。州長從前的黃禍概念是在矮小蒙古馬上射箭衝鋒的黃種兵士，現在才理解黃禍爲什麼會被畫成一個佛陀。那正是中國難民的氣質，柔弱似水，卻比成吉思汗的鐵騎更能征服和毀滅！

車隊駛進洛杉磯市區。往日車水馬龍的大街現在冷冷淸淸。街兩側的建築門窗緊閉。到處可見車輪朝天或是燒得只剩殘骸的汽車。時而傳來的槍聲打破寂靜。從前天夜裡開始，爲保衛在颶風中劫後餘生登陸的中國難民，「救人團」和「滅蝨團」在洛杉磯市內展開了槍戰。隨後軍隊和警察也被捲入，加上中國難民，形成難分難解的混戰。州長不得不把去白宮見總統的時間推後，先趕到這裡處理危機。

這已經是內戰了，恐怖感越來越深地滲進州長內心。最使人擔憂的，還不是美國與中國難民之間的水火不容，而是美國內部的衝突。前兩天一個眾議員在電視裡聲言這是新的林肯時代，將爆發不分南北的南北戰爭。那時他還認爲是故作危言，現在卻已經看到全國一億多支民間槍枝舉起來互相射擊的情景了。雖然「滅蝨團」和「救人團」眼下還只是西海岸的事物，類似的對立已經在全國範圍造成分裂。洛杉磯的混戰一旦擴展到全國，會是什麼後果？

這正是俄國的目標所在！州長已經和總統交換了這個看法。俄國不但投入了三千萬噸船隻運送中國難民，供給糧食和燃油，而且極力阻撓國際社會解決這個問題，不惜在聯合國大會上連續對美國方案實行否決權。俄國遠東各港目前成了中國難民最大的出口，不光是滯留在中國北方的難民將從那裡上船，就連已經進入西伯利亞森林的中國難民也受到宣傳誘惑，想把艱苦的野人生活換成高消費的美國生活，成批地棄陸登船。俄國巴不得把他們全都傾倒到美國來。如果不加阻止，美國就得被活埋，加利福尼亞的今天就會成爲美國的明天。

州長深知無論「滅蝨團」還是「救人團」，都不能解決根本的問題。在人權意識如此普及的今天，屠殺難民是無論如何不能被接受的。但是一個社會又不能支撐在迂腐的道德原則上。「救人團」

的偏執，大部分是被「滅蝨團」的行爲刺激和強化起來的。只要稍微冷靜一點，誰都會明白美國不可能無限制接受中國難民。眼前的當務之急是要立刻切斷中國難民的來源，至少使還未上路的一億、二億、三億不再進來。晚一天切斷來源，未來的難題就得多加上幾百萬人。他在電話裡向總統反覆強調這一點。

如何切斷來源？他認爲沒有別的選擇，唯一辦法就是動用美國軍隊封鎖俄國的遠東港口。

美國曾想在聯合國旗號下進行這種封鎖，有名正言順的合法性。但是俄國在聯合國擁有否決權，美國不可能得到這種合法性。俄國的策略是拖，說一套做一套，把責任全推給已經沒有能力負責的石戈政府。時間多拖一天，俄國的壓力就減輕一分，美國的壓力就增加一分。等到俄國不再阻撓聯合國的時候，美國也就快被壓垮了！

州長知道這個建議的分量。沒有獲得聯合國授權便對俄國進行封鎖，可能要冒與俄國開戰的危險。但是別無選擇。即使眞在遠東打起來，也比在美國本土發生全面內戰好。他向總統談了幾點估計：第一，即使開戰，也只是局部戰爭，俄國不會爲中國難民全面開戰；第二，俄國在力量對比中處於弱方，承受的中國難民也遠比美國多，趁它還沒用太多難民削弱美國，即使開戰也是美國勝利；第三，開戰將帶來一個好處，國內尖銳對立的各方會轉移注意力，緩和矛盾，化解導致全國動亂的危機。看來總統是聽進去他的話了，約他去白宮見面詳談。州長打算在洛杉磯逗留的時間盡量短，然後直飛華盛頓。

「停車！」他叫司機。十字路口東側的街上，一群身穿畫著骷髏頭（那是滅蝨團的標誌）服裝的人，正在向蹲擠在一起的數十個中國難民身上澆汽油。一個「滅蝨團」成員劃燃火柴。

「住手！」州長跳下車。保鏢還沒來得及跟上，他已經向那邊大步跑去。「住手！」火柴扔在了難民頭上。「轟」地一聲，數十個難民成了數十具熊熊燃燒的火把，慘叫著四散狂竄。燒焦肉皮的氣味頓時嗆進鼻腔。女人的長髮噴著火焰拖在身後。孩子成了滾動的小火團。一個燃燒的男人猛然抱住扔火柴的「滅蝨者」。其他「滅蝨者」嚇得跑開。

州長站住了，絕望地舉起長長手臂。周圍全是燃燒的人，他竟一點也不知道該怎麼辦。透過那些竄動嚎叫的火把，他看到逃遠的「滅蝨者」們回過頭掃射。胸膛裡似乎猛地鑽進一隻滾燙的小蟲子。一塊血跡在雪白襯衫上夢幻般擴展。他想喊一句：「我是州長！」可他已經聽不見自己的聲音了。天地彷彿倒轉。他看見一個火把跟他一同傾倒，兩人的節拍如做操一般整齊。

遠東

黎明。

日本海如灰色的綢子，平靜而柔軟地波動。

如此平柔的海面上竟沒有航行的船。

如果升到足夠的高度看一眼，就能一目了然地看出日本海多像個口袋。朝鮮半島、日本列島、庫頁島組成一圈天然屏障，從海參崴到尼古拉耶夫斯克之間的俄國港口全被裝在裡面，只有拉彼魯茲、津輕、對馬等幾個狹窄的海峽可以出入。現在，每個海峽都布設著數層水雷網，美國太平洋艦隊的巨型艦炮和艦載飛機似門閂和釘子一樣封著門。日本海的口袋被紮死了。

然而中國難民升不到能看清口袋的高度，他們繼續一傳百，百傳萬地傳著消息，只要趕到俄國港口，就能被送往美國。他們不分晝夜拚命地趕路。嫩江、牡丹江、烏蘇里江和黑龍江也成了通道，很多人依靠各種漂浮物順水流而下。難民還自己開通了從哈爾濱、牡丹江到海參崴的火車線路，數十對列車來來回回，調度運轉得接近專業水平。前一段難民一到港口就能上船。每天有三百萬到五百萬中國人乘俄國輪船駛離遠東港口。遠東海岸比中國海岸離美國近，航程能縮短三天至六天。然而現在，裝在口袋裡的船不能動，外面的船進不來，難民卻在一天比一天多地繼續往俄國的遠東港口湧來。

美國一邊派艦隊阻擋從世界各地開赴遠東的俄國艦隊，一邊傾訴自己苦衷，呼籲召開國際會議，與俄國直接談判。但是對俄國來講，問題已無法用談判解決，它落入一個無法解脫的困境——它在自己領土上打開了中國難民去美國的口子，原意是想把俄國境內的中國難民疏導出去，以使自己免遭沒頂之災，沒想到卻把成倍的難民從中國境內吸向這些口子，數量超過送出去的人。現在出口被堵死了，對中國難民的吸引力並不隨之消失，反而繼續增加。那麼封鎖每拖延一天，俄國就將被淹沒得更深一分，解脫就更沒指望，力量對比也就更弱。逼到這分上，俄國除了奮起反擊，打破封鎖，把釋放中國難民的口子開到底，還有什麼別的出路呢？

黎明。

日本海如灰色的綢子，平靜而柔軟地波動。

俄國境內，五千枚燃氣導彈在前，五千架作戰飛機在後，彷彿鴿群一般嗡嗡掠過黎明的天空，飛向日本海。

沒用多久，太陽升起了，當清新的陽光把日本海從鉛灰色變爲深沈的蔚藍色時，俄國導彈已經使美軍在日本和南韓的五個基地化作廢墟。封鎖日本海和韃靼海峽的美軍太平洋艦隊，在俄國空軍的攻擊下全軍覆沒。封鎖日本海的水雷網則被俄國重型轟炸機投下的掃雷炸彈炸得無影無蹤。

日本海平靜而美麗。

千百艘滿載中國難民的俄國船立即啓錨，很快就把馬力加到了最大。

北京

會談沒有任何成果。歐陽中華自己不來北京，只派了個代表，石戈已經料到會是這種結局。那位代表請石戈再喝一杯加糖的茶，吃塊白麵烤餅。除了綠色和平組織，眼下中國找不到再能受到這種招待的地方了。代表表達歉意是眞誠的。綠色和平組織現在擁有的一切，某種意義上都是這位吃了點東西腸子就響個不停的總理給的。可是綠色和平組織的報答只有這點茶和餅，多半分也不肯答應。

石戈弄不清綠色和平組織到底掌握多少物資。在國際救援物資還是源源不絕時，他親自簽發的特別令，使歐陽中華沒停過往綠色和平組織控制的生存基地搶運物資。眼下中國若還有夠規模的物資，一定都在綠色和平組織手中。從這個北京辦事處也能略見一斑，當中國所有機構都在不可遏止地垮台時，綠色和平組織不但開設了辦事處，規模還在不斷擴大，成了北京最有實力的實體，連他這個總理都得親自上門拜訪。辦事處占據了原來外交學會整座院子。大門和院牆四角有荷槍實彈的綠衛隊隊員守衛。從早到晚有人在門前排隊登記表格。

辦事處的主要工作是吸收進入生存基地的人。石戈對至今仍能見到文牘手段驚訝不已。這說明綠色和平組織不僅有一個相當規模的網絡在運轉，還在力求運轉得精確，這和中國目前的走向正相反。相比石戈自己，儘管還掛著總理的名分，但是他出門只能騎自行車。政府的資訊系統都已失效，天地變成了視覺和聽覺所及的範圍那麼窄，把握宏觀的能力一下倒退了幾百年甚至上千年。

民族遷移好比洪水奔洩，只要大壩炸開了，往下的事就不必再操心。然而國內還會留下三、四億人，這批人的生存和重建國家成了新的使命。從這個角度，石戈希望能維持原有的政府系統。他本以爲綠色和平組織的生存基地可以爲政府所用，畢竟歐陽中華是在用生態保護總局局長的職權營造那些基地。他希望基地可以成爲重建國家的組織核心，給政府提供一個替代網絡。然而剛剛的會談已經很清楚，歐陽中華沒把生存基地看成跟政府有關，而是屬於綠色和平組織的，或者就是屬於他個人的。

歐陽中華的代表把石戈送出院門外，看著他跨上自行車。「隨時歡迎您到基地來。」石戈明白這句告別語的意思。對方眼裡是未加掩飾的憐憫，認準他將來只剩下一條路——到綠色和平組織的生存基地去保命。

石戈在北京街上慢慢騎車，突然不知道還有什麼事好幹，還有什麼地方好去，彷彿一根長時間處於極限狀態的發條冷不丁飛散，悠悠劃過寧靜的空間。他一手端著收音機，讓太陽能電池迎著陽光。外國廣播是目前唯一的消息來源。各國電台都在談俄國的反封鎖軍事行動使美國遭受的損失。分析家們惶惶不安地猜測美國下一步可能採取的反擊。衝突往往就是這樣你一拳我一腳升級的。

石戈並不對美軍士兵傷亡數字感到負疚，雖然究其根源，他知道自己逃不了干係，然而已在中國目睹了而且還在目睹著以百萬千萬爲單位的死亡，即便眞打起全面戰爭，又能引起什麼感慨呢？他只是盼望中國難民抓緊每一秒上船時間，趁著美國必定要進行的反擊未開始，盡多盡快地逃出日本海那個口袋。天知道美國人會怎樣反擊！現在除了在心裡祈禱，他已經全然無能爲力了。

北京已極少有居民。外國人都被各自政府派的飛機接回了國。炙熱陽光下一幢幢使館建築宛如空墳，低垂著沈默不語的陰影。自生自長的花朵穿出已然鏽跡斑駁的鐵欄，傾斜在無人的人行道上亮晃晃地開放。此情此景讓他想起杜甫「國破山河在，城春草木深」的詩句，一時間刀割似的心痛使他只能把手使勁兒壓在胸口上。

長安街上還有人騎自行車或步行去向城外。他們多數是自願到各地組織民眾生產自救的政府工作人員。政府遣散了大部分人。石戈爲眼前這些走出去的年輕人感動和驕傲。人類如果還能有未來，最終靠的一定還是理想主義。

收音機裡一條消息引起石戈的注意：黃士可在南京自殺了，是用手槍，死在他的「總統」辦公室。報導說他選擇自殺的原因是絕望和沮喪。心死了，人也就得死。從這個意義上，黃士可的死至少讓石戈感到尊敬。

中南海的大門洞開，已經沒有門衛。十天前他要求開放中南海，允許尋食者自由出入。那時這裡是北京唯一一塊還有昆蟲、魚和可食植物的地方，現在連蚯蚓都被挖光。空氣中瀰漫著排乾了水的湖底腥氣。到處是掘地三尺的土坑泥堆。名貴花木和千年古樹零落傾倒。中央政府收縮進東北角一個小院。留守者寥寥無幾，全都東倒西歪地墜入夢鄉，連坐在門口的值班長也死死把頭垂在胸前。

他本以爲自己也終於可以好好睡一覺了，可是當他到了房間門口，卻看到龍口坐在地上等待，兩隻眼睛瞪得大大的。

此後的過程失去了整體的現實感，好似一堆散亂重疊的幻影。龍口沒有實在的證據，只是找到了一個退役的核潛艇艇長。前艇長認出了王鋒電文中的九個名字，都曾是他最棒的導彈發射手和輪機師。調走他們的命令來頭極大，從此他們便從潛艇部隊消失。其他結論統統是龍口的推測——王鋒有一艘能發射核彈的潛艇——死亡名單是潛艇官兵的家屬——他們全死於美國核彈——那艘潛艇沒被摧毀！

而石戈卻立刻相信了龍口的推測，因爲這才是王鋒！

不過他還需要證實。最快的交通工具就是龍口的殘疾人機動車了。當他坐在龍口身後的座椅靠背上穿過北京的郊區，進入山區，最終趕到關押國家級犯人的秦城監獄時，太陽已西斜。石戈雖曾下令釋放所有犯人各自逃生，但因爲「發射機案」未完，王鋒是唯一的例外，只是監獄的管理人員已經擅自離職，囚室鑰匙端正地留在辦公室桌面上。

高處窗子射進的陽光使牢房像是天井。王鋒看上去已挺長時間未進食水，灰綠色的軍便服骯髒凌亂，滿臉鬍子，但他的神情卻依然高傲。當石戈問他是不是還有一艘核潛艇時，他連眉毛都沒動。他的身高足以俯視石戈，目光輕蔑之極。

「核潛艇是國家機密，你有什麼資格問？」

石戈卻立刻得到確認——一定有那艘核潛艇！他不指望王鋒自己會承認，但他之所以那麼遠趕來，就是爲了看到王鋒面對這個提問時的眼光，那會比什麼話語都明白。王鋒有不惜毀滅世界的殘忍，卻差最後那麼一點——他不敢親自去背負千古罪名。正是出自貴族血液中的這種自愛，讓他使出了小人伎倆——製作一份死亡名單進行挑唆，讓大洋深處的那艘潛艇去爲他犯這個滔天之罪。

「你不可憐那些戰士嗎？他們的親人那樣慘死，你卻要他們代你去下地獄。」

石戈離開監獄時，沒有再鎖上王鋒囚室的門。

怎麼辦？沒有電、沒有汽油、沒有網路、沒有國際聯繫！能怎麼辦？張家口的俄軍司令部離得最近，但也有幾百公里。來得及趕過去嗎，通過俄軍把這個危險通知美國？潛艇官兵的家屬死於美國的核打擊，因此美國最可能是潛艇的報復目標。俄國對美國將遭到核打擊雖然不一定著急，但是他們一定得防止美國發生誤會……

想到這，他刷地出了一身冷汗……誤會！潛艇爲何這麼長時間沒有動靜？是不是就在等待會發生誤會的時機？現在，那時機不是就在眼前了嗎!?

當龍口把他的殘疾人機動車拐進國防科工委研究所時，天已經黑了。龍口一聲長嘯，實驗室裡飄出五六個戴眼鏡的鬼魂。他們都是龍口讓那個設計接收機天線的工程師找來的專家，都曾參與過接收機研發。他們之所以聚集起來重新面對不能當飯吃的接收機，是因爲龍口允諾了會帶來食物。果然，龍口掀起車座，下面塞著十幾條曬得半乾的魚。石戈這才明白爲什麼在開放中南海的前夜，龍口恨不得要把湖裡的魚全打光。不過龍口只是展示了一下，又把車座重新蓋好，得幹完活才有吃的。

龍口同意石戈的判斷，發射機顯然是潛艇唯一的指令來源，王鋒發這個死亡名單只是一個暗示，希望潛艇官兵被激怒，自行進行核打擊，報復美國。但那既然不是明確下達的指令，龍口的主意是，如果能用同一個發射機對潛艇發出明確禁令，不允許進行核打擊，就等於撤銷了前面的暗示，以指令的權威約束艇上官兵放棄核報復的企圖。

這是一條比其他方法都更直接的途徑，但關鍵在於如何發出這個禁令。不掌握密碼是無法直接使用發射機的。龍口有主意，他提醒只要禁令所用的字是死亡名單上已有的，便可以從接收機的樣機進行逆向追蹤，查出每個字和發射機上哪些按鍵對應，那樣就可以照葫蘆畫瓢把禁令逐字發送出去。

他們立刻著手幹起來。這種逆向的解剖追蹤相當繁瑣，龍口找來的專家們對每個字都要耗時良久。爲了減少工作量，盡可能節約時間，石戈只選了七個字：絕、對、不、許、用、核、彈。這七個字在死亡名單中出現頻率很高，使解剖追蹤方便了不少。

幸運的是實驗室各種儀器設備基本完好，只須搜羅汽車上的殘餘電瓶或是拚命搖動那座海浪發電模型提供能源。從接收機樣機列印出的漢字開始，一步步向機械——電器——電路——訊號分解深入，看上去好似把一個手術台上的軀體一點點剝開。示波儀波形閃跳。塔式顯微鏡緩緩移動。精密觸臂探查著毛細血管般的電路和細胞似的節點。專家們彷彿是操著手術刀的外科大夫，一步步把複雜萬千而又簡單之致的訊號追根溯源。當七個字在發射機上的對應按鍵全部被找到時，破損的月亮已經在後半夜的天空爬了出來。

七個字立刻被發射出去，也使用了循環發射的方式。專家們設計接收機時賦予了它一種功能：如果都是循環電文，先發的將被後發的沖掉，不再存儲於接收機內。龍口用電波追蹤儀向石戈顯示，北郊的衛星地面站正在把電文向太空轉發。那個地面站有太陽能電源系統，可以自動不停地工作下去。

今夜光線奇特，月亮好似個碗大的傷口，靜悄悄的，令人恐怖地流著過量的血。

XIII

太平洋　西經一一六度十五分三一　北緯二十九度一分七

一根比圓珠筆芯粗不了多少的透明軟管從海底伸向海面，連接著一張肉眼難辨的絲網。絲網是軟管頂端「分泌」出的一種金屬性黏液與海水鹽分反應而成，柔軟結實，海浪和小魚撕不破它，然而若是被商船或墨西哥海軍的巡邏艇撞上，卻又脆弱得絕不會引起注意。當鋒利的螺旋槳遠去，海面數米之下的軟管就重新「分泌」，直到補好被攪碎的網。這張可以在柔軟海面上擴展到上百平方米的網始終對著天空。它的功能不是爲了捕魚，而是捕捉電波，由軟管把電波無法滲透的海洋鑽透一個通天小孔，讓電波從小孔豎直地漏進靜臥海下的潛艇。無論多深，對電波都毫無阻擋。

電波此時如洶湧的瀑布，各種媒體都在拚命叫喊地報導剛剛發生的大事。已經開始附著寄生貝類的潛艇殼體之內，一台收音機在長久通電中微微發熱。英國BBC電台的電波在高保眞耳機裡，轉換成播音員激動得發抖的聲音。

……戰地記者麥克勞德當時正在海參崴市二百米高的電視塔上俯拍中國難民登船場面。海參崴市每個商用碼頭、軍用碼頭和漁船碼頭都擠滿船隻。中國難民充塞了麥克勞德俯視的所有空間，並且繼續成千上萬地到達。一個突如其來的現象震驚了每個能看到海的人。本是正在漲潮時分，海面卻突然下降，海水急速退走，大片淺海暴露出海底。來不及逃走的海洋生物在海草中竄跳。一隻罕見的大白鯊卡在礁石之間。位於淺水的船由於底部觸地而側傾，失去平衡的人群如坐滑梯一樣從甲板上滾落。深水碼頭的大船因為水位下降紛紛繃斷繩纜，彼此撞擊出巨響。麥克勞德的視點最高，也許只有他的位置才能看出退走的海水是被一道在天邊聳起的波峰吸走的。海嘯！他從電視塔頂高喊。可是他的聲音沒人聽得見。

只有一七五五年的里斯本出現過這種波谷先到海岸的海嘯。當時人們是出於好奇成群下到露底的海灣，被隨後而至的波峰吞沒。現在人們則是被饑餓引向海底。從船上滑落的饑民喜出望外地率先撲向那些無法游動的魚和暴露的貝類，生吞活剝地往嘴裡塞。岸上饑民隨之洶湧地衝下岸，如填充海底的新海潮，向席捲而來的海嘯波峰迎頭撞去。當高達四十五米的波峰驚天動地地進入人們視野時，任何逃跑的努力都已無濟於事。一切在瞬間被巨浪吞噬。上千條船同時被拋起，在浪頭上相互撞成碎片。只有一條二十五萬噸的巨輪奇蹟般完好地躍過碼頭和街道，推倒六七座積木似的大樓，落到公園中間。尚未肅清的美國水雷被波峰帶進市中心，撞到哪炸到哪，更增加了海嘯的氣勢。

第一個波峰剛剛平息，第二個波峰又撲了上來。波峰高度依次降低十米左右。到第五個波峰時，破壞力顯著減小。但前面幾個波峰已經足夠。覆蓋了大半個海參崴的海水退回海裡後，在電視塔上僥倖逃生的記者眼下只剩滿目瘡痍。金角灣沿岸的碼頭、船塢、倉庫和各種港口設施一無所存。這個俄國最大的港口已經不知去向。繁華的中央大街變成水淋淋的廢墟，到處掛著鮮綠的海草。一隻海龜伏在高聳的紀念碑頂尖蠕動。一列列火車爬滿火車站附近的建築，彷彿是盤來繞去的蟒蛇。

這就是美國的反擊！

現在還不知道美國製造這場海嘯用的是什麼手段。日本和朝鮮半島雖然也受影響，海嘯的最大波峰高度只有十幾米，比對俄國的破壞性小得多。在日本海那個口袋裡，把海嘯控制得這樣有方向，需要相當複雜的技術。目前俄國尚未公布損失詳情。據我們掌握的情況，全俄排名第一和第二的兩個港口，也是最大的兩個中國難民轉運站——海參崴和納霍德卡已經毀滅。兩個港口城市也毀掉了一大半。俄國太平洋艦隊和基地幾乎被一掃而空，僅在海岸線損失的各種船隻就達近千萬噸。正在日本海上航行的船隻沈沒多少目前尚不清楚。俄國人的死亡數字至少在二十萬以上。中國難民的死亡人數則無法估計，沒人相信會少於八位數。自此，俄國在遠東大陸的港口只剩北方的蘇維埃港和阿莫爾河口的尼古拉耶夫斯克，位置偏僻，吞吐量小，封凍早，俄國轉運中國難民的能力一下損失掉五分之四以上。美國所受的威脅即使不是徹底解除，也可以大大鬆下一口氣了……

丁大海一直在聽。這些天，他連睡覺也戴著耳機。終於聽到了！他斷定，這就是他一直等著的，是他一直在構思的最後一環！

到了這一步，俄國人該怎麼往下走呢？戰爭當然可以保持漸進的升級方式。比海嘯更奇的手段也不是找不到，但具有決定意義的事實在於：把俄國境內的中國難民轉嫁給美國的構想就此而破滅。失去了港口，失去了轉運和吞吐的樞紐，數億難民就必然重新轉向西伯利亞，把他們弄出去已沒有希望。俄國註定只剩被淹沒壓垮的前景。美國就此不必再發一槍一彈，已經贏定了。那麼，在這個格局中，俄國還有沒有下一步呢？

丁大海早替他們想好了——核打擊！

無疑，他知道俄國人不會用這個辦法。打美國和打中國不一樣，哪怕只給美國剩下半口氣，它也照樣能把俄國炸個精光，與其說這是辦法，不如說是自殺。俄國人沒那個膽量，也不會發那種瘋。因而，丁大海打一開始就知道——得由他「替」俄國人開這個頭。

美國人在構思這個海嘯反擊時，無疑也認定了俄國人不會使用核武器。但是丁大海熟悉美國，知道在某些情況下，美國佬會變得何等愚蠢和偏執。只要眞受到了核打擊，他們立刻就會相信是俄國人幹的。冷戰意識並沒有隨著冷戰結束徹底消亡，冷戰時期形成的反應機制仍以本能形式，潛伏於美國防務體系的整個神經網絡，很可能連思索一下都來不及就會做出自動反擊。

即使它思索，又能思索出什麼呢？此時此刻，對美國進行核打擊的還能是誰？——只有俄國！這就是他這樣久地化成一塊海底礁石所等待的。他清楚等待的危險，也許什麼都等不到就先等到自己毀滅。但是他咬緊牙關挺住。如果他有兩艘潛艇，他能分身兩處，他早就下手。他不能只還擊一個仇敵，而讓另一個逍遙於懲罰之外，因此「夜長夢多」的顧慮就只能讓位給「一箭雙雕」的決心！

他關上收音機，把耳機掛在環形圈上。閉上眼睛靜呆幾秒鐘，非常仔細地按下了全艇進入戰鬥崗位的信號鈕。

能感到艇身微微搖動。那是一百二十六名部下在百無聊賴中突然緊張起來釋放出的能量。他能想像得出每個人從鋪位上跳下，從椅子上蹦起，擁擠在舷梯、過道和艙門間，向各自崗位奔跑的情景。他開始刮鬍子，刮得很仔細，乾淨極了，換上新軍服，把王鋒的禮物——那副大校肩章戴在上面，安放端正。除了結婚，他從來沒有這麼細心地修飾過。當他站在指揮艙內的攝像機前時，全艇官兵都在各自崗位上通過閉路電視注視他。

本以爲感情已變成了化石，可是心又開始洶湧地流血。面對的攝像機鏡頭就像部下黑洞洞的眼睛。有一度他感到腦子成了一片空白。

「你們……」彷彿卡殼，插進一段長長的沈默。與他同在指揮艙內的幾個部門長有些不安。

「……你們沒有收音機……無法知道……這幾個月發生了什麼……我難以給你們一一講清楚。但是其他事對你們都不重要……最重要的在指令接收機裡。」

他緩慢地扭轉頭，半天才認出要找的對象。

「通訊部門長。」

「有！」通訊部門長立正。

「請你去艇長艙。」他頓了一下，似乎是在缺氧的空間呼吸。「打開接收機。」

「是！」

他把閉路電視轉換到艇長艙。全艇每個崗位前的螢幕上都看到通訊部門長按程序打開接收機。抽屜型的接收機沿軌道滑出航海桌，紙帶從輸紙孔竄出，在空中畫出一條弧線。「請你念一下。」丁大海說。艇員們很少聽見艇長用如此柔和的口氣下指示。

他把眼睛移開螢幕。如果可能的話，還想把耳朵也堵上。哪怕用燒紅的鐵條穿透耳膜，也比再聽一遍那個名單好……

「絕對不許用核彈絕對不許用核彈絕對不……」

他以爲是幻聽，使勁甩了一下頭。

「……核彈絕對不許用核彈絕對不許用核彈……」

他抬起眼睛，螢幕裡看到通訊部門長的口型清楚，那表情也不是在念死亡名單。

「……絕對不許用核彈絕對不許用核彈絕對不許用核彈絕對……」

指揮艙裡其他人在丁大海和螢幕之間來回看。不！他們的表情不是聽到死亡，是忍著笑意，在聽一個精神病式的囈語！

「……不許用核彈絕對不許用核彈絕對不許用……」

「見鬼！」他狂吼一聲。

寂靜。螢幕上的通訊部門長驚愕地把口型停在「絕」上，活像個雷公。指揮艙內的軍官個個瞪圓眼睛。平常任何人發出這個音量的三分之一，就會被艇長掐住脖子。

丁大海快步走到艇長艙，一把抓過紙帶。

……核彈絕對不許用核彈絕對不許用核彈……

他把紙帶從頭拽到尾。全是「絕對不許用核彈」！一個緊挨一個，半點間隔也沒有。從哪冒出來的這些字？難道是做夢？周圍的一切都在變虛甚至開始飄移。眞是做夢吧？也許他的身體開始晃動，通訊部門長伸出手扶他。他一下清醒，甩開通訊部門長的手，同時關掉艇長艙的攝像機。失態在全艇面前已暴露得太多了。

「你出去一會兒。」他吩咐通訊部門長。

怎麼回事？他關上艙門，茫然地思考。用最古老的方式咬咬舌尖。眼前的確不是夢。紙帶上那些字千眞萬確。難道以前的是夢？如同他在美國監獄裡汗淋淋嚇醒的那種噩夢？那他一定會給老天爺磕頭！他拉起袖子。釣鉤在左臂上鉤出的疤痕歷歷在目，摸上去猙獰起伏。拿開航海手冊和倒扣的杯子，包著手錶的紗布又黑又硬。那不是夢，是血，他的血，雖然乾了，可確實是從心裡流出來的。紗布裡的手錶仍在被振盪器帶著跳動，只是電池臨近耗光，跳得已如垂死前的抽搐。

無疑，電文被更改了。究竟怎麼改的，他不知道。他相信不是王鋒改的。王鋒的口氣不是這樣，王鋒也從不自相矛盾。但即使是王鋒改的，他還會執行嗎？不會了。他非常清楚這一點。現在世上已經沒有任何人、任何力量能阻擋他走出這一步，連他自己也阻擋不了。自打死亡名單從鑽透海洋的那個小孔進入這艘潛艇，他就已被點火發射。發射出去的導彈怎麼還能收回？只有不可更改地飛向目標，在最後那個轟然的膨脹和升騰中了結。那麼現在該怎麼辦？向艇員從頭解釋？不，那是幾天幾夜也做不完的形勢報告。一句話告訴他們親人全死光了？他們怎麼會相信？他如何能證明那個死亡名單曾經存在過？他背不下來，即使能背，又怎麼解釋接收機打出的是現在這幾個字？原來沒這幾個字而只有死亡名單，可以解釋爲上級默許報復，至少不阻止。在悲痛引起的同仇敵愾下，全艇會凝聚成一部毫不猶豫的發射機器。但是現在，沒有死亡名單來促成同仇敵愾，指令卻是明確禁止使用核彈。全艇每名官兵都受過根深柢固的核武器紀律教育，想說服或脅迫他們服從自己是不可能的，至少在眼前這個時機。

然而錯過這個時機，一箭可就再難射住雙雕了！

他摘下兒子的釣竿在手中撫摸，瞇起一隻眼睛，把它伸向幻覺中的海洋。他好似看到一隻碩大的白魚急急游走，外皮在海水折射的陽光中五彩變幻。

自殺發射——只剩這條路了！

他擦了很長時間的眼鏡。那鏡片的厚度是從一個漁民到艇長的歷程。迷亂的波瀾在內心平靜下來。再走出艇長艙時，他已經恢復了清醒和堅定。

艇員們仍在各自的戰鬥崗位，正迷惑不解地交頭接耳。艇長重新出現使他們安靜下來。

「接收機出了點問題。」他扶了扶擦得鋥亮的眼鏡。「它犯神經病，把我也氣糊塗了。」

艇員們低聲笑了。從未聽過艇長說笑話，即使不可笑也變得有趣。只有通訊部門長驚異地揚起眉。他當然清楚接收機是好好的，可丁大海向他射出凶狠的目光。

「接收機丟了電文前面一句，上級命令我們做一次第二練習。不許用核彈當然是廢話，不過算是例行交代吧。上級總是婆婆媽媽。」

多數艇員又笑了。艇長今天也變得婆婆媽媽。軍官們都感到奇怪，不過弄不清奇怪在哪。

所謂第二練習就是潛艇按導彈發射程序從頭到尾操作一次，只是不進行最後發射。潛艇以極緩慢的速度從海底上升。壓縮空氣從壓載水櫃排水的過程幾乎無聲無息。中國潛艇的寂靜光靠技術是無法保證的，更多地要靠耐心。從二百九十米深度上升到二十五米深度用了十六分鐘。在這十六分鐘裡，丁大海非常平靜，平靜得如同心臟變成了水晶，血液變成了水。他頻繁地發布指令，讓任何人無暇瞥他一眼。他每夜都得握著胸前那個滾燙的金屬小盒才能睡覺，一次又一次地打開放在眼前。可這次不再是看，當他把裡面那片啓動核打擊控制程序的密碼ＩＣ片插進矩陣九空位時，他的手穩定之極，沒有一絲抖動。有了這把半透明的小巧鑰匙，二十枚導彈和四十枚彈頭的鎖定保險裝置就將自動打開。

潛艇逐漸接近水面。自打出航，這是潛艇第一次在白天接近水面。

「天哪！」聲納軍士長突然低呼一聲，一根手指指向艙頂螢幕，表情恐怖。

潛艇殼體外安裝了不同方向的攝像機。爲了直觀，螢幕在指揮艙內的布置和攝像機方向相同。艙頂螢幕所顯示的就是潛艇上方的景象。隨著潛艇上升，螢幕逐漸增加亮度。潛艇上的人都熟悉那種天光在水層之下模糊不清的景象。上方波動的海面灰蒙蒙，霧茫茫，好似是混沌世界的天空。可是現在，那天空上竟飄滿了雲——人形的雲！一個個張著僵硬四肢的人形剪影隨著海浪奇形怪狀地搖擺，像是在飛，或在舞蹈。潛艇在發射深度水平漂航。人形的雲在頭頂緩緩掠過，無窮無盡。最密之處，人形頭頂頭，腳對腳，天光只剩斑駁的點塊，似乎整個太平洋全被蓋滿，似乎潛艇永遠逃不脫這不可思議的恐怖籠罩。指揮艙內每個人都僵成了向上仰面的石像。

誰也不會有憑空理解這種景象的想像力。丁大海若不是預先在收音機聽到了報導，也會驚駭眼前是不是時空錯位，潛艇開進了地獄之海？他的嘴幾次張開又閉上，最終決定不向部下們解釋。頭頂是中國人的屍體。他們被颶風和屠殺化作了死亡之雲，在加利福尼亞海流的挾帶下向南漂到這裡。如果他們一路不被魚兒吃光，再漂下去就會匯入北赤道暖流向東漂去，總有一天再漂回他們出發的地點——中國。那是他們的家。家！他在喉頭發出一聲呻吟，半天難以嚥下。

潛艇定位了。二十個導彈發射筒蓋在水下一同打開。

他命令潛艇緩緩上浮，貼近水面。也許艇員仍處於震驚之中，沒人對這個違反第二練習程序的指令表示疑問。正常發射深度是水下二十五米，自殺發射卻是距水面越近越好。如果不怕暴露，最好浮出水面在水上發射。

他把自殺發射的指令語句送入電腦。經他細心修改的程式不會在其他控制螢幕上顯露痕跡。但即使有哪個操作員發現異常，也不會明白怎麼回事。他們一輩子也不會學到還有自殺發射這項戰術。

這是他的獨家創造，是他在黑暗海底漫漫等待間磨出的一柄雙刃劍。正常的水下發射是先用充入發射筒內的高壓氣把導彈彈出水面，然後再點燃火箭發動機。壓縮氣體只能供導彈依次一枚一枚發射。每次發射引起的潛艇橫搖都需要一個穩定時間。他這艘潛艇的發射間隔最低限是三十秒。那麼發射完二十枚導彈的最短時間是九分三十秒。在正常戰爭中，這點時間可以接受。然而對一艘不知何時就將遭到摧毀的潛艇來說，一旦發現摧毀有可能降臨，就需要在一瞬間把所有導彈一同發射出去。實現這一點只有一種方式——同時讓二十枚導彈在潛艇發射筒內直接點火。導彈同時升空，而潛艇被二十條火柱擊碎，並被二十枚火箭瞬間爆發的合力打進深海海底。

對丁大海來說，潛艇已不用考慮，與其讓敵人摧毀莫如自己摧毀。發射一完成，這艘失去了國家的潛艇也就沒有了存在下去的意義。不過過去他只是把自殺發射當作最後一手，輕易不會考慮。他自己的生命雖不足惜，保存艇員的生命卻是他的職責。然而現在，他卻要親手謀害所有艇員，一個不留。假借第二練習的名義可以讓艇員完成一切準備工作，按下發射鈕就能把導彈發射出去。但若是以正常方式發射，艇員生命無損，在發射出第一枚導彈後便會明白上當，停止操作。只有自殺發射不會有人來得及表達異議。也許沈入海底前的幾秒鐘有個別人會想想怎麼回事，然而那時二十枚導彈已經不可更改地升入空中了。

他相信，如果有充分的時間解釋，部下們一定會理解。他們會坦然跟他去死。他們的親人已在另一個世界，自己留在這個世界還有什麼意思?所以他沒有什麼自責。到陰間後，他會把他們重新召集起來，爲這個不得已的欺騙向他們請罪。

潛艇幾乎緊貼海面了。潛望鏡只略動一下就露出水面。天空明媚，海鷗潔白得耀眼。在陽光下，大海本應是亮晃晃的，現在卻失去了光澤。屍體，屍體……這是無邊的海嗎?還是無邊的屍堆?潛艇似乎造成了某種奇特的吸引力，屍體令人驚心動魄地在潛艇上方越集越密。也許他們有靈，在用最後僅存的軀體給潛艇加一層掩蔽吧。一個被泡成了巨人型的臉貼上了攝像機前的深水窗口，那形象令人毛骨悚然。丁大海從螢幕上看見一個屍體的乳房劃過鏡頭，那乳房已被小魚咬成蜂窩形狀。不知爲何他竟毫不相干地想起妻子。他之所以能夠平靜地度過了一百二十四天等待的日夜，沒有發瘋，靠的就是那些程式。每天除了短時間睡眠，他幾乎每分鐘都待在電腦前。二十枚導彈的四十顆彈頭，由程式編結起聯結目標的軌跡。四十個目標猶如四十顆星星，在深夜中熠熠閃亮，是他黑暗心中唯一的光明。目標程式、定位程式、自動尋的程式，包括現在正在運行的自殺發射程式，每一套程式的工作量都近天文數字，卻如同氧氣，成了他的生命須臾不可分離的成分。

現在，他的生命就要最後爆發了，被那些程式煥發出炙熱的靈魂和能量。使他慰藉的是他曾有時間改裝了一個小小裝置。那是一個呼救用的無線電浮標，即使潛艇粉碎，也可以完好地浮出海面，無休止地發送出事先預置的訊息。他在其中裝入了一個延時器，把開始發報的時間延遲到浮出海面三十六小時後。這時間足夠任何規模的核大戰打完了。他不想讓四十顆彈頭從哪而來成爲永恆的祕密。在浮標發送的電文裡，他告訴美國和俄國，也告訴世界，這是中國爲自己遭受的二百零五枚導彈還的帳。中國人從不欠帳！

就要發射了。一切準備都已就緒。自殺程式也已被電腦祕密而精確地運行完畢。他的手指觸上了發射鈕。這將是他最後一次感受接觸了。過去、現在、未來馬上就將融會在一起。沈寂中傳來母親在村頭悠長的呼喊。他聽見自己的赤足在沙灘上踏響。他多麼想讓全身的皮膚再接觸一次海啊，那蔚藍無邊慷慨的大海，那溫柔清涼明亮的大海。

難道他不是馬上就會和那大海永恆地接觸了嗎？

海面上，那片屍體越堆越密。死人們像是要緊緊地擁抱在一起，卻突然一起猛跳起來，直射天空。二十枚升騰的導彈彷彿是由他們合力從水下拉出的。隨即他們便溼淋淋地熔化進導彈尾部噴出的烈焰。也許他們不甘心沒去成美國，導彈不正是飛向美國的嗎？

二十枚導彈一上天就分開了，各奔各的方向。九分鐘到十三分鐘後，在它們以二十倍音速的速度分別重返大氣層時，每枚導彈將有兩顆自動搜尋的彈頭分向不同目標。每顆彈頭的爆炸當量皆爲一百二十萬噸。

月球　普希金月面站

月球的長夜是寧靜的。在斜射的地球之光映照下，灰色平坦的月海顯得神祕蒼涼。久遠世紀前由熔岩漫溢成的線狀山鍊蜿蜒曲折。環形山中央峰在遠方聳立。無論往哪個方向看，心裡都會有種無根柢的感覺。只有斜掛在弧度很小的月球地平線之上那個明暗相交的地球，讓人覺得溫馨和踏實。

那是家啊。安德列倚在窗前。每天工作結束，他都要久久看著地球。喝著從電熱器中取出的罐裝咖啡，聽著柴可夫斯基的音樂，這就是他在月球上最大的快慰和休息。地球可真美啊，那麼巨大，超過二十個月亮，照耀著這個遠離家園的「小屋」，讓人怎麼看也沒個夠。

另外兩個夥伴在望遠鏡的螢幕上觀看地球。他們一個生在伏爾加河畔的草原，另一個來自印度。望遠鏡在兩人的家鄉之間來回搖移。歐亞大陸逐漸隱沒進地球的暗面。今夜地球少雲。安德列凝視著莫斯科，雖然看不見具體形象，可那個位置是不會錯的，只要把眼睛盯在那，他就能看見卡嘉正仰著美麗的脖子凝望月球。

地球基地規定月面站不許關閉室內照明燈，哪怕在睡覺的時候。這是為了攝像機能隨時發回去清晰的圖像，以便地面掌握情況。可是睡覺前看地球的這段時間，他們才不管這條紀律呢。燈光會在窗上造成反射，影響視線。如果這時地面為看不清他們而絮絮叨叨，他們就乾脆關掉地面的聲音，只留下指揮長在無聲的螢幕裡乾瞪眼。

但是他們從不關掉螢幕，雖然那裡永遠是同一個畫面——枯燥無味的指揮中心，千百遍重複的面孔，無窮無盡的嘮叨、抱怨和指責，然而那是一個「繩頭」，從地球上伸過來繫著他們。唯有時刻看著它才覺得安全和有依靠。在這個億萬年無生命的世界上，只有這個「繩頭」才能把他們拽回家啊！

安德列經常在夢中夢見，這個「繩頭」突然一下斷了，他像流星一樣不可控制地飛向太空深處。當他冷汗淋淋地醒來，看見這塊螢光幕閃動，裡面那些日復一日的面孔照常守在身邊，有時他會感動得偷偷流淚。此時此刻，也許是一種感應，他突然瞥了螢幕一眼。怎麼回事？指揮中心正在螢幕上飛散！指揮長如同卡車一樣撞向攝像機鏡頭！只是一眨眼，什麼都沒有了。快得連他是否真看見都無法確定。然而螢幕裡確實什麼都沒有了，所有的東西一股腦消失，只剩月面站的核電裝置輸出的能量在螢幕上無意義地閃動。

安德列猛地打開聲音開關。除了三十八萬公里空間中的不詳雜訊，什麼都沒有！

他聽到兩個同伴同時發出驚叫。

望遠鏡螢幕上，美麗的地球，歐亞大陸的北方，家鄉，那片遼闊的俄羅斯土地上，開始陸續亮起數百個，或者是上千個亮點，如同落下一片密集的繁星。星星越來越亮，越長越大，像是綻開的火的花朵，簡直美得不可思議，美得驚心動魄，美得足以讓人心跳停止，血液也凝固不流。

最大的花朵就開放在莫斯科的位置上。

太行山　一個流浪漢講的故事

這年頭怪事多，人家都說見怪不怪，可是咱昨夜聽到一個人笑，現在想起來頭髮根子還發麻。

昨夜風颳得緊。那風熱乎乎的，好像是從著火的地方颳過來，把半拉月亮颳得直忽閃。咱餓得睡不著，就到西頭那個空村子串，想找點啥塞塞肚子。轉了半天啥都沒有，冷不丁撞見一家院兒裡趴著個人。開始咱以爲是個死的，就著月亮光瞅見他臉前堆著幾個圓不溜秋的東西。咱想說不定是吃的，伸手一摸，全是他娘的廢電池。「老鄉，請你幫個忙。」那人冷不丁趴那開了腔，可把咱嚇了一大跳。原來他沒死，還剩一口氣。

「咱可背不動你。」咱連忙說。這年頭自個兒都顧不過來，誰還能顧上別人。「不用你背我……只請你幫我聽聽收音機。」別看他說一句就得喘半天，咱敢打保票他是個城裡的官。「我找不到電足的電池……我的聽力已經衰退了……聽不清。」咱這才看淸他手裡還拿著個收音機。這倒新鮮！一個快餓死的人在村裡爬來爬去不是找吃的，找了個收音機和一堆破電池。衝這股新鮮勁，咱把耳塞子塞進耳朵眼。他挑的電池也跟廢的差不多。那點聲咱聽著都費勁，要餓死的人能聽見才怪了。咱學不來嘀裡嘟嚕的外國話。他說有個新加坡電台講中國話，讓咱拿著收音機這麼轉轉，那麼弄弄，最後咱還眞聽著了中國話。

收音機裡劈里啪啦亂七八糟。哪句咱聽眞亮了，咱就在他耳朵邊上給他照著學一遍。現在咱可學不上原樣話了，都是說啥核彈的，一會兒男的說，一會女的說。俄國先打了美國四十顆，全打的是大城市，把美國打慘了。美國立馬來了一個啥子「第二次打擊」，打了俄國……那是多少顆咱可記不清了，咋也有上千吧，想把俄國一下打癱了再不能還手，沒想到俄國的核彈海去了，根本炸不光，叫美國打得一急眼，嘁哩喀喳全扔到美國頭上去了。咱琢磨就跟狗咬狗差不多，被咬疼了哪還顧別的，一門心思就是把對頭一口咬死。現在兩國家全毀了。收音機說管核彈的人還在那你一顆我一顆地來回扔，可老百姓都在大火裡頭燒著呢！

咱跟著學到這收音機就沒聲了，八成電池完蛋了。那人倒也沒有再聽下去的意思。咱看一眼他的臉，嚇了一跳。他在那笑呢！開始沒聲，可看上去笑得真開心。眼睛就跟兩煤球差不多，在月光底下紅通通地發亮。他越笑聲越大，到後來那笑聲震得咱耳根子嗡嗡響。哪像個要餓死的人？開頭咱還壯膽子挺著，咋也不能怕一個半死的人呀。沒成想他晃晃悠悠站起來了。嚇得咱扔下收音機就跑。跑出院兒咱回頭瞅了一眼，那人個好高，像隻狼一樣仰著脖子對著月亮笑。咱跑出村兒老遠還能聽見那笑聲呢。真嚇人！這一晚上咱心驚肉跳，熱乎乎的風颳得人嘴裡像著火，咋也睡不著。早晨的天是綠的，活這麼多年還是頭一回見。不知咋的咱心裡總也擱不下那人。等到日頭升起來，咱就拎了根棍子回頭去看。

那人已經死了。就死在那院兒裡。頭歪著枕在豬槽子上，手裡抓著收音機。別看他出不了聲了，可咱敢保證，他一定還在那笑。咱繞到能看清他臉的那邊，果不然，他笑得可開心呢！你幫咱想一想，在閻王爺跟前，他到底笑個啥？

今兒個的日頭也怪，咋他娘的跟抹上了一層泥巴一個樣？

湖北　神農架

每天都在變化。天空先是淡淡地發綠，然後逐漸轉黃，就如北方出現塵暴時的顏色，可是沒有一絲風，倒是低低的霧靄不時凝聚又散開。太陽先是把光芒變成光暈，隨著天色越來越黃，變成一個正午時分在頭頂出現一下的紅球，升落時則只見到幽黃的天邊一團比別處稍亮的光影。最後，天空開始轉成黑色，紅球光影都不見，只有一張極均勻完整的黑色天幕，等量地滲進少許細短稀疏的光線。夏季最陰的天也許可以暗到同樣程度，然而那天空有層次有運動也有生命，黑色是低垂在頭頂的，是活生生的烏雲。這個天空的黑色卻是在極高處，完全是冷漠呆板和無邊無際的死亡。

本是最熱的季節，竟出現漫山遍野一層白雪。天是黑的，地是白的，整個世界如同顚倒了。仔細看，雪不是純白，發暗發青。看的時間稍長，就會發現也是黑的。放射性塵埃，汽溶膠、城市燃燒的煙塵，無疑還有屍體燒焦的分子，凝結進了每一片雪花。氣溫一直在下降。每天都明顯地感覺又冷了一分。如果仔細體會，每小時都在變冷，甚至每分鐘。水銀柱似乎要無止境地縮下去。但只有到了今天早晨，眼看見這場靜悄悄出現的雪，陳盼才不得不相信，核冬天已經降臨。既已下雪了，難道還不是冬天嗎？

曾經有過不少反對核冬天的理論。有的理論甚至斷言大面積燃燒和煙塵，將使原本就困擾地球的「溫室效應」更爲加強，地球反而會升溫。還有的理論認爲海洋是個巨大的調溫器，蘊含的熱量可以補償陽光的缺乏。核戰一旦發生，人們便把全部希望寄託在這些反對理論上。然而核冬天不僅降臨了，降臨速度還超過了原本的理論推導。

雪很軟，薄薄一層，表面之下就是泥水。三匹馬交錯的蹄音響成一片，怪好聽的。馬鼻噴著白氣。馬的全身也都熱氣騰騰，跑出了汗。核冬天眞來到眼前，擔憂和恐懼反倒不那麼強了。也許因爲健康日益恢復，全身感覺輕鬆，心情也似乎從夢魘中擺脫出來。陳盼騎馬已經自如，只需一隻手拉韁繩，兩手可以輪換縮進蓑衣裡取暖。兩名護送者跟在身邊。他們很少講話，對她照顧得卻很仔細。一路上換過幾撥護送者，都是這樣。陳盼知道，如果沒有他們，她早就完了。

大道上腳印多起來，已成一片泥濘，前後仍不見人影。在岔路口，「單刀」勒住馬。「單刀」是陳盼在心裡給他起的名字，因爲他最顯著的特徵是腰間掛著一柄倭刀。那想必是昔日的一件工藝品，可昨天他拔出來嚇退幾個企圖搶馬的饑民時，那刀光也很鋒利哩。「單刀」瞇起眼睛觀看路的前方，又下馬研究地面腳印，最後選定左邊第二條小路，用石頭在路口擺出一個三角。

在被饑民扒光了皮的老樹幹上，陳盼再次看見用古漢語、英語和電腦程式語句混合寫成的告示。路上的主要路口幾乎都有這種告示。告示給出離得最近的綠色和平組織接待站位置，注明能看懂告示的人可以前往接受審查，通過審查便可以進入生存基地，也就有了安度核冬天的保證。告示特地強調，生存基地容量有限，審查嚴格，勿帶看不懂告示的人前往接待站。每次看到這種告示，陳盼心裡都不是滋味。如此冷冰冰的生存基地，除了一如既往地證實溫飽需求對理想的束縛，也體現了歐陽中華充當上帝的心態。

按照歐陽中華制定的標準，她也本該在淘汰之列啊。她在半昏迷中被同伴抬進一個接待站時，儘管同伴反覆擔保她對三種語言都精通，接待站主任卻毫不通融，回答看懂告示只是一個條件，不是全部條件，生存基地不是醫院，也不是福利院或養老院，只要是病人、殘疾者、十五歲以下和五十五歲以上，一律不收。無論同伴怎麼哀求，那主任都無動於衷。看來只要有機構，即使是在社會崩潰時分，官僚也照樣會形成。但是當那主任聽到了陳盼的名字時，卻猛地跳起來。立刻把她安排爲第一優先，直接送往最核心的生存基地——湖北神農架，也就是歐陽中華所在的地方。

她後來知道，歐陽中華把她的照片發給了所有綠色和平組織接待站，下令尋找她，一找到就送往神農架。這使各接待站都知道她是歐陽中華珍愛的女人，既然歐陽中華算得上當今中國最有實力的人，因此一路上她處處被奉爲貴賓也不奇怪。不能說她對此完全沒感受作爲女人的榮耀，但更多的卻是不自在。她不喜歡這種裙帶關係，若不是被送上路時她還處於昏迷，她也不會離開那些共生死的同伴，寧可和他們一起步行，也不要現在這種特殊優待。

綠色和平組織的接待站已形成覆蓋面很大的網絡，有如古代那種接力的驛站，走一段便可以換嚮導和牲口，食品醫藥都有保證。所以儘管旅途奔波，陳盼卻從病中好轉，沒幾天就能自己騎馬了。不能不嘆服歐陽中華的天才，在這樣一個崩潰的世界上，居然組織起這樣一張網，維持著訊息、人員和物資進行上千公里的有序流動。

翻過一道山崗，「單刀」用根細竹管吹響一聲尖利哨音。不久，東邊山頭立起一棵小樹，一隻信鴿撲楞楞騰起，飛向遠方。他們策馬奔向「消息樹」指示的方向。這些暗號、傳遞資訊的方式、又髒又瘦的馬、傣刀、信鴿、蓑衣……讓陳盼感到如同武俠小說描寫的古代，一切都在回歸原始，卻畢竟是死亡肌體中保持生命的血脈。看著頭頂的怪誕天空，陳盼感慨人類的力量可以顚倒大自然的順序，硬是在炎夏時分塞進一個寒冬，但是人類自己卻落到如此淒慘的地步。正如詩裡所說的：「文明人走過地球表面，身後留下蠻荒死亡。」人類千萬年的進化，只如在時間的沙漠上畫了一個無意義的「0」。

陳盼此前一直不去歐陽中華的生存基地，是因爲她不能同意只收留精英的原則。每個人的生命都是平等的，誰能決定高低之分？她和相同理念的同伴一起，在山西蘆芽山建立了向所有難民一視同仁開放的生存基地。難民總數很快超過三十萬，已經難以承受，後續到達的難民卻仍是源源不斷。那時她也面臨同樣的選擇，是繼續保持開放最終一起垮掉，還是像歐陽中華那樣關上門，只保證一部分人生存？只不過這種無奈的選擇還沒等到她來做，「天皇」便把一切都改變了。

陳盼現在想起那個「天皇」的形象還會頭皮發麻。他弓背聳肩，兩隻小眼精光閃閃，穿著一身繡著蟒龍的黃戲袍，頭戴一頂不倫不類的包公帽。他們一定是洗劫了哪個戲曲團的倉庫。在進入蘆芽山時，他那些前呼後擁的隨從全穿著文武百官的戲袍。雖然在陳盼眼裡如同群醜登台，可是對基地三十萬難民卻有特殊效果。難民們幾乎是立刻拜倒在「天皇」腳下。對於天空為什麼變成了陰間模樣，陳盼一夥知識分子講述的「核冬天」理論，遠不如「天皇」描繪的世界末日使難民們容易理解。而且越是懂科學的人，越指不出給人信心的出路。「天皇」卻是用老百姓聽了幾千年的語言告訴他們，雖然末日到來了，只要效忠「天皇」，就可以在來世託生好命，而不服從「天皇」，則只能永在十八層地獄受苦。

最狂熱的時候，數十萬百姓圍繞「天皇」，在他的奇異氣功誘導下情不自禁地陷入迷狂，漫山遍野，人人喊叫和痙攣，做出百般猙獰的動作。千萬人從四面八方趕來加入，「天皇」臣民雪崩似的增加。無數人在迷狂中死亡，臉上卻帶著笑容。恐懼和愚昧使他們寧願把自己重新交付給偶像，用瘋狂和麻醉逃避現實。

陳盼在那時病倒了。她心力交瘁。她試圖把那些曾被從死亡邊緣拯救的人們拉回到理性世界，告訴他們只做氣功不進行生產是活不下去的。但是她最終只能痛心地看到，理智根本沒有戰勝迷信的力量，理智使人絕望，迷信才給人希望。或者說，人們寧願先要精神的解脫，而不是肉體的苟延。從這個角度，人們熱中迷信是有道理的。

陳盼的同伴中有人認出了「天皇」原來是在電視上曝過光的周馳。當他們試圖向難民揭穿所謂的「天皇」是個搞男女群姦的流氓時，難民們卻翻臉不認這些原本的拯救者，對他們進行粗暴圍攻。幸好他們在周馳的殺手到達前逃離了蘆芽山。在逃離殺手追擊的一路，陳盼被同伴們抬著，一直在擔架上昏迷，直到被歐陽中華的接待站收留，才算擺脫死亡的魔影。

跟在「單刀」後面登上山頭，看到的情景使陳盼不由得打了個冷顫。下面幾條山谷全都擠滿了沈默的灰褐色人群。豎在人群頭頂的鋤頭鋼叉和棍棒如樹林一般密集。若不是剛才有「消息樹」指點，他們就會正好撞進這些人群中。

神農架基地是利用峭壁和深澗圍起的一個寨子，只有少數幾個山口可以出入。現在，山口寨門緊閉，成千上萬的人擁擠在門外。護送陳盼的另一個嚮導是個地質學教師。他告訴陳盼，這些人都是曾被基地雇傭的農民。基地給他們提供食物和保護，讓他們爲基地種莊稼。這本來是重建社會最重要的步驟，歐陽中華不惜血本，幾乎把基地所有物資都用於支持耕種，播種面積多達數十萬畝，延伸到周圍好幾個縣。莊稼長勢本來很好，沒想到一下被這個核冬天毀了個精光。

來神農架的一路，陳盼到處看見毀於低溫的莊稼。現在正是農作物生長的季節，降溫攝氏五到七度就是毀滅性的。而眼前的核冬天造成的降溫已經達到二十度。不僅是神農架，全球農業都將因此絕收。這將帶來怎樣的前景，陳盼實在不敢往下想。

他們來到一片高大石崖下，石崖之間有一條不易發現的空隙，是條只能容一匹馬通過的狹窄過道，曲曲折折，頭頂一線天。沿著過道走進幾百米，地勢豁然開朗。一個足球場大的山窩呈現在眼前，有房子、工事、騾馬。他們聽到了男人哄笑和女人的哭喊。山窩一側也是懸崖，一個吊籃正沿著石壁垂直升向十幾米高的隧洞口。吊籃中兩個男人惡作劇地把一個農村姑娘拎在吊籃外。逐漸升高使姑娘嚇得尖叫不已，拚命蹬腿。兩個男人故意把她衣服往上掀，露出一邊聳動的乳房。「撒尿了！撒尿了！」聚在吊籃下的一群男人興奮叫喊，彼此推搡，讓姑娘受驚失禁的尿落到對方身上。吊籃升到隧洞口，變成水平移動，消失在洞口內。

「這是怎麼回事？」陳盼憤怒地問。

「單刀」和「教師」沒回答，只是鎖緊眉頭。那些男人個個挎著槍，每人額上都繫著綠布條——那是綠衛隊的標誌。

「呵，兩位爺們兒也弄了一個？」

下流眼光頓時集中到陳盼臉上。

「放肆！這是歐老闆的貴客！」「單刀」沈下臉。

「歐老闆」顯然是指歐陽中華。男人們多數聽了有所收斂，一個看似頭頭的傢伙嘴上還不服軟。

「歐老闆不讓俺們碰城裡娘們兒，又不讓農村娘們兒進寨子，不是誠心憋俺們嗎！你們城裡人也不能光顧自個兒舒坦呀！」

「那姑娘是什麼人？」陳盼問「單刀」，不看那些綠衛隊。

「她是俺們牛爺的貴客，不過見著牛爺就該不是姑娘了！哈哈！」綠衛隊頭頭淫邪地做了個色相，其他男人也發出怪笑。

空吊籃被重新放下來。陳盼跨進吊籃。

「送我上去！」

「單刀」和「教師」也跨進吊籃，按照暗號拉聯絡繩索，吊籃便升起。基地寨門封閉後，這是進出寨子的唯一通道。

「基地裡怎麼有這種人？」陳盼瞪著「單刀」和「教師」。沿途接待站的人不管怎麼強悍，至少都是文明人。這一群看上去卻像是純粹的流氓土匪。

當過登山運動員的「單刀」沈著臉不說話。「教師」嘆了口氣。

「有些事只有他們才能做。」

「什麼事？」

「……打人……」「教師」苦笑。「這不是反話……比如組織農民種地的時候，沒這批打手看著，種籽就難保在下地之前不被吃掉……」

吊籃進入隧洞，停在起落台上。這才看到是靠數名工人腳踏自行車改裝的絞盤升降吊籃。這種裝置連馬匹都可以吊得上來。隧洞深處傳出姑娘的哭求聲，那兩個綠衛隊還在對她又親又摸。

「放手！」陳盼衝過去喝斥。

兩個男人愣了一下。姑娘掙脫他們躲到陳盼的身後。她雖然蓬頭垢面，可長相秀氣，在陳盼身後哭泣。

「別怕！」陳盼抱著她的肩膀。「跟我走。一會兒送你回家。」

「跟你走？」兩個綠衛隊摸不透陳盼身分，不敢造次。「好幾天才找著一個像樣的，誰向牛隊長交代？」

「叫你們那個牛隊長或是驢隊長去找歐陽中華！」

聽到陳盼直呼歐老闆大名，加上「單刀」和「教師」在一旁怒目而視，兩個綠衛隊沒敢多說，發出走著瞧的冷笑離去。

隧洞內部整修得平坦寬敞，穿過隧洞就是基地。洞口在半山坡上，連著下山的大道。向下俯瞰，基地是個山崖環繞的寬闊盆地，蓋滿簡易房屋，山坡也挖出層層窯洞，看上去至少有一個城市的規模。每處空地都種植著莊稼和蔬菜，幾乎一寸也不閒置。不過現在，所有農作物全變得枯黃。一片片種植薯瓜的塑膠管上也是光禿禿。突如其來的寒冷使一切生長全都停滯。

走在規畫整齊的街道上，看到的多是學者模樣的人。有人一邊幹著體力活一邊利用空閒看書，有的在擺弄土製的試驗設備。陳盼還竟然看到一個召開討論會的公告，是用黑炭寫在泥牆上。公告闡述這樣的討論主題：以往人類對權利要求太多而對義務承擔得太少，是導致人類災難的主要原因，未來的新人類應該有更多的義務，因此不能僅有人權憲章，討論會的目的就是要起草一個人類義務憲章。

這是歐陽中華的思想，陳盼一看就知道。她原來覺得很有道理，現在本應該得到更多證實，但是卻相反地使她產生不快的感覺。想必對於歐陽中華，那些被接待站淘汰的人都是在盡「義務」吧，還有身邊這個姑娘的父兄以及外面成千上萬的農民。

姑娘驚魂未定，話語顛三倒四。不過陳盼可以從她的話裡拼湊出大概情況。神農架基地原來招收了十多萬農民，每人每天給一斤半薯瓜，讓他們在綠衛隊看管下爲基地種田。但是核冬天毀了所有莊稼，農民們也就成了無用的包袱。基地便把薯瓜分配站、農藝師和綠衛隊都撤回寨子，讓農民們自謀生路，也就是不再管他們了。可是農民們能去哪呢？他們知道此時唯一有生路的就是進寨子。種籽和薯瓜都是從寨子運出去的，人人都說寨子裡面存的東西幾年也吃不完。可是寨子對他們關閉了所有的門。姑娘的父親和哥哥現在就在外面那些沈默的人群中。他們知道對於自己和家人，要麼進寨子，要麼就是死。

歐陽中華的住處獨處一角，也是同樣的簡易棚屋。門口有一棵形狀盤扭的老樹。他不在，棚屋上下落滿厚厚一層被核冬天凍掉的樹葉。一匹矮小的白馬在啃樹根上的乾枯苔蘚。

「教師」去找歐陽中華。陳盼把驚嚇過度的姑娘安置在棚屋裡，自己抓起一把地上的樹葉發呆。這時，一個主意在她的頭腦裡出現，很快就從火星燃燒成激動的火焰。

「我去看一下薯瓜。」她對「單刀」說。她不讓「單刀」跟她一塊。「你留在這照顧姑娘。我去一下就回來。」

她的主意很簡單，既然遍地都是可以燃燒的乾枯植物，如果能夠把營養液加熱，是不是就可以讓薯瓜在寒冷中生長？薯瓜無須通過易受寒的莖桿輸送養料，只靠扎在塑膠管內的根鬚，也不像有葉植物那樣依賴光合作用，雖然空氣溫度低，但是提高營養液的溫度卻可能更起到決定性作用！

主管薯瓜栽培的農藝師們都知道陳盼是這項技術的創始人，對她當然尊敬有加，立刻開始按照她的主意試驗。他們把營養液的儲存罐架到臨時壘起的灶上燒火加溫，把原本串聯布置的塑膠管改爲並聯布置，以使加熱後的營養液不致流動距離過長而冷卻，也不會在前後部分形成過大溫差，再對塑膠管進行覆蓋和包裹，增強保溫效果。當營養液加熱到一定溫度便重新下種。

加熱的營養液在塑膠管內產生了類似暖氣水的循環。冷下去的營養液隨時回流到儲存罐加熱。控制恆溫是難題。幾個鍋爐專家把灶上加了可調的擋火罩。一個起重專家做了個架子，可以調整儲存罐距離灶口的高度。隨著高度變化，不但可以調節營養液加熱的溫度，還可以調節營養液循環的速度。測量表明，營養液流出儲存罐出口的溫度爲攝氏五十度時，塑膠管上方十公分高十五公分寬的空間可保持攝氏十七度的溫度。薯瓜出芽及初期生長沒有問題，生長速度還會比以往更快。在薯瓜的體積長大後，會受大氣低溫的影響，但用覆蓋保溫可以解決。即便還有問題，也只是薯瓜最終能長多大，成熟期增加多長的問題了，不是本質。

農藝師們一致認爲試驗是成功的。陳盼要求立刻對全基地的薯瓜設備進行改裝，馬上動手，把薯瓜爭分奪秒種下去。以薯瓜的生長速度和全基地的設備數量，每提前一分鐘都可能早收穫不少薯瓜，救活更多的人。她現在想的已不是把那姑娘送回家人身邊，而是把寨子外面的農民都用薯瓜養起來。可是在場的人對此都不敢作主。小規模的試驗好說，有關全基地的決策只有歐陽中華能做。

「綠色和平組織怎麼倒像共產黨了？」陳盼忍不住挖苦。她不知道自己是看不慣農藝師們謹小愼微的模樣，還是因爲意識到了歐陽中華的獨裁而產生反感。

「教師」來了，對陳盼說找遍了整個寨子，沒找到歐陽中華。陳盼急著解決改裝基地薯瓜設備的問題，決定自己去找。「教師」跟在她身後，到了無人地方才呑吐地說，歐陽中華可能在狗圈。

「狗圈？」陳盼驚奇地提高聲音。「那爲什麼不去找他？」

「教師」迅速向兩邊看了看，聲音壓得挺低。

「他不許別人去那兒。」

「爲什麼？」陳盼更驚奇。

「教師」不知該怎麼解釋。以陳盼和歐陽中華的關係，不該在她面前說什麼，可不說她又不會甘休。

「他也沒說過爲什麼，我們只是這麼感覺。我們覺得他甚至不希望有人知道他去那。」

「那裡有什麼？」

「狗。」

「養狗嗎？」

「是的，把外面的野狗弄進來飼養和繁殖。基地唯一的肉食是狗肉。雖然好些天才能吃一次，基地這麼多人都能吃上，裡面養的狗一定不少。大夥知道的只有這些。」

「這是個聰明辦法，爲什麼不讓人去呢？」

「……大概是怕被狗咬傷吧。」

「他去那裡幹什麼呢？」

「……不知道。」

「爲什麼在裡面待這麼久？」

「教師」聳聳肩。

「他總去那裡嗎？每次都待這麼久嗎？」

「……最近才這樣……」「教師」更加吞吞吐吐，表情有點怪。「……有時候……會待上大半天……」

可現在是核冬天，是世界末日！連這個關頭都不能讓他在狗圈裡少待一會兒，那裡藏著什麼祕密呢？陳盼覺得這麼推理似乎有點類似恐怖小說了。在她一再追問下，「教師」又說出只有幾個電子專家和生物學家被歐陽中華帶進過狗圈，出來後卻個個守口如瓶。看來這確實是他知道的一切了。

狗圈在寨子西南隅一道峽谷內，遠離居住區。峽口被高大柵欄封死。離老遠就聽見裡面傳出狗群吠叫，從凶狠的咆哮到細嫩的尖嚎，組成多重聲部，似有成千上萬隻狗擁擠在一起。

隨著接近狗圈，「教師」越發忐忑不安。他從未距離狗圈這麼近過。一根繩子懸空拉進峽谷，上面隔不遠就吊著幾塊碎犁鏵一類的鐵塊。拽動垂在柵欄外的繩頭，鐵塊便相互碰響，一直響進峽谷深處。

應聲出來的是個羅鍋兒，走路姿勢像個大號刺蝟，緊繃繃的小臉在柵欄縫隙裡顯得油光光。這種富有營養的特徵在一個饑餓世界上簡直是奇蹟。羅鍋兒最先做出的動作是凶狠地揮動又黑又小的拳頭進行恐嚇，一看淸陳盼是個女人，又立刻變成一副涎皮賴臉的樣子。可是他沒有開門鑰匙，看上去也絕不敢擅自開門。陳盼撿起一張枯葉簽上自己的名，讓羅鍋兒送給歐陽中華。說了無數遍，羅鍋兒才明白是什麼意思，走時還一步三回頭。

陳盼厭惡地用樹葉擦被羅鍋兒碰過的手指。似乎黏乎乎，還帶點血紅。「教師」困惑地捏著鼻尖，說是早聽聞管理狗圈的是一群怪人，要麼畸形，要麼智力低下，要麼有殘疾。他們只能從狗圈後面一個專用寨門進出，不許進入寨子裡面。

群狗的吠叫中有一種怪誕聲音，聽上去是許多條凶猛並且處在發狂狀態的狗。不知何以做到那樣整齊，能在同一時間一齊停止吠叫，又能在同一時間一齊恢復狂吼。每次恢復時瘋狂程度都有增加。令人感覺最不對頭的是吠叫的突然中止，那時聲音並不徹底消失，而是好似突然被卡在半截，化作一種從牙縫裡滲出的、音量低許多卻更加恐怖的嗚嗚聲，彷佛是在強力遏止下的窒息，帶著憎恨、屈辱和渴血的掙扎。一出現這種聲音，峽谷裡的狗就全陷入驚嚇，叫聲慌亂膽怯，沒有底氣。而窒息一過，狂吠恢復，所有的狗就一同狂熱地隨之附和。聽得陳盼一陣陣發冷。

歐陽中華快步從峽谷深處走出，拿著陳盼簽名的樹葉，猶如拿著一捧鮮花，滿面光彩。他瘦了，別有一番魅力。開柵欄的鑰匙在他身上，好多把，打開一道一道鎖，出來第一件事就是把柵欄重新鎖好。

他沒有責備「教師」，反而親切地道謝。陳盼叫住告辭的「教師」，把加熱營養液的試驗對歐陽中華講了一遍。歐陽中華立刻叫好，連稱是偉大的貢獻，不僅全基地要爭分奪秒地推廣，還要立刻動用一切手段傳達到其他基地，要讓全中國的薯瓜設備都盡快恢復生產。

「教師」匆匆去送通知了。歐陽中華深情地看著陳盼，張開懷抱，期待如久別的戀人那樣跟她親熱一下。

「你身上有狗毛。」陳盼開玩笑地打岔。

他那身合體的帆布工作服上確實有不少狗毛，還散發出嗆鼻的味道。他和狗的接觸距離想必很近。一種新的不安襲上她心頭：自從歐陽中華出來，狗圈裡就再沒傳出過那種同時中止或一齊狂吠的狗叫聲。他到底在裡面幹什麼？她又回了一次頭，發現羅鍋兒正藏在柵欄後面盯著她。

他不回答她的追問，只是用玩笑迴避。對她應該救助外面那些農民的要求，他耐心聽完，一次也不打斷。不過那只是禮貌，他並不給予絲毫考慮。

「你不能見死不救！」陳盼不想一見面就吵架，可還是忍不住聲調變得激憤起來。

「我見死不救？」歐陽中華微笑。「我現在做的一切都是在救人。我建立的生存基地已經接納了一千四百萬人。現在仍以每天數萬人的規模繼續增加。那都是本來註定要死的人，不正是我救了他們嗎？」

「可是中國還有幾億人沒得救！」

「親愛的，全救等於不救，連已經救了的也得死。」

「可是這些農民就在你的門口！」

「既然不能全救，就得有選擇。」

「你的選擇就是把人分成三六九等嗎？」

歐陽中華如同酸了牙一樣皺起眉。

「這種『政治正確』的話說起來容易，可是不能解決問題，這個時候再死抱著平等觀念是迂腐。建立生存基地為的是保存一個文明中國，而不是一個動物種群。」

「我不能接受這種奴隸主的觀念，有人值得活，有人就該死！誰死活不能由你選擇，有上帝！」

「上帝？」歐陽中華臉上浮現出不屑的神情。陳盼對這神情熟悉極了，眞正出現在他臉上的次數雖然不多，卻充滿他的整個內心世界。「上帝正在讓人類自相殘殺呢！我問你，你在上帝的選擇中是什麼角色？你能殺人嗎？你會打架嗎？給你一隻烤熟的人腳，你能吃嗎？由上帝選擇，未來中國存活的只有一群群牙齒碩大，四肢發達，渾身長毛的半獸，只會發出要吃和要性交的單音呼號，在文明的屍骨上遊蕩。至少在這一點上。我比上帝強得多！」

陳盼說不出什麼了，只有默默走路。枯葉在腳下瑟縮。她不知道還該說什麼，還能說什麼。西面寨門方向，伴隨著越來越大的喧囂聲，突然響起大炮似的撞擊，一下接一下。外面千萬人跟著那撞擊發出一聲聲齊吼。基地裡受到驚嚇，人們亂作一團。但是歐陽中華保持著鎮定，連步伐都沒有加快，一直把陳盼送到已經能看見他棚屋的街口，囑咐她好好休息，才自己走向出了狀況的寨門。

大概是太陽在平流層的煙霧上方已經傾斜，黑色天空顯得更加黯淡與詭異。遠處寨門朦朦朧朧，有點像地獄的鬼門關。陳盼走近歐陽中華的棚屋，看到大開著門，那匹矮小的白馬仍在老樹下垂著頭。但是「單刀」橫躺在地上，臉上一片血肉模糊。他的傣刀已經斷折，剩下的半截插在地裡。姑娘不在了。

「單刀」在陳盼的呼叫中睜開被打爛的眼皮。掛滿血絲的眼白嚇人地滾動。他指了一下寨門方向。嘴裡堵著凝結的血塊，說不出話。

陳盼意識不到她是怎樣騎上了那匹白馬。馬的全身上下沒有一根雜毛，也不沾一點塵土。多像在地獄裡奔跑啊！馬蹄幾乎無聲。大大的馬頭在奔跑中一動不動，短小的馬身卻每一部分都上下翻騰。似乎沒有空氣沒有溫度沒有距離也沒有時間，只有均勻的黑暗和毫無眞實感的形影。

歐陽中華在前面大步走著，已經快到寨門前。厚重的寨門裡面頂著十幾根傾斜成各種角度的原木。兩側是石塊砌起的城牆，連接在兩邊的山體。山的內側是斜坡，外側是和城牆一樣陡的峭壁。

白馬跑過歐陽中華身邊。陳盼看見他驚訝地張開嘴，卻如在眞空中一樣聽不見他的喊聲。畸形小馬直衝上山坡，在峭壁邊緣無聲地收住腳步。寨門外那些沈默的農民已化爲地震和洪水，正在漫山遍野地沸騰咆哮。一根又粗又長的原木被上百人奮力擁舉，在萬眾同聲的齊吼中一次次撞向寨門。城牆在搖動，兩側的山崖塌下震鬆的石方。無數火把在空中劃出紅豔豔的弧線，落在寨門腳下，舔出一片片吱吱作響的火舌。

綠衛隊在城牆頂和兩側山崖上向下射箭扔石塊，用出全套古代守城的手段。城下全是人，即使閉著眼睛也不會落空一石一箭，然而那些農民似乎已經失去了逃避傷害的本能，倒下一個抬撞木的人，立刻就會有新人補充，甚至會踩著尚未斷氣的同伴身體往上衝。

寨門燒起來了。火龍貼著原木向上竄，升起沖天煙柱。農民們被壯觀的大火刺激得更加瘋狂，眼看再撞幾下，寨門就可以張開懷抱歡迎他們了。

一支衝鋒槍密集清脆的掃射聲在城頭響起。寨門前的農民隨即好似狂風中的樹葉成片倒下。巨大的撞木轟然落地，砸斷了仍活著的人的腿和腳。其他人慌恐地向遠方奔逃。他們不是怕死，而是怕槍。

「哈哈哈！」一個大猩猩似的巨漢站在城頭，單手掄著怒射的衝鋒槍。一個赤條條的姑娘如白麵口袋般夾在他的腋下，看上去已失去知覺，軟綿綿地被甩動，像個玩具娃娃。

「殺！全殺光！」大猩猩放開喉嚨吼叫。他一隻手就能把姑娘舉在頭頂。「牛爺爺今天幹了個黃花丫頭，小子們看看，帶花的！」

是那姑娘！大猩猩把姑娘兩腿劈開，手舞足蹈地轉著圈。那被摧殘的兩腿間染滿鮮紅的血。綠衛隊的痞子們發出狂呼怪嘯，扔下爲節省子彈而使用的弓箭和石頭，一齊舉槍射擊。

「殺啊！誰殺得多牛爺爺今天就賞誰！讓他嘗嘗這個！」大猩猩把衝鋒槍滾燙的槍管插進姑娘陰道。

陳盼只想手裡有把刀，捅進那個畜生的心臟。她記不得自己如何衝上城頭，拚命地打那個肥厚的軀體，如同打一座山。大猩猩牛皮一樣的面孔轉過來，然而卻在笑，無比淫邪地笑。

她被身後伸來的一雙臂膀抱開。一個高大身影擋在她前面。歐陽中華！她癱軟了，趴在那寬闊的脊背上痛哭。

「大牛，」歐陽中華指著寨子外面。「你給我滾！滾出去！永遠別再讓我看見你這個豬狗不如的畜生！」

陳盼從未見過歐陽中華如此的激憤。此刻她眞心爲她曾愛過這樣一個人感到自豪。

大猩猩的臉猙獰地歪曲了，霎時射出凶惡的目光。城頭槍聲停止。農民已逃出很遠。城下布滿東倒西歪的屍體。只有寨門的火在劈啪燃燒。城上每一雙眼睛都看著大牛。

「我滾？」大牛齜出粗壯的門牙，猛然端起手中的槍。「我滾還是你滾？俺他娘的早就想讓你滾了！說俺畜生，操你祖宗！你是畜生腚眼兒裡的糞蛋。念兩本臭書就敢在老子頭上耍威風。姥姥！今兒個老子讓你看看到底誰他娘的威風，你們這群城裡的糞蛋全都給我爬著滾出寨子，一個他娘的別剩！」

綠衛隊員個個炫耀地把槍舉在手裡。他們早就巴不得由他們獨霸寨子。如果趕走那些酸溜溜的讀書人，寨子裡的儲備足夠他們放開肚子吃幾年。既然槍在他們手裡，憑什麼讓讀書人當主子。現在全看歐陽中華下一句怎麼回答，他強硬就只能繼續激化，大牛會立刻動手，而他若一服軟，「歐老闆」從此也就徹底完了蛋。

歐陽中華直盯著大牛的眼睛，如同沒看見對準他的槍，突然放聲一笑。

「大牛，」他的口氣既不硬也不軟，而是一個處驚不變，居高臨下的江湖幫主。「你還沒忘掉你師傅吧？師傅把你交給我的時候給你的戒令是什麼？女人是禍水！他就怕你在女人身上走下道。我罵你是看在你師傅的託付上。要是別人我根本用不著這麼動肝火。怎麼，你大牛今天眞要為一個女人背上欺師滅尊的罪名嗎？」

陳盼只覺得自己隨著歐陽中華出口的每個字落進冰冷中，全身如同凍成一塊冰砣。

但是歐陽中華的這段話卻控制了局面。大牛只能乾乾地瞪眼，半天說不出話。

「……我……我……」他好似一頭突然掉進了陷阱的困獸。「……俺他娘的為女人……」

他猛地大吼一聲，震天動地，把赤裸的姑娘往頭頂一掄，原來對準歐陽中華的槍口杵在姑娘身上就是一陣猛射，把所有子彈都打進姑娘小腹。姑娘的身體在槍擊中劇烈顫抖，鮮血從被穿透的後腰高高噴起，隨後如一片被撕碎的破紙飄落在地。大牛恨恨一跺腳，揚長而去。

陳盼瘋了一般跳起往前衝，卻一下被抱住轉向相反方向。她在歐陽中華的懷裡掙扎。這個過程是那麼短，在旁人眼中，甚至會覺得歐陽中華沒看到大牛殺那姑娘，而是同時抱走了陳盼。這個敢動手打牛爺的瘋女人是不是正好犯了病？

陳盼掙扎不出那雙有力的臂膀。她曾在其間陶醉，現在卻只想永遠不被他碰。她放聲痛哭。血腥氣從肺裡衝出。天空黑暗之極，又開始飄落核冬天的雪花。歐陽中華抱著她大步離開城頭。他在她耳邊苦苦哀求：「……別喊，不能喊，他會殺你！……」她感到他全身戰慄，他的心響得如同分不出節奏的鼓。

他在遠離眾人的山坡上把她放下。那匹畸形的白馬呆呆地看著天邊。

「相信我，我會除掉這個畜生！」他說。哪怕他只是離開一寸的距離，也就感受不到他的戰慄和心跳，他就又顯得強大自信。「我會讓他用血償還！」

陳盼痛苦地看著他。

他溫柔地擦拭她臉上的淚。

「……這不是我的錯，是這個世界……」

驚天動地一聲巨響，又發出漫山遍野的喊叫。燃燒的寨門在撞擊下升騰起爆烈的火球。外面的農民重新開始攻打寨門。

歐陽中華看向城牆。守寨的綠衛隊員袖手旁觀，有的喝酒，啃著狗腿，有的乾脆原地躺倒，任憑城下農民舉著撞木一下比一下更猛烈地撞門。

「你趕快回去。」他慌亂地對陳盼說，轉身跑向城頭。

陳盼跟在他身後。

「爲什麼不防守⁉」他喊。

寨門已經燒酥了，開始在撞擊中斷裂，向四面迸射無數燦爛的火花。

他一把揪起一個蒙頭躺著的小頭頭。

「爲什麼不防守⁉」

「……弟兄們說……」小頭頭好不容易掙脫他的搖撼。「……要看歐老闆自己開一槍……」

「混蛋！」他的聲音從來沒有過這樣的恐懼。

「……只要歐老闆打死一個，剩下的俺們全包……」

綠衛隊員們抱著槍冷冷看著歐陽中華。寨門已經傾斜，隨時可能轟然倒場。

「你們不想活了嗎？」歐陽中華問，手指城下。「他們一進來，沒有一個人能活……別以爲你們有槍，槍不是萬能的……你們好好想一想！……」

沒有回答，也沒有人動。那是他自己製造的半獸，根本就不會用腦子想。他惶恐軟弱地掃視他們，幾乎要哀求，突然看到了陳盼就在他的身後。

「你跟著我幹什麼？」他爆炸般地向她怒吼。

陳盼不說話，盯著他，眼光如兩道冰柱。

他的嘴唇顫抖了，臉色無比蒼白，連寨門燃燒的沖天大火也不能給他一點血色。

「……毀滅就是殘酷和痛苦……」他似求饒一樣說。「你怎麼能要求我仁慈？仁慈只有更痛苦……」

她仍然不說話，仍然死死盯著他。

「把她架走！」他高喊。

她被兩個彪形大漢架起來。她拚命掙扎。寨門正在撞擊中分崩離析。她看見歐陽中華迫不及待地從綠衛隊小頭頭手裡抓過槍，向城下舉起……

「歐陽中華，」她聲嘶力竭地哭喊。「讓我看著你殺人！讓我看著你怎麼當個劊子手！讓我看著你的綠色和平！……」

一聲尖銳的槍響傳來，如匕首刺在她心上。無數槍枝的掃射隨之狂風般怒號起來。她的眼前一片漆黑，宇宙只剩下一張黑油油的天……

人類世界

在丁大海留下的浮標發報機開始發報前，美俄一共互射了二千九百一十一枚核彈頭，總當量十七億九千萬噸。浮標發報機的發報只延續了五十七分鐘，就被一枚不知何處飛來的常規導彈摧毀。美國和俄國立刻停止了相互交手，卻繼續咬定是對方首先挑起的核戰爭。

隨之出現的核冬天使得人類面臨的最大危險已經不是戰爭，而是誰也逃不掉的全球農業毀滅。牲畜因牧草停止生長和季節錯亂大批死亡。水產因江河湖海變冷急遽減少。即使等到核冬天過去，也將留下長期的氣候影響。臭氧減少。雨雪、冰蓋、植被的分布變化使地面反射率、熱慣性和蒸發力隨之而變，引起大氣氣旋、紫外線強度、洋流走向與溫度相關變化，由此將影響陸地植物和海洋生物的生長率，並把這種影響擴展到全球食物鏈。後果究竟有多大，影響時間有多長，根本無法預見。

唯一的活路是盡多盡快地把別國儲備的食品搶回自己國家，並且占據夏季將比北半球早來半年的南半球產糧區和牧場，以便在核冬天過後能盡早開始農業生產。美軍直撲南美和澳洲。俄國在揮兵歐洲的同時也去占領非洲和南亞。美軍的占領基本順利。俄軍卻被歐洲軍隊打得焦頭爛額。一些易衝動的核小國毫不猶豫地使用核武器保衛自己。許多宿怨也被世界末日的瘋狂激發出來。伊拉克與以色列、巴基斯坦與印度相互使用了核武器。當然，世界已不在乎再多幾次核爆炸。整個地球混戰一團，戰火燃遍。世界如旋風一般劇變。

全球性崩潰是隨核冬天降臨開始的。各方參戰軍隊面對誰也無法逃脫的災難，不可遏制地陷入譁變和解體。初始是少量士兵開小差回家，逐漸演變成整團整師的官兵自行解散。軍隊撤離留下的眞空致使各種勢力並起，秩序和控制喪失，民族仇殺越演越烈，搶劫蔓延，百姓逃竄，一夥夥流動的武裝集團燒殺淫掠。降溫又使北方人民在恐慌中向南方遷移。這一切使舊日主權的象徵——國家、政府、邊境接二連三被衝垮。核煙塵在大氣層中輸送所造成的氣旋，在世界各地引起颱風橫掃，洪水氾濫，給饑餓和瘟疫造成的大規模死亡雪上加霜，而人類自己的相互殘殺奪走了更多的生命。

在這種大混亂中，一些新勢力嶄露頭角。納粹組織在歐洲興起。南美也有類似組織與之呼應。

原來藏身地下的黑社會成爲許多地區的統治者。基督教和伊斯蘭教都出現了自封的救世主。而中國一個叫周馳的氣功師則在中原稱帝，建立了號稱「周」的王朝，統治著上千萬臣民。

在全世界的國家組織紛紛垮台之時，日本不但安如磐石，還乘俄國崩潰之機，大舉進入俄國遠東和東西伯利亞，多年的苦心經營使其擴張迅速實現，很快就控制了多於日本本土十多倍的新領土。黑龍會欣喜若狂，從祕密組織一躍成爲日本的中堅力量，公開宣稱這是天賜日本主宰世界的良機。日本得益於百年危機意識，儲備了無以計數的基本生活資料，深藏於地下或海底。日本的島國條件使其海洋捕撈設備與能力全球首屈一指，在陸地農牧業毀滅時期，可以用廣闊的海洋資源養活人民。日本還發展出了世界一流的薯瓜品種，並且極快地擴大生產能力。日本民族懂節儉，能忍耐，守紀律，有大和魂的獻身精神和凝聚力量，除了日本，誰還能充當未來世界的新主宰呢？

當全人類在核大戰及核冬天面前陷入歇斯底里時，遷移到各國的中國難民卻顯得安寧平和。他們對死亡早已漠然，甚至可以說已經死過不只一次。他們比世界任何民族都先遭受核打擊和大崩潰，能失去的早已失去。饑餓如呼吸一樣成爲日常感受，似乎已是先天生理的組成部分。相比之下，習慣於被空調、汽車、自動控制裝置隔絕在自然挑戰外的西方人，在災難面前顯得格外脆弱。那些中國難民原來是強行入門的闖入者，現在則開始幫助主人。中國難民的社群吸收了各種民族、膚色和國籍的人群。

值得慶幸的是薯瓜技術及時得到了普及。從冰島到智利，從埃及到斯里蘭卡，到處都能見到各種各樣的薯瓜種植設備在發揮作用。發達國家當時爲救援中國而緊急生產的薯瓜設備，現在用到了自己身上。各國及私營公司之間爲商業競爭進行的突擊研究也顯出了效果。世界各地都有人想到加熱營養液的辦法，更多的是搭起臨時暖棚，或是利用到處空棄的建築給薯瓜創造合適的生長溫度。

文明正在大量毀滅，人類在大批死亡，從恐懼的瘋狂和絕望中重新鼓起勇氣面對災難的人也在逐漸增多。人類社會是徹底滅絕？還是倒退千年？何時出現新的平衡點？有無逆轉的可能？眼前誰也無法回答。

北京

石戈推開蓋在身上的絨布窗簾，睁開眼。這樣說也許不準確，他的眼睛已經睁開好久，然而此前是視而不見，意識空白，現在則是睁開了意識的眼。

窗外黑色天空襯著無葉樹影，好似陷入了熱寂的全熵世界。核冬天降臨時，人類末日的轟然而至並沒有使他震驚，他反而是立刻陷入了沈睡。他實在是太累了，累得連一個腦細胞都不能再動。現在醒來，對災難也沒有任何感覺。就像死人在另一個世界醒來，還有什麼可爲前世操心的呢？

起身過程中，衣服摩擦的聲音顯得刺耳。無比的寂靜已如凝結的固體，即使大喊也無法穿透，只能硬邦邦地反彈進自己耳中，痛苦地嗡鳴。他站在鏡子前面發呆，慢慢撩起一綹頭髮。確實是自己的頭髮，像原來一樣稀疏柔軟。然而原來只是灰白，現在已經成了雪白，白得那樣飄渺憂傷，不期而至。他似乎看見一個隱約的形象藏在身後，他沒有回頭。如果真有，那就是死神。如果是死神，別說藏在身後，即便它肆無忌憚的大笑跳舞，也不會讓人看見。不過是死是活，對他已經無所謂了。此時的他徹底解脫了對衰老和死亡的恐懼。人沒有道理哀怨死亡。那麼多和你一樣的物質都處於永恆的黑暗，只有你這點物質僥倖組合成了生命，讓你睜開眼睛看到了光明。應當感謝這種恩賜才對，哪怕只活一分鐘都是白撿的便宜。對一個活了快六十年的人，便宜占得已經太多太多。重歸死亡只該感到心滿意足。如果在白白享受了意外之財後，還要把歸還視作剝奪，那才是以怨報恩，自尋煩惱哩。

大廳中央有厚厚的一堆灰燼，是核冬天降臨時工作人員們取暖燒火留下的。現在人已散光，灰燼旁剩下最後一堆燃料——半箱當年中共的絕密檔案。最初在他看見食堂用檔案燒火做飯時還會發脾氣，後來發現連毛澤東的私人檔案都不知何時被分光，只因為那些檔案的羊皮封套可以煮了充饑。現在，他親手點燃了最後這半箱檔案。

火燒得旺起來。熱量使他顫抖，重新感到血脈流通，心也變得溫暖。當年那些中共主席和總書記們的批語簽字、勾勾畫畫的任免名單、祕密決議與不公開的信件，每字每行每頁都包含著無數陰謀、沈浮、見不得陽光的交易和生生死死的搏鬥，此刻全在火光中扭曲、變黑、消失。此刻，他比任何時候都更深切地感受到以往那些碌碌奔忙的無聊與可悲。他也曾是那些紙上行間的一個字，也曾虔誠地以為自己是在創造永恆。然而現在那全部「永恆」都正在化作青煙，只在空氣中搖擺幾下，就再不見絲毫蹤影，永遠消散成為虛無。

他開始打點行裝，帶上過夜的毯子，攀山的繩索，精心綁好腳上的鞋。他知道要走很遠的路。從早年下鄉的歲月，他就懂得了怎樣才能走遠路。

穿過紫禁城，孤獨的足音清晰迴盪。沒有任何生命，北京已成一座鬼城。他在走出天安門前登上了天安門城樓。沒有其他目的，只是想在往日中國的中心看上最後一眼。

城樓上攤著巨大毛澤東畫像。畫框已被拆去燒火，只剩畫布摺皺地堆在地上。畫上那雙眼落滿塵埃，如兩口枯井，呆呆地仰對漠然的天空。他沒有從畫布上宛如綿延黃土的臉上踩過，並非是忌諱，而是他不願意把腳踩上任何人的臉。極目遠眺，一片片水泥鋼筋的人工建築死寂地矗立。直線和直角組成的街道沈默延伸。都市已經徹底死亡。管路是空的，電線是涼的，所有的車輛都不動，每一棟房屋都無人，覆蓋在一張宛如屍布的天空下。

他不緊不慢走出北京。沒有目標，也不知道該往哪走，但是這不重要。他要的只是不停地走下去，如果生命不結束，就直到走遍海角天涯。

但是，有不結束的生命嗎？

神農架　狗圈

歐陽中華很少進入狗圈的後半部分。雖然狗圈的整體構思出自他，他十分清楚那裡是怎麼回事，是在幹什麼，只是不願意親眼去看。

現在他必須進去一趟，檢查隔離門是否眞的關好。儘管他反覆叮囑過羅鍋兒，可實在是信不過那傢伙。隔離門就如同船上的水密門，爲的是一旦出現狗跑出圈的情況，可以及時關閉以保障人的安全。剛剛他已吩咐狗圈工人全部都撤到峽谷深處，並且關閉隔離門。

過道兩側的柵欄相當高，即使最敏捷的狗也跳不及一半。不過剛出生的小狗能夠從柵欄的空隙鑽出來。柵欄之間的過道幾乎全叫那些毛烘烘的小球占滿了。牠們專愛在兩道深深的車轍裡爬上跳下，還愛追逐歐陽中華兩隻移動的腳。

狗圈剛建時，從四處捕捉了五百多條野狗，現在發展到了難以計數的規模。充足的高蛋白食物使狗的繁殖率和存欄數不斷猛增，已經供得上屠宰場日夜不停地宰殺。如果說眼前這個毀滅的世界上還有什麼稱得上興旺發達，除了這再沒有別處。每座狗欄幾乎都擠得滿滿，連點空地也難看見。條條狗肥頭大耳，以致顯得行動不便。歐陽中華發現一座狗欄的投食口沒有關上。如果裡面的狗不是吃得太飽的話，早就會跳出來自行找食了。想到那情景他不禁噁心了一下。牠們要找的食一定像牠們吃慣的食。以牠們的判斷力，活的和死的並不是區別，只要形狀一樣就行。他關上投食口，瞥見幾隻半大的狗在裡面擁擠著拱一個球。那球被滿欄狗屎糊得污黑一團，看不出原本是什麼東西。不過他不用看也能知道，那只能是一顆人頭。而幾隻狗崽正在奮力拉扯的「拔河繩」則是牠們父母吃剩的人腸子。

他馬上就把噁心抑制下去。運出去加工營養液的狗糞必須仔細檢查。一旦叫人發現有這類東西，會掀起軒然大波。那時他們能把以往吃進肚子的狗肉全吐出來嗎？他想。或者再喝進去兩盆加了洗衣粉的水清洗腸胃？難道他們從來沒有想過，狗是要吃東西的，是不能靠喝風長肉的嗎？

他常對這一點感到奇怪。眞的，從來沒人問過這個問題。可一條狗要比一個人還能吃，這是人人皆知的常識啊！

一車死屍擋在隔離門前。眞討厭！他皺了皺眉頭。反覆吩咐過餵多少拉來多少，餵不了的要拉回去。隔著滿滿的死屍車，看不清隔離門是否閂好。其實不一定非那麼認眞不可，有這麼一車可吃的擋在前面，亂竄的狗就不必要再跑到別處。但是他必須繞過屍車去看一眼，因爲他不能承認自己被一車屍體嚇停了步。屍體有大有小，有的完整，有的破碎，按操作規程全被扒光衣服。青的灰的白的，血和泥混在一起的，重重疊疊在車上堆得老高。他小心翼翼不碰上一隻伸在外面的手。那手不知爲何還捏著一把土。核冬天降溫使屍體腐爛的氣味小多了。扒屍體的鐵鉤斜倚在車旁。鉤尖磨得油光光。

他在去太白山的路上看到人群吃掉以死屍爲食的野狗時，就產生了這個想法。他未跟任何人進行過商討。直到現在，全基地除了狗場工人，也只有他一個人知道內幕。雖然這種新食物鏈早已在自然發展中出現，但是變成人爲的生產方式卻會把所有人都嚇壞。只有最勇敢和最具理性的人，才能正視人屍的利用價值。眼前世界的所有蛋白質來源都在趨於零，只有人屍一日數倍地增長。任其在荒野腐爛成泥或被野狗叼食並不是對人生命的尊重。屍體已經沒有生命，讓它們加入到活著的人體中，才等於重新賦予它們新生。他做爲負有使命的人，有權超脫普通的人倫觀念，從純粹的食物鏈角度進行安排。死人轉換成狗給活人吃，與死人先轉換成泥土再轉換成糧食給活人吃，在本質上是一樣的，只不過中間少轉換了一道，時間沒有拖那麼長而已。現在的局面，哪還有那麼從容的時間呢？

狗圈後半部是專門存放死屍的地方，和狗圈之間靠隔離門分開。隔離門是用胳膊粗的樹棍編排紮成。狗圈工人都在門那邊烤火，多數邊抓蝨子邊吃狗肉，也有一些不安分地做著怪模怪樣舉動，其中一個撅著屁股在學狗爬。這些人大部分智力低下，食量卻大得驚人，只要閒下來總是不停地吃。他們被允許隨便吃狗肉，不限量。基地裡屬他們吃得飽，營養好，這是他們賣力工作和生怕被開除的主要原因。歐陽中華相信一點，正常人的精神不可能承受這種工作。他已經算是神經夠堅強了，從未幹過搬屍體餵狗的活，已經吃不下半點狗肉，一聞到煮狗的味道就作嘔。只有這些不完整的人才會無動於衷。他們先天的身體畸形和後天的心理畸形，給了他們對畸形事物的抵抗力。此刻，他們就在小山般的屍堆旁安然大吃，猙獰的死人和刺鼻的腐臭對他們毫無影響。近來暴民攻打基地的戰事不斷，他們已經無須到遠處搜羅屍體，光是清理寨牆外的屍體就綽綽有餘。如果遍布國土的屍體全能這樣利用起來，生存基地還可以增加多少啊！

隔離門關死著並用繩子和門柱綁在一起，不會被狗撲撞開，這說明羅鍋兒很好地執行了他的命令。有點奇怪的是拴門的繩結打在這邊。如果是按照他的要求，人全撤到隔離門那邊，難道羅鍋兒是把胳膊伸到這一邊來打結？這些人無法用正常的邏輯去思考，只能見怪不怪。

返回到峽谷前半部。這兒除了屠宰場和狗圈工人的宿舍，還有一條分叉的小峽谷。進入小峽谷，不遠處就會有一道隔離門。隔離門內是一塊數百平方米的山窩。被兩道又高又厚的土牆分割出兩個狗欄，兩道土牆之間有一塊空場。聽見他的腳步，安靜無聲的土牆後面猛地響起惡狗群吠。儘管每次他來這裡都做好準備，還是免不了每次都受到驚嚇。整個狗圈的狗群也在外面跟著呼應起來。這裡很特殊，一個狗欄是空的，另一個狗欄裡關著狗群。那些狗都經過專門挑選，個個身軀龐大，性子凶猛。狗欄的門是鐵條的，他的到來使裡面的狗紛紛跳起往門上撲，撞得狗欄門哐哐震響。有的狗甚至用牙咬鐵條。

牠們已經餓到最凶猛的程度了，歐陽中華滿意地想。

每一頭狗的嘴上都戴著分成上下兩半的箍環。箍環由皮革和金屬組合製成，形狀不規則，兩半之間有細而結實的金屬鍊，加上用於固定的帶子，看上去如同宇航員的面具或是古代的戰盔。歐陽中華拿出一根電警棍改裝的短棍，凶猛撲跳的惡犬立刻退後。牠們都吃過這短棍的苦頭。電棍上端依然有電擊功能，握柄部分附加了一個遙控器，操縱遙控器上的開關，狗嘴箍環上的金屬鍊就被裝在箍環內的小型電機收緊，使箍環上下兩半緊合在一起。那時所有的狗就會同時無法叫出聲。繼續箍緊下去，則會讓狗受到很大痛苦。不過他現在不太需要進行這種集體懲罰了，狗群已經被訓練出來，即使餓得發瘋，一見他拿出短棍，也會立刻變得老實。

歐陽中華拉動一根繩索，被繩索打開機關的鐵門轟然倒地。經過多次訓練的狗已形成條件反射，鐵門一倒就一窩蜂衝出。然而這回門外空場上卻沒有餵牠們的死屍。幸虧狗嘴上的箍環是勒緊的，鎖住了狗的利齒，否則歐陽中華是絕不敢置身於狗群的，更別說去套住那頭最大也最凶猛的藏獒。他又一次擔心萬一遙控器或是箍環失靈了會有什麼後果。雖然負責設計和製作這套設備的專家打了保票，昨天他還是更換了所有箍環上的電池。每個電池都經過嚴格檢查，經過風車帶動的發電機充了電。此時一切正常，電棍良好地發揮威力。他單獨拴住藏獒，喝令其他的狗重新返回狗欄，兩條動作慢的狗受了電擊。然後他把狗欄的鐵條門立起，設置好下次拉倒的機關，在門上掛了一塊草簾，從外面便看不見狗欄裡的狗了。

他把藏獒關進對面的空狗欄。空狗欄的門是樹棍紮的。樹棍之間的空隙很大，能夠清楚地看到狗欄裡面。藏獒在狗欄裡小跑著繞圈。他利用一架木梯登上空狗欄的土牆。土牆厚度足夠在上面推小車。一架運餵狗死屍的小車就停在上面，蓋著一塊草簾。他把用於拉倒對面狗欄鐵門的那根繩索引過來，原想拴在小車上，又擔心小車不穩定，便在土牆上面釘了一根木橛，把繩索拴在上面。

現在只須等待了。他找了個背風之處，用乾樹枝籠著一堆火，便在火旁入睡了。他夢見一座火山。從火山口溢出的不是岩漿，而是酒。他盤腿坐於地，頭頂雲天。火山只如酒壺大小。每當手中的杯空了，他就把火山扳倒重新斟滿，直到叮叮噹噹的聲音響徹雲霄。

來了！他睜開眼睛，代替門鈴的碎鐵塊被人從狗欄外面拉動，上下亂跳。一看便感覺出來者的蠻橫。歐陽中華讓自己盡量冷靜，走出去開門。離峽口老遠就能聽見大呼小叫。他心裡一沈，來的人比預想的多，多很多！

他放慢腳步，數了數在峽口柵欄外晃動的影子。竟有三十個，或者還不止，全帶著槍。原來預計頂多會來五六個。怎麼辦？這麼多人是無法對付的。可是有退路嗎？腦子瞬間轉到發燙的程度，臉上表情卻得保持著平常。

他們用槍托砸柵欄門，又喊又罵。像在任何場合下一樣，大牛被簇擁在中間。歐陽中華走到門前時已經看清楚，來的全是綠衛隊頭目，最危險的人物一個不少。這倒是個難得機會。

他裝作不想開門讓他們進來，支支吾吾地推託。他內心確實矛盾，怎麼能對付得了這麼多人，動手的結局就是毀掉自己！可是這麼好的機會錯過又可惜，成功就會是徹底的成功，綠衛隊將立刻化作一盤散沙！不過已經沒有什麼選擇，來的人是五個也好，三十個也好，他都不能阻擋他們進入狗圈。他們已被「狗操女人」的消息刺激起來，不親眼看見絕不會罷休，所以只能按照原定步驟往下走了。

「……你他娘的少囉唆！」大牛的大嗓門震得耳膜嗡嗡響。「快開門，俺說你成天貓在狗圈幹個啥。原來你比誰都花花。爲啥不叫著弟兄們一塊看？眞他娘的不仗義！」

他得露出心虛模樣，也不能過於痛快地承認有「狗操女人」，否則會引起懷疑。大牛雖然蠢，手下人裡可有精的。他裝著做出一些虛僞表白，故意前言不搭後語，就是不往外拿鑰匙。

「再不開可砸你娘的了！」大牛吼起來。手下人也狗仗人勢地跟著起哄。「雜種操的，俺今個非要看看你是個什麼種！跟誰裝他娘的屁眼兒沒疤拉！開不開門？」大牛兩眼瞪成暴圓的兩個鉛球。

一個小頭目把槍筒伸進柵欄，頂在歐陽中華額頭前。連這等人都能如此欺侮他了。自從在寨門上和大牛發生衝突，他的地位就一天不如一天。把他徹底踩成肉泥的時刻已經屈指可數，沒幾天了。

他裝出害怕的樣子。不，不是裝。他確實害怕。以往從未面對過赤裸裸的暴力，一旦身臨其境，才認識到遠不是自我以爲的那般無所畏懼。不但害怕，甚至有想逃跑或是求饒的本能反應。只是他平時不會把這種反應表現出來，至少還有意志力和自尊。但此刻不必掩飾，這當口正應該顯出膽怯，然後再由膽怯轉成逢迎。

他底氣不足地乾笑兩聲。

「嘿嘿，我是想等訓好了再請弟兄們看。既然弟兄們等不及了，那就請進吧。」槍管離開了他的額頭。

「別他娘的往好聽裡說。要不是俺們探出風來，你他娘的還不是貓著自己看。」小頭目擤出一團鼻涕。

「他是貓著自己幹！……」一陣怪聲哄笑。

「……老歐，操狗滋味舒坦不？……」

他在此起彼伏的猥褻提問中默默打開柵欄門，引進這群額頭上紮著綠布條的魔鬼。當初用綠布條做綠衛隊標誌是他定的，現在已經成了邪惡的象徵。尤其是在他和大牛衝突後，綠布條們已經把胡作非爲擴展到基地內部。到今晨爲止，至少已有七十多名基地女成員遭到強姦，二百多人被毆打。秩序急速毀壞，生存基地變成了恐怖基地。

看到他從一間棚屋領出個十八九歲的姑娘，綠布條們個個眼裡放光，聲音變得尖利短促。大牛的鼻翼亢奮地扇動，熊掌般的手不由分說塞進姑娘胯下。歐陽中華感覺出姑娘驚悸的顫抖，恐懼使她發不出聲，只是兩手死抓住他的胳膊。他領她出屋之前許諾過會保護她，可現在只是對大牛陪著笑臉，說的是請大牛看完了表演再動姑娘，不然看起來癮頭會不足。

姑娘是鄉下人，猜不透表演指的是什麼。不久前她還跟餓死的屍體一樣，現在已經豐滿起來。歐陽中華是偶然撞見羅鍋兒從寨子外面抱回一具女屍，神情鬼祟地藏進棚屋。他知道狗圈工人大都姦屍，不過都是在出去收屍體時撿新鮮的幹，不會搬回來發臭。果然，羅鍋兒藏進棚屋的「女屍」口鼻間還有氣息。他當場沒收，並且在單獨安置姑娘的棚屋外加上了鎖。初意只是救這姑娘免受蹂躪，逐漸卻把她構思成了一塊誘餌。

歐陽中華把大牛一行領進分叉的小峽谷，隨手關上了隔離門。然後他讓姑娘從梯子爬上空狗欄的牆頭。姑娘的褲子已經被大牛撕破，爬梯子時裸露的臀部上下扭動，惹得綠布條們群狼般嗥叫。這樣很好，這將使他們不注意背後那道被草簾遮擋著的門，也足以掩蓋那個狗欄中的狗群躁動。讓他們以爲背後只是道無須戒備的土牆，他們面對的只有這個空狗欄裡的一頭「操女人的黑狗」。

大牛站在空狗欄柵欄門正中間，視線最好。其他人互相擁擠著尋找觀看角度。看不清的人嚷著要爬上牆頭往下看。歐陽中華暗暗叫苦，事先沒想到這一點，豈不是會讓計畫落空！不過還沒等他想出阻止的藉口，已經有聰明人說從牆上看只能看見狗背，只有側面才能看清狗雞巴怎麼操女人。於是那些原本想上牆的人便鑽到他人腿底下，並且把礙手礙腳的槍扔到一邊。太好了！他們手裡沒了槍，又多一分把握。

歐陽中華跟在姑娘身後爬上梯子。姑娘嚇得腿軟，他不得不在下面往上托她。其實他自己也是心跳如鼓，神經繃緊得快要斷裂。只有一百五十條狗，每個綠布條還攤不上五條，到底行不行？據說愛斯基摩人用三條狗就可以纏住一頭北極熊，可是北極熊沒有槍啊。哪怕只讓他們跑掉幾個，也會招來一場血腥屠殺！

藏獒在狗欄裡激奮地跳躍，尤其是看見牆頭上站了人，通常就是要開始餵食了。大牛問狗嘴上戴的是啥玩藝兒，歐陽中華回答說是爲了防止狗吃姑娘。姑娘聽了差點癱倒。他把姑娘抱在懷裡，一邊脫她的衣服，一邊看牆下。三十個綠布條擠成一堆，焦急地等待他把姑娘送下狗欄。他派人在基地放風時，叮嚀一定要直接傳進大牛耳朵。他確信大牛聽見這種消息就會拔腳而來。假如能符合他最初的設想，大牛只帶來五六個主要頭目，情況就會有利得多。

姑娘已經被剝光衣服，嫩滑的皮膚在核冬天的寒冷中泛起雞皮疙瘩。她牙齒上下嗑響，佝僂著身子，一隻手捣在兩腿間，另一手臂擋在胸前，兩隻淚眼像垂死的小動物那樣哀求地看著歐陽中華。她曾那麼信賴他。他不但救活她，保護她，像對上等人那樣禮貌地對待她，而且從未碰過她一根手指頭。現在他卻親手當眾剝光了她，一邊是凶猛的惡狗，一邊是披著人皮的野獸，他要拿她幹什麼？她哪裡能知道，到大牛耳邊放風的人把她說成是歐陽中華養的玩物，老歐專門訓了一條會操女人的狗，天天看狗怎麼操她。她更不會知道，這個「風」正是歐陽中華自己編造的。現在，歐陽中華眼中根本沒有她，只是故意展示她的裸體麻痹綠布條。然後把木梯抽上牆頭放進狗欄內部一側，似乎是用於把姑娘送下去讓狗操，實際是切斷綠布條們往牆上爬的路。這每一個步驟都是他事先反覆琢磨好的，只求不出差錯，能如設想的那樣萬無一失。

綠布條們不耐煩了，罵咧咧地催喝快點開始。急得上火的大牛竟然舉起衝鋒槍在歐陽中華頭頂掃過一排子彈。只有橫下心了！歐陽中華一咬牙，抽出藏在衣服下的遙控電棍，拉住綁在木橛上的繩子奮力一拽，同時打開了遙控器上的操縱開關。

對面蒙著草簾的鐵門轟響倒在地上，砸起地面一片煙幕似的黃塵。狗群如同決口的洪峰從黃塵後面衝出。箍環鍊條已被遙控器鬆開。一張張紅森森的狗嘴怒嗥大張，露出猙獰鋒利的白齒。眼睛根本來不及分辨，狗群已如躍起的濁浪劈頭蓋臉覆蓋了毫無反應的綠布條。一連串慘極的嚎叫從浪下迸裂，紅色血花從浪底泛起。歐陽中華在錯動的狗影中看見掙扎的四肢，咬斷的人喉，紅血和白骨，好似潑彩作畫一般大面積洇開。他用手蒙住姑娘的雙眼。姑娘已被嚇得毫無羞恥感，緊貼在他身上，赤裸身體的每一絲肉都在顫抖。

沒問題！原來的擔心完全多餘，一點沒問題！綠布條們在人面前是吃人魔鬼，在狗面前卻只是一堆供吞食的鮮肉！別說三十個，再多也能對付！狗群至少還有一半沒擠上前呢！頭一次使用狗軍，這等吞天噬地的威力超過他預想的十倍！新鮮的血腥氣使狗群興奮到極點。活肉遠比死屍味道鮮美，對餓到發瘋程度的狗更是刺激百倍。狗在人群上面堆成一座小山。擠不上前的狗就踩著別的狗背往上爬，再從上面把腦袋往下扎。歐陽中華緊抱著姑娘，全身沸騰的血彷彿在高壓下噴著怒號的蒸氣，兩眼如中魔般死盯著眼前這讓人恐懼到極點、震撼到極點又快慰到極點的場面。這是勝利啊！他正在目睹勝利！完全屬於他的勝利！他正在大獲全勝！誰說智慧不能戰勝肌肉，文明不能戰勝野蠻！這就是人戰勝獸啊！

突然，他聽見了槍聲！

哪兒的槍聲？這樣微弱，這樣沈悶，可是又這樣接近？的確是槍聲，而且就在眼前！微弱和沈悶是因爲那槍被壓在重重疊疊的狗和人之下。不是哪支槍被偶然碰響，而是握在一隻堅定的手裡連續地射擊！射速已達最高，而且毫不間斷！

隨著槍聲持續，狗群湧動的浪頭逐漸塌下去。槍聲越來越清晰，在浪頭中心，最終挺立起一座鐵塔。大牛從人和狗的屍體中站起來了！雖然他滿頭滿臉全是血，但那多半是從壓在上面的人身上流下去的。狗的洪峰從後面衝倒人群時，被簇擁在前面的他正好被壓在最下。上面的人因此成了他的盾牌！

「姓歐的，我操你十八輩祖宗！老子不把你腦袋擰下來不姓牛！」大牛的吼聲如恐龍般驚天動地。

幸虧歐陽中華及時臥倒，大牛回身掃來的子彈只擦破他的衣領。大牛卻被正面進攻的狗咬掉肩頭一塊肉。狗群逼得大牛只能背靠土牆，向排浪般往上撲的狗不停掃射。他可不管前面有沒有人。他那些還能掙扎的部下跟狗一塊被他掃射得滿身槍眼。也許還有其他被壓在下面的人也沒挨到狗咬，但他的子彈比狗咬更致命。很快在他面前人和狗一塊屍橫遍地。能活動的人已經不多，狗還在繼續往上衝，卻全被子彈的旋風吹落。狗的數量迅速減少，眼看一支花費無數心血建立的狗軍就要全軍覆沒！一旦這頭嗜血大獸轉過身來，即使他手中沒有槍，歐陽中華也沒信心能與他搏鬥兩個回合以上。此時歐陽中華感到自己是那樣無力，毫無氣勢。他和這頭大獸是兩個物種，根本不成交手的比例！他只有拚命盼望，盼望他的槍……就在這時，槍聲戛然而止。不響了！感謝上帝，這正是他盼的！子彈打光了！這是唯一反敗爲勝的機會！六七條狗同時撲到了大牛身上。每一條狗的利齒都在一瞬間咬進他的肉。大牛的狂吼震得滿山亂顫，接連兩個飛腳把兩頭上百斤的巨狗踢飛數米，頭蓋骨軟綿綿地塌陷。他倒下了，卻又同時用空槍砸斷了另一條狗的脊梁。他龐大的身軀在地上飛快地連續打滾，不斷把身上的狗甩開。但更多的狗從四面撲上去。終於，他被重新聚起的狗浪埋在下面，再也看不見他的身影和動作。贏了！歐陽中華差點喊出聲。

然而他立刻又被倒抽的一口涼氣噎住。又響起了槍聲！仍然是那種沈悶的，在狗群底下響起的槍聲！難道這大獸剛剛飛快地打滾是爲了去抓另外的槍？狗的浪頭又一次塌下去。槍聲越來越清晰。在浪頭中心，大牛又站立起來。這回他全身已如一個血葫蘆。衣服全被撕爛。渾身上下沒有一塊好肉。白骨在橫流的血水下半隱半現，卻仍然如一座鐵塔，沒有半點支持不住的跡象，掃射得更瘋狂，咒罵得更響亮。掄動胳膊時竟把血滴甩上歐陽中華的臉。無比的恐懼如利刃刺進歐陽中華的心。狗群越剩越少。恐懼越刺越深。大牛一邊掃射一邊移動，一貓腰又撿起另一支壓在死人身下的槍。再也無法指望子彈打光了！待這頭大獸把狗一條不剩地殺光，就該輪到殺他了！怎麼辦？馬上逃跑還是最後一拚？逃跑根本無路。一側是狗欄與山崖，另一側是大牛橫掃的槍。除了一段狹長的牆頭，上天無路，入地無門。可是拚的話，他又怎麼能強於一百五十條瘋狂的饑犬呢？牠們死掉那麼多同伴還能毫無怯意地往上衝，他卻半點拚的氣勢也沒有，只如一塊在恐懼下變形的海綿。他從不知道自己會這樣怯懦和無能。

他聽到壓在身下的姑娘發出極度恐怖的驚叫。猛回頭，只見那頭藏獒正在沿著剛才放進狗欄的梯子往上爬。牠被外面的血氣和惡戰所激動，起初是徒勞地猛撲柵欄門，現在終於意識到只有趴在牆頭上的人才能被牠吃到嘴。牠不善爬梯子，速度快不起來，然而無論如何是在一步一步往上爬。雙眼放射渴血的光芒。紅森森的舌頭在嘴邊翻捲。歐陽中華第一個反應是要推倒梯子，那樣藏獒就會隨之摔下狗欄。

他剛一推梯子又及時地拉住，混亂轟鳴的頭腦裡閃過一道光亮——能不能利用這頭藏獒？遙控器有一種功能，即便開關是在打開狗嘴箍環的位置，假如哪條狗進入了距離遙控器一·五米的範圍，那條狗嘴上的箍環也會自動閉合。這功能是爲保護遙控器持有者的，使他可以處身於打開箍環的狗軍中不受到傷害。那麼他就不用畏懼藏獒，可以任牠往上爬。果然，藏獒再爬一級梯子，紅舌和白齒就不見了，被自動閉合的箍環鎖進了嘴裡。歐陽中華反倒擔心藏獒不再往上爬，以前形成的條件反射會不會使牠逃離梯子？他探身抓住藏獒的兩個前爪，一用力把牠生生拽上了牆頭。姑娘被這景象嚇壞，尖叫掙扎著企圖逃開。他雙手拽著藏獒，只能靠自己的身體壓在姑娘身上，免得她掉下牆，這一來被他拽過牆頭的藏獒得整個踩過姑娘的臉和胸脯。大牛仍然背對這一側，用狗欄的土牆掩護身後。由於能進攻他的狗越來越少，他的活動範圍已大多了。他逼著僅剩的狗連連後退，而他步步向前，已進入全部殲滅狗群的最後階段。是成是敗就在這最後一下！歐陽中華用出全身力氣把藏獒往大牛方向一推，藏獒就勢縱身躍跳，一下就躍過七八米的距離，直接撲到大牛的背上。在藏獒竄跳的半途便已超過一・五米，箍環自動鬆開，使得藏獒能夠一口咬住大牛的頸動脈。巨大衝力使大牛猝不及防被撲倒。一片子彈打在地上。大牛又一次大吼著翻滾，可是甩不掉頸上的藏獒，又無法向身後反擊。藏獒和他滾成一團，卻始終死死咬住他不放。利齒先是切斷動脈，進而又刺進小腦。這一咬比乘機撲上來的群狗狂咬全都致命。大牛最後的狂吼只吼到半截就驀地不動了。

歐陽中華半天不敢確信自己的眼睛。還會不會再一次響起槍聲，從狗的屍體中重新鑽出這頭惡魔？他似乎是打不倒的，似乎根本不可能被征服。然而此刻卻只如一攤爛肉，任憑狗蹄踐踏，犬齒割食。大塊的肉被扯下時發出響亮的撕裂聲。骨頭在狗嘴裡嘎巴咬響。就連案板上被屠宰的豬牛也不會這樣任狗吃啊！可這頭殘忍蠻橫，夢魘般壓在他頭頂，時刻讓他自知無能與怯懦的大獸，卻在迅速地碎裂、縮小、被他所消滅！那龐大無比的身軀已經縮小到比任何人都小的程度了，即使再站起來也不足以為懼。不，這樣一些碎肉怎麼還能站起來？他已經被他消滅了！是的，是被他消滅！他勝利了！他又成了自己和世界的主人！狂喜在他心裡爆炸。「你沒事了！」他呼喊。

被他騎在身下的姑娘已在驚嚇中失去知覺。他抱住她搖撼和狂吻。「沒事了！我們贏了！」他將重新恢復和訓練這支狗軍。他將所向無敵！他吻姑娘失去了血色的嘴唇。再沒有人敢背叛，再沒有人能動搖他！他的手在姑娘嫩滑的裸體上急速撫摸，摸到那些被稱爲女人的部位。一股無比銳利的欲望從脊椎深處倏地升起，霎時不可遏制地膨脹，鋪天蓋地吞噬了他的頭腦。在升騰翻滾的血腥氣中，在殘剩的狗響亮地呑食人肉的咀嚼聲中，他以一種從未體驗過的粗暴和非理性，占有了這個不省人事的姑娘，並且達到接近休克的快感。

大潮如來時那樣急速地退向天邊，只剩下全身冷津津的汗水，如同陰暗潮溼的海灘，暴露在無際的空虛下迅速抽縮。他氣喘噓噓地抬起頭。對面的岩壁有如一塊黯淡的幕布。那輛推屍小車在牆頭發抖。牆下好似一個紅肉池。地是紅的，牆是紅的，死人死狗是紅的，奮力呑吃死人死狗的活狗也是紅的。他迅速繫好褲子，又匆忙給姑娘穿衣服。姑娘兩腿間也是紅的！大牛在城頭舉起的姑娘突兀疊印在一起，那同樣是紅的！如一記鞭子猛抽在他心頭。姑娘開始恢復知覺，發出呻吟。他慌亂極了，怕她睜開眼。他急急地閃開目光。小車在發抖。爲什麼？難道正在地震？可別處哪兒都不抖，爲什麼只有小車抖？他拔出固定繩頭的木橛扔向小車。車上的草簾忽地掀開，裡面竟跳出一個人！他嚇得眼前一黑。

只一秒鐘，他鎭靜下來，看清了那是什麼人。

「羅鍋兒，你幹什麼？」

羅鍋兒處於極度驚嚇中，剛才那一幕無疑全被他看到。他的顫抖有如一種奇異舞蹈。小車發抖就是被這舞蹈帶動的。那張油光小臉扭曲變形。兩隻綠豆小眼中的恐怖如同正在面對一個吃人魔鬼。歐陽中華剛往前邁出一步，他便歇斯底里地大嚎，回頭便逃。

「羅鍋兒……」

這喊聲已經遲了，羅鍋兒絆在小車扶把上，一下失去平衡，只見他雙手在空氣中抓撓幾下，便一頭栽進了紅肉池。活著的狗一共還剩十幾條。牠們已經吃飽，只是出於咬死活物的欲望，又毫不留情地一同撲向羅鍋兒。待歐陽中華抓起遙控器關掉狗嘴上的箍環，羅鍋兒已被咬得不成樣子。他竟然還能掙扎著站起。他的臉已經消失，成了塊血淋淋的凹陷，如剝了皮的刺蝟一樣嚎叫奔跑。他細短的腿深陷進滿地血肉之中，如在沼澤中跋涉。狗嘴箍環雖然閉合，嗜殺的欲望使牠們繼續向他猛撲。他一次次倒下，被狗按進血水中，又一次次連滾帶爬地掙扎起來，踩濺起大團的血花盲目狂奔。他已經沒有眼球了。他撞上土牆，撞上迎面撲來的狗。他的瘋嚎不間斷，從那個曾經叫作嘴的窟窿裡噴出一股股鮮血，射向數尺之外。

歐陽中華默默看著，終於想明白羅鍋兒爲何會出現。羅鍋兒是狗圈工人中最淫邪又最愛耍心眼的一個。他在布置人向大牛放風時曾發現羅鍋兒偷聽。這個畸形的色情狂很可能只聽懂了「狗操女人」，便藏進屍車企圖一飽眼福。

他又默默地看一會羅鍋兒的掙扎，最終動了一下按在遙控器開關上的手指。

狗嘴箍環鬆開。狗群張開利齒撲向羅鍋兒。

羅鍋兒很快不叫了，也不再掙扎，淹在爛泥一般的血肉中，隆起的駝背如一座孤島。

他木然回首，卻發現腳下的姑娘已睜開雙眼，正在向他凝視。那眼中沒有恐懼，也沒有憎惡和仇恨，只有從危難中解脫的鬆弛，還有對他的無限柔情。遇上他的目光，赤裸的姑娘含羞地垂下雙眼，卻把頭溫情地靠在他腿上。

這一靠使他滾燙的淚水從眼眶裡噴湧而出。她知道她剛剛被他姦污嗎？她知道是他殺了羅鍋兒嗎？他讓羅鍋兒死，是因爲不想讓世上有活人目睹過他曾變成獸。假如她全知道了，他會不會把她也扔進狗群呢？眼淚一流出就再也止不住。姑娘無言地抱住他的腿，似要安慰他。他忍不住放聲哭起來。他高仰著臉，向著峽谷上方細長的天空痛哭。他抖動著肩膀，雙手蒙面。淚水從指縫間成串地滲出，在核冬天的低溫中宛如冰粒滾下腳底的肉池。他眞的成了一頭獸嗎？眞的成了一個能把羅鍋兒都嚇瘋的惡魔嗎？眼下這滿目血肉到底是人戰勝獸還是獸戰勝獸？他和大牛難道已沒有區別了嗎？陳盼的哭喊又在他耳邊響起。那聲音晝晝夜夜迴繞，把他的心一遍一遍刺透，讓他的血一遍一遍流光。他的綠色和平到底有沒有，到底在哪裡，到底還能不能實現呢？

是陳盼的出走使他失去了堅如磐石的平衡和信念。她走了，獨自離開基地，並且發誓永不見他，也絕不領受他恩賜的生存。可是陳盼啊，你能去哪？你能在哪裡生存？在這個殘暴的世界上，不學會殘暴連半點活路也不會有啊！陳盼，你說我根本不是綠色的，只是一個古而有之的帝王，在暴力與統治的圈子中循環和上升。不是這樣，陳盼，人類的轉型不會有自覺，毀滅中的新生又怎能靠民主？這個階段只有用強力過渡，只有靠掌握著極權的英雄自上而下地完成。不論你如何說英雄讓你作嘔，也不論英雄在眼前會被多數人誤解爲惡魔，但是這個英雄必須有，沒有他歷史就會中斷。爲了人類還能有未來，現在必須有人敢去當惡魔。敢跟惡魔鬥的人需要勇氣，敢當惡魔的人卻需要更大的勇氣啊！陳盼，我會向你證明這一點！歷史也將向全人類和無限的永恆證明！

荒原

陳盼赤裸地躺在地上，凝視天空飄落的雪。悠悠雪花零零星星，好似一組飛轉飄渺的音符。她不感到寒冷，也許因爲身邊的火堆餘燼還未全滅，也許因爲身體已失去感覺。

離開神農架後，她發誓拯救那些被歐陽中華拋棄的凡人。她在荒原上奔走。她教他們怎樣讓薯瓜在寒天中生長。她對黑暗中幽魂般逃竄的人群喊啞了嗓子。如果她有一顆能夠燃燒的心，她一定會親手挖出來舉在頭頂，哪怕只給他們最小的溫暖和光明。

那些人的確把火點起來了。在黑暗的荒原上，一堆堆，一簇簇。可火上燒的不是薯瓜營養液，而是交叉著架在一起的人手和人腿，升騰起人的油煙。

他們是在吃人！

他們不用教，就學會了如何如同最凶殘的野獸那樣咬斷同類的脖子。他們用幾十萬年時光進化成形的思辨能力，馬上就能斷定人肉比薯瓜來得容易也更有營養。他們不同於野獸的只是懂得用火燒烤更好吃，也許還會撒上一點鹽。

當陳盼被退化成爪子的手撕碎衣服時，她寧願那些爪子的主人沒有吃飽，立刻把她送到火上去。可是他們的肚皮已經撐得太圓，他們要的只是用她的身體把人肉轉化成的灼熱能量發洩出去。他們輪著在她身上快感地嗥叫，爲爭奪次序打鬥拚命。天地間女人已寥寥無幾，也許很快就將絕滅。

醒來時，那些雄性動物已無蹤影。陳盼靜靜躺在細密的枯草上。身體失去了行動能力，也失去了對痛苦的知覺。大概是因爲後一點，靈魂反而挺輕鬆吧。被輪姦時，她最大的恐懼只是怕人油沾到自己嘴上。那些在眼前晃動的血口剛吃完人肉，唇舌間全是人的油脂和碎渣。然而那種恐懼是多餘的，沒有一個輪姦者企圖用嘴接近她。親吻是人類的行爲，退化成獸類就會喪失。對於輪姦，她倒沒有太多放在心上，被獸類輪姦是不得已的事，卻不算什麼不得了的事。

荒原上平坦地流動著天地初開的混沌。霧靄如遠古成群結隊的恐龍到處遊蕩。這個世界似乎已無人類。地球倒轉，退入白堊紀的寂寥蒼涼。

陳盼久久地凝視著天空。

均勻完整的黑色天空出現了一道縫隙，很淡，不是長時間凝視不能辨別。然而死亡的天空卻被這縫隙描出了一線生機。透過縫隙，似乎能看見無限高遠，一直看到天盡頭。

她在無比的安詳中感到自己越來越輕，越來越輕。

那是靈魂的飛翔。一切退隱消失，不斷地上升，上升，穿過那條死亡天空裂開的縫隙，進入另一個陽光閃耀、溫暖生命的宇宙……

LOCUS

LOCUS

LOCUS

LOCUS